DRACHENPFADE

SERGEJ LUKIANENKO NICK PERUMOV

DRACHENPFADE

ROMAN

Aus dem Russischen von Anja Freckmann

HEYNE

Die Originalausgabe erscheint unter dem Titel
Не время для драконов bei AST, Moskau.

FSC
Mix
Produktgruppe aus vorbildlich bewirtschafteten Wäldern und anderen kontrollierten Herkünften
Zert.-Nr. SGS-COC-1940
www.fsc.org
© 1996 Forest Stewardship Council

Verlagsgruppe Random House FSC-DEU-0100
Das für dieses Buch verwendete
FSC-zertifizierte Papier *Munken Premium Cream*
liefert Arctic Paper Munkedals AB, Schweden

Redaktion: Ralf Oliver Dürr
Herstellung: Helga Schörnig
Satz: C. Schaber Datentechnik, Wels
Druck und Bindung: GGP Media GmbH, Pößneck
Printed in Germany 2009

ISBN 978-3-453-26641-4

www.heyne-magische-bestseller.de

Der Stunden Schar, die schlaflos mich bewacht,
Wie ich, mit sterndurchwob'nem Tuch verhängt,
Mich berg' vor allzu heller Mondennacht,
Umfächeln mich, wenn Träume mich bedrängt,
Und wecken mich, wenn früh die Dämm'rung steigt,
Die Träume all vergehn, der Mond sich neigt.

PERCY SHELLEY: *Hymne des Apoll*

Prolog

Es gibt Welten, in denen ist die Sonne grün und der Sand schwarz. Es gibt andere, in denen die Berge aus hell klingendem Kristall sind und die Flüsse das reine Gold schnellen Wassers mit sich führen. Es gibt Welten, in denen Schnee die Farbe von Blut hat, das Blut hingegen ist von weißestem Weiß. Es gibt Welten, in denen die Schlösser noch nicht durch riesige graue Stacheln mit unendlich vielen Stockwerken ersetzt wurden, und andere, wo diese Stacheln schon lange verlassen daliegen und aus ihren Ruinen Betonplatten für den Bau neuer Schlösser davongeschleppt werden.

Es gibt Welten, in denen die Morgendämmerung vom tausendfachen Klatschen der Flügel begrüßt wird, Flügel, die hoch über der Erde dahinsegeln; in denen sich die triumphale Hymne des aufgehenden Himmelskörpers mit dem Schluchzen des flügellosen Zyperngrases verbindet, das auf der verachteten Erde stirbt.

Es gibt Welten, in denen das Sonnenlicht nur auf die dumpfe Fläche verschlossener Fensterläden trifft – denn es ist bitterer als Galle.

Aber von diesen Welten ist hier nicht die Rede.

Es gibt Welten, in denen die Sonne gelb ist wie die Pupille des Drachen, das Gras grün und das Wasser durchsichtig. Dort recken sich Schlösser aus Stein und Häuser aus Beton in den Himmel, dort fliegen Vögel durch die Luft, und die Menschen lächeln in die Sonne.

Auch von ihnen ist hier nicht die Rede.

Es gibt Welten, in denen Nacht und Tag untrennbar miteinander verschmelzen. Wo man den Blick zur Sonne erheben und die Sterne erblicken kann. Wo man in die Nacht hinaustreten und ins Sonnenlicht schauen kann.

Auf den Weg …

1

Das Licht ging aus.

Wenn einem ständig kleine Unannehmlichkeiten zustoßen, handelt es sich genaugenommen nicht mehr um kleine Unannehmlichkeiten, sondern um ein Großes Unangenehmes System – unbedingt mit Großbuchstaben geschrieben. Die Theorie lehrt, dass kein einziges Großes System ohne eine Globale Ursache auskommt. Globale Ursachen gehören zu den Dingen, die man nur einmal im Leben vernachlässigt.

Tastend machte sich Viktor auf den Weg zur Tür, wo der Sicherungskasten versteckt war, eingemauert in die Wand wie ein Safe. Er hatte das Gefühl, als hätten die Möbel die Gelegenheit ergriffen, ein wenig durch die Wohnung zu spazieren, denn sie tauchten an Stellen auf, wo er am wenigsten mit ihnen rechnete. Es gelang ihm, einen Stuhl zu umrunden – dieser Hinterhalt war fehlgeschlagen –, dafür grätschte ihm ein anderer fröhlich in die Beine. Im Gehen rieb sich Viktor das angeschlagene Knie und streckte darauf suchend die Hand aus, als das Telefon anfing zu läuten. Das heißt, eigentlich fing es nicht an zu läuten, sondern es gellte grässlich und boshaft los und hüpfte dabei eifrig. So läutet es vermutlich, wenn ein Brand ausgebrochen oder jemand gestorben ist.

Das abgerissene Klingeln ertönte in kurzen Abständen – ein Anruf aus einer anderen Stadt –, und das konnte nur bedeuten, dass tatsächlich etwas geschehen war. Denn Mama würde höchstens zum Telefonhörer greifen, wenn eine Horde feuerspeiender Drachen in das gottverlassene Nest, in dem sie wohnte, eingefallen war.

Feuerspeiende Drachen mit kleinen gelben Pupillen …

Viktor schüttelte den Kopf, um diese plötzliche, alberne Vision zu vertreiben, und stürzte mit großen Sprüngen zum Telefon, wobei er einen Stuhl umwarf. Wahrscheinlich den, den er zuvor mit einem Fußtritt beiseitegeschubst hatte und der daraufhin arglistig an den alten Platz zurückgekehrt war.

Mit einer heftigen Bewegung riss Viktor den Hörer von der Gabel.

Am anderen Ende der Leitung herrschte Schweigen. Nur ein sehr langsames, heiseres Atmen war zu vernehmen.

»Hallo? Hallo, Mama, bist du es?«

Er wusste schon, dass sie es nicht war. Aber er war nicht bereit, sich das einzugestehen.

Im Hörer erklang gleichmäßiges Atmen. Begleitet von einem Pfeifton, als söge jemand die Luft zwischen nicht ganz fest geschlossenen – extrem scharfen – Zähnen hindurch ein.

»Hallo«, wiederholte Viktor. Müde und ergeben bemühte er sich um jene fürs Telefonieren typische Höflichkeit, die sich früher oder später doch so häufig in einen Strom gemeiner Schimpfwörter verwandelt – Schimpfwörter, die einem ein paar Minuten später peinlich sind.

»Bleib in Deckung …«, flüsterte der Hörer. Gedehnt, angestrengt, als wollte der unbekannte Anrufer etwas viel Beleidigenderes sagen, könne sich aber ebenfalls noch beherrschen. »Lebe … ruhig … halte still … bis …«

Den Hörer ans Ohr gepresst, stand Viktor am Fenster und spähte zwischen den Vorhängen hindurch nach draußen. In dem Spalt erblickte er Nacht, Dunkelheit, schwaches, dünnflüssiges Weiß von den Straßenlaternen der Nachbarstraße. Nein, der Mensch war nicht zum Menschen geworden, als er die Kerosinlampe und die Elektrizität erfand; die erste große Erfindung der Menschheit war die Dunkelheit gewesen – und zwar eine so undurchdringliche Dunkelheit, wie sie sich die Natur niemals hätte erträumen können.

»Scheusale«, sagte Viktor. »Mistkerle!«

Er wollte gerne etwas Schlimmeres, Stärkeres sagen. Aber in einer leeren dunklen Wohnung vor sich hin zu schimpfen war genauso lächerlich, wie es für einen Dichter sein musste, die neuesten Verse für sich allein zu deklamieren.

»Idioten«, fügte Viktor noch hinzu und warf den Hörer auf die Gabel.

Langsamer und vorsichtiger als zuvor tastete er sich zurück zum Sicherungskasten.

Er wollte nicht hetzen. Wozu auch? In einer alten Wohnung waren die Sicherungen rausgesprungen. Was war daran so Besonderes? Ein betrunkener Trottel hatte angerufen oder eine bekiffte Rotznase. So was kommt vor.

Aber warum so oft? Warum?

Das Große Unangenehme System. Mama würde wahrscheinlich sagen, dass jemand ihn mit dem bösen Blick verhext hatte. Doch mit solchen abergläubischen Kindereien wollte er nichts zu tun haben!

»Gleich sind wir so weit«, murmelte Viktor, um sich zu beruhigen, während er sich mit einer Hand abstützte und mit der anderen die Wand abtastete, wo er den Kasten vermutete. »Gleich wird das Knöpfchen wieder reingedrückt ...«

Er spürte etwas Kaltes und fuhr mit den Fingern über die ungleichmäßige Stelle, um herauszufinden, was es war. Ein Gewinde … ein zweites.

Die Schraubkappe – war leer. Die Sicherung war nicht rausgesprungen, der ganze Sicherungseinsatz war ganz einfach verschwunden.

Im Gegensatz zu seinem Bewusstsein wunderten sich seine Hände nicht. Langsam glitten sie von dem Verteilerkasten weg hinüber zur Klinke und öffneten die Eingangstür.

Im Treppenhaus brannte Licht, als sei nichts passiert. Auf dem Boden, direkt an der Türschwelle, lag der Sicherungseinsatz. Also war er rausgefallen. Hatte sich rausgedreht. Zufällig. Von selbst. War das möglich?

Nein.

Viktor staunte über seine eigene Gelassenheit und hob das Teil auf. Sorgfältig schraubte er es hinein und drückte den Knopf. Gehorsam ging das Licht an, und aus dem Fernseher erklang etwas Modisch-Poppiges, etwas Russisches, Vertrautes.

Eine weitere Unannehmlichkeit. Nach dem geplatzten Rohr, dem verstopften Abfluss, der explodierten Bildröhre und einer Reihe ähnlicher Missgeschicke. Höchstens ein bisschen merkwürdiger.

Obwohl … in der Psychiatrie gibt es einen Fachausdruck für solche »unerklärlichen« Ereignisse, wenn ein Mensch hundertprozentig sicher ist, dass er etwas getan hat, was aber in Wirklichkeit nicht der Fall ist. Na ja, vielleicht war er abgelenkt gewesen, als er den Knopf das letzte Mal reindrückte, gestern Abend. Aber dann hätte das Licht ja nicht gebrannt. Oder hatten sogar die Elektronen daran geglaubt, dass die Sicherung eingeschaltet war?

Er musste die Tür schließen.

Er schob sie zu … und kurz bevor sie zufiel, klammerten sich Finger ganz unten um das Sperrholz. Blutverschmierte kleine Finger mit langen Nägeln, die von einem leuchtend goldenen Lack festlich glänzten, unpassend, aber auch schön neben dem frischen Blut.

Er wusste, er müsste eigentlich erschrecken.

Ob ihn seine tiefsitzende professionelle Routine schützte oder der Funken Ärger von eben noch nicht verglüht war, jedenfalls verspürte er keine Angst. Ebenso langsam und vorsichtig, wie er Minuten zuvor die Finger aus der nackten, wartenden Schraubkappe gezogen hatte, zog er jetzt die Tür wieder auf, und als die blutige Hand abrutschte, drängte er sich vorsichtig durch den Spalt.

Sie lag auf der Fußmatte, die Knie gegen die Brust gepresst.

Ein Teenager. Ein Mädchen, höchstens dreizehn Jahre alt, vielleicht sogar noch jünger.

Ein Rotschopf. Die Haare ziemlich kurz und völlig zerzaust. Sie trug schwarze, enge Hosen und einen dunklen Pullover, der an der Seite aufgetrennt war.

Sie hat viel Blut verloren, war Viktors erster Gedanke. Ein feines, sehr weißes Gesicht mit hohen Wangenknochen. Nicht totenähnlich, nicht kreidebleich, sondern weiß, richtig weiß.

Bevor er sich über das Mädchen beugte, warf Viktor einen Blick ins Treppenhaus. Es war niemand zu sehen und kein Laut zu hören. Als ob das ganze Haus schon vor langer Zeit ausgestorben und das blutende Mädchen praktisch aus dem Nichts vor seiner Tür gelandet wäre.

Das Mädchen stöhnte hörbar.

Viktor hob den federleichten Körper hoch und bemerkte dabei, dass sich nicht sehr viel Blut unter der Tür angesammelt hatte. Aber diese Gesichtsfarbe – woher rührte sie? Es gab auch keine Blutspuren, der Treppenabsatz war sauber, die Verletzte schien buchstäblich auf seine Türschwelle herabgefallen zu sein.

Wieder drängte er sich seitlich durch den Türspalt, zurück in die Wohnung, als ob er Angst hätte, die Tür weiter zu öffnen. Der Fernseher im Zimmer murmelte vor sich hin, immerzu irgendetwas Fröhliches, Beruhigendes.

»Tut es weh?«, fragte Viktor. Er rechnete nicht mit einer Antwort, aber er hatte das Gefühl, etwas sagen zu müssen, während er das Mädchen vom Flur ins Wohnzimmer trug und aufs Sofa legte, das – zum Teufel damit – von einem abgewetzten weißen Überzug bedeckt war und augenblicklich braune Flecken bekam. »Gleich …«

Als Erstes musste er einen Krankenwagen rufen. Er hegte keine Illusionen, was ein baldiges Eintreffen seiner Kollegen anging, umso wichtiger war es, den Notdienst so schnell wie möglich zu benachrichtigen.

Dann musste er das Mädchen verbinden. Und die Tür schließen!

»Das ist nicht nötig«, sagte das Mädchen unerwartet laut. »Ruf nicht an … Viktor.«

Er ließ sich nicht stören, wunderte sich nicht einmal, dass sie seinen Namen kannte. Er begriff instinktiv, dass heute so eine Nacht war, in der er sich über nichts zu wundern brauchte.

Viktor griff zum Telefon, hob den Hörer ab. Und ließ ihn fallen – aus der Sprechmuschel stieg stinkender schwarzer Rauch auf.

»Ruf nicht an!«, wiederholte das Mädchen.

Allmählich kamen sie zusammen – zur Stunde des Grauen Hundes, der trostlosesten Zeit der Nacht. Jener Stunde, in der alles im Voraus bestimmt ist, unabänderlich und bereits bekannt. Zu dieser Stunde versammelt man sich am besten im sicheren Kreis guter Freunde, entzündet ein wärmendes Feuer, sticht ein Fass Aetanne an, holt eine alte Klampfe hervor und singt etwas im Stil von »Ach, auf Stein, auf schwarzem Stein, wo du nicht spürst der Erde Wurzeln …«, und nach dem melancholischen singt man ein fröhliches Lied, rasend fröhlich, vielleicht sogar frivol, sofern sich keine Damen in der Runde befinden.

Aber das ließ sich nun nicht ändern. Es war die Stunde des Grauen Hundes – und Schatten glitten am äußersten Rand der Nacht dahin, die so dunkel war, dass der Blinde behänder als der Sehende wurde. Unter den Umhängen waren die Schwerter nicht zu sehen. Der Grund, weshalb sie sich hier versammelten, verlangte nach anderen Waffen – nicht nach denen, die man für rituelle Duelle mit Seinesgleichen verwendete. Vom Ausgang dieses Treffens hing viel ab. Selbst wenn nicht alle, die sich auf den Weg zu diesem Treffpunkt gemacht hatten, das Ausmaß der Gefahr kannten, so war es doch nicht nötig, irgendjemanden zur Eile zu drängen. Langsam traten die Bäume auseinander, der Wald lichtete sich, jener Wald, den die Holzfäller hundert Jahre zuvor so sorgfältig verstümmelt hatten.

Früher gab es hier Wege und Häuser. Aber die Zeit verschont nichts; die unerbittliche Zeit, der keiner zustimmen will. Inzwischen waren sogar die jungen Bäumchen, des Feuers liebste Nahrung, schon wieder ausgewachsen und hinfällig geworden. Inzwischen zerbröckelten sogar die Steine der Fundamente unter den Wurzeln der Gräser zu Staub …

Zur Stunde des Grauen Hundes war der Weg gefährlich; aber doch nicht so sehr wie zu anderen Zeiten der Nacht.

Die Unbefriedbaren streiften umher; hoch in der Luft kreisten die Fliegenden; aus den dichten Wäldern blickten die habgierigen Augen jener, die ihre jahrhundertealte Angst nicht überwinden und aus dem Dickicht heraustreten konnten. Vor ihnen musste man sich in Acht nehmen, mehr aber nicht. Fürchten musste man andere: die ehemaligen Freunde und Verbündeten. Sie, die es einst gemeinsam von ihrer heimatlichen Küste hierher verschlug, waren einander nun die grimmigsten Feinde. Längst war jene Zeit vergessen, als sie nebeneinanderstanden, ohne die Hand an den Griff des Schwertes zu pressen. Vergessen und verflucht.

Wahrscheinlich für immer …

In der zerfurchten Erde, über die sich unzählige Male gepanzerte Armeen ergossen hatten, umgeben von einem ausgetrockneten, aufgeriebenen Wald, wo jeder Baum von Kugeln durchlöchert war, auf einem steilen Felsen, der sich über einem See erhob, stand eine Burg. Besser gesagt, das, was von ihr noch übrig war.

Ihre Wachtürme waren nicht von Kanonen und Rammböcken zerstört worden, denn die blieben weit entfernt im Gelände zurück, steckten fest im klebrigen Moos oder stürzten in versteckte Bodenfallen. Nein, ein alles vernichtender Zauber hatte das Werk vollbracht. Nur noch die Fundamente waren übrig geblieben, ein Haufen Steine, dick überzogen von grauem Grind – Magie hatte die Granitblöcke in Schutt und Asche zerlegt. Erdigel bedeckten die gewaltige Wunde, die Spaten dem Graben rund um die Ruine zugefügt hatten.

Man begrüßte einander schweigend – für derartige Treffen war noch keine Etikette erdacht worden. Der Thronsaal war schwerer als alle anderen Räumlichkeiten von der Verwüstung betroffen, denn zu jener Zeit tobte hier der letzte, verzweifelte Kampf zwischen den Verteidigern und den Angreifern. Bis heute bewahrten die Überreste der Mauern den Zauber, den ihre Erbauer in sie gewirkt hatten; er war das Einzige, was die Ruine vor dem Zusammenstürzen abhielt. Eine baufällige Wendeltreppe führte hinauf zum Saal, der wie ein Vogelnest im Baum in zwanzig Mann Höhe zwischen den Resten der Burgmauern hing.

Hier lohnte es sich nicht, mit Magie zu hantieren – vor allem nicht mit kriegerischer.

Deshalb hatten sie sich hier verabredet.

Diejenigen, die zuerst eintrafen, stellten sich an der am stärksten zerstörten Mauer auf, als ob sie damit einverstanden wären, dass ihre Silhouetten leichte Zielscheiben abgaben. Ein Zeichen des Vertrauens, des Friedens – aber wie oft hatte sich ein solches Zeichen schon als Falle, als Betäubung für die Wachsamkeit, als gemeines Kalkül entpuppt …

Trotzdem, es war ein Zeichen des Friedens.

»Wir haben viel zu bereden«, begann der groß gewachsene Mann, der in einen Umhang gehüllt war – der Anführer derer, die zuerst gekommen waren.

»In der Stunde des Grauen Hundes?« Eine Stimme voller Ironie erklang aus der Dunkelheit, wo die stämmigen Gestalten jener, die später eingetroffen waren, kaum auszumachen waren. Jeder wusste, dass man alles, was in dieser Stunde gesprochen wurde, nicht allzu ernst nehmen durfte.

»In der darauffolgenden Stunde gibt es für uns keine Wahrheit«, antwortete der Anführer gelassen. »Die Stunde des Erwachenden Wassers ist nicht unsere Stunde. Und erst recht nicht die eure. Daher dürfen wir keine Zeit verschwenden.«

»Wir hören dich an, Ritor«, willigte die unsichtbare Gestalt ein, scheinbar bereit, auf weiteres Wortgeplänkel zu verzichten. »Der Weg war weit. Wir sind doch nicht vergebens gekommen?«

Ritor ließ die Frage unbeantwortet. Er konnte sein Gegenüber nicht erkennen, und das beunruhigte ihn. Er wandte sich um und warf einen Blick auf seine Gefährten.

Vier an der Zahl, wie man es vereinbart hatte.

Die Brüder Klatt, die schwache Magier, aber ausgezeichnete Krieger waren. Auf ihnen lastete das ganze Gewicht ihrer Sicherheit zu dieser Stunde, wenn die Magie der Luft geschwächt war.

Auch Schatti war dabei, der noch junge, aber schon erfahrene Zauberer. Selbst zur Stunde des Grauen Hundes, der jede Magie verhasst ist, ging von ihm ein kaum spürbarer Hauch von Kraft aus.

Zu Ritors Rechten stand Taniel, sein Neffe. Der Junge hatte sich mit seinen gerade mal sechzehn Jahren bereits den Beinamen »Liebling des Windes« verdient. Für den Clan der Luft war er die Hoffnung der Zukunft.

Eine dunkle, unklare und gänzlich unbegründete Vorahnung überkam Ritor – obwohl es doch zu dieser Stunde, wenn alle Magie der Welt schläft, keine wirklichen Vorahnungen gibt. Er hätte den Jungen niemals mitnehmen dürfen! Auch wenn den Regeln nach einer, der noch kein Mann ist, bei den Gesprächen dabei sein sollte, um das Gesagte mit der ganzen Hitze der Jugend aufzunehmen – ganz gleich.

Er hätte ihn nicht mitnehmen sollen!

»Was willst du uns sagen, Ritor?«, beharrte der Anführer der anderen Gruppe.

Seltsam, als ob er nichts gegen Verzögerungen einzuwenden hätte …

Ritor kam mit einem Ruck zu sich.

Seine Vorahnung war unsinnig. Der Clan des Feuers war nicht ihr Feind. Und nun, an der Schwelle der Nacht, waren jene so schwach wie sie selbst – das würde alle von Verrat abhalten.

»Es naht Krieg«, sagte Ritor. Während er sprach, hatte er das Gefühl, sich in einen kalten Luftstrom zu werfen, einen Strom, der über Gebirgsgletschern entstanden war. Der Clan des Feuers war nicht der erste Clan, mit dem er das Gespräch suchte. Aber kaum jemand hatte seinen Worten bislang Glauben geschenkt.

Die Gestalten an der gegenüberliegenden Wand schwiegen. Die langen Umhänge waren in unheilvoller Bewegungslosigkeit erstarrt.

»Es naht Krieg«, wiederholte Ritor. »Und die Clans sind wie immer zerstritten.«

»Das wissen wir«, erklang im Flüsterton die Antwort. »Aber wir wissen auch, dass es niemals Eintracht, wahre Eintracht unter ihnen gab.«

»Nach dem letzten Krieg …«, begann Ritor.

»Diese Zeiten sind längst vorüber«, sagte der andere mit Härte. Ritor konnte sein Gesicht noch immer nicht sehen. Weder mit der Sehkraft seiner Augen noch mit jenem magischen Blick, der in dieser Stunde kraftlos war. »Nach dem Krieg vielleicht, ja. Aber dann … Es wäre dumm, zu glauben, Ritor, dass sich die Clans ohne gemeinsamen Feind nicht gegenseitig bekämpfen würden. Seltsam, so etwas von dir zu hören, der du doch so weise bist.«

Ritor seufzte und fuhr sich mit der Hand über die Stirn, um zu verhindern, dass der Ärger sich entfalten konnte. Der Clan des Feuers war berühmt für seine Starrköpfigkeit. Was hatte er, Ritor, denn erwartet?

»Also gut«, sagte er. »Lassen wir die Eintracht. Lassen wir das vorerst. Ich will nur sagen, dass die Angeborenen nichts vergessen und nichts verziehen haben.«

»Kannst du deine Worte beweisen? Warum hast du dann auf ein geheimes Treffen beharrt? Warum hast du nicht die Große Versammlung angerufen?«

Ritor spürte einen kalten Hauch der Angst auf seiner Stirn. Der Clan des Feuers müsste ihn eigentlich verstehen ... Obwohl er sich immer durch Unberechenbarkeit ausgezeichnet hatte, ebenso wie das unstete Element, das die Mitglieder des Clans mit Kraft versorgte.

»Weil die Große Versammlung unvermeidlich im großen Zank endet«, erwiderte Ritor verbittert. Warum musste er immerzu erklären, was ohnehin jeder wusste? »Was die Beweise angeht ... Die Angeborenen erinnern sich an alles!« Ritor erschrak selbst über die Verzweiflung, die in seiner Stimme mitschwang. »Ich weiß es – alle Kinder der Luft wissen es! Der Südwind erzählt uns raunend von den Schiffen, die an der Bruchstelle warten, er trägt die Gerüche von geschmiedetem Stahl und von giftigen Gebräuen zu uns. Der Nordwind nimmt an Kraft zu, um die Flamme über unseren Städten anzufachen. Die Vögel fliegen früher als sonst nach Westen, die Aasgeier sind aus den Wüsten im Osten herangezogen – sie warten auf ihre Gelegenheit. Die Angeborenen stellen ihre Armee auf.«

»Aber doch nicht zum ersten Mal, Ritor. Sie haben es schon früher versucht. Einmal gleich nach dem großen Krieg und dann vor sieben Jahren. Was ist von ihren Armeen geblieben, Ritor? Erinnern sich deine Winde noch an die Todesschreie der Angeborenen?«

Die Stimme des Sprechers war frei von jedem Zweifel. Und frei von Angst. Im erwachenden Morgenlicht waren die Gestalten in ihren Umhängen von dunklem Orange zu finsteren, unbeugsamen Skulpturen erstarrt. Ritor empfand Hoffnungslosigkeit.

»Nach dem Krieg herrschte noch Eintracht«, flüsterte er. »Und vor sieben Jahren … Kann man bei zehn Schiffen von einer Armee sprechen? Das waren nur Kundschafter, eine Kraftprobe … Wir haben alle Beweise zusammengetragen, die wir finden konnten. Jetzt benötigen wir eure Hilfe, die Hilfe des Feuers. Die Winde sehen viel … aber nur das Feuer kann sagen, was genau sich in den Kesseln über ihm zusammenbraut.«

»Wir verstehen dich«, erklang es aus der Dunkelheit, »aber sag selbst, weiser Ritor, zweimal versuchten die Angeborenen, uns zu vernichten. Zweimal. Mit verschiedenen Kräften, verschiedenen Waffen. Zweimal sind wir mit ihnen fertiggeworden. Dennoch … wir verstehen deine Sorge. Aber hast nicht du selbst uns unseres Beschützers beraubt? Keiner behauptet, dass er der Inbegriff von Güte und Gerechtigkeit war, aber die Angeborenen erzitterten allein beim Klang seines Namens. Hast nicht du selbst dieses Geschlecht ausgerottet?«

Ritor senkte den Kopf. Der Anführer des Feuers sagte die Wahrheit. Die reine Wahrheit.

Mit einem kurzen Seitenblick bemerkte er, dass Taniels Augen sich geweitet hatten. Armer Junge … obgleich, warum arm? Der Krieg stand auf der Schwelle, es war an der Zeit, ein Mann zu werden.

»Du hast dieses Geschlecht ausgerottet«, fuhr der andere mit weicher Stimme fort. »War das eine weise Entscheidung, Ritor, was meinst du?«

Etwas an diesen Worten versetzte Ritor in Unruhe. Und wieder konnte er nicht bestimmen, was genau ihn wachsam machte. Der Clan des Feuers hatte immer als ihr Verbündeter gegolten … zumindest nicht als ihr Feind. Was schon viel wert war.

»Du hast nicht genügend Beweise sammeln können, um die Große Versammlung zu überzeugen, ist es nicht so, weiser Ritor? Und jetzt bittest du uns vom Clan des Feuers, das zu tun, was dein Clan nicht vermag? Du, der du den letzten aus dem Geschlecht vernichtetest, dessen Namen nie mehr auszusprechen du gelobtest. Und uns damit in Verdammnis stürztest.«

Die Vorwürfe trafen Ritor wie eine scharfe Wasserpeitsche. Er senkte den Kopf. Ja, Taniel, ja. Vor langer Zeit habe ich den größten Fluch unserer Welt überwunden. Und gleichzeitig – ihren größten Schutz. So ist es eigentlich immer, mein Junge.

Nichts auf der Welt darf zu viel Kraft besitzen.

»Wozu deine Worte?« Ritor schaute auf und ballte die Hände zu Fäusten. »Was geschehen ist, ist geschehen.«

»Wer weiß das schon?«, erklang es rätselhaft aus der Dunkelheit. »Wer weiß das schon, weiser Ritor … der du den Letzten aus dem verfluchten Geschlecht erschlugst? Also du glaubst, dass der Krieg nicht zu verhindern ist?«

»Ja«, sagte Ritor mit fester Stimme. Er hatte wieder Boden unter den Füßen – besser gesagt, er spürte einen neuen Luftstrom unter den Flügeln. »Der Krieg ist nah. Er ist unvermeidlich. Und wenn die Clans sich nicht verbünden, so wie damals …«

»Aber was hast du mit den verbündeten Clans vor?«, folgte eine giftige Frage. »Spätestens wenn die Angeborenen von Bord ihrer adlerköpfigen Schiffe gehen, verbünden wir uns ohnehin. Was hast du vor, weiser Ritor, warum willst du uns schon miteinander vereinigen, ehe der Krieg überhaupt angefangen hat? Du hast uns unserer besten Verteidigung beraubt, indem du jenen, dessen Namen du nicht aussprechen darfst, erschlugst. Du erschlugst ihn entgegen dem Willen vieler weiser Männer, und nun sollen wir alle uns dir unterordnen? Du verheimlichst uns etwas, Ritor. Die Zeit für offene Worte ist gekommen, falls du das noch nicht verstanden hast. Hör auf, dich hin und her zu winden wie ein Frühlingswind, und antworte ehrlich, wenn du auf uns zählen willst.«

Der Clan des Feuers war berühmt für seine Starrköpfigkeit. Es war nicht anders zu erwarten gewesen.

Ritor seufzte. »Die Winde bringen verschiedene Kunde. Wortfetzen von Beschwörungsformeln fliegen über den großen Ozean wie abgerissene Blätter. Die Angeborenen bereiten etwas vor ... etwas Furchtbares, das aufzuhalten ...«

»... nur der vermag, den du erschlagen hast?« Schneidend erklang die Stimme aus der Dunkelheit.

»Ja«, antwortete Ritor dumpf. »Ja, und deshalb ...«

»Erneut begehrst du die Kraft aller Clans ... Warum?«

Alles in Ritor zog sich zusammen. Heraus damit – die Zeit für offene Worte war gekommen! »Nach dem zu urteilen, was die Winde uns kundtun, wollen die Angeborenen einen Drachen erschaffen.«

Stille senkte sich über die Burgruine. Es schien, als ob die Steine durch den verfluchten Namen noch lebloser wurden. Jene Steine, die doch längst für alle Zeiten von der früheren Magie zerstört worden waren.

»Einen Drachen erschaffen?«, klang es aus der Dunkelheit. »Einen Drachen ... erschaffen? Kann man das denn?«

»Wer weiß das schon ...« Ritor ließ den Kopf sinken. »Wir haben auch nicht an ihre Schiffe geglaubt, erinnerst du dich? Und als sie dann auftauchten – war es schon fast zu spät. Erinnerst du dich noch daran, wie viel Blut über diese Gestade geflossen ist? Erinnerst du dich?«

»Ich erinnere mich.« Raschelnd wie schnell fließendes Wasser ertönte die Antwort. »Aber Schiffe – überlege selbst, weiser Ritor –, Schiffe sind noch vorstellbar, ein Drache jedoch ist etwas ganz anderes. Aber … was du sagst, überrascht uns nicht.«

»Wieso?«, fragte Ritor bestürzt.

»Keiner kennt die Grenzen jener Kräfte, die von den Angeborenen entfesselt wurden. Wir glauben nicht, dass man einen Drachen erschaffen kann … aber du hast Recht, wir haben auch nicht an ihre Schiffe geglaubt. Also, was sollen wir tun? Was schlägst du vor? Willst du deine Jugend wieder aufleben lassen, Ritor?« Die Stimme war voller Häme.

Endlich erklang die eigentliche Frage, die Frage, um derentwillen Ritor diese Zusammenkunft veranlasst hatte, ohne Rücksicht auf seine Kräfte.

»Die Zeit des Drachen ist gekommen«, sagte er.

Sein Gegenüber brach in ein leises, glucksendes Lachen aus. »Die Zeit jener, die nicht mehr sind? Was sagst du da, weiser Ritor?«

»Die Zeit des Drachen ist gekommen«, wiederholte Ritor. Wieder trat Stille ein. Er hörte, wie Schatti hinter seinem Rücken stöhnte. Auch den Zauberer beunruhigte etwas.

»Ich verstehe«, war endlich aus der Dunkelheit zu vernehmen. »Dich bewegen die Erinnerungen an die Tage des großen Krieges. Hoffnungen und Ängste – sie stammen aus deiner Jugend. Ritor … der du den letzten Drachen tötetest.«

Ritor presste die Zähne aufeinander, beherrschte sich. Der Clan des Feuers, der sich in den Tagen des Krieges abseits gehalten hatte, hatte alles Recht, ihm Vorwürfe zu machen. Und dennoch … »Wir werden einer Invasion der Angeborenen nicht standhalten, und erst recht nicht, wenn der Erschaffene Drache sie anführt.«

»Aber kehrt nicht zusammen mit dem Drachen auch der Drachentöter zurück?«

Seltsam, der Anführer des Feuers schien sich kein bisschen zu wundern. Aber das sollte er eigentlich. Wenn der letzte Drache vernichtet war, konnten nicht einmal die Angeborenen ein solches Wunder neu erschaffen.

»Warst du nicht so ein Drachentöter, Ritor? Hast du nicht die Prüfungen des Feuers, des Wassers, der Luft, der Erde und des Bluts bestanden? Haben nicht die Weisen aller Clans ihre Rituale über dir vollzogen? Wenn die Angeborenen vom Drachen angeführt werden … stellen wir ihm seinen Drachentöter entgegen.«

»Es gibt einen anderen Weg.«

»Nein, gibt es nicht«, erwiderte der Anführer des Feuers schroff. »Und was wäre auch schlecht an dem Weg, den ich vorgeschlagen habe?«

»Die Angeborenen könnten noch etwas anderes anzetteln«, sagte Ritor langsam. »Sie brauchen ihn nicht unbedingt – den Drachen. Denn was werden sie hinterher mit ihm anfangen … nach dem Sieg? Es ist nicht einfach, einen Drachen zu töten. Es ist viel einfacher, die Feindschaft zwischen den Clans anzufachen … damit der Funke der Zwietracht entbrennt … dann braucht es nicht viel, um uns zu besiegen. Wir vernichten uns selbst gegenseitig. Ist nicht der Clan des Wassers jetzt schon bereit, sowohl uns wie auch euch in Stücke zu zerfetzen? Ist nicht der Clan der Schneeleoparden tief verfeindet mit den Tigern? Versucht nicht eben jener Clan des Wassers, die letzten Angehörigen vom Geheimen Clan aufzuspüren – und keiner weiß, weshalb? Und stimmt es nicht, dass ihr keine Gelegenheit auslasst, um den Clan der Erde bis aufs Blut zu reizen?« Was er zuletzt gesagt hatte, klang zu scharf. Aber die Worte waren bereits ausgesprochen.

Sein Gegenüber schien jedoch nicht gekränkt.

»Lassen wir die Streitereien erst mal beiseite«, sagte er leichthin. »Wenn ich dich richtig verstanden habe, Ritor, bist du der Meinung, dass wir den Drachen brauchen?«

»Ja …« Hinterm Horizont grollte Donner, oder kam es Ritor nur so vor? »Um die Armada zurückzuschlagen … Um den Erschaffenen Drachen zu besiegen.«

»Das heißt, der Drache kann also zurückkommen.« Es war keine Frage, sondern eine Feststellung.

»Wenn der Drache nicht kommt, geht unsere Welt unter.«

»Wie das?«

»Kriege …«

»Bisher haben wir alle Kriege aus eigener Kraft überstanden. Die Zeit der Drachen ist vorbei, Ritor.«

Was war mit dem Clan des Feuers los, jenen, die doch bis zuletzt zu den entthronten Herrschern der Welt gehalten hatten?

»Wir brauchen den Drachen«, sagte Ritor. »Und er … er wird kommen.«

Er war auf Häme gefasst, auf bittere Ironie, auf Vorwürfe. Schließlich wusste jeder, dass die Drachen für immer verschwunden waren.

Nicht zuletzt seinetwegen.

»Ich weiß«, sagte sein Gegenüber. »Du hast den letzten Drachen nicht getötet. Du hast ihn – oder sie? – verjagt, aber nicht getötet.«

Die Worte waren ausgesprochen. Ritor hörte, wie seine Gefährten hinter ihm anfingen sich zu bewegen. Nur der

Magier hielt still. Vielleicht weil er im Gegensatz zu den Kriegern und Kindern wusste, dass die Wahrheit stets mehrere Gesichter hat.

»Ja«, sagte Ritor leise. »Ich konnte ihn nicht töten, denn ...«

»Ich weiß, ich weiß«, ließ sich der andere vernehmen, weich und murmelnd klang seine Stimme. »Du musst es nicht erklären. Du hast ihn laufen lassen ... und jetzt wacht der letzte Drache wieder auf. Aber wir brauchen ihn nicht!«

»Er ist der Einzige, der unsere Welt verteidigen kann ...«

»Verteidigen werden wir uns selbst! Ritor, wir werden nicht zulassen, dass er zurückkehrt. Wenn der Drache erwacht – erwacht auch der, der ihn erschlägt. Dieser jemand warst du, so war es seinerzeit. Und so wird es auch jetzt sein. Und wieder wird es Krieg geben, viel schrecklicher als der Kampf mit den Angeborenen, mit dem du uns jetzt Angst machst. Hast du alles vergessen, weiser Ritor? Oder nicht? Und doch hast du trotz alledem den Drachen gerufen, nicht wahr?«

»Den Drachen kann man nicht rufen, er kommt von selbst.«

»Aber dafür kann man denjenigen rufen, der den Drachen aufhält. Und das haben wir getan.«

Ritor spürte, wie Schatti stöhnte. Irgendetwas um sie herum hatte sich verändert.

Der Raum erzitterte, als die Kraft allmählich in die Welt zurückkehrte. Die Stunde des Grauen Hundes war zu Ende, die Magie erwachte. Auch wenn die Magie der Luft noch schwach war, denn bis zur Stunde des Offenen Himmels dauerte es noch lange.

Ritor spürte, wie zarte Windströme um seine Finger strichen, er hörte, wie hinter ihm in den Ritzen der Mauern die

Luft raunte. »Seltsam, so etwas von den Kindern des Feuers zu hören ...«, flüsterte er.

»Hier ist nicht das Feuer!«, rief der Magier hinter ihm. »Ritor, hier ist nicht das Feuer!«

Ritor warf seine Arme hoch – streckte sie mit aller Kraft den verhüllten Gestalten entgegen.

Ein schwacher Windstoß ging durch den Saal. Er reichte gerade aus, um die Kapuzen, die tief über die Gesichter gezogen waren, nach hinten zu fegen. Mit Müh und Not gelang diese Kraftanstrengung.

Die Gesichter, in die sie nun blickten, waren bleich. Zu durchsichtig und zu rein für den Clan des Feuers.

»Verrat!«, schrie Ritor und fasste dabei, ohne nachzudenken, nach dem Griff des nicht vorhandenen Pallaschs.

Der, den er für den Anführer des Feuers gehalten hatte, lachte auf. »Warum? Sie haben euch nicht verraten, Ritor. Wir mussten sie lange überreden, damit sie uns den Treffpunkt nannten ...«

Die Brüder Klatt traten gleichzeitig nach vorne – sie benötigten keine Absprache, um sich zu verständigen. Ihre Säbel und Pistolen waren im Wald zurückgeblieben, in hundert Schritt Entfernung von der Ruine, so sahen es die Regeln vor – ein Magier spürt leicht verborgene Waffen auf, auch zur Stunde des Grauen Hundes. Aber selbst die langen Messer in den Händen der Brüder konnten ihnen jetzt von Nutzen sein. Taniel versuchte ebenfalls, Ritor und dem Magier mit seinem Körper Deckung zu geben, aber Ritor stieß ihn mit dem Ellbogen zurück. Im Kampf war der Junge keine Hilfe.

»Wir gehen«, sagte Ritor. Es war eine Feststellung, keine Frage, und er bemühte sich, seiner Stimme eine Sicherheit zu verleihen, die er ganz und gar nicht empfand.

Zwischen dem Clan der Luft und dem des Wassers gab er keinen offenen Zwist. Gelegentlich hatten sogar freundschaftliche Verhältnisse geherrscht – so zu Zeiten des großen Krieges. Vielleicht würde man sie ziehen lassen.

»Nein«, sagte jener, der das Wasser anführte. »Ich fürchte, das tut ihr nicht, Ritor.«

Es war ihre Zeit. Der Moment ihrer unbegrenzten Kraft. Und sie hatten keine Angst, sie auszuüben.

Alle fünf hoben die Arme und warfen die Umhänge der ermordeten Feuerkinder von ihren Schultern. Erst jetzt konnte man sehen, dass der orangefarbene Stoff an manchen Stellen zerrissen war und bräunliche Flecken hatte. Unter der fremden Kleidung kam ihre eigene hervor: schimmernd blassblaue, eng anliegende Kamisole.

Es war die Stunde ihrer Kraft – und niemand auf der Welt vermochte es, die Magie des Wassers aufzuhalten.

Die Klatts warfen sich ohne zu zögern in den aussichtslosen Kampf. Ritor sah deutlicher, als ihm lieb war, wie der ältere der Brüder strauchelte, schwankte und sich an die Gurgel fasste. Sein beweglicher, schmaler Körper begann sich aufzublasen, im gleichen Augenblick riss krachend der Stoff seines Rocks und die silbernen Schließen sprangen klingend über die Steine. Im Handumdrehen war sein Körper plump und unbeweglich geworden und der Krieger stürzte zu Boden. Ein gellender Schrei erschütterte die Ohren.

Dann platzte der ältere Klatt. Mit einem widerwärtigen Geräusch riss seine Haut, unnormal helles, durchsichtiges Blut spritzte in alle Richtungen.

Blut wie Wasser.

Der Jüngere der Brüder lebte ein paar Sekunden länger. Jede Magie benötigt ein Gegengewicht – sein Körper platzte nicht, sondern trocknete aus. Der Mann schaffte es sogar noch zuzustechen, sein Messer glitt über die Brust eines der Feinde. Wohl ohne die übliche tödliche Kraft, doch immerhin stöhnte jener auf, strauchelte und brachte den Angriff durcheinander. Der vertrocknete, mumienartige Körper des jüngeren Klatt fiel vor den Kämpfern des Wassers zu Boden. Der Augenblick der Verwirrung dauerte nur kurz, und doch …

»Verschwinde, Ritor!«, schrie Schatti und trat nach vorne. Er war an der Reihe zu sterben, und der Magier wusste das.

Ritor blickte sich um. Sich an den Feinden vorbei zur Treppe durchzuschlagen war aussichtslos. Es blieb nur ein einziger Ausweg: Die eingestürzte Mauer hinter ihm, wo der Himmel leuchtete und die schwindelnde Höhe atmete.

Etwas mehr Kraft! Nur ein wenig mehr!

»Taniel!« Ritor zog seinen Neffen mit sich. Sah die Angst in dessen Augen. Zu seiner Stunde war der Junge schon zu vielem fähig, aber jetzt … »Taniel, sonst sterben wir!«

Wind erfasste sie am Rücken. Wahrscheinlich gab der Magier alle seine Kräfte in diesem letzten Kampf, der kurz und hoffnungslos war. Ein reißender Luftstrom schleuderte die Kinder des Wassers zur Treppe. Ganz wie Augenblicke zuvor Klatt der Ältere fasste sich nun ihr Anführer an die Gurgel. Schatti hatte den Hauptangriff gegen ihn gerichtet, er sog ihm die Luft aus den Lungen und drohte ihn zu ersticken. Wäre es nicht die Stunde des Erwachenden Wassers – der Magier wäre in der Lage gewesen, seinen Gegner auf diese Weise zu vernichten.

»Spring!«, rief Ritor dem Jungen zu. Jener atmete tief aus, den Blick seiner tödlich erschrockenen Augen fest auf Ritor geheftet, und tat einen Schritt ins Leere.

Hinter ihm pfiff eine Wasserpeitsche.

Im Sprung drehte Ritor sich um und sah, wie die elastische hellblaue Rute, umgeben von einer Aureole spritzender Wassertropfen, den Körper des Magiers von der rechten Schulter bis zur linken Hüfte durchtrennte, dann erneut aufblitzte, hoch unter das Gewölbe des Saales schoss und als Nächstes auf ihn zustürzte. Nur weil der vom Magier beschworene Wind noch nicht abgeflaut war, verfehlte der Kämpfer vom Wasserclan Ritor um Haaresbreite. Die Wasserpeitsche, die sich aus der gegnerischen Hand dehnte, erzitterte, als sie sich den Weg in die fremde Sphäre suchte.

Aber Ritor fiel schon.

Luft schlug ihm ins Gesicht – zärtlich und verwirrt.

Es ist nicht deine Stunde, Ritor, was tust du, Ritor?

Er fiel aus zwanzig Mann Höhe. Unter ihm trudelte Taniels Körper. Jetzt kam der Junge zu sich – er breitete die Arme aus, lag in der Luft. Ein schwaches Leuchten umhüllte seine Gestalt, als er versuchte zu fliegen. Die glitzernden magischen Luftflügel blitzten hervor, versuchten sich aufzuspannen.

»Nein!«, rief Ritor. Aber der Wind trug seinen Schrei davon.

In der Stunde des Erwachenden Wassers vermochten nicht einmal die allerstärksten Magier der Luft zu fliegen. Aber Taniel glaubte zu fest an sich, an seine Kräfte, an das ihm eigene Element. Sein Alter kannte keine Kompromisse. Er glaubte so stark, dass Ritor für einen Moment das Gefühl hatte, der Junge würde es schaffen …

Die Aura, die Taniel umgab, flackerte hell auf – und verlosch. Die Luftflügel öffneten sich nicht.

Für Schmerz blieb keine Zeit. Auch Ritors Fall strebte dem Ende zu. Er schloss die Augen, spürte mit seinem ganzen Körper den Ozean aus Luft um sich herum, zog an den zarten Fäden der Kraft, die kreuz und quer im Raum verliefen. Er würde sich keine Flügel erschaffen können. Aber es gab noch einen anderen Weg …

Die Luft verdichtete sich unter ihm zu einem prallen Kissen, einer durchsichtigen Linse.

Ein Kinderspiel, eine der ersten Übungen in der Kunst der Magie. Wer hält sich länger auf der unsichtbaren Stütze, wer springt höher, schaukelt weiter auf dem federnden Luftpolster? Wie konnte Taniel diese einfache Formel nur vergessen? Oder hatte er sie nicht vergessen, sondern nur die ernste, erwachsene Fertigkeit des Fliegens vorgezogen?

Die Luftlinse zerplatzte beim Aufprall auf die Erde. Die vom Zauber zusammengehaltene Luft verflüchtigte sich erleichtert in alle Richtungen. Dennoch wurde Ritors Fall gebremst. Erst wurde er kurz in die Höhe gedrückt, schwankte auf der sich rasant auflösenden Stütze. Vom plötzlich auftretenden Druckgefälle verschlossen sich seine Ohren. Dann traf er auf Stein auf, jedoch ohne die vorherige tödliche Wucht.

Er rollte einen Abhang hinunter, bis er sich mit tauben Fingern an den Zweigen der Büsche festkrallen konnte, die am Rand des längst ausgetrockneten Burggrabens wuchsen. Von dieser Seite aus war die Burg nicht angegriffen worden, der Graben war nicht verstopft von Erdigeln, sondern hatte seine ursprüngliche Tiefe bewahrt, und spitze Pfähle ragten aus dem Boden.

Es war sehr still. Genauer gesagt – es schien, als ob rundum Stille herrschte. Nur das Blut in seinen Schläfen pfiff. Ritor stand auf, schluckte, öffnete den Mund, um zu gähnen. Der Druck auf den Ohren ließ nach.

Taniels lebloser Körper lag ganz in der Nähe. Ein Blick genügte, um zu erkennen, dass der Junge tot war. Er war auf einen Felsen geprallt, und in dem zertrümmerten, verbogenen Körper war kein Leben mehr.

Dennoch ging Ritor zu ihm. Wenn er seinen Neffen schon nicht retten konnte, so wollte er doch wenigstens dessen Körper mitnehmen …

Die Erde erzitterte unter seinen Füßen. Ein trübes Gewässer plätscherte und spritzte in kleinen Fontänen um seine Beine herum. Ritor legte den Kopf in den Nacken und sah, dass die Kinder des Wassers von oben durch das Loch in der Mauer auf ihn herabblickten.

Verflucht sollten sie sein!

Er lief los. Die Erde verwandelte sich mit jedem Schritt mehr zu einem nassen Brei, alles um ihn herum schwamm bereits. Aber er war schon weit, die Feinde konnten ihn unter dem schützenden Dach der Bäume nicht sehen.

So einfach war es auch wieder nicht, den Besten aus dem Clan der Luft niederzustrecken. Selbst zu einer für ihn so ungünstigen Stunde.

2

Viktor legte den rauchenden Hörer auf den Tisch. Alles ereignete sich wie in einem bösen Traum, in dem die normale Welt zusammenbricht, aber nicht auf einmal, sondern nach und nach und voller Hohn. Alles, was er anfasste, starb. Rohre platzten, Bildröhren explodierten, Telefone brannten … Wie um Himmels willen konnte so ein fast neues, im Ausland produziertes Gerät in Brand geraten?

Die Isolierung der Drähte, irgendein Pulver im Mikrofon? Aber was sollte da für ein Pulver sein, und das erbsengroße Mikrofon würde doch niemals einen so anhaltenden Brandgeruch verursachen!

Unvermindert trat beißender Rauch aus. Er musste an einen albernen Streich aus seinen Kindertagen denken. Mit seinem Kumpel hatte er die erstbeste Nummer aus dem Telefonbuch gewählt, und wenn sich jemand meldete, hatten sie mit energischer, erwachsener Stimme in den Hörer geschrien: »Feuer! In der Telefonzentrale ist Feuer ausgebrochen! Werfen Sie den Hörer sofort in einen Wassereimer!« Dabei hatten sie sich gar nicht mehr eingekriegt vor Lachen. Dennoch, vielleicht …

Noch eine Sekunde, und ich fange an zu lachen. Fürchterlich, hysterisch zu lachen, während hinter mir ein Kind stirbt … Das war der richtige Gedanke gewesen. All die wirren Albernheiten in seinem Kopf verflüchtigten sich. Viktor ließ die armseligen Überreste des Hörers liegen und ging zu dem Mädchen – es war noch immer bei Bewusstsein, das war gut. Aber woher rührte diese Blässe?

Er beugte sich über die unerwartete Patientin und schob vorsichtig den blutigen Pullover hoch. Das Mädchen drehte sich ein wenig, um ihm dabei zu helfen. Tapfere Kleine.

Der Pulli ließ sich leicht hochziehen, das war gut, aber auch seltsam. Gut, weil es bedeutete, dass das Blut frisch war und die Kleidung noch nicht an der Wunde klebte – also musste auch die Verletzung frisch sein. Seltsam, denn eine frische Wunde müsste eigentlich noch weiter bluten.

»Wie sieht es aus?«, fragte das Mädchen. Ganz ruhig, ohne jenen melodramatischen Beiklang, wie man ihn oft bei erwachsenen Frauen hört, die sich in den Finger geschnitten haben.

»Ganz gut«, antwortete Viktor, erstaunlicherweise im gleichen gelassenen Tonfall.

Er war auf alles Mögliche gefasst. Eine klaffende Wunde, die von einem abgebrochenen Flaschenhals herrührte, oder sogar darauf, dass gar keine Kratzer auf der Haut zu sehen waren, denn womöglich tat die Kleine nur ihren Job und diente einer Bande minderjähriger Gauner als Türöffner.

Und er hatte noch immer nicht die Tür geschlossen!

Aber es gab eine Wunde. Ein dünner, fast chirurgisch anmutender Schnitt. Der nicht mehr blutete.

»Sie haben mich nur leicht erwischt«, sagte das Mädchen, als ob es seine Gedanken lesen könnte. »Beim Übergang. Es hat nicht wehgetan, aber das Blut lief in Strömen …«

»Beim Übergang – die Unterführung also, alles klar …«

Viktor blickte wie gebannt auf die Wunde. Das Mädchen hatte Glück gehabt. Offensichtlich hatten sie mit einer Rasierklinge zugeschlagen. Aber der Schnitt war nicht tief und die Haut nur oberflächlich verletzt. Das Mädchen schien eine gute Blutgerinnung zu haben. Und sie hatte nicht die Fassung verloren. Viktor mochte es überhaupt nicht, nachts durch die Unterführung zu gehen – und er war immerhin ein erwachsener und ziemlich kräftiger Mann. Ständig war die Beleuchtung kaputt, es stank ekelhaft, und in den finsteren Ecken raschelten die Obdachlosen, die sich für die Nacht einrichteten. Da war sie also überfallen worden. Schweine. Aber diese Kleine war ein tapferes Kerlchen. Hatte sich losgerissen und war in den nächsten Hauseingang gelaufen, und erst dort war sie zusammengeklappt, aber zum Glück nicht wegen Blutverlusts, wie er zuerst gedacht hatte.

»Alles wird wieder gut«, sagte er. »Ganz bestimmt. Es ist nur eine Schnittwunde, die nicht mal genäht werden muss. Ich desinfiziere sie nur.«

»Gut, Viktor.«

Sie blickte ihm prüfend und ernst in die Augen. Nicht wie ein Kind.

Und sie kannte seinen Namen.

»Woher kennst du mich?«, fragte Viktor scharf.

Das Mädchen schwieg.

Es sah ganz so aus, als würde diese Nacht keine einfachen Antworten für ihn bereithalten.

Viktor ging in den Flur. Eilig schloss er die Eingangstür ab. Er war etwas verwirrt, dennoch nahm er den Schlüssel für das zweite Schloss vom Nagel an der Wand und schloss – was er sonst nie tat – auch dieses ab.

Das hieß es also, sich zu verbarrikadieren! Eine klapprige Tür aus Sperrholz und zwei dürftige Standardschlösser. Mein Haus ist meine Festung …

Nachtschwarz zeigen sich die Wände
und die Kuppeln perlmuttweiß,
hat die Trauer hier ein Ende,
unsrer Träume Festung sei's.

Glatt-blau plätschert eine Welle,
Sonnenhonig strömt herab,
aus dem Wolkenland zur Stelle
Kinder, die zum Flug begabt.

Was ist wirklich, was ein Traum,
denk nicht nach, stell keine Fragen.
Ein Gedanke in dir wohnt,
deine Antwort gibt dir Recht.

Der beherrscht die Welt des Tages,
jener ganz allein die Nacht,
aber vom geheimen Feuer
einer nur den Schlüssel hat.

Viktor riss sich von der Wand los. Seine Beine zitterten leicht, aber fürs Erste schien der Unsinn aus seinem Kopf verschwunden. Als spulte er ein automatisches Programm ab, öffnete er die Hausapotheke, die im Flur hing, und entnahm ihr eine Plastiktasche mit Mullbinden und Pflaster.

Wenn das so weiterging, müsste er bald selbst in Behandlung …

Das Mädchen lag immer noch auf dem Sofa und blickte ihm entgegen. Viktor versuchte sich auf die einfachen Handgriffe zu konzentrieren, er riss ein Stück Mull ab, befeuchtete es mit Wasserstoffperoxid und tupfte vorsichtig über die Schnittwunde. Das Wasserstoffperoxid zischte auf der Wunde und fraß sich in die angetrocknete Blutkruste. Das Mädchen runzelte die Stirn.

»Also, woher kennst du meinen Namen?«, wiederholte Viktor seine Frage, während er eine Packung mit Leukoplast aufriss. Es war immer gut, den Kranken während der Behandlung mit irgendwelchem Gerede abzulenken. Davon abgesehen wollte er es wirklich wissen.

»Ich kenne ihn eben«, ließ sie sich zu einer Antwort herab. Nur leider, ohne irgendetwas zu erklären.

Um die Wunde abzudecken, benötigte er nur drei Stück Pflaster. Nein, sie hatte wirklich Glück gehabt. Eine rein oberflächliche Schnittwunde, abgerutscht vermutlich. Aber woher kam das viele Blut?

»Sie haben mit einer Rasierklinge zugestochen, oder?«, fragte er.

»Nein, mit einem Säbel.«

Ihre Augen blickten ernst. Aber Viktor hatte gelernt, Augen nicht zu vertrauen.

»Ich weiß nicht, wie du heißt«, fing er an, Ärger stieg in ihm auf. »Ich weiß nicht einmal, wo du dich so prächtig aufgeschürft hast …«

»Tel.«

»Was?«

»So heiße ich – Tel.«

Plötzlich begriff Viktor.

Solche Mädchen und Jungen hatte er schon im Fernsehen gesehen.

Schlampig gekleidet waren sie, trugen die Haare mit Bändern zusammengefasst, und auf dem Rücken hatten sie Holz- oder Metallschwerter. Sie gaben sich genau solche klangvollen Namen und trafen sich irgendwo im Wald, um Rollenspiele zu veranstalten.

Die hübsche Journalistin hatte überschwänglich erklärt, dass dies eine neue Form des Zeitvertreibs unter Jugendlichen sei, bei der sie alternative Formen des Verhaltens erlernen und die Geschichte vergangener Zivilisationen erfahren könnten. Beim Anblick dieser Jugendlichen war Viktor ein wenig beklommen zumute gewesen. Erstens glaubte er an diese vergangenen Zivilisationen der Gnome und Elfen ebenso wenig wie an das Reich des unsterblichen Koschtschej oder die Hexe Babajaga. Zweitens hatte er das Gefühl, dass die Augen dieser jungen Leute, die ihre Jugend dem Studium der Elfensprache widmeten, allzu fanatisch leuchteten.

Wahrscheinlich spielte auch das Mädchen hier, diese Tel, solche Spiele. Streifte in der Gesellschaft ihrer Elfenkameradinnen umher, malte sich die Nägel mit goldfarbenem Lack an, übte Fechten mit rostigen Eisenstangen. Na, und jetzt hatte sie ein kleines Souvenir fürs Leben abbekommen.

Wunderbare Erklärung. Was Besseres hätte er sich nicht ausdenken können. Und zu dieser späten Stunde hatte er nicht die Absicht, einfache, verständliche Erklärungen in Zweifel zu ziehen.

Aber woher kannte sie seinen Namen?

Vielleicht hatte sie ihn im Krankenhaus gesehen. Gelegentlich hatte er in der Kinderabteilung Bereitschaftsdienst. Die Göre hatte sich sein Gesicht und den Namen gemerkt, und als sie nun zufällig in seiner Wohnung gelandet war, hatte sie es als selbstverständlich betrachtet ... Zum Teufel mit diesen lächerlichen Vermutungen ...

»Tel«, sagte Viktor, so sanft er nur konnte. »Ich muss jetzt deine Eltern anrufen ... hm ...«

Er berührte das Telefon, das inzwischen nicht mehr rauchte, aber ...

»Tel, ich gehe eben runter, da ist ein öffentlicher Fernsprecher«, sagte Viktor.

Das Mädchen lächelte.

»Du musst nirgendwo anrufen.«

»Haben deine Eltern kein Telefon?«, folgerte Viktor.

Es war schon nach Mitternacht. Eine schöne Bescherung!

»Steh auf«, sagte er schließlich. »Dir ist nichts Schlimmes passiert. Ich bringe dich mit dem Taxi nach Hause.«

Tel schien nur auf seine Erlaubnis gewartet zu haben. Langsam setzte sie sich auf, zog den Pulli zurecht und faltete die Hände auf den Knien. Ein ordentliches, gut erzogenes Mädchen. Kaum zu glauben, dass sie solche Flausen im Kopf hatte.

»Mit dem Taxi kommt man nicht zu mir, Viktor«, teilte das Mädchen ihm mit. Ganz sachlich, ohne Ironie und auch nicht provokativ. Ganz im Gegenteil, eher so, als fände sie seinen Vorschlag schmeichelhaft.

»Und was machen wir dann?«

Insgeheim hoffte Viktor, dass sie aufstehen und fortgehen würde. Allein. Zu Fuß.

Nein, natürlich nicht, es wäre wohl kaum richtig, ein Kind, noch dazu ein verletztes, in die Nacht hinauszuschicken.

Aber tief in seinem Inneren machte sich eine kalte Vorahnung breit, die ihm sagte: Wenn dieses Mädchen jetzt nicht verschwindet, aus seiner Wohnung und aus seinem Leben, dann wird es schlimm werden, ganz schlimm.

Warum waren diese verdammten Vorahnungen nur immer so einseitig? Und was würde geschehen, wenn er das Mädchen jetzt rauswarf? Wäre das etwa besser?

Tel blickte ihm in die Augen.

»Wir gehen jetzt schlafen«, sagte sie mit bestechender Schlichtheit.

Sie dachte einen Moment lang nach, dann fügte sie hinzu: »Ich bin klein, wir passen zu zweit auf das Schlafsofa. Und morgen bringst du mich nach Hause.«

Endlich begriff Viktor alles.

»Ja«, sagte er, fasste das Mädchen um die Schulter, hob es hoch und trug es wortlos in den Flur. Sogleich waren ihm eine Reihe Unannehmlichkeiten in den Sinn gekommen, die sich hinter ihrem Vorschlag verbergen konnten. Solche, von denen er in der Zeitung gelesen hatte, und andere, die ihm seine eigene Fantasie spontan unterbreitete. Noch eher harmlos war die Vorstellung, am nächsten Morgen in einer ausgeräumten Wohnung aufzuwachen ... denn was gab es bei ihm schon zu klauen? Weiter fielen ihm unrasierte Mitbürger kaukasischer Herkunft, eingeschaltete Bügeleisen, Verurteilungen wegen Vergewaltigung oder Verführung Minderjähriger und ähnliche Leckerbissen für die Boulevardpresse ein.

»Viktor!« Das Mädchen befreite sich aus seinen Armen und drückte sich an die Wand unterhalb des vermaledeiten Sicherungskastens.

»Verschwinde von hier, aber dalli!« Viktor bemühte sich, seine Stimme böse und entschieden klingen zu lassen, aber es gelang ihm nicht. Dieses Mädchen wirkte nicht wie eine, die schmutzige Dinger drehte! Ganz und gar nicht! Ja, es sah fast so aus, als hätte sie tatsächlich nichts anderes gemeint, als zu zweit auf seinem Bett zu schlafen. »Verschwinde!«

»Warum?«, fragte sie völlig verwirrt.

»Warum?« Viktor deutete auf den Boden. Sicher, die große Lache war draußen, aber auch hier waren einige braune Flecken. »Das ist nicht dein Blut! Sonst würdest du hier nicht rumspringen, Tel ... oder wie du wirklich heißt!«

»Es ist nicht nur meins«, stimmte sie, ohne zu zögern, zu. »Ich hab mich gewehrt.«

Die Geschichte wurde jeden Augenblick noch komplizierter! Lag vielleicht unten auf der Treppe eine Leiche?

»Er ist abgehauen. Ich wollte ihm nicht nach. Ich bin zu dir gekommen.«

Die Selbstverständlichkeit, mit der sie nicht gestellte Fragen beantwortete, beunruhigte ihn.

»Wieso zu mir?«

Viktor rechnete nicht mehr mit einer normalen Antwort. Vielleicht erhielt er deswegen auch keine.

»Weil unsere Vorfahren sich kannten.«

O Gott, schon dieser Jargon! Vorfahren! Und doch erklärte das einiges. Viktor ging im Geiste sämtliche Freundinnen seiner Mutter und deren Töchter durch, die er nur selten gesehen hatte. Dunkel erinnerte er sich an ein paar rothaarige Mädchen. Er musste Mama anrufen. Sie fragen, welche von den Enkelinnen ihrer Freundinnen sich lieber mit selbst gemachten Schwertern als mit Puppen und Computerspielen die Zeit vertrieben ... Ja, natürlich. Anrufen.

»Gehen wir ins Zimmer«, sagte Viktor müde. »In Ordnung. Schon gut. Ich bin ein Idiot. Ein vertrauensseliger Trottel, der keinerlei Erklärungen und Beweise verlangt. Aber sag mir eins – woher kennen sich unsere Vorfahren?«

Das Mädchen runzelte beleidigt die Stirn. »Sie haben zusammen gekämpft.«

»Was?«

Einige Sekunden war Viktor damit beschäftigt, sich Mama oder Papa im Krieg vorzustellen. In einem jener Kriege, die nicht erklärt worden waren. Die kleine, pummelige Mathematiklehrerin im Dschungel von Vietnam, oder sein kurzsichtiger Vater mit den daumendicken Brillengläsern in den Bergen Afghanistans … Alle Achtung, was für ein Märchen!

»Hör mal, Tel. Meine Eltern haben nicht gekämpft. Niemals und nirgendwo. Glaub mir. Und die beiden wurden auch nicht mit Fallschirmen hinter den Linien des Feindes abgeworfen.«

»Ich meine nicht deine Eltern«, widersprach Tel ruhig. »Dein Großvater und deine Großmutter haben gekämpft …«

Viktor blieb die Antwort im Hals stecken. Die Eltern seines Vaters hatte er nie kennengelernt. Sie waren früh gestorben, und außerdem erinnerte man sich bei ihm zu Hause nicht gerne an sie. Anscheinend gab es da etwas in ihrem Leben, auf das man nicht gerade stolz sein konnte. Großmutter Vera dagegen …

Als Kind verbrachte er jeden Sommer bei ihr. Damals wie heute lebte Großmutter Vera in einem abgelegenen Dorf im Kreis Rjasan. Es gibt eine Sorte Menschen, die das Stadtleben einfach nicht erträgt. Selbst in die Kleinstadt, in der Mama lebte, reiste Großmutter Vera nur selten und höchst ungern. Bei ihm in Moskau war sie noch nie gewesen, obwohl ihre Gesundheit – toi toi toi – es ohne weiteres zugelassen hätte.

Großmutter Vera war groß und aufrecht und ohne eine Spur von alterstypischer Gebrechlichkeit. Ihre bernsteinfarbenen Augen blickten stets scharf in die Welt, und ihr Haar war trotz ihrer achtzig Jahre pechschwarz. Außerdem hatte sie das, was man gemeinhin als Klasse bezeichnete. Im Krieg, dem echten und dem einzigen, auf den man stolz sein durfte, war sie nur wenig älter gewesen als Tel. Aber – sie hatte gekämpft. In einer Partisanendivision.

Der kleine Viktor hatte sie seinerzeit, wie das so üblich war, mit Fragen gelöchert: »Erzähl, wie du die Faschisten getötet hast!« Großmutter Vera hatte es ihm erzählt. Und zwar so detailliert, dass Mama sich, nachdem sie von ihrem begeisterten Sohn in die Einzelheiten eingeweiht worden war, zum ersten und einzigen Mal mit Großmutter Vera stritt. Die Decke über den Kopf gezogen, lauschte Viktor erschrocken dem heftigen Wortwechsel aus dem Nebenzimmer. »Mama, bist du verrückt geworden!«, schrie seine Mutter die Großmutter an. »Den Hals also von der richtigen Seite durchschneiden, ja? Sonst spritzt einem das Blut entgegen ... Was erzählst du dem Kind? Es kriegt doch ein Trauma davon, ein psychisches Trauma!« Und dann hörte er Großmutters Stimme, ruhig, eisig ... wie Tels ... ja, wie Tels! Sie sagte etwas über das Angesicht des Todes und den Wert des Lebens. Und dass Viktor nicht schlafe, sondern alles mithöre und dass er viel eher von Mamas hysterischem Geschrei ein Trauma abbekommen würde.

Großmutter wusste immer, wann er schlief und wann er nur so tat. Und sie nannte ihn immer Viktor. Niemals rief sie ihn Vitenek oder Vitjuschek oder mit sonst einem dieser Namen, die jedem Jungen peinlich sind. Viktor konnte Mama oder Papa anschwindeln, aber bei der Großmutter versuchte er es gar nicht erst.

»Glaubst du mir?«, fragte Tel plötzlich.

Viktor zuckte mit den Schultern und antwortete ehrlich: »Nein.«

Im Sicherungskasten knackte es, und das Licht ging aus.

»Kommt das öfter vor?«, fragte das Mädchen aus der Dunkelheit mit lebhaftem Interesse.

»Geh mal vom Sicherungskasten weg.« Viktor fasste sie an der Hand und zog sie ins Zimmer. »Warte hier.«

Er schaffte es in die Küche, wobei er ständig irgendwo anstieß, dort suchte er tastend nach einer Kerze. Schluss aus, für heute hatte er genug vom Kampf mit den Sicherungen. Morgen würde er den Elektriker rufen.

Es dauerte eine Weile, bis er eine Kerze fand. Warum hatte er es in fünf Jahren nicht gelernt, sich in der eigenen Wohnung zurechtzufinden? Kaum ging das Licht aus, schon hatte er das Gefühl, als ob die Wände zusammenrückten und die Decke von oben runterkam und ihn erdrückte. Er hatte doch nie in einer weitläufigen, luxuriösen Wohnung gewohnt …

Viktor entzündete die Kerze und trug sie ins Zimmer, wobei er die züngelnde Flamme mit der Hand abschirmte. Tel stand nicht mehr im Flur, sondern saß auf der Liege und blätterte in einer Ausgabe des *Schützen*.

Die Zeitschrift hatte vorher auf dem Bücherregal gelegen.

»Sehr witzig«, sagte Viktor und stellte die Kerze auf den Tisch. »Also, wir machen es so: Es geht auf zwei Uhr zu, deshalb bleibst du für heute hier.«

»Danke«, antwortete das Mädchen höflich.

»Du legst dich auf das Schlafsofa, und ich schlafe auf dem Fußboden. Morgen bring ich dich nach Hause.«

»Versprichst du es?« Tels Stimme klang fordernd. Als ob Viktor sie mit einer List in diese Wohnung gelockt hätte und sie nun nicht gehen ließe. Er musste ein paarmal tief durchatmen, ehe er antwortete … übrigens hatte er dabei das Gefühl, eine riesige Dummheit zu begehen.

»Ja, ich schwöre.«

»Ich glaube dir«, stimmte Tel zu. Sie legte die Zeitschrift zur Seite und sah zu, wie Viktor eine zusätzliche Decke und ein Kissen aus dem Schrank hervorholte. Eine Zimmerecke war schon früher überraschenden Übernachtungsgästen vorbehalten gewesen, Freunden, die gelegentlich bis in die Nacht bei ihm versackten. Dort bereitete er sich ein Lager. Zum Glück bot sie ihm nicht ihre Hilfe an, Viktor war ohnehin aufs Äußerste gereizt.

»Mein Bett ist die Pferdedecke eines Schlachtrosses«, sagte Viktor düster, während er sich auf die doppelt gefaltete Decke setzte.

»Kannst du reiten?«, fragte Tel neugierig.

Er machte sich nicht die Mühe, zu antworten, sondern erhob sich wieder und trat zur Kerze hin. Während er mit den Fingern schon die Flamme zerdrückte, sah er noch aus den Augenwinkeln, wie Tel sich den Pullover über den Kopf zog und ihren völlig nackten Oberkörper entblößte.

Zum Teufel! Entweder war sie die pure Einfalt oder die zynische Verruchtheit in Person. Tel war genau in dem Alter, in dem ein derartiges Verhalten noch keine eindeutige Aufforderung bedeutete … aber auch nicht mehr absolut nichts.

Er war sicher, dass er in dieser Nacht überhaupt nicht würde schlafen können. Aber kaum hatte Tel es sich auf der Liege bequem gemacht, war er bereits auf seinem Lager eingeschlafen. Als ob nichts Besonderes vorgefallen sei, als ob er in völliger Sicherheit und ganz allein schliefe.

Viktor träumte von einem sterbenden Pferd, einem schönen Schimmel, der auf einer grünen Wiese lag. Die Schabracke, aus kleinen metallischen Ringen gewebt, war von kurzen dicken Pfeilen durchstoßen. Das Pferd zitterte, als es seinen weißen Kopf mit der blutenden runden Wunde auf der Stirn hob. In seinen Augen sah Viktor menschliche Pein. Er beugte sich über das Tier, strich ihm über den Rist. Dann schnitt er dem Pferd die Kehle durch, mit einer kurzen breiten Klinge. Von der ihm abgewandten Seite aus zu sich hin, wie es ihm Großmutter Vera beigebracht hatte.

In ihren Bewegungen lag eine unnachahmliche, übermenschliche Grazie. Loj Iwer, der Kopf des Clans der Katzen, berührte mit ihrer zarten Fingerspitze das goldene Puder, das nachlässig in die grobe hölzerne Schale gefüllt worden war. Ein hübscher Kontrast zwischen Luxus und Schlichtheit … wenn man darüber hinwegsah, dass in der Mittelwelt keine Rosenhölzer wuchsen.

»Du siehst allmählich schon wie eine Puppe aus«, rief Chor aus dem Schwimmbecken. »Genug geschmiert, Loj.«

Die Frau tat so, als hätte sie ihn nicht gehört. Sie strich mit der Fingerspitze unter den Augen entlang und hinterließ dort eine goldglänzende Spur. Ihr Gesicht, das in Saphirtönen, Gold und Silber geschminkt war, hatte tatsächlich ein puppenhaftes Aussehen angenommen. Die dunkelblauen Augen, die goldenen Haare und die elfenbeinfarbene Haut wurden von Schminke in der jeweils gleichen Farbe karikaturhaft unterstrichen.

»Juckt dir nicht die Haut von diesem ganzen Dreck?«, sagte Chor mit ärgerlich erhobener Stimme.

»Doch, sie juckt«, bekannte Loj.

»Dann hör auf mit der Schmiererei.«

»Meine Schönheit ist mir wichtiger.«

Chor gab einen grunzenden Laut von sich. Entweder weil er lachte oder weil er sich ärgerte.

»Weshalb hast du das nötig, Loj?«

»Was? Den Ball?«

»Nein. Die spöttischen Blicke unserer Dummköpfe, die falschen Komplimente der Gäste …«

»Und die glühenden Blicke der Jünglinge …«, flüsterte Loj mit weicher Stimme.

»Geile Katze«, sagte Chor. Es war keine Beleidigung. Nur eine Feststellung.

»Chor …« Loj wandte sich vom Spiegel ab und ging zum Becken. »Wenn sie in mir nur eine niedliche, geschminkte Närrin sehen, ist es einfacher …«

Er bespritzte sie mit Wasser. Scheinbar spielerisch, dabei wusste er genau, wie wenig Loj das mochte und wie schnell sich die komplizierten Muster der verschiedenen Puder in schmutzige Rinnsale verwandeln konnten. Loj wandte sich ab und schüttelte den Kopf.

»Also gut. Ich verstehe. Ich verspreche dir, Chor, heute werde ich nicht nach dem zweiten Pokal Wein durch die Gegend taumeln und unvornehm laut lachen. Und ich werde auch nicht mit den genusssüchtigen Magiern der anderen Clans rumknutschen.«

Voller Zweifel blickte Chor sie aus dem warmen schwebenden Wasser an. Er war groß und muskulös, und jede seiner Bewegungen verriet den Kämpfer in ihm. Auch er kannte keinen Mangel an Verehrerinnen, genau wie Loj, die immer eine Schar von Kavalieren um sich hatte. Schon seit zehn Jahren bekräftigten die Frühlingskämpfe sein Recht darauf, Lojs Freund zu sein.

Und noch immer war er eifersüchtig.

Er konnte nicht anders. Loj war ihm ein ewiges Rätsel. Sie war leichtfertig und treu, sie war fähig, bis zum Umfallen zu tanzen und dann wieder wochenlang über halbvermoderten magischen Traktaten zu sitzen, sie konnte das Gold des Clans für eine spontane Laune verschwenden und gleichzeitig mit eiserner Hand regieren, und sie verstand es, geschickt zu lavieren zwischen den anderen Clans, die immerzu bereit waren, sich gegenseitig an die Kehle zu gehen. Ihre dunkelblauen Augen waren manchmal bodenlos tief, dann wieder völlig undurchdringlich wie schwarze Steine in einem stillen Gewässer – vor allem, wenn sie über jemanden ein Todesurteil fällte. Loj vermochte auf eine Art den Saal zu durchqueren – einerlei ob im durchsichtigen Ballkleid oder vom Hals bis zu den Fußspitzen in Schwarz gehüllt –, dass den Männern der Atem stockte, ihr Mund sich mit gierigem Speichel füllte und ihr Verstand nur mit äußerster Not dem Ansturm des toll gewordenen Fleisches standhielt, das in den Tiefen der Leidenschaft entbrannt war. In diesen Minuten stand Chor – wie sonst nie – am Rand des Wahnsinns, buchstäblich einer mordlüsternen Besessenheit.

Und Loj wusste das, wie es schien, sehr genau. Dennoch gefiel es ihr, ihn zu reizen, mit dem Feuer zu spielen, am Abgrund zu balancieren, am seidenen Faden zu zerren; im Grunde bestand genau darin die Quintessenz dessen, was als »Geist der Katzen« bezeichnet wurde – immer bis zum Äußersten zu gehen, auf dem Kamm der Wellen dahinzugleiten, sich nicht einzumischen und sich nirgendwo unterzuordnen. Die Katzen standen im Ruf, die besten Intriganten dieser Welt zu sein. Und Loj war die beste unter ihnen. Böse Zungen behaupteten, dass die Katzen sogar in der Lage seien, sich mit den Angeborenen zu einigen; und irgendjemand ging noch weiter und erklärte, dass die Katzen jederzeit zum Verrat bereit wären, sobald sich ihnen ein Vorteil daraus bieten würde – und vielleicht hätten sie die anderen Clans schon längst verraten. Es versteht sich von selbst, dass keiner dieser Lästerer irgendwelche Beweise dafür hatte, und den Katzen, so schien es, war es völlig gleichgültig, was man über sie erzählte. Im Gegenteil – sie waren die Ersten, die über Witze über sich selbst lachten. Ja, sie galten sogar als Urheber aller mehr oder weniger scharfsinnigen Bonmots.

Außerdem waren sie für ihre Bälle berühmt, wo sie mit den unglaublichsten Zaubertränken und Vergnügungen aufwarteten. Wo, entsprechend eines ungeschriebenen, aber ehernen Gesetzes, niemals und unter keinen Umständen Rechnungen beglichen wurden und wo die Mitglieder verfeindeter Clans ungestört und ohne Waffe in der Hand miteinander sprechen konnten. Aus irgendeinem Grund waren alle bereit, auf den Bällen der Katzen auf einen Schlag alle Kränkungen und Beleidigungen zu vergessen.

Loj warf Chor aus halbgeschlossenen Augenlidern einen prüfenden Blick zu. Heute war ihr ohnehin nicht nach Flirten zumute. Irgendetwas Unerquickliches war dem Clan des Feuers zugestoßen. Für gewöhnlich waren sie die ersten Gäste, die eintrafen. Aber diesmal war keiner von ihnen zu sehen. Lediglich ein blasser Jüngling mit einem dunkelroten Tuch aus Gaze um den linken Arm drückte sich kümmerlich in einer Ecke des Saals herum – das war alles.

Andererseits konnte sie sich freuen, dass dies bisher die einzige Auffälligkeit war. Alle übrigen Stammgäste waren wie immer erschienen.

Für die Herrscher des Waldes war Loj Iwers Ballsaal ein vertrauter Anblick. Magie hatte eine junge Eiche in einen riesigen, wahrhaft den Himmel stützenden Koloss verwandelt, der sich in unendlicher Höhe über den nebligen Wipfeln des Singenden Waldes erhob. Die Äste, die aus dem untersten Kranz seiner Krone zu Boden ragten, waren so dicht ineinander verschlungen, dass sie richtige Wände bildeten wie die einer Festung. Jeder dieser Äste war so dick wie eine gewöhnliche hundertjährige Eiche.

Iwer hatte für alles Sorge getragen. Unter den Wurzeln des Kolosses sprudelte eine eisige Quelle hervor; Loj mochte, wie das für Katzen typisch ist, Wasser nicht besonders; aber die gläsernen Tropfen auf dem grünen Blätterwerk waren so schön, funkelten so spielerisch im Widerschein der gewaltigen Feuerstelle, dass sie nicht widerstehen konnte.

Unter dem dunkelgrünen – oder je nach Jahreszeit auch sattgoldenen – Laub bewegten sich die Winde frei hin und her. Loj erinnerte sich noch genau, wie viel Mühe es sie damals gekostet hatte, den berühmten Ritor zu überreden. Der Drachentöter hatte sich lange geweigert, aber am Ende doch nachgegeben und den nötigen Zauber gewirkt. Tatsächlich aber war er danach aus unbekanntem Grund nie mehr auf einem ihrer Bälle erschienen. Sehr schade. Iwer war durchaus ehrgeizig. Ihre Vorgängerin hatte immerhin den Feuertanz mit Kaedron getanzt, jenem Herrscher Kaedron, der als junger Drache den Singenden Wald besucht hatte. Lojs Großmutter, Iwer die Erste, hatte es zu ihrer Zeit fertiggebracht, auf einem ihrer Bälle einen Prinzen der Angeborenen willkommen zu heißen, der bei einem zufälligen Seegefecht gefangen genommen worden war. Vertreter vom Clan der Luft brachten den Prinzen mit, sie hatten drei ihrer besten Magier im Kampf verloren und konnten sich kaum auf den Beinen halten – aber die Großmutter gab nicht nach, setzte sich durch, und der Ball mit dem Angeborenen war allen lebhaft in Erinnerung geblieben. Auch wenn der Prinz ihn selbstverständlich nicht lange überlebt hatte.

Ach, was für Intrigen hier gesponnen wurden, was für spitzfindige Zusammenstellungen aus dem Nichts entstanden, was für Verbindungen, Pakte und Allianzen hier eingegangen wurden, nur um – gleich Gespenstern – nach einigen Monaten spurlos zu verschwinden oder sich in ganz und gar andere Achsen, Ligen oder Unionen zu verwandeln! Wie viel Geschicklichkeit und Schläue waren vonnöten, um stets im Zentrum zu stehen und doch am Rand zu bleiben! Die Clans hatten die Angeborenen zweimal zurückgeschlagen, beim ersten Mal sogar in einem echten Krieg; aber jener entscheidende Kampf – damals, noch lange vorher, zu der Zeit, als, wie die Drachen zu sagen pflegten, »der Hüter selbst noch jung war« –, dieser entscheidende Kampf war und blieb ein für alle Mal verloren. Auf die Bitterkeit der Niederlage hatte die ebenso bittere Flucht gefolgt. Die Clans hatten immer, seit ihrem ersten Tag in der Mittelwelt, am Rande einer großen, allumfassenden blutigen inneren Fehde gestanden. Und hätten sie sich nicht am Ende in zwei etwa gleich starke Lager geteilt, so wäre diese Fehde wohl zum Ausbruch gekommen. In früheren Zeiten hatten die Drachen das verhindert – Loj fürchtete sich nicht davor, die Herren der Vergangenheit beim Namen zu nennen, denn sie glaubte nicht an die böse Magie des Sextagrammaton –, und dann waren sie, die Katzen, allein geblieben. Nicht jeder wusste, wer das Leben des letzten der Geflügelten Herrscher ausgelöscht hatte, aber Loj wusste es natürlich.

Ja, ja, wahrscheinlich hatten gerade sie, die Katzen, dafür gesorgt, dass kein allumfassender Krieg ausgebrochen war, dachte Loj träge. Die Kämpfer des Wassers und des Feuers täten besser daran, um unsere Mädchen zu ringen, anstatt sie systematisch zu vergewaltigen – nachdem sie ihren Gegnern den Bauch aufgeschlitzt haben. Sie sollten ... im Übrigen war das nicht wichtig. Die Katzen waren am Leben und gediehen prächtig, man fürchtete sie und achtete sie, man achtete sie ebenso sehr wie die Clans der vier Elemente, die seit alters zwischen den Totemistischen Clans und den Geflügelten Herrschern standen. Sogar die Tiger, so gefürchtet im Nahkampf, hatten erkannt, dass man sich mit den Katzen besser nicht anlegte ...

Inzwischen war es in dem gewaltigen Ballsaal Herbst, und das Auge ruhte sich aus, erfreute sich am tiefgoldenen, schmeichelnden Farbenspiel auf den unzähligen gemeißelten Blättern. Die letzten, verspäteten Gäste trafen ein. Loj bog vorsichtig einen Zweig zur Seite. Von oben bot sich ein großartiges Gemälde: die kohlrabenschwarzen Umhänge der Männer, die mit funkelnden Diamanten-Girlanden geschmückt waren, und die prächtigen vielfarbigen Kleider der Frauen; angefangen bei jenem aus Topas-Faden gewebten Gewand Kanian Tais, der skandalträchtigsten und schönsten Dame der Erdkinder, sowie einer ganzen Welle bebender meeresblauer Seide, die eine schöne Unbekannte schmückte (Wer um alles in der Welt war diese Neue vom Clan des Wassers? Loj fühlte sich gekränkt – wie war es möglich, dass sie diese Schönheit nicht kannte?), bis hin zu schmückenden Blütenblättern aus echtem Feuer, Wasserfällen und strömenden Kaskaden sowie dem fast völligen Fehlen jeglicher Kleidung im Falle der stolzen Panther, die für Schamgefühle und Konventionen nur Verachtung übrighatten. Der Glanz von Colliers und Diademen verband sich mit dem weichen Leuchten des gläsernen Taus, den Lojs

Magie bereits vor dem Fest an den lebendigen Wänden des Saals verteilt hatte. Loj fasste noch einmal die Debütantin vom Wasserclan ins Auge und schüttelte den Kopf. Wieso kannte sie die junge Frau nicht? Wozu bezahlte sie eigentlich Spione? Jetzt war es zu spät, jetzt würde sie kein Kleid mehr auftreiben, das mit einem vernichtenden Kontrast die hellblaue Seide der Schönen in den Schatten stellte. Obgleich, vielleicht das strenge Jagdkostüm? Sie musste nachdenken …

Arrogante Schneeleoparden, gekleidet in schneeweiße, gerade herabfallende Gewänder, schritten umher und ignorierten alle Pracht; sie waren – nach den Gnomen – die besten Waffenschmiede in der Mittelwelt. Ruhige, phlegmatische Bären schlenderten durch die Gegend; aber jeder wusste, dass sie, einmal in Wut versetzt, nicht mehr zu halten waren. Sie bevorzugten, ebenso wie die Elfen, Grün- und Brauntöne und trugen dicke goldene Ketten aus rohen Klumpen. Wölfe in allen Grautönen streiften unablässig herum und waren immerzu bereit, sich in einen Kampf zu stürzen. Unerschütterliche Wanderfalken und noch jede Menge anderer Vertreter von den Totemistischen Clans waren gekommen.

Und wie immer abseits und für sich, an den Ehrenplätzen unweit des gewaltigen Baumstamms, führten die Gäste der vier Elemente ohne Hast ihre Gespräche. Genaugenommen war nur der Clan der Erde in voller Besetzung erschienen – seine Angehörigen liebten Feierlichkeiten. Von der Luft waren lediglich zwei Vertreter anwesend, und das Feuer hatte nur jenen einzelnen armseligen Jüngling mit dem dunkelroten Tuch geschickt. Vom Wasser hatte sich eine größere Gruppe herabgelassen zu kommen; das Fehlen ihrer Anführer wurde durch die zauberhafte

Debütantin wettgemacht, um die bereits ein wahrer Reigen von Verehrern wirbelte, von denen ein jeder darauf brannte, in ihr heiß ersehntes Ballbüchlein eingetragen zu werden.

Loj spürte eine leichte Unruhe. Irgendetwas stimmte nicht. Noch nie zuvor hatten sich so wenige Vertreter der Elemente auf ihrem Ball eingefunden. Wollten sie ihre Stärke demonstrieren? Im Geiste ging sie noch einmal die letzten Misserfolge durch – nichts Ernstes, nichts, was eine derartig heftige Reaktion rechtfertigen würde. Dieses Verhalten kam schon fast einer Aufkündigung der diplomatischen Beziehungen, einer Kriegserklärung gleich.

Sie musste Chor rufen. Und Kundschafter losschicken. Und … auch wenn sie versprochen hatte, es nicht zu tun, würde sie wohl nicht umhin können, ein paar rein geschäftliche Küsse in der Ecke auszutauschen … und vielleicht nicht nur Küsse.

Und dann … dann erzitterten plötzlich die Zweige, die den Eingang verhängten, erzitterten wie vor Schreck und schwangen zur Seite. Ein kalter dunkler Wind fegte herein und fachte die ängstlich flackernden, vielfarbigen Flammen der strahlenden Leuchter an. In der ovalen Öffnung des Eingangs erschienen mehrere Gestalten – schon von weitem erkannte Loj die unvergleichlich zarte Aura der Luft, die jedoch demonstrativ von einem Streifen brodelnden Blutes zerteilt wurde.

Das Zeichen des Drachenbezwingers. Das man wohl verbergen, jedoch niemals verlieren, rauben, teilen oder sich aneignen konnte.

Ritor kam zu Loj Iwers Ball.

Der berühmte Magier war allein. Neben ihm gingen die besten Kämpfer des Clans des Wassers und warfen aufmerksame Blicke in alle Richtungen. Angeführt wurden sie von ihrem Oberhaupt, von Torn. Er war der Einzige, der Ritor direkt in die Augen sah. Ihren Gesichtern nach zu urteilen, sprachen sie über etwas deutlich Wichtigeres als übers Wetter. Aus ihrer Aura war nichts abzulesen, beide waren viel zu stark, um auch nur eine Andeutung ihrer Angelegenheiten, Worte oder gar Gedanken nach außen dringen zu lassen.

Und dennoch wäre Loj Iwer nicht die, die sie war, wenn sie nicht im selben Augenblick das Unheil gespürt hätte. Es war etwas wahrhaft Furchtbares geschehen. Wenn Ritor hier war … was kam als Nächstes? Wer war er – der Vorbote des Krieges, eines inneren Krieges, den die Katzen immer so sehr gefürchtet hatten?

Sie musste es wissen. Ebenso wie sie in Erfahrung bringen musste, warum das Feuer so schwach vertreten war.

Ritor konnte sich kaum erinnern, wie er von dem verfluchten Ort weggekommen war. All seine Gefährten waren tot. Und keiner wusste, was die Magier des Wassers, die nicht weniger kunstfertig waren als er selbst, nun mit den Körpern der Toten vorhatten. Was flüsterten sie Klatt dem Jüngeren, der grausam vor Durst vertrocknet war, ins Ohr? Wahrscheinlich versprachen sie ihm jene weiche, erfrischende Nässe im Überfluss, die gleich einer köstlich kühlenden Kugel durch die Kehle rinnt; und ganz recht, keiner würde es fertigbringen, einen Toten dafür zu verurteilen, dass sich seine tote Hülle als so viel schwächer erwies als sein Geist.

Auf alle Fälle hatte er, Ritor, überlebt. Und nun war es an der Zeit, über Rache nachzusinnen. Jene, die diese Gräueltat erdacht und ausgeführt hatten, sollten sterben. Ihr Tod würde seine Freunde nicht auferstehen lassen, vielleicht aber würde er den anderen Widersachern eine Lehre sein.

Die Zeit verging, näherte sich dem Moment, in dem die Kraft im Zenit stand, dennoch ging Ritor hartnäckig zu Fuß, wobei er sich durch unwegsames Gelände schlagen musste. Dieser Teil des Landes, in dem vor langer Zeit der Krieg getobt hatte, war so ausgebrannt, dass weder Menschen noch Gnome, Elfen oder andere Bewohner der Mittelwelt hierher zurückgekehrt waren. Da, wo Magie die Wälder in Staub und Asche verwandelt hatte, spross nun frisches Grün, aber hier und da waren ekelerregende Flecken übrig geblieben, die mit dem ewigen Weiß des Schimmels überzogen waren; sie befanden sich überall dort, wo die Kämpfenden das schlimmste Gift von allen ins Spiel gebracht hatten, den Lebensbruch, den die schwarzen Alchimisten der Clans einst ersonnen hatten …

Das Land der Schattenwälder grenzte geradewegs an die östliche Grenze von Loj Iwers Besitztümern. Der Singende Wald war auf wundersame Weise völlig unversehrt geblieben, obwohl er sich am Rande der unerhört grausamen und heftigen Kämpfe befunden hatte. Wahrscheinlich hatte auch hier der berüchtigte Geist der Katzen als unsichtbarer Beschützer des Clans gewirkt, dachte Ritor mürrisch.

Und plötzlich erinnerte er sich an den Ball. Er konnte es noch schaffen. Loj hatte ihn mit der ihr eigenen Hartnäckigkeit mit Einladungen überhäuft, ungeachtet der Tatsache, dass Ritor Bälle sein ganzes Leben lang als müßiges Getümmel und Keimzelle der Revolte betrachtet hatte.

Der Magier blickte zum Himmel. Immerhin war er schon ziemlich weit fort, und die Kraft des Wassers ließ um diese Stunde deutlich nach. Er bewegte die Schultern hin und her und spürte den vertrauten Gesang des sich unter den Schultern verdichtenden Windes, er stieß sich mit aller Kraft von der Erde ab und segelte in die Höhe.

Wie leicht es war ... wenn er doch während der Morgendämmerung nur über einen kleinen Teil dieser Kraft verfügt hätte ...

Heute würde er auf den Ball gehen. Er würde Loj aufstöbern, selbst wenn er dafür ihren Orgasmus unterbrechen musste. Er würde sie zwingen, alle Gerüchte preiszugeben und ihre Spione zu befragen. Sie würde ihm alles sagen. Aus irgendeinem Grund hatte Ritor keine Zweifel, dass er vom Haupt der Katzen erfahren würde, wie und von wem der Verrat begangen worden war. Denn er glaubte nicht, dass die erfahrenen Zauberer des Feuers sich so leicht ergeben hätten, selbst wenn sie unerwartet in Gefangenschaft geraten waren.

Außerdem wollte er denjenigen Vertretern vom Clan des Wassers in die Augen blicken, die es wagten, nach allem, was geschehen war, auf Lojs Ball zu erscheinen.

»Sehr angenehm, dich zu sehen, Ritor«, schlug ihm eine Stimme entgegen – weich, fließend, wie eine eisige Quelle.

Der Anführer des Wassers stand da, eingehüllt in einen Feldumhang. Ruhig und mit erhobenem Kopf blickte er um sich, ohne Spott und ohne Herausforderung, in seinen Augen lag nur eine ganz gewöhnliche unverbindliche Freundlichkeit, als hätte es nie einen Kampf in der Burgruine gegeben.

»Du scherzt, Torn.« Ritor hatte seine Stimme und seine Miene ebenso gut in der Gewalt wie sein Feind. »Wenn wir nicht auf dem Ball wären ...«

»Ich verstehe dich sehr gut«, sagte Torn ohne Lächeln. Er war groß gewachsen und schmal und machte einen zerbrechlichen Eindruck, aber wer, wenn nicht Ritor, wusste besser um die vernichtende Kraft dieses raffinierten Magiers. »An deiner Stelle würde ich vermutlich ebenso handeln.«

»Also, was willst du dann?«

»Ein Gespräch. Hier kommst du nicht fort, Ritor.«

Ritor spürte, wie ihm ein kalter Schauer über den Rücken lief. Was war das? Konnte es sein ...?

Sie ließen den Gang hinter sich. Vor ihnen öffnete sich der gewaltige Saal – zweifellos ein schönes Werk, wenn auch stilistisch allzu stark von den Elfen inspiriert; die geschmückte Menge stand um Tischchen mit Speisen, ein prächtiges Orchester war dabei, die wundersamsten Blasinstrumente zu stimmen (aus irgendwelchen Gründen erkannten die Katzen keine Saiten- und Tasteninstrumente an), und das ganze Schauspiel war in den Glanz gläsernen Taus, in das satte Gold des Laubs, in den leichten Atem eines frischen Windes getaucht.

Und in das Murmeln fließenden Wassers. In Loj Iwers Ballsaal waren alle Elemente gleich stark vertreten.

»Von Loj kommst du nicht fort«, wiederholte Torn hartnäckig; sein spitzes Kinn vollführte eine komplizierte Bewegung, als würde den Magier des Wassers sein loser blauer Kragen unerträglich drücken. »Du musst das verstehen. Die Sache ist zu weit fortgeschritten, als dass wir auf irgendwelche dummen Traditionen Rücksicht nehmen könnten. Du hast die Wahl, Ritor – Kampf oder Tradition. Wir können dich nicht ziehen lassen, auch wenn das bedeutet, dass es bei den Katzen ein Blutvergießen gibt.«

»Sie werden alle ohne Ausnahme über euch herfallen«, war das Einzige, was der Magier der Luft dazu sagen konnte.

»Du täuschst dich.« Torn vergaß nicht, höfliche Verbeugungen mit entgegenkommenden Gästen auszutauschen und den Damen unter liebenswürdigem Lächeln Komplimente zu machen. Ritor brütete finster vor sich hin und starrte auf den Boden. »Du täuschst dich, o Drachenbezwinger. Einigkeit gab es nie und wird es auch nie geben. Uns wird schon etwas einfallen, wenn es einer wagen sollte, eine Erklärung zu fordern. Sicher, eure Freunde werden sich an uns rächen wollen; aber wir werden uns auch mit ihnen einigen. Auch wenn uns dieser Ort hier natürlich für alle Zeiten versagt sein wird.« Er seufzte gekünstelt. »Im Übrigen wird er das ohnehin sein, solltest du deine Absichten verwirklichen und den Drachen in unsere Welt rufen.«

»Den Drachen kann man nicht rufen«, sagte Ritor mit dumpfem Kummer in der Stimme. »Er kommt von selbst, wenn seine Zeit anbricht …«

»Das haben wir schon einmal von dir vernommen«, erwiderte Torn spöttisch. »Genaugenommen haben wir beide ein und dasselbe Ziel, Ritor. Hinter deinen hochtrabenden Phrasen strebst auch du nach der Macht. Nach der Macht über alle Clans der Mittelwelt. Du glaubst, wenn du nur möglichst viele Verbündete unter den Magiern gewinnst, wirst du auf diese Weise vielleicht den Drachen von deiner – sagen wir mal – Nützlichkeit überzeugen können. Ein schlauer Plan, ohne Zweifel. Die Geflügelten Herrscher wussten treue Dienste stets zu schätzen, allerdings verachteten sie Verräter. Genau wie wir übrigens. Was zuckst du so? Willst du mir eine Ohrfeige versetzen, eine einfache Backpfeife ohne jeden magischen Schnörkel? Der Wahrheit tut das keinen Abbruch.«

»Was willst du, Torn?« Ritor war berühmt für seine Selbstbeherrschung. Doch diesmal schien sie bis aufs Äußerste strapaziert zu werden.

»Ich genieße es einfach, in deine verzerrte Miene zu blicken. Ich beleidige dich, ich lache dir ins Gesicht, und du kannst nichts anderes tun, als hilflos mit den Zähnen zu knirschen. Denn du weißt so gut wie ich, dass ich die Wahrheit sage.«

»Du lügst, Torn«, sagte Ritor gleichgültig und mit unerwarteter Erschöpfung. Die Gleichgültigkeit kostete ihn unendlich viel, aber das konnte der Anführer des Wassers nicht ahnen. »Du weißt doch genau, dass ich nie nach Macht gestrebt habe, obwohl ich, so wahr es die Winde wissen, die Möglichkeit gehabt hätte. Und du weißt auch, dass nur der Drache in der Lage ist, uns vor dem Angriff der Angeborenen zu retten. Insbesondere wenn sie der Erschaffene Drache anführt.«

»Wir wissen, was wir ihrem Drachen entgegenstellen können, Ritor. Hast du das vergessen?«

»Ich bin zu alt. Ich habe alles verloren, was ich besaß. Und wer weiß, ob unser neuer Drachentöter zu helfen vermag, Torn? Wer weiß, was die Angeborenen in ihr Scheusal hineinlegen? Diesmal ist die Angelegenheit zu ernst. Nur die Große Kraft, die reine Große Kraft vermag die Mittelwelt zu retten. Also, warum willst du meinen Plan durchkreuzen? Du fürchtest meine Diktatur? Unsinn, dafür bist du zu klug und zu lange mit mir verfeindet. Sag, Torn, klingeln womöglich Münzen aus der alten Heimat in deinen Taschen?«

»Willst du sagen, die Angeborenen hätten mich gekauft?«, fragte der andere, ohne im Geringsten beleidigt zu sein, und lachte dabei auf. »Nun ja, du wirst nicht viel auf mein Wort geben, dennoch sage ich dir, nein, ich habe mich nicht kaufen lassen. Ich weiß nur einfach zu genau, wer diese Drachen sind.«

»Auch ich weiß das«, sagte Ritor trocken. »Ich erinnere mich an die Bösartigkeit, den Zorn und die Herzlosigkeit der Herrscher. Deshalb erklärte ich mich bereit … damals. Aber man darf nicht die ganze Große Kraft der Welt vernichten. Und wahrscheinlich ist es auch nicht nötig …«

»Der Clan des Wassers wird sich nie mehr unter fremde Herrschaft begeben, ganz gleich wie gütig und barmherzig diese am Anfang auch scheinen mag«, antwortete Torn ernst. »Ganz gleich, ob es die Herrschaft der Angeborenen, der Geflügelten Herrscher oder des Besten unter uns Magiern ist. Merk dir das, Ritor. Wir werden kämpfen. Deshalb haben wir den Clan des Feuers ausgekundschaftet, deshalb nahmen wir sie gefangen und vergossen ihr Blut. Denn wärst du mit ihnen zusammengetroffen, dann hätte ein neuer, mächtiger und unbezwingbarer Drache seine Rechte auf den Thron angemeldet. Ja, wir haben einen Drachentöter gerufen! Er ist schon auf dem Weg! Deshalb hör zu, Ritor, selbst wenn dein Plan sich doch noch erfüllt – wenn du auf wunderbare Weise von hier entkommen solltest, denn dir steht der Tod bevor, der Saal ist umzingelt –, einen neuen Drachenherrscher wird es in unserem Land nicht geben. Habe ich mich klar genug ausgedrückt, Ritor?«

»Voll und ganz«, sagte der Zauberer.

»Dann«, Torn machte eine großzügige Geste mit dem Arm, als sei er der Gastgeber des Balls, »nutze die Gelegenheit. Iss, trink und vergnüge dich, denn nur so, mit freudigem Geist, sollte ein wahrer Magier aus dem Leben treten. Und ich rate dir – geh wenigstens dieses eine Mal zu den Mädchen. Diese Katzen … mhm!« Er schnalzte mit der Zunge und verdrehte die Augen wie ein Sklavenhändler auf dem

Sklavenmarkt. »Ich denke, du wirst erfolgreich sein, aber pass auf, dass du deine Lenden nicht vorzeitig überstrapazierst.« Der Anführer des Wasserclans unterbrach auf einmal seine Rede und drehte sich mit einem Ruck zur Seite.

Erst jetzt begriff Ritor, dass der ganze Saal entsetzt zu ihnen herüberblickte.

3

Auf dem Boden zu schlafen gehörte zu den Vergnügungen der Jugend. Gegen Morgen war Viktor sich darüber endgültig im Klaren. Es war nicht so, dass ihm der Rücken oder die Hüftknochen wehtaten, aber er fühlte sich überhaupt nicht ausgeruht. Noch durch den Traum hindurch ärgerte ihn das Fehlen des Bettrandes ungeheuer. Wahrscheinlich fürchtet sich der Mensch immer, aus dem Bett zu fallen. Aber wenn diese Möglichkeit auf einmal nicht mehr gegeben ist, dann vermutet er etwas Unheilvolles.

Viktor war schon wach, hatte die Augen aber noch geschlossen und drehte sich auf den Rücken. Ja, die Pferdedecke eines Schlachtrosses wäre vermutlich bequemer als diese dünne Decke …

Die Schabracke eines Schlachtrosses!

Er erinnerte sich an seinen Traum – augenblicklich und in aller Deutlichkeit.

Das sterbende weiße Pferd. Und seine Hand mit dem Dolch. Übel. Er hatte selten so bildhafte, bedrückende Träume. Aber gestern, nachdem Tel aufgetaucht war …

War sie eigentlich noch da?

Viktor öffnete die Augen. Wäre die Wohnung leer, würde er Erleichterung verspüren. Selbst wenn das Mädchen das verbrannte Telefon, die sich selbst rausdrehenden Sicherungen und andere Schätze mitgenommen hätte.

Auf der Liege war niemand zu sehen.

Viktor erhob sich, rückte automatisch Unterhose und Hemd zurecht und lauschte. Absolute Stille. Na also, die primitivste Wende der Ereignisse hatte sich als die richtige erwiesen. Sollte er gleich mal nachschauen, ob das Geld noch da war?

Da drang ein leises Klirren aus der Küche.

Einen Augenblick lang war Viktor unentschlossen, doch dann schlüpfte er erst in seine Jeans, ehe er in die Küche hinüberging.

Tel stand am Herd. Unter der Pfanne brannte die Gasflamme. Das Mädchen kochte etwas.

Etwas sehr Merkwürdiges.

»Guten Morgen«, brachte Viktor heraus und verspürte einen Anflug von Enttäuschung. Besser, sie hätte einen Schein geklaut und …

»Gut ist er«, stimmte Tel ihm zu, ohne sich umzudrehen. Sie hatte eine fabelhafte Selbstbeherrschung. Oder sie konnte nach hinten sehen. »Ich mache uns Frühstück.«

Viktor ging zum Herd. Er blickte düster in die Pfanne. Anscheinend war das Rührei. Mit Eierschalen. Außerdem konnte man Stücke geschmolzenen Käses, Scheiben von Wurst, kleine Brotbrocken und kümmerliche Zweiglein Dill in der Pfanne ausmachen.

»Danke.« Mehr fiel Viktor dazu nicht ein. Schließlich war das Mädchen krank.

Seine Selbstbeherrschung reichte sogar so weit, dass er anfing, ihr scheußliches Essen zu verzehren. Und seltsamerweise schmeckte es gut. Lediglich die Notwendigkeit, die Schalenstücke rauszufischen …

»Iss alles«, sagte Tel streng. »Auch die Schale ist gesund.«

Die Situation begann ihn ganz allmählich zu belustigen. In fünf Tagen würde er diese Geschichte unter Lachen erzählen können. Und dem Mädchen sogar noch ein paar zusätzliche Absonderlichkeiten andichten.

»Ich versuche es«, versprach er.

Am meisten beunruhigte Viktor der Gedanke, dass Tel den Entschluss vom Vorabend, nach Hause zu fahren, wieder vergessen haben könnte. Wer weiß, vielleicht gefiel es ihr hier.

»Es wird Zeit.« Wieder hatte sie seinen Gedanken erraten. »Du hast versprochen, mich nach Hause zu begleiten.«

»Natürlich.« Viktor erhob sich erleichtert und gleichzeitig – da war es wieder, sein ewiges Pech! – mit einem merkwürdigen Gefühl der Kränkung. Also war er nicht einmal für so ein kleines, durchgeknalltes Mädchen interessant!

»Ich spüle das Geschirr ab, und du machst dich fertig«, erklärte Tel.

»Lass nur, ich räum später auf.«

»Das geht nicht.«

Während das Mädchen in der Küche lärmend mit dem Geschirr hantierte, suchte Viktor ein frisches Hemd aus seinem Kleiderschrank, wobei er nebenbei überprüfte, ob sich sein Geld noch in dem ach so zuverlässigen, originellen Versteck unter einem Stapel Bettlaken befand. Dann zog er noch einen dünnen Pulli über – draußen schien die Sonne.

»Bist du fertig?«, fragte Tel in forderndem Ton.

Viktor blickte sie müde an. Ein hübsches Mädchen, schöne Augen. Wenn die tatsächlich der Spiegel der Seele waren …

»Hast du nichts vergessen?«, wollte Tel wissen.

»Wie wär's mit Phrasen dreschen?«

Tel runzelte die Stirn. »Wie bitte?«

Viktor seufzte. »Komm mal her.«

Ohne große Umstände drehte er das Mädchen zur Seite, fasste nach dem Pulli – der zu seiner Überraschung sorgfältig gestopft war, na gut, sie musste also Nadel und Faden gefunden haben – und schob ihn hoch. Die Pflaster waren verschwunden. Und die Wunde auch. Er hatte das Gefühl, verrückt zu werden, er drehte Tel zu sich – diese ließ sich gehorsam von ihm hin und her wenden.

Unsinn. Und was hatte er dann gestern mit Wasserstoffperoxid behandelt? Eine aufgemalte Wunde? Sicher. Er war doch nicht im ersten Praxisjahr!

»Tel«, sagte Viktor mit hölzerner Stimme. »Wo ist deine Wunde?«

»Zugewachsen.«

»Ich meine es ernst.«

»Ich auch.«

Er kannte diese sogenannten Reportagen über Extraseancen, bei denen mit Hilfe reiner Willenskraft Wunden geheilt wurden – das war was für die Zeitung. Aber was tun, wenn man es mit eigenen Augen sieht – es gab keinen Schnitt! Und es war auch nie einer da gewesen! Ihre Haut war glatt und rosig wie die eines Babys.

Viktor rückte vorsichtig von dem Mädchen weg. »Schaffst du es nicht auch allein nach Hause?«

»Du hast es doch versprochen«, sagte Tel ein wenig beleidigt.

»Na ja … ja …«

»Lass uns gehen.« Sie ließ sich nicht umstimmen.

»Also, was ist mit der Wunde passiert?« Er wollte es einfach wissen. War sie eine philippinische Heilerin oder so was?

»Bei mir heilt immer alles so schnell«, sagte Tel widerwillig. »Komm jetzt, ich erklär es dir, wenn wir bei mir sind, ja? Sobald wir zu Hause sind.«

Sein erster Impuls auf ihre Erklärung war, mit der Hand abzuwinken und die freche kleine Göre endlich aus der Wohnung zu werfen. Wunden heilten bei ihr also schnell, na klar! So etwas gab es gar nicht, das gab es einfach nicht! Schluss aus!

»Du hast es versprochen«, sagte Tel leise. Ihre mandelförmigen Augen, wie die einer persischen Miniatur, schlossen sich gekränkt.

Ach Gott, dieses Mädchen!

»Gehen wir.«

Bloß nicht mit einer Frau streiten, auch wenn sie erst dreizehn ist. Erst recht nicht, wenn sie erst dreizehn ist …

Es war ein Sonntag, und dazu schien noch die Sonne. In der Metro herrschte riesiges Gedränge. Tel wurde gegen Viktor gedrückt. Und während dieser sich unwillkürlich anspannte, um sie vor dem Druck der aufgeheizten, scharf riechenden Menge abzuschirmen, nahm er plötzlich ihren eigenen Geruch wahr – rein, völlig rein, genau wie der Duft einer blühenden Kamillenwiese. In der Tiefe seines Gedächtnisses regte sich etwas: So etwas Ähnliches hatte er schon einmal wahrgenommen – im Haus von Großmutter Vera.

Woher kommst du, Tel? Du hast in der Welt von Casinos und Mercedes-Limousinen nichts verloren. Aber ebenso wenig in schmutzig-grauen, schlafenden Dörfern …

Der Metrozug fuhr in die Schtschukinskaja-Station ein, und sie stiegen aus. Weiter ging es mit der Straßenbahn, die gemütlich vor sich hin zuckelte.

Ganz allmählich stieg Verwunderung in ihm auf. Vor ihnen erstreckte sich Wald, genauer gesagt Serebrjany Bor, wo die Neuen Russen wohnten. Tel sah ganz und gar nicht wie ein Töchterchen aus einem solchen Haus aus.

»Wohin fahren wir?«

»Sei still!«, unterbrach Tel ihn ärgerlich. »Es kann sein, dass sie auf uns warten.«

Wie konnte es sein, dass sich ein erwachsener, erfahrener Mann, der schon einiges gesehen hatte, einem dreizehnjährigen, rotznasigen Mädchen unterordnete? Einen ordentlichen Klaps auf den Hintern hatte sie nötig, nicht mehr.

Dennoch verstummte Viktor aus irgendeinem Grund.

Sie kamen an einem FKK-Strand vorbei. Eine Gruppe nackter Männer hüpfte über den Sand – sie spielten Volleyball. Es war ein komisches Schauspiel, aber die vielen nackten Frauen und Kinder rundherum gaben dem Anblick eine alltägliche Note.

Viktor lag ein ironisches »Ich hoffe, wir müssen dahin« auf der Zunge, aber Tel zog schon die Augenbrauen hoch, und ihm verging die Lust, einen Witz zu machen.

Sie wanderten einen schmalen Pfad entlang, der unerhört menschenleer für einen Tag wie diesen war.

»Jetzt musst du aufpassen«, verkündete Tel. »Für sie ist es am günstigsten, wenn sie uns am Übergang erwischen. Dann gibt es keine Spuren. Weder hier noch dort. Falls etwas passiert, wirf dich zu Boden und zieh den Kopf ein. Ich werd schon allein mit ihnen fertig.«

»Hast du einen schwarzen Gürtel oder was?«, erkundigte sich Viktor. Er hatte früher mal eine Weile Karate gemacht, sicher, er war alles andere als ein Chuck Norris oder ein Bruce Lee, aber er konnte sich ganz gut verteidigen. Natürlich nur, wenn er nicht gerade zehn Mann mit Maschinengewehren gegenüberstand oder mit Schwertern.

»Sei still, bitte! Ich hab es dir doch schon mal gesagt!« Sie behandelte ihn wie eine ältere Schwester ihren kleinen begriffsstutzigen Bruder.

Der Pfad machte eine Biegung und folgte dann einem kleinen Hügel hinunter. Tel blieb stehen.

»Wenn was passiert, wirf dich auf die Erde und zieh den Kopf ein«, wiederholte sie.

»Schon gut, ich hab's verstanden.« Viktor winkte ärgerlich ab. Das fehlte noch, dass dieser Zwerg ihn ständig belehrte.

»Neun, acht, sieben ...« Tel fing an, die Schritte zu zählen. Viktor überschlug im Geiste die Entfernung – ja, genau zehn Schritte bis zur Stelle, wo der Weg eine Kurve beschrieb und nach unten führte.

»Sechs, fünf, vier.«

Das Mädchen war ungewöhnlich, ja fast übernatürlich konzentriert. Wenn dies ein Spiel war, dann glaubte sie jedenfalls fest daran.

Plötzlich trafen ihn eiskalte Wassertropfen auf der Schulter. Automatisch blickte Viktor zum Himmel – weit und breit war keine Wolke zu sehen, der Himmel war klar, die Sonne strahlte, wie auf Bestellung.

»Lauf los«, schrie Tel. Sie packte ihn an der Hand und stürzte Hals über Kopf um die Kurve. Viktor rannte hinter ihr her.

Ein wahrer Wolkenbruch ging auf ihre Köpfe nieder, Viktor wurde dunkel vor den Augen. Über seinen Rücken liefen kalte Rinnsale. Der Wind pfiff.

»Schneller!«, kreischte Tel. Ihr Gesicht war vor Schmerz verzerrt. So völlig durchnässt hatte sie auf einen Schlag ihre ganze Rätselhaftigkeit eingebüßt. Ein ganz normales kleines Mädchen, das in einen Regenguss geraten war.

Ihre Hände tanzten über ihrem Kopf. Viktor schien es, als ob zwischen ihren Fingern mit den vergoldeten Nägeln Blitze aufzuckten.

Zum Teufel noch mal, was ging hier vor?

Sie rannten den schmalen Pfad hinunter, der augenblicklich aufgeweicht war und sich in einen Morast verwandelte. Unter Tels Füßen spritzten Wasserfontänen auf, sie sank fast bis zu den Knöcheln im Schlamm ein.

Viktor kam nicht dazu, sich darüber zu wundern, dass er selbst ganz normal laufen konnte, höchstens etwas schlitterte. Dabei wog er doch viel mehr als das Mädchen, eigentlich müsste er einsinken …

Wegen des Regens hielt er seinen Blick vor sich auf die Erde gerichtet. Wahrscheinlich hatte er intuitiv gespürt, wann er den Kopf heben musste.

Sie waren rechts und links von ihnen aufgetaucht, acht durchnässte Figuren in ausgebleichten Trainingsanzügen, wie man sie von den Typen auf den Märkten kennt, die bei den kleinen Händlern Schutzgeld einsammeln.

»Stehen bleiben!«

Tel fasste Viktor an der Hand und zerrte ihn mit solcher Kraft hinter sich her, dass er um ein Haar hingefallen wäre.

»Lauf schneller!«, kreischte das Mädchen. Für einen Moment drehte sie sich zu ihm um – ihr Gesicht war voller Blut. Kleine, dunkelrote Tröpfchen, wie von Stecknadelstichen. Woher?

»Stehen bleiben!«, schrien mehrere Stimmen.

Zum Teufel. Viktor hätte nicht einmal mit der Möglichkeit gespielt, allein mit acht Gegnern fertigzuwerden. Er verspürte keinen Wunsch, stehen zu bleiben. Nicht den geringsten.

Sie rannten weiter. Tel, deren Gesicht sich in eine blutverschmierte Maske verwandelt hatte, gab noch immer das Tempo vor. Und wenn sie es nun nicht schafften, einfach nicht schafften – den glitschigen Abhang hinunter konnten sie nicht so schnell laufen. Wenn nun …

Der Gedanke war so irrsinnig, dass Viktor sich gar nicht erst damit beschäftigen wollte. Er stürzte weiter, hinter Tel her, schubste sie, stieß sie in die Kniekehlen. Sie schrie empört auf, protestierte, während sie auch schon auf den Rücken in den nassen, glitschigen Dreck fiel. Neben ihr ging Viktor zu Boden.

Sie rutschten und schlitterten abwärts, den aufgequollenen, breiigen Weg hinab, immer weiter, als glitten sie die Rinne einer Wasserrutsche entlang. Hinter ihnen schrien ihre Verfolger; der Regen wurde immer stärker, schlug wie Peitschenhiebe auf sie nieder, inzwischen schoss das Wasser schon in einem reißenden Strom den Weg hinunter wie eine Schlammlawine in den Bergen. Was ging hier bloß vor sich?

Von dem Moment an, als Tel ihn auf dem noch trockenen Pfad kreischend hinter sich hergezogen hatte, funktionierte Viktor wie eine Maschine, dachte nicht nach, als ob jemand in seinem Inneren schon alles im Voraus wüsste. Oder war das am Ende auch so?

Der Himmel über ihnen war noch immer wolkenlos. Der Regen war von selbst gekommen, aus dem Nichts. Das kommt vor. Genau wie Sicherungen, die sich von selbst herausdrehen.

Seltsamerweise wurde Viktor einen völlig unpassenden, dummen Gedanken nicht los: Wie würde Tel sein unerwartetes Verhalten finden? Aus irgendeinem Grund glaubte er, dass die rasende Schlitterpartie ihnen das Leben gerettet hatte. Und dennoch …

Er beruhigte sich erst, als er Tel lachen hörte. Fröhlich und glockenrein. Als wäre ihr Gesicht nicht blutverschmiert und ihr Körper nicht dreckstarrend. Noch in voller Fahrt fasste Viktor Tels Schulter, und es gelang ihm, sie ein wenig zu sich zu ziehen, so dass ihr Kopf geschützt war. Solange sie in dieser Brühe schlitterten, war der Schaden eher moralischer als physischer Natur, aber der erste Stein oder die erste Wurzel, die ihnen in die Quere kam, könnte das ändern.

Und dann wurde der klare, wolkenlose, hellblaue Himmel, aus dem so unpassend der Regen herabrauschte, plötzlich grau. Sie kamen vom Pfad ab und stürzten in etwas Weiches, Rieselndes, Feuchtes.

In einen gewaltigen Berg Herbstlaub.

Starr presste Loj ihre zierlichen Finger an die Schläfen. Sicher, sie konnte nicht hören, worüber Ritor und Torn sprachen. Beide Zauberer waren von einer undurchdringlichen Barriere umgeben, ohne auch nur die kleinste Beschwörungsformel benutzt zu haben. Und allein diese Tatsache konnte einem tödliche Angst machen. Der Clan der Luft achtete stets darauf, mit niemandem verfeindet zu sein. Aber der Grund dafür, dass Ritor Lojs gesellschaftliche Vergnügungen jahrelang verschmäht hatte, war sicher nicht seine Abneigung dagegen, von Angesicht zu Angesicht mit seinem Feind zusammenzutreffen. Loj war eines klar – sowohl Ritor als auch Torn waren bis zum Äußersten gegangen, riskierten alles – in einem Spiel, das keine Regeln kannte. Sie rechnete mit Mord.

»Loj! Loj, was geht hier vor?« Chor erschien neben ihr wie ein lautloser Schatten. Aber durchaus nicht im Ballanzug, sondern in der Rüstung. »Ich habe Aufklärer ausgesandt, wir sind von Wasserkämpfern umzingelt. Es ist schon Mitternacht, ihre Kraft nimmt zu, und Torn hat die Allerbesten mitgebracht. Mit so vielen werden wir nicht fertig, sie erdrücken uns einfach mit ihrer Magie. Loj, was ist los? Hast du wieder den Falschen geküsst?«

»Im Gegenteil, Chor. Aber wie es aussieht, werde ich mich jetzt schleunigst ans Küssen machen müssen … Mein Lieber, sieh nicht hin, ja?« Selbst in dieser Situation war sie noch ganz sie selbst.

»Sie wollen doch nicht etwa …« Chor stockte mitten im Satz.

»Wenn mich nicht alles täuscht, ja«, antwortete Loj. »Ich gehe jetzt zu ihnen, Chor. Und du machst die Unsrigen bereit.«

»Sollen wir sie unbemerkt aufs Korn nehmen?«, erkundigte sich Chor eifrig. Er galt als unübertroffener Meister im Nahkampf ebenso wie bei scharfen, schnellen Gefechten in der Dunkelheit, wenn man nicht wusste, wer Feind und wer Freund war. Aber wenn es darum ging, wem man aus taktischen Gründen als Erstes ein vergiftetes Pfeilchen ins Auge jagen sollte, verließ er sich voll und ganz auf Loj, die sich noch nie getäuscht hatte. Ein Kampf mit Torns erfahrenen Soldaten wäre vielleicht der Anfang vom Ende für den Clan der Katzen; aber wer hätte Chor nachsagen wollen, dass er Angst hatte?

»Bist du verrückt geworden?« Loj fasste sich an den Kopf ohne Rücksicht auf ihre kunstvolle Frisur. »Das ist auf jeden Fall eine Beleidigung. Im Gegenteil, sie dürfen uns ruhig sehen. Sie sollen begreifen, dass wir kämpfen werden. Bis zum Ende. Und ich … ich kümmere mich jetzt um die Gäste. Ich sage dir Bescheid, was los ist. Und dann … ich werde etwas unternehmen müssen. Nur ärgere dich nicht, ich bitte dich. Denk an das Wohl des Clans! Wie schön, dass das Wohl des Clans manchmal mit den eigenen Wünschen zusammenfällt …«

»Eines Tages werde ich sie alle erschlagen«, knurrte Chor ohnmächtig, »und zwar ganz ohne irgendwelche Magie!«

»Mach keine Dummheiten, mein Lieber.« Sie stellte sich auf die Zehenspitzen und küsste ihn zart auf die Schläfe wie eine Schwester. »Bring die Unsrigen in Stellung. Und ich werde mir eine glühende Rede zurechtlegen … nein, damit verderbe ich nur alles. Erst mal werde ich gar nichts zu unseren Gästen sagen. Verlier keine Zeit, Lieber! Und verschling mich nicht mit den Augen. Tu was!«

Ritor stand in Gedanken versunken neben dem warmen Hauptstamm, der wie ein lebendiger Körper wirkte. Zauberer unterscheiden sich dadurch von normalen Sterblichen, dass sie in jeder Situation nachdenken können. Selbst wenn ihr eigenes Leben in Gefahr ist, bedeutet das nur ein zusätzliches Thema der Reflexion … Torn hatte keinen Scherz gemacht. Dazu war er gar nicht fähig, dieser aalglatte, erfolgreiche Anführer des Wassers, der talentierte Zauberer, der fast schon geborene Magier. Er wusste genau, was er wollte, und ging unbeirrbar auf sein Ziel zu. Wenn nötig, ohne jede Rücksicht, aber manchmal auch lavierend. Er war ganz und gar nicht der typische Bösewicht aus dem Buch, kein machtbesessener Tyrann oder etwas in der Art. Er wollte einfach die bestehende Ordnung aufrechterhalten … oder etwa doch nicht? Warum warf Torn ihm so hartnäckig vor, dass er die Macht usurpieren wolle? Doch nicht, weil er insgeheim selbst danach strebte? Nein, Unsinn. Ritor lachte sogar auf. Viele hatten in der Vergangenheit bereits versucht, ein einziges, allumfassendes Königreich in der

Mittelwelt zu errichten. Unmöglich. Das Wasser konnte das Feuer nicht beherrschen, und die Erde nicht die Luft. Selbst die Geflügelten Herrscher hatten sich nicht die Mühe gemacht, der fragilen Gemeinschaft der Clans auch nur den Anschein von Einigkeit zu verleihen, obgleich gerade die Drachen dabei nicht auf Widerstand gestoßen wären …

Er dachte nach und hinterfragte sich augenblicklich. Wären sie wirklich nicht auf Widerstand gestoßen? Und er selbst?

Was hast du dir bloß gedacht, Torn? Hat dich die alte, allzu menschliche Eitelkeit gepackt – die dir einredete, dass alle außer dir Dummköpfe sind, dass du allein weißt, was zu tun ist?

Kaum, schließlich bist du alles andere als dumm. Oder siehst du dich als Retter der Welt? Aber selbst wenn du mich besiegst, was möglich ist – des Nachts ist meine Kraft schwach und die Kraft des Wasser stark –, selbst dann wirst du die Angeborenen nicht aufhalten können. Und das bedeutet, dass ich jetzt nicht sterben darf. Ich würde freudig mein Leben geben – sogar dir, Torn –, wenn uns das vorm Untergang bewahren würde. Aber das tut es nicht. Wenn die adlerköpfigen Schiffe aus dem Rauch hervorkommen, bleibt uns nur noch ein Ausweg – in Würde zu sterben. Und wenn die Angeborenen zu zahlreich sind, dann wird uns selbst dieser Weg versagt sein.

Das heißt, ich muss mich durchschlagen, entschied Ritor pragmatisch. Wie satt ich das habe. Es kommt mir so vor, als hätte ich jeden einzelnen Tag meines Lebens damit verbracht, mich durchzuschlagen. Und so etwas gilt dann als größte Heldentat. Ich habe mich durchgeschlagen, als das Schicksal des Drachenbezwingers nur aus diamanten funkelnden Wegen des Ruhmes und des Heldenmuts zu bestehen schien. Damals war ich jung, grausam und dumm.

Dann musste ich mich durchschlagen, als ich den letzten, schon von mir verletzten Geflügelten Herrscher durch das ganze Land verfolgte. Den letzten aus einem einst so mächtigen Geschlecht. Später ... Genug der Erinnerungen. Dort kommt Loj Iwer, die bezaubernde Loj. Von ihrer Empfindsamkeit und ihrem Temperament erzählen sich die pickeligen Jünglinge gegenseitig schamlose Geschichten, wobei sie erröten, keuchen, prusten und um ein Haar ihre Hosen beflecken.

Ritor umfing eine weiche Wolke warmen Duftes – Iwer war bekannt für ihre selbst gefertigten Parfums. Ein schneller Blick unter den dichten Wimpern hervor, eine kaum merkliche Drehung ihrer biegsamen Hüften, kurz aufblitzende Grübchen – was ist mit dir, Ritor? Deine Kehle ist trocken. Dein Herz hat einen Stich gespürt. Dein diebischer Blick sucht vergeblich, in den tiefen Ausschnitt des Dekolletés vorzudringen. Du siehst begierig auf ihre Beine, die bis über die Knie entblößt sind.

»Du musst dich dessen nicht schämen«, sagte Loj. Sie war ungewöhnlich ernst. »Du hast deine Kraft, und ich habe meine.« Ritor wandte mühsam den Blick ab.

»Du bist ein komischer Mensch, Ritor. Ein mächtiger Magier, der rot wird wie ein kleiner Junge, weil er auf meine Brüste schaut. Du hast schlechte Liebhaberinnen gehabt, Magier der Luft.«

»Warum sagst du so was, Loj?« Wenn sie mit Torn gemeinsame Sache machte und ihn aus der Fassung bringen wollte, würde ihr das nicht gelingen.

»Das ist es, was ich jetzt denke. Und daher sage ich es dir. Es ist sinnlos, vor einem Meister wie dir etwas verbergen zu wollen. Vielleicht hättest du nicht immer meine Katzen verschmähen sollen, Maître?«

»Was hat das für eine Bedeutung?«, fragte Ritor gleichmütig. Es würde ihr nicht gelingen, ihn zornig zu machen.

»Bedeutung hat nur eines«, sagte Iwer mit plötzlicher Schärfe, »nämlich dass du und Torn hier ein Handgemenge anzettelt. Ich pfeife darauf, weshalb ihr euch bekämpfen wollt – ihr von den Elementen seid verrannt in eure Vorurteile –, aber hier werde ich kein Blutvergießen dulden. Und ich werde nicht zulassen, dass sie dich umbringen. Torn hat zu viele von seinen Leuten mitgebracht. Das wird kein Duell, sondern eine Mordhatz. Ich möchte, dass du lebendig hier herauskommst, Ritor.«

»Warum?«, fragte der Magier kaltblütig, und Loj biss sich unwillkürlich auf die Lippe – es schien unmöglich, zu diesem Eisklotz durchzudringen. Sollte sie es etwa vor den Augen des ganzen Saals mit ihm treiben? Amüsanter Gedanke ... aber das würde Chor nicht ertragen.

»Als Mann gefällst du mir besser als Torn«, sagte sie giftig und drehte ihm den Rücken zu. Wie auch immer, sie hatte ihr Ziel erreicht. Ritor hatte seinen Zorn zügeln müssen und Kraft verloren. Sein undurchdringlicher Schutzschild hatte für einen kurzen Augenblick einen Riss bekommen. Natürlich hätten nicht einmal zehn Frauen von Lojs Klasse ihm wirklich etwas anhaben können, dennoch hatte sie etwas in Erfahrung gebracht.

Nämlich, dass es Torn war, der Ritor umbringen wollte. Und nicht umgekehrt.

Was noch zu beweisen war.

»Alles fertig, Chor.«

»Dann fangen wir an.«

Leben kam in die Nacht.

»He, ihr da!«, brüllte Chor, wobei sich seine Stimme beinahe überschlug. »Ihr Leute vom Wasser! Hört gut zu, was ich euch zu sagen habe! Kommt lieber rein zu uns, hier ist es warm, trocken und fröhlich! Wir werden ohnehin nicht zulassen, dass ihr Elementaren hier eure Rechnungen begleicht. Wir sind zehnmal mehr, und selbst wenn jeder von euch neun von uns erschlägt, so wird unser zehnter Mann ihn doch am Ende fertigmachen. Mit bloßen Händen, ohne Waffen. Na also, Degen in die Scheide? Oder wollt ihr euch schlagen …?«

Die Dunkelheit schwieg.

»Maître Torn …« Loj setzte sich geziert hin; sie hatte ihre Position so gewählt, dass er bequem über den Rand ihres Dekolletés spähen konnte. »Was für eine Ehre für uns …«

»Lass doch, Loj.« Sie bemerkte, dass er sich nervös die Lippen leckte. »Seit wann bin ich für dich ›Maître‹? Einfach Torn, nur unser Ritor liebt solche offiziellen Anreden …«

»Dann lass uns tanzen, Torn.« Graziös legte sie ihm die Hand auf die Schulter.

Der Ball der Katzen war schon voll im Gange. Die Gäste hatten sich wieder beruhigt. Zwei mächtige Magier waren auseinandergegangen, nach außen hin völlig friedlich. Keiner interessierte sich mehr für Ritor und Torn – keiner ahnte, was mit dem Clan des Feuers geschehen war, und keiner wusste, worüber die beiden Magier gesprochen hatten. Die Musik spielte auf; geschmeidig drehten sich die Paare. Über dem dichten Laub blitzten dunkelrote, silberne und hellblaue Lichter. Die Debütantin vom Clan des Wassers tanzte pausenlos.

Torn und Loj reihten sich unter die Paare. Iwers zierliche Finger legten sich sofort um den sehnigen Hals des Zauberers. Er zuckte zusammen.

»Was ist mit dir, reizende Gastgeberin?«

Loj wusste, dass sie keine Zeit verlieren durfte. Chor war bereits unterwegs, und das bedeutete, dass Torn jeden Augenblick ein Alarmsignal erhalten konnte. Und das zu übertönen würde ihr nur auf eine einzige Weise gelingen. Außerdem gehörte er nicht zu den Menschen, denen man lange etwas vormachen konnte. Nur ein zielstrebiger Vorstoß hatte Aussicht auf Erfolg, wie plump das auch aussehen würde. Im Übrigen sagte ihr ihre Erfahrung, dass Männer am leichtesten mit Plumpheiten zu gewinnen waren. »Was würdest du dazu sagen, dass die verruchte Loj allzu gerne in Erfahrung bringen möchte, wie es sich mit einem echten Magier anfühlt?« Sie betonte das Wort »echt«. Durch den dünnen Stoff des Kleides spürte sie, wie seine Handflächen augenblicklich heiß wurden. Er schluckte krampfhaft.

Noch ein kleiner Junge, dachte die Katze verächtlich. Verlangt die hohe Magie der Elemente tatsächlich so viel Kraft und Einsatz von ihren Schülern, dass für ganz normalen Sex kein Platz mehr ist?

Torns Kopf zuckte heftig auf und ab – es war nicht leicht, in dieser hektischen Bewegung ein zustimmendes Nicken zu erkennen.

»Dann lass uns gehen«, flüsterte Loj und drängte sich enger an ihn. Sie lösten sich in der Wand des Ballsaals auf.

Das kleine Kämmerchen hatte Loj extra für diese Art dringlicher Rendezvous eingerichtet. Hier herrschte Dämmerlicht. Torn stand mit hängenden Armen da und atmete schwer –

also wirklich, jede Faser ein grüner Junge vorm ersten Mal. Sie lächelte spöttisch – ihre Macht war jetzt um ein Vielfaches größer!

»Trau dich nur, Maître.« Sie lächelte, während sie sich mit einer einzigen Bewegung von ihrem Kleid befreite.

Er umfasste sie wie ein Ertrinkender einen Rettungsring.

»Aber, aber ...«, flüsterte sie heiser.

Der Magier verlor die Beherrschung, und das war gut so.

Torn presste sich an sie.

»Und jetzt gibst du den Deinigen den Befehl, Ritor ziehen zu lassen«, schnurrte sie zärtlich.

Stahl blitzte an Torns Kehle auf; eine Schneide ritzte in seine Haut.

»Wa-as?!« Es schien, als bräche er leblos zusammen.

»Ich möchte keine Leichen auf meinem Ball«, sagte sie scharf. »Du willst Ritor umbringen. Das werde ich nicht zulassen. Begleicht eure Rechnungen, wo ihr wollt, aber nicht auf meinem Territorium. Hast du verstanden, Torn? Sag deinen Leuten, sie sollen ihn ziehen lassen. Hörst du? Sonst, das schwöre ich dir, schneide ich dir die Kehle durch. Was dann mit mir geschieht, wirst du jedenfalls nicht mehr erfahren.« Wieder berührte sie mit der Klinge seine Kehle.

Torn krächzte.

»Schlampe.«

»Es lohnt nicht, mich zu beschimpfen«, sagte sie weich. »Du hast mir keine andere Wahl gelassen. Los jetzt!«

Er zögerte einige Augenblicke lang, und Loj dachte, dass er wohl wirklich kein Feigling war.

»Gut! Du hast gewonnen ... diesmal.«

Sie spürte eine Welle der Magie.

»Fertig ...«

»Erklär mir, wie du das geschafft hast«, wollte Chor mit finsterer Miene wissen, nachdem sie sich geliebt hatten.

Loj prustete verächtlich.

»Für einen echten Magier hing er zu stark am Leben«, sagte sie. Als würde sie dem unsichtbaren Torn ins Gesicht spucken.

Die Amerikaner hatten einst eine Form der Bestrafung gekannt, die sich »Teeren und Federn« nannte. Viktor hatte sich nie erklären können, worin bei dieser Maßnahme der erzieherische Effekt lag.

Jetzt, so schien es, wurde ihm das endlich klar. Von Kopf bis Fuß über und über verschmiert mit Schlamm und übersät mit Blättern, die daran klebten, stand Viktor vor der laut lachenden Tel und wusste nicht, was er tun sollte. Lachen, weinen, Reißaus nehmen oder dieser Göre eine Ohrfeige verpassen, die ihn Gott weiß wo reingezogen hatte?

Trotz allem entschied er sich fürs Lachen. Tel sah wirklich zu albern aus. Genau wie er selbst. Viktor streckte die Hand aus und zupfte ein Blatt von der Wange des Mädchens.

»Wie bist du darauf gekommen?«, fragte Tel.

»Du hast doch gesagt, wenn was passiert, soll ich mich auf den Boden werfen«, sagte Viktor ungerührt. »Genau das hab ich getan.«

Tel kicherte wieder los, diesmal leiser. Viktor sah sich um.

Schönes Teufelswerk. Sie befanden sich in einem Wald, aber nicht in so einem aufgeforsteten, schmuddeligen Wäldchen am Moskauer Stadtrand, sondern in einem richtigen Wald, der an ein Gemälde Schischkins erinnerte. Den Hügel, den sie runtergerutscht waren, schien es tatsächlich zu geben, aber von dem schmalen Pfad war weit und breit nichts mehr zu sehen. Am Himmel, der eben noch strahlend blau gewesen war, zogen dunkle Wolken auf.

Aber das Wichtigste war – rundherum herrschte Herbst. Wahrscheinlich noch nicht sehr weit fortgeschritten, denn es war noch nicht sonderlich kalt, aber dennoch eindeutig Herbst. Die Bäume hatten schon fast alle ihre Blätter verloren, nur in den Wipfeln war noch ein Rest von Braun und Gelb übrig geblieben.

Und es war still, vollkommen still. So wie es in der Nähe von Stränden oder in irgendwelchen öffentlichen Freizeitanlagen niemals der Fall ist. Immer findet sich ein Trottel, der glaubt, dass in ihm ein Talent zum Sänger schlummert, oder eine Gruppe junger Leute, die den Kassettenrekorder auf volle Laufstärke stellen …

»Wo sind wir, Tel?«, wollte Viktor wissen. Es fiel ihm gar nicht ein, danach zu fragen, wo ihre seltsamen Verfolger geblieben waren. Er spürte einfach, dass sie nicht in der Nähe waren.

»Zu Hause. Bei mir.« Tel fuhr sich mit der Handfläche übers Gesicht und wischte das restliche Blut weg. Eine Wunde gab es nicht.

»Bei dir zu Hause?« Viktor sprach die Worte langsam, Silbe für Silbe. Nur so konnte er die klirrende Leere, die sein Bewusstsein erfasst hatte, ausfüllen. Er konnte an nichts denken. Er glaubte es nicht. Er konnte es nicht glauben.

»Ja. Du hast doch versprochen, mich nach Hause zu begleiten.«

»Und … wo ist es jetzt, dein Haus? In Serebrjany Bor?«

»Nein.« Tel umfasste fröstelnd ihre schmalen Schultern. »Viel weiter weg.«

»Aha. Parallelwelten.« Viktor versuchte, hämisch aufzulachen, aber es gelang ihm nicht gut.

»Nenn es, wie du willst.« Tel versuchte vergeblich, sich eine dreckstarre Strähne aus dem Gesicht zu streichen. »Lass uns gehen. Nicht weit von hier ist ein kleiner See. Da können wir uns waschen.«

»Bei diesen Temperaturen?« Viktor war entsetzt.

»Sonst erfrieren wir«, sagte Tel belehrend. Jeden Moment krallte sich die Kälte mit unsichtbaren Klauen fester in ihre nasse Kleidung.

»Komm jetzt, los.« Tel zog Viktor an der Hand. Und wieder begannen sie zu laufen.

Der Herbstwald ist vielstimmig und weich. Er umhüllt dich, du verlierst dich in ihm, verschmilzt mit ihm, und schon gehst du nicht mehr, sondern du fliegst, ohne deine Beine zu spüren. So erging es Viktor nicht selten – sogar in den dürftigen, verschmutzten Wäldern der heimatlichen Moskauer Vororte. Hier drang der Wald in ihn ein, vom ersten Moment, vom ersten Atemzug an. Alles kam ihm seltsam bekannt vor, obwohl er viele Bäume nicht bestimmen konnte. Hier zum Beispiel – die Rinde war die einer Hagenbuche, die Blätter aber eindeutig vom Ahorn. Oder dieser hier – sah aus wie eine Erle, aber seine langen silbrig-goldenen Kätzchen an den Zweigen passten zu keinem ihm bekannten Baum.

Der Wald war ihm fremd … und auch wieder nicht. Viktor hatte das Gefühl, als würde er nach endlos langer Trennung einen Bruder wiedertreffen.

Viktor und Tel rannten über den weichen Teppich aus Blättern, schlüpften durch entlaubtes Gebüsch, vorbei an Waldriesen, die vor langer Zeit umgestürzt waren und nun Platz machten für Licht, Luft und junges Grün. So ist es immer gewesen, das ist kein Grund zu trauern. Der Tod ist eine Waffe des Lebens – nichts weiter.

Bin ich betrunken oder kommt das von der Kälte?, ging es Viktor durch den Kopf. Sein Bewusstsein schwamm. Es erlosch, während es mit Tausenden von Waldstimmen verschmolz, die ihm von allen Seiten ihre Lieder zuraunten. Er konnte ihre Worte nicht verstehen … bis aus dem Nichts plötzlich das Gesicht von Großmutter Vera vor ihm erschien. Ja! Ja, genau so waren sie durch den entlaubten Novemberwald gelaufen, den durchsichtigen, klingenden Wald, der schon bereit war, das Leichenhemd aus Schnee überzustreifen, sie waren gelaufen, nachdem Viktor in eine Schlucht gestürzt war. Der Großmutter war das silberne Medaillon, das sie immer trug, in die Schlucht gefallen. Und er hatte sich sogleich mit kindlich sorgloser Hilfsbereitschaft darangemacht, die glitschigen Abhänge hinunterzuklettern …

Seltsam. Als ob sich alles wiederholte. Nur in ausgereifter Form, gewissermaßen eine Umdrehung weiter auf der Spirale der Herausforderungen. Auch die Großmutter hatte ihn damals als Erstes zum Baden an einen See geschleppt. Er hatte gekreischt vor Kälte und Begeisterung, während er im eiskalten Wasser umherplanschte. Und die Großmutter hatte inzwischen am Ufer ein Feuer gemacht – wo zum Glück ein ganzer Haufen Bruchholz herumlag …

»Warum hast du nicht mit ihnen gekämpft, Viktor?«, fragte Tel im Laufen. »Warum bist du weggelaufen?«

»Ein Kampf ohne die geringste Chance eines Sieges – das ist etwas für Dummköpfe«, antwortete Viktor. Er hatte nie etwas für derartige schöne Sprüche übriggehabt, aber hier in diesem märchenhaften Herbstwald erschienen die Worte passend.

Tel nickte. Geringschätzig? Zustimmend? Oder einfach nur zur Bestätigung?

»Gleich sind wir da«, sagte sie.

Wie fand sie sich hier zurecht? Sie musste tatsächlich von hier stammen.

Und wirklich, sie gelangten an einen See, dessen Wasser stahlgrau glänzte.

»Spring rein!« Tel rannte, als hätten sie nicht gerade mindestens einen Kilometer hinter sich gebracht. »Spring sofort rein, sonst traust du dich nicht mehr!«

Sie ging mit gutem Beispiel voran und flog aus dem Lauf heraus ins Wasser.

Genauer gesagt, flog sie nicht ins Wasser, sondern sie verschmolz mit ihm, tauchte ohne jedes Plätschern und Spritzen mit dem Kopf in den See. Viktor dagegen plumpste wie ein Nilpferd hinein.

Das eiskalte Wasser, so schien ihm, brannte stärker als Feuer. Du kriegst einen Herzschlag, du Idiot, ging es Viktor reichlich spät durch den Kopf.

Aber sein Herz dachte gar nicht daran, stehen zu bleiben.

Tel tauchte unerwartet neben ihm auf – ihr fordernder Blick heftete sich auf sein Gesicht. Plötzlich begriff Viktor, dass er keine Kälte spürte. Und auch kein Wasser. Als ob er selbst ein Teil dieses eisigkalten Sees geworden wäre – und dann verschwand das Wasser ganz, verwandelte sich in grauen nebligen Rauch, und mit einem Schlag erschien die Sonne neben ihm. Tief unten erstreckte sich die Erde – leuchtend grün, hellblau, braun.

Grimmig pumpte sein Herz das Blut durch seine Adern. Die mächtigen, angestauten Muskeln forderten einen Kampf. Seinen Körper konnte er nicht sehen – und wozu brauchte er ihn jetzt auch. Dort unten erhoben sich die Türme einer Stadt – sie wuchsen, kamen näher, er eilte ihnen entgegen, er wusste, dass man dort auf ihn wartete …

Die Stadt war von Angst befallen. Er, der eben noch unterm Himmel gesegelt war, schritt stolz, unsichtbar durch ihre Sträßchen, die leer waren wie zu Zeiten der Seuche. Er war der Richter. Er musste hier richten. Und bestrafen, wenn nötig …

Dann fühlte er sich plötzlich in einen Palast versetzt. Genauer gesagt, er begriff, dass die mit Mosaiken überzogenen Wände um ihn herum die Wände des Herrscherpalasts waren. Hier gab es Leute. Sie standen dicht gedrängt in einer entfernten Ecke, vermieden es, ihn anzuschauen. Ihn oder jemanden anders? Er wusste es noch immer nicht. Er konnte seinen eigenen Körper nicht sehen – wie bei einem Computerspiel. Nur dass dies kein Spiel war, und sie wussten es, und er wusste es. Zum ungezählten Mal fragte er sich verwundert und zornig, wie jene es wagen konnten, die Gesetze zu brechen, jene, die nicht die Kraft hatten, sich seinem Willen zu widersetzen, die sich nicht trauten, jetzt den Blick zu heben …

Und dann, ob in einem letzten Anflug von Stolz oder vor schierer Angst, erhob der, der über die Stadt und ihre Leute herrschte, den Blick und sah ihn an – er lächelte. Sein Lächeln war der Tod. Das Urteil und seine Vollstreckung …

Jetzt konnte er sich umdrehen und gehen. Diese Angst, dieser Augenblick würden für alle Zeiten reichen – sie würden es nie wieder wagen, gegen seinen Willen aufzubegehren. Oder etwa doch?

Warum war es so kalt? Rund um sie herum stand doch alles in Flammen, die Holzwände brannten, die weichen Kissen, die über dem Boden verteilt waren, brannten, und es brannten jene, die es gewagt hatten, gegen ihn aufzubegehren. Warum war es so kalt …

Tel hatte ihn irgendwie ans Ufer gezogen. Offenbar hatte er das Bewusstsein verloren. Unterkühlung. Woher hatte sie die Kräfte dafür? Viktor schüttelte sich schwach, erhob sich auf die Ellbogen. Alles um ihn herum kam ihm falsch vor, irreal, und er wusste nicht sofort, wo er war. Der Maßstab hatte sich verändert. Im Fiebertraum war er ein Riese gewesen – oder die anderen waren Liliputaner.

Am Ufer brannte ein Feuer. Wie hatte Tel es angezündet? So nass, wie sie war, ohne einen trockenen Faden auf dem Leib, ganz zu schweigen von einem Feuerzeug oder Streichhölzern.

Erst jetzt begriff Viktor, dass er fast ganz ausgezogen war. Seine Jeans, das Hemd und alles andere dampften über dem Feuer vor sich hin. Gott sei Dank trug er wenigstens noch seine Unterhose. Das verrückte Mädchen litt jedenfalls bestimmt nicht an übertriebenen Schamgefühlen.

»So trocknen sie nicht richtig, aber was soll's«, vernahm er ihre Stimme. »Sonst wärst du erfroren.«

»Tel …«, begann er. Dieses Mädchen nahm sich eindeutig zu viel heraus! Auch nach allem, was geschehen war. Aber er verstand ohnehin nicht, was hier vor sich ging.

»Alles in Ordnung.« Sie hörte auf, sich ums Feuer zu kümmern, und zog sich schnell aus. Ihr eigener Pullover und die Hose baumelten jetzt neben Viktors Kleidern. Ihre Nacktheit schien ihr kein bisschen peinlich zu sein. »Du hast doch gewählt, nicht wahr?«

»Was gewählt?« Er verstand sie nicht.

Sie richtete sich auf und blickte ihm direkt in die Augen. Streng sagte sie: »Ich darf nicht wissen, was genau du gewählt hast, sag mir einfach, ob du es getan hast.«

Sein Traum kehrte zurück, für einen Moment; er erinnerte sich an die Flamme. Nur an die heiße Flamme. Gewählt?

Viktor sagte nicht »ja« – Tel verstand es von selbst. Sie nickte zufrieden und warf einen weiteren Arm voll Reisig ins Feuer. Viktor bemerkte, dass sie sich aufgekratzt hatte. Aber was machte das schon? Bei ihr heilten ja sogar größere Wunden in einer einzigen Nacht.

»Sitz nicht rum«, sagte Tel. »Du musst dich bewegen, Viktor.«

Er stellte sich die Szene vor, wie sie beide nackt um das Feuer herumhüpften, und schüttelte den Kopf. Aber Tel ließ nicht locker. »Steh auf! Los jetzt!«

Ehe Viktor reagieren konnte, hatte sie sich schon einen glimmenden Zweig aus dem Feuer gegriffen, genaugenommen eher einen Stock mit einem glutroten Ende, und versetzte ihm damit einen Hieb auf den Rücken.

»Du!« Alle Verwirrung war vergessen, und ohne zu begreifen, was er tat, sprang er auf und stürzte hinter Tel her. »Verdammt …«

Hätte er das Mädchen in diesem Moment erwischt, hätte es einen ordentlichen Schlag abbekommen. Aber Tel zu fangen war schier unmöglich. Nach einer Minute blieb das Mädchen auf der anderen Seite des Feuers stehen und rief: »Viktor! Frieden?«

Schweigend drohte er ihr mit der Faust.

»Ich musste es tun, damit du dich bewegst und deine Durchblutung in Gang kommt«, sagte sie ernst. »Sei nicht wütend. Verzeih mir.«

»Ich kann nicht verzeihen«, sagte Viktor. Und er kam nicht mehr dazu, sich über seine eigenen bösen, pathetischen und gleichzeitig völlig aufrichtigen Worte zu wundern. Die Welt um ihn herum begann zu schwanken …

Die Flamme ergriff ihn. Schlug, biss, brannte. Böse, unbarmherzig und gleichzeitig hilflos. Er war sowieso stärker.

Viel stärker als alle Feinde zusammen. Aber ihr Angriff, ihre Bosheit – all das verlangte nach einer Antwort. Einer angemessenen Antwort. Er schwamm – im kochenden Meer, das von einem lichterloh brennenden Teppich überzogen war. Er schwamm auf lange schmale Schiffe zu; deren Masten mit den schwarzen Segeln erhoben sich hoch über die Wellen, und Adlerköpfe ragten an ihrem Bug in die Luft.

Er wusste, dass er stärker war. Und immer stärker sein würde …

»Viktor«, sagte Tel. »Viktor …«

Er öffnete die Augen, fasste ihre Faust mit der einen Hand und griff mit der anderen Hand ins Feuer. Ohne hinzusehen, tastend, als spürte sein ganzer Körper die Flamme, zog er einen glimmenden Zweig heraus. Und schlug Tel damit leicht auf die Schulter. Das Mädchen kreischte auf und riss sich los.

»Jetzt herrscht Frieden«, sagte Viktor.

Aus irgendeinem Grund war er ganz sicher, dass Tel ihm, wenn sie gewollt hätte, ohne Probleme hätte ausweichen können.

»Ist dir jetzt warm?«, erkundigte sich Tel übergangslos und rieb sich die Schulter. »Zieh dich an, wir dürfen nicht trödeln. Vorerst haben wir die Feinde abgehängt, aber nicht für immer. Sie werden den Pfad finden. Und wir müssen bis zum Abend die Felsen erreichen.«

»Die Felsen?« Viktor lachte nervös. »Also gut, dann auf zu den Felsen. Oder in die Berge. Oder ans Meer?«

»Ans Meer kommen wir später«, sagte Tel ernst. »Erst zu den Felsen. Es ist nicht weit, aber der Weg dorthin ist schlecht. Er verläuft zu nah an der Grauen Grenze.«

Grenze! Die kannte er … oder es schien ihm, dass er sie kannte. Sollte er Tel fragen?

Nein, er würde sie nicht ausfragen. Dieses Spiel, bei dem sie offenbar davon ausging, dass er alles wusste und verstand, während er doch in Wirklichkeit nichts wusste, hatte einen gewissen Reiz. Grenze? Also gut. Graue Grenze – umso besser.

Sie zogen sich an, wobei sie einander den Rücken zukehrten. Als ob diese Maßnahme auf einen Schlag alles auf ein sachliches Gleis bringen könnte. Viktor wrang mehr schlecht als recht das Wasser aus seiner Unterhose und zog die Jeans darüber. Die Kleidung war getrocknet, die feuchten Schuhe jedoch waren geschrumpft und saßen unbequem. Aber damit musste er sich abfinden.

4

Ritor beschloss, im Flug zu den Besitzungen seines Clans zurückzukehren. Das fehlte noch, dass er sich nach allem, was geschehen war, zu Fuß dorthin schleppte. Die Stunde der größten Kraft war bereits vorbei, aber es blieb noch genug Zeit, um die Strecke zwischen dem Singenden Wald und dem Spitzzahn der Vier Winde zu überwinden.

Als die Magie zu wirken begann und weiche Windwirbel seinen fast gewichtslosen Körper erfassten, hatte Ritor endlich Zeit zum Nachdenken. Er ärgerte sich über sich selbst – sein Verdacht bezüglich Loj hatte sich nicht bewahrheitet, und der Magier mochte es gar nicht, wenn er sich in den Leuten täuschte, und erst recht nicht, wenn es sich um jemanden handelte, den er schon so lange kannte. Iwer hatte nichts mit dem Verrat zu tun. Jemand anderes hatte den Clan des Feuers an Torn verraten – vielleicht sogar jemand vom Feuer. Und natürlich konnte er auch nicht ausschließen, dass jemand von seinen eigenen Leuten das Feuer verraten hatte. Auch das kam vor, erst recht in diesen Zeiten, wo längst nicht alle vom Clan der Luft Ritors Ansicht teilten, dass man die Drachen zurückholen sollte.

Ruhigen Gewissens konnten sie Verrat begehen … ihre Ideale dienten sozusagen als Rechtfertigung.

Es würde nicht leicht sein, den Verräter zu finden. Aber ohne ihn gab es auch keine Hoffnung auf Rache. Eigentlich, verbesserte Ritor sich selbst, ging es schon nicht mehr um Rache. Das hier war ein richtiger Krieg. Der Clan der Luft und der Clan des Feuers waren durch keine Union miteinander verbunden, dennoch hatte Ritor die Absicht, auch für dessen Tote Rache zu nehmen. Und natürlich für seine eigenen Gefährten, die bei den Ruinen gestorben waren. Alle bis zum letzten Mann. Ohne Rücksicht darauf, dass diese Rache die Clans der Mittelwelt am Vorabend einer Invasion der Angeborenen schwächen würde. Der Aufruhr musste im Keim erstickt werden. Keiner sollte glauben, dass sich der Clan der Luft so etwas gefallen ließ.

Dennoch war Ritor sich ganz und gar bewusst, dass die Kräfte der Clans in etwa gleich stark waren. Selbst wenn er persönlich ein wenig stärker war als Torn – jedenfalls fürchtete der Magier der Luft kein offenes Duell –, so verfügte der Clan des Wassers doch über sehr viel mehr Magier in der zweiten Reihe, und – was noch mehr zählte – diese waren viel erfahrener. Die Nachbarschaft ihrer Lehensländer zur Grauen Grenze machte sich bemerkbar: aufrührerische Elfen, unbefriedbare Fabelwesen und ähnliches Gesindel. Wenn doch wenigstens Taniel, die Brüder Klatt und Schatti noch am Leben wären. Obgleich … ein, zwei oder selbst drei zusätzliche Kämpfer würden in einem offenen Kampf – Clan gegen Clan – am Ende nicht über den Ausgang entscheiden. In einem solchen Fall spielte auch der Zufall eine Rolle.

Das Wasser und die Luft würden sich gegenseitig schwächen, auch das Feuer konnte sich die Rache nicht versagen, und anstelle von vier mächtigen Clans der Elemente würde nur ein einziger dem Feind entgegentreten – der phlegmatische Clan der Erde.

Dieser Plan taugte also auf keinen Fall. Selbst wenn der Boden unter den Füßen der Angeborenen einbrechen würde, Berge sich in Bewegung setzten, Vulkane sich ihnen in den Weg stellten – es wäre zu spät. Sie mussten den Schiffen der Angeborenen auf dem Meer begegnen, damit nur noch ein armseliger Rest der Armada die Mittelwelt erreichte. Anders würde diese nicht standhalten.

Ritor knirschte mit den Zähnen. Er wunderte sich über sich selbst, über seinen plötzlich erwachenden Blutdurst ... und mit einem Mal erinnerte er sich, ja, genau so war es damals gewesen, so trunken vor Vorgenuss war er auf das heiße, strömende Drachenblut, das in einem Schwall auf ihn niedergehen würde, damals, als er seinen Feldzug begann. Viele Jahre waren seither vergangen. Er hatte geglaubt, dass der wahnsinnige Kampfesrausch verschwunden war – aber nein, er hatte die ganze Zeit tief im Verborgenen geschlummert und auf seine Stunde gewartet.

Torn hatte alles richtig eingeschätzt, dachte Ritor plötzlich. Der Clan der Luft würde keine Rache nehmen. Denn auch das Wasser würde bis zum letzten Mann gegen die Angeborenen kämpfen ... es sei denn, die Beleidigung, die Ritor seinem Widersacher in der Hitze des Wortgefechts hingeworfen hatte, nämlich dass Torn sich hatte kaufen lassen, erwiese sich als schreckliche Wahrheit.

Dann bliebe nur eines übrig – im Kampf zu sterben.

Jedenfalls, wenn der Drache nicht kam.

Aber Torn hatte schon den Drachentöter gerufen ... Der Zauberer des Wassers hatte wohl kaum gelogen. Ein Magier seines Standes wusste schließlich genau, dass die Wahrheit die schrecklichste aller Waffen war – wenn sie im richtigen Moment am richtigen Ort eingesetzt wurde …

Er hatte zu wenig Informationen, musste Ritor sich wütend eingestehen. Wahrscheinlich hatte Loj Recht, es war unklug, die Dienste der Katzen zu verachten. Sie waren schlau und heimtückisch und immer auf ihren Vorteil bedacht, aber was sie auskundschafteten, musste man jedenfalls nicht mehr überprüfen.

Der Spitzzahn der Vier Winde oder einfach der Spitzzahn, wie ihn ausnahmslos alle Bewohner der Mittelwelt nannten, erhob sich hoch über dem grünen Steilufer des Blauen Flusses. Kurz bevor dieser Fluss ins Meer mündete, durchschnitt er die Felswände und beschrieb einen weiten Bogen um die steil aufragende steinerne Klippe. Hier trafen Bergwälder und Meeresdünen zusammen, hier befand sich die südliche Grenze der Clans, hier begann das Heiße Meer. Nach Norden hin erstreckten sich Berge, hinter denen die Besitzungen der anderen Clans lagen und Feros, die Hauptstadt vom Clan der Erde. Warme Steppen wechselten sich mit Wäldern ab, das Auge erblickte umgepflügte Äcker, Städtchen, Dörfer, große Gutshöfe und vereinzelte Gehöfte. Und noch weiter, hinter der Steppe, hinter den Ziwascher Sümpfen, viele Hundert Meilen entfernt lag ein Land, wo Menschen, Gnome und Elfen wohnten sowie all jene, die aufzuzählen zu viel Platz einnehmen würde. Auch dort gab es Städte – Lehensbesitzungen der Clans, Schlösser von Vasallenfürsten. Dort verlief die Route der Gnome. Und noch weiter nördlich, hinter dem Gürtel der Grauen Grenze, lag unbewohntes, unbekanntes Land, leer und unwirtlich. Keiner der Clans wollte dort leben, alle hatten sie die warmen, lieblichen Küstenregionen gewählt, die stark an die verlorene Heimat erinnerten. Der ferne Norden blieb unbesiedelt, und sogar diejenigen, die von der Anderen Seite zu ihnen kamen, zogen es vor, sich weiter südlich niederzulassen. Die Wälder dienten den Elfen als Wohnstatt. Die Route der Gnome führte mitten durch das Land, zerschnitt es wie ein eiserner Faden. Die Magier der Clans, und erst recht die der Elementaren Clans, kamen selten dorthin. Höchstens um den Grundzins einzutreiben, den zu bezahlen alle verpflichtet waren, die die Erde bearbeiteten oder ein Handwerk ausübten oder ein anderes Geschäft mit Handel oder Versorgung betrieben.

Der Clan der Luft hatte sich nicht zufällig neben diesem Steilfelsen niedergelassen. Der Spitzzahn war das Zentrum stürmischer und ununterbrochener Magie des Äthers, hier stießen die Winde zusammen, die über der endlosen, flachen Ebene des Meeres an Fahrt gewonnen hatten, hier trafen sie auf andere Winde, die an den Gipfeln der Berge Kraft gesammelt hatten; der hoch aufragende Fels schien sie anzuziehen, hier gaben sie ihre Kraft preis, hier konnte man sogar zum Flug aufsteigen, wenn die Zauberkraft des durchsichtigen Elements am schwächsten war.

Hier hatte Taniel das Fliegen gelernt …

Ritor spürte, wie sich sein Herz schmerzlich zusammenzog, und verbot sich augenblicklich, an den Jungen zu denken. Taniel würde nicht zurückkommen. Ritor konnte ihn nur noch rächen. Und obgleich der Magier mehr als einmal über den dummen Aberglauben gelacht hatte, der besagte, dass eine ungerächte Seele keine Ruhe finden kann – jetzt begriff er mit einem Mal, dass auch er daran glaubte. Oder wollte er daran glauben, um seine Absichten zu rechtfertigen …?

Der Blaue Fluss diente als natürliche Grenze. Ritors Stammesbrüder hatten sich am äußersten Rand des Waldes niedergelassen, aber auf dem östlichen Flussufer errichteten sie nicht einmal einen armseligen Schuppen, ganz zu schweigen von einem Fährbetrieb. Dort hatten sie auch keine Felder angelegt. Aus irgendeinem Grund war all die Jahre niemand auf den Gedanken gekommen, die pausenlose Wache auf dem Gipfel des Spitzzahns abzuschaffen, die Beobachter des östlichen Ufers von dort abzuziehen. Zwar war von Osten noch nie ein Feind gekommen, aber eben auch noch nie ein Freund, und allein das reichte aus, um die Wache beizubehalten.

Die Häuser drückten sich eng an den Fuß des Felsens. Ritors Vorgänger hatte erreicht, dass ihre Siedlung von einer steinernen Mauer eingefasst wurde, während die meisten Befestigungsanlagen in der Mittelwelt aus Holz waren. Einst, noch vor dem großen Krieg, der neben vielem anderen auch Bbchtschi vernichtet hatte, jener Burg also, in der Ritor das Treffen mit dem Clan des Feuers vereinbart hatte, einst wurde Baumaterial aus dem Steinbruch am linken Ufer des Blauen Flusses nach Westen und nach Norden geschafft, um dort gewaltige Festungen zu errichten. Dann begriff man, dass Frieden sehr viel besser war als Festungen, und als es immer mühseliger wurde, die schon ausgeräumten Steinbrüche weiter auszubeuten, gab man sie schließlich auf. Aber es hatten sich dort noch genügend Steine für die Mauern und Türme des Clans der Luft gefunden.

Die Siedlung war ziemlich groß, eigentlich schon fast eine kleine Stadt zwischen den Bergen und dem Meer. Sauber und voller Grün, denn es gab ausreichend Wasser. Die kleineren einstöckigen Häuser, die hinter Baumkronen verborgen lagen, wurden zum Hauptplatz hin von zwei- und dreistöckigen Gebäuden aus Stein abgelöst. Auf dem Platz selbst, wo der Markt stattfand, standen der Tempel der Luft, die Schule, das Arsenal, das Rathaus und die Kirche.

Vor langer, langer Zeit hatte es einen fanatisch gläubigen Franziskanermönch hierher verschlagen, in seiner Heimat wäre er fast verbrannt worden, aber hier erwies er sich als mächtiger Magier. Aus dieser Zeit stammte die Kirche der Heiligen Gottesmutter Unbekannter Länder, die von eben jenem Franziskaner eigenhändig ausgemalt worden war. Er hatte dieser Aufgabe sein ganzes Leben gewidmet. Und der Clan der Luft wusste Hingabe zu schätzen. Der Mönch fand sogar Nachfolger; die Tradition war bis zum heutigen Tag lebendig geblieben, auch wenn natürlich keiner wirklich daran glaubte. Aber der kleine Tempel, wie das Kirchlein liebevoll genannt wurde, blieb stehen.

Jenseits der Mauern lagen Felder, Bewässerungskanäle, große Farmen und Einzelgehöfte, manche davon eine ganze Tagesreise vom steinernen Rondell der Stadt entfernt. Und noch dahinter – die letzte Station der Eisernen Route, die die Gnome erbaut hatten, als klar wurde, wer der Herr der Mittelwelt war.

Der See lag bald hinter ihnen. Das Gelände schien anzusteigen, der Wald wurde dichter. Sie mussten sich fortwährend durch Windbruch und Dickicht durchschlagen.

Wie man es auch drehte und wendete, in der Nähe von Moskau gab es keine solchen Wälder. Aber er hatte schon aufgehört, sich zu wundern.

»Jetzt kommt der Krumme Hügel, und direkt dahinter der Weiße Hügel«, sagte Tel mit der Stimme einer strengen Lehrerin. »Die müssen wir hinter uns bringen, danach steigen wir in die Windbruchschlucht ab. Sie liegt am nächsten zur Grauen Grenze. Dort müssen wir scharf aufpassen. Dann wird der Weg einfacher. Erst kommen die Hügel und dahinter die Felsen. Bis zum Abend sind wir dort … wir müssen es bis Sonnenuntergang schaffen.«

Viktor fragte nicht nach, warum sie bis Sonnenuntergang dort sein mussten. Er wusste, was getan werden musste – warum, war nicht wichtig.

»Bist du wirklich warm geworden?«, erkundigte Tel sich, während sie den Krummen Hügel hinaufstiegen. In Viktors Augen war dieser Hügel kein bisschen krummer als der Weiße, ebenso wie jener nicht heller war als der Krumme. Aber Namen haben ihre eigenen Grillen. »Wenn du krank wirst … Wir dürfen keine Zeit verlieren.«

»Unsinn. Ich werde nicht krank. Als Kind hab ich auch mal so was erlebt, ich war genauso von Kopf bis Fuß durchnässt, und meine Großmutter zwang mich, in den See zu springen.«

Tel gab nur ein nachdenkliches »Hhm« zur Antwort.

»Und das Wasser war noch kälter.« Das Reden half ihm, die Kälte und das ekelhafte Schmatzen des Wassers in den Schuhen zu vergessen.

»Wir haben uns dann aufgewärmt … auch an so einem Feuer wie deinem. Auf dem Nachhauseweg haben wir uns verirrt. Um ins Dorf zurückzukommen, mussten wir durch eine steile Schlucht – wir hatten keine Kraft mehr, sie zu umgehen. Großmutter ist irgendwie runter- und auf der anderen Seite wieder hochgeklettert, mir befahl sie zu springen. Ich bin gesprungen, und sie hat mich aufgefangen, aber ich hatte schreckliche Angst.«

»Eine ganz schön abenteuerlustige Großmutter«, sagte Tel. Ihm war nicht klar, ob sie das wohlwollend oder ironisch meinte.

»Du bist ihr irgendwie ähnlich«, sagte Viktor zu seiner eigenen Überraschung. »In fünfzig Jahren …«

»Danke«, schnaubte Tel.

Sie gingen einige Minuten lang schweigend. Aber Viktor forschte in seinem Gedächtnis mit wachsender Neugier nach den Einzelheiten jenes, wie es schien, längst vergessenen Erlebnisses. Hatte er sich am Feuer verbrannt? Nein, er wusste es nicht mehr. Aber es kam ihm so vor. Natürlich gab es das Gesetz des sich wiederholenden Zufalls. Aber doch nicht in dieser Form!

»Tel, wir müssen doch nicht von diesen Felsen runterspringen?« Viktor bemühte sich, die Frage scherzhaft klingen zu lassen.

»Nichts und niemand können dich dazu zwingen, irgendetwas zu tun«, sagte sie.

»Was tue ich dann hier?«, erkundigte sich Viktor düster.

»Das, was du selbst willst.«

»Ich will etwas essen«, sagte er ehrlich. »Selbst die Reste vom Rührei würde ich aufessen. Mit Schale.«

»Viktor, ich würde auch gern was essen.«

Plötzlich schämte er sich. Schließlich war er ein gesunder, kräftiger Mann. Neben ihm ging ein minderjähriges Mädchen, und er jammerte noch …

»Na, dann müssen wir eben das nächstbeste Restaurant ansteuern«, sagte Viktor. »Eine weiße Tischdecke, silbernes Besteck, eine Kerze auf dem Tisch, vorgewärmte Teller …«

»Und was liegt auf den Tellern?«, fragte Tel neugierig.

Aus irgendeinem Grund dachte er gleich an Frikadellen und Pelmeni. Der typische Speiseplan eines Junggesellen. Er war schon lange in keinem Restaurant mehr gewesen … vorgewärmtes Porzellan, gedämpftes Licht, eine Flasche

Wein in einem geflochtenen Korb; und neben ihm am Tisch eine junge hübsche Frau im Abendkleid.

Viktor blickte zu Tel hinüber. Nein, diese Rolle passte nicht zu ihr – weder zu ihrem Alter noch zu ihrem Benehmen. Nun ja, und er hatte auch nicht gerade viel mit einem Salonlöwen gemein.

»Auf den Tellern ist Haferbrei«, erklärte Viktor mürrisch. »Kalter Brei mit Klumpen.«

»Geht nicht«, entschied Tel. »Wenn du auf Brei bestehst, müssen wir hungrig im Wald übernachten.«

»Und wenn ich nicht darauf bestehe?«

»Dann finden wir eine Unterkunft, und etwas zu essen wird es auch geben.«

Der Wald rundherum war ganz jungfräulich und menschenleer. Dennoch schienen Tels Worte völlig ernst gemeint.

»Machst du auch keine Witze?« Viktor wollte es ganz genau wissen.

»Hinter Cholmogorje liegt eine Siedlung. Sie ist klein, aber dort verläuft die Route, und wir können eine Rast machen.«

Was war das nun wieder, die Route? Viktor fragte nicht nach. Wahrscheinlich war ihm das zuletzt als Kind passiert, dass er – aus reiner Neugier – beschlossen hatte, keine Fragen zu stellen. Die Route – also gut, dann eben die Route. Cholmogorje – auch gut. Er wurde das Gefühl nicht los, dass er tief in seinem Inneren ohnehin alles wusste. Was die Graue Grenze war, was die Route und was Cholmogorje.

Wieder gingen sie eine Weile, ohne zu reden. Tel gehörte offenbar nicht gerade zur geschwätzigen Sorte Mädchen.

Der Weiße Berg lag schon längst hinter ihnen. Tel blickte immer wieder mal besorgt zur Sonne – sie war offensichtlich beunruhigt. Was nicht zu ihr passte. Viktor hatte sich an den Gedanken gewöhnt, dass sie auch im Angesicht eines angriffslustigen ussurischen Tigers oder eines vorsintflutlichen Mammuts keine Augenbraue heben würde, sondern einfach …

Hinter ihrer unbegreiflich sicheren Haltung verbarg sich Dunkelheit. Dunkelheit, die – gleich einem Umhang – Kraft verdeckte.

»Wir kommen langsam vorwärts«, sagte Tel besorgt. »Wir müssen noch die Windbruchschlucht durchqueren, und die Sonne steht schon tief.«

In Viktors Augen hatten sie ohnehin bereits wahre Wunder der Ausdauer vollbracht, zu einem solchen Fußmarsch waren normalerweise nur echte Touristen fähig. Durch diesen uralten Wald voller Bruchholz waren sie gestapft, auf Berge waren sie geklettert – keine Kleinigkeit. Es war einfacher, wenn man nicht wusste, ob man weit gehen musste, aber dennoch …

»Leg ein bisschen zu, ja?«, bat Tel.

»Kommst du dann noch mit?«

»Ja.«

Natürlich hatte Viktor nach diesem Wortwechsel keine Wahl mehr. Er beschleunigte seinen Schritt und versuchte nicht an den Muskelkater zu denken, den er morgen in den Beinen spüren würde.

»Wenn es dunkel wird«, trieb ihn Tel wenig später an, »beginnen die Unannehmlichkeiten.«

Und wieder beschloss er, nicht nachzufragen, jener tief verwurzelten menschlichen Schwäche, über heraufziehendes Unheil zu sprechen, nicht nachzugeben. Die Sonne glitt schon hinter den Horizont, als sie einen weiteren Weißen – oder womöglich wieder Krummen – Berg hinabstiegen und tatsächlich an die Schlucht gelangten. Sie war nicht tief, aber eng und dämmrig. Die steilen Abhänge waren mit unbekannten Büschen bewachsen, auf dem Grund erstreckte sich ein steiniger Pfad – wie es schien, das Flussbett eines ausgetrockneten Baches.

»Bleib mal einen Moment hier stehen …«, bat Tel.

Viktor nickte, ohne sich umzudrehen. Was ging ihn das an, was sie …

Nach einer Minute trat Tel auf ihn zu, blieb stehen und blickte angespannt nach vorne.

Eine ganz normale Schlucht. Nichts Schreckliches. Und die versprochene Grenze war weit und breit nicht zu sehen.

»Wir müssen los«, entschied Tel mit einem Seufzen. »Willst du dir nicht eine Waffe suchen?«

»Was für eine?«, fragte Viktor ohne Enthusiasmus. »Einen Stock?«

»Ja, wenigstens das.«

Nach kurzer Suche brach Viktor einen kurzen, ausgetrockneten Ast von einer – wie er glaubte – Esche ab, die vom Sturm oder von … nein, lieber vom Sturm umgestürzt worden war. Damit konnte er sich höchstens gegen einen aggressiven Pudel zur Wehr setzen, aber Tel sagte nichts. Sie zuckte mit den Achseln und ging los.

»Lass mich vor …«, begann er, aber er bekam keine Antwort.

So war das also. Darin bestand seine ganze Funktion – mit einem lächerlichen, morschen Stock hinter dem Mädchen herzutraben. Die Leichtigkeit, mit der Viktor den Ast hatte abbrechen können, flößte nicht eben Vertrauen in dessen Wirksamkeit ein.

Aber hier in dieser Wildnis, da er nicht wusste, wo er sich befand, und auch nicht, warum, schien es das Klügste zu sein, sich unterzuordnen …

»Kannst du kämpfen?«

»Ja.« Viktor hatte beschlossen, es mit der Wahrheit nicht so genau zu nehmen. Trotz allem war seine Beschäftigung mit fernöstlichen Nahkampftechniken nicht viel mehr gewesen als der Versuch eines friedlichen Intellektuellen, sich Selbstbestätigung zu verschaffen. Sicher, physisch gesehen vermochte er vielleicht das eine oder andere … aber er hatte sich mehr als einmal die Frage gestellt, ob er im Fall der Notwendigkeit in der Lage wäre, richtig zuzuschlagen. In Gedanken lautete seine Antwort zumeist Ja, aber wer konnte das schon wirklich sagen …

»Das ist gut. Hier muss man kämpfen können«, sagte das Mädchen.

»Hier, wo ist das?«, bellte Viktor mit zorniger Stimme. Offenbar sehr laut, denn Tel drehte sich zu ihm um und verzog das Gesicht.

»In der Mittelwelt.«

»Das ist die Mittelwelt?«

»Ja.«

»Na wunderbar.« Viktor bemerkte nicht, wie er in Fahrt kam. »Endlich wird mir alles klar. Außerdem gibt es noch die Innenwelt und die Außenwelt …«

»Nein.«

Er verstummte.

»Es gibt die Mittelwelt und die Welt der Angeborenen und die Andere Seite. Du kommst von der Anderen Seite.«

Es klang nicht gerade beleidigend, aber irgendwie langweilig und alltäglich.

»Und wie sind wir hergekommen? Gibt es ein … äh … Tor zwischen den Welten?«

»Es gibt Pfade«, erklärte Tel gleichmütig. »Oder hast du vielleicht ein Tor gesehen?«

Viktor blieb eine Antwort schuldig. Wäre die Stimme des Mädchens nur eine Spur emotionaler gewesen, hätte er vermutlich angefangen zu streiten, entgegen den offensichtlichen Tatsachen hätte er behauptet, dass sie sich in einem Wald am Stadtrand Moskaus befanden. Oder er hätte nach den Details gefragt.

»Tel, ich verstehe, dass jetzt kein guter Augenblick dafür ist, aber ich habe das Recht …«

»Ja«, stimmte ihm das Mädchen sofort zu. »Aber sprich leiser, und unterbrich mich nicht. Dies ist ein gefährlicher Ort. Es gibt drei Welten …«

»Genau drei?« Viktor hatte ihre Bitte, sie nicht zu unterbrechen, sogleich wieder vergessen.

»Ich kenne keine anderen …« Tel verstummte mitten im Satz, und Viktor sah sich alarmiert nach allen Seiten um. Nein, weit und breit war niemand zu sehen. »Warte, das ist nicht richtig«, sagte Tel plötzlich, »es ist schwer zu erklären, was alle wissen … Also, die Welt ist eins.«

»Danke.« Viktor stimmte ihr aus tiefstem Herzen zu. »Allmählich habe ich schon an meinem Verstand gezweifelt.«

»Schließlich spricht man ja auch bei einem Hemd nicht von einer inneren Seite, einer äußeren und einer Mitte …«

Darauf wusste Viktor nichts zu sagen.

»Die Welt ist eins. Alles hängt davon ab, wie man sie betrachtet. Von welcher Seite. Du hast sie auf der Anderen Seite von innen betrachtet. Dort ist alles anders als bei uns oder in der Welt der Angeborenen.«

»In der Welt der Angeborenen leben wahrscheinlich Magier und Drachen?«, fragte Viktor beißend.

»Das ist doch egal. Das ist nur die Form. Die Welt ist eins, aber man kann sie von verschiedenen Seiten betrachten. Und von verschiedenen Seiten leben …«

»Und die Seiten wechseln?«

»Manchmal. Das können nicht alle.«

»Warum?«

»Weil niemand wählt, auf welcher Seite er geboren wird. Und wenn du dich daran gewöhnst, wirst du die Welt so sehen, wie es um dich herum üblich ist. Du wirst nur noch sehen können, was alle üblicherweise sehen.«

»Und von welcher Seite siehst du?«

Das Mädchen lachte leise auf. »Eine gute Frage. Von allen Seiten.«

»Das heißt, du kannst zwischen den Welten hin und her gehen?«

»Ja. Also, glaubst du mir?«

Viktor antwortete nicht sofort. »Dieser Wald ist seltsam. Wir sind auf merkwürdige Weise hergekommen. Und du bist auch …«

Tel lachte wieder auf. »Auch seltsam?«

»Mehr als das.« In einem Anfall von Offenheit fügte Viktor hinzu: »Ich war absolut sicher, dass du verrückt bist. All diese Schwerter, Übergänge, dieses rätselhafte Gerede …«

»Aber es stimmt.« Tel lächelte ironisch. Im Halbdunkel glänzten ihre Augen geheimnisvoll. »Hier hält man mich auch für verrückt, wegen der blauen Flecken aus der Metro, den Übergängen, dem rätselhaften Gerede …«

»Was für blaue Flecken?«

»Am Anfang wusste ich nicht, dass man schnell einsteigen muss, weil sich die Türen dann schließen …«

»Hm …« Viktor stellte sich vor, wie Tel die Absperrungen mit einem Sprung überwand und schwarzfuhr.

»Aber du hast dich benommen, als ob du dich über nichts wunderst …« Er erinnerte sich an alles, was sie getan hatte, und schüttelte den Kopf. In der Metro hatte sie sogar einer Frau über die Schulter geschaut und in deren Roman mitgelesen …

»Aber du benimmst dich doch auch, als ob du dich über nichts wundern würdest.« Eins zu null für sie.

»Bisher ist ja nichts los.«

»Freu dich, dass nichts los ist!«

Tels Stimme war ernst geworden. Und Viktor sah sich um. Nein, wieder nichts … Oder? Nein, falscher Alarm. Nur die Schlucht, das ausgetrocknete Flussbett, die verwobenen, miteinander verwachsenen Baumkronen an den Abhängen. Klar, warum Tel diesen Weg gewählt hatte, oben gab es kein Durchkommen. Vor ihnen verband der dicke Stamm eines umgestürzten Baumes die beiden Hochufer der Schlucht wie eine Brücke, die nicht von Menschenhand gemacht war. An den Zweigen des gefällten Riesen hingen noch Blätter, ein wenig verwelkt, aber noch grün. Es war ein kräftiger Baum, und er war nicht vom Alter gefällt worden.

»Gibt es hier so starke Stürme?«, fragte er.

»Wo hier?« Tels Stimme war voller Ironie.

»In der Mittelwelt«, verbesserte sich Viktor resigniert.

»Dieser Baum ist nicht durch einen Sturm umgestürzt. Das ist die Graue Grenze. Früher fand hier ein Krieg statt.«

»Vor nicht allzu langer Zeit, oder?«

»Vor hundert Jahren. Aber er ist noch nicht für alle beendet, Viktor.«

»Sind etwa bis heute Partisanen im Wald unterwegs?« Er versuchte zu lächeln.

»Es gab eine große Schlacht. Zwei Armeen … eine aus Menschen und eine aus Nicht-Menschen. Die Armee der Menschen wurde fast vollständig vernichtet. Die Schwerter verloren gegen die Pfeile und Äxte …« Das Mädchen verstummte, blieb stehen und blickte zu dem umgestürzten

Stamm hinüber. Sie sagte entschieden: »Lass uns stehen bleiben, Viktor. Irgendwas gefällt mir hier nicht, ganz und gar nicht.«

Es herrschte eine Grabesstille, eine tödliche Stille. Kein Laut. Und es war so dunkel, dass man nichts erkennen konnte – nur die vagen Umrisse der Bäume vor dem dunklen Himmel.

»Dann schalteten sich die Magier in den Kampf ein«, fuhr das Mädchen unvermutet fort. »Und die tote Armee erstand wieder auf und rückte gegen den Feind vor, und der fiel ... denn es ist schwer, einen Toten ein zweites Mal umzubringen. Nur hatten die Magier die Kräfte nicht richtig bemessen. Zu groß war ihre Angst. Worte, die nicht ausgesprochen werden dürfen, wurden gesprochen ... und die Toten fanden keine Ruhe. Das gefallene Heer des Feindes erhob sich ebenfalls wieder aus der Erde. Alles hätte ein für alle Mal vorüber sein können – für die Lebenden. Die ehemaligen Feinde standen nun gemeinsam Schulter an Schulter gegen ihre gefallenen Kameraden. Aber sie wären nicht mit ihnen fertig geworden ... denn jeder Tote in ihren Reihen hätte sich sofort in einen Gegner verwandelt.«

Viktor verzog das Gesicht und trat einen Schritt auf das Mädchen zu. Als Kind hatte er solche Schauermärchen, wie sie am Lagerfeuer im Pionierlager erzählt wurden, gar nicht gemocht, und auch später las er keine Romane von Stephen King und sah sich nie die *Nightmare-on-Elm-Street*-Filme an. Jetzt hatte er das Gefühl, dass es nicht klug war, sich solche Geschichten im nächtlichen Wald anzuhören. Nein, es war keine Angst, etwas anderes stieg in ihm auf, durchlief kalt seinen Körper. Wie eine Vorahnung. Hör nicht hin ... hör nicht zu genau hin. Nicht, dass ...

Tel schien nicht zu merken, dass er seine Hand auf ihre Schulter gelegt hatte.

»Und dann kam der Einzige, der all das beenden konnte. Er stand zwischen den Armeen, zwischen den Toten und den Lebenden – und maß die Graue Grenze ab.«

»Und ich dachte, dass alle …«

»Nein. Wofür hätte er sie denn bestrafen sollen – die Lebenden und die Toten? Die Lebenden hatten keine Schuld und erst recht nicht die Toten. Damals entstand die Grenze, die die Toten nicht übertreten und die auch die Lebenden achten sollten.«

»Und wir – haben wir sie übertreten?«

Tel zog die schmalen Schultern hoch.

»Alles verändert sich. Flüsse verschieben ihren Lauf, Berge steigen auf. Früher führte der Weg entlang der Grenze. Ich weiß nicht, wie es jetzt ist. Vielleicht sind jene anderer Meinung. Es heißt, es sei gefährlich geworden, in dieser Gegend zu reisen.«

»Tel, wir sollten uns nicht gegenseitig Angst einjagen.«

»Hast du Angst?« Aus ihrer Stimme war Überraschung zu hören.

»Sagen wir mal, mir ist das nicht angenehm. Ich glaube nicht an Skelette, die umgehen …«

Tel lachte auf. »Sei nicht albern, Skelette können nicht gehen! Schließlich werden ihre Knochen durch nichts zusammengehalten.«

»Aber wir können gehen, oder? Na, dann los!«

Tel nickte und setzte sich in Bewegung. Sie hatten kaum fünf Schritte getan und befanden sich unter dem umgestürzten Baum, als ein Geräusch erklang und etwas Mulm in Viktors Kragen rieselte.

Er drehte sich um.

Mehrere leichte Gestalten sprangen vom Baum auf die Erde. Vier an der Zahl – zwei versperrten den Weg nach vorn, zwei den Rückzug.

Tel drückte sich an Viktor. Sie schrie nicht, aber sie war deutlich erschrocken.

»Das ist unser Land …«, sagte einer der Unbekannten, wobei er die Wörter auf seltsame Weise dehnte. »Das Land der Toten … Ihr seid auf unserer Seite der Grenze …«

»Wir gehen hier nur entlang«, rief Tel aus.

»Ihr könnt durch … wenn wir es erlauben …«

Viktor versuchte die Bewegungen der vier Gestalten mit den Augen zu verfolgen und schob sich ein Stück in Richtung der steilen Böschung, wobei er Tel mit sich zog. Die vier Schatten schlossen schweigend einen Halbkreis um sie. Aus irgendeinem Grund verspürte Viktor keine Angst. Fast als ob er sich einen billigen Horrorstreifen ansehen würde, in dem schlecht geschminkte Schauspieler krampfhaft irgendwelche Leichen spielten. Aber seine Handfläche, die den Stock umschloss, war feucht von Schweiß. Es war gefährlich, nicht an die Gefahr zu glauben! Gefährlich! In dieser Welt war alles möglich, sogar wandelnde Leichen.

»Lasst uns durch«, bat er und versuchte seine Stimme fest klingen zu lassen.

»Gold …«, fauchte einer. »Freikaufen …«

Tel warf den Kopf zurück und blickte Viktor überrascht an.

Also wirklich, wozu brauchten Tote Gold?

»Geht auch Silber?«, fragte Viktor.

Die Schatten lachten gehässig. Dann sagte einer: »Alles geht …«

»Schade, dass wir weder Gold noch Silber haben. Nehmt ihr auch Rubel?« Viktor war es Ernst damit, er war bereit, sein ganzes Bargeld rauszuholen. Denn was sollten Tote schon mit Geld anfangen!

»Ich geb dir gleich Rubel …! Na los, wo ist dein Schwert?« Die Gestalt schwankte im Dunkeln, und irgendetwas blitzte metallisch.

»Da stimmt was nicht …«, flüsterte Tel. »Das sind keine …«

»Dann lass das Mädchen da … und geh allein weiter …«, schlug plötzlich ein langer Dünner vor, der bisher geschwiegen hatte.

»In Ordnung, abgemacht.« Viktor machte sich von Tel los, er vermied es, sie anzusehen, und setzte sich in Bewegung. Langsam und offenbar verwirrt gaben die Gestalten den Weg frei. Er schritt zwischen ihnen hindurch und versetzte dem, der ihm am nächsten stand, ohne auszuholen, einen Schlag mit dem Stock. Er traf ihn am Hals.

Der morsche Stock zerbrach wie befürchtet. Aber trotzdem schien dieser Schlag dem Wegelagerer schwer zugesetzt zu haben; er setzte sich mit stockendem Röcheln auf den Boden.

»Ach herrje …«, schrie der Lange auf. Er warf die Arme hinter den Kopf – und in der schnellen Bewegung lag etwas, was große Unannehmlichkeiten ahnen ließ. Viktor wirbelte herum und trat ihm mit dem Fuß in die Brust. Der Stoß war harmlos, umso mehr, als er aus einer ungünstigen Position ausgeführt worden war. Im Training hätte jeder Anfänger ihn parieren können.

Aber auch dieser Untote erwies sich als höchst unbegabter Kämpfer. War er vielleicht seinerzeit Koch oder Marketender gewesen und hatte nach seinem Tod nichts mehr dazugelernt?

»Uhuhu …«, erklang es aus der Dunkelheit, als der Stoß Viktors Gegner die Luft aus den Lungen drückte. In der nächsten Sekunde war Viktor an der Seite des Widersachers und packte ihn an der Kehle, wobei er auf das ekelhafte Gefühl eines fauligen Körpers unter seinen Fingern gefasst war.

Aber die Kehle fühlte sich ganz normal an. Und der Leichnam roch sogar angenehm und beruhigend nach Blumen.

Einige Sekunden blieb der Feind ohne Gegenwehr, dann hieb er Viktor mit einer schnellen Bewegung den Ellbogen ins Gesicht, traf ihn aber zum Glück nur an der Backe. Gleichzeitig versuchte er, mit der anderen Hand etwas aus seinem Gürtel zu ziehen.

Erst da nahm Viktor, ohne darüber nachzudenken, was er tat, den Gegner unterm Ellbogen in den Schwitzkasten, zog ihn nach unten und drückte ihm das Knie in den Rücken. Der andere, dieser unfähige Feind, erwies sich als unerwartet leicht und zerbrechlich. Seine Halswirbel brachen sofort und beförderten ihn endgültig ins Reich der Toten. Das Messer, das schon Viktors Körper berührte, erzitterte und löste sich aus den Fingern, die es eben noch umklammert hatten.

Nicht weit von ihm entfernt ging etwas Seltsames vor sich. Die beiden anderen Wegelagerer, die sich schon längst auf Viktor hätten stürzen sollen, zogen sich zurück. Nicht von ihm, sondern von Tel. Das Mädchen ging auf sie zu, während es in einer unbekannten Sprache auf sie einredete. Von irgendwoher kam Licht, und ein schwacher, orangefarbener Widerschein erhellte ihre Gesichter. Ganz gewöhnliche menschliche Gesichter, schlecht rasiert und nicht mehr jung.

»Bitte nicht!«, kreischte auf einmal derjenige, der als Erster geredet hatte. Er drehte sich um und versuchte wegzulaufen – und unvermittelt züngelten blasse Flämmchen über seinen Körper. Einen Augenblick später stand er in lodernden Flammen, das Feuer brüllte auf und verschlang den Körper so leicht, als sei er mit Kerosin übergossen worden. Ein kurzer, fast unmenschlicher Schrei erklang, und der brennende Körper stürzte zu Boden.

Der letzte Feind flüchtete. Er kletterte den steilen Abhang hinauf, heulte immer wieder auf und schrie in tödlicher Angst, während er sich durch das Gebüsch schlug. Tel verfolgte ihn lange mit den Augen, dann sah sie Viktor an.

»Du wärst auch alleine mit ihnen fertig geworden«, sagte er.

»Nein, nicht mit allen gleichzeitig.«

Viktor beugte sich über jenen, dem er das Genick gebrochen hatte. Im Licht der ungeheuerlichen menschlichen Fackel, die nicht weit von ihnen loderte, konnte man dessen Gesicht erkennen: blasse Haut, feine Züge und sehr große Augen, helle, wirr abstehende Haare. Er hatte etwas Kümmerliches an sich, etwas schwindsüchtig Schwächliches, aber ganz sicher nichts Jenseitiges.

»Ich habe das Gefühl, er ist eben zum ersten Mal gestorben«, sagte Viktor. Dann blickte er zu dem Opfer seines kümmerlichen Knüppels hinüber. An diesem war nun wirklich nichts Ungewöhnliches. Er war mittelgroß, dunkel gekleidet und etwas schmutzig. Er erinnerte Viktor an einen Sanitärtechniker oder Elektriker seiner Wohnungsinstandhaltungsgesellschaft, eine Assoziation, die alles Mitleid für den Betäubten augenblicklich vertrieb. »Der sieht auch nicht nach einem Zombie aus.«

»Das sind keine Untoten«, antwortete Tel ruhig. »Das sind einfach nur Räuber, die sich gedacht haben …«

»Das heißt, deine ganze Geschichte … dein Märchen …«

Mit einem Mal erklang ein verzweifeltes Geschrei aus der Richtung im Wald, in die der letzte Räuber geflüchtet war. Von Schluchzen unterbrochen, steigerte es sich schließlich zu einem hohen Kreischen, ehe es abbrach. Viktor durchlief ein Zittern. Und die Stille, die darauf folgte, war furchtbarer als der Todesschrei.

»Warum?« Tel drehte sich zu dem Geräusch um – sie war nur eine schmale Gestalt, ein fast gewichtsloser Schatten vor einem Leichenfeuer. »Es stimmt alles. Ich wusste nur nicht, dass die Toten die Graue Grenze noch achten. Seltsam … die Toten erinnern sich besser an den Schwur als die Lebenden.«

Sie schwieg eine Weile, ehe sie nachdenklich hinzufügte: »Oder sie fürchten den Herrn der Grenze mehr als die Lebenden.«

In der Luft machte sich der widerwärtige Geruch von verbranntem Fleisch bemerkbar. Viktor hob das Messer vom Boden auf und wollte es sich hinter den Gürtel stecken, doch dann hielt er rechtzeitig inne, als er die scharfe Klinge bemerkte. Er nahm dem Toten den Gurt mit den Messern und der Feldflasche ab. Außerdem waren da noch ein langer Bogen aus poliertem Holz und ein Köcher mit Pfeilen – alles war auf dem Rücken des Toten befestigt; aber für Viktor hatte diese Waffe keinen Nutzen.

»Wie fühlst du dich?«, fragte Tel.

»Was meinst du?«

»Du hast zum ersten Mal jemanden umgebracht.«

Viktor versuchte irgendetwas zu spüren … doch er nahm kein Gefühl wahr. Nur sein Herz klopfte vom Adrenalinschub. Und um ihn herum war alles ganz deutlich, reliefartig und hell geworden. Wie bei einer leichten Trunkenheit.

»Ich habe dich verteidigt.«

»Und dich selbst auch. Du glaubst doch nicht, dass sie dich hätten gehen lassen?«

»Weiß ich nicht. Aber das spielt keine Rolle, ich lasse … Freunde nicht im Stich.«

Tel antwortete nicht. Sie trat auf den Leichnam des Bogenschützen zu und gab seinem Kopf mit der Fußspitze einen leichten Schubs, so dass sie sein Gesicht sehen konnten. »Natürlich. Ein Halbelf«, schnaubte sie.

»Ein was?«

»Ein Bastard, ein Mischling aus Mensch und Elf.«

Die verächtliche Bezeichnung klang aus ihrem Mund wie ein trockener akademischer Fachbegriff. »Du meinst …« Viktor blickte auf das blasse, zarte Gesicht. »Du meinst, seine Mutter ist ein Mensch und sein Vater ein Elf?«

»Natürlich nicht! Elfen finden Menschenfrauen unattraktiv. Dieser hier ist die Ausgeburt einer Elfe und eines Menschenmannes. Wahrscheinlich das Ergebnis einer Vergewaltigung, obwohl, das muss nicht sein.«

»Wenn Elfen keine menschlichen Frauen mögen, warum …«

»Er war nur ein halber Elf, und ich … ich bin noch nicht ganz eine Frau. Halbelfen empfinden keinen Ekel vor jungen Mädchen.«

Nach diesen Worten verlor Tel jedes Interesse an dem Toten. Sie ging ein paar Schritte weg, setzte sich auf einen Findling und streckte die Beine aus.

»Viktor, sieh nach, ob er ein Säckchen bei sich trägt. Halbelfen schleppen alles Wertvolle mit sich herum, sie trauen niemandem.«

Dies war eine unangenehme, aber offensichtlich notwendige Maßnahme. Viktor wühlte in den Taschen des Halbelfen, von denen es in der leichten Bekleidung aus grüner Seide unerwartet viele gab. Aus einer Tasche zog er zwei dünne aufgerollte Fladenbrote, ganz ähnlich wie Lawasch.

»Gib mir einen«, bat Tel.

Er war zu hungrig, um nicht ihrem Beispiel zu folgen. Sogar der heftige Geruch des brennenden Fleisches hinderte Viktor nicht daran, augenblicklich in den Fladen zu beißen, der erstaunlich gut schmeckte und stark nach unbekannten Gewürzen duftete.

Endlich fand er das Säckchen – einen schweren ledernen Beutel, in dem eine Handvoll silberner und goldener Münzen klimperte.

»Es muss noch einer da sein«, sagte Tel.

Der zweite Beutel war leichter und kleiner und gefüllt mit glitzernden Steinchen.

»Offenbar haben sie nicht zum ersten Mal hier an der Grenze ihr Unwesen getrieben«, bemerkte Tel.

Viktor beendete erleichtert die Durchsuchung des Leichnams und rückte von dem Halbelfen ab. Das blasse Gesicht des Getöteten schien nun besänftigend und zart.

»Elfenfrauen sind wahrscheinlich hübsch?«

»Ja, besonders in den Augen der Menschen.«

Tel machte keine Bemerkung dazu, dass Viktor offensichtlich kapituliert hatte und ihren Ausführungen über die Mittelwelt Glauben schenkte. Er war ihr dafür dankbar.

»Wahrscheinlich gibt es … solche Mischlinge … öfter, oder?«

»Ach nein, dazu braucht es doch meistens gegenseitige Anziehung.« Und einen Augenblick später fügte sie hinzu: »Und außerdem würden die Elfenfrauen niemals für alle reichen.«

»Soll ich den auch durchsuchen?« Viktor zeigte auf den betäubten Mann, der noch immer bewusstlos auf dem Boden lag. Tel blickte verächtlich auf den Räuber.

»Das Schwert ist Schund … so einer trägt kein Geld bei sich. Bring es zu Ende, dann gehen wir.«

Sie stand auf und setzte sich in Bewegung, ohne sich weiter um die beiden Angreifer zu kümmern. Viktor stand da, dann beugte er sich über den Körper und zog das Messer hervor.

Die Augen des Räubers öffneten sich. Nein, wahrscheinlich war er schon lange wach, er hatte sich nur bewusstlos gestellt.

»Bitte, Herrscher …«, flüsterte er. »Bitte …«

Viktor erstarrte. Der Räuber machte keine Anstalten, sich zu wehren oder davonzulaufen. Er lag da wie ein Opfertier auf der Schlachtbank, sah ihn mit schicksalhafter Ergebenheit an.

»Wir wussten ja nicht, Herrscher …«

Viktor blickte in die Dunkelheit – aber von Tel war schon nichts mehr zu sehen.

Er drückte dem Räuber die geschärfte Klinge an die Kehle. Blut wurde sichtbar. Viktor sollte, musste ihn töten … er spürte das. Oder gab es doch einen anderen Ausweg?

»Du bist mein Sklave«, sagte er.

»Ja, Herrscher …«

»Dein Leben ist nichts wert.«

Der Mann stimmte ihm offensichtlich zu.

»Geh«, sagte Viktor und steckte das Messer weg, »und erzähle allen, was du gesehen hast.«

Er scheute sich nicht, dem Räuber den Rücken zuzukehren. In dessen Benehmen war etwas Stärkeres als die Angst vor einem überlegenen Kämpfer zu spüren.

»Ich bin dein Sklave …«, erklang es hinter ihm.

Tel war nicht weit gegangen. Sie stand in zwanzig Meter Entfernung, dort, wo es nicht mehr stank.

»Vielleicht hast du wirklich Recht«, sagte das Mädchen. Ihre Stimme klang seltsam verwirrt und schuldbewusst. Sie fasste Viktor an der Hand, und sie gingen eine Minute schweigend vor sich hin. »Verzeih, Viktor … dass ich dir Ratschläge erteilt habe.«

5

Die Steilhänge rechts und links rückten allmählich auseinander und wurden flacher, am Ende lief die Schlucht einfach aus. Der Wald wurde friedlicher, es gab kaum noch Bruchholz. Unter dem sternenlosen, wolkenverhangenen Himmel, in nahezu biblischer Finsternis stießen Viktor und Tel schließlich auf einen breiten Weg. Zwar wirkte er so, als wäre er seit langem nicht mehr benutzt worden, aber der Boden war immerhin so festgetreten, dass nichts auf ihm wuchs. Vor dem dunklen Gras und Buschwerk stach der Weg hell hervor.

»Eine alte Handelsstraße«, verkündete das Mädchen. »Früher sind die Karawanen hier entlang zu den Häfen im Süden gezogen. Dann hat die Graue Grenze den Weg gekreuzt, jetzt führt die Straße außen herum. Und wenn jemand hier durch will, muss er durch den Wald und die Schlucht …«

Viktor bemühte sich im Geiste eine Art Karte zu skizzieren: der Wald, die Schlucht, die Graue Grenze, der Weg, der sie kreuzte.

»Und wohin gehen wir?«

»Zur Route. Da ist eine kleine Siedlung, das hab ich doch schon gesagt. Die Städte rundherum liegen fast alle verlassen da, kaum jemand mag so nahe an der Grenze leben. Aber die Route kann man nicht so leicht verlegen wie eine Handelsstraße.«

Es war wirklich kein schlechter Weg. Tatsächlich eher eine Straße, ohne weiteres könnten hier zwei Lkws aneinander vorbeifahren …

Nach dem unwegsamen Wald und der Schlucht fiel das Gehen jetzt leichter. Und der kleine Fladen aus der Tasche des Halbelfen hatte ihn in unerwarteter Weise gesättigt und ihm neue Kraft gegeben, fast wie eine Tasse starken Kaffees.

Der Weg wand sich zwischen den Hügeln hin und her, der Wald wurde immer lichter und zog sich zurück. Wahrscheinlich war es eine Täuschung, aber Viktor hatte das Gefühl, dass es heller wurde. Er blickte auf die Uhr – die phosphoreszierenden Spitzen der Zeiger bedeuteten ihm, dass es noch nicht einmal ein Uhr war.

»Ist es noch weit?«

»Nein, noch etwa eine halbe Stunde.« Ihrer Stimme nach zu urteilen, sah sie nichts Ungewöhnliches in derartigen nächtlichen Wanderungen, und offensichtlich erwartete sie auch keine Gefahren mehr. »Halt durch.«

Viktor ächzte vor Wut, sagte aber nichts.

»Deine Kräfte habe ich natürlich überschätzt«, sagte sie selbstkritisch. »Ich habe nicht daran gedacht, dass es für dich schwierig ist, in der Dunkelheit zu gehen.«

»Und du … siehst du im Dunklen?«

»Ja, natürlich.«

»Bist du vielleicht auch eine Halbelfe?« Viktor meinte es beinahe ernst.

»Nein, Unsinn. Es gibt keine weiblichen Halbelfen. Niemals.«

Viktor wollte erst bemerken, dass der Phänotyp des Elfenwesens offenbar eng mit dem männlichen Geschlecht, also mit dem X-Chromosom verbunden sei, besser gesagt, dass alle weiblichen Halbelfen bereits im embryonalen Stadium einer letalen, also tödlichen Mutation ausgesetzt seien, aber aus irgendeinem Grund wollten ihm seine Auslassungen über die Vererbungsgesetzmäßigkeiten der Elfen nicht über die Lippen kommen.

»Aber woher hast du die Fähigkeit? Das hatte ich wohl mit den Räubern gemein – sie hat die Dunkelheit auch gestört.«

»Viktor, darf ich denn gar keine Geheimnisse haben?«

Es hatte keinen Sinn, darüber zu streiten.

»Dann sag mir, wo du wohnst.«

»Wozu?«

»Wie wozu? Ich soll dich doch nach Hause begleiten.«

Es sah so aus, als sei es ihm gelungen, Tel in Verwirrung zu stürzen.

»Gut, du bringst mich nach Hause, und was machst du dann?«

»Ich kehre zurück.«

Tel schwieg lange, ehe sie schließlich fragte: »So mir nichts, dir nichts willst du zurückkehren? Du glaubst mir doch, oder? Du hast es doch schon selbst erkannt? Du weißt, dass man die Welt auch anders sehen kann, als man es gewohnt ist. Und trotzdem willst du zurück? In diese Stadt, in dein blödes Haus, willst wieder diesen Gestank einatmen und deine Zeit mit nutzlosem …«

»Tel!« Er unterbrach das Mädchen. »Ich lebe dort. Verstehst du nicht? Und dort leben meine Verwandten, meine Freunde. Und ich habe meine Arbeit, entschuldige bitte, aber die ist sicher angenehmer als … anderen Leuten die Kehle durchzuschneiden.«

»Aber du bist doch …« Ihre Stimme versagte. »Viktor …«

»Was?«

»Vielleicht habe ich mich getäuscht …«, sagte sie nachdenklich.

»Worin?«

»Na in dir! Viktor, du sollst hier leben! Verstehst du? Wenn ein Mensch nicht mehr mit seiner Welt übereinstimmt, trennt diese ihn von sich ab. Stößt ihn ab. Wirft ihn raus. Glaubst du etwa, es ist ein Zufall, dass bei dir zu Hause alles kaputtgeht?«

»So, so.« Viktor blieb stehen, fasste in der Dunkelheit nach Tels Schulter und drehte sie mit dem Gesicht zu sich. »Dann erzähl doch mal. Ich hab genug von deinen Andeutungen.«

Tel begann zu schniefen wie ein ganz normales Mädchen, das man bei seiner Geheimniskrämerei stört.

»Ich glaube, meine Geduld ist erschöpft«, fuhr Viktor fort. »Erst nehme ich eine Verrückte auf, eine, die in der Dunkelheit sehen kann und deren Wunde innerhalb von einer Nacht verheilt, die keine Komplexe kennt und keine Gefühle zeigt. Dann stürze ich hinter ihr her in den Wald, wo ich vor irgendwelchen Idioten davonlaufen muss und im Nirgendwo lande. Ich springe in eiskaltes Wasser und hüpfe hinterher nackt ums Lagerfeuer, höre mir Geschichten über verschiedene Welten an und wandere mitten in der Nacht quer durch den Wald. Lasse mich von Untoten erschrecken und bringe Räuber um. Und jetzt soll ich das alles auch noch gut finden?«

»Was willst du, Viktor?«

»Eine Erklärung.«

»Du gehörst nicht in die Welt auf der Anderen Seite.«

»Bist du sicher?«

»Natürlich. Sonst wärst du nicht hierhergekommen. Aber das Wichtigste ist, dass du hier in unserer Welt gebraucht wirst. Sogar dringend gebraucht wirst.«

»Und du bist gekommen, um mich von einer Welt in die andere zu führen?«

»Ja. Du hättest auch allein kommen können. So ist es normalerweise bei Leuten, die anfangen, ihre Welt anders zu sehen. Früher oder später finden sie den Pfad, den Übergang, und erscheinen hier. Aber du bist zu wichtig. Wir konnten nicht warten und es dem Zufall überlassen. Erinnerst du dich an die Männer am Übergang? Wärst du allein gewesen, hätten sie dich umgebracht.«

»Und wenn ich in meiner Welt geblieben wäre?«

»Hätten sie dich trotzdem umgebracht. Für alle Fälle. Außerdem wärst du nicht dort geblieben. Solche wie du bleiben nicht da.«

Viktor musste lachen. »Sieh mal an. Also dann danke. Schließlich heißt das, dass du mir geholfen hast. Danke.«

Aber sein Ärger wuchs. Wahrscheinlich lag das an der Müdigkeit. Oder vielleicht am weißen, schmalen Gesicht des Halbelfen, an das er sich aus irgendeinem Grund erinnerte.

»Es ist meine Aufgabe, denen zu helfen, die von der Anderen Seite hierherkommen«, sagte Tel. Sie hatte nicht mitbekommen, dass sich Viktors Stimmung verändert hatte. »Lass uns weitergehen. Dort hinter der Biegung liegt schon die Siedlung.«

Der Weg wand sich, beschrieb wieder eine Kurve um einen Hügel. Oder war das vielleicht kein Hügel, sondern ein Hügelgrab? In der Nacht schienen seine Konturen schon allzu gleichmäßig. Wie auch immer … Viktor hatte die Nase voll von Abenteuern. Seine gewöhnlichen Sorgen und Probleme waren irgendwie verschwommen, weit weggerückt von ihm, und der Gedanke, dass er morgen nicht zur Arbeit gehen konnte, beunruhigte ihn rein gar nicht. Aber sein Zuhause – seine kleine Wohnung mit den sich ablösenden Tapeten, dem Fernseher und dem eingedrückten Sofa – ließ ihn nicht los. Dorthin wünschte er sich zurück. Auch wenn die Sicherungen sich wieder rausschraubten und das Telefon verbrannte. Wenigstens war es sein Zuhause. Seine Festung. Und er war nicht gezwungen, zwischen den Fingern seiner Faust die seidenweichen Haare eines elfischen Bastards zu spüren, während er diesem den Hals umdrehte …

»Teufel …«, flüsterte Viktor vor sich hin, »Teufel …«

So war das also. Es kam nicht gleich, nicht in dem Moment, wenn das Blut vor Adrenalin kochte und der Kehle ein tierischer Schrei entwich. Dann war alles möglich – töten, den Leichnam durchsuchen und fremde Vorräte verschlingen, während es nach brennendem Menschenfleisch stank. Erst später, in der Stille und Dunkelheit, krochen die erschrocken zurückgewichenen Jahrtausende der Zivilisation wieder herauf, klopften dir auf die Schulter und blickten dir vorwurfsvoll in die Augen.

Tel schwieg, selbst wenn sie verstanden haben sollte, was in ihm vorging. Zumindest dafür war er ihr dankbar. Sie verlangsamten ihre Schritte, während sie die Kuppe des Hügels überwanden – der Weg hatte die Windungen offenbar satt und verlief jetzt schnurgeradeaus.

»Da liegt die Siedlung«, sagte Tel.

Ganz in der Nähe, vielleicht in hundert Meter Entfernung, glommen matt einige Lichter. Viktor zögerte, er verspürte kurz ein unerwartetes Gefühl der Enttäuschung. Sie hatten nur noch wenige Minuten zu gehen.

»Ich dachte, wir müssten irgendwo rüberspringen … oder raufkraxeln«, gab er zu.

»Warum?«

»Ich weiß nicht …«

Unbewusst rechnete er damit, Hundegebell zu hören, aber während sie auf die Siedlung zugingen, blieb alles vollkommen still. Vielleicht gab es in dieser Welt keine Hunde? So wie es in der normalen Welt keine Elfen gab.

»Bleib stehen …« Tel hielt an und griff nach Viktors Hand, jemand kam ihnen entgegen.

Viktor umfasste mit der Hand den Griff des Messers. Der nächtliche Wanderer kam näher. Schweres Atmen und schleppende Schritte waren zu hören. Viktor entspannte sich.

Zumindest gab es Alkohol in dieser Welt.

»Nein … ich nehme nicht den kurzen Weg …«, vernahm er aus der Dunkelheit eine männliche Stimme. Entweder hatte der Mensch sie bemerkt, oder er redete mit sich selbst. »Nein … ich geh durch die Schlucht. Dort ist es dunkel, feucht und schrecklich … Dort sind die steilen Abhänge … dort pfeift der Wind!«

Was den Wind anging, täuschte der Mann sich, ansonsten konnte Viktor ihm nur zustimmen.

»Ich geh durch die Schlucht …«, wiederholte der Betrunkene melodisch sein Vorhaben. »Und mir geht's wieder gut … ah … ich … werd … nü-nüchtern!«

Ohne sie zu bemerken, ging er an ihnen vorüber. Das Gesicht konnte Viktor nicht erkennen, aber er begriff, dass es sich um einen sehr kräftigen, groß gewachsenen Mann mit einem ordentlichen Bauch handelte. Als er schon an ihnen vorbei war, hielt er für einen Moment inne und sagte mit trauriger, verständnisloser Stimme und ohne jeden Zusammenhang: »Bleikugeln! Das muss sein!«

Viktor beugte sich zu Tel vor und flüsterte: »Sollten wir ihn nicht aufhalten? Er ist in einem solchen Zustand …«

»Gerade in einem solchen Zustand wird er ohne Schwierigkeiten ankommen«, antwortete Tel sorglos. »Betrunkene haben immer Glück. Und übrigens können die Toten den Geruch von Alkohol nicht ertragen.«

Viktor fragte nicht nach, warum die Toten Abstinenzler waren. Aus Angst, dass Tel wieder seltsame Erklärungen parat hatte und er wieder völlig unglaubliche Dinge würde glauben müssen …

Obwohl man meinen sollte, dass im Vergleich zur schieren Tatsache, dass es wandelnde Leichen gab, deren Abneigung gegen Schnapsgeruch gewissermaßen eine zu vernachlässigende Kleinigkeit war.

Der Weg ging in eine richtige Straße über. Sie hatten keine gestampfte Erde mehr unter den Füßen, sondern sorgfältig verlegte Pflastersteine. Hier war es heller – in vielen Häusern waren trotz der späten Stunde noch Fenster erleuchtet, vor einigen brannten Laternen. Viktor sah sich aufmerksam um, er war begierig, die Besonderheiten dieser Welt auszumachen. Etwas Mystisches, Unwirkliches oder zumindest etwas Mittelalterliches.

Aber weit gefehlt!

Ordentliche saubere Häuser mit zwei bis drei Stockwerken. Bei den meisten schien das Erdgeschoss aus Stein und der Aufbau aus Holz zu bestehen. Die Fenster waren verglast. Die Laternen bestanden aus fein ziselierten metallischen Gehäusen, die mit mattem Glas versehen waren, jedoch brannte das Licht darin allzu gleichmäßig.

Aber es war der Knopf neben der Eingangstür eines Gebäudes, der Viktor endgültig aus der Fassung brachte. Ein Knopf! Ein metallischer Knopf, der genau an der Stelle angebracht war, wo sich üblicherweise der Klingelknopf befand!

»Gibt es hier etwa Elektrizität?«, rief er vorwurfsvoll. Tel blickte ihn verwundert an, so dass er unwillkürlich die Stimme senkte. Das Gesicht des Mädchens sah im Licht müde, fast grau aus.

»Ja und?«

»Warum?«

»Warum sollte es die nicht geben? Oder hab ich dir gesagt, dass die Straßen hier mit Robbenfett und Birkenkienen beleuchtet werden?«

»Nein, aber … Wenn es hier …« Viktor stockte, während er verzweifelt nach Worten suchte. »Tel, ich kann schon an all das glauben: an eine andere Welt oder eine andere Seite der Realität. Gott weiß weshalb, aber ich kann das! Gut, hier leben Elfenfrauen, von denen es nie genug gibt und die mit Männern schlafen! Und die Leichen gehen hinter der Grauen Grenze um, die von Zauberern errichtet wurde!«

Tel lächelte herablassend.

»Aber dann – kann es hier keine Technik geben! Keine Elektrizität, keine Lampen, Klingeln oder Maschinen!«

Über ihren Köpfen wurde polternd ein Fenster geöffnet, und eine wütende Stimme zerriss die Nacht: »Ewig diese Sauferei, wie die Schweine … he, ihr da unten, macht, dass ihr weiterkommt!«

In seiner Wut hätte Viktor um ein Haar zurückgebellt, aber er besann sich noch rechtzeitig. Erstens war seine Position für einen Streit äußerst ungünstig, und zweitens war er wirklich im Unrecht.

»Viktor, du bist müde«, sagte Tel mit weicher Stimme. »Lass uns gehen.«

Gehorsam schritt Viktor hinter dem Mädchen her, als wäre er tatsächlich ein Betrunkener, der von seiner ehrerbietigen Tochter geführt wurde.

»Alles ist möglich«, redete Tel ihm zu. »Das hier ist die Mittelwelt, verstehst du? Hier ist alles möglich …«

Sie blieben vor einem langgestreckten, zweistöckigen Gebäude stehen. Zur Abwechslung war es ganz aus Stein.

»Ein Hotel«, erklärte Tel.

Viktor lag eine boshafte Antwort auf der Zunge, er wollte schon »Herberge« sagen, aber er hielt sich zurück. Tel öffnete, ohne zu zögern, die unverschlossene Tür, und sie traten ein.

Vor ihnen lag eine kleine Halle mit Wänden aus rohem, rot gebranntem Ziegelstein, an denen einfache Stickbilder in leuchtenden Farben hingen. Auf der einen Seite stand eine Reihe massiver harter Lehnstühle, auf der anderen ein Tisch von eindrucksvollen Ausmaßen, an dem zwei Leute saßen. Es waren einige Türen und eine Wendeltreppe, die nach oben führte, zu sehen. Nichts Ungewöhnliches, so könnte ein kleines, heimeliges Hotel irgendwo in Westeuropa aussehen. Von der Decke hing ein Kristallleuchter herab. Mit einem resignierten Seufzen wandte Viktor den Blick von den elektrischen Glühbirnen ab.

»Guten Abend!«, sagte Tel vernehmlich.

Ein hagerer junger Mann mit roten Haaren erhob sich. Er war in einen zerknitterten Anzug undefinierbaren Schnitts gekleidet und trug ein graues, zerdrücktes Barett auf dem Kopf. Er sah lächerlich aus, aber mehr auch nicht.

»Guten Abend, Mädchen«, sagte er mit überraschend tiefer Stimme. Tel musterte er kurz und gleichgültig. Viktor dagegen begutachtete er sehr viel eindringlicher.

Aber der konnte seine Augen nicht von dem anderen Wesen am Tisch abwenden.

Es war ein Elf.

Und Viktor bedurfte keinerlei Erklärungen, um den Unterschied zwischen einem Elfen, einem Halbelfen und einem Menschen zu begreifen. Wahrscheinlich war es gut, dass er zuerst einen Halbelfen gesehen hatte – auf diese Weise war der Kontrast nicht ganz so schockierend.

Die Haare des Elfen sahen wie goldener Schaum aus, wie Hobelspäne von Blattgold, die nachlässig zu einer hohen Frisur aufgetürmt waren. Das Gesicht war nicht auf jene schwindsüchtige Art schön wie bei dem Halbelfen – sondern es war von einer unmenschlichen, überirdischen Schönheit, die ihren eigenen Regeln folgte. Sein Körper war zierlich und fein, aber nicht unbedingt zerbrechlich.

Der Elf war etwas ganz und gar anderes, unermesslich weit entfernt vom Menschen. Wenn Gott den Menschen aus Lehm geformt hatte, so hatte er für die Elfen wahrscheinlich Quellwasser genommen.

Aber die schmalen Finger des Elfen drückten mit ungekünstelter Grazie das gefiederte Ende eines Pfeils, der schon an die Sehne eines schlanken Bogens angelegt war. Die Tatsache, dass der Bogen auf dem Tisch lag, beruhigte Viktor wenig; er war überzeugt, dass ihn der Pfeil eine halbe Sekunde später in die Brust treffen würde.

»Woher kommt Ihr, Reisende?«, erkundigte sich der Rothaarige.

»Wir sind an der Grauen Grenze entlang gereist«, antwortete Tel. Offenbar verlangte die Frage nicht nach einer präzisen Antwort.

»Nachts entlang der Grenze«, wiederholte der junge Mann mit respektvoller Stimme. »Mutige Leute …«

Er blickte Tel noch einmal an, diesmal etwas aufmerksamer, und sein Gesicht zuckte kaum merklich. Als ob er das Mädchen erkannte hätte … mit Überraschung. »Was kann ich für Euch tun?« Jetzt war der Junge die Höflichkeit selbst. Der Elf wandte ihnen das Gesicht zu, blickte seinen Kameraden neugierig an und nahm die Hände von der Waffe.

»Wir brauchen ein Zimmer.«

»Eins, zwei?«

»Eins.«

»Mit einem Bett oder mit zwei?«

»Mit zwei.«

»Licht, Wasser?«

»Das beste Zimmer.«

»Natürlich, werte Gäste. Dersi, Zimmer Nummer acht!«

Nicht Angst hatte den Räuber überkommen, den Viktor am Ende hatte laufen lassen. Eher eine Art Verwirrung, wie wenn ein Mensch seinen Ahnungen nicht traut und es für besser hält, sich rückzuversichern.

»Hier sind die Schlüssel …« Der junge Mann nahm zwei Ringe mit massiven Schlüsseln aus den Händen des Elfen entgegen und reichte sie Tel mit einer angedeuteten Verbeugung. »Was können wir noch für Euch tun?«

»Wir haben Hunger …«, sagte Tel in nörgeligem Tonfall.

»Unser kleines Restaurant ist noch geöffnet.« Der junge Mann deutete mit dem Kopf zu einer der Türen hin. »Sollen wir Euch etwas aufs Zimmer bringen lassen?«

»Nein, danke, wir gehen selbst.« Tel nickte Viktor zu. »Du musst bezahlen!«

Viktor zog schweigend das erbeutete Säckchen hervor und blickte den Jüngling fragend an.

»Ein Goldstück.«

Der Elf gab ein leises, nachdenkliches Geräusch von sich.

Immer noch schweigend gab Viktor dem Jüngling eine Münze, die dem Aussehen nach aus Gold war. Auf der Münze war keinerlei Aufschrift zu erkennen, aber beidseitig war ein furchteinflößender Drachenkopf eingeprägt. Der Jüngling nahm die Münze mit offenkundiger Verwirrung, wandte die Augen ab und steckte das Geldstück schnell in die Tasche.

»Nehmen Sie kein altes Geld?«, fragte Tel neugierig.

»Doch, doch, natürlich.« Der junge Mann warf einen Blick zum Elfen hinüber und bedeutete diesem mit einer Grimasse, dass er schweigen sollte. Viktor gefiel es ganz und gar nicht, was hier vor sich ging, aber es schien ihm klüger, sich nicht einzumischen.

»Lass uns gehen, ich möchte was essen …« Tel zog Viktor mit sich. Der Elf hatte nicht ein einziges Wort gesprochen und sich auch nicht herabgelassen aufzustehen. Jetzt war es offenbar an der Zeit für ein ernstes Gespräch zwischen ihm und dem jungen Mann.

Hinter der Tür zum Restaurant war es unerwartet kühl. Viktor erstarrte auf der Schwelle und erkannte mit Staunen, dass der alberne Traum, dem er noch vor kurzem nachgehangen hatte, Wirklichkeit geworden war.

Vor ihnen stand ein halbes Dutzend Tische, die mit weißen Tischtüchern, mit Besteck und weißem Porzellan eingedeckt und nicht besetzt waren. Hier gab es kein elektrisches Licht, nur Kerzen in massiven Kerzenleuchtern entlang der Wand. Ein betörender Duft nach Essen stieg ihm in die Nase, der vermutlich durch die offene Küchentür hereinströmte. Auf einem kleinen Bartresen standen verschiedene Flaschen mit unbekanntem Etikett, aber mit eindeutigem Inhalt.

Auf einem hohen Barhocker schlief, das Gesicht auf den Tresen gelegt, ein stämmiger Mann, der in eine Art paramilitärische Uniform gekleidet war.

»Oho …«, war alles, was Viktor sagen konnte. Er wollte sich schon die Augen reiben. »Tel, wenn du mir gesagt hättest … was uns … hier erwartet, wäre ich doppelt so schnell gegangen.«

»Woher hätte ich wissen sollen, dass wir zu Geld kommen?«, antwortete das Mädchen mit einer Gegenfrage. »Hallo, Wirt!«

Hinter dem Tresen öffnete sich eine kleine Tür, und ein Mädchen erschien im Türrahmen. Sie war etwas älter als Tel, vielleicht sechzehn, siebzehn, hübsch und strahlend, aber nicht von Schminke, sondern aus sich selbst heraus. Tel geriet ein wenig in Verwirrung.

»Und wo ist der verehrte Konam, der Schweigsame?«, fragte sie. »Schläft er schon?«

Zwischen den beiden Mädchen machte sich augenblicklich eine gewisse Anspannung breit.

»Papa schläft schon seit drei Jahren«, sagte das Mädchen trocken. »Ich bin nicht ganz so schweigsam wie er, aber das ist, wie ich hoffe, mein einziger Nachteil.«

»Entschuldigen Sie.« Jetzt sah Tel wirklich verwirrt aus. »Konams Restaurant war auf der ganzen Route berühmt …«

»Es hat nichts von seinem Ruhm eingebüßt und auch den Namen beibehalten.«

»Wir sind sehr müde und fast am Verhungern.« Viktor hatte begriffen, dass er sich in das Gespräch einschalten musste. »Wenn Sie also noch nicht geschlossen haben …«

Das Mädchen runzelte die zarte Stirn. »Wer würde angesichts von Gästen schließen? Essen, Wein? Womit kann ich dienen?«

»Was empfehlen Sie, wenn man mitten in der Nacht die Graue Grenze entlang gewandert ist?« Jetzt stellte Viktor eine Gegenfrage.

Das Mädchen nickte zustimmend. »Gleich wird man Euch alles bringen ...«

Eine Sekunde später war sie hinter der Tür verschwunden, und Tel blickte Viktor traurig seufzend an. »Er war ein toller Typ ...«

»Wer? Konam?«

»Ja. Ein großartiger Kämpfer. Ein Abenteurer. Im Übrigen ... davon gibt es ja viele. Aber im Alter kaufte er sich dieses nette kleine Restaurant hier und nannte es *Konams Königreich*. Damit wurde er in der ganzen Mittelwelt bekannt.«

»Interessante Karriere.«

»Ruhm erwirbt man sich nicht zwangsläufig mit dem Schwert ...« Wieder seufzte Tel und fügte hinzu: »An seine Tochter kann ich mich fast nicht mehr erinnern.«

»Warst du schon öfter hier?«

»Ja, aber das ist lange her.«

»Dieser junge Mann da draußen, ich glaube, er hat dich erkannt.«

Tel zuckte mit den Schultern. »Kann sein. Soll er doch.«

Konams Tochter kam zurück. Schweigend holte sie unterm Tresen zwei hohe Pokale hervor, goss zunächst eine rote Flüssigkeit aus einem Glaskrug hinein und füllte die Gläser dann mit drei verschiedenfarbigen Inhalten aus drei weiteren Flaschen auf. Sie hantierte schnell und geschickt, so dass sich die Flüssigkeiten nicht miteinander vermischten, sondern ein Cocktail mit vier Schichten entstand.

»Trinkt das als Erstes«, empfahl sie.

Viktor setzte sich auf einen Barhocker, und Tel ließ sich neben ihm nieder. Sie nahm ihren Cocktail, hielt ihn vor eine Kerze und schaute ihn kritisch an.

Die vier Schichten fingen an sich zu bewegen, durchdrangen sich langsam gegenseitig. Viktor begriff zu seiner Verwunderung, dass sich auf ihrem Getränk jetzt die sieben Streifen abzeichneten, die das gesamte Farbspektrum ausmachten.

»Sie wissen, wie man einen Regenbogentraum mixt!«, rief Tel begeistert. »Das ist ja wunderbar!«

Das Lob schmeichelte dem Mädchen offenbar.

»Ich heiße Rada.«

»Rada, ich habe gehört, dass Konam geschworen hat, keinem je das Rezept zu verraten.«

»Papa hat es auch niemandem verraten. Nicht mal mir. Ich habe es selbst ausgetüftelt.«

Viktor nahm einen vorsichtigen Schluck. Das Getränk war eindeutig alkoholisch, aber es schmeckte ganz und gar ungewöhnlich. Er fühlte sich buchstäblich nach dem ersten Schluck gestärkt, gleichzeitig begann sein Körper sich zu entspannen.

»Nein wirklich, es gibt nichts Besseres für einen müden Reisenden zu später Stunde als ein Glas Regenbogenträume!«, sagte Tel. »Ach … warum hat Konam erst so spät seine Berufung entdeckt? Was er sich für wunderbare Getränke ausgedacht hat!«

Viktor befürchtete schon, dass die Worte Rada kränken würden, aber das Mädchen nickte zustimmend. »Ja. Und ich werde mich im Gegensatz zu ihm nicht erst jahrelang mit Schwachsinn beschäftigen. Kommt morgen früh hier vorbei, ich bereite Euch einen Sprudelnden Tag auf Kosten des Hauses. Das ist mein eigenes Rezept. Sogar Herr Andrzej wusste es zu schätzen.«

»Der Magier der Erde?«, wollte Tel wissen.

»Ja, das Oberhaupt des Clans. Er hat hier auf dem Weg in die Schneesteppen haltgemacht. Ein schwächlicher Mann mit Glatze …« Rada begann zu flüstern: »Dem Aussehen nach völlig gewöhnlich. Da macht jeder beliebige Jäger oder Zimmermann mehr her. Wo die Seele nicht überall einzieht … Aber getrunken hat er – das glaubt Ihr nicht.«

Entweder waren ihr die nächtlichen Gäste plötzlich sympathisch geworden, oder die junge Frau hatte beschlossen, dass das Geschäft vorgeht, jedenfalls war ihre anfängliche Kälte verschwunden.

»Gleich kommt Euer Essen«, teilte sie ihnen mit. »Jeweils ein Scheibchen gedünsteten Fisches, dazu Gemüse, außerdem Saft und Weinbergschneckenpastete. Das wird genau das richtige Abendessen für Euch sein. Glaubt mir. Bleibt Ihr länger?«

»Nein«, sagte Tel mit Bedauern in der Stimme. »Morgen müssen wir weiter.«

»Vielleicht könnt Ihr wenigstens bis zum Mittagessen bleiben. Suppe auf Elfenart, Rebhuhn im Teig und dazu Liköre vom Clan der Bären. Ihr werdet es nicht bereuen.« Sie lächelte Viktor an und verschwand wieder hinter der Tür.

»Das bestimmt nicht«, stimmte Tel zu und trank ihren Cocktail aus. »Ach ja … du wolltest morgen nach Hause zurückkehren. Und wann? Gleich morgens oder nach dem Mittagessen?«

Viktor wusste nicht, was er antworten sollte.

Heimat. Ritor, hier wurdest du geboren, und hier wuchst du auf. Hier lerntest du. Von hier bist du zu deinem Feldzug aufgebrochen, der für alle Eingeweihten so schicksalhaft wurde; und hierher bist du zurückgekehrt … ohne auch nur daran zu denken, geschweige denn vorauszuahnen, dass du eines Tages mit eigenen Händen würdest korrigieren müssen, was du immer für deine größte Heldentat gehalten hast.

Natürlich bemerkten sie ihn schon von weitem. Und er versuchte auch nicht, ungesehen zu bleiben. Seine züngelnde Aura der Kraft war für die Magier seines Clans schon aus vielen Meilen Entfernung zu erkennen. Und als er seine Flügel schloss und sich neben dem Vordach der Magierschule, die gleichzeitig seine Wohnstatt war, niederließ, hatte sich rundherum bereits eine Menschenmenge versammelt. Alle schwiegen. Sie wussten, dass sich ein Unglück ereignet hatte.

Ritors Augen suchten in der Menge nach Taniels Mutter. Er senkte den Kopf, unfähig, ihren Blick voll schmerzlichen Vorwurfs zu ertragen. Er hatte nichts auszurichten vermocht, hatte den Jungen nicht behütet, nicht verteidigt, und jetzt waren alle Worte sinnlos.

Dennoch und trotz alledem begann Ritor zu sprechen. Er durfte vor seinen Leuten keine Geheimnisse haben. Das Wasser verstand sich auf die Kunst der Lüge – wie übrigens auch die Luft –, aber was er ungesagt ließe, würde der Feind verdrehen und eilig herumerzählen.

Kurz, aber ohne etwas zu verschweigen, berichtete Ritor von dem Kampf mit Torn und dessen Leuten in der Burgruine, über den Verrat, die Ermordung der Abordnung vom Feuerclan und darüber, wie man ihn – alle Gebräuche missachtend – auf Loj Iwers Ball hatte umbringen wollen.

»Nun, Brüder, was sollen wir jetzt tun? Schweigen, ausharren, uns ergeben?« Mit dieser Frage schloss er seine Erzählung.

Die Menge, die ihm in Grabesstille gelauscht hatte, brach innerhalb eines Wimpernschlags in kreischendes Geheul aus. Ritor erblickte erhobene Fäuste, von Hass entstellte Gesichter, von Zorn und Rachgier verzerrte Münder. In Hunderten von Kehlen stieg ein Schrei auf: »Tod ihnen!«, wurde vom Wind erfasst und weit hinausgetragen ins Land – und Ritor wusste, dass sogar die Leute auf den weit entfernten Farmen jetzt in ihrer Arbeit innehielten und mit Angst im Herzen jenen Schrei voller Hass vernahmen.

»Krieg«, erklang über dem Platz der lautlose Ruf der Häuser. »Krieg und Tod ihnen allen«, wiederholten die Felsen. »Feuer und Tod über sie«, rauschten die Wälder.

Nur der kluge, träge Fluss schwieg dieses Mal.

Und das Meer sagte niemals etwas.

Endlich legte sich der stürmische Aufruhr, und Ritor hob die Hand.

»Wie es das Gesetz verlangt, werden wir noch heute im Rat des Clans über alles sprechen. Ich werde nachdenken. Und auch ihr werdet nachdenken. Morgen bei Tagesanbruch werden wir unsere Entscheidungen vergleichen.«

Zweifellos werden sie den Krieg wählen, ging es Ritor durch den Kopf. Allzu gut wissen sie über meine Feindschaft mit Torn Bescheid. Die Clans selbst sind schon lange nicht mehr aneinandergeraten … aber ein Anschlag ist ein Anschlag, und eine Feindschaft mit dem Anführer kommt einer Feindschaft mit allen gleich. Der Clan wird sich erheben. Und das bedeutet, dass der Krieg unvermeidlich ist. Wir bauen den Angeborenen selbst noch die Brücke …

Und auch jetzt konnte Ritor nicht einmal daran denken, die Wahrheit vor seinen Brüdern zu verbergen. Vielleicht wenn der erste Zorn verraucht war, würde er die Seinen zurückhalten können.

Denn sie durften ihre Kräfte nicht in einem sinnlosen Zwist mit dem mächtigen Clan des Wassers vergeuden (die

Mehrheit dieses Clans trug ja ohnehin keine Schuld an dem Überfall), sondern mussten den von Torn herbeigerufenen Drachentöter vernichten, ehe es zu spät war. Denn Ritor zweifelte nicht daran, dass sein Feind in dieser Sache die Wahrheit gesagt hatte. Solche Worte sprach keiner leichtfertig aus.

Und es durfte jetzt auch keine Rolle spielen, dass der Drachentöter selbst wahrscheinlich keine Schuld trug. Es war eine einfache Rechnung: ein Leben für Tausende.

Gab es noch eine andere Entscheidung? Damit keiner sterben musste? Ach, leider waren sie nicht in der Ethikstunde.

Er hatte das Gefühl, er würde niemals einschlafen. Wenn man so müde ist, scheint der Organismus sich zum eigenen Schaden zu weigern einzuschlafen. Ja, versuch es, plag dich, damit du weißt, wie man den eigenen Körper verhöhnt. Viktor begriff sehr wohl, dass es hauptsächlich am außergewöhnlich hohen Adrenalin- und Endorphinspiegel im Blut lag, an der erhöhten Stromspannung der Ionenkanäle und einem übermäßigen Transport von Synapsenbläschen – aber er begriff es nur mit dem Verstand. Die andere Hälfte seines Bewusstseins beharrte aus irgendeinem Grund darauf, dass es das Schicksal war, das ihn warnen wollte: Schlaf nicht heute Nacht, schlaf nicht, schlaf nicht, schlaf ni-icht!

Früher war er nur in Fantasy-Romanen auf Elfen, Gnome und ähnliche Fabelwesen gestoßen. Und das nur ganz selten, wenn er gerade absolut keine andere Lektüre zur Hand hatte. Und nun lag er selbst im Bett eines Hotels, dessen Wächter ein waschechter Elf war! Hm, wenn Elfenmänner schon so aussahen, wie mussten dann erst die Elfenfrauen aussehen? Elfenfrauen, Elfchen, Elfinnen, Elfessen … wirklich interessant, und Halbelfenfrauen? Oder gab es die tatsächlich nicht? Man konnte fast schon verstehen, warum der Elf sich nicht für Menschenfrauen interessierte, menschliche Männer dagegen …

Er erhob sich auf die Ellbogen. Tel schlief friedlich, leise wie ein Mäuschen, das im Schlaf gelegentlich schnaufte. Viktor legte sich wieder auf den Rücken. Unwillkürlich musste er an die Räuber denken … und jenen Unglückseligen, der um sein Leben gefleht hatte … Was hatte er da gesagt? »Ich bin dein Sklave, Herrscher …«?

Herrscher.

Nichts dagegen einzuwenden, das klang gut. Jeder Mensch dachte doch insgeheim: Ja, ich werde nicht geschätzt, nicht verstanden, ich bin in Wirklichkeit mehr wert, bin viel besser als die anderen und kann mich nur wegen aller möglichen Intrigen nicht richtig entfalten, aber eines Tages werde ich es euch schon zeigen … Kein Wunder, dass Schmeichelei eine der stärksten menschlichen Waffen war.

Viktor bemerkte es nicht, als der Schlaf kam. Sein Bewusstsein blieb klar, seine Gedanken präzise und scharf umrissen. Er war der Ansicht, dass er einfach nur so für sich nachdachte … und deshalb wunderte er sich ein wenig, als er sich selbst plötzlich an einem unbekannten Ufer stehen sah. Der Sand war vollkommen, unerträglich schneeweiß. Das war noch nicht so außergewöhnlich, obgleich man ein solches Weiß auf der Erde – genauer gesagt auf der Anderen Seite – wohl kaum finden würde, wahrscheinlich nicht einmal in der Arktis.

Ja, der Sand war weiß und das Wasser – im Gegensatz dazu – schwarzblau. Wie Erdöl. Viktor wollte sich schon die Augen reiben, doch dann begriff er, dass es dumm war, sich zu wundern. Hier musste das wohl so sein. Träume sind ein besonderes Land. Sein Blick glitt über das Ufer, etwa einen halben Kilometer weiter wurde das Wasser dunkelrot wie die untergehende Sonne bei windigem Wetter; noch weiter, schon am äußersten Horizont, war ein helles leuchtendes Grün zu sehen, aber vielleicht war das auch nur eine Spielerei der atmosphärischen Strahlenbrechung. Die Sonne war wahrscheinlich schon verschwunden – aber der ganze Himmel leuchtete am Horizont hell, während im Zenit schon schüchtern die ersten Sterne zu sehen waren.

Die Berge reichten bis ganz ans Ufer heran. Keine normalen Berge, wie man sie kennt, sondern eine lange Reihe gleichmäßiger, komplexer geometrischer Gebilde. Jede Erhebung erinnerte aus irgendeinem Grund an einen gigantischen Baum – mit einem glänzenden, halbdurchsichtigen Stamm von einem Kilometer Höhe und mit geradezu ideal gleichmäßigen Kanten, außerdem war jeder Berg in drei Teile unterteilt, von denen der jeweils mittlere Abschnitt als Grundlage für ein neues, kleineres Dreieck diente, und so immer weiter, bis ins Unendliche …

Zum Meer hin waren diese seltsamen Gebilde glatt abgeschnitten – wie Sockel.

Zwischen diesen Gebilden, von denen man nicht wusste, ob es nun Bauten oder natürliche Formationen waren, erstreckten sich lange Zungen mit gewöhnlichem grünem Gras, das hochgewachsen und scharf war wie Riedgras.

Weiter hinten sah man Wald. Allerdings war er violett und stellenweise einfach dunkelblau, als würde in dieser Welt das Gesetz der Photosynthese nicht gelten.

Und über dem äußersten Rand des Waldes bemerkte Viktor Rauch aufsteigen.

Er ging in diese Richtung – was hätte er sonst tun sollen.

Die ganze Zeit horchte er in sich hinein. Ein merkwürdiger Traum war das. Sehr prägnant und realistisch. Sogar das violette Laub und die schwarzen Wellen wirkten stimmig. Na gut, stimmig also, aber das war noch nichts Besonderes … in Träumen erschien einem doch immer alles richtig. Aber warum empfand er die Umgebung dann als so fremd?

Das passte nicht. Wenigstens im Traum wollte er sich entspannen!

Er tat einen Schritt, einen weiteren … und plötzlich begriff er, dass es ihm hier gefiel. Sein Körper war erfüllt von einer rauschhaften Leichtigkeit, als atmete er reinen Sauerstoff. Das Ganze wies die Symptome einer tiefen Narkose auf, aber Viktor befand sich jetzt doch nicht im Tiefschlaf!

Mit Mühe unterdrückte er den Wunsch, einfach loszulaufen.

Das breitblättrige Riedgras zog sich das ganze Ufer entlang. Zwischen den Pflanzen war kein Weg zu erkennen. Nachdem er sich versichert hatte, dass die scharfen Halme nicht durch die Jeans stachen, wählte Viktor zufrieden den direkten Weg mitten hindurch.

Wenig später erkannte er, dass der Rauch sich über dem breiten, flachen Dach eines großen, einstöckigen Gebäudes erhob. Der gedrungene Bau bestand aus rosafarbenen Steinplatten, die bereits von fettem Ruß verdorben waren. Aus dem breiten gemauerten Kamin, der ebenfalls niedrig und gedrungen war (Warum nur? Das war doch schlecht für die Statik …), stieg der Rauch auf. Rauch, wie er sein sollte, dicht, schwarz und in dicken Wolken. Um das Haus herum stank es betäubend nach etwas widerwärtig Säuerlichem – als ob innen eine ganze Batterie von Bottichen stünde, bis oben angefüllt mit dampfendem Salzkraut, mit Salzsäure oder mit Schwefelsäure.

Der ätzende Geruch drang ihm in die Nasenlöcher, Viktor musste husten … besser gesagt, sein Gedächtnis forderte ihn auf zu husten. Er selbst atmete nur kraftvoll aus, um diese Widerwärtigkeit aus seinen Lungen zu drücken, die nichts mit gewöhnlichen Säuren gemein hatte.

Es war Gift, wie ihm plötzlich klarwurde. Gift, dazu noch durchdrungen von Magie. Aber ihm konnte das Gebräu aus irgendeinem Grund keinen Schaden zufügen.

Es gab keine Türen am Haus. Nur einen breiten, dunklen Eingang, durch den man in der Dämmerung matt und gleichmäßig etwas flackern sah.

»Hallo, ist da wer?«, fragte Viktor gedämpft.

Das Feuer in der Tiefe des Hauses flackerte erschrocken auf und erlosch. Im gleichen Moment erklang ein zorniges Gebrüll, eine lange wutentbrannte Tirade, deren Aussage sich im Wesentlichen auf »Wer wagt es?« beschränkte, die jedoch sehr bild- und wortreich vorgetragen wurde und mit zahlreichen Verfluchungen der Verwandtschaft des Beschimpften bis ins zwölfte Glied versehen war.

Aus dem Dunkeln schoss ein sehr kleiner, äußerst dicker Mann mit breiten Schultern, rotem Haarschopf, einem gewaltigen Bauch und hängenden buschigen Augenbrauen. Die Nase des Hausherrn zierten zahlreiche dunkelrote und bläuliche Äderchen. Der giftige Geruch nach Säure wurde augenblicklich von einem schmerzlich vertrauten Geruch abgelöst, der ihn wieder an jenen Sanitärtechniker seiner Wohnungsinstandhaltungsgesellschaft erinnerte.

»Wer bist du denn?«, schnauzte ihn der Knirps an. Sein Leinenhemd und die Hose waren voller Flecken und Brandstellen. Seine Hände steckten in dünnen chirurgischen Latexhandschuhen, bei deren Anblick es Viktor beinahe die Sprache verschlug. »Hast du deine Zunge verschluckt, du Ignorant?«, setzte der Hausherr scharf nach.

»Schweig«, brach es plötzlich aus Viktor heraus. »Wie kannst du es wagen, mich auf der Schwelle stehen zu lassen.«

Der Dicke begann mit einem Mal, heftig zu schwitzen. Er trat einen Schritt zurück, wandte den Blick jedoch nicht ab.

»Ach je, ein bedeutender Gast beehrt mich«, murmelte er zwischen den Zähnen, während er die Handschuhe von den Händen zog. »Bedeutend und selten … nun ja, wie dem auch sei, komm herein! Wenn du schon mal da bist, werd ich dich nicht fortjagen. Der Geruch hier wird dir freilich kaum gefallen … nun nimm es mir nicht übel, schließlich habe ich dich nicht gerufen.«

Falls der Dicke sich fürchtete, so wusste er seine Angst jedenfalls zu verbergen. Und sicherlich war er nicht so dumm, sich zu prügeln. Zwar hatte er Viktor hereingebeten, aber so, wie er dastand, blockierte er fast den ganzen breiten Durchgang.

»Schlecht empfängst du deine Gäste«, sagte Viktor und wunderte sich selbst über seine Unverschämtheit.

Das ist doch alles ein Traum … nur ein Traum.

»So gut ich es eben vermag«, antwortete der Knirps. Als er die Handschuhe endlich abgezogen hatte, schleuderte er sie treffsicher in ein Fass – etwas zischte widerwärtig, und aus dem Fass stieg Dampf auf. »Wie sagt man bei euch noch? Wir sind nicht aufs Gymnasium gegangen …«

Natürlich schlafe ich, dachte Viktor. Woher sollte ein Mensch aus dieser Welt wohl *Das Goldene Kalb* kennen?

Grinsend starrte ihn der Dicke an. Wie rastlose Handbohrer bohrten sich seine Augen unablässig in den ungebetenen Gast, der so mir nichts, dir nichts erschienen war. Der Knirps steuerte offen und unzweideutig auf Unannehmlichkeiten zu.

In dieser Welt wird nur Stärke respektiert, dachte Viktor. Feinheit, Höflichkeit, Friedliebe werden als Schwächen angesehen.

Aber war das nur hier so? Die Welt der Träume war schließlich ein schwaches Abbild der realen Welt. Wenn man jetzt und hier, in diesem konfusen – aber immerhin greifbaren – Traum Streitlust von ihm erwartete, dann bedeutete das doch, dass es in Wirklichkeit genau so war. Seit wann wurden Rücksichtslosigkeit und Unverschämtheit nicht mehr als Schwächen, sondern als Stärken beurteilt? Vielleicht war das noch nicht lange so, aber manchmal erschien es ihm, als ob es für immer wäre …

Und dennoch hätte er sich in Moskau wohl kaum zu einer derartigen Reaktion entschlossen, die Hand auszustrecken und den Hausherrn schweigend von der Schwelle seines eigenen Hauses zu stoßen.

Er erinnerte sich an die Graue Grenze und das trockene Knacken, als er dem unglücklichen Halbelfen das Genick gebrochen hatte, daher schubste er den Dicken nicht mit voller Kraft. Der jedoch grinste nur schamlos.

»Irgendwie seid ihr Mittelweltler in letzter Zeit etwas schwächlich. Nun denn, du hast mich gestoßen, dann bin ich jetzt wohl an der Reihe …«

Natürlich war es kein Klaps auf die Schulter. Der Dicke versetzte ihm, ohne auszuholen, einen tadellosen Aufwärtshaken. So schnell und professionell, dass Viktor mit seiner mangelnden Erfahrung nicht mal die Zeit hatte, den Kopf wegzudrehen. Genaugenommen begriff er erst, dass der Schwinger, der ihn in die Luft hob, ein Uppercut war, als er sich auf dem Rücken liegend auf dem Boden wiederfand.

Die Wut half ihm augenblicklich wieder auf die Beine. Das ist ganz sicher ein Traum, dachte er wieder. Nur in billigen Kung-Fu-Filmen stehen die Kämpfer nach solchen Schlägen wieder auf. Eigentlich müsste ich einige gebrochene Halswirbel haben, einen zertrümmerten Kiefer und mehrere ausgeschlagene Zähne – aber ich komme hoch, als ob nichts geschehen wäre …

Jetzt umgab ihn Feuer. Seine Arme warf er wie Flügel zur Seite, versprühte mit ihnen einen züngelnden Ozean versengender Flammen. Wie konnte es dieser … dieser Wurm nur wagen? Wie konnte er es wagen, die Hand gegen ihn zu erheben? Gegen den Herrscher?

Seine Faust verwandelte sich in einen Klumpen hellroten Feuers. Das vor Wut verzerrte Gesicht des Knirpses blitzte vor ihm auf … ein zur Abwehr erhobener Arm … aber es war zu spät.

Viktor schlug den Beleidiger auf den Wangenknochen. Und der flog trotz seines nicht geringen Gewichtes – dem Aussehen nach nicht weniger als eineinhalb Zentner – über die Schwelle hinein ins Haus. Mit lautem Krachen stürzten drinnen irgendwelche Regale um, und ein undeutliches, klägliches Blöken, oder war es ein Miauen?, war zu vernehmen – dann war alles still.

Das Feuer verschwand. Und auch die erdrückende Wut. Viktor schmerzte seine Faust, als hätte er damit auf eine Steinmauer eingeschlagen. Die Haut war an den Knöcheln aufgeschürft. Viktor runzelte die Stirn und rieb sich den Handrücken.

»Na na na, was bist du denn für einer …«, brummte es weinerlich aus der Dunkelheit. »Warnen muss man …«

»›Und wer ist dieser Mann? Der Zauberer! Warnen muss man!‹«, äffte Viktor den anderen mit einem Filmzitat nach, denn ihm war augenblicklich *Ein ganz normales Wunder* in den Sinn gekommen. »Und, wollen wir uns weiter schlagen?«

»Wozu? Nicht vorzeitig«, knurrte es aus dem Inneren des Hauses. »Komm schon rein, worauf wartest du noch? Hilf mir aufzustehen – siehst du nicht, dass das Regal auf mich gestürzt ist? Wenn ich mich rühre, geht alles kaputt.«

Viktor überschritt eilig die Schwelle. Seine Augen gewöhnten sich verdächtig schnell an die Dunkelheit – selbst für einen Traum zu schnell. Im Traum haben wir manchmal Flügel, und unsere Kugel fliegt langsam, ganz langsam aus der Mündung des Gewehrs und in einem langen gewölbten Bogen, aber in der Dunkelheit sehen unsere Augen auch im Traum nicht gut.

Dies war zweifellos ein Laboratorium. Eines, das ganz anders aussah als die normalen, die er kannte, die von der Anderen Seite, wie man in der Mittelwelt sagte. Hier gab es keine Geräte, Aggregate oder Vorrichtungen. Nur mächtige Regale an den Wänden. Aber auf den Regalen stand nicht ein einziges Gefäß, keine Flasche, keine Dose, kein Glas. Unbegreifliche Gegenstände türmten sich dort, einer inneren Logik folgend. Das Feuer im Ofen brannte von selbst, ohne Holz oder Kohle. Einen Moment lang fragte sich Viktor, ob das Feuer vielleicht von Gas genährt wurde.

Aber natürlich gab es dort kein Gas. Nur ein Feuer, das ganz von selbst brannte. Und darüber ein schwarzer, verrußter Kessel mit schartigem Rand. Viktor wurde sogar etwas unbehaglich zumute, denn die Scharten am Kessel erinnerten allzu stark an die Spuren echter Zähne. Ein keineswegs schlecht erhaltener Abdruck eines menschlichen Kiefers fiel als Erstes ins Auge. In seiner natürlichen Größe und mit schiefen, nicht korrigierten Schneidezähnen.

Viktor wuchtete das schwere Regal hoch – war es etwa aus Stein? –, und der Knirps erhob sich auf Gnade und Ungnade.

»Danke«, sagte er und schien es ziemlich aufrichtig zu meinen. »Du gehörst jedenfalls nicht zu den Schwächlingen. Nimm es mir nicht übel, aber ich habe nichts im Haus, um dich zu bewirten, wie es bei euch üblich ist. Alles ist in die Sache geflossen.«

»Was für eine Sache?«, fragte Viktor scheinbar beiläufig. Der Kessel hing ohne Befestigung in der Luft, der Geruch, der von ihm aufstieg, war ekelhaft und an Essen gar nicht zu denken.

»Nun ja ...«, antwortete der Knirps unwillig. Er strich sich über den Hinterkopf, hustete und strich wieder über den Hinterkopf.

In diesem Moment begann es in der riesigen Truhe, der einzigen, die es in dem Raum gab, schrecklich zu kratzen und zu rumoren. Sind das am Ende Ratten?, fragte sich Viktor.

Der Knirps krümmte sich, wie einer, der starke Zahnschmerzen hat. Er riss den Deckel hoch, steckte die Hände in die Truhe und verschwand bis zur Schulter darin, ächzte und richtete sich einen Augenblick später wieder auf.

Viktor erstarrte.

In der Faust des Knirpses wand sich, mit den kleinen Armen und Beinen strampelnd, ein winziger Mensch, nur wenig größer als ein Taschenmesser. Er trug einen albernen Hut mit breiter Krempe, ein rotes Hemd und braune Hosen.

Sein Gesicht sah aus, als sei es verbrannt, voller Schorf und Narben. Und auf der rechten Hand saß wie ein Handschuh ein Greifarm mit fünf unverhältnismäßig langen krallenartigen Spitzen.

»Entschuldige«, nuschelte der Knirps. Er holte aus und schleuderte das kreischende Wesen geradewegs in den Kessel.

Es platschte, und die glühende Flüssigkeit spritzte Viktor ins Gesicht, er riss die Hand hoch, um sich zu schützen … und in diesem Moment wachte er auf.

Es herrschte Stille. Alles war ruhig. Er befand sich in seinem Zimmer im Hotel oder in der Herberge oder im Gasthof – wie auch immer man es nennen wollte. Seltsamerweise war es noch dunkel. Im Nachbarbett schnaufte Tel kaum hörbar. Alles war in Ordnung, alles war gut.

Nur sein Herz hämmerte, und seine Handflächen waren feucht. Sogar jetzt kam ihm sein Traum im Gegensatz zu sonst nicht zusammenhangslos vor. Ein alberner, unwahrscheinlicher Traum – aber bis zuletzt so überzeugend und so real wie zum Beispiel dieses Hotel.

Tja, Radas Cocktail hatte nichts genützt. Von angenehmen Träumen konnte keine Rede sein.

Nachdem er aus einer Welt in eine andere versetzt worden war, nachdem er Wesen gesehen hatte, die ihren Platz im Märchen hatten, nachdem er getötet hatte …, konnte er vermutlich keinen Anspruch auf andere Träume erheben. Höchstens auf eine Schlägerei mit einem schwachsinnigen Scheusal, das einen Freddy Krueger im Miniaturformat in seinem Kessel kochte …

Viktor wälzte sich im Bett herum, er wollte es nicht zu bequem haben, denn er hatte nach diesem Alptraum kein Bedürfnis, noch einmal einzuschlafen.

Aber der Schlaf kam trotzdem, denn Viktor war einfach zu müde. Er brachte keine Träume mit sich, weder schöne noch schreckliche.

Und das war gut so.

Bis zur Versammlung des Rates blieb nicht mehr viel Zeit übrig. Ritor saß in seiner Wohnung, im dritten Stockwerk der Schule, in einem spartanisch eingerichteten, geräumigen Zimmer. Nur ein schmales hartes Bett, ein Waschtisch und ein kleiner Schrank standen darin – das war alles, was man zum Leben brauchte. Den übrigen Platz nahmen ein gewaltiger Schreibtisch sowie große Regale ein, die sich entlang der Wände bis unter die Decke zogen und mit Büchern vollgestellt waren.

Die Tür hatte sich eben erst wieder hinter Taniels Mutter geschlossen.

Ritor presste die Handfläche auf die Stirn und strich sich dann übers Gesicht. Was hätte er der Unglücklichen sagen können? Was antworten auf ihre wütende Raserei, ihre Anschuldigungen? Unterm Strich gab es nichts zu sagen.

Und deshalb hatte er geschwiegen. Gut, dass sein Bruder nicht gekommen war. Das hieß, er gab ihm nicht die Schuld. Das hieß, er konnte ihm verzeihen. Oder hatte er Angst, dass der Zorn mit ihm durchging? Lieber nicht darüber nachdenken …

Gleich würde der Rat zusammentreten. Für den Krieg stimmen.

Um Torns Kopf auf einem Pfahl aufzuspießen, damit jeder ihn sehen konnte. Um die Erinnerung an den Clan des Wassers vom Antlitz der Erde zu tilgen. Waren sie so stark? Wie auch immer … Getreu dem Motto: Unsere Sache ist richtig, der Feind wird vernichtet, der Sieg ist unser!

Sie umzustimmen würde unmöglich sein. Selbst die Besten unter ihnen. Also musste er einen Weg suchen, um ihren Zorn umzuleiten. Auf den Drachentöter. Und danach konnte er sich Gedanken machen, wie man den Krieg »seltsam« machte … bis zu dem Moment, wenn aus den drückenden, dampfenden Nebeln des südlichen Meeres die adlerköpfige Flotte der Angeborenen auftauchte.

Na und? In dieser Situation war eine kleine Lüge verzeihlich. Ich muss den Clan des Wassers schützen, damit er sich mit uns gegen den Feind stellen kann, dachte Ritor. Torn könnte … hm … plötzlich verschwinden. Und dann bricht die Zeit des Drachen an. Der Magier der Luft erzitterte unwillkürlich.

In der Nähe läutete ein Glöckchen. Ganz leise, aber eine dienstfertige Brise sorgte dafür, dass der Klang weitergetragen wurde. Ritor erhob sich entschlossen.

Der Rat begann.

Er verließ sein Zimmer, ohne sich die Mühe zu machen abzuschließen, denn keiner würde es wagen, bei ihm einzudringen. Er trat auf die Galerie hinaus, die alle Räume der Schule miteinander verband. Natürlich war für heute kein Unterricht vorgesehen, dennoch waren die Schüler noch nicht auseinandergegangen. Dem großen Saal, in dem der Rat stattfand, kamen sie nicht zu nahe, um keinen Verweis oder gar eine Ohrfeige von unsichtbarer Windeshand zu riskieren – die Magier machten unter Umständen kurzen Prozess. Und dennoch trieben sich im Hof Jungs herum, solche, die noch kaum die Luft spüren konnten, sie taten, als ob sie spielten und blickten doch immer wieder zur Kuppel des großen Saals hinauf. Und im Klassenzimmer mit den ein für alle Mal geöffneten, großen Fenstern, durch die der Wind hindurchpfiff, saßen die älteren Schüler …

scheinbar in die Lektüre vertieft. In der Nähe des Saals begegnete Ritor einem der talentiertesten älteren Schüler, der sich gerade auf die große Prüfung vorbereitete, um den Umhang des Luftmagiers zu erhalten; mit verdächtigem Eifer putzte er den bereits sauberen Boden. Die Aura des Jungen war beinahe undurchdringlich … aber nicht für Ritor. Trotz der ernsten Angelegenheit, die bevorstand, musste der Magier lächeln.

Und wenn schon. So war es schon immer, und so würde es immer sein: Die Schüler überschätzten ihre Kräfte und versuchten zu lauschen, ihren Lehrern etwas abzuschauen. Er war genauso gewesen. Und wenn es dem Jungen wirklich gelingen sollte, dann bedeutete das auch, dass er das Recht hatte, die Entscheidung der Magier zu kennen.

»Seltsam«, bemerkte Ritor gutmütig, »früher habe ich nie ältere Schüler beim Wischen gesehen.«

»Ich hatte das Gefühl, dass es nicht fair ist, immer nur die Jüngeren zum Putzen abzukommandieren.«

»Was für ein weise Idee.« Ritor nickte. »Ich gestatte dir, bis zum Tag deiner Prüfung täglich hier zu putzen.«

Der Junge blickte bekümmert auf den Lappen in seiner Hand, während Ritor weiterging.

Sie hatten bereits einen magischen Schutzwall errichtet, und er war so stark, dass Ritor nicht mehr nachbessern musste. Der runde Saal, in dem sich fast dreißig Leute versammelt hatten, war entlang der Wände von einem Kokon aus Winden umgeben. Es stand nichts Überflüssiges herum, nur Korbstühle und in ihrer Mitte ein Korbtisch mit einigen Büchern darauf, für den Fall, dass einen von ihnen das Gedächtnis im Stich ließ und sie gezwungen wären, in den alten Lehren, in den zwar nutzlosen, aber hoch geachteten Weisheiten der Jahrhunderte, nachzuforschen. Die Luft im

Saal war angenehm trocken, aber unter diesen Umständen war das unbedingt notwendig. Selbstverständlich gab es kein Feuer – wozu auch, die Kuppel war geöffnet, und Sonnenlicht flutete in den Raum. Es herrschte nahezu sterile Sauberkeit, kein Staub, kein Körnchen Erde lag auf dem Boden.

Geheimhaltung. Vielleicht übertrieben, aber vielleicht auch unzulänglich. Auf jeden Fall war es besser, sie zu wahren.

Alle Blicke waren auf Ritor gerichtet. Der Magier hob die Hand und begrüßte seine Gefährten. Ein Kampf stand bevor. Ein gutartiger Kampf unter Freunden, die das Gleiche wollten, aber verschiedene Taktiken verfolgten. Die schwerste Form des Kampfes.

»Wer hält mich für einen Feigling?«, fragte Ritor. Er wartete, bis sich die Stille gesetzt hatte, und schritt gemächlich zur Mitte des Saals. Prüfend ließ er den Blick über die Magier des Clans schweifen und überlegte wie schon unzählige Male zuvor, wer von ihnen gleich zustimmen, wer sich überzeugen lassen und wer bis zuletzt an seiner Auffassung festhalten würde. »Dann werde ich jetzt etwas sagen, was nicht allen gefallen wird. Den Feind kann man auf verschiedene Weise besiegen. Man kann ihn vernichten. Wenn die Kräfte ausreichen …«

Ein leises, unzufriedenes Gemurmel war zu vernehmen. Aber niemand erhob Einwände; unter den hier Versammelten gab es keine Dummköpfe und Wahnsinnigen.

»Oder man erkennt die Absichten des Feindes – und macht diese zunichte.«

»Bist du sicher, dass du ihre Absichten erkannt hast?«, erklang eine leise Stimme, die Ritor erschaudern ließ. Kan, der Unglückliche, der zwar nie ein guter Magier geworden war, aber im Ruf des besten Giftmischers des Clans stand, blickte ihm in die Augen.

»Ja, Bruder«, sagte Ritor leise. »Ja, das bin ich.«

»Das heißt, mein Sohn bleibt nicht ungerächt?«

Ritor nickte nur.

Er hatte nicht den Mut, dieses Versprechen laut zu geben, denn er wusste nicht, ob er es halten konnte.

Viktor öffnete die Augen, als der morgendliche Friede von zornigen Schreien zerrissen wurde. Draußen herrschte ziemlicher Lärm.

»Deine Hände sollen austrocknen! Soll dich ein Stromschlag treffen! Ach, wenn dich doch ein verrückter Magier in eine stinkende Kröte verwandeln würde!«

Die verschnörkelten Verwünschungen beraubten Viktor der Gelegenheit, sich wenigstens unmittelbar nach dem Aufwachen, noch ehe er die Augen geöffnet hatte, für ein paar Minuten wie zu Hause zu fühlen. Nein. Er war noch immer hier, in dieser verrückten Mittelwelt, wo des Nachts Tote umherwandelten, die seit Jahrhunderten keinen Frieden fanden, wo die Straßen elektrisch beleuchtet waren und in den Hotels Elfen als Nachtwächter arbeiteten. In dieser Welt, die sowohl ein Zaubermärchen als auch ein realer Alptraum sein könnte …

Ihr Zimmer war gemütlich, aber nicht groß. Es war sicher nicht das beste Zimmer des Hotels, wie der rothaarige Jüngling gestern Abend versprochen hatte. Viktor blickte auf das Bett an der gegenüberliegenden Wand – es war leer. Der Überwurf war ordentlich übergelegt, und hinter der Badezimmertür war es still. Viktor war beinahe froh, dass Tel verschwunden war. Er stand auf und warf einen Blick zum Fenster hinaus, ehe er sich anzog.

»Wer schärft so ein Schwert? Ich frage dich, wer?«

Im Hinterhof des Hotels, wo ein kleiner Garten angelegt war, stand die junge Wirtin des Restaurants und keifte auf einen älteren Mann ein, der, wenn nicht ihr Großvater, so doch mindestens ihr Vater hätte sein können. Der aber dachte gar nicht daran, sich zu rechtfertigen; als müsste er seine Schuld eingestehen.

»Das soll ein Schwert sein? Das ist ein Tafelmesser!« Rada hob die Klinge von eindrucksvollem Ausmaß etwas über den Kopf und hielt sie dem Mann direkt unter die Nase. »Schau her …«

Ohne jede Anstrengung wirbelte sie das Schwert herum und hieb einen Ast von einem ganz und gar unschuldigen Baum ab. Einen Ast so dick wie ein Arm …

»Und?« Rada stieß die Klinge in die Erde, hob den Ast vom Boden und wies auf die Schnittstelle. »Das soll ein Elfenschliff sein?«

»Nein …«, bekannte der Mann unerwartet und rieb sich nervös die Hände an seiner Lederhose ab. »Euer Gnaden …«

»Ich bin nicht Euer Gnaden!«

»Herrin, der Teufel hat es verwechselt … ich bringe es wieder in Ordnung …«

»Wie willst du das in Ordnung bringen? Willst du die Klinge endgültig ruinieren? Hast du dein Gedächtnis versoffen, dass du einen Elfenschliff mit einem schrägen Pendelschliff verwechselst? Ach, soll dich doch die Dampflok überfahren!«

Viktor erschauderte. Und in diesem Augenblick, wie um Radas Worte zu bekräftigen, erklang ein langgezogenes, durchdringendes Pfeifen.

Wie gelähmt hob Viktor den Blick und sah in der Ferne, hinter dem Zaun, der den kleinen Garten begrenzte, hinter kleinen Häusern und einem niedrigen länglichen Gebäude, das ihn an ... einen Bahnhof erinnerte, im Sonnenlicht die stählernen Bänder der Gleise glänzen.

»O Gott ...«, stöhnte Viktor; und da ihm jeder Glaube fehlte, legte er in diesen Ausruf seinen ganzen Vorrat an Verwunderung für diesen Tag.

Ein Zug jagte die Gleise entlang. Vorneweg eine gewaltige, wundersam unsinnige Dampflok mit einem riesenhaften Kessel aus poliertem Kupfer, in dem sich die aufgehende Sonne spiegelte; aus den vier Schornsteinen hinter dem Kessel stiegen schwarze Rauchwolken; auf die Lok folgten drei offene Plattformwagen, auf denen Hügel von Kohle aufgehäuft waren, sowie fünf oder sechs lange, hölzerne Waggons, jeder in einer anderen Farbe angestrichen.

Der Zug gab noch ein weiteres gellendes Pfeifen von sich, dann verlangsamte er allmählich seine Fahrt. Der Rauch, der den Schornsteinen entwich, wurde währenddessen immer dichter.

»Die Route ...«, sagte Viktor. »Die Route? Tel!«

Er drehte sich um, aber Tel war natürlich auch jetzt nicht im Zimmer.

»Guten Morgen«, rief ihm Rada von unten zu.

Viktor beugte sich bis zur Taille aus dem Fenster. »Guten Morgen! Rada, was ist das?«

Der Mann neben ihr zog das missratene Schwert aus der Erde und sah mit niedergeschlagenem Blick auf die Schneide.

»Was?«

»Nun ...« Er zögerte. »Der Zug ...«

»Der Zug. Ist ein Zug.« Rada lachte. »Kommen Sie runter, ich habe Ihnen doch einen Sprudelnden Tag versprochen.«

»Danke.«

Viktor hielt es für angebracht, sich aus dem Fenster zurückzuziehen, ehe die junge Frau ihn endgültig für einen Idioten hielt. Oder war es schon zu spät?

»Nein, Tel, jetzt reicht's«, brummte er, während er sich anzog. Er ging ins Bad, das sehr anständig aussah, mit einem … hm … normalen Waschbecken und einer Badewanne. Es gab sogar fließend heißes Wasser, das allerdings etwas rostig aus der Leitung kam, aber das kannte er auch von zu Hause. Von der Welt auf der Anderen Seite.

Entschlossen ging Viktor zur Tür. Sie hatte ihren Spaß gehabt – es reichte. Gut, er glaubte an alles, er nahm alles als gegeben hin, er würde sich nicht aufregen. Aber jetzt war es an der Zeit, von hier wegzukommen. Dieser Ort hier war ruhig und friedlich, das Mädchen würde nicht verloren gehen … ha, so eine wie sie würde nirgendwo verlorengehen. Weder nachts auf Moskaus Straßen noch hinter der Grauen Grenze.

Er schloss die Tür und lief die Treppe hinunter. Der rothaarige junge Mann saß nicht an dem Tisch, wohl aber der Elf.

»Mein Teuerster, könnten Sie mir wohl sagen, wohin meine junge Weggefährtin gegangen ist?« Viktor konnte sich den unerträglich falschen, pseudomittelalterlichen Ton einfach nicht verkneifen. »Oder wäre es Ihnen vielleicht sogar möglich, sie zu holen?«

Der Elf maß ihn mit seinen honiggelben Augen und antwortete melodisch: »Selbstverständlich nicht … mein Teuerster.«

»Und warum nicht?«

»Kommen Sie zu mir.«

Ohne den Blick von dem Bogen auf dem Tisch abzuwenden, ging Viktor auf den Wächter zu. Und erstarrte, während ihm die Röte ins Gesicht stieg.

Der Elf, der vor ihm am Tisch saß, hatte keine Füße. Seine Hose aus grüner Seide endete knapp unter den Knien.

»Es wäre sehr beschwerlich für mich, Ihre junge Weggefährtin zu holen«, fuhr der Elf fort. »Sie hat das Hotel vor zwanzig Minuten verlassen.«

»Verzeihen Sie …«, flüsterte Viktor.

»Bevor sie wegging, hat sie den Schlüssel abgegeben«, erklärte der Elf, ohne auf die Entschuldigung einzugehen. »Sie sagte, sie wolle mit dem Morgenzug abreisen. Ich nehme an, dass es mir um nichts in der Welt gelingen würde, sie noch zu erreichen.«

Die Stille wurde durch ein zweifaches Pfeifen durchbrochen. Der Elf runzelte die Stirn, als wäre ihm das Geräusch, selbst durch die Mauern gedämpft, unaussprechlich zuwider. »Und nun, so vermute ich, würden auch Sie das Mädchen nicht einholen können.«

Es vergingen einige Sekunden, ehe Viktor begriff, was passiert war.

»Tel ist mit dem Zug abgereist?«

»Wenn Ihre Weggefährtin Tel heißt, ja. Natürlich könnte sie es sich auch anders überlegt haben.« Der Elf stützte sein Kinn auf seine schmalen Finger. »Aber ich hatte den Eindruck, dass ihren Worten stets Taten folgen.«

Viktor ging wie betäubt zur Tür.

»An Ihrer Stelle würde ich frühstücken«, rief ihm der Elf hinterher. »Ich würde mich mit einem Krug Ale zehn Minuten in Ruhe hinsetzen. Und erst dann würde ich zur Tat schreiten. Übrigens, für den Fall, dass Sie meinem Rat folgen, könnten Sie Rada bitten, mir ebenfalls ein Frühstück zu bringen?«

»Ich … werde es ihr … sagen.« Viktor blickte dem Elf ins Gesicht. Sein Ausdruck war nicht verächtlich und auch nicht spöttisch, nur fremd. »Wie heißen Sie? Dersi?«

»Für die Menschen … ja.«

»Dersi, ich hatte gestern Nacht den Eindruck, dass Ihr Kollege das Mädchen erkannt hat …«

»Fragen Sie ihn selbst.«

»Hat er seine Vermutungen nicht mit Ihnen geteilt?«, fragte Viktor vorsichtig.

Das Gesicht des Elfen veränderte sich eine Spur, und Viktor begriff, dass er den Nagel auf den Kopf getroffen hatte.

»Fragen Sie ihn selbst. Der Rote kommt zum Mittagessen. Ich will mich nicht in die Angelegenheiten der Menschen einmischen.«

»Danke.« Viktor gab es auf. »Ich werde Ihrem Rat folgen.«

6

Im Tageslicht büßte das Restaurant einiges an Intimität ein, dafür wurden neue Einzelheiten des Interieurs sichtbar. Alte Schwerter und Speere waren an den Wänden zwischen den Fenstern befestigt. Einige durchlöcherte Waffenschilde hingen unter der Decke. Allerdings waren nun auch die Rußflecken auf den Kerzenleuchtern zu erkennen ebenso wie die Abdrücke auf der Zwischenwand zwischen Tür und Bar – als hätte jemand sich lange die Zeit damit vertrieben, die Beine gegen die Wand baumeln zu lassen.

Es waren keine neuen Gäste hinzugekommen. Der untersetzte Mann, der am Vorabend mit dem Kopf auf dem Tresen geschlafen hatte, saß an einem Tischchen in der Ecke und verzehrte geräuschvoll sein Frühstück. Rada hockte an der Tür und besah sich noch immer das missratene Schwert.

»Ist es wirklich ruiniert?«, fragte Viktor und setzte sich neben sie. »Dieser Dersi bittet darum, ihm das Frühstück zu bringen.«

Rada atmete tief durch, erhob sich und machte sich etwa eine Minute hinter dem Tresen zu schaffen. Viktor wartete und berührte mit der Fingerspitze vorsichtig die glänzende

Schneide. In seinen Augen war das Schwert scharf wie eine Rasierklinge.

Übrigens, wie rasierte man sich hier eigentlich? Rasierzeug hatte er nicht dabei. Womöglich gab es hier Elektrorasierer? Viktor kicherte dümmlich und zog seine Hand vom Schwert.

Rada kam zurück mit zwei Pokalen, die mit einem öligen schwarzen Gebräu angefüllt waren. Das Getränk schäumte und sprudelte.

»Hier ist ein Sprudelnder Tag«, sagte das Mädchen.

Viktor blicke das Gefäß misstrauisch an und hob es unter die Nase. Die Flüssigkeit roch frisch. Fast wie Ozon.

»Rada, kann man das auch wirklich trinken?«

Das Mädchen nippte schweigend an ihrem Pokal.

Viktor seufzte und nahm einen Schluck.

Es schmeckte wunderbar. Alkohol war praktisch nicht zu spüren. Leicht säuerlich und kühl am Gaumen – nicht nach Pfefferminz, eher wie Eis, obwohl die Flüssigkeit warm zu sein schien.

»Das Schwert ist nicht ruiniert«, bekannte Rada unvermittelt. »Ein schräger Pendelschliff ist ein guter, ehrenwerter Schliff. Aber ich hatte um einen Elfenschliff gebeten!«

»Und da gibt es einen Unterschied?«

»Und was für einen! Ein Elfenschliff ist viel härter. Die Klinge schneidet leicht, aber sie tanzt ein wenig über den Körper und hinterlässt Ritzwunden.«

Viktor fuhr zusammen. Als Arzt zeichnete ihm seine Vorstellungskraft ein nicht eben beruhigendes Bild.

»Das Schwert ist ein Elfenschwert«, fuhr Rada fort. »Deshalb wollte ich, dass es auch entsprechend geschliffen ist.«

»Und ich dachte, du beschäftigst dich nur mit Kochkunst.«

»Ich muss mich um Papas Sammlung kümmern, Waffen dürfen nicht einfach so an der Wand verrotten.« Nachdenklich berührte das Mädchen den Griff. »Papa wollte immer Söhne haben. Und dieses Schwert hat er für mich erworben … nun, im Voraus.« Sie blickte Viktor an und sagte dann ohne jede Überleitung: »Du bist irgendwie komisch.«

Viktor nickte. »Ich weiß.«

»Möchtest du frühstücken?«

»Ja, aber ich habe eine Frage … Rada, weißt du, dass Tel – das Mädchen, mit dem ich gekommen bin – heute Morgen abgereist ist?«

»Ja, das weiß ich.« Rada verstummte und fragte dann mit Anteilnahme: »Habt ihr euch gestritten? Hast du sie mit irgendwas gekränkt?«

Viktor verschluckte sich an seinem Cocktail und fragte dann zurück: »Glaubst du, dass man sie überhaupt kränken kann?«

Rada kniff die Augen zusammen. »Nein … eher nicht. Sie strahlt die Kraft aus. Du bist nicht ihre Liga.« Es war zwar demütigend, das zu hören, aber Viktor erhob keine Einwände.

»Ich will sie einholen.«

»Wozu?«

Ja, warum eigentlich? Würde er den Weg zurück wirklich nicht allein finden? Den Weg zu finden war vermutlich nur eine Kleinigkeit, aber er würde auch über jenen Pfad gehen müssen, der in die Welt auf der Anderen Seite zurückführte.

»Ich muss etwas von ihr wissen.«

Rada trommelte mit den Fingern auf den Tisch und seufzte. »Nein, so läuft das nicht. Erzähl mir alles ganz ehrlich. Und mach dir keine Sorgen, du kannst mir jedes Geheimnis anvertrauen.«

Viktor schüttelte zweifelnd den Kopf.

»Denk nicht, dass ich immer so eine Klatschtante bin. Ich rede gerne über mich. Über Papa. Das Restaurant, über die Schwerter. Aber fremde Geheimnisse gebe ich nie preis.«

»Ich … bin nicht von dieser Welt. Ich bin von der Anderen Seite.«

»Also das habe ich auch so schon begriffen.«

»Was?«

»Du hast dich immer so merkwürdig umgesehen. Alle, die von der Anderen Seite herkommen, sind am Anfang so.«

»Kommen denn viele?«

»Nicht sehr viele. Aber auch nicht wenige. Ein, zwei Neue pro Monat schauen sicher hier vorbei. Einige fahren dann weg, andere bleiben bei uns.«

»Rada! Ich muss mit einem von ihnen reden.«

»Nein. Ich hab dir doch gesagt, fremde Geheimnisse wirst du von mir nicht erfahren. Warum willst du bei den Leuten alte Wunden aufreißen?«

»Aber ich …«

»Verstehst du es wirklich nicht? Es ist kein Unglück geschehen, du gewöhnst dich dran. Und soweit ich weiß, ist bei euch ohnehin fast alles wie bei uns.«

»Wie bei euch? Ganz sicher nicht! Bei uns geistern keine Toten rum.«

»Bist du dir da sicher? Bei uns übrigens auch nicht, sie bleiben hinter der Grauen Grenze.«

»Und die Elfen?«

»Was ist mit ihnen? Gibt es bei euch keine Elfen und Gnome? Dafür gibt es doch bei euch angeblich schwarze und gelbe Menschen.«

Rada ließ Viktor einen Augenblick mit dieser merkwürdigen Analogie zwischen Elfen und Schwarzen allein und verschwand in der offenen Küchentür. Als sie zurückkam, sagte sie: »Gleich gibt es ein Frühstück.«

»Aber Rada ... das ist nicht meine Welt! Drüben war ich Arzt ...«

»Arzt? Das ist ja großartig! Man wird dich in jeder Stadt mit offenen Armen empfangen. Du kannst auch hier bleiben. Wil ist alt geworden, er bringt die Medikamente durcheinander und hat Angst, einen Darmverschluss zu operieren, und sein Schüler ist ein Taugenichts, der sich mit den jungen Elfen eingelassen hat, er wurde in der Heilmittelabteilung ausgebildet ...«

Viktor ruderte mit den Armen. »Halt, Rada, halt! Ich habe ganz und gar nicht vor, hier eine medizinische Laufbahn einzuschlagen.«

»Und was dann?«

Der Mann an dem Tisch in der Ecke rülpste laut, stand auf und ging zum Ausgang. Er war nicht groß, breitschultrig, mit einem groben, faltigen Gesicht und dicken schwarzen Locken, die ihm wild um den Kopf abstanden. Sein Gang war fest und schwer, als wollte er mit jedem Schritt den Fuß in den Boden rammen.

»Danke, schöne Rada.« Er tätschelte dem Mädchen vertraulich die Schulter, blickte Viktor einen Augenblick lang mit dunklen, hervorstechenden Augen an und verließ das Restaurant.

»Das war ...«, begann Rada.

»Ein Gnom«, vollendete Viktor ihren Satz.

»Hast du schon welche getroffen?«

»Nein.«

Viktor machte sich nicht die Mühe, ihr zu erklären, dass er in dem Gnom dieselbe Fremdheit wahrgenommen hatte wie bei dem Elfen. Wenn er seinen Vergleich vom Vortag fortspinnen wollte, so war der Mensch aus Lehm, der Elf aus Wasser und der Gnom aus Stein.

»Ein lustiges Völkchen«, sagte Rada. Zögernd fügte sie hinzu: »Und gefährlich. Sie kennen sich mit Elektrizität aus, sie haben die Dampfkraft begriffen …«

»Benutzt du keine Elektrizität?«

»Natürlich, aber das heißt doch nicht, dass ich sie begreife!«

»Nun, dabei handelt es sich …« Viktor geriet ins Stocken und versuchte die Überbleibsel seines Schulwissens zusammenzukratzen. Elektronen liefen durch die Leitungen? Oder nicht? Dann gab es noch diese Positronen, nein, die hatten damit nichts zu tun.

Was war die Wissenschaft eigentlich für ihn? War sie im Grunde nicht eine Magie der anderen Art? Wenn man ein Kardiogramm nun nicht mit einem elektronischen Gerät, sondern mit dem Geist Napoleons auf einer spiritistischen Sitzung machte oder eine Blutanalyse nicht von einer weiß gekleideten Laborantin vorgenommen würde, sondern von einem Vampirmädchen in schwarzen Fetzen, wenn in den Apotheken anstatt Tabletten gut getrocknete Fledermausflügel und verzauberte Spinnen, die sich als Heilmittel bewährt hatten, verkauft würden? Was würde sich für ihn ändern? Für einen Menschen, der einen Haufen Papier durchsah, den Patienten untersuchte und abtastete und sich dann am Ende auf seine eigenen Hände und sein Skalpell verlassen musste?

»Verdammt«, rief Viktor inbrünstig aus. »Verdammt!«

»Siehst du!« Radas Stimme klang triumphierend. »Du fängst an zu verstehen! So geht es allen!«

Aus der Küche trat eine ältere Frau mit einer reinlichen Schürze und stellte schweigend ein Tablett vor Viktor hin.

»Ich übernehm das schon …« Rada jagte die Alte wieder in die Küche und machte sich daran, Viktor das Essen aufzutischen. »Probier mal die frische Forelle, heute Morgen gefangen. Und sag mir, ob du so was bei euch schon gegessen hast!«

»Na ja, für einen Klumpen Gold hätte ich so was vermutlich auch bei uns bekommen.«

»Also hör mal, hier kostet es zwei Silberlinge, mehr nicht«, beruhigte ihn Rada. »Hat das Mädchen dir das Geld dagelassen?«

Viktor wühlte mechanisch in seinen Taschen. »Ja.«

»Dann ist alles in Ordnung. Mit dem Geld in dem Säckchen, aus dem du gestern Abend bezahlt hast, kannst du gut und gern ein halbes Jahr hier leben. Natürlich nicht, wenn du bei mir essen willst …« Rada lächelte stolz.

»Ich habe noch einen Beutel mit Steinen, fast so wie …«

Rada gab ihm einen Klaps auf die Lippen.

»Still, Doktor!« Ihre Augen waren ernst und hart geworden. »Warum plauderst du das aus? Suchst du den grimmigen Tod? Dies ist eine friedliche Siedlung, hauptsächlich Waldgehöfte. Aber böse Menschen gibt es überall!«

Viktor schwieg verlegen.

»Na gut. Gewöhn dich an alles«, sagte Rada gleichmütig. »Bleib eine Weile hier. Dersi mag keine Beine haben, aber er sorgt im Hotel für Ordnung. Ich garantiere dir, es wird dir gefallen. Wenn du hier bist … dann bedeutet das, dass es dich von der Anderen Seite in die Mittelwelt zog.«

»Rada, wie kann ich Tel einholen?«

»Also wirklich! Wozu brauchst du diese Rotznase?«

In ihren Worten schwang keine Eifersucht mit – Rada empfand für Viktor sicher kaum etwas anderes als eine gewisse Sympathie –, lediglich das ganz normale weibliche Bedürfnis zu gefallen bewegte sie.

»Du hast keine Ahnung, was wir hier für Mädchen haben! Komm heute Abend her, dann siehst du es mit eigenen Augen. Wenn du eine Schwäche für Jüngere hast, wird sich schon eine finden. Und manchmal kommen auch Elfenfrauen aus dem Lager vorbei, die von der freizügigeren Sorte. Wer weiß, am Ende gefällst du ihnen.«

Radas Moralvorstellungen waren offenbar schlicht und schnörkellos ... In der festen Überzeugung, dass sie Viktor nun zum Nachdenken gebracht hatte, erhob sie sich und legte ihm freundschaftlich die Hand auf die Schulter. »Und weißt du was ... nimm dieses Schwert. Ich kann es ja nicht mal mehr ansehen, ohne mich zu ärgern. Aber für einen Neuling wie dich ist es genau richtig, es ist leicht und wird in deinen Händen von selbst zum Leben erwachen. Gib mir einen Silberling dafür, umsonst kann ich es einfach nicht hergeben.«

»Was soll ich damit anfangen?«

»Such dir einen Lehrer, aber einen guten, einen, der Ahnung von seinem Handwerk hat, sonst machen sie dich mit deinem eigenen Schwert kalt. Ein paar Wochen Training, und du kannst dich wenigstens gegen einen dahergelaufenen Banditen zur Wehr setzen. Und viel mehr ist bei dir sowieso nicht drin ... du hast nicht die Statur. Nimm das Schwert, Doktor, ehe ich es mir anders überlege!«

»Danke.« Viktor legte drei silberne Münzen auf den Tisch. Er zögerte, dann legte er noch zwei goldene dazu. »Wie kann ich Tel einholen?«

»Puh!« Rada schlug die Hände über dem Kopf zusammen. »Wenn ich es nicht besser wüsste, würde ich sagen, du liebst sie. Aber ich sehe doch, dass du das nicht tust. Steck dein Gold ein! Wenn du das Mädchen einholen willst, musst du um die Mittagszeit den Donnerpfeil nehmen, er hält hier am Bahnhof, um Wasser zu tanken. Das ist ein teurer Zug, aber dafür auch schnell. Entweder in Luga oder in Rjansk holt er Vier Rauchwolken ein. Wenn deine Tel unterwegs nicht aussteigt, wirst du sie finden. Aber wenn sie aussteigt … nun, die Welt ist groß. Dann soll es nicht sein.«

»Wie spät ist es jetzt?«

Rada schüttelte den Arm, und unter dem Ärmel ihres Kleides wurde eine kleine goldene Uhr sichtbar.

»Es ist Viertel vor zehn. Du hast noch zwei Stunden Zeit, Doktor.«

»Danke!«, rief Viktor ihr hinterher. Auf seiner Uhr war es genauso spät. Düster blickte er auf seinen Teller, auf dem die Forelle kalt wurde.

Wollte er Tel wirklich einholen? Doch nicht, um nach Hause zurückkehren zu können … sie war ja sicher nicht die Einzige, die in der Lage war, ihm dabei zu helfen. Vielleicht, weil eine Frage ihm einfach keine Ruhe ließ, nämlich die, wer er für diese Welt hier eigentlich war. Was ihn so wichtig machte, dass Tel ihn auf der Anderen Seite abgeholt hatte. Wer sie am Übergang hatte hindern wollen.

Eine Gruppe Neuankömmlinge betrat das Restaurant, stand einen Augenblick an der Tür und setzte sich dann leise an den Nachbartisch. Viktor stocherte mit der Gabel im Fisch herum, entweder in der Hoffnung, seinen Appetit anzuregen, oder dem Gericht zumindest das Aussehen zu geben, als ob davon gegessen worden sei. Es war ihm peinlich, eine derart angepriesene Speise unberührt auf dem Tisch stehen zu lassen. Dann blickte er über die Schulter zu den neuen Nachbarn.

Sie waren zu fünft.

Vier junge Männer, der jüngste war noch ein Bürschchen von etwa dreizehn Jahren, der älteste ungefähr fünfundzwanzig. Alle trugen sie Reisekleidung, eine Waffe im Gürtel – Schwerter und Dolche, sogar das Bürschchen. Sie sahen sich sehr ähnlich – vermutlich waren es Brüder.

Und der fünfte war zweifellos ihr Vater. Er war mit einem kurzen Kettenhemd bekleidet und trug anstatt eines Schwertes einen Morgenstern am Gürtel.

Es war jener Räuber, jener Mann, den Viktor in der Nacht zuvor so unüberlegt verschont hatte.

Als die Ratsversammlung vorüber war, fühlte sich Ritor vollkommen entkräftet, ohne auch nur eine Ahnung zu haben, weshalb. Genaugenommen war es nicht so furchtbar anstrengend gewesen, sie hatten seinen Ausführungen zwar nicht sofort zugestimmt, aber doch ziemlich bald. Bei den älteren und erfahrenen Magiern hatte der Verstand schnell Oberhand über die Gefühle gewonnen.

Ein blutiges Gemetzel würde es nicht geben. Der Clan der Luft würde sich nicht auf eine derartig plumpe Provokation einlassen. Die Rechnung würde später beglichen werden, viel später, wenn das Pflänzchen der Rache aufgegangen war und Knospen getrieben hatte. Aber so lange … so lange würden sie sich um das Wesentlichste kümmern: den Drachentöter ausfindig zu machen.

Keiner von ihnen zweifelte daran, dass Torn in dieser Hinsicht die Wahrheit gesagt hatte. Für den Anführer des Wasserclans hätte es schließlich keinen Sinn gemacht, diese ganze Geschichte anzuzetteln, wenn er nicht tatsächlich den Drachentöter gerufen hatte. Schließlich war das sehr viel einfacher, als auf die Ankunft des Drachen zu warten.

Die Drachen kommen erst, wenn ihre Zeit anbricht; aber den, der sie tötet, kann man einfach erschaffen.

Torn hat alles richtig berechnet, dachte Ritor. Die Ankunft des Drachen kann man nur auf eine einzige Weise abwenden, indem man dem Geflügelten Herrscher seinen Töter gegenüberstellt. Gut möglich, dass der schon über den Pfad gekommen war. Gut möglich, dass er schon hier war, in der Mittelwelt.

Ritor wusste auch, weshalb Torn keine Angst gehabt hatte, ihm das mitzuteilen. Es war fast ebenso schwierig, den Drachentöter zu töten wie den Drachen. Natürlich war es leichter, aber nur … so lange, bis der Drachentöter die Initiationen erhielt. Bis dahin war er nur ein gewöhnlicher Sterblicher. Seine Kraft bahnte sich nur sporadisch einen Weg nach außen. Auch Torn war natürlich klar, dass Ritor nicht untätig dasitzen und zusehen würde, was geschah. Der Clan der Luft musste sich auf die Jagd machen. Es war auch gut möglich, dass Torn darauf zählte, sie bei dieser Jagd abzufangen, sie überrumpeln wollte, indem er den Drachentöter als Köder benutzte. Einmal war ihm das schon gelungen … auf ihrer Seite waren es vier Tote – und was für welche! – und beim Wasserclan im besten Fall ein Verletzter. Ein schlechter Tausch für den Clan der Luft.

Ritor schlug mit der Faust auf die Armlehne. Er saß in seinem Arbeitszimmer neben dem geöffneten Fenster; sein Gehör war – wie immer in den Minuten angespannten Nachdenkens – aufs Äußerste geschärft und fing das alarmierte Flüstern der Schüler im breiten Schulkorridor eine Etage tiefer auf; auch das undeutliche Murmeln der auf dem Platz vor der Schule versammelten Menge vernahm es – sie waren ebenfalls nicht auseinandergegangen, auch nicht nach der Verkündigung des Ratsbeschlusses; der Wind,

Ritors zuverlässiger Helfer, lauschte gehorsam den Wortfetzen und gab sie buchstabengetreu an seinen Meister weiter.

Wenn er doch genauso leicht Torns Gedanken … oder denen des zukünftigen Drachentöters lauschen könnte …

Nach und nach verdüsterte sich Ritors Gesicht. Zum ersten Mal seit vielen Jahren sah er keinen vernünftigen Ausweg. Außer dem einen, dem letzten, der noch übrig war: zu echtem Zauber Zuflucht zu nehmen. Eine Möglichkeit, die jeder Zauberer sich für den äußersten Notfall aufsparte. Nein, denn es gab nichts Leichteres, als einen Magier anhand der von ihm vollbrachten Beschwörungen einzuschätzen. Ach, wenn er doch auf der Hut gewesen wäre, als Torn und die Magier des Wassers den Drachentöter gerufen hatten! Dann wären alle am Leben geblieben, und er müsste sich jetzt nicht den Kopf zerbrechen, wen er anstelle der Klatt-Brüder zum Auskundschaften aussenden könnte …

Aber jetzt war nichts mehr daran zu ändern. Er würde die ganze leicht eingerostete Beobachtungs-, Vorhersage- und Aufklärungsmaschinerie in Gang setzen müssen, deren Netz sich weitläufig über die gewaltige, viele Hundert Meilen umfassende Ebene erstreckte, über die Lehensbesitzungen und die abgabenpflichtigen Ländereien der anderen Clans und auch ihres eigenen … Der Mensch, vermutlich von der Anderen Seite, konnte überall auftauchen. Er konnte sogar schon gestorben sein, etwa, wenn es ihn an die Graue Grenze verschlagen hatte. Er konnte von Räubern umgebracht worden sein, solchen, die es auf strapazierfähige Schuhe oder eine haltbare Jacke abgesehen hatten. Oder er war im Duell mit irgendeinem fahrenden Elfen oder einem Hagestolz vom Clan der Panther umgekommen; es war bekannt, dass die Panther aus jedem x-beliebigen Grunde Streit vom Zaun brachen. Er konnte auch in einem der schrecklichen, bodenlosen Wasserlöcher unweit der Grauen Grenze ertrunken sein – nicht einmal Ritor verstand voll und ganz, was für Kräfte sich in jenen Ländern eingenistet hatten. Alles Mögliche konnte ihm zustoßen … vielleicht würde er seinen Führer verlieren.

Dennoch wäre es zu riskant, auf so einen Zufall zu hoffen. Torn hatte dem Drachentöter wahrscheinlich seine besten Leute entgegengeschickt. Ritor musste davon ausgehen, dass der Mann schon die ersten Initiationen durchlaufen hatte. Das würde die Suche nach ihm kaum erleichtern, es sei denn, dieser würde aus lauter Dummheit seine frisch erworbene Kraft gebrauchen. Aber es war immer besser, die Möglichkeiten des Feindes zu überschätzen.

Was sollte er also tun? Den Aufklärern eine Nachricht schicken, damit diese ihre Trüppchen in die verschiedenen Winkel des Landes aussendeten, oder zur Magie greifen? Der erste Weg gefiel Ritor deutlich besser als der zweite … allerdings war dafür womöglich keine Zeit mehr. Wenn der Drachentöter erst einmal auf seine Aufgabe vorbereitet wäre, kostete seine Vernichtung den Clan der Luft unvorstellbar viel Blut. Dagegen würden alle bisherigen Verluste bedeutungslos erscheinen.

Er durfte nicht mehr warten. Der Drache konnte jeden Augenblick kommen … nicht umsonst schmerzte Ritors Herz jede Nacht, nicht umsonst zogen verworrene feurige Bilder vor seinen Augen vorbei … und die Vergangenheit wurde wieder lebendig. Ritor, der Bezwinger des Letzten Drachen, spürte mit seinem ganzen Wesen: Der Augenblick der Wiedergeburt war nahe. Man hätte dem Drachen dabei helfen können – schließlich hatte Ritor nicht umsonst ein

Treffen mit dem Clan des Feuers angestrebt –, und damit, so hatte der Magier der Luft gehofft, hätten sie das blutrünstige Wesen des Drachen milde stimmen können; aber das Schicksal hatte es anders gewollt. Nun denn, auch das würden sie annehmen.

Was hatte sein Bruder gesagt? »Bist du sicher, dass du die Absichten des Feindes erkannt hast?« O ja, er war sich mehr als sicher. Der Drachentöter würde nicht ankommen. Wie traurig es auch war, aber sie würden ihn vernichten müssen. Es war bedauerlich, denn dieser war ja ein völlig unschuldiger Mensch aus einer ganz anderen Welt, aber es ließ sich nicht ändern. Es lebte einmal ein ganz normaler Mensch, ein Menschlein. Vielleicht hier, vielleicht auf der Anderen Seite, vielleicht sogar bei den Angeborenen, wenn bei ihnen überhaupt Menschen lebten. Eines Tages geschah etwas, ein geheimer Mechanismus der Seele schnappte zu, die Fäden der Großen Kraft erbebten, diese Fäden durchdrangen die Welten und verbanden sie miteinander. Irgendwo wurde ein Drache geboren, und irgendwo erschien der Drachentöter. Und machte sich auf den Weg …

Es war immer die gleiche Rechnung. Das Leben eines Einzelnen oder das Leben Unzähliger, einschließlich jenes ersten Opfers. Es war schändlich, aber nicht zu ändern. Sein Gewissen war schon an derartige Geschäfte gewöhnt. Anders würden die Clans, die es ans Warme Ufer verschlagen hatte, kaum überleben. Nicht einmal hier in der Mittelwelt.

Ritor erhob sich entschlossen. Jetzt wusste er, was zu tun war. Die Abkommen waren gebrochen, Schwerter und Säbel geschärft, die Werber zogen durch die Siedlungen, bisher noch großzügig und rechtschaffen, ohne im Rausch zu überreden, lockten sie die Jünglinge mit dem Klang der

Münzen und dem Glänzen der Rüstung … Es gab kein Zurück.

Ritor verließ sein Zimmer. Der Korridor war leer, nicht einer würde sich in seine Nähe wagen, solange er in angespanntes Nachdenken versunken war … das heißt, siehe da, trotz allem hatte sich einer erdreistet. Der Maître spürte ein leichtes Schwanken des magischen Windes an seinen Schläfen und musste unwillkürlich lächeln. So ein Lausebengel. Aus ihm würde mal was werden – mit der Zeit …

Der Junge scheuerte noch immer mit demselben Eifer den Boden, der bereits spiegelblank glänzte. Als Ritor näher kam, blickten ihm zwei vorgeblich naive Augen entgegen. Ja, Maître, sehen Sie, im Schweiße meines Angesichts erfülle ich meine Aufgabe …

»Hast du tatsächlich die Absicht, dieser Beschäftigung bis zur Prüfung nachzugehen?«, fragte Ritor streng.

»Wie Sie es mir aufgetragen haben, Maître.« Der Junge verneigte sich ehrfürchtig, tief in seinen Augen glomm ein ungezügelter Funke. Er musste für seine Lauscherei mit einer sehr viel härteren Strafe als einfachem Bodenscheuern rechnen, aber trotzdem glomm dieser Funke.

»Wie ich es aufgetragen habe«, wiederholte Ritor. »Nun steh schon auf … Asmund, nicht wahr? Asmund, Sohn des …«

»Claude des Schuhmachers, Maître«, antwortete der Junge respektvoll, während er eilig, aber erfolglos versuchte, seinen unbändigen Locken ein angemessenes Aussehen zu verleihen.

»Ja, richtig.« Ritor nickte. »Also, Asmund, Sohn des Claude und der Brunhilde, nun sage mir – und sprich die Wahrheit: Was hast du gehört?«

Ritors Wall war absolut. Er war neugierig, wie viele Schichten zu durchbrechen dem Kleinen gelungen war.

Asmund wurde dunkelrot bis über die Ohren. Er war hellhäutig wie seine nordische Mutter. In dem Jungen mischte sich das dicke norwegische Blut mit südfranzösischem.

»Entschuldigen Sie, Maître ...« Seine Augen nahmen nun einen aufrichtigen, schuldbewussten Ausdruck an. »Ich ... ich habe gehört ... dass Sie den Drachentöter mit Zauberei ausfindig machen wollen.«

Ritor spürte, wie der Boden unter seinen Füßen nachgab.

»Ich ... ich bin Ihnen so dankbar, Maître«, fuhr der Junge inzwischen fort und blickte den Zauberer voller Verehrung an. »Ich verstehe ... das war eine Prüfung ... ich sollte beweisen, dass ich den Wall zu durchbrechen vermag. Ich dachte, dass Sie wahrscheinlich beschlossen haben, mich mitzunehmen ... schließlich soll ja ein Junge bei dem Feldzug dabei sein ... und ich bin nicht schlechter als Taniel ... und nun haben Sie mich geprüft. Ich habe mich sehr angestrengt, Maître. Sagen Sie mir, Maître, ich habe sie doch bestanden, oder?« Und sein leuchtender Blick war fest auf den geliebten Lehrer gerichtet.

Natürlich, dachte Ritor, der Junge kann sich gar nicht vorstellen, dass er die Kraft hat, meinen Wall wider mein Wissen zu durchbrechen. Asmund musste ja denken, dass er geprüft wird. Dieser Teufelskerl ist wirklich begabt. Wer hätte das geglaubt ... Verärgert über sich selbst, schüttelte Ritor den Kopf. Wie konnte ihm so ein Talent entgehen? Wie konnte er das übersehen? Aus Asmund würde einmal ein großer Zauberer werden. Und er musste sich dringend um seinen Schutzwall kümmern ...

Schnell, mit einer einzigen Berührung erforschte er den Jungen. Nein, im Moment wirkte dieser keinen Zauber.

»Nun denn, komm mit.« Ritor bedeutete Asmund, ihm zu folgen. »Du hast Recht, diese Prüfung hast du zufriedenstellend bestanden ... beinahe gut.«

Der Junge biss sich vor Ärger auf die Lippen.

»Damit du dich davon überzeugen kannst«, fuhr der Zauberer unerschütterlich fort, »wirst du mir nun Schritt für Schritt demonstrieren, wie du meinen Wall durchbrochen hast. Und ich werde dir erklären, wo man leichter und schneller vorgehen könnte.«

Ritor hoffte aufrichtig, dass er überhaupt Ratschläge und Erklärungen für den Jungen haben würde. Nun ja, alles Talent in Ehren, aber die Erfahrung war schließlich auch etwas wert ...

Die anderen Angelegenheiten würden warten müssen. Wenn dieser kleine Teufelskerl so viel vermochte, wo war die Garantie, dass Torn nicht genau dasselbe gelang? Außerdem musste er die Kräfte des Jungen ganz genau ausloten, bis in den hintersten Winkel – denn vielleicht wäre dessen naive Annahme am Ende gerechtfertigt.

Zu seiner Truppe sollte tatsächlich ein junger Zauberer gehören, einer mit ungetrübtem, skeptischem Blick.

Obwohl es genaugenommen nicht nur um dessen ungetrübten Blick ging, aber davon brauchte der Junge erst einmal nichts zu wissen ...

»Das ist Wahnsinn, Ritor«, sagte der ältere Roj entschieden.

»Zumindest unvernünftig, Ritor.« Rojs jüngerer Bruder Gaj schüttelte den Kopf.

»So etwas hätte ich nicht von unserem vorsichtigen und vorausschauenden Maître erwartet.« Solli breitete verwundert die Arme aus.

»Tausend Teufel und eine Hafendirne, also mir gefällt der Vorschlag!« Sandra hieb mit der Faust auf den Tisch, mit hochgezogenen Brauen blickte sie in die versammelte Runde. Gerüchten zufolge – die Wahrheit kannte nicht einmal Ritor – war Sandra in ihrem früheren Leben auf der Anderen Seite die rechte Hand eines Piratenkapitäns auf einem Piratenschiff gewesen. Sie war korpulent, hatte eine laute Stimme und war äußerst stark. Zu fechten verstand sie wie nur wenige Männer. Auf ihrem Hals prangte eine scheußliche Narbe – wohl von einem Säbel –, auf die sie allem Anschein nach sehr stolz war. Sie trug goldene Ohrringe in der Form von Totenköpfen mit fünfkarätigen Brillanten als Augen. »Ich hasse es, hier so tatenlos herumzusitzen! Lasst uns dieses Monster aufstöbern und erwürgen. Mit unseren eigenen Händen. Los, Ritor, wir haben lange genug die Ruder getrocknet. Refft das Segel, und dann feuern wir volle Breitseite! Auf mich kannst du zählen, auch wenn diese Landratten hier sich vor Angst in die Hose machen.«

An ihre Ausdrucksweise hatten sich alle im Clan längst gewöhnt. Im Laufe einiger Hundert Jahre hatten die Leute aufgehört, sich jedes Mal beleidigt zu fühlen. Ritor fragte sich gelegentlich, ob Sandras üppige Meeresrhetorik und die komplizierten Schimpfwörter nicht nur eine Art Maske darstellten, die Maske einer erschrockenen Frau, die sich plötzlich in einer fremden Welt wiedergefunden hatte. Bestätigt fühlte er sich in diesem Verdacht durch die Tatsache, dass die Meereswölfin Sandra nie auch nur den geringsten Wunsch äußerte, an Bord zu gehen. Womit sie vollkommen Recht hatte, denn auf Schiffen waren Frauen normalerweise nicht willkommen – höchstens … in einer einzigen Rolle.

Aber sie war eine gute Magierin. Für eine Frau geradezu herausragend.

»Sandra! Gib doch bitte dein Enterkommando auf und dreh für einen Augenblick bei, ja?«, erklang die Stimme des vierten Magiers. Er war dunkelhäutig, hatte eine Hakennase und hörte auf den merkwürdigen Namen Boletus Eduljus. Auch er war – genau wie Sandra – von der Anderen Seite gekommen. »Wir haben Ritors Argumenten zugestimmt, als er vorschlug, vorerst keinen Krieg gegen Torn zu führen. Aber diesmal können wir ihm unmöglich zustimmen. Diese Beschwörung würde zu viel Energie erfordern. Ganz abgesehen davon, dass wir nicht mit der einen Stunde unserer größten Kraft auskommen würden, müssten wir fast alle unserer Schutzwälle und Beobachtungsformeln aufgeben und würden selbst für längere Zeit ausfallen. Ich habe keine Angst um mich, aber denk doch mal an Roj und Gaj. Die Kräfte des Clans sind nicht unbegrenzt, Ritor. Zum großen Wind! Das weißt du doch genauso gut wie ich. Der Clan würde praktisch ohne jeden Schutz zurückbleiben. Es wäre ein Kinderspiel für Torn, uns zu vernichten …«

»Na, das sicher nicht!«, bellte Sandra und zog unter ihrem breiten, bunten Gürtel einen mächtigen Enterhaken hervor. Von dieser Waffe trennte sie sich angeblich nicht einmal im Bett, wo sie – Gerüchten zufolge – ein unbändiges Temperament auszeichnete. Obwohl sie schon ein achtbares Alter erreicht hatte, sah Sandra nicht älter als fünfunddreißig aus. »Ehe diese Ausgeburt eines Abortmatrosen und einer syphilitischen Meerjungfrau auch nur …«

»Sandra, Werteste«, sagte Ritor geduldig. »Bitte lass den verehrten Eduljus erst zum Ende kommen …«

»Der kommt doch nur in der Horizontalen zum Ende«, bellte die Zauberin. »Ich weiß schon, was er sagen wird! Er meint, dass Torn unsere Schwerter nicht auf die Probe stellen wird, sondern mit Magie zuschlägt, und wir werden dastehen wie eine Jungfer aus dem Mädchenpensionat, die mit geschlossenen Augen und hochgehobenem Röckchen darauf wartet, dass der Gärtner sie vögelt …!«

Die ehrwürdigen Magier wurden unruhig, einer kicherte.

»Bravo, bravo, Sandra!« Boletus war überhaupt nicht beleidigt und klatschte beifällig in die Hände. »Es gefällt mir, wie du deine Ansichten auf den Punkt bringst. Und im Großen und Ganzen hast du Recht. Genau das wollte ich sagen. Ganz sicher wird Torn die Gelegenheit ergreifen, uns zu überfallen. Ich nehme an, er lässt uns schon jetzt nicht aus den Augen. Sobald wir uns öffnen, wird er uns attackieren. Und zwar unverzüglich. Für ihn ist es gerade jetzt wichtig, dass wir den Drachentöter nicht erreichen, solange dieser noch schwach ist. Ihr mögt mich für einen Feigling halten, aber dieser Plan unseres verehrten Ritor kommt einem Selbstmord gleich. Da ist es schon besser, wir entsenden die Aufklärer. Ja, das wird länger dauern, und ja, ihre Nachrichten sind nicht immer zuverlässig. Aber dafür ist es für den Clan weniger gefährlich.«

Ritor wollte die Hand erheben, aber der hakennasige Zauberer dachte noch nicht daran, zu verstummen.

»Ich bin nicht taub, Ritor, ich habe sehr wohl gehört, was du gesagt hast. Ich weiß, wir könnten zu spät kommen. Das ist wahr. Aber auch der Drachentöter ist nicht sofort zur Stelle, wenn der Drache, wenn der Herrscher die Mittelwelt erreicht. Auch der Drachentöter braucht Zeit, und das nicht zu knapp.«

»Zum Teufel noch mal, dann kannst du dich ja um ihn kümmern, Boletus«, schnaubte Sandra. »Der macht mit links einen doppelten Seemannsknoten aus dir und verfüttert dich an die Krabben.«

Eduljus lächelte verschlagen. »Auf den ersten Blick, meine Unvergleichliche, aber nur auf den ersten Blick. Der Drachentöter ist genauso verwundbar durch Schwerter, Pfeile und Kugeln wie jedes andere sterbliche Wesen auch. Ein ordentlicher Hinterhalt … Ritor! Warum schweigst du? Weißt du etwa nicht mehr, wie es zu deiner Zeit war?«

Boletus hatte Recht. Dennoch …

»Um dem Drachentöter eine solche Falle zu stellen, müssen wir erst wissen, wo er sich befindet«, antwortete Ritor mit unbewegter Stimme. »Er wird alles tun, um uns von seiner Spur abzubringen. Ich hege keinen Zweifel daran, dass Torn sich jetzt ebenso seine Gedanken macht wie wir. Daher wird es fast unmöglich sein, dem Drachentöter eine Falle zu stellen. Höchstens auf der Dracheninsel, aber dann können wir uns ebenso gut gleich selbst ertränken …«

»Wir könnten auch den Drachen beschützen, wenn er kommt«, wandte Solli ein.

Ritor lachte bitter.

»Das wird uns wenig nützen, mein Freund. Der Drachentöter spürt den Drachen besser als eine Maus den Käse. Er wird den Herrscher vor uns aufspüren, ganz gleich, wie sehr wir uns bemühen. Nein, es gibt einfach keinen anderen Ausweg. Ich bin sehr beunruhigt, und ich habe mir angewöhnt, meiner Unruhe zu vertrauen. Was eure Sorge um unseren Schutzwall angeht … nun, die kann ich gut verstehen, aber uns wird ein sehr cleverer Junge zur Seite stehen.«

»Asmund«, lachte Sandra plötzlich.

»Woher weißt du das?« Ritor runzelte die Stirn.

Die Zauberin verschränkte die Arme über ihrem üppigen Busen und senkte aus irgendeinem Grund den Blick. Dann hustete sie verlegen.

»Es gab da so einen Vorfall … zu überprüfen«, erklärte sie vage. »Ach, das ist ein geschicktes Teufelchen!«

Die anderen begannen alle gleichzeitig zu reden. »Ein neuer Magier?« … »Ist er stark?« … »In welchem Stil arbeitet er?«

Nur Boletus' Gesicht verdüsterte sich, und das war verständlich. Asmund gehörte zu seinen Schülern, und das bedeutete, dass ihm ein für den Clan bedeutsames Talent durch die Lappen gegangen war.

»Über Asmund reden wir später«, sagte Ritor entschieden. »Lasst uns jetzt abstimmen.«

»Ich bin dagegen«, sagte Roj eigensinnig.

»Ich auch.« Gaj unterstützte seinen Bruder.

»Ich bin dafür!«, bellte Sandra. »Ihr stinkenden Stinktiere, dass euch alle die Impotenz trifft!«

»Das hat sie schon«, sagte Roj ruhig. »Lass uns nicht darüber reden, Sandra.«

»Entschuldige.« Die Zauberin drehte sich düster zur Seite. »Aber ich bin trotzdem dafür.«

»Ich ebenfalls«, sagte Solli unvermittelt. »Du hast mich überzeugt, Ritor.«

»Also zwei dafür und zwei dagegen«, stellte der Zauberer fest. »Und du, Boletus?«

»Ich enthalte mich«, antwortete dieser nicht ohne Häme. »Ich kann nicht sagen, dass mich dein letztes Argument völlig umgestimmt hat … andererseits lässt es mich auch nicht ganz ungerührt.«

»Drei dafür, zwei dagegen, eine Enthaltung. Die Entscheidung ist gefallen. Roj und Gaj, werdet ihr uns helfen?«

Die beiden unzufriedenen Alten waren schon fast an der Tür, jetzt blieben sie stehen. Gaj sah Ritor mit unverhohlenem Zweifel an.

»Wir schaffen es nicht ohne euch«, sagte das Oberhaupt des Clans eindringlich. »Wer könnte besser die Kräfte verteilen als du, Roj? Und wer könnte sich besser strecken als du, Gaj?«

»Nun ja«, brummte Roj. Es war zu sehen, dass er geschmeichelt war. Selten genug gab der mächtige Ritor zu, dass er etwas nicht allein vermochte. »Hast du also endlich begriffen, dass auch alte Besen kehren ...«

»Das habe ich«, sagte Ritor, ohne zu lächeln. »Ruht euch jetzt aus bis zum Abend, Freunde, und wenn es dunkel wird, bitte ich euch, zu mir zu kommen. Dann werden wir den Plan besprechen. Morgen früh beginnen wir, denn zur Stunde der größten Kraft muss alles bereit sein.«

»Komm her zu mir, Asmund. Du brauchst nicht zu zittern, ich bitte dich. Als du meinen Wall durchbrachst, hast du dich auch nicht gefürchtet. Du musst uns entschuldigen, deine Weihe vollzieht sich ganz und gar unfeierlich. Ich weiß, du hast dir etwas anderes erträumt: dass der ganze Clan auf dem großen Platz versammelt ist und du den Schwur verliest ... Und nun stehen wir hier. Sechs Magier in einem verdunkelten Saal. Aber das macht nichts. Es ist an der Zeit, erwachsen zu werden, Asmund. Manchmal muss das sehr schnell geschehen – sonst erlaubt dir das Schicksal nicht, überhaupt erwachsen zu werden. Der Krieg rückt näher, mein Asmund. Die Väter werden ihre Söhne begraben müssen. Bei Morgenanbruch ziehen wir ins Feld, sobald das Ritual vollzogen ist. Du bist auserkoren, uns zu helfen. Du hast bewiesen, dass du dazu in der Lage bist. Ich habe keine Zeit, andere zu suchen, die würdige Nachfolger für die Klatts, für Schatti und Taniel wären. Ihr Jungen, ihr werdet eure Lehre im Kampf beenden, Asmund. Auch du, trotz deines Talents. Hast du mich verstanden? Gedulde dich, halte aus, ich weiß, es ist schmerzhaft. Den Stempel des Magiers erhält man nicht einfach so, mein Lieber. Was, du schwitzt? Du hast Augen, so sieh mich an. Blinzle nicht. Du darfst nicht blinzeln. Ja, ja, Sandra, ich bin schon still, du hast Recht, man darf dem Jungen nicht vorsagen ... Nun, es ist vorbei. Zieh dich an, Asmund. Komm her, ich helfe dir, das Blut abzuwischen. Stütz dich auf meinen Arm. Komm, wir haben keine Zeit zu verlieren. Die Sonne steht bereits hoch. Kommt, kommt. Wir müssen hinauf zum Spitzzahn der Vier Winde. Bleib nicht zurück, Gaj. Sandra, hilf Roj. Beeilt euch, Freunde, beeilt euch. Der Wind sammelt seine Kräfte. Es ist Zeit, sich an die Arbeit zu machen ...«

Sieben Magier standen an den Händen gefasst im Kreis auf der äußersten Spitze des steilen Felsens. Es war noch lange hin bis zur Stunde ihrer größten Kraft, aber nun lag eine feinfühlige Arbeit vor ihnen – sie würden Windkränze flechten müssen; nur hier auf dem Zahn war das möglich.

Ritor hielt Asmund fest an der Hand. Für alle Fälle, falls der Junge doch die Kontrolle über sich verlieren sollte. Jetzt war der Moment gekommen, in dem die über lange Zeit angesammelte Kraft des Clans freigesetzt werden musste, indem sie sich auf die alte Magie des Kampfes besinnen mussten.

Die Handfläche des Jungen zitterte kaum spürbar, und Ritor bemitleidete ihn unwillkürlich, ungeachtet seiner eigenen Worte. Und er verspürte Scham. Ja, dieser hier hatte

Talent, eindeutig. Und auch der unvoreingenommene Blick der Jugend war kein leeres Gerede.

Aber in Wahrheit war es auch so, dass bei der Arbeit im Kreis der schwerste Schlag den Jüngsten traf. Wie das Wasser immer nach unten fließt, ebenso geht die Kraft immer durch den, der am wenigsten Erfahrung und am meisten Energie hat. So ist es gerecht, denn das, was Roj getötet und selbst Ritor vermutlich aufs Lager geworfen hätte, verwandelte sich für den Jungen nur in einen schweren Traum und unendliche Erschöpfung. Er würde schneller und leichter als sie alle wieder zu sich kommen …

Es wäre nur besser für Asmund, das nicht allzu früh zu erfahren. Nicht, ehe ein jüngerer Magier in ihren Kreis aufgenommen würde. Es war schwer, ja, sehr schwer, zu begreifen, dass deine geliebten Lehrer und gewissermaßen auch deine Kampfgefährten dich über Jahre vor allem als lebendigen Schild geschätzt hatten.

Ritor wusste das aus eigener Erfahrung …

Wahrscheinlich schmeckte die Forelle vorzüglich. Sogar sehr wahrscheinlich – falls Viktor das überhaupt merkte, während er den Fisch ganz langsam in Stücke zerlegte und verzehrte, nur um das Unvermeidliche hinauszuzögern. Aber das Frühstück war für ihn jetzt nur noch eine kurze Schonfrist vor dem Kampf. Genauer gesagt vor dem Tod. Die Familie des Räubers hatte offenbar entschieden, ihn fertig essen zu lassen, aber Viktor hatte keine Chancen, sich dieser fünf zu erwehren.

Wie hatte er sich nur so täuschen können!

»Gnade, Herrscher …«, etwas in der Art hatte dieser Räuber doch geflüstert, oder? Und er hatte nachgegeben, der mitleiderregenden Stimme, dem Äußeren dieses Lumpen, dem eigenen Widerwillen zu töten ... Er hatte ihn laufen lassen. Dabei hätte er ihm die Kehle aufschlitzen müssen. So wie es ihm Großmutter Vera beigebracht hatte.

Viktor knirschte mit den Zähnen. Vor ihm auf dem Tisch lag sein frisch geschliffenes Schwert, er würde es noch zu fassen bekommen. Aber was würde es ihm im Kampf nützen? Ja, wenn es eine Maschinenpistole wäre ... wenn er sich wenigstens noch an den Offizierslehrgang an der Uni erinnern könnte.

»Oh, die Wächter der Grauen Grenze!« Rada trat an den Tisch der Familie. Ihre Stimme klang spöttisch herablassend. »Seltene Gäste! Herzlich willkommen!«

»Bier, Frau Wirtin«, sagte der Räuber heiser, und Viktor erzitterte, als er dessen Stimme vernahm: sie klang gedämpft, alle Gefühle unterdrückend.

»Was für ein Bier?« Rada war die Gastfreundschaft in Person, aber ihr Ton hatte sich leicht verändert. Sie spürte das Unheil ... vielleicht würde sie Dersi rufen ...

Viktor schalt sich selbst dafür, dass er sich um ein Haar auf den Krüppel ohne Beine verlassen hätte. Nein, der Elf würde ihm sicher keine Hilfe sein.

»Irgendeines ... das Billigste ... nein!« Der Räuber hatte es sich anders überlegt und sagte entschieden: »Das Beste, das du hast! Wersker, goldenes Wersker Bier!«

Rada gab einen Laut der Verwunderung von sich und ging.

Viktor aber verstand sofort, warum der Räuber seinen Söhnen das beste Getränk vorsetzen ließ. Damit sie sich an diesen Augenblick erinnerten. Der Mord selbst würde wohl keinen allzu tiefen Eindruck auf die Jungen machen. Aber an den Geschmack des Bieres würden sie sich erinnern, damit würden sie vor ihren Freunden angeben.

Und in ihr Gedächtnis würde sich für immer eingraben, dass ihr Vater keine Demütigung ertrug und seine Feinde nicht ungeschoren ließ!

Eine Welle des Zorns erfasste ihn, eine riesige kochende Welle. Wie unmittelbar nach dem Übergang, als ihn im eisigen Wasser des Sees eine Art Wahnsinn befallen hatte.

Sie wollten also ein Schauspiel aus ihm machen!

Ein Lehrstück für minderjährige Banditen!

Er merkte nicht einmal, wie das Schwert in seine Hand glitt, die Finger eisern den Griff umfassten – leicht, geübt, als wäre er damit vertraut. Der Tisch wackelte vom Stoß seines Körpers, Viktor drehte sich um, schleuderte den Stuhl nach hinten. Mit einem traurigen Klirren zerbrach der Pokal mit einem Rest Sprudelnden Tages auf dem Boden.

»Du!«, brüllte Viktor und streckte die Klinge in Richtung des Räubers aus. Und in seinem Schrei erklang kein Aufruf und keine Drohung, sondern eine Feststellung, ein Versprechen, dass etwas geschehen würde … weit mehr als das, wozu er fähig war.

»Herrscher …« Der Räuber sprang vom Tisch auf und fiel vor Viktor auf die Knie. »Herr, ich bin gekommen … ich habe meine Söhne mitgebracht …«

Noch in der Hitze des frischen Zorns sah Viktor, wie die Jungen sich neben den Vater zu Boden fallen ließen, sich ausstreckten – bereit, den Schlag seines Schwertes zu empfangen. Nur der Jüngste wagte es, den Kopf ein wenig zu heben und ihn anzusehen, aber sein Blick war nicht erfüllt von Hass oder Furcht, sondern von einer eifrigen, begeisterten Neugier.

So hatte Moses vermutlich den brennenden Dornbusch angesehen oder die Apostel den erzürnten Jesus.

»Wie es euch beliebt, Herrscher …«

Viktor schwieg, er wusste nicht, was er mit diesen Leuten anstellen sollte und was eigentlich vor sich ging. Verlangte ein geschenktes Leben in der Mittelwelt tatsächlich nach einer solch hündischen Ergebenheit?

»Wollt ihr das Bier noch?«, fragte Rada hinter dem Tresen hervor. Viktor bemerkte, dass das Mädchen schnell etwas verbarg.

Vielleicht hatte das Schicksal Konam keine Söhne gegönnt, aber seine Tochter war jedenfalls in der Lage, für sich einzustehen.

»Bring ihnen Bier, Rada …«

Viktor trat auf den Räuber zu. »Wie heißt du?«

Der Mann hob den Kopf und blickte ihn an, als könnte er nicht glauben, dass Viktor sich zu einem Gespräch mit ihm herabließ.

»Verzeiht, dass wir Eure Ruhe gestört haben …«

»Wie ist dein Name?«

»Ich bin der Grenzer …«

Vielleicht hatte der Räuber auch einen richtigen Namen außer diesem Spitznamen, aber Viktor war das egal. »Also gut, Grenzer, warum seid ihr gekommen?«

»Um Euch zu dienen, Herrscher.«

»Ich brauche niemandes Dienste!«

»Ja, Herrscher … dann tötet uns, Herr …«

Es wurde nicht einfacher! »Steh auf. Und deine Söhne auch. Trinkt euer Bier, und geht dann in die Eingangshalle. Wartet dort auf mich.« Diese präzisen Anweisungen schienen die richtige Taktik zu sein. Der Grenzer sprang auf, half seinen Söhnen mit Fußtritten auf die Beine, und nach wenigen Augenblicken hatten sie ihre Krüge geleert und verließen das Restaurant.

»Und wer bezahlt ihr Bier?«, fragte Rada. Allerdings erst, als die Familie sich bereits entfernt hatte, denn offensichtlich hatte sie das Gespräch nicht unterbrechen wollen.

»Ich.« Schweigend holte Viktor ein Goldstück aus dem Säckchen. »Rada, wer sind sie?«

»Was für eine Frage! Das wirst du ja wohl besser wissen, Doktor!«

»Bitte glaub mir, Rada, ich habe keine Ahnung.«

»Also wirklich ... das kann ich kaum glauben.« Das Mädchen musterte ihn jetzt mit sehr viel mehr Interesse als zuvor. »Ich weiß auch nicht viel. Entlang der Grauen Grenze gibt es Höfe, jeder besteht aus jeweils zwei, drei Häusern. Es heißt, die Leute dort seien die Nachkommen von Soldaten aus jener Armee vor langer Zeit, deren Tote hinter der Grenze einfach keinen Frieden finden. Es gibt menschliche Gehöfte und solche für Elfen und Gnome. Die Leute dort pflegen mit niemandem Umgang außer mit ihresgleichen. Ganz selten kommen sie in die Dörfer. Es gibt Gerüchte ...«, Rada schwieg einen Augenblick und sah Viktor prüfend an, »dass diese Höfler auf den Wegen um die Grenze herum manchmal Reisende überfallen und ausplündern. Sie haben ihre eigenen Sitten, ihren eigenen Glauben und ihre eigenen Gesetze. Sie nennen sich die Wächter der Grenze. Ein seltsames Volk.«

»Und?«

»Was und? Mehr weiß ich auch nicht.«

»Gibt es hier einen Hinterausgang?«

»Aus dem Restaurant? Willst du Reißaus nehmen?«

»Ja.«

Rada schüttelte den Kopf. »Es gibt einen Ausgang. Aber das wird dir nichts nützen. Hast du ihre Augen nicht gesehen?« Viktor nickte widerwillig. »Das sind Fanatiker. Also, entweder du tötest sie … sie werden sich selbst ans Messer liefern. Oder du nimmst sie an. Solche wie die finden dich auch am Ende der Welt … so wie du deine Tel.« Diese kleine Spitze konnte Rada sich offensichtlich nicht verkneifen.

»Gib mir auch ein Bier, Rada«, bat Viktor mit einem Seufzer.

Mit dem Pokal in der einen Hand und dem Schwert in der anderen trat Viktor in die Halle hinaus. Der Grenzer und seine Söhne standen nah beieinander an der Tür und strafften sich bei seinem Anblick, wie es neue Rekruten vor einem strengen Sergeanten … oder besser noch … einem geliebten Bataillonskommandeur tun.

Der Elf blickte ihn nachdenklich und fremdartig an.

»Dersi …«, Viktor verlor den Faden, weil er nicht wusste, wie er das Gespräch anfangen sollte. »Dein Kollege … der Rothaarige … Wo kann ich ihn finden?«

»Er kommt bald.« Der Elf griff sich ein Blatt Salat von dem Teller und schob es sich in den Mund. Seine Bewegungen waren geziert wie die eines Adeligen auf dem Ball der Königin oder wie eines Rassepferdes, das ein Stück Zucker von einer Handfläche nahm. »Ich vermute, der Rote ist im Begriff, seiner Neigung für das weibliche Geschlecht nachzugehen. Aber wo er genau ist …«

»Ich habe nicht viel Zeit, Dersi. Ich muss den Donnerpfeil erwischen.«

Der Elf schüttelte den Kopf. »Dann werden Sie ihn wohl kaum antreffen.«

Pech auf der ganzen Linie … Mit einem Nicken legte Viktor den Schlüssel auf den Tisch. »Schade. Na dann, ich reise ab.«

»Alles Gute«, sagte der Elf gleichgültig.

Noch einmal versuchte Viktor den Wall seiner Fremdartigkeit zu durchbrechen und fragte: »Dersi, ich habe ... eine persönliche Frage ... dieser Bogen ...« Der Elf warf einen schnellen Blick auf seine Waffe. »Er ist sehr schmal. Der wird doch kaum eine gute Waffe abgeben ...«

»Die Pfeile sind vergiftet«, antwortete der Elf gelassen. »Wir hatten schon immer hervorragende Gifte. Solche gegen die Vögel, andere gegen Tiere und wieder andere gegen Menschen.«

Viktor musste husten, dann drehte er sich um und verließ das Hotel.

So hatten sich die Elfen also ihren Ruf als herausragende Schützen erworben!

Hinter ihm her kamen trappelnd der Grenzer und seine Söhne. Viktor blieb stehen und wandte sich um. Ihre Mienen erhellten sich vor seinen Augen und nahmen einen diensteifrigen und gehorsamen Ausdruck an.

»Ihr seid selbst schuld, ihr habt uns überfallen ...«, begann Viktor.

Nun flackerte Angst in den Augen des Grenzers auf. »Herrscher!«

»Halt! Ich zürne dir nicht. Ich habe dich laufen lassen ...«

»Ja, Herrscher ...«

»Aber du bist mir zu nichts verpflichtet. Verstehst du? Lebe weiter. Hör auf mit dem Plündern und such dir eine anständige Arbeit ...« Er war selbst erstaunt über diese hochtrabende Phrase. Wer war er, der Papst? »Ich brauche deine Dienste nicht!«

Der Räuber schwieg dumpf vor sich hin. Viktor drehte sich um und ging die menschenleere Straße hinunter, hinter sich vernahm er Schritte.

»Wieso hängt ihr euch an mich?« Viktor gestikulierte mit der Hand, ohne daran zu denken, dass er ein Schwert umfasst hielt. Der Grenzer zwinkerte. Er wollte offensichtlich nicht sterben, aber er war bereit, einen Schlag zu empfangen.

Viktor spuckte aufs Pflaster und schritt weiter die Straße entlang, dabei versuchte er nicht länger auf seine schweigende Eskorte zu achten. Er würde sie schon irgendwann abschütteln. Sie würden doch nicht von hier wegwollen. Wenn er erst im Zug saß ... sie würden doch ihre angestammte Heimat nicht verlassen, sich nicht Hals über Kopf ins Unbekannte stürzen!

Ein paarmal begegnete er Leuten auf seinem Weg; sie sahen ganz und gar nicht auffällig aus, und Viktor schenkten sie keine Beachtung. Aber ihre Kleidung war irgendwie anders – nicht unbedingt, was die Stoffart oder die Machart anging. Aber Viktor hatte den Eindruck, als gäbe es keine Standardfarben und -schnitte. Als ob jeder selbst seine Kleider bei einem ordentlichen Schneider in Auftrag gäbe ...

Vielleicht gab es hier ja tatsächlich keine Maschinenproduktion. Aber warum? Es gab eine Eisenbahn, das bedeutete doch, dass es mindestens Dampfmaschinen geben musste. Was wiederum ausreichend wäre, um eine Art Textilindustrie zu schaffen ...

Als er sich bei dieser Art unternehmerischer Neugier ertappte, musste Viktor lachen. Na klar. Ein Yankee am Hofe König Arturs! Er war schließlich nicht der Erste, den es von der Anderen Seite hierher verschlagen hatte. Wenn es hier trotz der grundsätzlichen Gegebenheiten keine Textilindustrie gab, dann hatte das vermutlich ernste Gründe. Es wäre dumm, deswegen in die Fänge der örtlichen Inquisition zu geraten oder womöglich der Zunft der Hosenschneider in die Quere zu kommen … am Ende würden sie ihn einfach an der nächsten Ecke mit vergifteten Nähnadeln erdolchen.

Und zum ersten Mal erfasste ihn der Hauch des ABENTEUERS.

Mit großen Buchstaben geschrieben.

Gestern war er noch wandelndes Frachtgut gewesen, ein Schlappschwanz auf zwei Beinen, der sich mühsam hinter Tel herschleppte, aber heute hatte sich etwas geändert. Vielleicht lag es an dem seltsamen Traum oder an Radas erfrischendem Getränk oder an dem überflüssigen, aber doch angenehmen Begleitschutz hinter ihm, jedenfalls fühlte sich Viktor wie ein Forscher, wie ein begeisterter Museumsbesucher.

Schließlich war er satt, gesund, mit Kleidern und Schuhen versehen. In seinen Taschen trug er ein anständiges Sümmchen Geld bei sich sowie kostbare Steine, die offensichtlich noch mehr wert waren. Vor ihm lag eine merkwürdige, idyllische Welt, wo es Errungenschaften der Zivilisation gab, jedoch nur die guten, und ein Meer unbekannter Dinge und Wesen. Elfen, Gnome und Untote, die man hinter die Graue Grenze abgeschoben hatte. Was es hier wohl noch alles zu erkunden gab?

Hehe! Er war zu allem bereit!

Die Straße war zu Ende und mündete in einen kleinen Bahnhofsvorplatz. In diesem Dorf führten wahrscheinlich alle Wege zum Bahnhof, so wie es in allen kleinen Dörfern in allen Welten üblich ist. In der Mitte des Platzes stand ein Brunnenbecken, ausgetrocknet und voller Abfall, aber trotz alledem nett anzusehen: Zweige, Laub und Bündel getrockneten Grases quollen heraus. Der Brunnen wirkte eher wie der Tempel eines Waldgeistes denn wie ein improvisierter

Abfalleimer. Vor dem Bahnhof, und auch das ist wohl in allen Welten auf der ganzen Erde gleich, reihten sich hölzerne Verkaufstische, hinter denen alte Weiblein auf Kundschaft warteten.

Mit eifriger Neugier strich Viktor die Stände entlang und betrachtete die Waren. Das Fehlen von Schokoriegeln, Einwegwindeln und weiblichen Hygieneartikeln war Balsam für seine Seele.

Die Frauen verfielen bei seinem Anblick keineswegs in Geschäftigkeit und versuchten auch nicht, seine Aufmerksamkeit mit anpreisenden Rufen auf sich zu lenken. Es waren ernste Alte, die ihren Preis kannten und sich nicht um des Handels willen versammelt zu haben schienen, sondern um hier den Tag zu verbringen.

Zunächst sah er nur Lebensmittel: Milch, Sauerrahm, Sahne in feuchten Lehmkrügen, Schichtkäse in Tüchern und Körben, kleine Keramikgefäße mit Honig, dessen Farbe von blauschwarz bis milchig weiß variierte, als ob die Bienen hier wüssten, wie man Kühe melkt. Von seinem Duft lief Viktor die Spucke im Mund zusammen, obwohl er satt war. Der Honig wurde zur Abwechslung von einem Mann angeboten. Er war ein prächtig anzusehender Alter mit einem gewaltigen Bart, einem Haarkranz um seine Glatze und kleinen, schlauen Äuglein. Offenbar hatte er Viktors Reaktion auf seine Ware bemerkt und lächelte zufrieden. Ohne zu verhandeln, erwarb Viktor ein ordentliches Stück Honigwabe für drei Kupfermünzen. Während er weiterschlenderte, saugte er abwechselnd den frischen durchsichtigen Honig aus der Wabe und kaute auf dem geschmeidigen Wachs herum.

Auch seine Eskorte hielt bei dem Imker, und der Grenzer kaufte für jeden seiner Söhne ein Stück Honigwabe. Viktor konnte sich ein Lachen kaum verkneifen. Im Übrigen war es eine gute Idee – die Söhne, besonders die jüngeren, bissen mit offenkundiger Freude in ihre Waben.

Zwei Alte, vermutlich Schwestern, boten alle Arten von Kleidung feil. Viktor ging erst vorbei, dann kehrte er um. Für seine Reise ins Unbekannte war es sinnvoll, sich auszurüsten. Er kaufte Wäsche zum Wechseln und wunderte sich darüber, dass die augenscheinlich handgenähten Unterhosen durchaus einen tragbaren Schnitt aufwiesen und ganz und gar nicht hausbacken wirkten.

»Wie für dich geschnitten, mein Lieber«, sagte die eine fachkundig und blickte Viktor wohlwollend an.

Schlichte Gemüter sind das hier, dachte Viktor.

Im Moment war Viktor genau richtig für das Wetter angezogen. Aber es konnte nicht schaden, an die Zukunft zu denken. Zum Beispiel an Regen. Von Osten her zogen allmählich Wolken auf …

Zwei schwarze Lederjacken lagen auf dem Tisch, aber beide kamen Viktor reichlich klein vor. Und dann diese kupfernen Knöpfe überall, diese Schnürchen und Nieten – in dieser Jacke würde er aussehen wie ein Heavy-Metal-Fan, aber nicht wie ein erwachsener Mann.

»Die sind für Elfen genäht …«, teilte ihm die Alte betrübt mit. »Elfen mögen so was … und dann war da so eine Kleine heute Morgen, die hat ewig rumprobiert und dann doch nichts genommen …«

Viktor fragte gar nicht erst nach, wie besagte Kleine ausgesehen hatte. Auch so war er sich ziemlich sicher, dass es sich um Tel gehandelt hatte.

»Nimm den Mantel!«, riet die andere. Offenbar hatte Viktor in ihren Augen den Status eines echten Kunden erworben. »Der taugt was, ist aus Biberfell.«

Aber Viktor war nicht so verrückt, in einem edlen Mantel aus fein gegerbtem, glänzendem Fell auf Reisen zu gehen. Darin würde er viel zu sehr auffallen.

»Dann nimm eine Scheide; wenn du weiter so mit dem Schwert durch die Gegend gehst, wirst du noch jemanden erschrecken«, ließ die Alte nicht locker.

Und das war nun tatsächlich ein guter Rat. Aus einem dicken Sack unter dem Tisch zog sie geschickt einige Scheiden hervor. Viktor besah sie sich neugierig: Sie waren aus Holz und mit dickem, rauem Leder überzogen. Er maß sein Schwert mit dem Blick und schob es dann in die erstbeste Scheide; es glitt leicht hinein und saß doch fest, als wäre die Hülle extra für seine Waffe angefertigt worden. Sogar die Alte war überrascht und schüttelte den Kopf. »Sieh einer an, da hast du aber die richtige gefunden …«

Viktor hatte das Gefühl, dass sie den Preis, der für eine Scheide ohnehin unverschämt war, gleich noch mal verdoppelte. Aber er bezahlte schweigend und ging weiter. Die Scheide hatte er an seinem Gürtel befestigt, nun baumelte sie ihm zwischen den Beinen – ohne nachzudenken, schob er sie nach hinten; es schien, als ob die Waffe sich an ihren Platz erinnerte.

Die Räuber blieben ebenfalls an dem Kleiderstand stehen. Neugierig beobachtete Viktor sie. Würden sie sich tatsächlich auch Unterhosen kaufen? Aber so weit ging ihre blinde Ergebenheit nun auch wieder nicht. Der Grenzer befühlte die Lederjacke, verzog das Gesicht und rief den Jüngsten zu sich. Er sprach ein paar Worte zu ihm und gab ihm dann einen kleinen Schubs. Der Jüngste stürzte eilig los und verschwand.

Viktor fuhr fort, sich mit dem örtlichen Warenangebot vertraut zu machen. Eine Frau von etwa vierzig Jahren in einem bunten Sarafan und mit grell geschminktem Gesicht bot alkoholische Getränke an. Hauptsächlich standen da Krüge mit dicht schließenden Deckeln, aber es gab auch an die zehn Flaschen. Das Glas war grob und uneben, wie selbstgefertigt … und das war es vermutlich auch. Statt Etiketten waren kleine Stückchen Waschleder aufgeklebt, auf denen mit sorgfältiger Schrift geschrieben stand: »Elfenstark«, »Bärentrunk«, »Bergbalsam«.

Viktor wollte jetzt keine Experimente machen, daher ging er zügig weiter. Vielleicht konnte er auf dem Rückweg ein paar Flaschen … als Überraschung; seine Kumpels würden sich nicht schlecht wundern!

Ganz zum Schluss entdeckte Viktor etwas, mit dem er nie gerechnet hätte. Vor einer stämmigen, kleinen Frau, die dastand wie ein Fels, lag ein schmaler Stoß Zeitungen.

Echte Zeitungen! Richtig gedruckte! Viktor streckte die Hand aus, und die Alte schlug ihm blitzschnell und überraschend stark auf die Finger.

»Erst bezahlen … Ihr Schriftkundigen werdet auch immer mehr …«

Die Stimme der Alten klang rau und guttural. Hinter ihm stieß der Grenzer einen Schrei aus und trat zu ihnen. Viktor drehte sich um und bedeutete ihm mit einem Blick, sich aus dem Staub zu machen, dann sah er die Alte an.

Ein hartes, faltiges Gesicht mit einem Schnurrbart und einer flachen Nase umrahmt von einem Büschel drahtiger Haare.

Ein Gnom, besser gesagt, eine Gnomfrau!

»Wie viel?«

»Ein Goldstück«, sagte sie in einem Ton, der eigentlich nur eines nahelegte, nämlich »Hau ab«.

Viktor stieß innerlich drei Flüche aus, gegen sein Gedöns eines Intellektuellen, gegen die allgemeine Schulbildung und schließlich gegen seine in dreißig Jahren nicht überwundene Liebe zum gedruckten Wort. Aber schließlich würde er doch aus der Zeitung eine Menge nützlicher Informationen über die Mittelwelt erhalten. Oder nicht? Und dass der Preis so hoch war, nun ja … schließlich war Papier hier eine Seltenheit …

Nachdem er gründlich untersucht hatte, welches die kleinste Münze war, legte er sie neben die Zeitungen. Ohne die geringste Verlegenheit biss die Gnomfrau in das Goldstück, um seine Echtheit zu prüfen, erst dann hielt sie ihm eine Zeitung hin. Viktor heftete die Augen gierig auf die erste Seite: *Der Eisenbahner.*

Dieser Zeitungstitel schrie förmlich danach, um das Adjektiv »rot« erweitert zu werden, aber augenblicklich wäre Viktor bereit gewesen, alles zu lesen, was sich ihm bot, vom *Elfenboten* bis hin zum *Abendvampir.* Sein Blick glitt weiter.

Zwar waren alle Artikel in kyrillischer Schrift gesetzt, aber die Buchstaben fügten sich einfach nicht zu sinnvollen Wörtern zusammen. »Kratzer Gootschek« war noch das harmloseste. Aber was sollte man von »lauer erser« oder von »hu du« oder von »sef« und »ab!!!« mit drei Ausrufezeichen halten?

War das die Gnomensprache?

Im ganzen Text waren ihm nur die Präpositionen bekannt … allerdings, wer wusste schon, was ein Gnom unter »über«, »bei« und »auf« verstand.

Aber halt. Jeder Artikel war mit einer kurzen Anmerkung in russischer Sprache versehen, die jeweils in einem schwarzen Rahmen daneben abgedruckt war. »Die Geschichte von Kilometer 1054 der Eisenbahnroute«, »Vergleichende Analyse der Wirtschaftlichkeit von Lastwagen- und

Personentransporten«, »70 Jahre Leben in der Horde – Erinnerungen, Teil 2«, »Neuigkeiten aus den Clans (nicht bestätigt)«.

Viktor blätterte die Zeitung eilig durch – alles in allem gerade mal sechs Seiten. Und es gab selbstverständlich keine Illustrationen oder Fotos. Der Schrifttype nach zu urteilen wurde diese Zeitung auf einer entsetzlich primitiven Vorrichtung gedruckt ... Keine Artikel auf Russisch, lediglich diese lächerlichen Resümees am Rande.

Er sah die Gnomfrau an, die mit hämischer Freude auf seine Reaktion wartete.

»Danke schön«, sagte Viktor. »Ich werde sicher ... eine Verwendung für dieses Papier finden.«

Er faltete die Zeitung mehrmals sorgfältig und stopfte sie in die Tasche seiner Jeans.

Die Gnomfrau wurde dunkelrot, öffnete die Lippen, sagte aber nichts. Die umstehenden Verkäuferinnen, die alles mit angesehen hatten, kicherten los. Stolz auf seinen kleinen Sieg ging Viktor zum Bahnhof.

»Herrscher ...«

Er drehte sich um. Der Junge, den der Grenzer kurz zuvor weggeschickt hatte, stand vor ihm und hielt ihm ein Bündel hin.

»Nehmen Sie, Herrscher ...«

»Ich brauche eure Geschenke nicht«, sagte Viktor müde. »Bring das deinem Vater. Hast du verstanden?«

»Herr, nehmt es, sonst bringt er mich um.«

Alle Achtung, das war keine rhetorische Wendung. In den Augen des Jungen lag Furcht.

»Was ist das?«, lenkte Viktor ein.

»Eine Jacke, Herr. Ihr habt doch eine Jacke für Euch gesucht.«

Viktor rollte schweigend das Bündel auseinander und befühlte den schwarzen Stoff.

Aber war das Stoff?

Das Material glich am ehesten einer Fischhaut. Einer schwarzen Fischhaut, mit Schuppen in der Größe einer Kinderhand. Das Innenfutter bestand aus kurzhaarigem, ebenfalls schwarzem Pelz. Und ganz gleich, wie Viktor zu der unerbetenen, heftigen Liebe des Grenzers stand, die Jacke war einfach großartig. Sie schien Wärme ebenso wie Schutz vor Wind und Regen, ja sogar vor einem verräterischen Schlag zu versprechen.

»Danke«, sagte er schließlich und kämpfte mit der Versuchung, sie sogleich überzuziehen. »Was schulde ich dir?« Der Junge schwieg erschrocken und schüttelte den Kopf.

»Na gut. Danke noch mal. Aber jetzt könnt ihr gehen, verstanden? Sag deinem Vater, dass wir quitt sind, ich bin ihm sehr dankbar und so weiter …«

Ohne auf eine Antwort zu warten, drehte er sich um und betrat eilig den Bahnhof. Er stand in einem kleinen Saal, wo vermutlich der Fahrkartenverkauf stattfand. Jedenfalls gab es dort zwei Schalter, hinter jedem langweilte sich offenkundig eine Frau unbestimmten Alters; auf den hölzernen Bänken schliefen zerknitterte Gestalten – entweder Menschen, die wie Gnome, oder Gnome, die nach Menschen aussahen; unter der Decke schaukelte leicht ein staubiger Lüster vor sich hin.

Entschlossen ging Viktor auf einen der Schalter zu und sagte: »Bitte, eine Fahrkarte für den Donnerpfeil.«

»Wohin?«

Ja, wohin eigentlich?

»Nach … Was ist weiter weg von hier, Luga oder Rjansk?«

»Rjansk«, schnaubte die Frau.

»Dann nach Rjansk.«

»Welche Klasse?«

»Was gibt es denn?«

»Passagierwagen, Schlafwagen, mit eigenem Platz und mit eigenem Abteil.«

Diese Klassifizierung weckte sein Misstrauen. Wenn der Passagierwagen schon keine Schlafmöglichkeit vorsah und der Schlafwagen offensichtlich keinen eigenen Platz ...

»Mit eigenem Abteil.«

Die Frau wühlte in einem Stapel Papiere auf ihrem Tisch herum. Dann nickte sie. »Noch verfügbar. Das macht zwölf Goldstücke.«

Viktor schluckte und öffnete sein Säckchen. Er hatte noch genau elf goldene Münzen. Diese verdammte Gnomfrau mit ihren Zeitungen!

»Geht auch ... Silber?«

»Drei zu eins.«

Viktor hatte eine dunkle Ahnung, dass der reale Wechselkurs von Gold zu Silber in dieser Welt möglicherweise ein anderer war. Aber ... andererseits, wie sollte er streiten, wenn er es nicht genau wusste. Er bezahlte. Danach blieben ihm noch einige Silbermünzen und ganz wenige Kupfermünzen, die der Halbelf offenbar nicht für Geld gehalten hatte.

»Hier, Ihre Fahrkarte.«

Viktor nahm ein Stück Karton aus den Händen der Frau in Empfang, auf dem einige Ziffern vermerkt waren und etwas in der unverständlichen Gnomensprache geschrieben stand.

»Und was muss ich damit tun?«

»Hier steht doch alles!« Die Fahrkartenverkäuferin empörte sich, als hätte sich hinter Viktor bereits eine endlose

Schlange Wartender angesammelt. »Zweiter Waggon. Bis Rjansk. Separates Abteil. Was wollen Sie denn noch?«

Viktor steckte die Fahrkarte in die Hosentasche.

»Und entfernen Sie sich lieber nicht mehr vom Bahnhof, in einer halben Stunde ist es so weit!«, riet ihm die Frau.

Er zog sich in den hintersten Winkel des Saals zurück, wo noch freie Bänke waren, setzte sich und streckte die Beine aus. Er versuchte sich zu entspannen und betrachtete das verblasste Mosaik an der Wand. Das Wandbild stellte eine Art Kampfszene dar – Menschen, Gnome, Elfen, die allesamt Waffen trugen und mit wutverzerrten Gesichtern auf einem offenen Plattformwagen direkt hinter der Dampflok saßen. Aus dem Schornstein wallte Rauch, es blitzten gezückte Schwerter, Pallasche und Säbel, die sorgfältig aus Spiegelstückchen zusammengesetzt waren.

»Doktor …«

Er blickte sich um. Rada stand hinter ihm. Sie sah sehr ernst und konzentriert aus.

»Wir müssen reden. Du steckst in Schwierigkeiten. Großen Schwierigkeiten!«

7

Viktors erste Reaktion war ein Blick zu seinem Gefolge hinüber. Der Gedanke an Unannehmlichkeiten war für ihn wie selbstverständlich mit den Räubern verbunden. Doch diese standen friedlich an der Kasse, und der Grenzer kaufte Fahrkarten … natürlich … und seine Söhne schubsten sich und alberten herum.

»Wem bist du in die Quere gekommen, Doktor?«

»Rada, was meinst du damit?«

Das Mädchen seufzte und setzte sich neben ihn. »Gerade ist eine Gruppe Leute ins Hotel gestürzt … acht Mann.«

Sie wartete, doch Viktor war immer noch ahnungslos.

»Sie haben nach dir gefragt. Nach einem gewissen Viktor …«

Viktor zuckte zusammen. Er hatte niemandem im Hotel seinen Namen genannt.

Rada hatte seine Reaktion bemerkt und nickte zufrieden. »Ein Mann, der mit einem Mädchen im Teenageralter unterwegs ist. Sie haben Dersi gefragt, der natürlich nichts gesagt hat; Elfen interessieren sich grundsätzlich nicht für so was … Aber gleich kommt der Rote, und der wird alles ausplaudern.«

»Warum?«

»Er will auf keinen Fall Unannehmlichkeiten. Die sind vom Wasser!«

»Wie bitte?«

»Vom Clan des Wassers! Einer von ihnen ist ein Magier dritten Ranges, ich hab sein Zeichen gesehen, die Übrigen sind Magierkämpfer. Wer möchte sich schon mit solchen anlegen? Die jagen die ganze Stadt zum Teufel, wenn ihnen danach ist.«

»Rada, ich habe keine Ahnung, was der Clan des Wassers ist …«

Das Mädchen stöhnte geräuschvoll, doch dann beruhigte es sich wieder. »Ja, natürlich. Du bist ja gerade erst angekommen … Viktor, in dieser Welt gibt es Magie.«

»Das habe ich bereits gemerkt.«

»Fast alle Magier leben am Warmen Ufer. Sie gehören verschiedenen Clans an, und jeder zeichnet sich durch eine besondere Form der Magie aus. Der Clan des Wassers ist einer von vier Clans, die den Elementen zugeordnet sind. Ihm untersteht die Magie des Wassers!«

Der Übergang! Die acht, die versucht hatten, sie daran zu hindern!

»Ah, jetzt ist es dir eingefallen!«, freute sich das Mädchen. »Viktor, sie suchen nach dir! Gleich werden sie herausfinden, dass du im Hotel warst – entweder vom Roten, oder sie schüchtern einen der Angestellten ein. Und dann zählen sie eins und eins zusammen und kommen schnurstracks hierher zum Bahnhof.«

»Vielleicht schaffe ich es ja noch …«

»An deiner Stelle würde ich mich nicht darauf verlassen!«

»Was soll ich denn tun, Rada?«

»Ich weiß es nicht …« Rada hatte sich im Handumdrehen wieder beruhigt und fuhr gleichgültig fort: »Abhauen.

Nur wie … Warte auf den Zug, das ist deine einzige Chance. Sobald du es in den Waggon geschafft hast, stehst du unter dem Schutz der Gnome. Gut möglich, dass das Wasser keinen Zwist mit den Herren der Route anfängt …«

»Und mit ihnen reden …?«

Rada lachte freudlos. »In ihren Augen ist Tod. Das sind Mörder, verstehst du, Doktor? Vielleicht sogar ein Strafkommando.«

»Strafkommando?«

»So werden diejenigen Magierkämpfer genannt, die von den Clans zu einem einzigen Zweck ausgebildet werden, nämlich alle jene Machthaber der Menschen, Gnome und Elfen zu bestrafen, die die Oberherrschaft der Clans nicht anerkennen. Das sind Mörder. Unser Dorf zahlt seine Abgaben an den Grafen Sotnikow, und der zahlt an den Clan der Erde. Daher hat das Wasser hier formal gesehen keine Rechte … aber das hat keine allzu große Bedeutung. Umso mehr, als der Clan des Wassers und der Clan der Erde Verbündete sind.«

Viktor hatte das Gefühl, dass ihm von der Masse an Informationen schier der Kopf platzte, aber Rada ließ nicht locker.

»Du würdest nicht mal einem einzigen Magier entwischen! Und diese sind zu acht!«

»Ich habe fünf Leibwächter«, sagte Viktor mit einem Blick auf die Räuber.

»Was? Die da? Die laufen dir doch davon, wenn sie vom Clan des Wassers hören!«

Viktor stand auf und winkte den Grenzer zu sich, der schon eine Weile lang mit besorgtem Gesicht ihr Gespräch beobachtet hatte.

Der Räuber sprang eilig zu ihnen hin, genau wie ein herrenloser Hund, der schon einmal einen Tritt in den Hintern erhalten hatte und trotzdem den Glauben an die Menschen nicht verloren hatte.

»Ich werde verfolgt«, begann Viktor ohne Einleitung. »Von Feinden, die mich töten wollen.«

Die Augen des Grenzers loderten auf, und seine Hand legte sich auf den Griff seines Morgensterns.

»Das sind Magier des Wassers!«, warf Rada wütend ein.

Der Grenzer stieß einen leisen Schrei aus. »Herrscher! Erlaube uns, sie zu töten!«

»Magier des Wassers!«, wiederholte Rada nachdrücklich. In ihrer Stimme schwang auf einmal Unsicherheit. Der Grenzer sah das Mädchen verächtlich an und richtete seinen Blick wieder voller stummer Verehrung auf Viktor.

»Hast du keine Angst vor ihnen?«, fragte dieser.

»Ich hasse das Wasser!«

»Schluss jetzt ...« Rada sprang auf. »Ich mag dich, Doktor. Deshalb musste ich dich warnen ... und außerdem wollte ich Gewürze auf dem Markt einkaufen ... aber jetzt reicht es mir. Ich habe nicht vor, zu warten und mit anzusehen, was hier passiert.«

»Und ich dachte, du hilfst mir.« Viktors Augen glitten über den wohlgeformten Körper des Mädchens, an dessen Gürtel ein Schwert befestigt war.

»Du machst wohl Witze, Doktor!« Rada schüttelte heftig den Kopf. »Ganz sicher nicht! Mein Papa hat seine ganze Jugend damit verbracht, mit Magiern zu kämpfen, immer für den einen oder anderen Dummkopf. Und außerdem bin ich ein Mädchen! Keine verrückte Walküre! Ich habe ein Restaurant, noch dazu das beste an der ganzen Route! Aber Köpfe lasse ich erst rollen, wenn sie kommen, um mich auszurauben!«

»Du hast Recht.« Viktor fasste vorsichtig ihre Hand. »Du bist eine kluge Frau, Rada. Danke, dass du mich gewarnt hast.«

Er beugte sich vor und küsste sie zart auf die Lippen. Rada fuhr zurück und blickte ihn misstrauisch an. »Du machst dich lustig … Viktor?«

»Nein, im Ernst. Danke noch mal. Geh jetzt. Das ist nicht deine Angelegenheit. Kümmere dich um das Restaurant, ich komme wieder … auf dem Rückweg.«

»Du hast nur noch einen Weg vor dir …«, sagte das Mädchen traurig. Sie zog die Schultern hoch, drehte sich um und strebte energisch dem Ausgang zu.

»Eine sehr gute Kämpferin«, flüsterte ihr der Grenzer hinterher. »Herrscher, wenn Ihr sie bitten würdet – vielleicht würde sie bleiben.«

»Nein.«

»Wie es Euch beliebt, Herrscher.«

»Grenzer, hör zu, im Hotel sind acht Magierkämpfer eingetroffen, und gleich machen sie sich auf den Weg hierher.«

Der Räuber sah nicht sonderlich erschrocken aus. »Wir werden ihnen schon entgegentreten.«

»Hast du keine Angst vor der Magie des Wassers?«

»Wir fürchten die Elemente nicht.« Der Grenzer schob die Hand unter seine Jacke und zog einen kleinen Stein an einer Kette heraus. »Ein Talisman … Herrscher, nehmt ihn …«

»Wozu?«

Der Grenzer lachte unerwartet. »Verzeiht meine Dummheit. Natürlich! Herrscher, gestattet, dass ich es meinen Söhnen sage …«

»Geh.«

Viktor beobachtete, wie der Räuber Kriegsrat mit seinen Söhnen abhielt, wobei er streng mit den älteren Jungen sprach, den Jüngeren indes eher Mut zuzusprechen schien. Gleichzeitig horchte Viktor in sich hinein nach seinen eigenen Empfindungen.

War dies nicht der Moment, in dem er Furcht verspüren sollte?

Vielleicht dauerte das Gefühl aus dem Traum vergangene Nacht noch an? Der Glaube in die Unzerstörbarkeit des eigenen Leibes und die Schwäche jener, die es wagten, sich ihm in den Weg zu stellen.

Aber das wäre ein folgenschwerer Irrtum. Nur im Traum sind wir unverletzlich.

Viktor zog die geschenkte Jacke über wie zum Zeichen, dass er bereit war, Hilfe anzunehmen. Er trat noch einmal zum Fahrkartenschalter. Die Frau sah ihn mit einem Blick an, als wollte sie ihm bedeuten, dass sie alle Erfordernisse ihres Arbeitsplatzes längst erfüllt hatte und bereits Überstunden machte.

»Was gibt's noch?«

»Haben Sie einen Sicherheitsdienst?«

»Wie?«

Nein, es lohnte sich nicht, den Vergleich der Welten überzustrapazieren. »Wer bewacht den Bahnhof?«

»Und wer bitte hat vor, sich mit den Herren der Route anzulegen?«

»Zum Beispiel ein Strafkommando vom Clan des Wassers?«

In die Augen der Frau trat Furcht. »Aber was sollten die denn hier suchen?«, fragte sie unsicher.

»Zum Beispiel mich.«

»Das ist sehr unschön von Ihnen!« Im Gesicht der Frau zeigten sich rote Flecken. »Eine Fahrkarte zu kaufen, wenn Sie verfolgt werden!«

»Ich wusste nicht, dass ich verfolgt werde!«

Die Frau besann sich. »Wollen Sie Ihr Billett nicht zurückgeben? Ich nehme es günstig zurück … fast ganz ohne Abzug …«

»Rechnen Sie nicht damit.«

Nach kurzem Nachdenken holte die Frau ein Schild mit der Aufschrift »Pause« hervor und stellte es ins Fenster.

»Wollen Sie denn nichts unternehmen?«, fragte Viktor über die Absperrung hinweg.

»Doch, will ich schon. Der Aufenthalt des Zuges wird auf fünf Minuten verkürzt.«

»Na vielen Dank«, knurrte Viktor im Weggehen. Nach seiner Armbanduhr zu urteilen, blieben noch zehn Minuten bis zur Ankunft des Zuges.

Der Grenzer hatte inzwischen seine Söhne im Saal aufgestellt. Zwei ältere standen an der Tür, die zu den Bahnsteigen führte. Der Jüngste nahm seinen Platz an einem der Fenster ein. Der Grenzer kam zusammen mit dem etwa Achtzehnjährigen zu Viktor herüber.

Die schlafenden Landstreicher waren von den Bänken verschwunden. Sie hatten den Eindruck gemacht, als ob sie nichts hörten und nichts sahen. Aber nein! Sie hatten alles mitbekommen, sich ihren Reim darauf gemacht und ihre schlafenden Kollegen geweckt. Im Rausgehen warfen sie noch alarmierte Blicke auf die Zurückgebliebenen.

Irgendwo in der Tiefe des Bahnhofs schlug eine Tür zu. Das Personal machte sich aus dem Staub. Einen Lidschlag später ging das Licht aus.

»Vernünftig«, sagte der Grenzer. »Elektrischen Zauber gegen das Wasser anzuwenden würde eine Katastrophe bedeuten. Alles verbrennt …«

»Warum dienst du mir?«, fragte Viktor. In seinem Inneren wurde eine straffe Feder auseinandergezogen, wie bei einer gespannten Armbrust. Etwas kam näher … und es war an der Zeit, nicht nur den Feind zu kennen, sondern auch dem Freund zu vertrauen.

»Ich habe dir immer gedient, Herrscher!« Der Grenzer blickte ihm verwirrt, ja sogar gekränkt ins Gesicht. »Glaube mir, Herrscher!«

Viktor traf seine Wahl.

»Gut, also Folgendes – das Wichtigste ist, zu entkommen. Wenn der Zug einfährt, laufen wir sofort zum Wagen …«

»Natürlich.«

Es tat gut, sich des gesunden Menschenverstands des Räubers zu versichern. Plötzlich zerriss ein lauter Schrei des Jüngsten die klamme Stille im Saal. »Sie kommen! Sie kommen!«

Viktor und der Räuber stürzten zu einem der Fenster, die für den Fall eines Feuers halb geöffnet waren.

Auf dem völlig verlassenen Bahnhofsvorplatz zerrte der Wind an zurückgelassenen Kleidungsstücken auf den Verkaufsständen, vergessene Flaschen und Krüge standen verwaist herum. Es war niemand zu sehen. Aber der Junge hatte sich nicht getäuscht – etwas kam näher. Rückte heran, eilte den Kämpfern voraus. Etwas Körperloses, Dumpfes, Elementares. Etwas.

Der Berg aus Abfall im leeren Brunnenbecken begann zu beben. Quoll über die Brüstung. Aus dem Becken schoss ein dichter, triumphierender Strahl Wasser. Wie ein Schirm spritzten die Tropfen in alle Richtungen, klirrten durchdringend und schrill wie splitterndes Glas.

»Ach, diese faule Saat!«, fluchte der Grenzer. »Es ist nicht einmal die Stunde ihrer größten Kraft, aber sieh nur, wie sie daherkommen! Herrscher, sieh nur, sie schonen ihre Kräfte nicht!«

Trotz klaren Himmels und Sonnenlichts krochen aus den Gassen trübe Nebelschwaden heran. In Windeseile legten sie sich dicht und grau über den ganzen Platz und hüllten den Bahnhof ein. Im lautlosen Ansturm des Nebels glitt etwas heran, schien Gestalt anzunehmen, erhielt ein Gesicht – noch undeutlich, aber schon bedrohlich nah.

»Gleich geht es los, sie sind schon in voller Fahrt …« Der Grenzer zog seinen Morgenstern hervor und wirbelte die stachelige Kugel an der Kette herum. Beiläufig, praktisch ohne auszuholen, hieb er sie in die Wand, und eine Wolke roten Ziegelstaubs trat aus dem Loch, das groß genug war, um einen Kopf hindurchzustecken.

Die Lieblingswaffe des Grenzers war nicht das Schwert, andernfalls hätte Viktor den Räuber im Wald vielleicht nicht so leicht bewusstlos schlagen können.

»Jetzt kommen sie selbst!« Wieder ertönte der Schrei des Jungen, diesmal etwas leiser, dafür ängstlicher.

Und Viktor sah, wie Schatten durch den Nebel schlichen.

Fünf? Acht? Zwanzig?

Wie sollte er sie zählen, wie erfassen durch diesen Mullschleier, diesen dicken milchigen Nebel! Er sah, dass sie im Gleitschritt näher kamen, ohne Eile und ohne sich zu verstecken – wozu auch, in diesem Dunst …

»Sieh nicht hin«, flüsterte ihm der Grenzer zu. Ohne es zu ahnen, war er für Viktor zu einer Art Führer und Kommentator geworden, dessen beiläufige Bemerkungen ihm halfen, das Geschehen zu verstehen.

Die Schatten blieben abrupt stehen.

»He!«, erklang es aus der Milchsuppe. »Viktor!«

Viktor erbebte, antwortete aber nicht.

»Du bist hier, ich spüre deinen Blick!« Eine zweite Stimme war zu vernehmen. Pfeifend, zischend, dünn. »Komm heraus, Viktor. Du kannst dich nicht verstecken! Du bist allein und wir sind viele!«

Der Grenzer blickte Viktor an, als wollte er ihn auffordern, etwas zu sagen. Das hieß also, er musste antworten. Belüge die Soldaten nicht vor dem Kampf, General ...

Viktor stieß die Flügel des Fensters weiter auf und rief in den Nebel hinaus: »Wer bist du?«

Die Schatten begannen zu zucken und zu schwanken, offenbar erfreut, seine Stimme zu hören. »Der, der dich holt, Viktor!«

Und wieder überrollte ihn der Zorn, übermannte ihn, wie im Traum; wieder loderte jener Zorn in ihm auf, der den Halbelfen das Leben gekostet hatte und um ein Haar auch den Grenzer ...

»Wie kannst du es wagen, du unverschämter Wurm, mich nicht auf Knien anzusprechen?« Viktor verstand selbst nicht, was mit seiner Stimme passiert war, woher sie auf einmal den tragenden, metallischen Klang hatte. »Nenn deinen Namen, du Wurm!«

Der Grenzer erbebte und blickte in stummer Bewunderung zu ihm auf. Der Jüngling daneben griff wie ein kleiner Junge nach der Hand seines Vaters. Und sogar die, die dort im Nebel herumschlichen, prallten zurück.

»Gotor, ich bin der Magier Gotor ...«, erklang leise die Antwort. Die Stimme verlor sich, doch nach einem Augenblick war sie wieder deutlich zu vernehmen, voll ätzendem Zorn. »Du hast keine Macht über mich! Du bist ein Niemand! Du bist noch ein Niemand! Gleich wirst du sterben!«

Viktor schüttelte den Grenzer, der in Reglosigkeit verfallen war. »Der da ist meiner! Den bestraf ich selbst!«

»Ja, Herrscher …«

Die Schatten flitzten durch den Nebel. Der Grenzer fletschte die Zähne, während er sie beobachtete. Dann schubste er seinen Sohn zur Tür und postierte sich selbst dort. Viktor überblickte noch einmal die Aufstellung: zwei Jungen an der Tür zu den Gleisen … sehr gut, der Feind würde kaum so dumm sein, nur von einer Seite anzugreifen, der Jüngste stand gebückt am Fenster und blickte hinaus, in der Hand einen kurzen Dolch, der Grenzer selbst bewachte zusammen mit dem vierten Sohn die Eingangstür.

Hervorragend.

Viktor zog sein Schwert aus der Scheide, unbewusst rechnete er damit, dass es sich wieder wie von selbst leicht und gehorsam in seine Hand legen würde, wie im Restaurant …

Irgendwas stimmte nicht.

Er stand da, steif, mit einem Stück geschärften Stahls in der Hand, angestrengt darum bemüht, das Schwert möglichst weit weg von sich zu halten. Der Zorn und die Sicherheit, nein, sie waren nicht verflogen, noch immer kochten in ihm die Wut über jene dreisten Gestalten und das gierige Verlangen, zu strafen und zu züchtigen. Nur hatten diese Empfindungen keinerlei Verbindung zu seinem Schwert …

Die Stille, jene letzten Sekunden vor dem Kampf, wurde von einem langen, durchdringenden Pfeifen zerrissen. Der Zug näherte sich!

Aber sie mussten noch warten, bis er in den Bahnhof einfuhr …

Die Tür öffnete sich.

Der Grenzer schwang den Morgenstern und ließ ihn auf die Gestalt im Durchgang niedersausen. Ach, ein großartiger Hieb! Gekonnt ausgeführt und aus vollem Herzen. Der Feind hatte nicht die geringste Chance, weder Harnisch noch Wendigkeit oder geschickte Verteidigung konnten ihn retten!

Nur, dass sich da in Wirklichkeit niemand vor einem Hieb retten musste – der hereinstürmende Schatten zerstob in Myriaden von Tropfen, als bestünde er ganz und gar aus Wasser. Und tatsächlich bestand er nur aus Wasser, er war eine Marionette, ein Gebilde aus schmutzigem Nass, mit menschlichen Formen und Bewegungen …

Über die gewaltige Wasserlache schlitternd, brachte sich der Grenzer in Sicherheit. Aber seinem Sohn gelang das trotz seiner Stärke und Wendigkeit nicht. Er stürzte zu Boden, wo er ausgestreckt lag …

Drei in dunkelblaue, eng anliegende Kamisole gekleidete Gestalten stürmten hinter der Marionette herein und verpassten ihre Gelegenheit nicht. Zwei Schwerter fuhren durch die Luft, die jämmerlich und unzufrieden unter dem Stahl aufkreischte. Der Schrei des Jünglings war bei weitem leiser.

Viktor eilte ihm zu Hilfe.

Wie glücklos! Wie schlecht! Sie waren ja ohnehin in der Minderzahl …

Der Junge, der am Fenster hockte, richtete sich plötzlich auf. Sein Arm glitt durch die Luft, und sein Messer flog wie ein leuchtender Blitz durch den Saal. Die Feinde waren im Begriff, sich umzudrehen, als ob sie die Gefahr erahnt hätten. Aber es war bereits zu spät.

Bis zum Griff drang der Dolch in die Brust eines der Mörder. Mit blitzartiger Geschwindigkeit schickte der Junge noch zwei weitere Messer hinterher. Seltsamerweise waren beide auf dasselbe Opfer gerichtet. Vielleicht glaubte er, dass die zwei unversehrten Feinde die Flucht ergreifen würden.

Der Mörder, in dessen Brust drei Klingen steckten, stand noch einen Augenblick, schwankte, ließ das Schwert fallen, hob die Hand, fasste den Griff eines der Dolche und zog daran. Viktor erfasste ein Grauen. Mit einem Mal stellte er sich vor, wie der Feind einfach alle drei Messer wieder herauszog und lachte, unverwundbar und fürchterlich, wie er war …

Aber auf dem blauen Stoff zeichnete sich bereits ein braunroter Fleck ab. Den Blick fest auf Viktor geheftet, brach der Widersacher zusammen.

Die zwei anderen agierten so synchron, als wäre der eine das Spiegelbild des anderen. Sie warfen den linken Arm in die Höhe, den ohne Schwert, schwangen ihn … Aus ihren Handflächen schossen hellblaue Strahlen durch die Luft wie Fäden. Eigentlich nur Wasserstrahlen, jedoch von wundersamer Härte und Wendigkeit. Mit tödlicher Schnelligkeit jagten die Wasserpeitschen auf den Jungen zu und zertrümmerten auf dem Weg dorthin noch eine schwere hölzerne Bank. Mit einem Schauder begriff Viktor, was als Nächstes geschehen würde …

Die hellblauen Peitschen zerstoben. Sie lösten sich in einem glitzernden Schwall von Tropfen auf, der über dem Jungen niederging. Dieser lachte laut auf, während seine Finger einen kleinen Stein an einer Kette hielten.

Auch ein Talisman?

Wirkte er tatsächlich?

Der Augenblick der Verwirrung auf Seiten der Gegner dauerte nicht lange, aber dem Grenzer genügte er. Sein Morgenstern krachte auf den Kopf des ihm am nächsten stehenden Kämpfers nieder, die Schädelknochen knackten. Ein grauenhaftes Schauspiel bot sich, als ob ein Mensch unter eine Straßenwalze geraten wäre.

Der Letzte der Troika sprang weg, wirbelte in einer wilden Kaskade von Stellungen herum, mit bewundernswerter Geschmeidigkeit – buchstäblich so, als ob seine Glieder von einer Pose in die nächste flössen. Er versuchte jetzt nicht mehr, Magie anzuwenden – vielleicht weil er nicht die Zeit dazu hatte, vielleicht aber auch, weil ihm der Glaube an ihre Wirksamkeit abhandengekommen war. Sein langes Schwert schnitt Muster in die Luft und sorgte dafür, dass der Räuber nicht in seine Nähe gelangte.

Und da schob Viktor den Grenzer mit der Schulter zur Seite und trat dem Feind entgegen.

An dem war nichts Außergewöhnliches. Er war ein starker, muskulöser Mann, gekleidet in einem elastischen Material wie bei einem Trainingsanzug. Seine Gesichtszüge waren konzentriert, hart, aber nicht blutrünstig oder grausam.

Es war einfach ein Mensch, der seine Arbeit tat. Eine schwere, aber geliebte Arbeit.

»Wie könnt ihr es wagen, euch gegen mich zu erheben?«

Viktor hatte keine Ahnung, woher er seine Stimme und die Worte nahm, die einem Herrscher sehr wohl angemessen waren, nicht aber einem zufälligen Gast von der Anderen Seite.

Der Gesichtsausdruck des Kämpfers wurde noch konzentrierter. Er wirbelte durch den Saal, floss dahin in einem Todestanz, umkreiste Viktor. Der hielt das Schwert vor sich und ließ kein Auge von seinem Gegner, als er wieder fragte: »Wie könnt ihr es wagen, meinen Diener zu töten?«

Mit einem Ruck streckte sich der Kämpfer nach vorne und versuchte Viktor mit seinem Schwert zu treffen. Und da passierte es: Das geschenkte Schwert erwachte zum Leben, Viktors Hände bewegten sich wie von selbst, wehrten den Schlag ab, seine Beine sprangen zur Seite, und der Kämpfer des Wassers flog an ihm vorbei, entging nur um Haaresbreite dem Morgenstern des Grenzers und nahm seinen Tanz wieder auf.

Aber in seinen Augen zeigte sich Verwirrung. Nicht Angst – vermutlich war er bereit zu sterben. Vielmehr Verwunderung, dass der Gegner ihm entkommen war.

»Mein Zorn kommt über dich …«, flüsterte etwas aus Viktor heraus. Sein Schwert durchbohrte die Luft, hieb dem Feind die Klinge aus der Hand und fuhr dann dessen Kehle entlang.

Stille trat ein. Der Wasserkämpfer riss die Augen auf, als wollte er den dünnen, noch nicht blutigen Schnitt auf seinem Hals sehen.

Draußen brüllte die Dampflok. Sie war schon ganz nah, schon unmittelbar vor dem Bahnhof. Der Kämpfer bebte, und sein Kopf kippte nach hinten, so dass sein aufgeschlitzter Hals sichtbar wurde. Das Blut spritzte in einer dichten Fontäne heraus. Ein Mensch hätte niemals so stehen können – mit gebrochenem Nacken und offener Hauptschlagader. Aber er stand, bis der Grenzer ihn mit einem empörten Schrei in den Rücken stieß.

»Danke, Herrscher … du hast für das Leben deines Sklaven bezahlt …« Der Grenzer ließ seinen Fuß in dem schweren Stiefel auf den Rücken des Toten sinken. Die Knochen knackten.

Viktor blickte zu der geöffneten Tür. Wenn dort jetzt auch nur ein einziger Gegner auftauchen und ihnen in den

Rücken fallen würde. Aber hinter der Tür türmte sich immer noch der Nebel.

»Wo sind die anderen, Grenzer?«

Der Räuber ging zur Tür, offenbar um nachzusehen.

»Halt, warte! Es ist an der Zeit, zu verschwinden!«

Sie liefen zu der Tür, die zu den Gleisen führte. Dahinter hielten noch immer die zwei Söhne des Räubers Wache. Disziplinierte Jungs …

Der Jüngste kam hinter ihnen her, für einen Moment hatte er neben dem Leichnam seines Bruders haltgemacht. Viktor schien es, dass Tränen in den Augen des Jungen glänzten.

Ganz sicher. Es gab keine Hoffnung: Niemand würde es überleben, wenn sein Körper von zwei Schwertern geradewegs durchdrungen würde.

Wieder erklang das Kreischen der Dampflok, sie musste jeden Augenblick einfahren. Vermutlich betätigte der Lokomotivführer wie wild die Dampfsirene, weil er besorgt war über die Nebelhaube über dem Bahnhof.

Als hätten sie auf das Signal gewartet!

Das Gefühl der Gefahr und einer fremden Kraft wurde auf einmal stark bis zur Schmerzhaftigkeit. Viktor drehte sich so rechtzeitig um, dass er sah, wie die Tür in Stücke zerbarst und ein Teil der Wand einstürzte. In den Saal drang etwas ein, ergoss sich in den Raum …

Wie eine riesenhaft angeschwollene Amöbe; als ob sich hinter der Tür nicht ein leerer Platz befände, sondern ein gewaltiges, soeben geplatztes Aquarium, aus dem, endlich befreit vom Druck der bis zum Äußersten gespannten elastischen Wände, eine gewaltige Flutwelle herausgedrückt wurde und sich in den Saal wälzte. Und die Welle erhob sich, entgegen allen Regeln der Natur, und nahm eine

Gestalt an – die Gestalt eines riesigen, etwa drei Meter großen Menschen, der aus tosenden Wasserfontänen bestand.

Der Grenzer packte den erstarrten Viktor, schubste ihn in den Rücken und schrie ohne jede Ehrfurcht: »Lauf, Herrscher! Lauf! Kress, zu mir!«

Der älteste Sohn des Räubers stürzte an die Seite seines Vaters, reglos standen die beiden da, zwei kleine Figuren gegen ein Wassermonster.

Ein gurgelndes Lachen erklang, die riesigen Hände streckten sich nach ihnen aus. Der Grenzer schleuderte seinen Morgenstern mit Geheul gegen die Pfote des Ungeheuers. Widerstandslos glitt die stachelige Kugel durch das Wasser, dann löste sie sich von der Kette und krachte von Rost zerfressen zu Boden, wo sie sich in einem rotbraunen Mulm auflöste.

Viktor wurde zur Tür hinausgeschubst. Er fiel auf die glatten Steinplatten und spießte sich selbst dabei beinahe mit seinem Schwert auf.

Hinter ihm liefen zwei Söhne des Räubers, der Jüngste und einer von den älteren.

»Schneller, Herrscher …«

Es lag etwas Schreckliches in ihrer Selbstverleugnung, ihrer Bereitschaft, den Vater und den anderen Bruder seinetwegen im Stich zu lassen. Wie besessen rannte Viktor los. Durch den milchigen Nebel auf die dunkle Silhouette zu, die sich auf dem Gleis bewegte …

Nein! Nein, er durfte diejenigen nicht im Stich lassen, die bereit waren, für ihn zu sterben! Nein, denn da war doch etwas in ihm, da zeichneten sich schon Fertigkeiten ab – es konnte kein Zufall sein, dass er einen vom Clan des Wassers getötet hatte! Er müsste jetzt neben dem Grenzer stehen und nicht wie besessen davonlaufen … besessen von der eigenen Angst.

Hinter ihm war Geschrei zu hören. Es war unmöglich, zu erkennen, wessen Schrei es war – der des Grenzers oder seines Sohns. Und es war unmöglich, zu unterscheiden, ob es ein Todesschrei oder ein Triumphgeheul war.

Der Raum schmolz, löste sich in Weiß auf. Er lief nicht, sondern er flog. Eilte durch eine helle, weiße Nacht – wie in Sankt Petersburg. Nur ein Blick nach hinten, und die Furcht überwältigt den Verstand. Durch die schaumigen Wolken gleitet ein geflügelter Schatten. Riesenhaft. Bedrohlich. Todbringend. Entweder spiegeln sich die Sterne in der schneeweißen Schuppe, oder sie leuchten ganz von selbst. Gleichmäßig schlagen die Flügel in der dünnen Luft, in den großen, flimmernden Augen liegt Zorn. Er hat es gewagt, den Geflügelten herauszufordern, er hat es gewagt, obgleich er noch nicht die Kräfte hat, mit ihm fertig zu werden. Und jetzt holt jener ihn ein, der Gebieter des Himmels und der Meerestiefen, der Herr über die Erdscholle und das Feuer.

Der, dessen Name Drache ist …

Zieh nicht in den Kampf, wenn du keine Aussichten auf Erfolg hast …

»Bleibt stehen, Herrscher«, schrie der junge Mann ihm im letzten Augenblick zu, ehe Viktor vom Bahnsteig auf die Gleise stürzte, geradewegs unter den heranstürmenden Eisenberg. Der Schrecken brach in einem gellenden Schrei aus ihm heraus – Wirklichkeit und Wahn vermischten sich, er war bereit zu glauben, dass ihm tatsächlich ein geflügeltes Ungeheuer entgegenflog.

Die Lokomotive rauschte nur Zentimeter entfernt neben ihm vorbei: Viktor spürte die Wärme des hochwandigen Kessels und wurde von aufsteigenden Dampfwolken eingehüllt. Der Zug kam zum Stehen. Die Waggons reihten sich hintereinander – elegant, ockerfarben angestrichen, mit bronzefarbenen Haltestangen, mit Scheinwerfern und mit winkenden Fähnchen auf den Dächern. In den Fenstern war Licht zu sehen.

Die Söhne des Grenzers kamen schwer atmend neben ihm zum Stehen, sie schwankten. War er tatsächlich so schnell vom Schlachtfeld getürmt?

Viktor rechnete mit Fragen, Ratschlägen, vielleicht sogar mit Bitten. Aber die Brüder hatten andere Sorgen. Mit gezückten Schwertern standen sie reglos zu seinen Seiten und starrten in den Nebel, ebenso bereit zu sterben wie ihr Vater.

»Hört mal, Jungs, es ist alles in Ordnung«, sagte Viktor ohne rechte Überzeugung. »Ihr könnt jetzt gehen.«

Zum ersten Mal sprach der älteste der Söhne ihn an. »Vater und Kress können wir nicht mehr retten.« Er klang heiser, entweder war er erkältet, oder seine Stimme versagte ihm den Dienst.

»Der Wassergeist bedeutet den Tod. Wir können ihn aufhalten, aber nicht vernichten.«

»Und wir werden ihn aufhalten, Herrscher«, fügte der Jüngere hinzu.

Fanatiker! Wahnsinnige Fanatiker! Mit einem Mal erkannte Viktor, dass ihm dieser Fanatismus, der sich in seinen Dienst stellte, keine Freude machte. Er erinnerte ihn an die verlogenen Geschichten über Soldaten, die sich mit einem begeisterten »Für Stalin« auf den Lippen feindlichen Panzern entgegenwarfen, an japanische Kamikazepiloten, an Wahnsinnige, die sich ans Deck eines Flugzeugträgers krallten, an Sektenmitglieder, die sich auf Befehl eines verrückten Propheten die Pulsadern aufschnitten.

Er drehte sich zu dem Waggon neben ihm, hieb mit der Faust auf die geschlossene Tür und brüllte: »Macht auf! Nun macht schon auf!«

Und die Tür wurde augenblicklich geöffnet. Als ob man dahinter nur auf eine Aufforderung gewartet hätte.

»Was brüllst du hier so rum?«

Auf dem Treppchen – aus blankpoliertem Messing wie auf einem Schiff – stand ein stämmiger Gnom in einer mausgrauen Uniform und mit einem kurzen Stab in der Hand.

»Wir …« Viktor geriet ins Stocken, als er den Gnom von oben bis unten musterte.

»Was ›wir‹? Was brüllt Ihr so?«

»Wir wollen einsteigen!« Viktor erhob tatsächlich die Stimme.

»Fahrkarten!«

Er holte seine hervor und hielt dem Gnom das Stück Karton hin. Der blickte höchstens eine Sekunde darauf und schob es dann nachlässig in seine Tasche, während er zwischen den Zähnen murmelte: »Herzlich willkommen im Zug … steigen Sie ein.«

Natürlich war keine Herzlichkeit in seiner Stimme. Entweder hatten seine Kollegen ihn bereits benachrichtigt, oder dieser Gnom hatte auch so begriffen, dass hier etwas nicht stimmte.

»Jungs, eure Fahrkarten.« Einen Moment lang dachte Viktor, dass diese vielleicht in der Tasche des Grenzers geblieben waren. Aber die Jungen reichten dem Gnom schweigend ihre Billetts. Ein weitsichtiger Räuber … hatte sogar für seinen eigenen Tod vorgesorgt.

»Steigt ein«, knurrte der Gnom.

Aber die Jungen rührten sich nicht vom Fleck. Hatten sie vor, ihre Pflicht bis zum bitteren Ende zu erfüllen? Auf dem

Bahnsteig zu sterben und ihm damit bis zur Abfahrt Deckung zu geben?

»Wie lange warten wir noch hier?«, fragte Viktor den Gnom.

»Drei Minuten«, antwortete dieser, wenn auch widerwillig. Offenbar fühlten sich die Gnome verpflichtet, gewisse Umgangsformen gegenüber den Reisenden einzuhalten. Trotz allem. »Die Dampfsirene ertönt zweimal … direkt vor der Abfahrt.«

Viktor wartete mit einem Fuß auf der Messingtreppe, während der Gnom unzufrieden auf die Erdklumpen blickte, die von Viktors Schuhsohle herabbröckelten. Ebenso warteten die Söhne des Räubers.

Nicht umsonst.

Lärm ertönte, ein Schatten stürmte durch den Nebel. Die Jungen schlichen in seine Richtung. Mit einem lauten Fluch sprang Viktor auf den Bahnsteig und zückte ebenfalls sein Schwert.

Aus dem weißen, mullartigen Nebel lief ihnen der Grenzer entgegen. Ein riesiger Bluterguss zog sich über die eine Gesichtshälfte, als hätte man ihm eins mit einem Brett übergezogen. Seine aufgeplatzten Lippen bluteten, und als er den Mund zu einem gequälten Lächeln verzog, konnte man erkennen, dass mehrere Zähne ausgeschlagen waren.

»Hast du das Scheusal getötet?«, rief Viktor ihm zu. Sein Misstrauen hinsichtlich der kämpferischen Qualitäten des Räubers hatte sich völlig gelegt.

»Nein, Herrscher.« Der andere schüttelte den Kopf. Er lispelte etwas, bemühte sich aber, deutlich zu sprechen. »Das steht nicht in meiner Macht.«

»Vater …« Leise und fragend erklang die Stimme seines ältesten Sohnes.

Der Grenzer blickte ihn an und sagte: »Kress hat seine Pflicht erfüllt.«

»Das … das tut mir sehr leid«, flüsterte Viktor.

»Danke, Herrscher.«

Der Gnom beobachtete sie beunruhigt und neugierig zugleich. Der Nebel schaukelte sanft hin und her. Irgendwo weiter vorne, bei der Lokomotive, waren Geräusche zu hören, entweder wurde Kohle aufgeladen oder Wasser nachgefüllt.

Wasser …

»Wie heißt ihr?«, wandte sich Viktor abrupt an die Söhne des Räubers.

Diese sahen einander an. Schließlich antwortete der Älteste als Erster.

»Andrej.«

»Jaroslaw.«

Es war seltsam, diese typisch russischen Namen in dieser herrenlosen Welt zu hören …

Der Grenzer schüttelte den Kopf, blickte Viktor in die Augen und sagte fest und ohne Schüchternheit: »Vergiss unsere Namen, Herrscher. Binde dich nicht an uns. Wir werden sterben – alle.«

»Warum?«

Der Räuber wischte sich Blut aus dem Gesicht. »So ist es vorhergesagt. Vor Hunderten von Jahren. Das weißt du doch, Herrscher.«

Viktor senkte den Blick. »Ich … ich weiß es nicht.«

»Du wirst es erfahren. Du wirst dich erinnern.« In der Stimme des Grenzers schwang unerschütterlicher Glaube. »Herrscher …«

Mit einem Mal streckte er die Hand aus und berührte Viktor an der Schulter, vorsichtig, wie ein Kreuzritter, der die Hände nach dem Heiligen Gral ausstreckte.

»Die Wächter der Grauen Grenze kennen ihre Pflicht. Wenn genug Zeit wäre, würden Tausende von uns kommen. Die Zeit reicht nicht, aber wir tun alles, was …«

»Vater!« Andrej sah die Feinde zuerst. Also hatte man sie doch noch eingeholt.

Fünf an der Zahl tauchten in einem Halbkreis aus dem Nebel auf und drängten sie gegen den Zug. Und hinter den Angreifern wiegte sich das formlose, gurgelnde Ungeheuer schimmernd im Dunst.

Viktor musterte die Gegner, und sein Blick blieb an demjenigen hängen, der einen kurzen hellblauen Mantel über den Schultern trug. Er wirkte keinesfalls alt, vielmehr alterslos.

»Gotor, Magier des Wassers …«

Wieder kam sie über ihn, jene Mischung aus Zorn und Kraft; und seine Lippen formten die Worte von selbst, während sich auf den Gesichtern der Feinde Angst breitmachte.

»Wieder trittst du mir in den Weg, Gotor. Ich habe eine Strafe ersonnen, die deiner würdig ist. Ich trinke deine Kräfte und werfe dich zum Sterben in eine verdorrte Wüste …«

»Töte ihn!«, schrie Gotor. Und durch die Aufstellung der Kämpfer schritt, für einen Augenblick seine frühere Gestalt annehmend, der ungeheure Wassergeist. So schnell, dass die Räuber es nicht verhindern konnten. Seine durchsichtigen Hände schlugen auf Viktor ein, offenbar wollte er ihn in den Bahnsteig hineinrammen.

Als würde man einen Eimer Wasser über ihm ausgießen. Nein, zehn Eimer. Die Pranken des Monsters, die eben noch hart und tödlich ausgesehen hatten, verwandelten sich in fließendes Wasser. Das Ungeheuer kreischte jämmerlich auf, und seinen durchsichtigen Körper durchlief ein Zittern und Beben und verwandelte ihn in Fontänen, Spritzer und Rinnsale, die auseinanderflossen.

Durchnässt von Kopf bis Fuß – davor hatte ihn auch die Jacke nicht schützen können – ließ Viktor sein Schwert sinken. Die kalte Dusche hatte die geheime Kraft aus seinem Bewusstsein verjagt, er war wieder er selbst, ein verwirrter, erschrockener Neuankömmling in einer fremden Welt.

Aber das konnten seine Feinde kaum wissen. Sie wichen zurück, suchten den Rückzug – bis Gotor schrie: »Vorwärts! Mit den Schwertern …«

Die Dampfsirene gellte durchdringend und verschluckte alle anderen Geräusche. Die Kämpfer vom Clan des Wassers zögerten nur wenige Sekunden, ehe sie erneut angriffen.

»Der Zug fährt ab!«, schrie der Gnom und trat einen Schritt höher auf der Treppe.

Viktor überlegte nicht lange. Er wollte sich nicht darauf verlassen, dass er seine vorherige Geschicklichkeit im Umgang mit dem Schwert wiedererlangen würde. Er schob die Waffe zurück in die Scheide – wenigstens das gelang ihm –, fasste den jüngsten der Brüder, der sich soeben in den Kampf stürzen wollte, am Arm und schleuderte ihn kraftvoll die kleine Treppe hinauf, geradewegs in die Arme des Gnoms.

Der Gnom wurde von dem unerwarteten Aufprall rückwärts auf den Boden geworfen und stieß einen Fluch in einer unbekannten Sprache aus, aber er schubste den Jungen nicht wieder aus dem Zug. Im Gegenteil, er zog ihn weiter hinein auf die Plattform und streckte dann Viktor die Hand entgegen.

Der fasste die harten, wie aus Stein gemeißelten Finger und schwang sich in den Waggon. Hinter ihm wichen der

Grenzer und Andrej immer weiter vor den Gegnern zurück.

Der Zug setzte sich in Bewegung, langsam, aber stetig gewann er an Tempo.

»Vater! Du bist wichtiger!«, schrie der Sohn des Räubers, während er verzweifelt Schwerthiebe parierte. »Steig ein, Vater!« Zum ersten Mal konnte man Angst in seiner Stimme hören.

In der Tiefe seines Herzens war Viktor überzeugt davon, ja, er hoffte es sogar, dass der Grenzer der Aufforderung nicht folgen würde. Das wäre einfach zu viel des Guten, wenn jemand um seinetwillen den eigenen Sohn ins Verderben stürzte.

Aber der Grenzer wehrte einen weiteren Hieb ab und rannte hinter dem Waggon her. Er sprang auf die Stufen, und Viktor, der seinen sinnlosen Ärger bezwingen musste, half ihm hinauf.

Auf dem Bahnsteig ertönte Andrejs Schrei, der sich wie ein Wahnsinniger auf die Feinde stürzte. Die Kühnheit seiner Attacke war so erschütternd, dass diese für einen Moment lang zurückwichen. Aber dann flogen die Schwerter dem Jüngling entgegen, und ihre geschärften Schneiden drangen in seinen Körper.

Doch Andrej stürzte sich noch einmal nach vorne – seine Wut war nicht mehr menschlich, eher tierisch, wie die eines bereits aufgespießten Bären, der wild vor Raserei hinter dem Jäger her stürmt. In einem letzten Kraftakt hieb er einem der Kämpfer den Kopf ab, dann sank er zu Boden, vor die Füße seiner Widersacher. Der Grenzer, der noch immer an den Haltestangen hing und mit ansehen musste, wie sein Sohn starb, stöhnte leise auf. Dann schob er sich auf die Plattform, tat einen Schritt, schwankte und sank auf die Knie.

Aus dem Rücken des Räubers ragte der Griff eines Dolches.

Wie? Wie nur hatten sie das geschafft?

Viktor beugte sich über den Grenzer und versuchte die Länge der Klinge und die Einstichstelle einzuschätzen. Der Räuber röchelte, blutiger Schaum trat aus seinem Mund und tropfte auf den metallischen Boden.

Der rechte Lungenflügel war durchstoßen. Es gab keine Rettung. Ausgeschlossen.

Der Gnom schob Viktor zur Seite, kletterte achtlos über den Räuber und stellte sich in die Tür. Genau im richtigen Augenblick: Die übrigen Magierkämpfer des Wasserclans rannten auf dem Bahnsteig neben dem sich beschleunigenden Zug her.

»Mach Platz!« Gotors Kreischen gellte in den Ohren.

»Eure Fahrkarten!«

»Du Missgeburt!«, heulte der Magier. »Wie kannst du es wagen!«

»Ohne Fahrkarte fährt keiner auf der Eisernen Route.«

»Wir jagen euch aus euren Höhlen! Wie die Murmeltiere werden wir euch ersäufen! Das werdet ihr uns büßen …«

Der Gnom zuckte mit den Schultern und knallte die Tür zu. Der Zug schaukelte, während er schneller und schneller wurde.

Jaroslaw, der sich erst jetzt wieder aufrichtete, kroch auf allen vieren zum Vater. Er blickte in sein Gesicht und begann leise wie ein Kind zu klagen.

»Schweig … mach dem Namen der Wächter keine Schande«, sagte der Räuber angestrengt. Mit verlöschendem Blick sah er Viktor an. »Wir haben alles getan, was wir konnten.«

»Ich weiß.« Viktor antwortete leise.

»Bist du zufrieden, Herrscher?«

Zufrieden? Damit, dass innerhalb von einer Viertelstunde drei junge Männer um seinetwillen ihr Leben gelassen hatten und jetzt auch noch dieser Unglückliche starb?

»Ich bin dir dankbar.«

»Herrscher … nimm das hier …« Die Hand des Grenzers schob sich in die Innentasche seiner Jacke, fasste nach etwas und erstarrte für immer.

Viktor öffnete die mit letzter Anstrengung zusammengedrückten Finger des Räubers und nahm aus dessen Hand das, was jener ihm noch so dringend hatte geben wollen.

Es war ein Medaillon. Ein Miniaturporträt in einem ovalen Keramikmedaillon. Für gewöhnlich wurde darin das Porträt eines römischen Kaisers im Profil oder ein übertrieben lieblich gemaltes Frauengesichtchen aufbewahrt.

Auf diesem hier war Viktors Antlitz abgebildet.

Ein violetter Flor umrahmte sein eigenes Gesicht.

Es sah ein wenig strenger aus – im Übrigen konnte jedes Gesicht streng aussehen. Sogar der Kragen seines Hemdes war zu erkennen, das schwarz und falsch geknöpft war. Keine Unterschrift, nichts. Wie eine Fotografie, die jemand auf Stein übertragen hatte.

Nur dass dieses Medaillon uralt war. Vielleicht über hundert Jahre.

Der Junge setzte sich schluchzend neben ihn. Auf das Medaillon warf er nur einen flüchtigen Blick, also kannte er es wohl.

»Was machen wir mit dem Leichnam?«, fragte der Gnom dumpf. »Er war ein kühner Kämpfer. Wenn ihr wollt, kann ich unsere Leute von der Eisernen an der nächsten Station bitten, ihn zu beerdigen.«

Viktor sah zum jüngsten Sohn des Grenzers hinüber, der sich nicht rührte.

»Slawa!« Viktor sprach den Jungen mit der Kurzform an, denn dessen voller, erwachsen klingender Name kam ihm in diesem Moment einfach nicht über die Lippen. »Wie sollen wir deinen Vater beerdigen?«

»Auf seinem Grabstein soll stehen: ›Wächter der Grauen Grenze‹.« Jaroslaw zog die Nase hoch. Eilig trocknete er seine Tränen. »Mehr nicht, Herrscher.«

»Du steigst an der nächsten Station aus«, sagte Viktor. »Du passt auf, dass alles ordentlich gemacht wird. Ich gebe dir Geld für eine Rückfahrkarte.«

»Herrscher!«

»Keine Widerrede!«, bellte Viktor.

Das fehlte gerade noch, dass er auch noch das Leben dieses Kindes auf sein Gewissen nahm. Er stand ohnehin schon in der Schuld der Wächter!

»Dem Herrscher soll man dienen, aber ihn nicht bedienen.« Jaroslaws Augen blickten in die Viktors.

»Natürlich. Und du wirst mir dienen. Du fährst zurück und überbringst Rada, der Wirtin des Restaurants, eine Nachricht. Schluss jetzt, die Diskussion ist beendet.«

Viktor stand auf und ließ das Medaillon in die Tasche gleiten, während der Gnom ihn nachdenklich beobachtete.

»Wo ist mein Abteil?«

8

Es wurde still, ganz still über dem riesigen felsigen Spitzzahn. Ritor machte mit der linken Hand gleichmäßige Bewegungen vor sich in der Luft, als wollte er einen unsichtbaren Vorhang zur Seite schieben.

Zärtliche Luftströme berührten ihre Schläfen, streiften spielerisch über ihre Wangen. Am Himmel über den Köpfen der sieben Magier entfaltete etwas langsam seine Flügel. War es ein Vogel, eine Libelle oder ein Schmetterling? Weiße Fäden fügten sich zu einem Paar gewaltiger Flügel zusammen, welche die ganze Welt zu umfassen schienen, vom Warmen Ufer bis zur unbekannten nördlichen Tundra; noch ein Faden rankte sich, und noch einer; schwer ist es, Spitzen zu klöppeln, besonders, wenn es noch nicht die Stunde der größten Kraft ist.

Ritor gab den Ton und das Tempo vor. Als Ältester war er verpflichtet, alle zu spüren und zu erkennen, wann sie an Tempo zunehmen, wann sie abnehmen und wann sie den Alten die Bürde erleichtern mussten. Wenn er sich hier irrte und die Kraft vergeudete, würde der Wind alles zu Staub zerwehen. Gaj und sein Bruder Roj flochten virtuos. Sie vermochten viel, sehr viel, aber das Alter forderte seinen Tribut. So großartig sie hier auf dem Gipfel des Spitzzahns ihre Magie wirkten, auf dem Schlachtfeld gegen Torns junge Magier stünden ihre Chancen schlecht.

Sie mussten beide finden. Den Drachen und auch – ach, wie wunderbar wäre das! – den Drachentöter. Wenn Torn nicht geblufft hatte – und zu bluffen war nicht seine Art –, dann musste der Drachentöter schon hier sein. Und der Drache? Wer wusste das schon … Auch Ritor konnte sich nicht vollständig auf seine Gefühle verlassen. Die Ankunft des Herrschers fand nicht in einer feierlichen Parade statt, denn auch der Geflügelte hatte noch nicht alle Weihen durchlaufen. Sogar Ritor musste sich der Zauberei bedienen, um jenen, der sich als ewiger Herr der Mittelwelt erwiesen hatte, ausfindig zu machen.

Beide zu finden war eine fast unerfüllbare Aufgabe. Aber verdammt, nun waren sie verpflichtet durchzuhalten. Oder zumindest den Drachentöter zu finden – was schwerer wäre, da er die Magie schwächer reflektieren würde als der Drache.

Gaj dehnte sich. Die weißen Flügel am Himmel waren der Erfolg seiner Arbeit. Genau wie der Wind, der straff und straffer gezogen wurde, der kämpfend und zürnend in einen allerfeinsten, unsichtbaren Windkanal gedehnt wurde und dann grimmig nach außen brach, ebenso wob und zog und dehnte Gaj den endlosen, lebendigen Faden, den Sandra und Solli am Himmel zu einem wundersamen Muster kräuselten. Nur wenige vermochten aus dem chaotisch geflochtenen Muster die Linien der Großen Runen zu lesen, die die Vertriebenen vom Heißen Meer mitgebracht hatten.

Asmunds Handfläche war nass vor Schweiß. Der Junge strengte sich bis zum Äußersten an, denn jetzt floss die Große Kraft durch ihn, und er musste fast die gesamte, ungeheuere Gewalt des Rückstoßes auf sich nehmen; den Zorn der schlafenden Giganten der Luft, die aus ihrem warmen, tiefen Schlummer geweckt und unbarmherzig in den rasenden Wirbel über dem steinernen Spitzzahn gezwungen wurden. Der Junge gab seine ganze Kraft. Jede neue Windung der Flügel rief qualvolle Krämpfe in seinen Lungen hervor – es schien, als ob eine riesige Pumpe die Luft direkt aus ihnen heraussaugte, so dass der Brustkorb des Knaben sich krümmte und knackte. Aber Asmund blieb stehen, und kein Schmerz konnte die Begeisterung darüber zunichte machen, dass er jetzt ein wirklicher Magier war und sich durch seinen Willen die gewaltigen Flügel über dem Steilfelsen entfalteten.

Boletus hustete zur Warnung. Die Windflügel, die über ihnen dahinglitten, zogen jetzt dank der durch Magie freigesetzten Kräfte Myriaden kleinster Windstrudel zu sich heran – aus allen Winkeln des großen Reiches.

Über der grenzenlosen, kaum hügeligen Ebene, die sich vom Warmen Ufer Hunderte von Kilometern in Richtung Norden erstreckte, beschleunigten die erzürnten Windströme ihre Geschwindigkeit ins Unermessliche und rasten geradewegs auf den Spitzzahn zu. Dort in der Höhe wuchs mit jedem Moment das wahnsinnige Tosen, denn der Wind hasste die Fragen und ordnete sich niemandem unter; nur mit Gewalt konnte man ihm Auskünfte entreißen, und wehe dem, der den Schlag seiner Antwort nicht ertrug.

Ritor sah, wie Gaj blass wurde und dessen älterer Bruder zu schwanken begann. Entschuldige, Asmund, dachte er, gleich werden die Schmerzen noch größer. Es ist gemein, aber du bist unser lebendiges Schild, und daran ist nun nichts mehr zu ändern. Die Jahre der Widerstandsfähigkeit vergehen im Flug, Asmund. Ich habe meine damit vergeudet, den Letzten Drachen zu jagen … vergeblich, wie ich jetzt weiß.

Asmund zuckte plötzlich zusammen. Seine Hand zitterte, es schien, als würde sie sich jeden Augenblick aus Ritors Griff losreißen. Der Junge biss sich auf die Lippen, seine Augäpfel rollten nach hinten.

»Sandra!« Mit scharfem Ton gab das Oberhaupt der Luft seine Anweisungen. Aber die Zauberin hatte bereits von sich aus erkannt, was nötig war. Ohne den Kreis der Hände aufzubrechen, machte sie einen Schritt in die Mitte hin, beugte sich mit jugendlicher Geschmeidigkeit nach vorne und drückte ihre Stirn gegen die schweißbedeckte Stirn des Jungen. Sie verzog schmerzlich das Gesicht, aber ihre Aufgabe hatte sie erfüllt: Der Schraubstock des Schmerzes lockerte seinen eisernen Griff, Asmund richtete sich auf, und sein Blick wurde wieder verständig.

»Halte durch, Junge«, knurrte Ritor durch die Zähne. Die Welle des Schmerzes, die für kurze Zeit abgeflaut war, erreichte auch ihn. »Halte durch. Wenn du es nicht schaffst, wird es mit unseren Alten ein schlimmes Ende nehmen.«

Nur gut, dass weder Roj noch Gaj diese Worte gehört hatten.

Die Flügel waren inzwischen größer und größer geworden. Es sah aus, als würden sie den ganzen Himmel bedecken. Das blaue Himmelsgewölbe war verschwunden, schwarze Wolken ballten sich wie ein dichter Schleier vom Zenit bis zum Horizont, das Tageslicht war verloschen, nur die weißen Federstriche der Flügel hoben sich noch vor dem schwarzen Samt des Himmels ab.

Ritor sammelte sich. Nun begann das Wichtigste. Die Ströme, die den Raum durchquert hatten, trugen Nachrichten über alle Ereignisse in der Mittelwelt herbei; man musste nur klug fragen, und darauf verstand sich Ritor.

Neuankömmlinge von der Anderen Seite. Neuankömmlinge von den Angeborenen. Neu … neu … neu … neue Kinder bei den Einheimischen dieser Länder, der Mittelwelt. Die Flügel schüttelten jetzt ganze Ozeane von Informationen – wie die Leute von der Anderen Seite das nannten – aus sich heraus. Für die richtige Antwort war Ritor bereit, seine Magierkollegen in den Tod zu treiben.

Wenn der Drachentöter schon hier war, musste die Luft es wissen. Das kochende Blut wirkte schon, auch wenn der feuerrote Streifen noch nicht in der Aura zu erkennen war. Der ewige Zorn der vier Elemente musste diesen vom Schicksal auserkorenen Menschen bereits berührt haben, veränderte ihn schon – vielleicht sogar, ohne dass der Drachentöter selbst es bislang bemerkt hatte. Die kleinsten Teilchen des Windes erinnerten sich daran. Der hochfahrende Zorn und die Gier zu töten, die Fähigkeit, andere zu unterwerfen und geradewegs und unerschütterlich auf das ersehnte Ziel zuzugehen. In der Regel hatte der Auserwählte nicht über diese Eigenschaften verfügt, ehe er zum Drachentöter geworden war. Das wusste Ritor aus eigener Erfahrung. Weit war sein Weg gewesen, vom bescheidenen, verschämten Jungen, vom Bücherwurm und keuschen Jüngling zum jetzigen Ritor, dem bis heute – trotz Asmunds großem Talent – besten Zauberer des Clans der Luft.

Das rasende Heulen in der Höhe wurde immer unerträglicher. Die riesigen Flügel versuchten sich zu lösen, freizubrechen. Versuchten zu schlagen, mit aller ihnen zur Verfügung stehenden, unaussprechlich großen Kraft, und sich von der Schöpfung Erde loszureißen, mit einer einzigen vernichtenden Bewegung diese verhasste steinerne Scholle in einen Ozean von Staub zu verwandeln, sie zu ergreifen und in ein entferntes Meer zu schleudern! Versuchten, diesen Haufen jämmerlicher, dreister Gestalten vom Antlitz der Welt zu tilgen, die es wagten, nichtswürdige Fragen zu stellen!

Die zum Äußersten gespannte Leine hielt jedoch die Flügel im Zaum. Die Stunde der größten Kraft hatte geschlagen.

Das Muster der Flügel begann zu verblassen. Die Runen zitterten und veränderten ihre Gestalt. Sandra und Solli sperrten die Münder auf. In ihrer Erinnerung geschah dies zum ersten Mal. Aber Roj hatte so etwas schon einmal gesehen. Ebenso Ritor. Und er wusste genau, was als Nächstes folgte.

Die Flügel hatten das Gesuchte gefunden. Aber sie stießen dabei auf fast unüberwindlichen Widerstand. Die straff im Kreisbogen eingespannten, tobenden Windströme begannen auszubrechen. Nur noch wenige Minuten, ehe die bindende Formel schwächer und sich ein rasender Sturm in die Freiheit losreißen würde; wehe dem, der sich ihm in den Weg stellte!

»Öffne die Schleuse, Sandra«, bellte Ritor. Jetzt durften sie nicht an sich denken, sondern mussten das Unglück von ihrer Stadt abwenden. Natürlich hatte Ritor einen derartigen Ausgang vorhergesehen. Ein Weg war vorbereitet, auf dem der Wirbelsturm in die leere, leblose Steppe abgeleitet werden würde.

»Ich öffne sie!«, schrie die Zauberin und versuchte das Heulen des Hurrikans zu übertönen. Ihr Gesicht war gerötet vor Anspannung.

Asmund stöhnte wieder auf. Er hatte seine Lippe aufgebissen, auch aus seiner Nase schoss Blut, aber er hielt sich tapfer.

Noch nie war Ritor auf einen so starken Widerstand getroffen. Die Magier des Clans hatten alle ihre Kräfte aufgeboten, Flügel über den ganzen Himmel gespannt, und … und … nichts. Genauer gesagt, etwas. Etwas so Starkes, dass …

»Da ist er!«, heulte Gaj auf einmal auf.

Auch Ritor hatte ihn bereits erspäht.

Augenblicklich erkannte er das kleine Städtchen. Im fernen Norden, gleich bei der Grenze – wohl das Territorium des Clans der Erde. Ein staubiger, kleiner Bahnhof. Entlang des hölzernen Bahnsteigs zog sich ein in den Farben der Barbaren angemalter Zug. Ritor erfasste eine Welle der Angst, es war die Angst jener Leute, die in den Eingeweiden des Zuges eingepfercht waren. Und dann sah er einen nicht mehr ganz jungen Mann, etwa um die dreißig, der hager und dunkelhaarig war, eine schwarze Jacke und ein Elfenschwert in einer albernen, unpassenden Scheide trug.

Die Macht des ungehemmt rasenden Windes war so gewaltig, dass Ritor sogar – o Glück! – Wortfetzen hören konnte, die sich im Inneren des Fliehenden verbargen.

Der Raum schmolz, löste sich in Weiß auf. Er lief nicht, sondern er flog. Eilte durch eine helle, weiße Nacht – wie in Sankt Petersburg. Nur ein Blick nach hinten, und die Furcht überwältigt den Verstand. Durch die schaumigen Wolken gleitet ein geflügelter Schatten. Riesenhaft. Bedrohlich. Todbringend. Entweder spiegeln sich die Sterne in der schneeweißen Schuppe, oder sie leuchten ganz von selbst. Gleichmäßig schlagen die Flügel in der dünnen Luft, in den großen, flimmernden Augen liegt Zorn. Er hat es gewagt, den Geflügelten herauszufordern, er hat es gewagt, obgleich er noch nicht die Kräfte hat, mit ihm fertig zu werden. Und jetzt holt jener ihn ein, der Gebieter des Himmels und der Meerestiefen, der Herr über die Erdscholle und das Feuer.

Ritor schrie auf. Es war der rasende Schrei eines Spielers, der nicht nur sein eigenes Leben auf ein Pferd gesetzt hatte, sondern das Leben der ganzen Welt.

»Er ist es! Er ist es!«

Er spürte den Drachentöter – so hell und deutlich, wie es nur ein Bruder vermag.

In diesem Augenblick riss sich der Wind endlich los.

Asmund stöhnte dumpf auf und verlor das Bewusstsein. Ritor konnte seinen taumelnden Körper im letzten Augenblick vom Rand des Abgrunds fortziehen.

»Hinab! Alle hinab!«, schrie Ritor, während er den Strom des Schmerzes auf sich lenkte. »Sandra …«

Aber weder sie noch Solli hörten ihn noch. Sie benötigten keine Anweisungen. Mit ausgebreiteten Armen standen sie da, versuchten sich auf dem Gipfel des Spitzzahns zu halten und lenkten den zerstörerischen Wirbelsturm hinter den Fluss in die Steppe, so weit wie möglich weg von ihrer Stadt. Die unsichtbare Faust des aufgewühlten Elements traf beide auf die Brust. Ritor sah, wie Sandras Kopf zuckte, wie dampfendes Blut in die Luft spritzte; die Zauberin schwankte, wedelte krampfhaft mit den Armen – ihre weit aufgerissenen Augen waren starr vor Entsetzen –, und mit rasendem Geheul stürzte sie in die Tiefe. Solli hielt sich, er stand – sein Gesicht war entstellt, die Haut auf den Wangenknochen geplatzt, die Augen waren fest zusammengekniffen; Ritor durchfuhr es heiß, denn so schnell hatte der Magier die Formel verändert. Der unsichtbare Hammer raste hinaus über die Stadt … und Ritor stand immer noch, wie versteinert, und hielt Asmunds Körper umklammert. Dem Hurrikan den Weg zu öffnen war Sandras und Sollis Aufgabe gewesen. Boletus hatte sie sichern sollen … wo war der eigentlich?

Die Plattform auf dem Gipfel war leer. Weder die Alten, Roj und Gaj, noch der hakennasige Zauberer waren zu sehen. Nur der bewusstlose Asmund, Solli und er selbst. Ritor hielt bis zum Schluss die Flügel zusammen, die bereit waren, jede Sekunde aufzureißen. Denn dann würde die Stadt keine Magie mehr retten können.

Über ihnen braute sich etwas Unvorstellbares zusammen. Das elegante Muster der Flügel verwandelte sich in ein fahlweißes Chaos, Flecken lebendiger Fäulnis auf dem dunklen Körper des Äthers. Ritor erahnte darin ein von unmenschlichem Zorn verzerrtes Gesicht. Der Wirbelsturm knetete und zerrte den weißen Nebel, spann ihn zu gigantischen Windstrudeln über dem steilen Spitzzahn; die heulenden Windströme rasten in Richtung Nordwesten, den von Solli geöffneten Weg entlang, aber ihre Ränder brodelten und wurden auseinandergedrückt, so wie bei Hochwasser die Seiten hölzerner Ablaufrinnen auseinandergedrückt werden; unten am Fuße des Felsens herrschte tödliche Stille – der Vorbote eines vernichtenden Sturms oder … eines glücklichen Ausgangs.

»Nimm Asmund, und dann nichts wie weg von hier!«, sagte Ritor in scharfem Ton. Aber Solli schüttelte nur den Kopf. Wie er sich hielt, war Ritor ein Rätsel. Gleich einer Rasierklinge hatte der Wind dem Magier das Gesicht zerschnitten. An seinen Schläfen waren schon die Knochen freigelegt. Rinnsale aus Blut zogen sich über seinen Rücken, dennoch stand der Magier noch immer.

Jetzt erreichte der Wind Ritor, krallte sich an seinen Schultern fest, zerrte ihn mit unüberwindlicher Stärke zum Abgrund hin. Asmund wurde über die Steine hinterhergeschleift. Der Junge stöhnte und öffnete die Augen.

»Hinunter mit dir!«, befahl ihm Ritor. Der Junge konnte hier nichts mehr ausrichten. »Linse!«

Asmund nickte gehetzt. Offenbar hatte er begriffen, was er zu tun hatte.

Ritor schleuderte ihn wie einen Sack Mehl über den Rand der Plattform.

Es ist an der Zeit, dass du auslernst, Asmund.

Als Nächstes eilte Ritor Solli zu Hilfe. Zu zweit mussten sie ausharren, bis die am Steilfelsen versammelte Kraft sich erschöpft hatte.

Aber jetzt konnte Solli sich nicht mehr halten. Er hatte alles verloren. Sein Gesicht hatte sich in eine einzige blutige Maske verwandelt. Mit äußerster Grausamkeit hatte der Wind ihm den Skalp vom Kopf gerissen. Einen flüchtigen Augenblick lange wunderte sich Ritor, dass Solli noch am Leben war, dann brachte er den Magier mit einem genau berechneten Stoß in die Kniekehlen zu Fall.

Alles barst auseinander, niemand dirigierte mehr den wirbelnden, reißenden Windstrom, der nun in wilder Freude über seine Freiheit zu tanzen begann, hin und her raste wie ein junger, launischer Stier, von einer Seite zur anderen, und dabei alles zermalmte, was auf seinem Weg lag. Und vermutlich hätte er keinen geringen Schaden angerichtet, hätte der Clan der Luft beim Bau seiner Stadt nicht die Möglichkeit solch willkürlich gewalttätigen Wirkens in Betracht gezogen. Den Höhepunkt seiner Kraft hatte der Hurrikan überschritten; umgerissene Zäune, eingedrückte Fensterscheiben und hier und da entwurzelte Bäume nicht mitgerechnet.

Als das Heulen und Rasen sich gelegt hatte, sah Ritor von oben, wie die Menschen scharenweise aus ihren Häusern auf die Straßen der Stadt strömten. Sie liefen zum Felsen, und Ritor wusste, dass sie sowohl Sandra als auch Asmund zu Hilfe eilten.

Vor Ritors Augen stand das Gesicht des jungen Mannes in seiner schwarzen Jacke und mit dem absurden Elfenschwert in den Händen. Das Gesicht des Drachentöters.

Viktor hatte nicht einen trockenen Faden mehr am Leib. Er zog sich aus, wrang seine Kleider aus und hängte sie an den Wänden des Abteils auf. Dann wickelte er sich in eine dicke kratzige Wolldecke ein und setzte sich ans Fenster.

Wahrscheinlich war seine Platzwahl mit eigenem Abteil ein wenig übertrieben gewesen. Das hier war ein ganzes Zimmer auf Rädern. Die Wände waren mit rosafarbener Seide bespannt, an der Decke hingen zwei Lampen mit Schirmen aus farbigem Glas. Ein großes schweres Bett, das eher in ein Museum als in einen Zug gepasst hätte, ein runder Tisch mit zwei Sesseln und eine mit Flaschen und Krügen gefüllte Bar aus geschnitztem Mahagoni standen darin. So war es richtig, nach dem Wahnsinn auf dem Bahnsteig war nun ein Augenblick der Behaglichkeit gekommen.

Jaroslaw sah ebenfalls zum Fenster hinaus. Viktor fühlte sich nicht ganz wohl neben dem schweigsamen und beherrschten Jungen – nein, das war natürlich keine Gleichgültigkeit und auch kein Zynismus ... Und doch hätte er von einem Jungen, der gerade drei Brüder und den Vater verloren hatte, eine andere Reaktion erwartet.

»Kennst du dieses Medaillon?« Viktor deutete zu dem Miniaturporträt auf dem Tisch.

»Ja.«

»Woher?«

»Es hing bei uns zu Hause an der Wand. Manchmal hat Vater es mit sich genommen … wenn er für längere Zeit fortging.«

Was für eine erschöpfende Auskunft …

»Jaroslaw, ich verstehe noch nicht viel von eurer Welt.«

Der Junge rückte ein wenig hin und her auf seinem Platz, blickte aber immer noch zum Fenster hinaus. Dort zogen Hügel und kleine Wäldchen vorbei – eine friedlich-bukolische Landschaft. Je weiter man in die Ferne blickte, umso dichter wurde der Wald, der am Horizont zu einem undurchdringlichen Dickicht verschmolz.

»Vater hat gesagt, dass Sie sich nicht gleich über sich selbst im Klaren sein würden«, antwortete er. »Ich … ich verstehe schon. Das Medaillon ist das Zeichen der Wächter der Grauen Grenze.«

»Dein Vater war Wächter. Das heißt, er passte auf, dass die Toten nicht …«

Der Junge wandte Viktor das Gesicht zu und blickte ihn überrascht an. Jetzt begriff Viktor, warum er so stur zum Fenster hinaus gestarrt hatte: In den geröteten Augen des Jungen glänzten Tränen.

»Auf die Toten aufpassen? Aber wieso sollte jemand auf sie aufpassen? Die Wächter sorgen dafür, dass die Lebenden die Toten nicht kränken.«

Viktor wusste nicht, was er sagen sollte – die ganze Situation kam ihm so absurd vor.

»Sie haben doch keine Schuld«, sagte der Junge ein bisschen trotzig. »Sie wurden in die Welt zurückgerufen, gezwungen zu denken und sich zu bewegen, nachdem sie schon gestorben waren. Sie haben schon keinen ewigen Frieden bekommen, da sollte man sie doch wenigstens ungestört in ihrem Reich leben lassen. Die Graue Grenze hindert sie daran, hervorzukommen und den Lebenden Schaden zuzufügen. Aber die Lebenden, die dürfen alles. Sie übertreten die Grenze, erschlagen die Untoten, nehmen den Körpern Schmuck, Kettenhemden und Waffen ab. Sie klauen alles … die Toten haben ihre Siedlungen, dort gibt es alle möglichen, merkwürdigen Dinge … mit denen bei uns eigentlich niemand etwas anfangen kann, aber sie werden trotzdem geklaut. Im Norden, wo die Grenze mitten durch die Stadt verläuft, haben Mönche sogar ein richtiges Institut eingerichtet. Sie gehen regelmäßig über die Grenze und … forschen da.«

Aus seiner Stimme klang Empörung.

»Dabei gehören sie doch zu uns! Das sind unsere Leute! Menschen und Elfen und Gnome. Sie waren nicht schuld an dieser Schlacht und daran, dass man sie danach von den Toten erweckte. Mein Urgroßvater gehört dazu … und der letzte Herrscher der Elfen und der Rat der Gnome. Die Wächter halten die lebenden Menschen, so gut es geht, von der Grenze fern, indem sie sie erschrecken. Wir …« – dieses *wir* klang, als wäre der Junge bereits dreihundert Jahre alt –, »wir sind damals absichtlich dort geblieben. Wir haben einen Schwur geleistet, dass wir unsere Brüder beschützen werden, nachdem wir sie verraten haben und sie schon nicht sterben ließen. Und das tun wir, wir beschützen sie.«

»Deshalb hat dein Vater die Leute überfallen?« Viktor konnte sich nicht zurückhalten. »Um sie von der Grenze fernzuhalten?«

Der Junge senkte den Kopf und sagte leise: »Nein, nicht nur. Aber deshalb auch … und … das Leben bei uns ist hart. Es gibt dort fast keine Tiere, die Erde ist unfruchtbar – denn die Grenze liegt direkt daneben. Von irgendwas müssen wir leben …«

»Ich verstehe«, sagte Viktor. Aber es klang angestrengt, denn er konnte einfach keine Rechtfertigung für Räuberei akzeptieren. Seine Güte hatte auch nie ausgereicht, um Verständnis für die kleinen Straßengauner und die korrupten Staatsdiener zu haben, die das Land zugrunde gerichtet hatten. Und auch das Verhalten dieser Räuber hier konnte er nicht rechtfertigen – ganz gleich, was dafür sprach.

»Sie sind sowieso wütend auf uns«, sagte der Junge. »Ich weiß schon. Sie sind wütend, aber verzeihen Sie meinem Vater.«

»Ich habe ihm verziehen. Ganz ehrlich.« Diese Worte kamen ihm leichter über die Lippen, und Jaroslaw nickte dankbar.

Viktor stand auf, ging zur Bar hinüber, öffnete sie und betrachtete die Flaschen. Schließlich wählte er einen schlichten Krug – am Ende musste er dafür noch extra bezahlen –, nahm ein Kelchglas und kehrte zu seinem Platz am Tisch zurück.

Das Getränk war göttlich. Kein Brandy, wie er zuerst dachte, sondern ein starker, süßlicher Likör, der Dutzende von Kräutern auf der Zunge erahnen ließ. Auf dem Krug waren irgendwelche Runen eingraviert. War das vielleicht ein Elfengetränk?

»An der nächsten Station steigst du aus«, befahl Viktor.

Der Junge nickte schweigend.

»Sieh zu, dass der Grenzer in Würde beerdigt wird. Dann kehrst du nach Hause zurück. Wer wartet dort auf dich?«

»Niemand.«

»Gehst du auch nicht verloren?«, fragte Viktor nach kurzem Schweigen. Er durfte nicht zulassen, dass der Junge sich an ihn hängte. Auch nicht aus Mitleid.

»Ich gehe nicht verloren.«

»Gut. Ich schlafe jetzt. Weck mich, kurz bevor wir die Station erreichen.«

Der Junge nickte.

»Das dauert noch. Wir müssen die Grenze umfahren.«

Viktor blickte aus dem Fenster, als könnte man in dem Meer aus Wald die Grenze zwischen der Welt der Toten und der Welt der Lebenden erkennen.

Und genau das war der Fall!

Da waren fast unmerkliche, ganz vage und doch unzweifelhafte Kräfte anwesend. Als wäre ein stürmischer Wind durch den Wald gejagt, wichen die Bäume zur Seite, krümmten sich; als wirbelte eine Bö hindurch, brachen Äste ab; als hätte ein stürmisches, in der Höhe verlaufendes Feuer eine Schneise durch den Wald geschlagen, die Baumkronen in Brand gesetzt und verkohlt; als wäre eine Wolke aus Staub aufgewirbelt worden und hätte sich für immer auf dem Laub abgesetzt. Das Band, das sich durch den Wald zog, war fein, fast nicht wahrnehmbar – aber es war auch nach all den Jahrhunderten noch lebendig. Die Absperrung, die Grenze. Die Graue Grenze.

»Im Namen der vier Elemente …«, flüsterte Viktor.

Wieder rollte es heran, ergriff ihn wie eine Welle – er war schon nicht mehr er selbst oder nicht mehr nur er selbst.

»Mit der Luft und dem Feuer, mit dem Wasser und der Erde – mit den ewigen Kräften trenne ich euch von den Lebenden …«

Der Zug rüttelte heftig. Die Lampen gingen an und aus. Der Junge saß nicht mehr im Sessel, sondern drückte sich in eine Ecke und starrte Viktor entsetzt an.

»Und ich ziehe die Graue Grenze zwischen euch und jenen, denen es noch bevorsteht zu sterben …«

Und dann kam es schlagartig über ihn. Wie ein Kontrapunkt. Sein Bewusstsein vernebelte sich. Erdbruch, Wirbel, Wasserstrudel, Flamme …

Die Letzten. Die zwei Letzten. Die schon seine Kraft spüren, die schon ahnen, dass auch sie nicht standhalten werden. Lodernder Wald, Wasserfluten stürzen vom Himmel, aber sie zischen und verdampfen, haben nicht die Kraft, die aufgequollene Erde zu erreichen. Und er geht durchs Feuer – ihm ist diese Macht gegeben, er hat die Kräfte, um sich allen Elementen entgegenzustemmen.

Und die beiden Letzten erkennen das.

Der Himmel trägt sie nicht länger, die Luft unter ihren Flügeln gibt nach, eine Sintflut drückt sie nieder, und die Erde tut sich auf unter dem ungeheuerlichen Gewicht ihrer schuppigen Körper, und ihre todbringende Flamme, die alle Feinde stets so gehorsam zu Asche versengte, droht nun in den Abgrund zu stürzen.

Das heißt, sie werden ihm mit menschlichem Antlitz begegnen.

Das heißt, auch er wird sie als Mensch einholen.

Die Abrechnung. Für die tausendjährige Herrschaft, für den Grimm und die Unbeugsamkeit, für die Weigerung, auch nur einen Funken der Macht zu teilen, für maßlosen Dünkel und Stolz.

Er ist auserwählt – und er wird zum Banner der neuen Ära. Zum Boten der Freiheit.

Der Wald wird lichter, in der Ferne glitzert das Band eines Flusses, und an dessen Ufer sieht er die Letzten stehen. Ein Mann und eine Frau. Der Mann trägt einen schwarzen Harnisch, die Frau eine zerrissene Tunika. Sie hat bei dem flüchtigen Kampf im Himmel mehr abbekommen.

Der Mann im schwarzen Harnisch geht voran, ihm entgegen. Sein Gesicht ist vom vergitterten Visier des Helms völlig verdeckt. In der Hand hält er den Griff eines Schwertes. In seiner Stimme erklingt Müdigkeit – nicht Angst und auch kein Hass. Wenigstens verstehen sie es, mit Würde zu verlieren.

»Warum verfolgst du uns? Wir gehen fort. Wir sind schon auf dem Pfad. Ihr wollt Freiheit? So nehmt sie euch …«

In seinen Worten liegt Wahrheit, aber die Zeit der Mildtätigkeit ist vorbei.

»Ihr geht nirgendwo hin. Denn ich bin der Drachentöter.«

Der Mann hebt sein Schwert. Vielleicht glaubt er immer noch an seinen Sieg. Vielleicht sucht er einen schönen Tod …

Es war vorbei. So schnell, wie es gekommen war, und zurückgeblieben waren nur eine brausende Schwere im Kopf und schwache Hände. Der Zug schaukelte über die Gleise, vor dem Fenster zog sich, tief versunken im Wald, die unsichtbare Grenze entlang.

»Was ist mit mir, hm?« Viktor war sich nicht im Klaren darüber, ob er seine Frage an den Jungen oder an sich selbst gerichtet hatte.

Aber der Sohn des Grenzers wusste die Antwort nicht, und Viktor erst recht nicht.

Doch der Junge gab sich alle Mühe. Er schien seine Worte sehr sorgfältig zu wählen. Er versuchte, eine Sache so einfach wie möglich auszudrücken, die noch nie einer Erklärung bedurft hatte. »Die Magier leben in Clans am Ufer des Ozeans. Die Städte der Menschen sind für sie unwichtig. Es gibt die Elementaren Clans. Vier an der Zahl. Sie stehen an der Spitze unserer Welt.«

»Ich verstehe. Davon hab ich schon gehört.«

»Dann gibt es die Tierclans.« Jaroslaw zuckte mit den Schultern. »Das sind Werwölfe. Sie sind fähig, etwas vorzuspiegeln … sich in Tiere zu verwandeln. Sie sind schwächer, aber auch ihre Kraft ist groß …«

Er wollte fortfahren mit seiner Erklärung. Aber ganz gleich, ob der Sohn des glücklosen Grenzers sich gut auskannte oder weniger gut, für den Augenblick war es ganz offenbar zu viel für Viktor. Aus der Tiefe tauchten wieder zerstörerische Visionen auf – Feuer und Wasser, einstürzende Berge und reißende Wirbelstürme. Schmerz zerrte an Viktors Schläfen, und er hatte das Gefühl, sein Kopf sei von einem Pfeil durchbohrt worden.

Mit einer Handbewegung brachte Viktor den Jungen zum Verstummen.

Weiter durfte er nicht gehen. Alles, was er aufsaugte, spiegelte sich in seinem Gedächtnis, wie sich in einem gebogenen Spiegel die sengende Hitze der Sonne sammelt. Er konnte nicht zu viel auf einmal davon verkraften. Zu groß war die Versuchung, gleich vom ersten angeblichen Fachmann alles Notwendige in Erfahrung zu bringen, alles fix und fertig präsentiert zu bekommen. Irgendetwas bewahrte Viktor davor …

»Herrscher.« Der Junge machte sich offenbar Sorgen, als Viktors Schweigen sich in die Länge zog.

»Alles in Ordnung.« Viktor schluckte den Kloß in der Kehle herunter. »Ihr habt mir wirklich geholfen. Ich bin deiner Familie dankbar.«

Vielleicht spürte Jaroslaw die Lüge in diesen Worten. Aber seine Ehrfurcht für den Herrscher war zu groß.

»Kommt die Station bald?«, fragte Viktor.

Der Junge blickte lange zum Fenster hinaus.

»Ja, bald. Noch eine halbe Stunde oder eine Stunde …«

»Du steigst aus«, wiederholte Viktor. »Hier, nimm.«

Und bei diesen Worten zog er das Säckchen mit den Edelsteinen aus seinen trocknenden Jeans und suchte schweigend drei blutrote Rubine heraus.

»Wir dienen euch nicht für Geld, Herrscher!«

»Ich weiß. Aber ich belohne Treue.«

Unmittelbar nach Loj Iwers Zusammenstoß mit Torn bekamen ihre Kundschafter Aufgaben, die ihnen den Schweiß ins Gesicht trieben.

Denn … wo war der Clan des Feuers?

Und warum war außer Ritor kein einziger Vertreter vom Clan der Luft zum Ball erschienen?

Und wie hatte es, bitte schön, zu diesem Schlagabtausch zwischen zwei mächtigen Magiern kommen können? Wie konnte Torn es wagen, alle geschriebenen und ungeschriebenen Gesetze zu brechen und den Zwist geradewegs hier auf Loj Iwers Ball auszutragen?

Was bedeutete das alles?

Wenn eine Angelegenheit nach »angebranntem Schwanz« roch, wie die Katzen zu sagen pflegten, dann bevorzugte Loj die groben Waffen der Schmeichelei und Verschlagenheit. Schmeichelei, Verschlagenheit und natürlich gute Ratschläge. Dabei war es allerdings vonnöten, dass die Ratgeber nicht bemerkten, dass sie ihr in irgendeiner Weise halfen.

Ein enger Kreis vertrauenswürdiger Freundinnen (wenn man diesen Begriff überhaupt für Katzen verwenden will) hatte sich um sie versammelt, nur drei an der Zahl, aber mehr war auch nicht nötig. »Die Wahrscheinlichkeit einer undichten Stelle wächst proportional zur Anzahl derjenigen, die in ein Geheimnis eingeweiht sind« – diese Regel hatte die erste Iwer, Lojs Großmutter, ihrer Enkelin schon als kleinem Mädchen eingebläut.

Die Großmutter hatte damals auch ihre Gefährtinnen ausgesucht. Das verstand Loj natürlich erst jetzt; es war kein Zufall, dass ausgerechnet die bis zur Selbstaufgabe ergebene Kari, die nie etwas anderes als Bewunderung für Loj hegte, deren beste Freundin geworden war. Die alte Iwer hatte die Fähigkeit, geradewegs in die Menschen hineinzusehen; daher waren von jüngster Kindheit an nur solche Leute in Lojs Umgebung anzutreffen, die vor allem die vorteilhaften Züge des Mädchens zur Geltung brachten. Auf diese Weise wurde auch die kluge, aber freudig im Schatten zurückstehende Kari zu ihrer Vertrauten. Das Gleiche galt für die Jungen, die zu gegebener Zeit anfingen, Loj zu hofieren. Unter ihnen waren keine Schwächlinge und Einfaltspinsel, sondern nur zukünftige Kämpfer und Führer des Clans (wenn man denn dieses Wort überhaupt für die Kater des Clans der Katzen verwenden will). Und die Erzählungen über die Tollheiten der jungen Kater verbreiteten sich in der ganzen Mittelwelt und trugen einiges zu Lojs eigenem Ruhm bei. Klug war ihre Großmutter gewesen; und wenn Loj gelegentlich in den Sonnenuntergang blickte, wohin die Alten des Clans, der Tradition folgend, zum Sterben gingen, dann erinnerte sich die Enkelin mit Wärme an ihre Ahnin …

»Ich habe Eilboten zum Clan des Feuers geschickt«, sagte Loj. Hinter den Wänden heulte düster der Wind – verdächtig stark heulte er. Hatte der stolze Ritor am Ende befunden, dass man die Katzen nicht aus den Augen lassen durfte? Dann stand es schlecht. Sich mit dem mächtigsten Zauberer der Mittelwelt anzulegen, dazu verspürte Loj nicht die geringste Lust. »Eine Antwort müssten wir übermorgen erhalten …«

»Und mit welcher Antwort rechnest du?«, fragte Kari.

Loj zuckte mit den Schultern. Dies war einer der seltenen Fälle, in denen man nicht die geringste Ahnung hatte. Für gewöhnlich bestätigten die Nachrichten ihrer Kundschafter bloß ihre eigenen Vermutungen, aber diesmal blieb ihr nichts anderes übrig, als zu warten, und das ärgerte die ungeduldige Katze maßlos.

In Lojs Boudoir war es überraschend eng. Im Vergleich zu dem weitläufigen Ballsaal wirkte das befremdlich. Aber daran war nichts zu ändern, denn es entsprach ganz der Natur des Clanoberhaupts: Wahre Behaglichkeit fanden die Frauen des Clans nämlich nur in solchen heimeligen, halbdunklen, mit weichen Kissen ausgelegten Räumlichkeiten. Die Freundinnen lehnten bequem in den Polstern, und jede hatte auf einem Tischchen vor sich einen kleinen Krug mit ihrem Lieblingswein. Aber sie rührten ihre Getränke fast nicht an, sondern schwiegen in dem Bewusstsein, dass die Situation für einen ganz normalen fröhlichen Mädchenabend einfach zu ernst war.

»Es ist irgendwie ungewöhnlich, so über die Ereignisse im Dunkeln zu tappen«, bemerkte die affektierte Lola, die Einzige aus Lojs Umfeld, die von der Anderen Seite stammte. Ihren eigenen Erzählungen zufolge war sie dort eine große Gelehrte gewesen – vergleichbar einem Magier in der Mittelwelt. Aber Loj war schon vor langer Zeit zu der Überzeugung gekommen, dass die Geschichten derer, die aus anderen Welten kamen, nicht allzu viel Wahres enthielten. Sie waren eher Träume …

»Wie konnte uns Torn nur entwischen?«, seufzte Ota. Sie war eine starke Persönlichkeit, eine blendende Schönheit und eine gute Magierin. Frauen ihrer Sorte band Loj mit einem einzigen Ziel an sich: um sie immer im Auge zu haben, sie kontrollieren zu können und auf diese Weise, mit vorsätzlicher Freundschaftlichkeit, mögliche Intrigen zu vereiteln.

»Was ist los mit euch, Mädchen?«, sagte Loj mit gerunzelter Stirn. Sie durfte Ota auf keinen Fall zustimmen. »Wollen wir hier vor Bedauern zerfließen? Wollen wir uns etwa mit Selbstvorwürfen zermartern, weil uns einer entwischt ist? Wir, die Katzen? Wollen wir in Panik verfallen? Wir werden Torn und diesen stolzen Ritor schon noch dazu bringen, nach unserer Pfeife zu tanzen! Sagt mir lieber, was es war, was die beiden nicht teilen konnten.«

»Sicher nicht die Macht«, bemerkte die dunkelhaarige Kari bedächtig. »Ritor hängt nicht daran.«

»Das ist richtig«, stimmte Ota ihr zu. »Er hat noch nie versucht, die Oberherrschaft …«

»Ritor hat nur eine, dafür aber durch und durch glühende Leidenschaft«, erklärte Lola, »und das sind die Angeborenen.«

»Genau«, pflichtete Loj ihr bei. »Aber was hat das für einen Zusammenhang mit Torn? Das Wasser hat nie viel für die anderen Clans an diesem Ufer übriggehabt … Ich würde sogar sagen, das Gegenteil war der Fall.«

»Also doch die Macht?« Kari verschränkte ihre schmalen Arme.

»Was Torn angeht, ist das immerhin denkbar.« Lola zog bedeutungsvoll die Augenbrauen hoch. »Er ist stark … und ehrgeizig. Reich. Er presst die Abgaben mit allen Mitteln aus seinen Leuten heraus. Und das Strafkommando des Wassers kennt keine Erschöpfung. Könnte es sein, dass sie sich wegen des Clans der Erde in die Haare geraten sind?«

»So heftig, dass sie ihren Streit auf meinem Ball austragen?« Loj schüttelte erregt den Kopf. »So gierig ist nicht einmal Torn.«

»Er hat unsere Gepflogenheiten bislang immer geachtet«, sagte Ota nachdenklich. »Es muss etwas ganz und gar Außerordentliches geschehen sein.«

»Allgemeine Phrasen helfen uns nicht weiter«, unterbrach Loj die Freundin. »Etwas Außerordentliches ... so was darf es bei uns einfach nicht geben. Wir haben sieben Spione beim Clan des Wassers. Ich möchte wissen, warum sie nichts unternommen haben. Fia schläft mit Roman, und der ist doch wenn nicht Torns rechte, so doch wohl zumindest seine linke Hand. Und warum, frage ich mich, hat sie nicht ein einziges Wort verlauten lassen?«

»Es wird doch kein Unglück geschehen sein?«, bemerkte die vorsichtige Lola.

»Ein Unglück? Mit allen sieben gleichzeitig?«

»Warum nicht? Wir sind in letzter Zeit zu selbstsicher gewesen. Größere Misserfolge gehören schon lange der Vergangenheit an. Wir können es sogar – oho! – mit den vier Elementen aufnehmen. Aber was ist, wenn Torn die ganze Zeit Bescheid wusste und sich insgeheim ins Fäustchen lachte? Und als die Zeit kam, zu handeln, hat er mit allen, die für uns arbeiteten, kurzen Prozess gemacht. Wir sollten ihn nicht unterschätzen.« Lola redete sich in Rage.

Iwer versank eine Weile in Gedanken.

»Also machen wir es so: Acht Mann gehen zu Torn, ebenso viele zu Ritor; und jeweils vier zu den beiden anderen Elementen. Und wir warten vorerst ab.«

»Vielleicht sollte ich auch ... ein wenig herumstreunen?«, schnurrte Ota. »Alle unsere Spione haben einen grundsätzlichen Nachteil, sie verfügen nicht über die strategische Information. Das heißt, sie wissen nicht, wonach sie suchen müssen …«

Loj freute sich einmal mehr darüber, dass ihr Ota rechtzeitig aufgefallen war und sie die junge Frau an sich gebunden hatte.

»Nein, meine Liebe«, antwortete sie süßlich. »Nein. Herumstreunen werde ich schon selbst müssen.«

»Warum das?«

»Aus dem einen Grund, weil nur ich …«, Loj schenkte der Freundin und Konkurrentin ein bezauberndes Lächeln, »über die *ganze* strategische Information verfüge.«

Sollte sich Ota doch den Kopf darüber zerbrechen, worin der Wissensvorsprung der großen Loj Iwer bestand.

9

Der Zug fuhr mal schnell, dann wieder verlangsamte er seine Fahrt, wenn die Gleise eine scharfe Kurve machten. Viktor saß auf dem Bett und döste vor sich hin. Den Kopf hatte er an den weichen Wandbezug gelehnt. Einmal hörte er ein seltsames Geräusch, er öffnete die Augen und sah, wie Jaroslaw sein Messer an einem kleinen Schleifstein wetzte. Der Junge errötete von Viktors Blick, versteckte den Stein und setzte sich unnatürlich aufrecht hin.

Ein Raufbold ...

Viktor schloss die Augen und kämpfte gegen die Versuchung, wieder Fragen zu stellen. Wahrscheinlich könnte der Junge ihm einiges erzählen.

Aber noch immer existierte in seinem Bewusstsein eine Sperre. Entweder war das die Angst oder der Widerwille gegen die möglichen Folgen seiner Wissbegier – gegen einen neuerlichen Anfall greller, verzehrender Visionen.

Was war er für einer? Genauer gesagt, wer war er? Woher kamen diese Halluzinationen? So etwas hatte er noch nie erlebt, das konnte doch nicht ...

Viktor bemerkte nicht, wie er wieder einnickte.

Und dann befand er sich am Ufer, bis zu den Knien im anthrazitfarbenen, fast schwarzen Wasser. Dumpf brauste die Brandung.

Wieder!

Wie … o Gott, so war es doch heute Nacht schon gewesen! Viktor war sich sicher, dass er da geschlafen hatte. Und jetzt – nein.

Im Traum ist alles möglich. Leuchtend echte Farben und Geräusche.

Aber nie, fast nie kann man seinen eigenen Körper spüren.

Ganz sicher bemerkt man nicht, dass das Wasser nass ist, die Sonne auf den Rücken brennt, die Steine unter den Füßen mit einer glitschigen Schicht überzogen sind.

»Zum Teufel!«, war alles, was er sagen konnte.

Die anfallartigen Visionen hatten jedenfalls ganz bestimmt nichts gemein mit diesen Träumen. In den Visionen war er nur Zuschauer. Er sah alles, was vor sich ging, war sich seiner selbst aber nicht bewusst. Im Grunde genommen, wenn man ganz unvoreingenommen daranging, dann hatten diese aus dem Nichts kommenden Visionen sogar einige Ähnlichkeit mit den normalen Träumen auf der Anderen Seite.

Aber jetzt erinnerte er sich ganz deutlich, wer er war, wie er in die Mittelwelt geraten war. Erinnerte sich an Tel, den toten Grenzer und dessen Sohn Jaroslaw, der sich noch vor einer Minute an seinem Messer zu schaffen gemacht hatte.

Viktor schöpfte Wasser mit der hohlen Hand und führte es zum Gesicht. Ganz normales Wasser. Durchsichtig. Woher kam diese dichte schwarze Farbe, wie Füllertinte?

Eine Welle schwappte ihm bis zum Gürtel und vereitelte weitere Experimente. Viktor watete eilig zum nächstgelegenen Ufer. Weiter hinten sah er dieselben wundersamen Berge und das gedrungene Gebäude, in dem er schon gewesen war. Diesmal lag kein säuerlicher Geruch in der Luft, und aus dem Kamin stieg kein Rauch.

»Was hat das jetzt wieder zu bedeuten, Brüderchen?«, flüsterte Viktor vor sich hin. Dann rief er: »He, Hausherr! Mir hat's bei dir gefallen, komm und nimm deinen Gast in Empfang!«

Im Durchgang, der die Tür ersetzte, erschien niemand. Auch das Feuer, das beim letzten Mal in der Dunkelheit geleuchtet hatte, war verschwunden. Viktor sprang ans Ufer, hob die Füße hoch in die Luft und versuchte, das Wasser aus den Schuhen zu schütteln. Es gelang ihm nicht, und er war gezwungen, sich auf die glattgeschliffenen Kiesel zu setzen und die Schuhe auszuziehen.

Nein, hier war nichts richtig. Zu real für einen Traum. Oder konnte man im Traum mit der Hand nassen Sand schöpfen und jedes einzelne Sandkörnchen erkennen? Konnte man jeden einzelnen Kiesel unter den Füßen spüren? Konnte man in der Ferne jede Bewegung der violetten Zweige erkennen, wenn man in die durchsichtige Luft blickte?

Viktor verspürte Angst, vorerst war sie noch unsicher und schüchtern. Wie ein kalter Klumpen auf seinem Herzen. Aber befand er sich nicht in einer Welt, die nach anderen Regeln funktionierte? War es nicht möglich, dass die Träume hier materiell waren?

Nein! Dieser Idee durfte er sich nicht verschreiben. Schon allein deswegen, weil er nach seinem ersten Traum dieser Art weder Blutergüsse noch Blutspuren an seinem Körper gefunden hatte. Und der lächerliche Kampf mit dem unfreundlichen Dickwanst hätte solche zurücklassen müssen.

Es gibt Träume, Töchterchen, einfach nur Träume. Er würde es mit den guten alten Freud-Witzen halten und versuchen, die Rätsel, die ihm sein Unterbewusstsein aufgegeben hatte, zu lösen.

Viktor zog die nassen Socken über und schlüpfte widerwillig in seine Schuhe; er wäre lieber barfuß gegangen, aber er wollte sich die Fußsohlen nicht am Riedgras aufschneiden.

Durch das hohe Gras ging er in Richtung des Laboratoriums. Plötzlich hielt er überrascht inne.

Von einer anderen Stelle des Ufers aus verlief bereits ein kleiner Pfad zu dem Gebäude hin. Das Riedgras war niedergedrückt und geknickt. Dort war er beim ersten Mal entlanggegangen.

Es war nicht Traum und auch nicht Wirklichkeit. Er hinterließ Spuren in dieser Welt – aber die Welt hinterließ keine Spuren an ihm. Unwillkürlich beschleunigte Viktor seinen Gang, wechselte auf den bereits vorhandenen Pfad und begann dann zu laufen. Von irgendwoher kam ihm der Gedanke, dass die ihm zur Verfügung stehende Frist in dieser Welt nicht besonders lang war. Und er konnte, ja, er musste hier etwas verstehen.

»Hausherr!« Viktor blieb am Eingang stehen und versuchte ein weiteres Mal, den kleinwüchsigen, dicken Alchimisten herauszurufen.

Stille. Aus der Ferne war das Rauschen der Wellen zu hören, mehr nicht.

»Na dann … nichts für ungut.« Viktor trat ein. Wieder gewöhnten sich seine Augen augenblicklich an das Halbdunkel.

Das umgestürzte Regal lag noch immer auf dem Boden. Auf den Regalbrettern, die noch an der Wand hingen, befanden sich längst nicht mehr so viele merkwürdige Gegenstände wie vorher. Aber das Wichtigste war, dass der Kessel fehlte und kein Feuer brannte. Der Brei war wohl fertig gekocht – Brei mit Freddie Krueger in Miniaturausführung …

Sich misstrauisch umsehend, trotz allem war es ja nicht richtig, was er tat, hob Viktor den Deckel der Truhe. Vorsichtig, denn wer wusste schon, was für eine Scheußlichkeit sich da noch versteckt hielt.

Die Truhe war leer. Nur eine dicke Schicht Staub und Spinnen in den Ecken. Aber halt, das war doch interessant. Wie hatte der Dicke das kleine Männchen herausholen können, ohne Spuren zu hinterlassen?

Viktor war mit einem Mal froh, sehr froh über diese kleine Unstimmigkeit in seinem Traum. Sonst wäre alles noch furchtbarer. Dieser Traum, der kaum weniger klar und folgerichtig war als das wirkliche Leben, war eine unangenehme Sache.

»Ho, ho!«

Er drehte sich um.

Der rotgesichtige Dickwanst stand im Eingang und wischte sich die Hände an seinem riesigen Bauch ab. Er blickte verwirrt und leicht verschmitzt, wie einer, der einen missratenen Scherz gemacht hatte. Sein Lächeln war unbeholfen, aber doch wohl freundlich.

»Hier gibt es nichts, guter Mann!«, erklärte der Dicke sehr verständig. Er trat ein, wobei er mit den Schultern die Wände streifte. Mit einem Seufzer blickte er sich im Raum um. »Früher war es hier wunderbar …«

»Wo ist der Kessel?«, fragte Viktor grob.

Der Dicke grinste erneut. »Der Kessel? Hat ausgekocht! Dank Ihrer Bemühungen, alles dank Ihrer Bemühungen … ganz wie es Ihnen gefällt, Euer Gnaden …«

Er verneigte sich zu einer scherzhaft-ironischen Verbeugung. Der Anblick dieses tölpelhaften Dickwansts mit den Manieren eines Saufbolds rief ein Gefühl der Abscheu in Viktor wach.

»Du hast dich also für mich bemüht«, sagte Viktor gleichgültig. Er nahm einen seltsamen Gegenstand vom nächstbesten Regal – ein Stück verbogenen Blechs. An diesem Stück Metall konnte man einige hervorstehende Flächen erkennen, gläserne Kleinteile, die früher vermutlich eine dünnwandige Röhre gewesen waren. »Und warum hast du das hier nicht in Gang gesetzt? Na?«

Der aufgeblasene Tonfall eines Kontrolleurs, den er dabei angeschlagen hatte, erzielte eine unerwartete Wirkung. Der Dicke kam angerannt, legte Viktor vertraulich den Arm um die Schulter und blickte auf dessen Hände.

»Das? Also, das …« Dann runzelte er verächtlich die Stirn. »Wie oft kann man das machen? Sag selbst! Ohnehin wurden schon an die zwanzig hineingeworfen, und diese …« Er fuchtelte mit seinen fleischigen Armen über seinem Kopf. »Und jene …« Der Dicke breitete die Arme aus und machte ein paar Schritte. »Nein! Sag selbst! Du wirfst sie rein, immer mehr und mehr … und sie stürzen immerzu ab …«

Erst jetzt erkannte Viktor plötzlich, was er eigentlich in den Händen hielt. Es war ein Flugzeug. Ein winziges Modell eines Flugzugs – wohl einer Boeing oder etwas anderem Ausländischem. Die gestauchten Flügel, der aufgebrochene Korpus, Stofffetzen – waren das die Sitze? –, die Glaspünktchen der Bullaugen.

Oder … war es kein Modell? Fasziniert strich Viktor mit dem Finger über die Außenhaut des Fliegers. Dabei ritzte er sich die Haut an dem scharfkantigen, aufgerissenen

Metall auf. Von dem heftigen Schmerz verzog er das Gesicht.

»Hier gab es sowieso nicht viel Volk«, fuhr der Dicke nachlässig fort. Er nahm das Modell aus Viktors erstarrten Händen und schleuderte es in die Ecke. »Vergiss es! Was du brauchst, ist alles in die Sache geflossen! Zweifle nicht daran – dir wird es reichen!«

Und er lachte los, als hätte er einen ungeheuer geistreichen Witz gemacht. Aber Viktor achtete nicht auf ihn, seine Augen glitten über die fast leeren Regale, die Wände entlang, und verzweifelt versuchte er zu begreifen.

Da war noch ein Modell. Eine grün-braune Konservendose, aus der glänzende Klingen herausragten – Hubschrauberrotoren. Und noch eines … nun, man könnte die winzig kleinen, vom Feuer beschädigten Waggons wohl eine Kindereisenbahn nennen, nur dass Kinder auf keinen Fall mit solchem Spielzeug spielen sollten. Und Klumpen aus Schlamm, ein wenig angetrocknet, aber noch fast wie frisch aus dem Meer. Da ragte ein Ruderblatt aus dem Matsch, dort die Spitze eines Masts und ein Stück Segel, hier ein spitzer Bug mit den Resten einer vermutlich englischen Aufschrift: »…ent«.

Was war das nur?

»Hast … hast du sie …«, fragte Viktor. Ganz ruhig. Und mit der festen Überzeugung, dass er den anderen töten musste, falls der die Frage mit einem Ja beantworten würde. Wenn auch nur im Traum.

»Was?«, heulte der Dicke mit ehrlicher Wut auf. »Ich? Für wen hältst du mich, du Schlauberger? Wir sind doch keine Tiere!«

Viktor wich zurück an die Wand, gleichermaßen erschrocken über den Ausbruch und verwirrt von seinem eigenen Fehlschluss.

»Warum ... warum sollten wir? Wenn sie doch von selbst ... ins Wasser stürz... pardauz ...« Der Dicke strich sich über den Wanst und sagte unerwartet ruhig und friedfertig: »Natürlich hätten wir das gekonnt. Aber wie? Wer sind wir denn? Es ist uns doch gestattet ...«

Er wandte sich um und ging mit einem tiefen Seufzer zur Tür. Auf der Schwelle blieb er stehen und fügte mit Ironie in der Stimme hinzu: »Aber komm du nur wieder! Komm nur! Sieh zu, wie du den Zeitpunkt wählst ... Aber hier ist nichts mehr zu tun, geh in das Wäldchen dort ...«

Er war schon aus Viktors Blickfeld verschwunden, da hörte er ihn noch einmal: »Nimm dich in Acht, ungebetener Gast!«

Viktors Verwirrung schwand. Er lief zum Ausgang, und kaum hatte er die Schwelle überschritten, als das Dach zu wackeln begann. Holzlatten fielen herunter, hinter ihm stürzte ein schwerer Balken zur Erde. Und plötzlich loderte eine Flamme auf.

Auf allen vieren hockte Viktor da und sah zu, wie zielstrebige Feuerzungen das Gebäude erfassten. Sie waren glühend, fast durchsichtig und verzehrten gleichmäßig schnell sowohl Holz, Stein als auch Eisen. Der Kamin stürzte ein – als würde er nach innen gezogen. Und dabei hieß es doch, dass die Schornsteine auf den Brandstätten immer verrußt, aber unversehrt zurückbleiben ...

Ohne noch länger darüber nachzudenken, begann Viktor vom Feuer fortzukriechen. Schneller und schneller, denn die Hitze nahm zu. In dem einstürzenden Gebäude platzte etwas schallend, es zischte, etwas loderte mit vielfarbigen Lichtreflexen auf. Viktor schützte sich mit den Armen gegen die Funkengarben, die wie bei einem Feuerwerk durch die Luft flogen.

Und dann schien es, als ob ein zarter, vielstimmiger Chor zu ihm durchdrang …

»Herrscher! Herrscher!«

Viktor öffnete die Augen und zuckte vor dem erschrocken blickenden Jaroslaw zurück.

»Sie haben gestöhnt«, erklärte der Junge schüchtern. »Laut. Und … Sie haben sich das Gesicht mit den Händen bedeckt.« Er machte die Bewegung nach.

»Ich habe geträumt«, sagte Viktor. »Einen schrecklichen Traum. Danke, dass du mich geweckt hast.«

Und voller Misstrauen gegen seine eigenen Worte blickte er auf seine Hände. Er hatte sich doch an dem Flugzeug geschnitten? Die Wunde hatte zwar nicht geblutet, müsste aber noch zu sehen sein.

Es war keine Spur vorhanden. Ein Traum. Einfach ein Traum.

Aber, o Gott, wie schrecklich echt.

Dafür, dass die Winde sich mit derartiger Gewalt in die Freiheit losgerissen hatten, waren die Verluste nicht sehr schwerwiegend. Allerdings fielen Roj und sein Bruder, Solli und der hakennasige Boletus vorerst aus, die beiden Alten vermutlich für längere Zeit, denn in ihrem Alter waren Frakturen und tiefe Erschöpfung nicht mit einfacher Magie zu heilen. Ritor konnte nur auf die unermüdliche Sandra zählen. Ja, und auf den jungen Asmund, den Einzigen, der nicht mal einen Kratzer davongetragen hatte. Im Augenblick der Gefahr hatte sich der Junge sofort zurechtgefunden, hatte eine Luftlinse geschaffen und war, wie man so sagt, mit dem Schrecken davongekommen. Ach, so viel Umsicht hätte er Taniel gewünscht … Ritor verbot sich, an den Jungen zu denken.

Während in der Stadt die Spuren der Verwüstung beseitigt wurden, versammelte sich der Rat der Luft erneut.

Ritor beobachtete Sandra. Die Zauberin wiegte ihren unnatürlich verdrehten Arm hin und her, ihre Stirn war schweißbedeckt – der Schmerz drang durch alle Schutzwälle hindurch. Bis zum Abend würde von dem komplizierten Bruch keine Spur mehr zu sehen und zu spüren sein, aber bis dahin musste sie durchhalten.

Asmund drückte sich wie ein unsichtbares Mäuschen in eine Ecke. Schließlich war er zum ersten Mal bei einer echten Ratsversammlung dabei!

Diesmal waren nicht nur Magier gekommen. Die Obersten der Ausbilder, ferner Kämpfer, Ärzte, Giftmischer und Handwerksmeister. Ritors Bruder Kan war ebenfalls anwesend; heute hatte er alle Hände voll zu tun.

Der Ratssaal war vollkommen unversehrt. Kein noch so gewalttätiges Element konnte die Schutzformeln erschüttern, die schon die Begründer in seine Mauern gewirkt hatten; jene Neuankömmlinge, die als Erste aus dem Nebel des Heißen Meeres an den Gestaden des Warmen Ufers gelandet waren. Wie schon zuvor gab es hier keinen Tropfen Wasser, kein Staubkörnchen und nicht den leisesten Widerschein eines Feuers. Hier herrschte nur die bewegungslose, in konzentrierter Ruhe verharrende Luft.

Fast vierzig Augenpaare blickten Ritor an.

»Brüder«, der Zauberer erhob sich, »zuallererst und vor allen Dingen lasst uns unsere verehrten Magier Roj und Gaj preisen, ebenso wie unsere hochgeschätzten Gefährten Eduljus und Solli. Sie gaben alles, damit unsere Sache von Erfolg gekrönt wäre.« Ritor liebte derartige Zeremonien nicht, hier offenbarte seine Beredsamkeit Schwächen, aber daran war nun nichts zu ändern. »Die Hälfte, ja sogar zwei

Drittel der Aufgabe sind erfüllt. Wir haben den Drachentöter gefunden.«

Durch den Saal lief ein kurzes, beherrschtes Aufseufzen. Ritor blickte in die angespannten Gesichter – nein, bei keinem konnte er so etwas wie versteckte Freude wahrnehmen. Er hoffte von Herzen, dass man ihn wenigstens in seinem eigenen Clan nicht betrog.

»Der Drachentöter ist dort erschienen, wo man mit ihm rechnen musste, nämlich im fernen Norden, bei der Grauen Grenze. Von nun an werden wir ihm immer auf den Fersen sein. Wir müssen ihn zu fassen bekommen ... ehe er die Weihen erlangt. Ehe der Clan des Wassers ihn findet und unter seine Fittiche nimmt. Sonst ist ein Krieg unvermeidbar. Und wir sind kaum in der Lage zu kämpfen.«

Wieder kam leise Bewegung in die Versammlung. Was ein Krieg mit dem Clan des Wassers bedeutete, war jedem klar.

»Wir können den Clan nicht schutzlos zurücklassen. Daher kann ich nicht viele von euch mitnehmen. Sandra und Asmund ... alle anderen werden hier gebraucht.«

»Zu dritt könnt ihr es nicht schaffen«, sagte Schejmo, das Oberhaupt der Ausbilder. »Auch wenn der Drachentöter noch nicht den Gipfel seiner Kraft erreicht hat.«

»Das stimmt.« Ritor nickte. »Gib mir zwei deiner besten Paare, Schejmo.«

»Kevin und Erik«, rief der alte Haudegen, ohne zu zögern, und es erklang zustimmendes Murmeln im Ratssaal.

»Ich komme auch mit«, sagte Kan leise, aber so, dass alle es vernehmen konnten. »Zauberformeln sind nicht alles, Ritor.«

Der Magier blickte seinen Bruder durchdringend an. Seit Taniels Tod waren sie noch nicht dazu gekommen, richtig miteinander zu sprechen. Und der Körper seines Neffen war noch immer dort, an den Mauern der Burg Bbchtschi … vielleicht inzwischen geschändet von den Zauberern des Wassers …

Die Augen seines Bruders waren schwarz und unergründlich. Zu schwarz und zu unergründlich.

»Gut«, sagte Ritor entgegen seiner Überzeugung. »Nimm noch einen Helfer mit, Kan, damit du mehr tun kannst, als nur Wasser zu kochen. Wir brechen in Kürze auf. Der Wagen des Windes kommt in zwei Stunden bei uns durch.«

Die Station unweit der Hauptstadt des Clans der Luft war um einiges prächtiger als die Provinzbahnhöfe. Das Gebäude aus weißem Marmor dürfte die Gnome ein Vermögen gekostet haben, aber sie hatten keine andere Wahl, mussten sie doch dem Elementaren Clan in direkter Nachbarschaft der Route ihre Reverenz erweisen. Die Springbrunnen vor dem Bahnhof und im Wartesaal wurden von speziellen Pumpen gespeist; ungeachtet der herbstlichen Jahreszeit erfreuten grüne Grasflächen in jungfräulicher Unberührtheit das Auge. Die Säulen und der Portikus verliehen dem Gebäude das Aussehen eines griechischen Parthenons, wenn man Boletus' Worten glauben durfte.

Um den Bahnhof herum hatte sich einiges Volk versammelt. Hauptsächlich Leute aus den nahen Dörfern, aber auch Gnome, deren Gruben in östlicher Richtung, in den Alten Bergen, im Gegensatz zu den meisten anderen am Warmen Ufer noch nicht erschöpft waren. Als die Leute Ritor und sein Gefolge erblickten, begannen sie das Weite zu suchen. Händlerinnen, herumlungernde Elfen, sorgenvolle Gnome, Menschen – einer nach dem anderen verdrückte sich unauffällig vom Bahnhofsvorplatz. Es lohnte sich in keinem Fall, den Zauberern eines Elementaren Clans in die Quere zu kommen. Und erst recht nicht dem großen Ritor; viele kannten ihn von Angesicht, besonders die Einheimischen.

Ohne irgendjemanden anzusehen, betrat Ritor den Saal. Selbstverständlich nicht den allgemeinen, sondern den mit der Aufschrift: »Nur für Magier und deren Begleiter«. Die Gnome hatten sich auch im Inneren des Gebäudes bemüht. Ritor hatte keine Ahnung, wen sie hier imitierten, aber die Pracht hatte etwas Aufdringliches. Flauschige Teppiche, die, wie dem Magier schwante, erst kurz vor seiner Ankunft ausgelegt worden waren, wundersame Pflanzen in Kübeln, Kristall, Vergoldungen, Mahagoni ... Hier drinnen wurde alles in perfekter Ordnung gehalten.

Fahrkarten allerdings mussten auch die Magier kaufen. Sogar die der Elementaren Clans.

Über dem Fenster eines Fahrkartenschalters hing eine schwarze Tafel, auf der mit goldenen Buchstaben geschrieben stand: »Kinder und Magier erhalten Ermäßigung«.

»Das heißt, ich bekomme eine doppelte Ermäßigung!«, freute sich Asmund. »Ich bin noch keine sechzehn.«

Die Gnomfrau am Fahrkartenschalter bemühte sich, ihren Ärger zu verbergen. »Das ist völlig unmöglich, junger Mann. Es gibt immer nur eine Ermäßigung.«

»Und worauf gibt es mehr Ermäßigung?« Der Junge ließ sich nicht einschüchtern. Ritor wies ihn nicht zurecht, denn er wusste, dass Asmund in Wirklichkeit schreckliche Angst hatte. Dem blutjungen Magier war klargeworden, dass die Zeit des Spielens vorüber war, und er versuchte nun auf diese vorlaute Weise, sich selbst und die anderen über seinen wahren Zustand hinwegzutäuschen.

»Für Kinder.« Die Fahrkartenverkäuferin schmunzelte. Ihr Kinn voller kleiner Härchen zitterte. »Aber nur während der Sommerferien ...«

Sogar die Magier bemühten sich darum, jeden überflüssigen Streit mit den Gnomen zu vermeiden, denn diese waren die faktischen Herren über die Eiserne Route. Die Gnome kannten sich mit Dampf und Elektrizität aus und waren für ihre Resistenz gegenüber den Elementaren Zauberkünsten berühmt. Natürlich, wenn man sie ernsthaft in die Zange nehmen würde – selbst so einer wie der junge Asmund hätte das vermocht –, so würde das böse für die Gnome ausgehen, andererseits … Ritor hatte den starken Verdacht, dass der eine oder andere unter den alten Zauberern der Clans die Dampfloks durchaus fürchtete und ihre Technik für eine ihm unbekannte Art der Zauberei hielt.

»Wir sind neun«, sagt Ritor. »Neunmal mit eigenem Abteil, nebeneinander, bitte. Einen Waggon. Für den Wagen des Windes. Bis … bis ganz zur Grenze.«

»Seien Sie unbesorgt.« Die Gnomfrau verzog eilfertig die Lippen. Ihr Lächeln ließ Ritor zusammenzucken. »Sobald der Zug eintrifft, hängen wir einen Waggon dran.«

Sie ergriff das Geld mit ihrer zottigen Pfote und reichte Ritor neun Stücke Karton, die golden eingefasst waren und an den Rändern rätselhafte Einschnitte – wie Lettern – aufwiesen.

»Wir setzen uns und warten«, befahl Ritor.

Es war sinnlos, mit dem Aufbruch bis zur Dunkelheit zu warten oder sich auf andere Weise zu verbergen. Torn und seine Spürhunde waren nicht in der Lage, Ritor zu fassen, so wie Ritor nicht in der Lage war, Torn zu fassen. Die Gnome – das wusste jedermann – waren verschwiegen und handelten nicht mit fremden Geheimnissen. Deshalb hatten sie so lange überlebt, waren nicht verschwunden wie andere, die die neue Ordnung nicht hatten annehmen können.

Der Zug erschien pünktlich zum angekündigten Zeitpunkt in der Kurve. Den Begriff Verspätung kannten Gnome nicht. Der Waggon für Ritor und seine Gefährten war schon an den Bahnsteig geschoben worden. Außerdem, so wusste der Zauberer, würde noch eine zusätzliche Dampflok angehängt werden, damit der Zug auf der weiteren Fahrt auch nicht einen Jota seiner Geschwindigkeit einbüßte. Wie gut, dass immer eine Lok parat stand, sonst hätte man womöglich einen anderen Waggon abhängen müssen, einen von der Kategorie »ohne eigenen Platz«, und die Reisenden darin wären gezwungen gewesen auszusteigen. Dabei war das Publikum im Wagen des Windes nicht das schlechteste: Kaufmannsgehilfen und Kommisverkäufer aus der Nachbarschaft, manchmal auch die Kaufmänner selbst, die Geld sparen wollten.

Endlich verschwand die bekannte Landschaft schwankend aus dem Blickfeld. Ritor atmete tief durch und ließ sich gegen die plüschbezogene Rückenlehne des Schlafsofas sinken. Jetzt sollte der Tee serviert werden, und dann würden sie sich etwas erholen können. Torn wusste wohl kaum, wo er zu suchen hatte …

»Du steigst an der nächsten Haltestelle aus«, wiederholte Viktor noch einmal mit strenger Stimme. Der Sohn des Grenzers nickte eifrig, ganz als würde er damit jedes Mal eine große Wahrheit anerkennen. »Und dann machst du alles so wie vereinbart.«

»Ja, Herr … ich bin glücklich … wir konnten dir dienen …«

»Nun, jetzt ist genug«, sagte Viktor und fügte dann instinktiv hinzu, genau wie seine Mutter es früher getan hatte, wenn sie zusammen zu Großmutter Vera gefahren waren:

»Sieh nach, ob du nichts vergessen hast, gleich hält der Zug …«

Die Station war klein, schäbig und versank in einem Meer gelben Laubs. Nur die Pappeln widerstanden hartnäckig dem Herbst. Von den Wänden des niedrigen gelben Bahnhofsgebäudes mit dem schiefen Dach bröckelte der Putz, die Fenster waren vergittert.

Jaroslaw blickte Viktor an, und in seinen Augen lag aufrichtige Pein. »Leb wohl, Herrscher …«

»Was soll das?« Viktor tat verwundert. »Wir werden uns wiedersehen … auf jeden Fall. Und dann gedenken wir deines Vaters und deiner Brüder.«

»Wirklich?« Der Junge war buchstäblich atemlos vor Freude.

»Ganz sicher.« Viktor bemühte sich, den Jungen zu beruhigen. »Aber jetzt musst du gehen, verlier keine Zeit.«

Er verließ gemeinsam mit Jaroslaw das Abteil.

»Steigen Sie aus?«, erkundigte sich der Gnom gleichgültig, während er im Windfang mit verschiedenen aus der Wand ragenden Griffen und Hebeln hantierte.

»Er steigt aus.« Viktor deutete auf den Sohn des Grenzers. »Ich bleibe.«

»Aha … Aber passen Sie auf, Fahrkarten kann man nur an den Bahnhöfen kaufen, da sind wir sehr strikt. Wenn Sie die letzte Station auf Ihrer Fahrkarte erreicht haben und noch weiter fahren wollen, müssen Sie aussteigen. Ich verkaufe keine Fahrkarten«, fuhr er mit derselben Gleichgültigkeit fort.

»Danke, ich werde mich dran halten«, sagte Viktor. Er blieb auf der obersten Stufe des Treppchens stehen und folgte dem jüngsten Sohn des Grenzers mit dem Blick. Jaroslaw schlenderte langsam auf den Bahnhof zu. Viktor war froh, dass der Junge ausgestiegen war. Es hatte genug unschuldige Opfer gegeben. Es sah ganz so aus, als sei es nicht gerade ungefährlich, sich in seiner Gesellschaft zu befinden.

Sie stürzten hinter den Stämmen der Pappeln hervor, zwei von jeder Seite, schnell und geräuschlos; in Viktors Wahrnehmung entlud sich all ihre angestaute Wut und Rachgier in einem donnernden Wasserfall. Sie hatten Verluste erlitten, sie waren nur noch zu viert – und jetzt waren sie gekommen, um zu töten. Viktor hatte keine Ahnung, wie sie es geschafft hatten, den Zug einzuholen; vermutlich hatten die Magier dieser Welt geheime Wege. Aber in diesem Moment war das nicht wichtig.

Vier Mann aus dem Strafkommando des Wasserclans, angeführt vom Magier Gotor.

»Lauf!«, brüllte Viktor hinter Jaroslaw her.

»Gedenken Sie nun auszusteigen?«, fragte der Gnom schmeichelnd.

Viktor gab keine Antwort. Er musste losstürzen und sein Schwert holen ... er wollte sich in Bewegung setzen, hob schon den Fuß vom eisernen Boden, da begriff er, dass ihm das Schwert hier nichts nützen würde ... Er brauchte etwas anderes ... etwas von innen heraus.

»Bleibt stehen, ihr alle!«, rief er, noch ehe ihm klargeworden war, was er tun konnte. »Lasst meinen ... treuen Diener in Frieden!«

Der Junge dachte gar nicht daran davonzulaufen. Er holte seinen Dolch hervor, hockte sich hin und lächelte. Er wusste, dass es kein Entkommen gab. Der Herrscher musste ihn retten, alles andere war bedeutungslos.

Drei der Verfolger gingen ohne Eile auf den Jungen zu. Gotor war stehen geblieben und sah Viktor herausfordernd an.

»Was stehst du da herum? Steig aus, komm her!« Hinter seiner Aufforderung verbarg sich Angst.

»Wieder stellst du dich mir in den Weg, Gotor«, sagte Viktor. In seinem Innern machte sich bereits der harte Klumpen kalten Zorns breit. »Diesmal entkommst du mir nicht. Weißt du noch, was ich dir versprochen habe …?«

Wieder hatte er keine Ahnung, was er als Nächstes tun würde. Zuschlagen? Womit? Er hatte kein Schwert.

Gotor blieb nicht stehen. Sein kurzer blauer Mantel war nicht mehr so sauber wie anfangs, und an mehreren Stellen klafften Risse; offenbar war das Reisen auf geheimen Pfaden nicht gerade einfach. Aber auf seinem Gesicht machte sich etwas Neues breit – so etwas wie Verdammnis.

Inzwischen rückten drei Verfolger auf Jaroslaw zu.

Gotor hob die Hand.

Hinter dem Bahnhof erhob sich, die Schwerkraft ignorierend, aus den Wurzeln der Pappeln eine riesenhafte Flutwelle in die Höhe; brodelnder Schaum krönte ihren Kamm – wie ein einziger weißer Federstrich auf schwarzblauem Hintergrund. Im Krachen der umstürzenden Bäume wurden alle anderen Geräusche erstickt. Die Welle war gigantisch, ein wahrhaftiger Tsunami, der aus dem Nichts in dieser Ebene aufgestiegen war. Und Viktor wusste, die ganze Kraft dieses monotonen Kolosses war auf ihn gerichtet. Die Welt hatte sich verdunkelt, er befand sich in höchster Gefahr, gleich würde er zerquetscht, zu Staub zermalmt werden.

Gotor würde nicht noch einmal jenen Dämon rufen, der ihn bloßgestellt hatte; den Wassergeist oder wie auch immer jenes Wesen genannt wurde.

Viktor warf sich nach vorne. Schnell, Junge, besinn dich auf das, was man dir beigebracht hat.

Der Magier des Wassers machte mit den Händen eine Bewegung, als würde er einer Gans den Hals umdrehen.

Viktor sprang.

Sicher, jeder beliebige Trainer hätte einen solchen *Mae Geri* – einen Tritt im Sprung – ohne viel Federlesens mit den Fäusten abgewehrt. Aber für Gotor war er ausreichend, der Zauberer dachte gar nicht daran, sich zu verteidigen. Von Viktors unbeholfenem Tritt mit der Fußspitze in die gegnerische Leiste krümmte Gotor sich zusammen; die Kräfte, die jener sich aufbäumenden Welle geboten, fielen in sich zusammen. Die Flut löste sich auf, als ob sie nie da gewesen wäre.

Ein kurzer Aufschrei erklang.

Viktor hob den Kopf.

Blut. Jaroslaws Körper lag mit kraftlos nach hinten geworfenen Armen in einer dunkelroten Lache. Klumpen schmutzig-weißen Pappelflaums – woher konnte der im Herbst kommen? – saugten gierig das Blut des Kindes auf.

Zwei Verfolger standen über dem Leichnam. Mit gezückten Schwertern, denn sie hatten begriffen, dass man im Kampf gegen die Wächter der Grauen Grenze gewöhnliche Waffen gebrauchen musste. Ein dritter saß auf dem Boden und hielt sich die schwer getroffene Schulter, rote Rinnsale quollen zwischen seinen Fingern hervor. Die Mörder, in deren Händen sich bereits Wasserpeitschen wanden, drehten sich nun wieder Viktor zu.

Hinter ihm begann Gotor sich zu regen. Und das Signal zur Abfahrt des Zuges ertönte. Wenn diese Typen nun wie beim letzten Mal wieder keine Fahrkarten hätten …

Viktor drehte sich um und rannte los, dabei rechnete er jede Sekunde mit einem reißenden Schmerz. Er vermutete, dass sich die Peitschen auf seinen Schultern anfühlen würden, als fiele man in eine Kreissäge.

Im letzten Moment kam ihm ein Abenteuerfilm in den Sinn, und er sprang, für seine Verhältnisse ziemlich gewandt, in die Luft und gleichzeitig zur Seite. Es gelang ihm nicht allzu gut, aber die biegsame Wasserrute ging knapp an seinem Kopf vorbei nieder, und eiskalte Wassertropfen spritzten ihm ins Gesicht.

Die Treppe war schon ganz nah. Er sprang wieder und blickte sich sogar noch einmal um, nicht aus Dreistigkeit, sondern mit todesverachtender Selbstüberschätzung.

Zwei hoben Gotor hoch. Der Dritte stand mühsam auf und schleppte sich hinterher. In seiner Hand hielt er wie einen Fächer einige Kartonvierecke, als wollte er Karten spielen. Gotor hatte also daran gedacht, Karten zu kaufen.

Viktor wurde kalt. Jetzt gab es keine Rettung mehr.

Der Zug setzte sich in Bewegung. Erst noch ganz langsam. Zwei seiner Verfolger waren schon an der Treppe. Der dritte hielt dem Gnom mit schmerzverzerrtem Gesicht die Fahrkarten hin.

»Aber bitte ohne Prügeleien in meinem Waggon, werte Herrschaften«, sagte der Gnom voller Abscheu, und Viktor, der schon bereitstand, um dem Ersten, der hinaufkletterte, einen ordentlichen Stoß zu versetzen, wich unwillkürlich zurück. Aber zum Glück wirkte der selbstbewusste Tonfall des Gnoms nicht nur bei ihm.

»Wir wissen Bescheid, Höhlenwurm!«, zischte Gotor wütend. »Wir haben … Fahrkarten. Zeig … uns unser Abteil.«

»Bitte folgen Sie mir«, erwiderte der Gnom gleichgültig. Viktor wich rückwärts durch den engen Gang zurück, er hatte nicht die Kraft, seinen Jägern den Rücken zuzuwenden.

Aber keiner machte Anstalten, ihn anzugreifen. Mit stechenden Blicken durchbohrten sie ihn, hielten aber still.

»Bitte, das Abteil.« Wieder ertönte die knarrende Stimme des Gnoms.

Direkt neben Viktors Abteil.

»Ich bitte die Herrschaften nachdrücklich darum, von einer Klärung der Verhältnisse abzusehen.« Wieder sprach der Gnom.

Gotor warf ihm einen verächtlichen Blick zu und zog sich mit den anderen ins Abteil zurück; die Tür wurde mit einem Knall zugezogen.

»Wollen Sie im Gang stehen bleiben? Oder ziehen Sie sich auch zurück?«

Viktor stolperte halb bewusstlos in sein Abteil. Schloss die Tür und schob den wackeligen Riegel vor. Seine Hände zitterten wie die eines langjährigen Alkoholikers.

Schluss aus. Sie hatten ihn aufgespürt. Ihn erwischt. In die Ecke gedrängt. Von hier konnte er nirgendwo hin mehr flüchten, höchstens aus dem Fenster springen.

Der Zug nahm verdächtig schnell Tempo auf.

Viktor saß da und blickte wie gebannt auf die gegenüberliegende Wand. Ihm schien, dass sie jeden Augenblick von einem reißenden Wasserstrahl aufgetrennt werden würde, einem Wasserstrahl so wirkungsvoll wie ein Laserschwert. Vor dem Fenster flog die herbstliche Landschaft vorbei; Viktor fühlte sich wie in einem Käfig.

Würde der mächtige Magier mit seinen Kämpfern hier im Zug wirklich nicht angreifen? Hatten die Worte des Gnoms tatsächlich eine Bedeutung für diese Leute? Oder warteten sie vielleicht auf irgendetwas? Aber auf was?

Ja. Alles hatte mit einer defekten Sicherung angefangen. Und es endete damit, dass er vor unangenehm echten, bösen Zauberern Reißaus nehmen musste.

Und Tel war irgendwohin verschwunden …

Wie ging es weiter? Sollte er sitzen bleiben und warten, bis Gotor nebenan genug davon hatte und ihn kurzerhand erledigen würde?

»Warum konntest du deinen treuen Diener nicht schützen?«, ertönte die spöttische Stimme des Wassermagiers. In diesem prächtigen Waggon waren die Wände ja wohl kaum so dünn, dass die Geräusche im Nachbarabteil unmittelbar zu hören waren. Vermutlich hatte der Magier zu einem Zauber gegriffen. »Ein einziger Schlag – ist das alles, wozu du fähig bist? Warum hast du uns nicht augenblicklich an Ort und Stelle in Asche verwandelt, wie du es uns angedroht hast? Warum antwortest du nicht?«

Billige Provokation. Ich darf mich nicht darauf einlassen. Diesem Gotor scheint sehr daran gelegen zu sein, mich aus dem Gleichgewicht zu bringen, dachte Viktor, während er sich die schwitzigen Handflächen an seiner Jeans abwischte. Es fragt sich nur, warum? Werden sie mit mir nicht fertig, solange ich mich beherrsche und Ruhe bewahre? Verdammt, ich hätte doch die Wahrheit von dem Jungen erfragen sollen, durchfuhr es ihn kalt. Und nun ist er Sohn des Grenzers gestorben, sinnlos und nutzlos, ohne dem Feind größeren Schaden zuzufügen. Die hiesigen Magier stehen sicher kaum hinter Tel zurück. In ein paar Stunden wird von der Verletzung an der Schulter des einen nichts mehr zu sehen sein. Hätte ich den Jungen ausgefragt, wüsste ich mehr über mich selbst. Es sieht ganz danach aus, als sei ich selbst meine beste Waffe – ich muss nur herausfinden, wie ich mich dieser Waffe am besten bediene. Und ich darf keine Schwäche zulassen. Wenn ich nur einmal zusammenzucke oder Mitleid empfinde, ist der Kampf verloren.

Gotor wiederholte hinter der Wand weiter unaufhaltsam seine Phrasen. Aber Viktor hörte nicht mehr hin. Bewahr

Ruhe, hatte der *sensei* immer wieder gesagt … Viktor bedauerte es, dass er in dem einen Jahr Karatetraining nicht über eine oberflächliche Freizeitbeschäftigung hinausgekommen war. Er erinnerte sich nur noch dunkel: »Adrenalin an sich ist eine starke Waffe, setze sie nicht früher und nicht später ein, als gut ist.«

Ruhig Blut. Noch war er am Leben, oder nicht? Es sollte sich darüber freuen. Und wenn der Magier des Wassers ihn hier wirklich töten wollte, hätte er das schon versucht. Für seine Verfolger war es unnötig, auf die Dunkelheit oder irgendwelche menschenleeren Streckenabschnitte zu warten. Hier gab es keine Polizei, keine Staatsanwälte oder Strafverteidiger. Es gab nur die Strafkommandos der Clans; diese waren Ermittler, Gerichtsbarkeit und Strafvollzug gleichzeitig. Berufung gegen ihre Urteile konnte man nicht einlegen. Und dennoch warteten sie.

Nachdem sie ihn nun schon eingeholt hatten, war es einfacher, ihn aus der Distanz zu verfolgen und zu warten, bis er sich nicht mehr im Schutz der Route befand; dann würden sie zuschlagen.

Hatten sie Angst vor ihm? Oder brauchten sie etwas von ihm? Wollten sie womöglich, dass er sie von sich aus angriff, im Zorn den Kopf verlor? Unsinn, er war kein Schwarzenegger und kein Van Damme. Und erst recht nicht Mike Tyson. Es ging um etwas anderes. Aber um was?

Er wusste keine Antwort.

Er konnte sich lange nicht entschließen, das Abteil zu verlassen. Erst als er so dringend auf die Toilette musste, dass er es nicht mehr aushielt.

Im Gang traf er auf einen von Gotors Kämpfern und wäre beinahe zurück ins Abteil gestürzt, aber dieser streifte ihn nur mit einem gleichgültigen Blick. Offenbar war der andere gerade am selben Ort gewesen, zu dem es Viktor jetzt zog. Was für ein reizender Zufall …

Danach musste er wieder warten.

Viktor dachte nicht ans Essen. Sein Bewusstsein suchte verzweifelt nach einem Ausweg; aber wie sollte er den finden? Seine Situation war vergleichbar mit dem Versuch eines Spielers, eine Schachpartie gegen Kasparow zu gewinnen, obwohl er gerade mal einen Bauern von der Königin unterscheiden konnte. Viktor blieb einfach sitzen und starrte dumpf vor sich hin.

Plötzlich kam ihm ein Gedanke: Wenn nun in dieser Welt das Wort viel mehr bedeutete als nur eine einfache Erschütterung der Luft, gab es hier vielleicht einen wahren Gott? Eine höhere Instanz, vor der alle Streitereien und Zwiste und alle Wunder lachhaft wurden … Oder hatte Tel doch Recht, und es gab keine Parallelwelten? Es gab nur die eine einzige Welt, die im großen Urknall entstanden war, und alles hing vom jeweiligen Blickwinkel ab.

Genau der richtige Zeitpunkt für abstrakte Überlegungen, dachte Viktor und musste lächeln. Neben dir, hinter der Sperrholzwand sitzen vier kaltblütige Mörder. Denk nach, wie du dich retten kannst!

Aber worüber sollte er noch nachdenken? Sobald er ausstieg, würden sie ihn fertigmachen. Und dann wäre es vorbei damit, dass fanatische Verehrer sich auf das erstbeste Zeichen seinerseits in den Tod stürzten. Gib es doch zu, dachte Viktor, gib doch zu, es fühlt sich nicht schlecht an, wenn jemand bereit ist, für dich zu sterben. Es ist doch ganz angenehm, Viktor, sei ehrlich! Zu befehlen, sich andere zu unterwerfen und deren wilde Ergebenheit und ihre

Angst zu spüren. Genaugenommen ein ziemlich gutes Gefühl. Aber jetzt ist die Freifahrt vorüber. Und abspringen kannst du auch nicht mehr. Stell dich dem Kampf und stirb, wie es sich für einen Mann gehört.

Leere, zusammenhangslose Worte. Von der Leinwand klangen sie eindrucksvoll, und auch in Romanen las man sie gerne und begeisterte sich dabei für den Helden und seinen Wagemut, fieberte mit ihm. Aber wenn sie einen plötzlich selbst betrafen … Viktor presste das nutzlose Schwert in seiner verschwitzten Hand. Elfenstahl, was sollte er damit anfangen? Eine Wasserpeitsche würde er damit kaum zerschlagen können.

Gotor war verstummt, vermutlich ruhte er sich aus. Es war Stille eingetreten. Nur das Klopfen der Räder und das gelegentliche Pfeifen der Dampflok waren zu hören. Viktors Abteil lag auf der Windseite, und zerzauste Rauchschwaden glitten an seinem Fenster vorbei. Der Donnerpfeil schien ein Verwandter des Roten Pfeils auf der Anderen Seite zu sein; er fuhr zügig und fast ohne Halt und wechselte lediglich an wichtigen Verkehrsknotenpunkten die Lokomotive, um sich so die Zeit für das Nachfüllen von Kohle und Wasser zu sparen.

Die Stunden vergingen. Bald würde es Abend werden, und Viktor saß noch immer in einer merkwürdigen Starre da und konnte sich zu nichts entschließen. Sein ursprünglicher Plan, Tel einzuholen, erschien ihm inzwischen wie vollkommener Wahnsinn. Wie und wo sollte er sie ausfindig machen? Er würde sich selbst in die Hände der Magiermörder begeben, und damit wäre alles vorbei. Was hatte Rada gesagt? Entweder in Luga oder in Rjansk würde er den anderen Zug, Vier Rauchwolken, einholen? Irgendwie kamen ihm die Namen der Städte bekannt vor …

Viktor musste all seinen Mut zusammennehmen, um die Nase aus dem Abteil zu strecken. Zum Glück trieb sich der Gnom im Gang herum.

»Hören Sie, Wertester …«, begann Viktor, der sich diese alberne Anrede einfach nicht verkneifen konnte. »Wann kommen wir in Luga an?«

»Jetzt gleich«, brummte der Gnom. »Eine halbe Stunde noch, dort haben wir zehn Minuten Aufenthalt.«

»Und Vier Rauchwolken?«

»Den werden wir in Luga überholen, guter Mann. Von Luga fahren wir ohne Zwischenhalt nach Rjansk, dabei wird der Weg vor uns endlich frei sein. Es ist kein Wunder, dass wir ihn überholen, denn Vier Rauchwolken bleibt an jedem Baumstamm stehen. Was wünschen Sie noch zu wissen, guter Mann?«

Viktor kehrte in sein Abteil zurück und verschloss sorgfältig die Tür. Luga bedeutete eine Chance. Eine kleine Chance, die er nicht verstreichen lassen durfte. Die Clans lebten, Jaroslaw zufolge, im Süden, am Warmen Ufer. Hatte sich das Mädchen am Ende dorthin aufgemacht? Vielleicht war sie ja wirklich nicht unterwegs ausgestiegen … Aber wie sollte er sie finden und dabei noch seine Verfolger an der Nase herumführen?

Wahrscheinlich hätte Conan der Barbar oder der Lord vom Planeten Erde oder Olmer aus Dejlo in einem solchen Fall genau gewusst, was zu tun war. Aber Viktor spürte nur zu gut, wie wenig er sich zum Helden eines märchenhaften Abenteuerromans eignete. Es war wie verhext, aber ihm fiel einfach nichts Taugliches ein. Es blieb ihm nichts anderes übrig, als sich aufs Zuverlässigste überhaupt – den guten alten, unbesiegbaren Zufall – zu verlassen.

In diesem Moment pfiff der Donnerpfeil aus voller Kehle und begann das Tempo zu drosseln. Draußen zogen jetzt Vororte vorbei, die sich kaum von den Vorstädten am Rand von Moskau Mitte der siebziger Jahre unterschieden. Inmitten von entlaubten Gärten befanden sich einstöckige Holzgebäude: mit Zierleisten verkleidete Blockhäuser in bunten Farben, von denen der Anstrich zum Teil schon stark abblätterte. Viktor wunderte sich unwillkürlich, nach allem, was er sehen konnte, war es zwar herbstlich, aber noch sehr warm. In jedem Fall war es nicht unangemessen, nur mit einer Jacke bekleidet unterwegs zu sein.

Ein Pumphaus aus Stein glitt vorbei, ein Bahnwärterhäuschen, der Zug rumpelte über schlecht gestellte Weichen.

»Luga … Luga …«, erklang es im Gang. »Zehn Minuten Aufenthalt.«

Viktor erblickte sofort Vier Rauchwolken, diese wundersame Lokomotive, die vier Schornsteine hatte wie der Kreuzer *Warjag* und schäbige Waggons hinter sich herzog. Es sah ganz so aus, als sei der Donnerpfeil nicht umsonst ein teurer Zug.

Mit dem Schwert unterm Arm und schweißüberströmt trat Viktor in den Windfang hinaus. Vom Clan des Wassers war weit und breit nichts zu sehen.

Die zwei Züge standen nebeneinander; auf dem Bahnsteig dazwischen brodelte eine dichte Menschenmenge, Reisende und kleine Händler; eine Alte pries mit lauter Stimme ihre unvergleichlichen Zaubertränke mit zeitlich begrenzter Wirkung an, und zwar solche, die fürs Verlieben, und solche, die fürs Entlieben sorgten; und das wiederum jeweils »nur für einen halben Tag, also gerade richtig für eine Reise, sicher nicht für immer«. Viktor beobachtete mit Erstaunen, dass Männer hauptsächlich den Trank zum Entlieben wählten, während Frauen, und zwar ganz besonders diejenigen, die eher gediegen gekleidet und im Balzac'schen Alter zwischen dreißig und vierzig waren, zum klassischen Liebestrank griffen.

Während er auf dem obersten Trittbrett stand, blickte er sich immer wieder um. Er hatte Angst, die Abteiltür der Magier unbeobachtet zu lassen. Sein ungeschützter Rücken schrie geradezu vor Furcht; gleichzeitig waren seine Aussichten, Tel rein zufällig in der Menge zu entdecken, genaugenommen gleich null.

»Entschuldigen Sie schon, guter Mann ...«, ertönte aus einer Nische in der Wand die Stimme des Gnoms. In seiner haarigen Pfote hielt er einen gewaltigen Teekessel. Er schob Viktor zur Seite und kletterte die Treppe hinunter, ehe er sich mit wichtiger Miene zwischen den Leuten durchdrängelte und in seinem merkwürdigen Gang auf das Bahnhofsgebäude zutrottete.

Der ideale Augenblick für die Magier, mich anzugreifen, dachte Viktor. Er packte sein Schwert fester, stand aber weiter nur unschlüssig da, den Blick auf den Bahnsteig gerichtet. Tel in dieser Menschenmenge zu finden konnte eine Ewigkeit dauern.

Über dem Waggon hingen nackte schwarze Zweige. Eine riesige, weit verzweigte Eiche hielt sich hartnäckig neben den Gleisen, ungeachtet aller ökologischer Dürftigkeit ihres Standorts.

Viktor hatte keine Ahnung, was ihn veranlasste, den Blick zu heben. Und zwar nur für den Bruchteil einer Sekunde, bevor etwas leicht auf dem Zugdach aufschlug – nicht stärker als ein Stück Rinde oder ein kleiner Ast. Er erstarrte und zog sich instinktiv in die Tiefe des Windfangs zurück, die Spitze seines Schwerts nach oben gerichtet. Falls sie das Dach aufbrechen wollten, würde er es noch rechtzeitig …

Leise quietschend glitt das metallene Zugdach zur Seite, und in dem Loch erschienen ein Paar Stiefelchen, gefolgt von einer weiten, tief heruntergezogenen dunkelblauen Pumphose, wie sie ein Saporoscher Kosak auf der Bühne trägt, dann ein weißes Hemd und schließlich kurze rote Haare. Der goldene Lack auf den Fingernägeln glänzte.

Einen Atemzug später landete Tel weich auf dem Boden. In der Hand hielt sie einen dicht geschlossenen Korb.

»Mach das Dach zu«, flüsterte sie kaum hörbar und gerade so, als hätte sie Viktor vor wenigen Minuten zuletzt gesehen. »Gleich kommt der Gnom … wir sollten den Alten nicht in Schwierigkeiten bringen …«

In Gedanken klappte Viktor seinen vor Verwunderung offen stehenden Mund zu, der auch nur in Gedanken offen stand, und tat, wie Tel ihn geheißen hatte. Die metallene Abdeckung ließ sich erstaunlich leicht und geräuschlos wieder zuschieben, ganz so, als liefe sie auf gut geölten Schienen. Als Viktor das Abteil betrat, war Tel schon dort. Sie saß mit untergeschlagenen Beinen auf dem Plüschsofa und breitete auf dem Tischchen einen derart appetitlich anmutenden Imbiss aus, dass Viktor augenblicklich einen Stich im Herzen verspürte. Und sein tiefer, aber einem echten Mann unwürdiger Wunsch, dieser kleinen Kröte gehörig den Hintern zu versohlen, löste sich in Luft auf.

»In Rjansk müssen wir aussteigen«, sagte sie fast im Flüsterton, während sie ihre schneeweißen Zähne in das weiche Fruchtfleisch einer grünlichen Frucht grub. »Auf den Donnerpfeil haben jetzt zu viele Leute ein Auge geworfen.«

»Aha … äh …« Mehr fiel Viktor dazu nicht ein.

Tel tat sehr geschäftig und hielt ihm in ihrer pathetisch ausgestreckten Hand, wie in einer rhetorischen Geste, ein ordentliches Butterbrot mit einer dicken Scheibe Schinken und Salatblättern hin.

»Es musste sein«, sagte sie. »Ärgere dich nicht, Viktor. Nun ja, du kannst … du kannst mich natürlich verhauen, wenn du willst. Mir den Pelz gerben. Soll ich die Hosen runterlassen?«

Viktor verschluckte sich an seinem Butterbrot. Er hatte sich nie als sadistischen Pädophilen mit Neigung zur Flagellation gesehen.

»Wenn ich geblieben wäre, hätte Gotor mich getötet«, sagte Tel schlicht und wandte ihren bohrenden Blick nicht von ihm ab. »Ich musste ihm die Räuber opfern.«

»Opfern? Du hast sie in den Tod geschickt? Sogar den Jungen?«

Tel verzog das Gesicht, als würde sie etwas Unhörbarem lauschen. »Der Junge lebt, Viktor. Mach dir keine Sorgen um ihn.«

»Woher weißt du das?«

»Ich spüre es«, sagte Tel mit unerschütterlicher Gewissheit. »Er ist verletzt, hat viel Blut verloren, aber das macht nichts. Sie kommen ihm zu Hilfe. Die Gnome, weißt du, sie verabscheuen die Strafkommandos … Aber wer würde sie nicht verabscheuen, diese Unholde!«

»Das heißt, du wusstest, dass ein Strafkommando hinter uns her ist?«

»Natürlich. Von Anfang an. Das war unvermeidlich, Viktor. Ich war mir zwar ganz sicher, aber ich musste trotzdem eine kleine Untersuchung durchführen. Es gibt nur noch eines zu erledigen. Auf der Brücke.«

»Was denn für eine Brücke?«, fragte Viktor hilflos. Sein Ärger war spurlos verraucht.

»In Rjansk gibt es eine Brücke«, erklärte das Mädchen bereitwillig. »Dort entscheidet sich alles.«

»Wie meinst du das?« Aus irgendeinem Grund wurde Viktor innerlich eiskalt. In Tels Worten lag etwas Dunkles … etwas, das nach Blut roch.

»Gotor hat den Befehl, dich zu töten, ganz gleich, wie. Aber er hat nicht den Befehl, sich mit den Gnomen anzulegen. Die Route ist unantastbar. Das heißt also, Gotor wird sich deiner annehmen, sobald du den Zug verlässt.«

»Das war mir auch schon klar«, brach es aus Viktor heraus.

»Gotor hat dich mit einem Überwachungszauber belegt. Es ist keine sehr starke Formel, aber auf diese Weise hat er dich praktisch immer an der Leine. So braucht er kein Risiko einzugehen. Er hält das Strafkommando im Abteil zurück, um einen Kampf im Zug zu vermeiden. Er wird dich erst in dem Moment angreifen, in dem du das Treppchen runtersteigst. Es war sehr klug von dir, mich in Luga nicht zu suchen. Du wirst gewusst haben, dass ich dich von selbst ausfindig mache. Wir müssen Gotor überlisten. Und die Brücke ist dafür die beste Gelegenheit. Dem Magier des Wassers würde es doch nie in den Sinn kommen, dass du versuchen könntest, ihm auf dem Fluss zu entkommen, gerade da, wo seine Macht besonders groß ist. Aber genau das werden wir tun.«

»Gut, aber wie?«

»Ganz einfach. Hör zu und unterbrich mich nicht.« Tel zog zum Spaß die Augenbrauen hoch, wie eine strenge Lehrerin. »Wenn wir über die Brücke fahren … Halt, nein. Ich sag es lieber nicht, am Ende belauscht uns einer von Gotors

Leuten. Wenn ich das Kommando gebe, mach einfach nach, was ich tue, das reicht schon. Ich bitte dich hiermit im Voraus um Verzeihung dafür, dass ich dich herumkommandieren muss, aber das wird hoffentlich das letzte Mal sein. Und jetzt lass uns essen.«

»Na gut«, sagte Viktor eilig.

Eine Weile lang kauten sie schweigend.

»Um den Grenzer und seine Söhne brauchst du nicht zu trauern«, sagte Tel schließlich, ohne ihre Mahlzeit zu unterbrechen. »Sie sind glücklich gestorben, weil sie verteidigen durften, was ihnen am teuersten ist.«

»Aber warum, Tel, haben sie mich immer mit ›Herrscher‹ angeredet? Warum haben sie mir dieses Amulett gegeben? Und was hat es zu bedeuten?«

Das Mädchen runzelte die Stirn und betrachtete aufmerksam das Medaillon.

»Das Bild ist dir wirklich sehr ähnlich«, sagte sie sorgenvoll. »Ob das nötig war ... keiner wusste, dass die Wächter den alten Schwüren so die Treue halten.«

»Was für alte Schwüre?«, fragte Viktor begierig. Natürlich war ihm noch bewusst, dass er sich vor allzu detaillierten Fragen hüten musste, aber bisher blieb alles ruhig.

Tel blickte ihn wieder durchdringend an, ganz so, als ob sie sich über ihn wunderte.

»Lass uns vorerst nicht darüber reden. Wir wollen doch nichts Böses heraufbeschwören. Das heißt ... Horch in dich hinein, Viktor! Ist es richtig, dass du mich danach fragst? Das Medaillon bedeutet, dass wir auf dem richtigen Weg sind. Dass du ein Mensch der Mittelwelt bist und keiner von der vergifteten Anderen Seite. Weißt du noch, was ich dir von unseren Vorfahren erzählt habe?«

»Dass sie gemeinsam gekämpft haben …«

»Genau. Und nun hast du den Beweis.«

»Aber du hast doch selbst gesagt, dass es ähnlich ist! Und ähnliche Leute gibt es jede Menge!«, nörgelte Viktor. Von diesem ganzen hochgestochenen Gerede wusste er nicht mehr, wo ihm der Kopf stand. »Es gibt so viele Doppelgänger auf der Welt!«

»Stimmt«, nickte Tel. »Vielleicht ist es reiner Zufall. Aber vielleicht ist es tatsächlich das Porträt eines deiner Ahnen. Vielleicht deines Großvaters oder Urgroßvaters.«

»Schön.« Viktor hielt es nicht aus. »Aber warum wollen diese Typen vom Clan des Wassers mich töten?«

»Warum? Weil sie wissen, wer dein Großvater war«, erklärte Tel energisch. »Oder sie meinen, dass sie es wissen … das reicht schon.«

»Heißt das, dass sie das Medaillon gesehen haben?«, fragte Viktor dumpf.

Tel verschränkte die zierlichen Arme.

»Es stimmt also: Wenn ein Mann seinen Zorn unterdrückt, dann vergiftet der all seine Gedanken. Ich hätte wahrscheinlich doch die Hosen runterlassen sollen, damit du mir eine Tracht Prügel verpasst. Vielleicht könntest du dann besser nachdenken. Natürlich haben sie kein Medaillon gesehen. Sie sind mir gefolgt, haben versucht, mich am Übergang zu überfallen … aber als sie dich dann sahen, waren sie voll und ganz überzeugt. Und die Jagd begann. Das ist alles ganz einfach. Aber du musst wissen, Viktor, dass du Gotor nicht so einfach überwinden kannst. Er ist ein starker Magier.«

»Was soll ich tun?«

»Was glaubst du denn? Kämpfen natürlich.« Plötzlich hob sie das Kinn und sah einen Augenblick aus wie ein

Laubsänger, der nach etwas lauschte. »Schluss mit der Unterhaltung.« Tel formte die Worte nur mit den Lippen. »Gotor versucht uns zu belauschen. Bisher ist er noch nicht zu uns durchgedrungen ... Komm, ich werde stöhnen, und du quietschst mit dem Sofa. Soll er doch denken, dass du eine minderjährige Prostituierte am Bahnhof aufgegabelt hast. Die meisten, die in einem eigenen Abteil reisen, tun das ...«

Viktor brach kalter Schweiß aus. Das Ganze wirkte wie eine Art Perversion.

»Los jetzt!«, flüsterte Tel.

Er musste ihrem Vorschlag folgen. Das Mädchen machte sich daran »zu stöhnen«, was ihr so überzeugend gelang, dass Viktor augenblicklich die Röte ins Gesicht schoss.

»Gut, das ist erst mal genug«, wies Tel ihn an. »Das reicht für eine Weile. Jetzt können wir uns wieder unterhalten. Obwohl es natürlich besser wäre, nicht zu reden. Bis Rjansk ist es noch ewig. Dort könnte es heiß werden. Ruh dich bis dahin am besten aus.«

»Tel, sag mir noch, was bist du für eine? Jaroslaw – also der Sohn des toten Grenzers – hat gesagt, dass es vier Elementare Clans gibt und außerdem jede Menge Tierclans. Und du? Wozu gehörst du?«

Tel blickte Viktor streng an.

Jetzt wird sie gleich wieder sagen, das brauche ich nicht zu wissen, dachte Viktor bedrückt. Aber es kam anders. Tel seufzte leise und legte ihr Kinn auf die verschränkten Finger ihrer Hände. Es sah aus, als warte sie darauf, dass er von sich aus Abstand von seiner Frage nahm.

Aber Viktor spürte nichts Beunruhigendes. Fürs Erste.

»Woher ich bin ... nicht von den vier Elementen, Viktor. Und auch nicht von den Totemistischen Clans, den Tierclans, wie die einfachen Leute sie nennen.«

Tels Art zu sprechen passte auf einmal überhaupt nicht mehr zu einem dreizehn- oder vierzehnjährigen Mädchen. So konnte nur eine Frau sprechen, die durch die Jahre und ihre Sorgen weise geworden war. Eine, die viel erlebt und gesehen hatte.

»Du wirst ohnehin bald schon alles erfahren. Ich habe große Angst, etwas zu verdrehen, dich zu beeinflussen ... Du stehst jetzt praktisch auf einem Hügel ... du kannst den Weg nach rechts oder nach links, geradeaus oder zurück nehmen. Und wovon das abhängt, wohin du dich wendest, das wissen nur die wenigsten. Ritor weiß es vermutlich. Und Torn. Und noch zwei, drei andere Magier ...«

»Ritor, wer ist das?« Viktor fühlte sich plötzlich nicht mehr wohl. Der Name hatte etwas Erschreckendes an sich, wie das Pfeifen eines tödlichen Windes über einer verbrannten Wüste. »Und wer ist Torn?«

»Ritor ist der mächtigste Zauberer des Clans der Luft. Und wahrscheinlich der stärkste Magier der ganzen Mittelwelt, wenn man mal vom Hüter absieht. Torn ist sein ewiger Kontrahent, der beste Zauberer des Wassers ...« Sie blickte Viktor durchdringend an, als wollte sie prüfen, wie er ihre Worte aufnahm.

Ritor ... Ritor ... nein, in diesem Namen kommt weit mehr zum Klingen als eine besondere Lautfolge. Ritor, Ritor, Ritor, das Pfeifen eines kämpferischen Windes, das Rauschen geöffneter Flügel, unbarmherziger Zorn, ein mit schwerem Panzer bedeckter Körper gleich einem ungestümen Bergmassiv, das durch die Wolken stößt. »Du bist gekommen, Drachentöter«, ertönt eine donnernde Stimme hinter den Wolken. »Nun gut, dann werden wir kämpfen. Die Stunde ist gekommen, und ich werde nicht vor dem Schicksal da-

vonlaufen. Soll es entscheiden, wer von uns beiden leben wird, und wer nicht …«

Zwei abgekämpfte Menschen, ein Mann und eine Frau, ein schwarzes Schwert in der Hand des Mannes, der einen Helm trägt. Unüberwindbare Härte im Blick der Frau, die bereit ist, zu sterben, und sich nicht ergeben wird. Sie laufen nicht davon. Sie werden mit dir kämpfen, Drachentöter-Viktor. Bis zum Ende kämpfen, denn das schlichte Wort »Ehre« bedeutet für sie mehr als nur vier Buchstaben. Du, Viktor – oder nicht Viktor? – konntest das nie ganz begreifen. Schließlich kann man alles überstehen, wenn man kein verweichlichtes höheres Töchterchen ist. Man kann sich nach jeder Demütigung wieder erheben. Man kann alles für einen Sieg tun. Du hast schon viel getan. Aber jene nicht. Sie können nicht fortlaufen, sie können dem Feind nicht den Rücken zuwenden. Sie sind schon bis zur äußersten Grenze zurückgewichen, bis zum Rand der Welt, weiter können sie sich nicht zurückziehen. Jetzt bleibt ihnen nichts anderes übrig, als zu sterben.

Der Mann hebt das schwarze Schwert und bringt sich in Position. Hinter dem Drachentöter sammelt ein ungestümer, feuerflammender Wind seine Kräfte, ein Wind, der bereit ist, jedes Hindernis und jeden Schutzwall zu zermalmen. Wie viel Blut und Tränen müssen vergossen werden, damit ein Wind so grenzenlos mächtig werden kann? Damit der Drachentöter die Gewalt über diese Kräfte erlangt, Kräfte, die in der Lage sind, die steinernen Festungen der Machthaber zu vernichten und ihr ganzes verfolgtes Geschlecht auszulöschen?

Die Beine schreiten weich auf der feuchten Erde. Über der rechten Hand reift ungestüm ein Feuerapfel heran. Alle vier Elemente sind dir jetzt hörig, Drachentöter – vergib deine Chance nicht! Diese zwei, die da vor dir stehen, sind die letzten eines einst mächtigen Geschlechts. Vollende, was du begonnen hast, damit die Mittelwelt für immer ihre Freiheit erhält.

Um einen kleinen Preis.

Diese beiden erhalten, was sie verdienen. Das Gericht trat schon vor langer Zeit zusammen. Und hat das Urteil verkündet. Zu Recht wurden sie schuldig gesprochen, und das Urteil wird dadurch bekräftigt, dass es dem Drachentöter in seinem heftigen Streben auf diesen letzten Kampf hin vergönnt war, alle Prüfungen zu bestehen und alle Gegner zu überwinden.

»Lass uns beginnen«, sagt der Drachentöter, und Viktors ganzer Körper wird von einem Schauder süßer Vorahnung erfasst. Tief in ihm, tief im Verborgenen rührt sich sein ureigenstes Wesen. Ist es am Ende wirklich sein Schicksal, Drachen in Märchenwelten zu töten?

»Lass uns beginnen«, stimmt der Drache mit dem geschlossenen Helm zu.

»Lass uns beginnen«, nickt auch seine Gefährtin.

Und – wie merkwürdig! – er, Viktor, der sowohl Teilnehmer als auch Zuschauer dieses längst vergangenen Duells ist, verspürt Gewissensbisse. Die beiden Drachen wären mit ihm fertig geworden, als er noch jünger und schwächer war. Aber jetzt nicht mehr. Dies ist kein Kampf – sondern eine Hinrichtung. Die Vollstreckung eines Urteils. Und er, der Drachentöter, ist nicht mehr ein Soldat, sondern der Henker. Was denn, dafür hat er seinen Namen, Drachentöter, weil er seine Opfer tötet. Er hat nicht das Recht, sich dem Mitleid zu überlassen. Die Mittelwelt muss die Freiheit erhalten. Die schrecklichen, verfluchten Burgen auf den hohen, unfruchtbaren Dünen entlang des Warmen Ufers sollen niemals wieder zum Leben erwachen.

»Lass uns beginnen«, wiederholt der Drachentöter. In seiner Hand hält er die zu einem Knäuel verdichtete Kraft des Feuers. An seinen Schultern spürt er die aufgespannten Flügel des Windes. Unter seinen Füßen den wartenden Schlund der Erde.

Und diesen Mächten tritt ein schwarzes Schwert gegenüber. Ein einfaches Schwert mit einer Klinge aus brüniertem Stahl. Und ein geschlossener Helm. Die Frau zückt ein langes, bildschönes Florett. In die linke Hand nimmt sie einen Dolch. Sie steht neben ihrem Mann.

Zwei gegen einen – aber sie wissen, wie ungleich die Kräfte jetzt verteilt sind.

Die Drachen warten ruhig ab. Sie haben schon alles erlebt. Niederlage, Verwüstung, Flucht. Sie haben gesehen, wie ihre Verwandten im eigenen Feuer verbrannten. Wie die Mauern ihrer Burgen einstürzten und ihre in Jahrhunderten zusammengetragenen Bibliotheken sich in Asche verwandelten, Bibliotheken, in denen – wie es heißt – die Weisheit aller drei Welten gesammelt war.

Dennoch werden sie niemals bitten: »Schneller …«

Der Drachentöter zieht vorsichtig, als handle es sich um eine ungewöhnliche Kostbarkeit, seinen krummen Säbel aus reinem weißem Stahl aus seinem Gürtel hervor. Die Klinge ist weiß, ohne eine Spur von Farbe, weiß wie der Schnee bei der Grauen Grenze.

Auch der Drachentöter will nicht unehrenhaft handeln, indem er jene tötet, die seiner Kraft jetzt beinahe wehrlos gegenüberstehen. Und Viktor spürt, wie sich seine Brust vor Begeisterung zusammenzieht: Er ist der Drachentöter, und er ist dankbar, und auch er weiß, was Ehre ist. Er be-

müht sich aufrichtig darum, die Chancen einander anzugleichen.

Jetzt bringt er sich in Position …

»Viktor!« Ein Schwall eiskalten Wassers traf ihn im Gesicht.

Er öffnete die Augen.

Das Klopfen der Räder, der gleichmäßig schaukelnde Waggon. Die fest verschlossene Tür – mit Riegel und Kette. Und eine erschrockene Tel mit einem Krug in der Hand.

»Du warst plötzlich … so entrückt«, sagte sie schuldbewusst. »Und du hast nicht mehr geantwortet. Irgendetwas hat dich fortgeführt, oder? Hast du etwas gesehen?«

»Tel, ich …«

»Nein, erzähl mir nichts!« Eilig bedeckte sie ihre rosigen Ohren mit den Handflächen. Wie ein erschrockenes Mädchen, das von den Eltern zu einem ernsten Gespräch aufgefordert wurde. »Ich will nichts hören. Und denk daran, du musst alles selbst entscheiden! Sonst … sonst …« Ihre Stimme wurde leiser: »… sonst wärst du besser gar nicht erst hierhergekommen. Es ist eine schreckliche Vorstellung, was du anrichten könntest, wenn … wenn du nicht du selbst bist.«

»Nicht ich selbst?« Viktor war aufrichtig verwundert.

»Ja, ja. Denn das bedeutet höllische Qualen, die Folter aller Foltern, und kein Lebewesen vermag sie zu ertragen. Deshalb habe ich auch solche Angst … dich versehentlich in irgendeine Richtung zu beeinflussen. Denn die Kraft eines vor Schmerz zermarterten Herzens ist schlimmer …«

»Als mit einem Verrückten allein im Zimmer …«, schloss Viktor. Er konnte es sich nicht verkneifen, die ernste Stimmung für einen Moment aufzubrechen, denn trotz allem wirkten Tels Worte irgendwie kindlich und harmlos auf ihn. Es lag etwas Spielerisches und Absichtsvolles in ihnen. Wie bei diesen Rollenspielen.

»Mach dich nicht lustig«, sagte Tel beleidigt. Sie schob schmollend die Lippen nach vorne und blickte eine Weile zum Fenster hinaus. »Mach dich nicht lustig. Denn das ist die Wahrheit, und über die Wahrheit soll man keine Scherze machen. Das rächt sich.«

»In Ordnung, ich tu's nicht mehr«, stimmte Viktor ergeben zu. »Dann sag mir jetzt mal, wie lange ist es noch bis Rjansk.«

»Wir kommen etwa eine Stunde vor Sonnenuntergang dort an.«

»Tel ... leben deine Eltern noch?«, fragte Viktor unerwartet.

»Als ich noch ganz klein war, war Mama in einen Aufstand verwickelt. Die Rebellion wurde niedergeschlagen. Die Anstifter wurden hingerichtet. Der Drache war barmherzig. Er tötete alle schnell und auf einen Schlag. Keiner wurde lange gequält, und später wurden ihre Körper sogar den Angehörigen übergeben, damit diese die Leichname bestatten konnten. Das passierte nicht oft.«

»Der Drache ...« Viktor sprach das Wort langsam aus. In seinem Inneren stieg ein dumpfer Zorn auf – es war nicht sein Zorn! –, und die Hände griffen ganz von selbst zur Waffe.

»Ich wollte es dir nicht sagen. Aber nachdem du mich nun direkt gefragt hast, darf ich dich nicht anlügen.« Tel sah aus, als würde sie gleich anfangen zu weinen. »Aber frag mich jetzt bitte nicht, wer diese Drachen sind.«

»Ich glaube, das weiß ich auch so«, murmelte Viktor.

Die Drachen. Der größte Fluch der Welt. Das Böse, das der Drachentöter ausgerottet hatte. Jene, die fast unverwundbar, fast unbesiegbar waren, die fast nicht alterten – bis zu dem Tag, als der Drachentöter kam, wenn er seinem letzten – ja was war das gewesen? – Traum, Vision oder Sinnestäuschung glauben durfte.

Aber warum erscheinen mir diese Visionen?, fragte sich Viktor.

»Das ist das Schicksal, Viktor«, sagte Tel sehr leise und sehr erwachsen. »Lauf nicht vor ihm davon, blick ihm ins Gesicht … Komme, was da wolle.«

Chor war außer sich.

»Kannst du mir wenigstens erklären, wohin es dich treibt? Gerade jetzt, da uns ein Krieg mit dem Wasser droht? Nun?«

Loj suchte schweigend ihre Sachen zusammen. Ein kurzes Kleid aus blauer Baumwolle, eine Kette mit großen Holzperlen, Sandalen aus weichem Leder. So kleidete sich entweder eine Frau von hohem Stand, die keinen Gefallen mehr an glitzernden Kostbarkeiten und luxuriösen Stoffen fand, oder eine einfache Bäuerin, die sich sogar gefürchtet hätte, in die Nähe der Clan-Ländereien zu kommen.

In dieser Situation waren Loj beide Vermutungen gleichermaßen recht und wichtig.

»Wenn du umkommst …« Chor verstummte und fügte dann mit deutlich leiserer Stimme hinzu: »Loj, bitte lass mich mit dir gehen.«

In Gedanken lächelte Loj triumphierend. Er liebte sie. Er liebte sie sehr. Er war eifersüchtig und hatte Angst um sie, machte sich Sorgen.

»Mein Lieber …« Sie ging zu ihm, lehnte sich weich an ihn. Ihr Kämpfer roch nach Wein und Parfüm. Wessen wohl? Sie musste sich diesen Geruch merken … Wahrscheinlich war er direkt von einem fröhlichen Gelage gekommen, hatte seine jungen Freundinnen und geübten Zechbrüder sitzen lassen und war zu ihr geeilt, sobald Loj ihrer Dienerin befohlen hatte, sich zu entfernen; schließlich war Loj sich genau darüber im Klaren, dass diese Dienerin von Chor als Spionin angeheuert war, entweder bezahlte er sie, oder er hatte sie verführt.

Es war trotz allem leicht, Männer zu lenken.

»Ich kann es dir nicht sagen. Jetzt nicht, mein Lieber ...«

Chors Muskeln spannten sich, er streckte die Arme aus, um sie ungestüm und leidenschaftlich an sich zu reißen, aber Loj entwand sich geschickt seinem Griff.

»Die Zeit wird kommen, da du alles erfährst«, fuhr sie besänftigend fort. »Aber jetzt muss ich gehen. Allein. Und schick mir keine Spione hinterher, ja? Männer würde ich verführen und Mädchen die Augen auskratzen.«

Chor stieß einen schwülstigen Fluch aus. Er unterzog Loj einer genauen Musterung und fragte dann: »Was ist los, hast du Freundschaft mit einer der Dörflerinnen geschlossen?«

Mit ganz und gar ernstem Gesicht schüttelte Loj den Kopf. Und ließ sogar ein Tränchen im Augenwinkel aufblitzen – als Zeichen, dass sie zu Unrecht beleidigt wurde.

Immerhin hatte sie schon an die zwei Jahre keine Intrigen mehr außerhalb der Clans angezettelt!

»Sei nicht wütend«, sagte Loj, während sie das fast unsichtbare Türchen zu ihrem magischen Zimmer öffnete. Chor wollte ihr schon folgen, blieb dann aber im letzten Moment stehen. Ins Allerheiligste eines Magiers einzudringen würde bedeuten, alles aufs Spiel zu setzen.

»Du Katze!«, warf er ihr zornig hinterher, ganz so, als ob er selbst einem anderen Clan angehörte.

Loj warf das Türchen hinter sich zu. Und stand einfach so da, für einen Moment bar aller eben noch zur Schau gestellten Selbstsicherheit.

Was tat sie eigentlich? Was?

Nein, dass Chor jetzt zu seiner feuchtfröhlichen Gesellschaft zurückkehrte, beunruhigte sie nicht im Mindesten. Sie hatte schon vor langer Zeit begriffen, am haltbarsten war jene Leine, die man von Zeit zu Zeit schleifen ließ.

Loj beunruhigte ihr eigener Plan. Es war eine Sache, Ota in die Schranken zu weisen und auf diesem Wege einmal mehr die eigene herausragende Stellung zu unterstreichen. Aber es war etwas ganz anderes, tatsächlich zum Angriff überzugehen.

Torn würde ihr die Demütigung nicht verzeihen. Kein Mann würde verzeihen, was sie ihm angetan hatte.

Die genauen Hintergründe des Vorfalls würde sie nur beim Clan des Wassers in Erfahrung bringen können. Der Clan der Luft kam dafür nicht infrage; da Ritor den Konflikt nicht angezettelt hatte, konnte das nur bedeuten, dass er selbst nicht über alle Informationen verfügte.

Was sollte sie tun?

»Denk nach, du Dummchen, na los«, spornte Loj sich selbst zärtlich an. »Du schlägst dich zum Clan des Wassers durch, und was dann?«

Sie hatte keine Lust zu ertrinken, auszutrocknen oder mit Wasserpeitschen exekutiert zu werden. Und Torn besaß eine reiche Fantasie, wer weiß, was ihm noch als Bestrafung einfallen würde.

Eine reiche Fantasie …

»Es käme auf einen Versuch an, nicht wahr, Miezi?« Loj redete sich selbst aufmunternd zu und schüttelte gleichzeitig nachdenklich den Kopf. »Riskieren wir es?«

Denn was war ein Leben schließlich ohne Risiko! Des Sexes wird man überdrüssig, feine Speisen rufen irgendwann nur noch Ekel hervor, Machtintrigen werden eintönig und öde. Aber wenn man Leben und Tod auf eine Karte setzt, wenn das Herz erschrocken zu pochen beginnt, erhalten alle Farben dieser Welt ihre ursprüngliche Leuchtkraft zurück.

Loj öffnete eine kleine, verdeckte Tür und betrat einen schmalen Korridor, der immer tiefer unter die Erde führte. Der Gang verlief unter den Wurzeln jener gigantischen Eiche hindurch, die mit ihrem Stamm und ihrer Krone den Ballsaal beherbergte; weiter führte er unter der Route der Gnome hindurch, so dass man gelegentlich sogar das Rattern der ekelhaften Lokomotivenräder hören konnte; und schließlich zog er sich unter dem Fluss entlang, wo es sehr feucht war und die Wassertropfen klopfend auf den steinernen Boden fielen ... Loj mochte diesen Ausgang nicht. Zwei Stunden unterirdischer Wanderung – das war für jedermann ermüdend und unangenehm.

Dafür kam sie in einem kleinen Lehensdörfchen heraus, das von Gnomen und Menschen bewohnt wurde und direkt an der Route lag. Von der dortigen Bahnstation waren es nur drei Stunden Fahrt bis zu den Ländereien des Wasserclans.

10

Loj fand besonderes Gefallen daran, inkognito zu reisen. Nein, natürlich nicht, weil sie es an sich schön fand, denn wer mochte schon schmuddelige Abteile, dumm-dreiste Mitreisende und das Fehlen der gewohnten Ehrerbietung im Blick der Leute. Der Reiz lag darin, dass sie wusste, dass es nur ein Spiel war. Nichts auf Dauer. Angeblich hatte ein unbedeutender menschlicher Herrscher im Osten, ein gewisser Harun Raschid, diesem Zeitvertreib gefrönt; er wanderte des Öfteren in einfacher Kleidung und ohne Begleitung durch seine Städte und beobachtete das Volk; später versetzte er dann seine Höflinge und Minister mit seinen Kenntnissen über die wahren Zustände in seinem Reich in Erstaunen. Der Legende nach beendete er diese Streifzüge erst, als er sich in einem der Elendsviertel mit einer unheilbaren Krankheit infizierte beziehungsweise als er an einer dunklen Straßenecke überfallen und erdolcht wurde … an dieser Stelle variierte die Geschichte, je nachdem, was der jeweilige Erzähler für einen Sinn für Humor hatte.

Aber schließlich war Harun ja auch kein Magier gewesen, im Gegensatz zu Loj.

Auch wenn das Oberhaupt der Katzen ein einfaches Kleid, schlichten Schmuck und kein Make-up trug, so stach es doch trotz allem aus der Menge heraus. Genau wie ein Rassewelpe, den ein unvorsichtiger Bauer seinem Herrn gestohlen hat, immer in der Schar der Gesindehunde auf dem Hof auffallen wird. Aber abgesehen von gierigen männlichen und neidisch-abschätzigen weiblichen Blicken bemerkte Loj nichts Besonderes. Die Spione hatten sie entweder nicht ausfindig gemacht, oder Chor hatte sich mit der Situation abgefunden und sich die Kundschafter für diesmal gespart.

Für sechs Kupfermünzen kaufte Loj eine Fahrkarte mit Recht auf einen Sitzplatz ohne Schlafrecht. Der Stolz der Olchyda war ein langsamer Zug, aber in gut vier Stunden würde er sie zur Hauptstadt des Wasserclans bringen.

Ohne darüber nachzudenken, ging sie zum Wartesaal für Magier. Erst als sie den wachhabenden Elfen erblickte, der neben der Eingangstür stand, erkannte sie ihren Fehler. Der Elf bedachte sie mit einem verächtlichen Blick, als wäre sie eine einfache Bäuerin, ließ sich aber immerhin zu einer Erklärung herab.

»Hier ist kein Platz für dich. Hier versammeln sich die Kater … nun mach schon, dass du weiterkommst, sonst …«

Dabei zeigte er ihr die Zähne in einer nicht sonderlich gelungenen Parodie auf die berühmte Kampfesmimik der Feliden. Über die Schulter des Elfen konnte Loj sehen, dass der Saal glücklicherweise leer war, sie war also nicht Gefahr gelaufen, erkannt zu werden.

»Oh … oh …«, begann sie zu jammern, während sie sich eilig zurückzog. Vielleicht reagierte sie auch voreilig, schließlich waren die einfachen Mädchen für gewöhnlich durchaus an einem Kater-Verehrer interessiert. Aber der Elf lächelte zufrieden.

Sich für ihre eigene Dummheit verfluchend – wäre der Elf nur etwas scharfsichtiger gewesen, hätte er bestimmt etwas gewittert –, ging Loj in den öffentlichen Saal hinüber. Dort war es stickig, der Boden war seit Tagen nicht gewischt worden, und das Volk drängte sich nur so.

Mit einiger Mühe fand sie schließlich ein Plätzchen auf einer der Bänke, setzte sich aufrecht und gesittet hin und bedeckte mit den Händen ihre nackten Knie. In den Augen eines gewöhnlichen Menschen war sie ein Mädchen von siebzehn, achtzehn Jahren, gerade voll erblüht, und die Männer rund um sie herum begannen sich augenblicklich aufzuplustern wie die Gockel. Zwei junge Burschen, dem Aussehen nach Handwerker oder Studenten, begannen laut und gelehrig über die Dampfmagie der Gnome zu reden und darüber, dass es auch den Menschen möglich sei, sie zu erlernen. Ein etwas älterer Mann im Rang eines Reiters, der vielleicht einem Lehnsherr diente oder möglicherweise auch in der Landwehr eines Clans, blies sich kräftig auf und drückte die mit Orden behängte Brust heraus, während er Loj mit den Augen verschlang. Auf seine Redekunst wollte er sich klugerweise nicht verlassen und setzte daher alles auf sein imposantes Äußeres. Und sogar die älteren Bauern, die Bündel und Körbe bei sich trugen und teilweise in Begleitung dicker hässlicher Frauen waren, nahmen eine würdevolle Miene an. Die Ärmsten … Loj war zufrieden mit ihrer Wirkung, sie schlug ein Bein über das andere, um deren makellose Form besser zur Geltung zu bringen.

Wäre diese Unternehmung ein schlichtes Abenteuer, wer weiß, vielleicht hätte sie dem heldenhaften Soldaten Tribut gezollt … oder den Studenten, beiden gleichzeitig, denn sie hegte einige Zweifel an deren Kräften. Aber in diesem Moment war ihr einfach nicht danach. Ihr stand der Clan des Wassers bevor … und der erzürnte, vor Rachegier kochende

Torn. Bei diesem Gedanken überlief es Loj kalt. Nein, das Sprichwort hatte Recht: Neugier tötet die Katze. Die größte Kraft ihres Clans lag weder im Mut seiner Krieger noch in der Koketterie seiner Frauen. Information, Gerüchte, Tratsch, vorsichtig eingefädelte Lügen und die zum richtigen Zeitpunkt ausgesprochene Wahrheit – das waren die Waffen der Katzen.

Der Stolz der Olchyda pfiff durchdringend, während er in den Bahnsteig einfuhr. Loj ging bescheiden in der Menge mit, hielt die Augen gesenkt und drückte sich an die Wand. Sie wollte nicht angestarrt werden, sie war doch nur eine einfache, gehorsame Tochter, die auf Besuch zur Großmutter fuhr; es war sinnlos, um sie herumzuscharwenzeln, besser, die Herren suchten sich jemand anderen …

Der Reiter folgte ihr trotzdem. Wie der Zufall es wollte, hatte auch er eine Fahrkarte für den allgemeinen Waggon, und als Loj sich einen Platz ausgesucht hatte, zwischen zwei vertrockneten alten Mütterchen, die auf ihre Körbe gelehnt vor sich hindösten, setzte sich der Reiter ihr gegenüber. Loj betrachtete verstohlen seine Auszeichnungen; ja, für die Verteidigung Stopoljes … also hatte er für den Fürsten gekämpft, das war ein rein menschlicher Krieg gewesen … Und hier ein Orden des Großen Wassers … war er vom Wasser angeheuert worden, oder wie war das zu verstehen? Und der Orden Schmalkos – des Großmärtyrers? Den hatten sie sich doch extra für die Garnison der Schlammigen Burg ausgedacht, für titanische Beharrlichkeit bei ihrer Verteidigung; dabei wusste jeder, dass diese Festung niemals von irgendwem angegriffen wurde, und die hübsche Anstecknadel aus Jaspis war im Grunde ein Synonym für lange Dienstjahre. Schmalko, der arme Tropf, ein Freiwilliger im Korps Schöner Donner, nach dem der Orden benannt war, hatte sich während der ersten Verteidigung Stopoljes in einem alten Hügelgrab versteckt; er hatte sich darin verirrt und war zwei lange Jahre in dem endlosen Kalksteinlabyrinth umhergewandert, und während dieser Zeit hatte er sich nur von Flussschlamm und Fledermäusen ernährt. Jedoch, als man das Hügelgrab öffnete und der tapfere Soldat ins Freie trat, trug er noch immer seine Armee-Hellebarde bei sich, was bei den siegreichen Gegnern bekanntermaßen große Achtung hervorrief.

Der Reiter deutete Lojs Lächeln zu seinen Gunsten und blähte sich förmlich auf. Er schien zu glauben, dass die Medaillen, der Pallasch und die beiden Pistolen am Gürtel auch für einen Sieg an der Liebesfront ausreichten.

Und als Loj nach einer halben Stunde aufstand und sich zur Toilette begab, erhob sich der Reiter ebenfalls und folgte ihr. Loj bemerkte ihn erst im Windfang, da jedoch notgedrungen, da er seine schwere Hand auf ihre Schulter legte.

»Liebes Kind …« Der Reiter hustete. »Ich bin ein einfacher Bursche und wenig geübt im Reden.«

Loj maß ihn mit einem verächtlichen Blick. Aber der Reiter war schon in voller Fahrt und durch nichts mehr zu bremsen.

»Also weißt du, du hast mir gleich gefallen, deine Augen haben meine Seele zum Glühen gebracht …«

Damit hielt er die Einleitung offenbar für abgeschlossen, er umfasste Loj und drückte ihr einen lüsternen Kuss auf die Lippen. Loj ließ es gleichgültig über sich ergehen und fragte, als sie wieder sprechen konnte: »Und wie geht es weiter?«

Offensichtlich glaubte der Reiter, dass sie seinen Reizen bereits vollständig erlegen sei. Er blickte sich um und murmelte: »In der Toilette ist es ja nicht sehr romantisch …«

»Das wollen wir doch mal sehen«, sagte Loj. Wer sie gut kannte, hätte die Intonation ihrer Stimme zu deuten gewusst und schleunigst Reißaus genommen. Aber der Reiter hatte keine Ahnung.

Als der Mann eine halbe Stunde später wieder aus der Toilettenkabine auftauchte – Loj drehte in dieser Zeit eine Runde im Nachbarwagen –, war er nass, aber immerhin fast sauber. Und was sind für einen solchen Helden schon ein Bluterguss unter dem Auge und ein paar Kratzer am Hals. Loj blickte dem Krieger neugierig entgegen, als er zurückkam. Hatte sie ihn etwa zu leicht davonkommen lassen?

»Zürnen Sie mir nicht.« Der Reiter verbeugte sich knapp und ging zum anderen Ende des Korridors. In Gedanken musste Loj ihm Beifall zollen. Er verstand es, zu verlieren, und hielt es nicht für schändlich, zuzugeben, dass ein junges Mädchen kräftiger war als er. Alle Achtung. Nun gut, sollte das Schicksal sie noch einmal zusammenführen … vielleicht würde ihre Begegnung ja dann ein anderes Ende nehmen.

Ihre beiden Nachbarinnen blickten sie wohlwollend an. Loj schloss die Augen und begann nachzudenken. Durch die unterhaltsame kleine Begebenheit hatte sie ihr Selbstvertrauen wiedergewonnen … auch wenn sie Torn kaum kopfüber ins Toilettenbecken würde stecken können. Trotzdem hatte sich ihre Laune deutlich gebessert. Man konnte sich jeden Mann gefügig machen. Das Wichtigste war dabei, die Balance zwischen Stärke und Schwäche zu wahren, zwischen Druck und Nachgiebigkeit.

Die übrige Reise verlief ohne weitere Zwischenfälle. Einige Male hielt der Zug an kleineren Stationen, Leute stiegen aus und ein, Händler eilten durch den Wagen und priesen ihr süßes Wasser, ihre schneeweißen Teigtaschen und Nussstangen an. Aber Loj wollte weder essen noch trinken. Sie war in Gedanken versunken und versuchte alle möglichen Reaktionen Torns vorherzusehen, um auf diese Weise eine Verhaltensstrategie zu entwerfen, die sie schließlich zum Sieg führen würde. Vermutlich würde sich das am Ende als nutzlos erweisen, aber andererseits war eine kleine Übung für den Geist nie überflüssig.

Später wurde es unruhig im Wagen, die Reisenden begannen ihre Sachen zusammenzusuchen. Der Zug hatte endlich die Gebirgshochebene hinter sich gebracht und das Meer erreicht und fuhr jetzt entlang der Küste. Durch die geöffneten Fenster drang ein salziger Wind herein, der nach Jod roch. Loj runzelte kaum merklich die Stirn. Unter halb geschlossenen Lidern hervor beobachtete sie, wie sie in Stopolje einfuhren.

Schön war die alte Stadt am Meeresufer schon immer gewesen, auch schon bevor die Clans gekommen waren. Ganz gleich, in wessen Händen sie sich befunden hatte, schon immer hatte dieser Ort die Menschen angelockt, Seeleute mit seinem Reichtum, einfache Siedler mit seinem fruchtbaren Boden, der die wunderbarsten Weinreben hervorbrachte, und die Fürsten und Statthalter mit seiner großartigen Landschaft.

Aber in den letzten Jahrhunderten, seit die Stadt vom Clan des Wassers regiert wurde, hatten alle Versuche, die Stadt zu erobern, ein Ende gefunden. Die anderen Clans erhoben keinen Anspruch mehr darauf, sie für sich zu erobern; denn selbst wenn sie das vermocht hätten, wer hätte in dieser Stadt leben wollen, nachdem …

Denn erst die Magie, die aus dem Erdinnern artesische Wasser hervorlockte und den Lauf des Flusses zu verändern vermochte, erst diese Magie hatte Stopolje und seine Umgebung in einen wahrhaft paradiesischen Landstrich verwandelt.

Obwohl die Katzen dem Wasser mehr als gleichgültig gegenüberstanden, stockte auch Loj der Atem vor Begeisterung. Sie war lange nicht mehr hier gewesen … Sie rückte auf der harten Bank nach vorne und blickte jetzt begierig aus dem Fenster.

Kreidehügel, auf deren abgeschnittenen Gipfeln schneeweiße Paläste standen. Regenbögen über allen Brunnen – als wäre die ganze Stadt in einem blauen Netz verflochten, über dem farbige Lichtreflexe tanzten. Die Straßen waren ebenfalls weiß, sauber … Es fiel dem Clan leicht, Stopolje so strahlend rein zu halten, ging doch jede Nacht ein kurzer erfrischender Regenguss auf die Stadt nieder, so dass aller Schmutz durch die Kanäle ins Meer gespült und dort von gehorsamen Meeresströmungen weit weg vom Ufer getrieben wurde.

Loj unterdrückte eine unerwünschte Regung von Eifersucht, die sie beim Anblick der Stadt erfasste. Schön. Dies war nicht ihre Stadt, nicht ihr Clan, und vermutlich würden die kristallene Reinheit der Luft und das Plätschern der Brunnen sie ohnehin in kürzester Zeit langweilen. Jetzt musste sie sich auf etwas anderes konzentrieren, nämlich wie sie am Leben bleiben und trotzdem ihr Vorhaben erreichen konnte.

Der Zug hielt mit einem lauten Zischen auf Höhe des Bahnhofsgebäudes, das mit zartrosafarbenem Muschelkalk verkleidet war. Augenblicklich strömten die Massen aus den Wagen – man konnte sich nur wundern, wie viele Menschen in diesen Holzschachteln Platz gefunden hatten. Stopolje war eine große Stadt. Von den Clans der vier Elemente hatten nur das Wasser und die Erde zugelassen, dass ihre Siedlungen zu solcher Größe heranwuchsen. Feuer und Luft hatten das entweder nicht gewünscht, oder sie hatten mit dem Wesen ihrer Magie das einfache Volk zu sehr geängstigt. Denn man konnte sagen, was man wollte – die Magie des Wassers und der Erde waren zwar ebenso zerstörerisch und mächtig wie die anderen beiden Elemente, aber ganz sicher einfacher zugänglich und verständlicher für das übrige Volk der Mittelwelt …

Loj stieg als Letzte aus dem Waggon. Ihre Nachbarinnen waren schon vom Bahnsteig gehumpelt, der entehrte, aber nicht verärgerte Reiter hatte sich mit einem letzten Blick zurück ebenfalls entfernt, und sie stand immer noch da und versuchte, sich ein Herz zu fassen.

»Was kann ich für Sie tun, meine Dame?«

Hatte der Träger wirklich nicht gesehen, dass sie kein Gepäck mit sich führte? Sie winkte ab und schritt auf das Bahnhofsgebäude zu. Auch hier mangelte es nicht an Manifestationen der Kraft. Das Wasser hatte nicht mit großen Gesten gegeizt: In der Mitte des Saals stand ein Brunnen, dessen Strahlen langsam, ohne Eile in die Höhe flossen, als ob sie nicht aus Wasser, sondern aus einer klebrigen Substanz, einer Art dickem Sirup bestünden; der Boden unter den Füßen war ein durchsichtiger See, vermutlich unterirdisch von elektrischer Magie beleuchtet. Man beschritt diesen Boden und wusste nicht, ging man auf Glas, das einen See bedeckte, oder auf Wasser, welches – entgegen allen Regeln der Natur – zu einer unnachgiebigen Oberfläche geworden war.

Auch hier zog Loj fremde Blicke auf sich. Aber weniger – denn Stopolje wimmelte nur so von Menschenadel, und die hübschen Mädchen kamen aus allen Ecken des Landes hierher.

Loj aß im Bahnhofsrestaurant ein wenig von dem außergewöhnlichen Fisch, den man in den freigebigen Tiefen des Meeres fing; es wäre eine Sünde gewesen, die Gelegenheit nicht zu nutzen. Dann trat sie hinaus auf die Straße.

Das Leben brodelte. Auf Leiterwagen und Handkarren wurden allerhand Waren zum Bahnhof transportiert – hauptsächlich jener Fisch, der gedörrt, getrocknet oder durch eine magische Beschwörungsformel so konserviert wurde, dass er auch an der Luft wenigstens eine Woche lang am Leben blieb. Der Clan war geschickt, er nahm sich mit seiner Kraft, was ihm zustand, und versäumte es auch nicht, mit Beschwörungsformeln zu handeln. Festlich gekleidete Menschen und Elfen schlenderten vorbei (männliche Elfen allerdings weniger als weibliche); wahrscheinlich waren sie von weit her angereist, von der Grauen Grenze oder den Eisernen Bergen, um hier am Warmen Ufer ihr ehrlich verdientes oder auch unrechtmäßig erworbenes Geld auszugeben. Und natürlich spazierten scharenweise junge Mädchen umher, die Loj misstrauische Blicke zuwarfen – war sie eine Konkurrentin oder nicht? Es gab auch Arme, die an den Kreuzungen um eine Gabe bettelten. Aber selbst die sahen hier anders aus und riefen nicht jenen verächtlichen Ärger hervor wie zu Hause. Und sogar die käuflichen Frauen, deren Anblick Loj für gewöhnlich zornig machte – Liebe ist keine Handelsware, man kann sie verschenken, aber nicht verkaufen! –, schienen hier ein unverzichtbares, fröhliches Element des Gesamtbildes.

Ein merkwürdiger Ort war dieses Stopolje. Hier gab es von allem viel, sowohl Magie als auch Geld, Fröhlichkeit und Sünde. Und alles war so kunstvoll miteinander verwoben, dass man nicht ein Fädchen herausziehen konnte, ohne das Ganze zum Zusammenstürzen zu bringen.

Die Paläste, in denen die Clanmitglieder lebten, erstreckten sich entlang des Flusslaufes, der eine Schleife beschrieb. Früher hatte es das Flüsschen nicht gegeben, es war erst mit den Magiern des Clans gekommen, als jene sich endgültig entschieden hatten, die Stadt zu bevölkern und zu ihrer Wohnstatt zu machen. Loj hatte es nicht eilig – ach, wie schön wäre es, einfach nur so umherzubummeln und dann nach Hause zurückzukehren; schließlich ging sie über ein zierliches Brückchen und blieb stehen, um der Kraft zu lauschen. Der fremden Kraft …

Hier kam niemand mehr zufällig her. Und wenn sich doch mal jemand verirrte, würde ihm schnell bedeutet, dass er hier fehl am Platz war. Zuerst würde ein unerwarteter Schauer dafür sorgen, dass er bis auf die Knochen durchnässt wäre; als Nächstes würde er in eine aus dem Nichts aufgetauchte Pfütze stolpern; und dann käme ein Wassermonster – nicht gerade ein angenehme Erfindung – und würde sich an seine Fersen heften; spätestens dann würde auch der Dümmste verstehen, dass es besser wäre, von hier zu verschwinden.

Aber Loj hatte nichts dergleichen zu befürchten. Man würde ihre Kraft schnell spüren … Torn benachrichtigen … und dann konnte es losgehen.

Sie setzte sich auf ein Bänkchen gegenüber der Magierschule und stellte sich darauf ein, eine Zeit lang zu warten. Sie beobachtete die spielenden Kinder … viele, sehr viele Schüler hatte das Wasser. Es hieß, die Lehranstalten des Feuers und der Luft seien in den letzten Jahren schwächer geworden. Es war traurig, denn so etwas störte das Gleichgewicht zwischen den Clans und begünstigte Streitereien und Kämpfe. Natürlich, Quantität war nicht gleich Qualität, und ein durchschnittlicher Schüler der Luft war vermutlich stärker als ein durchschnittlicher Schüler des Wassers. Aber bei einer solchen Menge an Magiern spielte die Meisterschaft und Genauigkeit des einzelnen Zauberers schon nicht mehr die entscheidende Rolle.

Aber die Kinder hier spielten genau so, wie alle Kinder eines jeden Clans es taten, und stürzten sich nach dem Unterricht begeistert hinaus an die frische Luft. Einige versuchten Peitschen zu wirken, wobei sie verstohlen zu den Fenstern hinaufblickten, denn offiziell war ihnen die Kriegsmagie strengstens verboten. Zweien von ihnen gelang es tatsächlich – und jetzt hieben sie mutwillig aufeinander ein und versuchten die Waffe des anderen zu zerschlagen. Loj schüttelte den Kopf; das würde nicht ohne Verletzungen abgehen, die beiden konnten froh sein, wenn sie keine Fleischwunde davontrugen. Eine ganze Schar formte einen Wasserdämon – erfolglos, natürlich, denn dafür war mindestens der siebte Rang vonnöten, und das dazugehörige Wissen wurde auf der Schule gar nicht gelehrt. Einige ältere Schüler führten ein tiefschürfendes Gespräch, während sie immer wieder zu Loj hersahen. Genau wie die Studenten am Bahnhof … Loj musste lachen.

»Loj Iwer?«

Sie wandte sich um.

Die Abordnung war völlig lautlos an sie herangetreten. So lautlos, dass Loj ihr Nahen erst eine Minute zuvor gespürt hatte und von diesem Moment besonders interessiert auf den Schulhof gestarrt hatte.

Drei Magierkämpfer. Und ein Magier dritten Ranges.

Oho!

Verwegener Übermut erfasste Loj. Wenn schon so ein wichtiges Vögelchen … ach nein, so ein wichtiger Fisch auftauchte, um sie zu holen. Das hieß, Torn wusste bereits

Bescheid. Er spie schon Gift und Galle. Warf mit Befehlen um sich wie ein Hecht mit seinem Rogen.

Lass uns spielen, Kätzchen …

»Ach, Kinder, ich war es schon müde zu warten …« Loj lächelte liebenswürdig und erhob sich von der Bank. »Ich habe mir euren Nachwuchs angesehen. Da wachsen Talente heran!«

»Talente gibt es nicht allzu viele«, antwortete der älteste Magier, ohne seinen aufmerksamen Blick von ihr abzuwenden. Sein Gesicht war bleich und leidend; entweder litt er tatsächlich an einer Krankheit, oder er hatte in letzter Zeit eine große Menge Kraft verloren. »Alle Talente sind schon eingezogen worden.«

»Eingezogen?«, wunderte sich Loj lauthals. »Soll das heißen, der Clan des Wassers zieht gegen jemanden in den Krieg?«

Der Magier biss sich auf die Lippen und lächelte dann. »Das würden wir auch gerne wissen. Loj Iwer, Magister Torn wartet in seiner Wohnung auf Sie.«

Loj hob kaum merklich die Augenbrauen, aber der Magier begriff die Andeutung.

»Ich bitte Euch, hochwohlgeborene Dame, Magierin ersten Ranges, Oberhaupt der Katzen, Loj Iwer, dem hochwohlgeborenen Herrn und Magier ersten Ranges, dem Oberhaupt des Clans des Wassers, Torn Nagajew, einen Besuch abzustatten.«

Loj reichte dem Magier graziös ihre Hand, und der drückte sie an seine Lippen, ehe ihm noch klar war, was er da tat. Dann riss er sich los … blickte ihr in die Augen … und sein Blick wurde trüb. Noch einen Augenblick lang hielt Loj den Magier an der unsichtbaren Leine, die aus kaum wahrnehmbaren Bewegungen der Arme, aus feinster Mimik, geschmeidigen Wendungen des Körpers, dem Pulsieren des Blickes und einer Welle Pheromone geknüpft war.

Nein, sie hatte nicht vor, sich Kontrolle über den Magier zu verschaffen. Torn würde es spüren und einen schrecklichen Aufruhr veranstalten. Dieser Mann sollte einfach nur wissen, mit wem er es zu tun hatte; wehe dem, der glaubte, dass ein Magier dritten Ranges aus dem Clan des Wassers mehr bedeutete als ein Magier ersten Ranges aus dem Clan der Katzen.

»Mit Vergnügen nehme ich die Einladung des geschätzten Herrn Torn an.«

Im Augenwinkel nahm Loj ein deutliches Glitzern von Tau im Laub eines Baumes wahr. Ein Glitzern, das sich zu den grotesken Zügen von Torns Gesicht zusammensetzte.

Na und, sollte sich der Magier doch den Kopf zerbrechen, warum Loj allein kam – sich *allein* in seine Hände begab!

Hier waren sogar die Sonnenuntergänge nicht richtig.

Die Sonne, die sich den ganzen Tag lang träge über das Himmelsgewölbe geschoben hatte, ging jetzt so zielstrebig am Horizont unter, dass die Welt innerhalb von wenigen Augenblicken fast ganz von Dunkelheit erfüllt war.

Viktor dachte, dass das vielleicht mit der Luft zusammenhängen könnte. Vielleicht war sie zu sauber, ohne den Ruß und Staub von der Anderen Seite. Woher sollte der lange, schöne Untergang kommen?

Übrigens war eine solche Erklärung hier fremd, da sie aus einer anderen Welt herrührte. Vielleicht war sie auch hier richtig, aber sie konnte ebenso gut völlig bedeutungslos sein.

Tel schlief ausgestreckt auf dem Bett. Das Gesicht hatte sie im Kissen vergraben, die Hände an die Brust gepresst. Unwillkürlich verspürte Viktor eine Regung von Fürsorglichkeit, vermischt mit Unruhe. Er musste das Mädchen beschützen …

Was für ein Quatsch! Tel fühlte sich in dieser Welt doch wie ein Fisch im Wasser, wie ein Vogel in der Luft. Sie würde zweifellos aus jeder noch so großen Unannehmlichkeit herausfinden! Wenn es nötig wäre, würde sie eben wieder davonlaufen und ihn allein lassen, und wenn ihr danach war, würde sie wieder auftauchen. Um sich selbst sollte er sich sorgen …

Und trotz allem konnte er nichts gegen diesen unausrottbaren, dummen, männlichen Beschützerinstinkt tun. Vor allem gegenüber einer Frau und erst recht einem Mädchen. Es war lächerlich, wenn man ihre Kräfte und Fähigkeiten nüchtern miteinander verglich, dennoch, es waren ja genau diese Reflexe, die den Menschen zum Menschen machten.

Viktor holte sein Schwert hervor und legte es sich auf die Knie. So saß er eine Weile da und stellte sich vor, was er für ein Bild abgab.

Mehr als komisch. Ein Zugabteil in der besten Tradition des 19. Jahrhunderts. Draußen bricht die Nacht herein. Ein Mädchen in vertrauensseligem Schlaf. Schwache Geräusche aus dem Nachbarabteil, wo die Magiermörder sitzen. Und er selbst, mit einem Schwert in den Händen und der versteinerten Miene eines Helden …

Viktor lachte leise vor sich hin. Nein, dann schon lieber ein Fluss mit Brücke. Alles war besser als dieses Warten. Er streckte die Hand aus und legte ganz vorsichtig, um jedes Geräusch zu vermeiden, den Porzellanschalter um. Über dem Bett strahlte gedämpftes Licht unter einem mattierten Lampenschirm hervor.

Im Grunde gefiel ihm diese Welt ja! Es lag etwas anziehend Nostalgisches in dieser trägen, sich langsam entfaltenden Technik. Wenn schon Dampfkaft – dann so genutzt wie hier, denn immerhin fuhr die Lokomotive doch hundert Stundenkilometer und bewegte sich dabei ganz gleichmäßig. Offenbar wurden die Gleise gut instand gehalten. Und wenn schon Elektrizität, dann solche, die für angenehmes weiches Licht sorgte. Keine gleißende Helligkeit. Alles war friedlich, zuverlässig, solide.

Wenn nur diese Magie nicht wäre ... tödliche Magie.

Es klopfte an der Tür, ganz leise. Viktor stand auf, das Schwert in der Hand, und ging zur Tür.

»Wer ist da?«

»Der Schaffner«, antwortete ihm eine Stimme im Flüsterton.

Nach kurzem Zögern öffnete Viktor die Tür.

Es war tatsächlich der Gnom. Im Gang herrschte Ruhe, als ob sich alle Reisenden früh zum Schlafen zurückgezogen hätten. Oder hatten sie sich einfach in ihren Abteilen eingeschlossen, weil sie nicht in fremde Streitigkeiten verwickelt werden wollten?

»In einer halben Stunde erreichen wir den nächsten Bahnhof«, sagte der Gnom leise. »Sie müssen aussteigen.«

Viktor nickte schweigend. Irgendwie hatte er das Gefühl, dass der Gnom ausgerechnet mit ihm Mitleid empfand. Allerdings ohne deshalb ein Risiko eingehen zu wollen; nach außen demonstrierte er strenge Neutralität.

»In Ordnung. Soll ich die Bettwäsche abgeben?«

Der Gnom sah verwirrt aus, offenbar verstand er Viktor nicht. »Warum? Glauben Sie etwa, ich zieh dem nächsten

Gast dreckige Wäsche auf? Lassen Sie sie liegen, oder bringen Sie sie mir, wie Sie wollen.«

Viktor nickte, während er an all die wachsamen Schaffner auf der Anderen Seite dachte, wie sie schikanös die schmutzigen Stofffetzen zählten, die den Namen Handtuch und Laken kaum verdienten.

»Ich weiß gar nicht, was ich Ihnen wünschen soll ...«, sagte der Gnom. Er warf einen Blick auf die schlafende Tel. »Ach, ist sie doch durchgeschlüpft ...«

Er strich sich über das Kinn.

»Na gut ... hoffentlich geht es wenigstens schnell ...«

Er drehte sich um und verschwand im Gang. Viktor konnte nur mit dem Kopf schütteln, als er sich vorzustellen versuchte, was jener ihm wohl wünschte.

»Kommt der Tod, wünsch ich ihn schnell, gibt es Wunden, nur ganz leichte ...«, murmelte er eine optimistische Liedzeile vor sich hin. Er schloss die Tür wieder, ging zum Bett und beugte sich über Tel. Sie schlief noch. Viktor musste unwillkürlich lächeln, als er mit dem Finger die rosige Fußsohle kitzelte.

Tel zog das Bein an.

»Es ist Zeit«, sagte Viktor leise. »Tel, wach auf ...«

Keine Reaktion.

Viktor fühlte sich wie Humbert Humbert, als er die Prozedur wiederholte. Tel murmelte verschlafen etwas vor sich hin, ehe sie sich umdrehte und die Augen öffnete.

»Wir sind bald da.«

Das Mädchen rieb sich die Augen und setzte sich im Bett auf. Sie gähnte, während sie zum Fenster rausblickte. »Ich hätte noch sieben Minuten weiterschlafen können ...«

»Du hast anstelle von Nerven Stahlseile«, sagte Viktor mit ehrlichem Neid. »Ist dir eigentlich klar, was passieren kann?«

»Vermutlich sehr viel mehr als dir«, schnitt Tel ihm das Wort ab. »Deshalb wollte ich mich auch unbedingt ausruhen. Ich hatte so einen wunderschönen Traum …«

»Schön für dich. Ich werde, wie es aussieht, für immer auf dieses Vergnügen verzichten müssen.«

Tel schnitt eine mitfühlende Grimasse. Sie zog sich die Stiefel über und begann sorgfältig ihre Schnürsenkel zuzubinden.

»Du Armer … Ich habe geträumt, dass ich über eine Wiese renne, eine Wiese voller Kamillenblumen, und dann hast du mich geweckt …«

Viktor musste unwillkürlich lächeln.

Tel blickte wieder zum Fenster hinaus. »Da ist der Fluss, und die Brücke kann man auch schon sehen.«

Das Gesicht gegen die Scheibe gedrückt, blickte Viktor, so gut es ging, in Fahrtrichtung.

Der Fluss war breit. Natürlich nicht wie die Wolga, aber …

Und was war das?

Die Brücke erhob sich in einem stählernen Buckel über den Fluss. Die Gleise verliefen in einer Höhe von fünfzig Metern auf schmalen Stützen aus Beton oder Stein. Im letzten Tageslicht glitzerte das Wasser silbrig, und es schien, als wäre der Wasserstand unter der Brücke nicht tief.

»Tel …«

Ja, das Mädchen hatte von einer Brücke gesprochen … Aber beim Anblick dieser alptraumhaften Ingenieurskonstruktion vergaß Viktor sogar für einen Augenblick Gotor und seine Leute. Was hatte Tel hier vor? Ein Fluss … der die Kräfte des Wassers bündelte … und hier wollte sie den Kampf aufnehmen?

»Was hast du dir da ausgedacht?«

Statt einer Antwort blickte Tel vielsagend zum Fenster hinüber.

»Sollen wir etwa *da rausspringen*?« Viktor stöhnte.

»Pssst!« Tel drückte ihren Zeigefinger gegen die Lippen. Das Gold ihres Lackes glänzte. »Genau das. Sie werden beide Ausgänge bewachen. Wahrscheinlich tun sie das bereits. Es bleibt uns nur dieser eine Weg offen. Gleich bricht die Gegenzeit ihrer Magie an, und sie können nicht mit voller Kraft kämpfen.«

»Wir werden zu Tode stürzen«, sagte Viktor hilflos. »Ob mit oder ohne Magie.«

»Wir werden nicht zu Tode stürzen«, unterbrach ihn Tel. »Nicht, wenn Gotor uns nicht bemerkt. Glaubst du, es ist so einfach, Wasser in Eis zu verwandeln? Selbst für einen Magier wie ihn.«

Offenbar zog sie es vor, die Tatsache zu ignorieren, dass man durchaus nicht unbedingt auf Eis aufprallen musste, um bei einem solchen Sprung zu Tode zu kommen.

»Mach das Fenster auf!«, befahl Tel. Viktor gehorchte. Es war sehr fest geschlossen. Die Gnome kümmerten sich wirklich gewissenhaft um alles. Aber schließlich musste er den Griff nur ein wenig zur Seite ziehen, damit die Scheibe überraschend leicht nach unten glitt. Eine Mischung aus Fahrtwind und Dampf drang ins Abteil.

Der Donnerpfeil eilte mit voller Geschwindigkeit auf die Brücke zu. Ein Bahnwärterposten zog vorbei, ein steinernes Türmchen, das von zwei mit Arkebusen bewaffneten, finster dreinblickenden Gnomen bewacht wurde. Ein dritter, der eine Armbrust in den Händen trug, war dabei, ein kleines, dickes Pferd zu besteigen. Anscheinend wurden die Brücken in dieser Welt genauso bewacht wie jede beliebige Brücke auf der Anderen Seite, etwa die über die Msta.

Das lebhafte Silber der Wasseroberfläche glitzerte weit unter ihnen. Mit Erleichterung stellte Viktor fest, dass keine Schutzgeländer oder zusätzlichen Querstreben an der Brücke angebracht waren. Nur die beiden eisernen Bänder der Gleise. Wenigstens würden sie nicht schon auf dem Weg nach unten gegen irgendwelche Stahlträger prallen.

Und plötzlich wurde von außen an der Tür gerüttelt. Auf dem Gang erklangen gedämpft wütende Stimmen.

»Jetzt springen wir, Viktor!« Tels Stimmchen ertönte neben ihm. »Los jetzt, wir müssen springen! Mach schon, sonst sterben wir!«

Mit einem Satz stand sie auf dem Tischchen neben dem geöffneten Fenster.

»Lass das Schwert nicht fallen!«, wies sie ihn noch an. »Komm jetzt, ich springe als Erste!«

Schon stürzte sie sich hinaus. Viktor hatte den Eindruck, dass der Wind ihren zarten Körper erfasste und mit einem Ruck zur Seite zerrte.

An der Tür krachte es. Unter ihr liefen dunkle Rinnsale hindurch.

Viktor kniff die Augen zusammen. Das Wichtigste war, vertikal ins Wasser zu tauchen.

Außerdem vorzugsweise nicht mit den Füßen voraus. Im wörtlichen Sinne. Sonst würde aus dem wörtlichen Sinn womöglich plötzlich ein übertragener Sinn.

Viktor fluchte und stürzte sich aus dem Fenster.

Er hatte etwa fünf Sekunden zur Verfügung. Ein erfahrener Magier vermochte eine ganze Menge in dieser Zeit. Und erst recht ein Magier des Wassers.

Aber Tel hatte doch irgendetwas über das Springen von einem Felsen gesagt …

Er fiel und hielt dabei sein Schwert fest. Er fiel ganz und gar nicht mit dem Kopf voraus, sondern wie ein Sack Mehl, wobei er die ganze Zeit verzweifelt mit den Beinen strampelte.

Von unten kam ihm die Oberfläche des Flusses plötzlich entgegen wie ein wundersamer Höcker, der sich in die Höhe hob. Das Silber blies sich auf und explodierte, wie ein ungeheuerliches Geschwür; Viktor blickte unwillkürlich nach oben (kaum zu glauben, dass die Zeit dafür ausreichte!): Vor dem Hintergrund des Abendhimmels hoben sich starr die überstreckten Silhouetten ihrer vier Verfolger ab.

Warum bin ich noch am Leben? Und warum falle ich so lange, fast wie Alice in die Kaninchenhöhle?

Der Wasserhöcker begann sich zu öffnen, ein gewaltiges Ungetüm zeichnete sich ab, das vor allem aus einem riesenhaften Schlund und zwei reißenden Kiefern zu bestehen schien. Viktor versuchte sich krampfhaft in der Luft zu drehen … und die Luft unterstützte ihn zu seiner Überraschung gehorsam. Sein Körper fiel noch, aber langsam, ganz langsam; seine Hände schienen weißglühend geworden zu sein, und sein Schwert war ein grell leuchtender Schweif aus grünlichem Feuer.

Oder kam ihm das alles nur so vor …

Es platschte. Das eisigkalte Herbstwasser des Flusses nahm Viktor auf. Und augenblicklich spürte er einen bohrenden, reißenden Schmerz – als ob er in riesenhaften Schraubzwingen steckte.

Er wedelte mit den Armen: nach oben, nur nach oben, ans Licht, an die Luft!

Die schwere Pranke des Wasserungetüms drückte ihn wieder zurück in die Tiefe. Von unten durch den grauen Schleier erkannte er vier bewegungslose Gestalten auf der Wasseroberfläche. Gotor und seine Helfer.

Er verschluckte sich, spürte, wie das plötzlich hart gewordene Quellwasser seinem Körper zusetzte, und fuhr doch fort, nach oben zu strampeln.

Und im gleichen Moment kam es über ihn: Wie konnten sie es wagen? Wie konnten diese armseligen Zauberer sich erdreisten, sich ihm in den Weg zu stellen? In den Weg des Drachentöters? Auf dem Bahnhof, als die Söhne des Grenzers einer nach dem anderen für ihn starben, war es ihm ja nicht gelungen, jene gewaltige Kraft freizusetzen, aber vielleicht würde es ihm jetzt …

Das Wasser drückte und presste ihn mit solcher Gewalt, als wolle es um jeden Preis in sein Inneres eindringen, Haut und Muskeln von seinen Rippen reißen, seine Lungen zermalmen und Viktor in das jämmerliche Abbild eines ausgenommenen Fisches verwandeln. An der Oberfläche nahm das Wasser die Konsistenz von trocknendem Klebstoff an; offenbar wollten sie Viktor einspinnen in dem dicklichen Wasser, wie eine Fliege in Bernstein, und ihn dann diesem – wie hieß er gleich? – Torn bringen.

Das würde er nicht zulassen! Hörst du mich, Gotor vom Clan des Wassers! Euer Zorn ist meine Waffe! Ist Feuer in meinen Händen, Wind in meinem Rücken, Erde zu meinen Füßen!

Wehe dir, Wasser, wenn du mir Schaden zufügst! Dann werde ich alle deine Wege mit meinem Feuerodem austrocknen, und alles, was in dir lebt, wird sterben, und alles, was du nährst, wird sterben, und du selbst wirst sterben!

Eine Hitzewelle erfasste Viktor. Um seine Arme herum begann das Wasser augenblicklich zu kochen und zu verdampfen; sein Schwert durchstieß mit Leichtigkeit die sich bereits schließende Decke der Falle, und Viktor wurde nach oben geschleudert.

Es war nicht sehr angenehm, wie gewaltige Dampfwolken von seinen Armen in die Höhe schossen. Ein Gefühl wie in einem Kesselhaus, in dem die Hauptleitung geplatzt war. Eingehüllt in eine weiße Wolke, fand Viktor sich an der Wasseroberfläche wieder. An der rechten Schläfe traf ihn augenblicklich eine Wasserpeitsche.

Genauer gesagt, sie sollte ihn treffen. Aber der messerscharfe Wasserstrahl, der sogar Metall zerschnitten hätte, verwandelte sich in einen formlosen Ballen Dampf, sobald er nur den Kopf seines Opfers berührte. Von irgendwoher zu seiner Rechten erklang ein unterdrücktes Schreien.

Viktor stürzte in Richtung des Ufers und hinterließ dabei eine rauchende Spur wie eine Zündschnur. Seine Gegner konnte er nicht sehen.

Wahrscheinlich nährte sich sein inneres Feuer von seinem Zorn. Ganz allmählich nahm die Hitze etwas ab, und von seinen Armen schossen nicht ständig neue Dampfwolken hoch. Jetzt schwamm er, nicht sonderlich schnell und nicht sonderlich geschickt; unter der Brücke wurde er von einer starken Strömung erfasst. Er blickte sich um.

Gotor und zwei weitere Magier glitten gleichmäßig über die Wasseroberfläche hinter Viktor her. Sie glitten wie auf Wasserskiern, leicht und unverkrampft. Auf ihren Mienen lag unverhüllter Triumph. Jetzt, jetzt, jetzt …

Wo war der vierte Krieger geblieben?

Natürlich, sie würden nicht zulassen, dass er das Ufer erreichte und an Land ginge.

»Dein Ende naht, Selbsternannter!«, kreischte Gotor voller Vorfreude.

Viktor spürte schon den Boden unter den Füßen, als es dem Magier endlich wieder gelang, das Wassermonster zu erschaffen.

Die gigantisch große Gestalt berührte mit ihrem Haupt die Krümmung der Brücke an ihrem Scheitelpunkt. Hunderte von Wasserstrahlenhänden griffen nach Viktor, der wie erstarrt bis zum Hals im Fluss stand und das nutzlose Elfenschwert in der herunterhängenden Hand hielt ...

Man weiß ja, »die Wellen ersticken den Wind«. Aber auch das Gegenteil ist richtig.

Eine unsichtbare Faust aus Winden, die über der niedrigen Flussebene ihre Kraft gesammelt hatte, stürmte über Viktors Kopf hinweg.

»Töten, töten, *töten*!« Tausende von Stimmen erschallten tosend in seinem Bewusstsein.

Ein pfeifender Luftstrom, so gewaltig, dass er dicke Bäume vernichten und Dächer von steinernen Schlössern reißen konnte, raste über Viktors Kopf hinweg, wo er noch vom lebendigen Feuer genährt wurde. Dieser vor Zorn tobende Luftstrom prallte mit dem Wassermonster zusammen, das Viktor schon beinahe erreicht hatte.

So musste es ausgesehen haben, wenn früher auf den großen Dampfschiffen die Wasserkessel explodierten, allerdings sehr große Kessel, von der Größe eines Wachturms. Eine riesige Dampfwolke breitete sich aus, in alle Richtungen spritzten weiße dampfende Strahlen, die aussahen wie in Agonie kreisende Arme.

Eine Flammenklinge fuhr in die Höhe, stach in den Giganten aus Wasser, jedoch war jeder Zoll unendliche Mühe. Das Wasser attackierte mit eisiger Kälte, versuchte die Flamme zu ersticken, zu löschen, versuchte den glühend heißen Wind auf jene Flussseite zu zwingen, die sich in einen harten eisigen Panzer verwandelt hatte; Gotors Beschwörungen bedrängten Viktor, und die Wassermassen, die dem Schoß des Flusses entrissen worden waren, bedrängten ihn; zwei von Gotors Helfern kamen von der Seite, jedoch wirkten sie auffallend zögerlich und vorsichtig. Die Wasserpeitsche erwies sich nicht mehr als so wirksam. Hatte sie doch ihren eigenen Schöpfer getötet, als sie auf den Schleier heiß glühender Luft traf.

Flügel, die ihr die Welt umfangt, Pranken, die ihr die Welt stützt, Flamme, die du die Welt verbrennst, Verstand … ist es möglich, dass diese erbärmlichen Kreaturen, die sich ihre paar Brocken Magie am Tisch ihres Herrn zusammengebettelt haben, tatsächlich wieder die Oberhand gewinnen?

Viktors Kehle entriss sich ein Aufschrei; nicht nur ein Aufschrei, nicht nur ein Brüllen, nicht nur ein Heulen, nicht nur ein Toben, sondern alles zusammen, ein Posaunenton, der allem Lebenden bedeutete, dass es an der Zeit war, zu fliehen, dass sein Zorn keine Grenzen mehr kannte, dass der sich retten sollte, der dazu noch in der Lage war.

Die Dampfwolke hatte sich schon hoch über die Brücke erhoben. Der Wasserdämon wich bedrängt vom Feuerwind Schritt für Schritt zurück; von rechts tauchte Gotor wieder auf, mit verzerrtem Gesicht, in seiner Hand fast wie eine Verlängerung des Arms tobte eine Peitsche; von den Seiten kamen die zwei verbliebenen Kämpfer mit dem Mut der Verzweiflung; solange Viktor mit dem Ungeheuer kämpfte, schnitten die Magier ihm den Weg zum Ufer ab. Er würde weiter bis zum Hals im Wasser kämpfen müssen.

Viktor hob das Schwert über seinen Kopf.

»Du wirst doch sterben«, schrie Gotor mit heiserer Stimme. »Wir weichen nicht von dir …«

Wahrscheinlich hätte sich dieser Magier noch etwas anderes ausdenken können; aber aus irgendeinem Grund versuchte er Viktor mit einer einzigen Kraft zu vernichten.

Drei Peitschen stießen in die Luft direkt neben seinem Kopf. Sie trafen aufeinander und explodierten in Garben rasiermesserscharfer Spritzer. Über Viktors Wangen, Stirn und Schläfen tropfte Blut, lief in seine Augenwinkel. Er fühlte keinen Schmerz, aber sein Zorn steigerte sich noch mehr, als er das Blut im Mund schmeckte.

Viktor sprang nach vorne und riss dabei mit der Brust das Wasser auf, das im Begriff war, zu gefrieren; die Oberfläche zerbarst in Myriaden von schneidend scharfen Eisstücken. Das Eis hatte nicht genug Zeit gehabt, sich zu schließen, und zerstob nun in alle Richtungen, genau wie wenn in einem amerikanischen Actionfilm ein gewaltiges Schaufenster zu Bruch geht. Viktor befand sich jetzt neben Gotor, dessen Peitsche durch die Wasserschicht hindurch auf ihn zuschoss, brennender Schmerz erfasste seine Schulter, und Viktor stach, ohne hinzusehen, mit dem Schwert zu.

Der Fluss explodierte förmlich an der Stelle, wo sein Schwert eingedrungen war, als hätte er eine Kiste Dynamit dort fallen gelassen. Eine Wassersäule, vermischt mit Dampf und Feuer, spritzte fast bis zur Brücke hinauf. Da, wo eben noch einer der Magierkämpfer gestanden hatte, war nur noch ein blauschwarzer Fleck übrig geblieben, der fettig glänzte wie vergossenes Erdöl.

Alle erstarrten zu Stein. Auch Viktor und Gotor.

Dann ergriff der Magier die Flucht.

Und Viktor verfolgte ihn nicht.

Nass bis auf die Haut, schwankend und das Schwert hinter sich her zerrend, kletterte Viktor endlich ans Ufer. Noch immer lief Blut über sein Gesicht, die unzähligen kleinen Schnitte und Verletzungen brannten wie Feuer, an seiner rechten Schulter hatte er eine schwere Wunde von der Wasserpeitsche. Viktor warf einen Blick auf die Schwertschneide; sie war oxidiert, als wäre sie in Säure getaucht worden. Vorerst taugte es nur noch zum Spänemachen – bis es wieder neu geschliffen würde.

Nass und zitternd blieb er neben einigen Büschen stehen. Er brauchte ein Feuer, so schnell wie möglich. Tel … wo war Tel? Wieder war sie verschwunden, hatte ihn mit Gotor und dessen Männern allein gelassen, und wahrscheinlich wieder aus irgendwelchen höheren Überlegungen heraus.

Seine Zähne klapperten einen Trommelwirbel. Seine zerschnittene Stirn brannte unbarmherzig. Viktor fuchtelte ungeschickt mit dem Schwert herum, um ein paar Zweige abzuschlagen; sie waren feucht und würden schlecht brennen, aber er wusste sich nicht anders zu helfen …

Er wühlte in seinen Taschen. Hatte er ein Feuerzeug?

Der grau-metallische Zylinder, ähnlich einem Zippo-Feuerzeug, hatte ein seltsames Emblem an der Seite: Eine schwarze getrocknete Rose wurde schützend von zwei Händen eingerahmt.

Es war das Wappen der Wächter der Grauen Grenze.

Nach einigen erfolglosen Versuchen gelang es Viktor, das Feuer zu entzünden.

Er wrang seine Kleidung aus; zitternd vor Kälte hängte er sie in den Büschen auf. Jetzt musste er nur noch um das Feuer laufen, so wie Tel und er es nach ihrer Ankunft in der Mittelwelt getan hatten.

Er lief zum Fluss und wieder zurück. Aus irgendeinem Grund war er sich sicher, dass die Magier nicht zurückkehren würden. Jedenfalls fürs Erste nicht.

Der Fluss war verlassen und machte in seiner Verlassenheit einen erhabenen Eindruck. Die Dunkelheit verdichtete sich, auf beiden Seiten des Flusses brannten Feuer neben den Wachtürmen der Gnome. Sonst gab es keine Anzeichen irgendwelchen Lebens und keine Spur von Tel.

Und dann kam es über ihn, mit einem abrupten Schlag: Wie konnte ich das tun? Wie konnte ich mich retten? Was war mit mir? Wie habe ich das gemacht? Das Feuer, der Dampf, die Explosion …

Und der Hass. Noch immer fühlte er sich irgendwie betrunken. Noch immer war vor seinen Augen alles etwas unscharf. Und seine Hände zitterten wie nach einem Besäufnis.

Wieder hatte er getötet. Und dazu noch mit Vergnügen. Für den Grenzer. Und für seine Söhne. Für den jungen Slawa, den er an einem namenlosen Bahnhof im Norden zurückgelassen hatte. Wenn Viktor es vermocht hätte, so hätte er alle Pappeln im Umkreis gefällt, weil ihr Flaum zu dieser herbstlichen Jahreszeit das warme Jungenblut aufgesaugt hatte …

»Und ich habe sie doch gerächt«, sagte Viktor. »Auch wenn Gotor davongekommen ist, zwei dieser Killer werden jedenfalls niemanden mehr töten.«

Außerdem bedeutet doch alles, was passiert ist, dass dies hier wirklich meine Welt ist, dachte er. Wie war das noch? Feuer aus den Händen? Auf der Anderen Seite würde jeder sagen, dass es so etwas nicht gab. Und damit hätte er Recht. In jener ruhigen langweiligen Welt, in der die Menschen von genau dieser Langeweile verrückt wurden, in der sie den Planeten mit Abfällen und Unrat überhäuften und unnötige Kriege anzettelten – dort konnte es so etwas nicht geben.

»He, Soldat!« Eine heisere Stimme sprach ihn an.

Abrupt drehte sich Viktor um, doch da waren nur zwei Gnome. Offenbar waren sie von der Brückenwache. Beide hatten Armbrüste bei sich, und einer trug eine große Laterne, vermutlich eine Kerosinlampe.

»Bist du unverletzt, Soldat?«, fragte einer von ihnen, ein untersetzter Bärtiger, freundlich. Die Armbrust hing über seiner Schulter, als wollte er auf diese Weise seine friedlichen Absichten demonstrieren, sofern das bei seiner grimmigen Physiognomie überhaupt möglich war. »Wir haben gesehen, wie du aus dem Fenster gesprungen bist ... Und was dann passierte ... Wir waren uns sicher, das war's, die vom Wasser machen dich fertig. Aber nein, sieh einer an! Jemand hat ein Feuerchen angemacht. Durchs Fernrohr sieht er ganz und gar nicht wie einer vom Wasser aus. Da haben wir beschlossen vorbeizuschauen.«

»Und ... habt ihr das Mädchen ... auch gesehen?«

»Welches Mädchen?« Der Gnom schien aufrichtig verwundert. »Wir haben kein Mädchen gesehen. Was meinst du denn? Du bist doch allein gesprungen. Dart hier«, er nickte in Richtung seines Begleiters, »stand gerade auf dem Posten und hat alles gesehen! Wie der Zug kam, das Fenster geöffnet wurde. Wie du gesprungen bist und wie die Wassermagier hinter dir her sind. Sonst hat er niemanden gesehen.«

So ist das also, dachte Viktor. Wieder einmal ist Tel verschwunden, ohne dass diese Einfaltspinsel sie auch nur bemerkt hätten. Es ist sinnlos, diese beiden hier weiter auszufragen. Am besten, ich denk nicht mehr drüber nach.

Was brauche ich jetzt? Aufwärmen, trocknen, ein Nachtlager. Wollen wir doch mal sehen … Guter Rat kommt über Nacht.

»Was stehst du hier herum, Soldat? Komm mit zu uns. Wir werden schon ein Plätzchen für dich finden«, sagte Dart.

»Aber ihr seid doch im Dienst«, wunderte sich Viktor. »Könnt ihr das einfach machen?«

»Ah, du bist wohl von der Anderen Seite gekommen«, vermutete der erste Gnom. Viktor nickte.

»Lass uns gehen. Wir arbeiten nicht für das Wasser. Wir arbeiten für niemanden. Nur für uns selbst. Wir bewachen die Route, und mit den Magiern haben wir nichts zu schaffen. Dich haben sie ja ordentlich geröstet, das haben wir gesehen … Aber wie hast du es bloß geschafft, ihnen die Suppe zu versalzen, hä?« Der Gnom schmunzelte.

»Irgendwie ist es mir halt gelungen.« Unwillkürlich nahm Viktor den Ton des anderen auf. »Wir haben uns ordentlich geprügelt.«

»Na, du wirst jedenfalls mal ein starker Kerl werden«, bemerkte der Gnom wohlwollend, während sie zum Wachturm hinaufstiegen. »Dich haben sie nicht umsonst von der Anderen Seite ausgestoßen. Du hast es ihnen ordentlich gegeben! Kannst du auch Feuer lenken? Ich rate dir, mach dich auf zum Clan des Feuers … das ist nicht gerade der nächste Weg, aber wir helfen dir, dann kannst du mit dem Zug fahren. Unsere Kollegen bringen dich schon hin.«

»Aber fürchtet ihr denn die Magier des Wassers nicht?«, fragte Viktor. Dart öffnete die Tür des in die Böschung gebauten Wachturms.

»Wir bemühen uns, mit allen in Frieden zu leben«, antwortete der andere ernst. »Schließlich kommen wir weder ohne Wasser noch ohne Feuer oder Erde aus. Wie sollten wir unsere Lokomotiven ohne die Elemente zum Laufen bringen? Aber die Strafkommandos mögen wir gar nicht. Wenn jemand vor ihnen auf der Flucht ist, versuchen wir immer zu helfen. Deshalb sag ich dir, Soldat, wenn du selbst erst ein Magier bist, denk daran, was für eine üble Sache diese Strafkommandos sind. Es steht den Magiern einfach nicht zu Gesicht, sich mit so etwas abzugeben, ganz und gar nicht ...«

In der Wachstube war es warm und sehr gemütlich. Es roch gut nach Schmieröl, Schießpulver und warmem Brot. Auf der gewaltigen, dicken Tischplatte stand ein irdener Topf voll Milch.

»Zieh dich aus«, sagte Dart. »Nimm das Fell dort und wärm dich damit, ihr Menschen seid ja ein schwächliches Volk.«

Viktor war nicht beleidigt.

»Schlaf jetzt, Soldat«, vernahm er noch als Nächstes. »Der Weiße Adler kommt erst morgen früh hier durch. Wir bringen dich schon im Zug unter, und mit dem fährst du dann geradewegs bis nach Oros. Es soll eine schöne Stadt sein, direkt am Warmen Ufer gelegen ...«

Die Nacht verging ohne Träume und ohne weitere Ereignisse.

Beim Morgenanbruch weckten sie Viktor. Die beiden Gnome vom Vorabend waren nicht mehr zu sehen, aber die anderen wussten über ihn Bescheid.

Seine Kleider waren getrocknet. Die gutmütigen Wächter hatten sein Säckchen mit so viel Proviant gefüllt, wie nur irgend hineinpasste, und der Weiße Adler fuhr ganz nach Fahrplan auf die Brücke zu, bremste für einen Augenblick am Wachturm, ein Gnom öffnete die Tür – und schon befand sich Viktor im Zug.

Niemand verlangte Geld, der Schaffner schien über alles Bescheid zu wissen. Für Viktor stand eine ganze Liegebank zum Schlafen bereit.

So seltsam es auch war, seit dem Kampf am Vorabend war eine wundersame Ruhe über ihn gekommen. Die Magie gehorchte ihm? Sehr gut! Er würde es als gegeben hinnehmen, denn wenn er erst darüber nachzudenken begann, würde er den Verstand verlieren; der Kampf mit dem Wasser, die Leute, die er getötet hatte; möglicherweise war unter ihnen auch einer wie er selbst gewesen, einer von der Anderen Seite; nein, er war ruhig und beherrscht.

Und konnte er überhaupt anders sein? Er, der Drachentöter?

Jetzt lag er also hier im Zug auf frischer Wäsche und reiste zum Warmen Ufer, in das geheimnisvolle Oros, wo der Clan des Feuers lebte …

Und wirklich hatte sich etwas in seinem Inneren verändert. Wahrscheinlich hatte sich die Angst zurückgezogen, war ein Stück zurückgewichen. Als ob ein Teil einer in ihm schlummernden Kraft erwacht sei, als hätte er nicht einfach nur gekämpft, sondern auch … auch … einen Teil der fließenden Gewalt des Wasserelements in sich aufgesogen.

Jetzt würde er nicht mehr umkehren, ehe er nicht alles bis zum Ende in Erfahrung gebracht hatte. Ganz gleich, auch wenn er das nicht brauchte, es ihm eigentlich nicht wichtig war, ganz gleich, dass er noch bis vor kurzem nach Hause hatte zurückkehren wollen, in seine gewohnte Welt auf der Anderen Seite. Jetzt würde er zum Warmen Ufer fahren … und alles mit eigenen Augen sehen.

Ritor blickte nachdenklich in den sich langsam verfärbenden Abendhimmel.

Der Wagen des Windes schnaufte, während er den langen steilen Aufstieg überwand. Die Suchformel aufrechtzuerhalten war nicht einfach. Sandra und Asmund halfen Ritor, so gut sie konnten; im Abteil herrschte Schweigen. Kan hatte sich mit seinem Schüler zurückgezogen – sie hatten beim Schaffner kochendes Wasser verlangt und wollten verschiedene Tinkturen und Aufgüsse ansetzen. Kevin und Erik, die Ältesten der beiden Paare, hatten wieder mal einen Wettkampf angezettelt und ihre beiden Jungen »zur Hand« angewiesen, Pfeilwerfen zu trainieren.

»Er sitzt auch in einem Zug«, bemerkte Sandra, die vor Aufregung sogar ihre gewohnte Meeresrhetorik vergaß.

Ritor nickte.

»Sie schleifen ihn nach Süden. Ich denke, das ist Torns Werk. Er kann sonst nirgendwo mehr seine Weihen durchlaufen«, sagte Asmund, wobei er seinen ganzen Mut zusammennehmen musste.

»Wenn Torn seinen Verstand beisammen hat, dann wird er versuchen, ihm die Weihen schon vorher zu ermöglichen«, wandte der alte Magier ein.

»Und können wir das feststellen?«, fragte Asmund eifrig.

»Und ob wir das können, meine kleine Flunder«, sagte Sandra fast zärtlich. »Wenn wir hier nur ordentlich schwitzen.«

»Ich denke, wir schwitzen ordentlich«, lächelte Ritor. »Ich würde ungern erst dann auf den Drachentöter treffen, wenn er schon alle vier Initiationen hinter sich hat.«

»Aber kann er denn die Weihe der Luft erhalten, wenn wir das nicht wollen?«, fragte Asmund hartnäckig.

»Ja, leider kann er das«, seufzte Ritor. »Wir haben keine absolute Kontrolle über die Luft, sonst würden wir dafür sorgen, dass unsere Feinde einfach aufhören zu atmen.«

Asmund wurde rot.

»Mach dir nichts draus.« Sandra legte Asmund in einer ganz und gar nicht mütterlichen Geste die Hand auf die Schulter. »Die Weihen des Drachentöters habt ihr nicht im Unterricht durchgenommen … und das wird vorläufig auch nicht der Fall sein.«

Asmund wurde noch röter und schlug sogar die Augen nieder.

Ritor zog kaum merklich die Augenbrauen nach oben. Sandra war überall in der Lage, sich zu vergnügen, sogar auf dem Schlachtfeld. Die Zauberin begriff seine Andeutung augenblicklich und blinzelte schuldbewusst, ohne auch nur einen Zentimeter von Asmund abzurücken.

Die Formel zur Erschaffung des Drachentöters gehörte von alters her zu den bestgehüteten Geheimnissen überhaupt. Schülern wurde sie niemals anvertraut. Nur Magiern ab dem dritten Rang aufwärts.

Die Magie der Luft erforderte vor allem geistige Konzentration, und diese musste vollkommen und ungestört sein. Ritor fasste Asmund an der einen Hand und streckte Sandra die andere hin. Das älteste unter den traditionellen Verfahren war der Kreis, bei dem die Kräfte der wirkenden Zauberer zusammenflossen.

Es war nicht unbedingt nötig, einen so gefährlichen Zauber wie die Windflügel zu wirken, die eine ganze Stadt vernichten konnten. Ritor verstand es meisterhaft, verschiedene Varianten anzuwenden. Er hatte den Drachentöter am Haken und konnte jetzt einen unsichtbaren Kundschafter an dessen Fersen heften, der für sie in Erfahrung brachte, wozu der ungebetene Gast von der Anderen Seite bereits fähig war.

Die straff gewirkte Formel rief bei allen einen heftigen ruckartigen Schmerz hervor. Mit Leichtigkeit überholte der luftige Bote den Zug und strebte seinem nur für ihn sichtbaren Ziel entgegen. Er war nicht fähig, zu töten oder irgendwelchen Schaden zuzufügen. Er konnte Kunde einholen, und danach würde er zerfallen, aufhören zu existieren. Die Fähigkeit, einen solchen Verfolger über längere Zeit am Leben zu erhalten, galt als eine der größten Künste der Magie.

Ritor und seine beiden Mitschöpfer mussten ziemlich lange warten. Aber endlich …

Das Abteil füllte sich mit der unsichtbaren, aber deutlich spürbaren Kraft des Wassers. Eines aufgepeitschten, tobenden Wassers, das zürnte und außer sich war vor Raserei. Ein hellblaues Glühen erfüllte die Luft, das von rot-weißen Strichen unterbrochen wurde – dort tobte ein Kampf.

Sandra und Ritor blickten starr vor Staunen auf das Schauspiel, das sich ihnen bot. Auch Asmund war fassungslos, konnte sich aber nicht dazu durchringen, Fragen zu stellen.

»Gegenzeit«, bemerkte Ritor. »Interessant …«

»Warum greifen diese verfaulten Pottwale vom Clan des Wassers den Drachentöter an?«, fragte Sandra.

»Vermutlich haben sie ihn nicht richtig angegriffen«, sagte Ritor mit einem Kopfschütteln. »Erstens ist Gegenzeit, und zweitens kann ich mir nicht vorstellen, dass Torn nichts von unseren Flügeln weiß. Er will uns damit ablenken, Sandra. Er will uns glauben machen, dass jener nicht der Richtige ist, und maskiert gleichzeitig die Weihe mit einem Kampf.«

»Ich verstehe es immer noch nicht, zur öligen Sprotte noch mal! Warum spielen sie den Angriff nur? Wen will er damit ablenken? Uns?«

»Ich vermute, Torn hat sich überlegt, dass die beste Methode, uns davon zu überzeugen, dass dieser Bursche nicht der Drachentöter ist, darin besteht, ihn selbst anzugreifen. Das ist alles. Nicht besonders raffiniert, aber unter Umständen wirkungsvoll. Torn kann schließlich nicht wissen, was wir dank der Flügel erfahren haben. Er weiß nicht, dass wir das wahre Wesen des Neuankömmlings von der Anderen Seite gesehen haben. Er ist der Drachentöter, daran gibt es keinen Zweifel. Und wenn wir ihn vernichten, wird so schnell kein neuer erscheinen.«

»Aber was ist dann mit dieser verdammten Krake, diesem Drachen der Angeborenen?«, fragte Sandra unumwunden. »Wenn wir den Drachentöter vernichten?«

»Dann werden wir die vereinten Kräfte der Elementaren Clans benötigen. Die konzentrierte Kraft aller, um unserem Drachen zu helfen. Seine Zeit wird kommen, aber die Angeborenen könnten mit ihrem Drachen schneller sein«, erklärte Ritor.

Die Zauberin nickte.

»Schaut her!« Ritor deutete mit einem Nicken auf das blaue Glimmen, das immer schwächer wurde. Auch die dunkelroten und weißen Fäden darin verschwanden. »Die Weihe ist abgeschlossen. Der Kampf ist zu Ende. Und die Krieger vom Clan des Wassers haben sich zurückgezogen. Wie ich es vorhergesagt habe. Was willst du fragen, Asmund?«

»Meister, heißt das, dass wir jetzt gegen Torns Leute kämpfen müssen? Werden sie an der Seite des Drachentöters bleiben und ihn beschützen?«

»Eine gute Frage«, antwortete Ritor in unverbesserlicher Lehrermanier. »Nein, Asmund, für Torn ist es wichtig, dass dieser unselige Bursche sich selbst als Drachentöter erkennt, und das so schnell wie möglich. Ich könnte mir vorstellen, dass sie sogar jemanden an seiner Seite getötet haben, um seinen Zorn zu entfachen ... Torn ist erbarmungslos; und er würde auch unbesehen jemanden aus seinem Strafkommando opfern, jemanden von niedrigem Rang, nur um so sein Ziel zu erreichen. Aber jetzt hat das Wasser den Rückzug angetreten. Torn kann sich ja ausrechnen, dass wir nicht untätig herumsitzen. Warum sollte er einen erfahrenen Magier, einen, der mindestens im dritten Rang steht, großer Gefahr aussetzen? Sicher, solche, die im sechsten Rang und tiefer stehen, können ruhig umkommen – aber einen wirklich wertvollen Krieger wird Torn schützen wollen.«

»Ich habe verstanden, Meister«, sagte Asmund voller Ehrfurcht.

»Also gut, lasst uns die Zauberformel löschen«, wies Ritor die beiden anderen an. »Ich glaube, wir werden ihn ... vermutlich hast du Recht, Sandra ... in unseren Ländereien antreffen. Zumindest muss man sich dort nicht allzu sehr vorm Wasser in Acht nehmen ... jedenfalls bis vor kurzem noch.«

»Glaubst du nicht, dass dieser Torn – ach, wenn doch hundert Anker seinen Hintern durchbohrten –, dass er das alles ebenfalls berücksichtigt?«

»Ich denke schon«, antwortete Ritor. »Aber der Bursche hat schon die Wasserweihe. Und dort ist auch ein Fluss, und zwar kein kleiner ...«

»Eine Falle also? Da soll mich doch der achtarmige Seepolyp fressen«, unterbrach ihn Sandra. Asmund zuckte unwillkürlich zusammen, doch seine Augen blitzten vor unbändiger Leidenschaft.

Ritor nickte.

»Torn weiß, dass wir dort nicht mit einem Angriff rechnen. Und genau deshalb wird er ganz sicher angreifen. Wenn ich dreimal so viele Leute mitgenommen hätte, dann würde das bedeuten, dass ich sein Vorhaben durchschaut habe. Und dann würde er sich etwas anderes ausdenken. Aber ich habe mehr Gefallen daran, das Handeln des Feindes vorauszuahnen.« Ritor lächelte leicht über die unverhüllte Begeisterung, mit der ihn Asmund ansah. »Soll Torn denken, dass wir keine Ahnung von nichts haben. Soll er doch ... einstweilen. Und jetzt ist es an der Zeit, sich auszuruhen! Die Überwachungsformel kann ich jetzt allein aufrechterhalten.«

Die Nacht verdichtete sich über der Ebene, durch welche wasserreiche Flüsse dem nicht mehr fernen Heißen Meer zuflossen. Sandra und Asmund verließen das Abteil; der alte Magier scheute keine Kräfte, um eine Formel der absoluten Stille zu wirken; nichts lag ihm ferner, als jetzt durch die dünne Trennwand hindurch dem Liebesstöhnen der beiden lauschen zu müssen. Die Gedanken des Magiers richteten sich auf den unbekannten Burschen, der sich durch den Willen des bösen Schicksals zum Drachentöter verwandelt hatte oder genauer gesagt im Begriff war, sich in einen solchen zu verwandeln. Was wusste jener bereits? Was vermochte er schon? Nach einer einzigen Weihe doch wohl noch nicht allzu viel. Aber der Zufall musste in jedem Fall ausgeschlossen werden. Er selbst hatte kein Recht auf weitere Verluste. Jeder einigermaßen starke Magier war Gold wert. Und er, der große Zauberer der Luft, wog zum soundsovielten Mal alle Einzelheiten genau ab, um einen wohlgezielten, vernichtenden Schlag zu ersinnen. Den einen einzigen Schlag, der jede Verteidigung wegfegen und dem Opfer keine besonderen Qualen bereiten würde.

Die Eiserne Route wurde sorgsam von den Gnomen instand gehalten, er spürte keinerlei Stöße. Der Zug glitt weich wie auf Samt durch die Nacht. Morgen früh würde der Kampf stattfinden, wenn die Kraft der Luft im Zenit stand.

Der Wagen des Windes erreichte Chorsk zur vorgesehenen Zeit. Die Lokomotive schnaufte noch ein letztes Mal, ehe sie stehen blieb. Ritors Truppe war schon auf den Beinen. Als Erstes sprang Erik auf den Bahnsteig, noch ehe der Schaffnergnom die Treppe ausgezogen hatte. Die Menschenmenge um den Zug lichtete sich augenblicklich. Erik war weit über die Grenzen des Warmen Ufers hinaus bekannt. Der blonde Krieger mit dem braungebrannten, runden Gesicht war groß und muskulös, trug einen üppigen weizenfarbenen Schnurrbart und kniff ständig die Augen zusammen; außerdem sorgten nicht zuletzt eine Reihe von prächtigen Narben dafür, dass die Herzen der Mädchen bei seinem Anblick heftig zu klopfen anfingen. Erik hielt die Arme so vor der Brust, als würde er eine unsichtbare Kugel dagegen drücken. Auf den ersten Blick hatte er keine Waffe bei sich, und das, was sich unter seiner unscheinbaren Jacke verbarg, hatte nichts gemein mit den traditionellen Schwertern, Dolchen oder Äxten.

Sein forschender Blick glitt über die Gleise, über ein Regionalbähnchen auf dem Nachbargleis, über die Menge der Händler, weiter den Bahnsteig entlang bis zur Tür mit der Aufschrift »Für Magier«; kaum einer wusste, dass ihn, den Älteren eines Paares, während dieser ganzen Zeit ein waffentragender Junge deckte, sein Junge »zur Hand«, und zwar, indem er mit einer leichten Armbrust in den Händen auf dem Dach des Waggons hockte.

Es versteht sich von selbst, dass Eriks Auftauchen auch bei der Obrigkeit nicht unbemerkt geblieben war. Schon eilte die Bahnhofsleitung herbei, und wer nicht schnell genug aus dem Weg sprang, wurde rücksichtslos vom Empfangskomitee beiseitegeschubst. Zwei Gnome rollten im Laufschritt einen Teppichläufer aus, und hinter ihnen trampelte ein ganzer Trupp Straßenkehrer her.

Erik machte sich auf den Weg, ohne dem Aufzug auch nur einen Blick zu gönnen. Der Teppich und die anderen Attribute eines feierlichen Empfangs interessierten ihn nicht im Mindesten. Seine Aufgabe war es, die Sicherheit zu gewährleisten. Und das tat er. So gut er es vermochte.

Der Junge »zur Hand« folgte ihm schleunigst, wobei er sich pfeilschnell durch die Menge schlängelte. Er war gerade mal zwölf Jahre alt, dünnbeinig und leicht wie ein Fohlen. Niemand ahnte, dass dieses Fohlen ohne weiteres allein mit einer Bande von zwanzig Räubern fertig würde. Wenn er heranwuchs, würde er vom Jungen »zur Hand« zum Solisten aufsteigen oder zum Ältesten eines Paars. Und wahrscheinlich würde er einer der Besten sein, denn Erik würde sich niemals mit einem mittelmäßigen Jungen »zur Hand« abgeben.

Ein Gnom, der Stationsvorsteher, verbeugte sich tief und unterwürfig vor Ritor.

»Was für eine Ehre, sehr geehrter, ehrwürdiger, hoch geachteter …«

»Schon gut, Kirbi.« Ritor winkte ab. »Wir sind voll und ganz zufrieden mit euch und euren regelmäßigen Zahlungen. Unser Besuch hier ist inoffiziell. Wir kommen nicht zur

Inspektion. Mein Wort darauf. Wir wollen euch nicht mit unserer Anwesenheit zur Last fallen ... sondern nur den Weißen Adler in Empfang nehmen.«

Kirbi war mit einem edlen Festtagshemd bekleidet, das er wohl gerade eben erst übergestreift hatte. Bei Ritors Worten seufzte er vor unverhohlener Erleichterung.

»Geruhen Sie sich von der Reise zu erholen? Wir servieren sogleich ein Frühstück. Der Weiße Adler kommt erst in einer Stunde, bis dahin ist noch Zeit ...«

»Nun gut, dann lasst uns frühstücken«, willigte Ritor ein.

Hinter ihm, mit der gespannten Armbrust in den Händen, schritt Kevin. Der zweite Junge »zur Hand« deckte das Ende des Zuges, das aus den beiden Heilern, Kan und seinem Schüler, bestand.

Der Tumult, der durch das Auftauchen der hohen Gäste entstanden war, legte sich allmählich wieder. Wie aus dem Nichts erschien ein Trupp Freiwilliger; das in der Stadt stationierte Korps Schöner Donner verstand seine Arbeit, und alle noch verbliebenen Neugierigen erkannten augenblicklich, dass es besser wäre, sich um ihre eigenen Angelegenheiten zu kümmern.

Das Frühstück, das im Wartesaal für Magier aufgetragen wurde, erwies sich als ausgezeichnet. Es gab geschmorten Hasen in Weinsauce, Kartoffelkroketten, Krevetten mit gehackten Eiern und gebackenen Karpfen mit Sauerkraut. Bescheiden, aber überaus schmackhaft.

»Er sitzt im ersten Wagen«, sagte Ritor leise, nachdem alle ihre Mahlzeit beendet hatten und er einen schalldichten Wall um den Saal errichtet hatte. »Kevin und Erik, eure Aufgabe ist es, ihn aufzuschrecken. Sorgt dafür, dass er sich rausbeugt. Mehr müsst ihr nicht tun. Dann geht ihr schleunigst aus dem Weg und haltet Ausschau nach den Leuten vom Wasser. Wenn ihr welche bemerkt, schlagt als Erste zu und ohne Mitleid. Den Hauptschlag führen ich, Sandra und Asmund aus. Wenn wir aus irgendeinem Grund versagen, müsst ihr alles daransetzen, diesen Kerl umzulegen. Selbst wenn wir alle dabei sterben.«

»Wir haben verstanden, Ritor«, sagte Kevin beherrscht. Wie immer hatte er sich vor dem Kampf in seine Farben gekleidet, in Schwarz und Silber. »Unsere Leute versagen nicht.«

Erik nickte zustimmend.

»Aber warum, ehrwürdiger Ritor, können Kevin und ich die Operation nicht alleine ausführen? Hier handelt es sich doch nicht um die Olympischen Spiele. Wir kommen von zwei Seiten und ...«

»Natürlich kommt ihr von zwei Seiten«, antwortete Ritor ruhig. »Aber, Jungs, wir haben es mit dem Drachentöter zu tun. Er hat schon eine vollständige Weihe erlangt. Glaubt mir, ich weiß, wozu er fähig ist. Ich bin nicht Torn. Und ich werde meine Leute nicht in den Tod schicken. Was ist?«

Eriks Junge »zur Hand« strich schweigend über seinen linken Ärmel. Ritor verspürte augenblicklich die Spannung, die von einer geladenen Waffe ausging.

»Denk nicht einmal daran«, sagte er streng. »Er würde es fühlen. Und du wirst es wahrscheinlich nicht mal merken. Also bitte keine Alleingänge, sondern den Burschen nur aufschrecken. Es ist wichtig, dass er aus dem Waggon herauskommt.«

»Vielleicht sollte ich?«, ertönte Sandras Stimme. »Ehe er den Jungs zusetzt ...«

Kevin und Erik streckten beleidigt ihr Kinn in die Höhe, und mit sekundenlanger Verzögerung imitierten auch ihre Jungen »zur Hand« diese Bewegung.

»Nein, nein.« Ritor schüttelte verärgert den Kopf. »Das lohnt nicht, Sandra. Loj Iwers Lorbeeren wird dir das ohnehin nicht einbringen. Die Kraft des Drachentöters liegt im Zorn. Aber er ist bislang noch nicht in der Lage, sie zu kontrollieren. Wir müssen so vorgehen …«

Die Sonne stieg höher am Himmel. Züge trafen ein und fuhren ab, auf den Bahnsteigen brodelte die Menge. Ein buntes Völkchen. Händlerinnen und Händler hatten aufgehört, Kevin und Erik zu beachten; deren Jungs waren ohnehin nicht zu sehen.

Der Weiße Adler glitt schwerfällig in den Bahnhof. Trotz seines imposanten Namens gehörte er zu den eher unbedeutenden Zügen, die an jeder noch so kleinen Station hielten. Klapprige Waggons, uralte, dampfende Zylinder, kaputte Trittbretter – selbst die Gnome hatten nicht für alles Geld.

Erschöpft schnaubend hielt die Lokomotive an, und Ritor atmete vor Erleichterung tief aus, denn ihr Ziel war noch immer an Ort und Stelle.

Erik und Kevin bewegten sich ohne Eile auf die hölzernen Türen des ersten Waggons zu, die sich gerade öffneten. Das Volk wich vor ihnen zurück und gab den Weg frei. Hinter den Älteren schlüpften die beiden Jungen »zur Hand« in den Wagen.

Jetzt hieß es nur noch warten.

Ritor warf einen kurzen Blick auf den blassen Asmund und auf Sandra, die sich auf die Lippen biss. Sie hielten jetzt die ungeheuerliche Macht des Windes an der Leine, verdichtet zu einem langen dünnen Speer, der sich bis zum Horizont zog. Dieser Speer würde nicht nur die Brust des Feindes durchstoßen, nicht nur sein Herz herausreißen und sein Inneres nach außen kehren, dieser Speer würde das

Wesen des Drachentöters in Tausende von Stücken zerfetzen, so dass er für lange Zeit nicht mehr in der Lage wäre, in die Mittelwelt zurückzukehren.

Eine Weile lang war alles still. Ritor wusste, dass Erik und Kevin sich im Moment mit möglichst dreisten Mienen durch den mit Bündeln vollgestellten, schmalen Gang drängten, mit Fußtritten und Schubsern alles zur Seite beförderten, was ihnen vor die Füße kam, und dabei laut schrien: »Kontrolle! Allgemeine Kontrolle! Reisebriefe vorzeigen! Na los! Na was denn, keiner da? Dann wird die Abgabe per Strafe eingezogen! Auf der Streckbank wird dir deine Vergesslichkeit schon vergehen!« Wenn Ritor die Psychologie seines Gegners von der Anderen Seite richtig einschätzte – umso mehr, als der in jenem bestimmten Land gelebt hatte –, so würde der Drachentöter nicht stillhalten. Er würde unbedingt reagieren. Die Abteilfenster waren geöffnet, auf dem Bahnsteig wogte eine Menschenmenge, in der man sich leicht verlieren konnte …

Und das ist der Moment, in dem wir handeln, dachte Ritor.

Im Waggon kreischte jemand plötzlich auf. Und im selben Augenblick brach eine Welle gebündelten Hasses über Ritor herein. Lodernd und unerträglich, eine Welle, die nur mit dem Blut des Feindes zu löschen war. Keinem einzelnen Wesen, nicht einmal dem Drachentöter, wäre es möglich gewesen, so heftig zu hassen.

Zu dem Kreischen einer Frau gesellte sich ein Chor zorniger Männerstimmen. Fensterscheiben klirrten, und dann begann etwas Unvorstellbares im Waggon. Als ob sich Dutzende wild gewordener Kater im Kampf ineinander verschlungen hätten; in den dunklen Öffnungen der Fenster wand sich ein Wesen – vielarmig, vielbeinig, ein Wesen mit dem Namen »Menge«; die zweite Hasswelle war einfach vernichtend, als ob eine brennende Fackel in ein Fass Erdöl geworfen würde. Ritor wusste, dass Erik und Kevin in der engen, stickigen Hölle des hölzernen Waggons bereits über Leichen gingen, dass sie alle auf ihrem Weg töteten, nur um nicht selbst getötet zu werden; und auch ihre Jungen, diese schweigsamen, folgsamen, ordentlichen Jungen würden eifrig alle Verletzten und Gestürzten erschlagen, denn selbst die tödlich Verwundeten versuchten noch irgendwie an ihre Angreifer heranzukommen …

Eine Fensterscheibe nach der anderen zersplitterte; Schaufelgriffe und Axtstiele blitzten auf; ein blutbedeckter menschlicher Körper stürzte über den Rand einer Fensteröffnung, geradewegs einem vor Schreck gelähmten Händler vor die Füße; dahinter warf jemand einen in eine Decke gewickelten, schreienden Säugling in eine Bauchlade mit Äpfeln; aus dem Waggon drang jetzt ein so schreckliches Stöhnen und Heulen, dass der ganze Bahnhof vor Grauen buchstäblich erstarrte; Ritor bemerkte Kirbi, wie er mit wehendem Hemd und vor Angst verzerrtem Gesicht mit drei weiteren Wächtergnomen im Schlepptau über den Bahnsteig rannte.

Aus dem Fenster flog ein Mann, dem Aussehen nach ein einfacher Siedler. In der Hand hielt er einen kurzen Spaten. Seine linke Gesichtshälfte war blutüberströmt.

Der Mann war tot.

Ritor fasste sich trotz aller Selbstbeherrschung an den Kopf. Er hatte schon verstanden, was da vor sich ging, aber er fürchtete sich davor, es zu glauben.

Die Menschen fielen jetzt einer nach dem anderen aus dem Fenster, wie Regentropfen: Männer, Frauen, Kinder. Manche sprangen auf, andere blieben reglos liegen; einige waren schon tot, andere starben auf dem Bahnsteig; Kinder schluchzten verzweifelt. Immer wieder schossen Blutfontänen durch die Fensteröffnungen heraus, immer wieder wurde ein Menschenleben jäh beendet. Ritor sah, wie in einem Fenster ein schmaler Mädchenrücken in einer Pelzjacke zuckte, kippte und auf den Bahnsteig stürzte. Es war ein ganz junges Mädchen, und aus seiner Schläfe ragte ein schwarzer Pfeil.

Die Jungen »zur Hand« hatten sich an die Arbeit gemacht. In diesem Kampf ging es nicht ums Leben, sondern um den Tod. Der Magier der Luft hatte den Anblick eines solchen wahnsinnigen Kampfes schon einmal erlebt. Gerade weil er zu seiner Zeit selbst Drachentöter gewesen war, begriff Ritor, was hier vor sich ging. Etwas außerordentlich Seltenes, das nichtsdestotrotz vorkam.

Und immer noch zeigte sich der Drachentöter nicht.

»Asmund, Sandra!«, befahl Ritor. »Wir ändern den Plan. Das Ziel ist jetzt das Dach. Ihr beiden, reißt es auf, zum Teufel. Schnell!«

Nein, das alte Frauenzimmer, Sandra, hatte den Jungen nicht umsonst verführt. Sie verstanden es, zusammenzuarbeiten. Sie schlugen synchron zu, als hätten sie es monatelang trainiert.

Der Windstoß brach mit Heulen über den durchgedrehten Waggon herein. Die Dachlatten krachten, die blechernen Platten wurden hochgebogen, die soliden Schrauben der Gnome brachen aus den Gewinden wie faulende Fädchen. Der Wind spießte das Metall auf wie ein gigantisches Messer; er riss an der unnachgiebigen Bedachung des Waggons, wie ein Lüstling am Rock eines sich widersetzenden Mädchens; und er gellte mit seinem unmenschlichen, wilden Geheul scharf in den Ohren.

Und endlich sprang jener aus dem Fenster.

Er sah ganz genauso aus, wie die Windflügel ihn gezeigt hatten. Ein groß gewachsener Mann in der schwarzen Jacke der Wächter von der Grauen Grenze. Verloren, erschüttert, entsetzt und betäubt von fremdem Hass und Schmerz.

Das habe ich auch alles durchgemacht, sprach Ritor in Gedanken zu seinem Feind. Ich kenne das. Wie viele Menschen hast du heute in den Tod geschickt, Drachentöter?

Der Mann hielt sich mit der rechten Hand die linke Schulter. Der Schmerz würde erst später kommen; vorläufig würde er nur das Gefühl haben, dass ihn jemand sehr stark am Arm gezogen hatte.

Schwankend lief er über die Gleise. Fort, nur fort, so weit weg von hier wie nur möglich … unfehlbar hatte jener den günstigsten Fluchtweg gewählt, zum Fluss.

Ganz recht so, Drachentöter. Aber du weißt nicht, dass du es mit Ritor höchstpersönlich zu tun hast. Und du wirst es auch nicht mehr erfahren, dachte der Magier der Luft noch.

»Genug jetzt!«, kommandierte er.

Der Mann war sehr geschickt: Ganz so, als ob er bereits alles begriffen hätte, hielt er sich inmitten der Menschenmenge; aber es ging eine solche Welle des Bösen und des Schreckens von ihm aus, dass die Leute schreiend vor ihm zurückwichen.

Ritor visierte ihn durch die Zielvorrichtung an. Eine Formel, die in manchem an ein Gewehr erinnert, dachte er noch, ehe er den unsichtbaren Hahn abdrückte.

Mühevoll zusammengeführte, straff gewundene Windschleifen schossen auf ihr Ziel los wie eine Schlange, die sich auf ihre Beute stürzt. Ein durchdringendes Kreischen ertönte, wie Metall, das schnell über Glas gezogen wird; der flüchtende Mann drehte sich um; unbewusst warf er die Arme nach oben in dem naiven und vergeblichen Versuch, sein Gesicht zu schützen.

Im selben Augenblick hüllte ihn eine Wolke von Wasserfontänen ein, die aus der Erde heraustraten.

Wasser und Luft trafen aufeinander; sie warfen den Drachentöter um, er schlitterte über den glatten Bahnsteig; sein Wasserschutz schleuderte Myriaden schneidender Wasserspritzer in alle Richtungen.

Die Leute suchten verzweifelt das Weite, und der Bahnhof leerte sich.

»Es wird dir nicht gelingen, Ritor!«, schrie jemand.

Ja, damit habe ich gerechnet, dachte der Magier. Gotor also, der Magier des Wassers und noch ein zweiter vom Strafkommando. Jetzt ist alles klar. Sie sind gekommen, um den Schlag auf sich zu ziehen.

»Lass mich machen, Ritor!«, heulte Sandra. Mit Torns Magiern hatte sie noch eine alte Rechnung zu begleichen. Und ehe Ritor antworten konnte, stürmte sie bereits los.

Sie war sehr gut im Angriff. Wahrscheinlich ebenso gut wie im Bett. Der Magierkämpfer hatte nicht mal die Zeit, seine Wasserpeitsche in Anschlag zu bringen. Ein rasender Wind traf ihn auf der Brust, warf ihn nieder, wirbelte ihn auf der Stelle herum und presste sein Opfer erbarmungslos in die harte, gestampfte Erde. Für einen Augenblick war das Gesicht des Unglücklichen zu erkennen, es hatte sich tiefrot verfärbt, und die Augen quollen im Todeskampf heraus; in der nächsten Sekunde platzte seine Kehle. Fächerförmig schossen die Blutstropfen heraus und trockneten augenblicklich aus.

Die Stunde des Grauen Hundes und auch des Erwachenden Wassers waren längst vorbei. Ritor hatte nicht umsonst diesen Zeitpunkt an diesem Ort gewählt. Gotor hatte nicht die geringste Chance.

Immerhin erwies sich der Magier des Wassers keineswegs als Feigling. Er unternahm einen Gegenangriff, und die scharfe Schneide eines Wassersäbels schnitt haarscharf an Asmunds Kehle vorbei. Mit Unfehlbarkeit hatte Gotor den schwächsten Punkt unter seinen drei Gegnern ausgemacht.

Aber Asmund war gezwungen, den Kreis zu durchbrechen, um der unerwarteten Attacke auszuweichen; und daraufhin schlug Ritor selbst zu. Mit jener ganzen Wut und Kraft, die er für den Drachentöter aufgespart hatte. Den Mann, der ihnen jetzt sehr wahrscheinlich entwischen würde.

Gotor versuchte, sich zu schützen, aber sein Wasserstrudel zerstob wie eine Wolke aus Pappelflaum, die der Wind auseinandertreibt. Ritors unsichtbarer Speer durchstach den Wall des Wassermagiers, spießte ihn auf und hob ihn fast hinauf bis zum Dach, ehe er ihn voll Abscheu auf den Boden schleuderte. Die Brust des Zauberers war aufgerissen; Fleischfetzen und weiße, scharfe Knochenspitzen waren zu sehen.

Er starb, noch ehe er den Schmerz spürte.

Kevin und Erik kamen aus dem zertrümmerten Waggon gerannt, ihre Jungen im Schlepptau. Kevin hielt sich die Hand vors Auge, während Erik seine blutüberströmte Faust mit der anderen Hand umfasste. Aber die beiden waren zu spät dran, hoffnungslos zu spät.

Ritor nahm die Verfolgung auf, sinnlos darauf hoffend, den Drachentöter doch noch einzuholen.

Doch der wusste ganz genau, was zu tun war. Er lief nicht, er stürmte mit ganzer Kraft geradewegs zum Fluss hinunter. Die Beschwörungsformel, die der Magier ihm hinterherschickte, holte ihn zwar von den Beinen, aber nur, um ihn die gepflasterte Brückenstraße entlang noch näher zum Fluss zu schleifen.

Er verfügte über eine kolossale Widerstandskraft. Er kämpfte wie ein Löwe, dieser Drachentöter. Seine Verteidigung schien geradezu ideal; vielleicht hätte man ihm eben doch Erik und Kevin auf den Hals hetzen sollen …

»Wir brauchen die ganze Kraft des Clans«, flüsterte Ritor, während er zusah, wie der Mann durch das Geländer rutschte und wie ein Stein in den Fluss plumpste. »Oder noch ein anderes Element zur Unterstützung.«

»Sieht so aus, als wäre er auf und davon, diese stinkende Meduse!«

»Auf und davon«, stimmte Ritor bedrückt zu. Der Kopf des Drachentöters war nicht zu sehen, aber Ritor wusste ganz genau, dass jener nicht ertrinken würde. Jedenfalls nicht in der nächsten Zeit.

»Was sollen wir jetzt tun, Meister?« Asmunds Stimme zitterte, er musste die Tränen zurückhalten. Ritor blickte sich um: Kan und sein Schüler machten sich schon neben der Waggonruine zu schaffen, aus der die Gnome die Toten und Verletzten bargen.

»Beunruhige dich nicht, Asmund«, antwortete der Magier mit leiser Stimme. »Es ist nicht unsere Schuld. Dieser Drachentöter … er hat den Zorn der Menge entfacht … sonst hätte es keiner gewagt, Erik und Kevin anzugreifen. Schließlich sind das hier unsere Länder … Keiner hätte sich jemals erdreistet. Es war der Drachentöter … ich weiß es. Ich erinnere mich.«

»Ich glaube, die Gnome kommen«, sagte Sandra mit Unbehagen.

»Na und? Sollen sie kommen. Wir übernehmen alle Unkosten. So teuer wird es wohl nicht werden, ein alter Waggon!«

»Und die Familien der Toten?«, erinnerte ihn Sandra.

Nun wand Ritor sich ebenfalls. Ja, da hatte sie Recht, da war nichts zu machen. Der Clan der Luft galt als guter Lehnsherr. Es kostete ihn viel Geld, diesen Ruf zu wahren, aber genau das schützte ihn andererseits auch vor Aufständen.

21

Loj war erst ein einziges Mal auf dem Territorium des Wassers gewesen. In früher Jugend, als Mädchen von zwölf, dreizehn Jahren, hatte man sie einmal auf einen Besuch mitgenommen. Damals, gleich nach dem Krieg, gingen die Clans sehr freundschaftlich miteinander um. Es war Mode, sich gegenseitig zu besuchen, Botschaften einzurichten, manchmal kam es sogar zu einer Heirat zwischen Vertretern verschiedener Clans, oder jemand wechselte von einem Clan in einen anderen ... Aber aus diesen alten Zeiten hatte sie nur noch das Rauschen der Springbrunnen, das Glitzern der Sonne und jenen wortkargen Jüngling in Erinnerung, der zum Schutz und zur Unterhaltung der jungen Katze abgestellt worden war. Loj langweilte sich offenkundig, bei ihr hatte soeben die Pubertät eingesetzt, die erste Krise des Erwachsenwerdens, wenn alle zukünftigen Möglichkeiten anfangen, auf sich aufmerksam zu machen.

Voll boshaftem Vergnügen hatte sie den armen Jüngling mit ihren kapriziösen Wünschen, mit Beschwerden und gelegentlichem Kokettieren gereizt und schließlich als Beweis seiner Ergebenheit einen Zauber von ihm verlangt, der nicht in seiner Macht lag. Wenn man es genau nahm, hatten die Reibereien zwischen den Clans vermutlich auf diese Weise ihren Anfang genommen.

Jetzt hatte sie es nicht nötig, ihre Fähigkeiten zu demonstrieren. Und sie hatte auch nicht den Wunsch, fremde Magie zu sehen. Jene, die Torns Palast bis unters Dach erfüllte, würde ihr vollkommen ausreichen.

Selbstverständlich gab es auch hier Springbrunnen, Fußböden aus Wasser, lebendige, fließende Spiegel. Regenbögen, die unter den Decken hingen – die ganze unvermeidliche Palette an Wundern, die dazu diente, die Vorstellungskraft der Menschen zu erschüttern. Aber sehr viel wichtiger war die eigentliche Kraft. Selbst Lojs schwacher Beobachtungsgabe entging nicht eine Reihe erschreckender Besonderheiten. (Oder sorgte man hier dafür, dass es ihr nicht entging?) Zum Beispiel die Tatsache, dass Stopolje buchstäblich auf einem See erbaut war, auf einem riesigen Süßwassersee, den die Magier hier ausgebreitet hatten und der sich gut zwanzig Meter tief unter der Erde befand. Was würde das für eine Überraschung für mögliche Aggressoren geben, wenn unter ihren Füßen das wütende Element hervorbrach …

Loj bemerkte auch die Welle. Etwa einen Kilometer vom Ufer entfernt, auf dem Boden, in Deckung sozusagen, schlief ein ungeborener Tsunami. Schlaue dünne Fäden zogen sich geradewegs zum Palast und ermöglichten es, den ungeheuerlichen Wall jeden Augenblick zum Leben zu erwecken und ihn entweder über das Ufer oder sich nähernde Schiffe hereinbrechen zu lassen.

Der Clan des Wassers war stark. Sehr stark.

Endlich nahm der Weg durch unzählige Gänge und Saalfluchten ein Ende. Die Magierkämpfer blieben stehen und mit ihnen der Magier dritten Ranges. Loj stand vor einem

Bogen, unter dem ein Wasserfall rauschte. Wie ein Vorhang verdeckten die glitzernden Regentropfen alles, was dahinter lag.

Sie lächelte ihren Begleitern noch einmal zu, ehe sie vorwärts schritt.

Sie rechnete mit etwas Unangenehmem, irgendeiner Gemeinheit, die sie zum Gespött machen sollte; zum Beispiel ein Wasserstrahl, der ihr geradewegs in den Kragen lief oder ihr dünnes Kleid durchnässte, so dass es an ihr kleben würde und sie praktisch nackt vor Torn treten müsste.

Nein. Der Magier ließ sich nicht zu solchen kleinlichen Gehässigkeiten hinreißen. Der glitzernde Wasserfall wich zur Seite, um sie durchzulassen. Und dann stand Loj vor dem Oberhaupt des Wassers.

Der Raum war ohne offenkundigen Prunk ausgestattet. Das bedeutete, dass es sich um Torns tatsächliche Wohnstätte handelte und nicht um einen Saal, in dem man üblicherweise den Besucher zu blenden versuchte. Der Boden war durchsichtig und von unten beleuchtet; in der Tiefe waren reglose bunte Fische zu sehen. Über die Wände floss Wasser, es diente offenbar als Schutzwall. Die Mosaiken darunter wirkten wie frisch verlegt, obwohl sie vermutlich schon etliche Jahre alt waren. Die Bilder zeigten Szenen aus der ersten Zeit des Clans in der Mittelwelt: wie seine Schiffe eintrafen, wie der Clan seinen Teil der Kraft übernahm, wie die Paläste erbaut und die Gärten angelegt wurden. Nichts Düsteres, nichts Kriegerisches. Diese Heuchler …

Der Magier empfing sie im Stehen. Zwei Sessel standen an der Seite, aber Loj war sehr wohl bewusst, dass die Chancen auf ein freundschaftliches Gespräch schlecht standen.

»Ja, ich bin überrascht.« Torn sprach als Erster.

Loj nickte und sah ihm direkt in die Augen. Kalte Höflichkeit und eisiger Zorn lagen darin. Nicht gerade der ideale Gesprächsanfang. Sie hätte Drohungen bevorzugt, dann hätte sie Schwäche vortäuschen und Torn zu einer Vergewaltigung provozieren können.

Aber so war es nun mal.

»Auch ich bin erstaunt, Torn.«

»Worüber, kluge Loj?« Das Wort »klug« sprach er voller Ironie aus. »Darüber, dass es keine Musik und keine jubelnden Zuschauer gibt?«

»Nein, Torn. Ich bin erstaunt darüber, dass du mir bis jetzt nicht verziehen hast. Und … dass du dich nicht selbst entschuldigst.«

Torn erzitterte vor Wut. Er hob die Hand …

»Jawohl!«, schrie Loj mit einer Spur übertriebener Theatralik, aber das Wichtigste war jetzt, den Magier aufzuhalten, und das gelang ihr. »Ja, ich bin schuldig! Wenn eine schwache Frau einen mächtigen Mann durch einen Betrug dazu zwingt, seine Pläne aufzugeben – ist das beleidigend! Sehr beleidigend! Und ich verstehe, dass du gekränkt bist. Ich gestehe meine Schuld. Aber du, du …!«

In den Augen der Katze schimmerten Tränen.

»Selten genug kommst du, der große Torn, Herrscher über den Clan des Wassers, auf meinen Ball …« Sie machte einen Schritt auf den Magier zu. »Und wenn du kommst, warum? Um mit mir zu plaudern …« Sie lächelte bitter. »Oder …« Jetzt schwang hochmütige Verachtung in ihrer Stimme. »… um einen Blick auf die jungen Katzen zu werfen … Schön, das würde ich verstehen. Aber wie sich herausstellt, suchtest du in meinem Haus nur eins: Rache und Macht! Den Zwist mit dem Clan der Luft! Und ich Närrin, ich selbstzufriedene Närrin glaubte, dass du Sympathie für mich hegst …«

Torn hörte ihr zu, er unterbrach sie nicht, und Loj kam immer näher.

»Aber auf die Idee, dass der Clan der Luft sicher nicht lange überlegen würde, an wem er Rache nehmen könnte, an dir oder doch besser an dem Clan, auf dessen Boden Ritor getötet wurde, diese Idee …«

»Der Clan der Luft wird bald Besseres zu tun haben, als Rachepläne zu schmieden …«

»Ja? Hast du beschlossen, sie auszumerzen? Warum? Sicher, die Kraft dazu hast du, wer wollte das bestreiten; aber was haben sie dir getan? Ist es der alte Streit über das Grenzland von Bbchtschi?«

»Nein, es geht um ihre Pläne …« Torn bemerkte gar nicht, wie sie allmählich die Rollen tauschten. »Halte mich nicht für einen Wahnsinnigen, der von Rache und Blutdurst besessen ist!«

»Das würde ich gerne …« Loj seufzte. Sie berührte die Schulter des Magiers. »Aber warum hast du dir ausgerechnet meinen Ball ausgesucht, um mit ihm abzurechnen?«

»Es war Zufall«, sagte Torn widerwillig. »Wir folgten Ritor und wollten ihn nicht aus den Fängen lassen. Wir hätten euch vor dem Clan der Luft beschützt … ohne Ritor sind sie ja doch nicht viel wert …«

»Aber warum hast du mir das nicht gesagt? Warum hast du mich nicht um Erlaubnis gebeten? Du weißt doch, unsere Länder sind ein Territorium des Friedens!«

»Es stand zu viel auf dem Spiel …« Torn blickte auf ihre Hand, die nervös an seiner Schulter zupfte. Dann glitt sein Blick den Arm entlang über die halb entblößte Schulter zum Ausschnitt ihres Kleides. »Ich wollte … deinem Clan keinen Schaden zufügen … ganz und gar nicht … Aber was du getan hast!«

Loj begriff mit Schrecken, dass in Torns Augen wieder die Wut aufflackerte. O nein! Jetzt nicht mehr!

»Ich weiß! Und deshalb bin ich zu dir gekommen, allein und ohne Begleitung. Ich bin gekommen, damit du … der Magier Torn … damit du mich bestrafen kannst. So wie es dir beliebt.« Das ist zu viel des Guten, zu offensichtlich, dachte Loj. »Keiner weiß, wo ich bin. Du kannst mich töten, Torn; der Clan der Katzen wird keine Rache nehmen. Mein Leben liegt in deiner Hand.«

»Ich brauche dein armseliges Leben nicht!« Torn bemühte sich, seinen Ärger wieder wachzurufen; er hatte noch nicht begriffen, dass der Moment unwiederbringlich vergangen war.

»Was gibt es sonst, was du von mir brauchen könntest?«, sagte Loj bitter. Sie wand sich ab und blickte in den strahlenden Schleier aus Wasser über dem Eingang. Jetzt spielte sie nicht mehr, sondern sie hatte sich selbst davon überzeugt, dass sie eine abgewiesene Frau war.

»Was ich von dir brauche?«, wiederholte Torn nachdenklich. »Ich weiß es nicht, Loj. Ich brauche nicht die Gefolgschaft deines Clans. Das wirst du selbst verstehen … wir sind stärker. Und dein Leben brauche ich auch nicht. Deine Gemeinheit habe ich dir verziehen … womöglich waren wir tatsächlich trunken vom Jagdfieber …«

Loj weinte lautlos. Dann machte sie eine knappe Bewegung mit der Hand und trat auf den Durchgang zu. Jetzt würde sie gehen können. Wenigstens hatten sie einen Waffenstillstand geschlossen.

»Loj!«

Die Frau blieb stehen.

»Es tut mir sehr leid, dass alles so gekommen ist … so dumm.«

Die Worte fielen ihm nicht leicht.

»Wir können unseren gegenseitigen Respekt bewahren. Vielleicht sogar unsere Sympathie. Ich werde wieder zu deinem Ball kommen … wenn alles sich beruhigt hat.«

Loj drehte sich abrupt um und rief aus: »Wie töricht du bist, mächtiger Torn! Glaubst du wirklich, dass eine Frau nur zu dir kommt, um Frieden zu schließen? Ich, Loj Iwer, bin zu dir gekommen! Die Katze Iwer … nicht das Oberhaupt des Clans und nicht die Magierin, die dir ebenbürtig ist!«

Wieder machte sie eine Geste mit der Hand, und der versteinerte Torn spürte, wie unsichtbare Krallen den Umhang über seiner Brust auseinanderrissen, ohne Kratzer auf seiner Haut zu hinterlassen.

»Ich habe mich aus dem Clan fortgeschlichen. Bin gekommen … und was bekomme ich zu hören … nichts weiter als das Versprechen, vielleicht einmal vorbeizuschauen …«

»Loj …«

Mit überraschender Schnelligkeit kam Torn jetzt auf sie zu. Fasste sie an der Schulter, drehte ihren Kopf zu sich und blickte ihr in die Augen.

»Was brauchst du von einem erschöpften Magier, der sich abmüht, einen zerbrechlichen Frieden zu bewahren?«, flüsterte er. »Was legst du dir bloß alles zurecht … dumme Katze …«

»Ich werde deine Erschöpfung vertreiben, Torn …« Lojs Hände berührten seine nackte Brust. »Ich … habe ich dich nicht gekratzt? Ich bitte dich, sei wenigstens für einen Augenblick nichts anderes als ein Mann … kein Magier und kein Clanoberhaupt … vergiss einfach alles … so wie ich alles vergaß …«

Torn presste seine Lippen auf ihre in einem Kuss, der mehr Ungeduld als Erfahrung offenbarte. Wie oft war er mit einer Frau zusammen gewesen? Loj spürte tatsächlich so etwas wie Erregung …

»Torn, mach mit mir, was du willst …«

Und Torn nahm das Angebot an.

Vor Freude lachend half Loj ihm, sich auszuziehen. Sie selbst glitt mit einer Bewegung aus dem Kleid, hüpfte geschmeidig um ihn herum und zwang den Magier einige Sekunden lang, sie zu jagen. An sich bestand keine besondere Notwendigkeit, ihn derart zu reizen, aber sie wollte sich noch für die soeben ausgestandene Angst revanchieren.

Endlich bekam Torn sie an den Armen zu fassen, stieß sie zu Boden und drang grob und ungeduldig in sie ein. Er hatte die Energie eines Jünglings und erzielte auch das entsprechende Ergebnis.

Loj stöhnte auf und umarmte den erschlafften Magier, dessen ganzer Körper sich über ihr zusammenkrümmte.

»Oh … Torn … Torn!«

Aber seine Zimmerdecke sieht erbärmlich aus, wahrscheinlich von der ständigen Feuchtigkeit; sie hätte längst mal geweißelt werden müssen, dachte Loj noch.

Sie stand vor einer der fließenden Wände, deren Wasser auf eine nachlässige Geste des Magiers hin dunkel wie ein Spiegel geworden war, und kämmte sich die Haare. Der Zauberer selbst saß in einem Schwimmbecken und ließ sich einweichen; das Bassin war mitten im Zimmer entstanden, an der Stelle, wo der Boden gewissermaßen schmolz und eine Ausbuchtung freigab. Der Fischschwarm in der Tiefe war augenblicklich zum Leben erwacht und flitzte nun um den Magier herum. Aus dem Augenwinkel beobachtete Loj, wie Torn, ganz wie ein Kind in der Wanne, mit den Händen nach den Fischlein haschte und dabei dümmlich lächelte. Aber in erster Linie interessierte sich Loj für ihren eigenen Körper. Sie streckte und dehnte sich und sah zu, wie ihre kräftigen Muskeln unter der mattweißen Haut spielten. Sie sah gut aus. Sehr gut. Noch. Es war schwer, sich jung zu halten, auch für eine Magierin, sogar für eine Magierin der Katzen. Aber es war die Mühe wert.

»War es schön für dich, Loj?«, fragte Torn scheinbar beiläufig.

»Ja, mein Lieber«, antwortete die Katze, während sie eine Falte am Bauch untersuchte. War das etwa Fett? Zellulitis womöglich?

Aber Torn blickte sie misstrauisch an, weshalb Loj ganz nebenbei hinzufügte: »Ich habe dich so begehrt … es war wirklich magisch …«

Der Zauberer schien beruhigt. »Ich wollte es ebenfalls sehr.«

Loj lächelte in Gedanken. Der arme Torn. Seine Frage bewies einmal mehr, dass seine Entwicklung auf dem Niveau eines Jünglings stehen geblieben war. Vielleicht waren diese Magier der Elemente deshalb alle so aggressiv und ununterbrochen mit den Geschicken dieser Welt beschäftigt, weil sie keine Zeit für richtigen Sex hatten.

Nachdem Loj die Falte geknetet hatte, befand sie, dass es sich dabei um nichts Dramatisches handelte. Nur ein Törtchen zu viel beim letzten Kaffeeklatsch mit den Mädchen. Sie würde ein wenig trainieren, dann wäre die Falte ruckzuck verschwunden.

»Ich will dich noch einmal«, rief Loj aus. Sie nahm Anlauf und sprang geradewegs zu Torn ins Wasser. In Torns Augen blitzte Schrecken auf, aber Lojs Künste bewirkten das Ihrige; wenig später verschmolzen sie wieder in Umarmungen.

Eine Minute später ... ach, Torn, Torn ... wickelte Loj spielerisch eine Locke seines dicken Haares um ihren Finger und summte dabei eine Melodie vor sich hin, dann sagte sie: »Wenn wir uns nun jeden Tag so sehen könnten, Torni ...«

Der Magier schien zu Stein zu erstarren.

»Wir hätten bald entzückende kleine Kätzchen, die schwimmen könnten. Die kleinen Mädchen würden alle nach mir kommen, und die kleinen Jungen ... nun ja, auch nach mir.«

Der Magier war der Verzweiflung nahe. Er würde doch wohl nicht im Becken ertrinken!

»Wie schade, dass die Gesetze der Clans das nicht zulassen.«

Torn atmete wieder gleichmäßiger und sagte vorsichtig: »Dabei geht es nicht nur um Gesetze, Loj. Schwere Zeiten stehen der Mittelwelt bevor.«

»Warum?« Loj brachte mit ihrem ganzen Wesen Überraschung zum Ausdruck. »Gibt es etwa einen Volksaufstand? Oder wurde die Graue Grenze auseinandergeweht wie eine Rauchwolke? Oder geht es um die Angeborenen ...«

»Ja.«

»Bereiten sie eine Invasion vor?« Loj versuchte, ihre wahren Gefühle nicht preiszugeben. In ihrer Stimme ließ sie Unruhe und Wut anklingen, beides wohldosiert. »Der Clan der Katzen ist bereit zu kämpfen! Die Jungs sind schon ganz wild darauf ...«

Torn schwieg. Er wollte etwas sagen, doch dann gewann seine Vorsicht wieder die Oberhand.

»Mein Lieber …«

Lojs Hand tauchte spielerisch unter Wasser, und der Magier schrie erschrocken auf. »Es ist eine ernste Angelegenheit, Loj! Wir müssen uns nicht als Männer und Frauen vorbereiten … sondern als Verantwortliche für das Schicksal unserer Clans, als Magier!«

»Was ist los, Torn?«

»Dieser Ritor … dieser wahnsinnige Ritor … ist davon überzeugt, dass der Drache kommen wird.«

Loj schwieg lange. Die Maske, die sie sich übergestülpt hatte, wurde ihr mit einem Mal zu eng. »Bist du dir sicher, Torn?«

»Ja. Ich spüre es auch. Schwächer als Ritor – du weißt ja selbst, dass die Kraft unseres Elements dem Regenten gezwungenermaßen diente, wie ein Gefangener, dass sie keine zuverlässige Basis für ihn war …«

»Wir hatten sehr wenig mit ihnen zu tun«, flüsterte Loj. »Sie interessierten sich nicht für unsere Frauen … nun, das versteht sich von selbst …«

»Warum das, warum interessierten sie sich nicht?«

Loj sah ihn erstaunt an. Ach, der mächtige, allwissende Magier …

»Sie sind monogam«, erklärte sie. »Ihr Verhältnis zum Leben ist ein völlig anderes als unseres.«

»Dreckskerle«, flüsterte Torn. »Diese … Päderasten.«

Loj war sich nicht sicher, ob er diesen Schluss ernsthaft gezogen hatte oder ob er einfach die Gelegenheit wahrnahm, die besiegten Herrscher zu verunglimpfen.

»Aber ich verstehe es nicht, Torn. Wie kann jener zurückkommen, dessen Geschlecht vollständig ausgelöscht ist?«

»Nicht das ganze Geschlecht! Ritor hat, allem Anschein nach, seine Aufgabe nicht vollständig erfüllt.«

»Dann ist es ernst«, stimmte Loj ihm nach kurzem Schweigen zu. »Wenn ihm auch nur ein Drache entwischt ist … Seid ihr euch deshalb gegenseitig an die Kehle gegangen?«

»Nein.« Auf dem Gebiet der politischen Intrigen gewann der Magier endlich sein beinah verlorenes Selbstvertrauen zurück. »Ich hatte mir schon lange so etwas gedacht. Aber das ist es nicht, keiner hätte sicherstellen können, dass alle Drachen bis zum letzten im Kampf fallen. Schlimm ist nur, dass Ritor jetzt bereit ist, sie zu unterstützen. Und sein Clan ebenfalls.«

»Und das Feuer?«

Torn runzelte die Stirn. »Sie bereiten mir mehr Sorgen als alles andere. Sie sind in Deckung gegangen … das Feuer klingt immer erst ab, ehe es grell aufflackert. Sie haben sich nicht mal zu einer offiziellen Kriegserklärung herabgelassen.«

»Und zu einer inoffiziellen?«

»Drei meiner Burgen sind gestern Abend abgebrannt«, bekannte Torn widerwillig. »Wie Fackeln. Zwei in den Schneesteppen weit entfernt von hier und eines in den Ziwascher Sümpfen.«

»Und deine Magie konnte die Brände nicht löschen?«

»Ich war ja nicht dort!«

»Aber sag mir, Torn, was ist an einem einzelnen Drachen so schlimm? Den könnte man doch sogar selbst versuchen zu töten, ohne dass man einen Drachentöter erschafft. Erst recht, solange dieser sich noch nicht erkannt hat.«

»Was schlägst du vor?«

»Als Erstes musst du ihn finden.«

Torn lächelte geheimnisvoll.

»Als Zweites musst du den Drachentöter auf seine Aufgabe vorbereiten.«

»Dafür benötigen wir die Kräfte aller Elementaren Clans …« Torn seufzte. »Aber … wir versuchen es. Wir werden alles tun, was möglich ist. In beide Richtungen.«

»Dann gibt es doch keinen Grund …«

»Die Angeborenen.«

»Ach ja. Und was ist mit ihnen?«

»Die Invasion.«

»Hör auf, in Rätseln zu sprechen, Torn! Als ob man dich für jedes nicht gesagte Wort bezahlen würde! Werden wir die Angeborenen denn wirklich nicht los?«

»Auch sie erschaffen einen Drachen.«

Loj kletterte aus dem verhassten Wasser, setzte sich auf den Beckenrand und ließ die nackten Beine baumeln. »Dann brauchen wir den Drachentöter ganz sicher. Andererseits – warum soll der Drache nicht kommen? Wie Ritor es sich wünscht. Soll der sich doch mit den Angeborenen herumschlagen. Vielleicht wird er im Kampf umkommen oder geschwächt werden. Und dann werden wir entscheiden, was wir als Nächstes tun.«

»Es gibt verschiedene Möglichkeiten, Loj.« Torn strich mit der Hand durchs Wasser. »Das Leben ist wie eine Strömung. Es gleitet dahin, mal verlangsamt es seinen Lauf, mal beschleunigt es ihn. Es sinkt auf den Boden, und dann strebt es wieder an die Oberfläche. Was im nächsten Moment geschehen wird, das weiß nur jener, dessen Arm den Lauf der Wellen verursacht …«

»Dieselben Worte habe ich schon von der Luft vernommen. Und auch vom Feuer. Und der Clan der Erde hat in dieser Hinsicht auch seine Ansichten, nämlich, dass das

Leben ewig und unabänderlich ist. Sei mir nicht böse, Torn! Aber ich würde die Dinge nicht einfach so ihrem Lauf überlassen! Was gibt es noch für Möglichkeiten?«

»Ich habe dir ohnehin mehr erzählt, als ich sollte.« Torn runzelte wieder die Stirn. »Bist du auf meiner Seite, Loj? Bist du jetzt auf meiner Seite?«

»Ich schwöre dir, dass ich alles tun werde, um unseren Frieden zu bewahren!«

Torn nickte befriedigt.

Warum bloß suchten Männer in den Worten ihres Gegenübers immer in erster Linie die Bestätigung ihrer eigenen Wünsche? Und dachten erst in zweiter Linie daran, dass daraus auch Wunsch und Wille des anderen sprachen?

Es war keine einzige offene Wunde mehr zu sehen. Viktor stand über eine seichte Stelle am Flussufer gebeugt, betrachtete seinen malträtierten Körper und schüttelte den Kopf. Entweder hatte er außerordentliches Glück gehabt … ausgerechnet er als alter Pechvogel – sein Lächeln war etwas schief, aber allein die Tatsache, dass es ihm überhaupt gelang, freute ihn … oder … Viktor berührte das Hämatom, das sich über den ganzen Bizeps ausgebreitet hatte. Er heulte auf und zog die Hand weg. Von einem derart heftigen Schlag hätte der Knochen eigentlich brechen müssen. Aber nein! Er war mit einem blauen Flecken und Prellungen davongekommen.

Entweder war er sehr viel stärker, als er sein ganzes Leben lang gedacht hatte, oder seine Widerstandskraft hatte in der Mittelwelt auf wundersame Weise zugenommen.

Aus irgendeinem Grunde wünschte er sich nichts mehr, als in dem eisigen Wasser zu baden und sich von der sanften Strömung die Muskeln massieren zu lassen …

Viktor schüttelte sich. Das fehlte gerade noch. Eine banale Lungenentzündung … das heißt, so ein Bad musste nicht zwangsläufig eine Lungenentzündung zur Folge haben, aber auch eine gewöhnliche Bronchitis würde seine Überlebenschancen auf ein Zehntel reduzieren. Auch wenn es hier wärmer war als an der Grauen Grenze, er durfte nichts riskieren.

Viktor holte sein treues Feuerzeug aus der Jackentasche und machte ein Feuer. Obwohl die Äste, die er eilig am Ufer zusammengeklaubt hatte, allesamt feucht waren und er sie stümperhaft und ungeübt aufgeschichtet hatte, züngelten die ersten Flämmchen bald eifrig an dem Stoß hoch. Was hatten die Gnome ihm noch geraten, er sollte zum Clan des Feuers gehen? Vielleicht hatten sie Recht. Warum eigentlich nicht …

Das Kleinholz ging buchstäblich in Dampf auf, erst verdampfte die Feuchtigkeit und ließ dann fast trockenes Holz zurück. Nach zehn Minuten prasselten die Flammen so munter vor sich hin, dass Viktor ein Stück von der Feuerstelle abrücken und seine Kleider weiter entfernt aufhängen musste.

So war es gut. Er konnte sich aufwärmen und sich ausruhen. Aber vorher kletterte er mit vor Schmerz verzerrtem Gesicht auf einen kleinen Hügel, um sich umzusehen. In der Ferne lag Wald … Um die Ökologie schien es gut bestellt zu sein in der Mittelwelt; zwischen Hügeln wand sich der Fluss. Bis zur Stadt – was sich dort jetzt wohl abspielte, nach dieser Verwüstung? – war es ein Stück. Diese Bande durchgedrehter Magier würde ihn ja wohl kaum verfolgen. Sein Feuer brannte fast rauchlos, so dass es nicht ohne weiteres zu bemerken wäre.

Nachdem Viktor wieder runtergeklettert war, suchte er sich unweit von der Feuerstelle im Schutz der Bäume einen

Platz zum Ausruhen. Er wollte nicht einschlafen, um dann später unter unbarmherzig sengenden Sonnenstrahlen aufzuwachen. Im Moment war es noch kalt, aber der Tag versprach heiß zu werden.

Er schlief ganz leicht ein; innerhalb weniger Augenblicke hatte er eine einigermaßen bequeme Lage gefunden; sein Körper schmerzte nicht mehr stark, sondern war eher empfindlich wie nach einem intensiven Training. Ein leichter Wind strich über seine Haut, und Viktor schlummerte mit dem Gefühl ein, dass jemand ihn fürsorglich streichelte …

Er wunderte sich fast überhaupt nicht, als er sich im weißen Sand wiederfand, neben ihm plätscherte das schwarze Wasser. Seine Träume folgten einer inneren Logik, daher war er völlig nackt, wie in Wirklichkeit, und sogar die Blutergüsse und Prellungen waren vorhanden.

Hinter der Wiese mit dem schneidenden Riedgras – ach, diesmal würde er sie barfuß durchqueren müssen – war eine Brandstätte zu sehen. Zwei, drei verkohlte Pfeiler ragten aus der Erde; haufenweise kohlrabenschwarze, aber nicht völlig verbrannte Gegenstände lagen herum; vermutlich eben jene »Modelle« …

Was hatte der kleinwüchsige Dickwanst beim letzten Mal gesagt? »Geh ins Wäldchen«? Dann würde er dieser Aufforderung jetzt nachkommen.

Viktor nahm wieder den von ihm selbst gespurten Pfad, denn das Gras hatte sich noch nicht wieder aufgerichtet. Er spürte, wie die scharfen Halme in seine Beine stachen, versuchte aber, nicht darauf zu achten. Es war nur ein Traum, nichts weiter. Es würde nichts Schlimmes passieren. Besser, er freute sich an der Landschaft … obwohl, das war kaum möglich, sie war einfach zu unnatürlich. Wie das

Bild eines Surrealisten, das mit schreiend grellen Farben gemalt war.

So weit das Auge reichte, halbdurchsichtige Berge. Wenn man genau hinschaute, konnte man durch diese hindurch – wie durch einen Schleier – die Umrisse weit entfernter Räume erkennen. Oder war das etwas anderes? Erzene Adern, gigantische Goldklumpen … In den Grauen Bergen gibt es Gold.

Der dunkel-violette Wald kam näher. Schon konnte Viktor die Form der Blätter ausmachen; sie waren schmal, scharf und unnatürlich gleichförmig, fast so, als ob diese Bäume hier keine Jahreszeiten kannten, kein Abwerfen des Laubs und keine Erneuerung.

»Hausherr!«, rief Viktor. Da der Dickwanst nicht erschien, beschloss er, zumindest den Schein der Höflichkeit zu wahren. »Erwartest du jemanden?«

Keine Antwort. Aber er hatte keinen Zweifel, der andere würde auftauchen. Vielleicht beobachtete er ihn schon. Wartete noch auf etwas, auf den richtigen Moment …

Die Wiese aus Riedgras war zu Ende, unter den Füßen spürte er jetzt weiches Gras. Viktor beschleunigte seinen Gang und trat unter das violette Dach des Waldes.

Nichts Ungewöhnliches. Ein normaler Wald, nur violett. Aber sonst … die Luft war frisch, lebendig, es herrschte Stille …

Nein. Die Stille hatte etwas Vorsätzliches. Es war zu still. In einem lebendigen Wald gab es immer irgendwelche Geräusche, Rascheln, Bewegung. Aber dieser hier schien zu schlafen.

Viktor ging weiter. Er hatte keine Angst, sich zu verlaufen; wie auch, es war doch nur ein Traum. Dennoch … Irgendwas begann ihn zu bedrücken. Er konnte es nicht sehen, wohl aber spüren. Als würde irgendeine Kleinigkeit fehlen, ohne die diese Welt verblasste, zur Kulisse eines Alptraums wurde – wie in jenen Träumen, in denen die Hand nach dem Schalter tastet und die Lampe angeht, aber schwach und düster, so dass die Dunkelheit sich noch verstärkt, dichter wird und immer undurchdringlicher …

Er schüttelte sich. Was sollte das alles! Es gab hier zwar keine Sonne, aber es war trotzdem hell! Weit und breit keine Monster und keine Magier. Woher rührte nur seine düstere Vorahnung?

Mehrmals hatte er das Gefühl, dass etwas in seinem Rücken raschelte. Viktor blickte sich um, aber der violette Wald war menschenleer. Offenbar handelte es sich wirklich nur um ein Gefühl … Und als die Bäume nun weniger dicht standen und er auf eine Lichtung gelangte, konnte er einen Seufzer der Erleichterung nicht unterdrücken.

Auf der Lichtung stand ein kleines Haus. Kein Lagerhaus wie das an der Küste, sondern ein gewöhnliches Holzhaus mit einem Schieferdach und einer grün gestrichenen Veranda, von der die Farbe abblätterte; an den Fenstern hingen weiße Vorhänge.

Viktor musste lachen, denn einerseits wirkte dieses Häuschen im violetten Wald völlig unpassend, und andererseits wurde ihm bei seinem Anblick ganz leicht ums Herz. Hier würde der dicke Alchimist ja wohl kaum wohnen. Gott sei Dank! Auf Scheusale wie den konnte er gut verzichten! Zum Hals hingen sie ihm raus!

Viktor ging auf die Tür zu, streifte seine Füße sorgfältig auf der Fußmatte ab und klopfte. Keine Antwort. Er schob die nicht verschlossene Tür auf, die leise quietschte. Die Veranda war leer, nur eine Hängematte schaukelte sanft zwischen den Wänden.

»Ist jemand zu Hause?«

Das schien neuerdings seine Lieblingsfrage zu sein.

Stille.

So schien die Lieblingsantwort zu lauten.

Viktor betrat die Veranda. Öffnete eine zweite Tür, blickte hinein und sah ein großes reinliches Zimmer. Darin stand ein kleiner Holzofen, wie man ihn in Datschen findet; ferner ein Tisch mit einer bunten Wachstuchtischdecke darauf und einem Holzuntersetzer, auf dem eine dampfende Pfanne mit Bratkartoffeln und Pilzen stand; daneben befanden sich Gläser mit Milch und ein Krug sowie in dicke Scheiben geschnittenes Brot. Es machte den Eindruck, als ob die Bewohner gerade erst den Raum verlassen hätten.

Aber wohin waren sie gegangen? Es gab noch ein weiteres Zimmer, in dem sich zwei ordentlich gemachte Betten und außerdem ein von innen verschlossenes Fenster befanden. Für alle Fälle sah Viktor unter den Betten und im Schrank nach, in dem nichts als schlichte Kleidungsstücke und weiße Wäsche zu finden war.

»Wo seid ihr alle?«, fragte er und hoffte noch immer auf eine Antwort. »He! Ich bin kein Räuber, kein Dieb! Hallo, ihr Leute!«

Stille. Dampf stieg von der Mahlzeit auf dem Tisch auf, die Hängematte schaukelte. Eine Idylle. Lass dich nieder und lebe. Hier ist keiner mehr.

Und es wird auch keiner kommen.

Plötzlich spürte Viktor, dass das Haus tot war. Getötet. Eine leere Schale, aus der das Leben nachlässig rausgezerrt worden war. Und mit dem violetten Wald war es ebenso. Und mit den gläsernen Bergen. Diese Welt war tot, sie hatte sich in eine grenzenlose Wüste verwandelt. Dies waren alles nur Hinweise für ihn. Er würde nicht mehr aufwachen.

Sein Körper würde am Flussufer vermodern, und er würde hier leben. Für immer.

»Nein«, flüsterte er, »das will ich nicht!«

Er lief zur Tür und stieß beinahe gegen den Alchimisten, der in diesem Moment eintrat. Viktors Freude über den Anblick des rotgesichtigen Kerls war so gewaltig, dass er den anderen um ein Haar umarmt hätte.

»Wohin?«, fragte jener und blickte sich eindringlich im Zimmer um. »Heiße Kartoffelpfanne … na komm, mach Platz …«

Er schob Viktor beiseite und stampfte zum Tisch. Setzte sich auf einen jämmerlich ächzenden Stuhl und begann geradewegs aus der dampfenden Pfanne Pilze und Kartoffeln in seinen gewaltigen Mund zu schaufeln.

»Uh … omm … etz ich …«

»Was?«

»Komm! Setz dich!«, wiederholte der Alchimist, während er kaute. Auch aus seinem Mund stieg Dampf auf. »Ein herrliches Leben, nicht wahr?«

Viktor schwieg.

»Warum mögt ihr Menschen die Einsamkeit eigentlich nicht? Hä?«

Wieder schaufelte er sich eine Handvoll in den Mund. Die Pfanne leerte sich.

»Wie heißt du?«, fragte Viktor.

»Und was nützt dir mein Name? Was willst du damit? Nenn mich, wie du willst …«

Der Dicke setzte den Krug an und trank Milch in großen Schlucken. Weiße Rinnsale liefen über sein von einem Adernetz überzogenes Gesicht und befleckten sein ohnehin schon schmutziges Hemd.

»Ich werde dich Fresssack nennen.«

Der Dicke lachte zufrieden und schluckte glucksend die Milch. Dann schleuderte er den Krug von sich, der wie durch ein Wunder heil blieb, aber auf dem Boden sammelte sich eine kleine Pfütze von der restlichen Milch.

»In Ordnung, nenn mich so. Fressen tue ich wirklich gerne.«

»Warum ist hier niemand?«

Der Fresssack lachte wieder los. »Nein, ich versteh's nicht! Ich verstehe euch Menschen einfach nicht!«

»Und du, was bist du für einer?«

Aber der Fresssack fuhr fort, sich lustig zu machen. »Wenn du in einer Blechbüchse auf Mutter Erde fällst, dann versteh ich, dass du dir da in die Hosen machst. Und wenn du in einer Metallschachtel sitzt und in eine andere hineinfährst und dabei verbrennst – das ist nicht angenehm. Nein, dafür hab ich wirklich Verständnis! Aber wovor muss man sich hier bitte fürchten? Hä? Du gehst durch ein Wäldchen, freust dich an den Blättchen, kommst an ein Häuschen, alles steht für dich bereit ... setz dich, iss und schlaf dich aus ... Aber du springst mir fast an den Hals! Merkwürdig seid ihr, sehr merkwürdig ...«

»Was hat das alles zu bedeuten?«

»Was willst du? Forderst du eine Antwort von mir?«

»Was geht hier vor?« Viktor hob die Stimme. Der Dicke stieß den Stuhl nach hinten und erhob sich. Finster blickte er Viktor an. Aber der wurde bereits von einer Welle des Zorns übermannt. »Ich frage dich!«

»Aber du musst bitten!«, sagte der Fresssack gedehnt und machte eine ironische kleine Verbeugung. »Bitte mich ...!«

»Du Hanswurst!« Viktor machte eine Bewegung mit der Hand. Und wunderte sich keineswegs, als eine glitzernde hellblaue Peitsche aus seiner Handfläche schoss – genau wie eine Wasserpeitsche. Sie flog, einem Pfeil gleich, auf den Fresssack zu, durchbohrte seine Brust und ergoss sich in einem Schauer blutiger Spritzer auf die Wand.

»Ach … ach …«, stöhnte der Fresssack und fasste sich mit den Händen an die durchbohrte Brust. »Du hast … mich getötet …«

Seine Stimme wurde schwächer, er schwankte und schien jeden Moment über dem Tisch oder auf dem Boden neben der Milchpfütze zusammenzubrechen.

»Das wollte ich nicht …« Viktors Zorn verrauchte. Das Bewusstsein, dass der Fresssack jetzt sterben und ihn allein in dieser schrecklichen, leblosen Kulisse zurücklassen würde, überstrahlte alles. »Ich …« Er stürzte auf den Zwerg zu, nicht um ihm zu helfen, sondern um neben ihm zu sterben, falls …

»Hahaha!« Der Fresssack schüttelte sich vor Lachen. »Ausgezeichnet!«

Viktor heftete den Blick auf die beiden Handflächen, die der andere ihm entgegenstreckte, und erstarrte. Kein Blut, und auch auf dessen Brust war keine Wunde zu sehen. Sogar das schmutzige Hemd war völlig unversehrt.

»Du Ekel …«

»Nein, was für ein Spaß, nicht wahr?« Der Zwerg war kein bisschen verärgert, sondern strahlte vor Begeisterung. »Ich sehe, du enttäuschst mich nicht, mein Freund!«

Eine schwere Hand schlug Viktor auf die Schulter, auch wenn der Fresssack sich dafür auf die Zehenspitzen stellen musste.

»Aber du bist noch zu langsam«, erklärte der Dicke. »Nein, ich verstehe schon, dort ist es kein Zuckerschlecken für dich, und dann machst du endlich die Äuglein zu und hast hier wieder keine Ruhe … Trotzdem, denk dran. Die

Zeit bleibt nicht stehen. Da braut sich was zusammen. Deshalb … rühr dich, so schnell du kannst. Beim nächsten Mal …«

Alles überzog sich mit einem Schleier. Zum ersten Mal spürte Viktor den Moment des Aufwachens nicht unvermittelt, nicht wie einen zielstrebigen Übergang vom Schlafen zum Wachen, sondern wie einen langsamen Prozess. Als ob er gezogen würde … von einer Welt in die andere, durch einen zähflüssigen Sirup …

»Viktor …«

Er öffnete die Augen.

Die Sonne stand bereits hoch. Er hatte einen guten Platz ausgesucht, denn durch das Laub drangen nur vereinzelte Lichtstrahlen. Das Feuer war runtergebrannt, vom verkohlten Holz stieg nur noch ein Rauchfaden auf. Sein Körper hatte gänzlich aufgehört zu schmerzen.

Neben ihm kauerte Tel. Im kurzen weißen Rock und weißer Bluse. Ordentlich gekämmt. Auf ihren Nägeln glitzerte frischer Goldlack. Wo, bitte schön, zog sie sich um und machte sich so zurecht?

Viktor streckte sich ihr schweigend entgegen und fasste ihre Hand. Er begriff sehr wohl, dass die Situation grenzenlos zweideutig war … oder besser gesagt, eindeutig; und zwar noch viel mehr als ihr Toben ums Lagerfeuer oder das vorgetäuschte Stöhnen im Zugabteil. Jetzt war er völlig nackt. Und trotzdem hatte seine Berührung keinen Hauch von Erotik an sich. Sie entsprang dem einfachen Wunsch, die Gegenwart eines lebendigen Wesens zu spüren.

»Hat es dich schwer erwischt?«, fragte Tel leise und mit ehrlicher Reue.

»Sieht man das nicht?«

»Nein.«

Viktor blickte auf seine Schulter. Es war nicht die kleinste Spur eines Blutergusses zu erkennen. »Ich hatte wieder einen schrecklichen Traum.«

Tel nickte, als verstünde sie ihn.

»Dreh dich um, damit ich mich anziehen kann«, bat Viktor. Tel drehte sich gehorsam um. Viktor stand auf und merkte leicht verwundert, dass seine Erschöpfung ebenso wie alle Prellungen und Schürfungen verschwunden war. Wie gut das Schlafen an der frischen Luft tat!

Er schlüpfte in die Jeans, und erst daraufhin fühlte er sich berechtigt, die nächste Bemerkung zu machen. Oder zumindest seine Gekränktheit zum Ausdruck zu bringen.

»War das nötig?«

»Was?«, fragte Tel, ohne sich umzudrehen.

»Mich einer Gruppe wahnsinniger Magier zum Fraß vorzuwerfen? Erst dort am Fluss …« Viktor redete sich in Rage. »Weiß du eigentlich, was da los war? Wie ich da rausgekommen bin? Warum hast du das überhaupt alles angezettelt, Tel? Damit ich unter ökologisch einwandfreien Bedingungen sterbe? Ich würde lieber in einer dreckigen Stadt *leben*! Denkst du, ich bin dein Spielzeug? Eine Plüschmaus zum Aufziehen? Wenn du magst, dann spielst du mit ihr, und wenn du keine Lust mehr hast, lässt du sie an der nächsten Ecke liegen? Na? Was schweigst du, Mädchen?«

»Die Strömung hat mich fortgetragen, Viktor. Ich konnte nichts dagegen tun. Ich habe dir alle meine Kräfte überlassen.«

Viktor schwieg.

»Das ist eine Etappe. Die erste Initiation. Der Weg zur Kraft. Wenn du ihrer nicht würdig bist – kann er tödlich enden. Aber selbst wenn du ihrer würdig bist, ist die Gefahr groß. Ich habe dir geholfen, so gut ich konnte …«

Zerstreut bewegte Tel den Finger durch den Sand und malte irgendwelche Buchstaben. »Ich hatte nie Angst vorm Schwimmen. Aber diesmal wäre ich fast ertrunken …«, fuhr sie fort. »Du solltest die Kraft des Wassers erfahren, sie in dich aufnehmen und sie bezwingen. Nicht einfach nur den Feind abwehren, das hätte ich auch gekonnt … du musstest das Wesen ihrer Magie erfassen. Die Grundlage der Grundlagen. Die Zielstrebigkeit der Ströme, die sich aus gebirgigen Höhen hinabstürzen; den verwegenen Flug der Regentropfen, die auf heißen Sand prasseln; das ruhige Gewicht der Ozeantiefen, die Kraft der Sturmwellen … Und das hast du getan. Du hast es selbst getan. Aber erst musstest du gegen sie bestehen. Standhalten. Praktisch ohne über irgendetwas zu verfügen. Daher gab ich dir alles, worüber ich verfüge … meine Widerstandskraft und eine gewisse Macht über das Feuer …«

Sie verstummte.

»Verzeih.« Viktor setzte sich neben sie. »Tel …«

Nein, das Mädchen weinte nicht. Sie blickte mit leeren Augen vor sich hin und schrieb wundersame Runen in den gehorsamen Sand.

»Für mich ist es auch schwer …« Es war nicht klar, ob sie sich beklagte oder es einfach nur eingestand. »Du kannst nicht verstehen, wie schwer. Du hast wenigstens das Recht, nichts zu wissen. Ich habe geglaubt, dass du es schaffst. Damals, gleich nach dem Übergang … habe ich dich geprüft. Du hast auf alle Kräfte angesprochen, schwach zwar – aber immerhin. Das heißt, du hast die Kraft, gegen sie zu bestehen. Nur dass es mir nicht gelingen will, mich nicht einzumischen. Das ist dumm …«

»Tel …« Viktor nahm ihr Gesicht zwischen seine Hände. Vorsichtig, wie die Wächter der Grauen Grenze eine tote

Blume in die Hände nahmen. »Sei nicht wütend. Ich bin ein dummer und hilfloser Abkömmling der Anderen Seite. Alles, woran ich nicht geglaubt habe, erweist sich hier als wirklich. Während sich alles, woran ich geglaubt habe, als bedeutungslos erweist.«

»Sag das nicht!«, erwiderte Tel streng. »Sag das niemals! Eure Welt ist nicht schlechter als unsere, und unsere ist nicht besser als die der Angeborenen. Wenn du ... anfängst so zu denken ... dann hast du nur noch einen Weg!«

»Schön, schön.« Viktor legte ihr einen Finger an die Lippen. »Ich tue es nicht mehr. Reg dich nicht auf. Ich bin verwirrt, müde und erschrocken. Deshalb rede ich solchen Unsinn. Ich suche einen Schuldigen. Ich werde es nicht mehr tun.«

Er verstummte. Tel und er blickten sich in die Augen. Es schien, als müsste er noch etwas sagen ... nein, nicht sprechen ... nur nicht den Blick abwenden ... sich verlieren in diesem bodenlosen durchsichtigen Blau ...

»Wahrscheinlich bist du schrecklich hungrig«, bemerkte Tel leise, während sie ihren Kopf aus seinen Händen löste. »Ja? Ich habe etwas zu essen mitgebracht ... ein wenig ...«

Der Zauber verging.

Viktor lachte erleichtert auf. »Du bist wirklich vorausschauend. Denn im Moment könnte ich jeden aufessen, der gerade vorbeikommt.«

»Also, ich schmecke nicht gut!«, protestierte Tel und sprang auf die Beine. »Nein, bloß nicht! Ich habe doch einen ganzen Korb Piroggen dabei.«

»Aber du hast ja gar kein rotes Käppchen auf.«

Tel verstand ihn anscheinend nicht. Sie beugte sich über den Korb, der neben dem verglimmenden Feuer stand, und Viktor begann, interessiert das andere Flussufer zu beobachten.

»Hier Piroggen mit Kartoffeln, mit Fleisch und mit Kohl ...«

»Großartig. Ich hatte schon daran gedacht, Fische zu fangen oder Algen zu probieren.«

»Ich habe mal gehört, dass ein Mann sich zwei Jahre lang von Schlamm ernährt hat ... aber wir haben so was Widerwärtiges zum Glück nicht nötig ... Das Essen ist angerichtet!«

Viktor zog sich das Hemd über den Kopf und setzte sich neben den Korb. Tel hatte die Piroggen auf einem weißen Tuch ausgebreitet und blickte ihn mit stolzer Erwartung an. Außer den Teigtaschen gab es noch eine Flasche Wein, zwei kleine Weingläser, ein in ein Wachspapier gewickeltes Stück gebratenes Fleisch und mehrere hartgekochte Eier; letztere wirkten wie ein kulinarischer Gruß des von Viktor heiß geliebten Ministeriums für Verkehrswege.

»Wein, das ist ja toll!«, sagte er. »Du bist ein kluges Mädchen, aber wozu zwei Gläser?« Der Tonfall eines strengen Vaters gelang ihm nicht.

»Weil ich auch einen Schluck trinken will.«

»Na gut, ich erlaube es dir«, stimmte Viktor eilig zu und fühlte sich wie ein umsichtiger König im Märchen. »Ich habe es jedenfalls bitter nötig. Nach dieser Geschichte am Bahnhof ...«

»Was für eine Geschichte?«

»Über mich ist noch eine Mörderbande hergefallen. Am Bahnhof von Chorsk. Ich weiß selbst nicht, wie ich davongekommen bin ...«

Tels Hand, die sie soeben nach den Gläsern ausgestreckt hatte, fing an zu zittern. »Erzähl.«

»Weißt du das etwa nicht?« Viktor war davon ausgegangen, dass Tel wie immer bestens über alle Ereignisse informiert war, daher geriet er in Verwirrung. »Na ja … nach dem Fluss …«

»Was da passiert ist, weiß ich. Ich habe mit den Gnomen gesprochen.«

»Also, sie haben mich in den Zug gesetzt, in den Weißen Adler …«

Viktor erzählte, was ihm im Laufe der vergangenen Stunden zugestoßen war, und Tel hörte schweigend zu und wich immer länger seinem Blick aus. Er beschrieb den Wahnsinn, der den Waggon erfasst hatte, und wie sich ihm die Chance zur Rettung bot; er berichtete von dem fürchterlichen Kampf und davon, wie sich die Magier des Wassers auf die neuen Banditen gestürzt hatten, wahrscheinlich, um ihre Beute nicht teilen zu müssen. Und dann erzählte er, wie er unter Wasser geschwommen war, als er plötzlich feststellte, dass er den Atem unbegrenzt lange anhalten konnte, und wie er schließlich ans Ufer geschwommen und herausgekrochen war … Nur von seinem Traum erzählte er nichts.

»Und hier hast du mich gefunden …«

»Was habe ich nur angerichtet … was habe ich angerichtet …« Viktor sah mit Bestürzung, dass Tel weinte. »Ich bin so eine Närrin …«

»Tel!« Viktor umarmte sie und drückte sie an seine Brust. »Na, na, na … was ist denn, mein Mädchen … wein doch nicht … ich bin doch noch am Leben! Es ist alles gut!«

Sie schluchzte und klammerte sich an Viktor. Dann schüttelte sie den Kopf. »Nein … das meine ich nicht … Jetzt hast du nur noch einen Weg … wahrscheinlich …«

»Was redest du da, Tel?«

»Du sagst, die Leute im Zug wurden buchstäblich tollwütig?«

»Ja … Was hat das zu bedeuten?«

Tel schwieg.

»Lass das, Tel, ich bitte dich …«, wiederholte Viktor mit Verzweiflung in der Stimme. »Du bist der einzige Mensch in dieser Welt, der mir nahesteht.«

»Bist du sicher, dass ich ein Mensch bin?« Tel schien kurz davor zu sein, hysterisch zu werden.

»Was das angeht, bin ich mir nicht mal über mich selbst mehr im Klaren. Tel, wein nicht …«

Das Mädchen schwieg eine Weile, ehe es wieder sprach. »In Ordnung, Viktor. Ich hör schon auf. Und ich werde mir was einfallen lassen …« Mit einem Ruck löste sie sich, ging zum Wasser und begann sich das Gesicht zu waschen. Dann sagte sie im Befehlston: »Los jetzt, schenk mir endlich Wein ein!«

12

Ritor bezahlte.

Es lag etwas Grauenhaftes darin. Noch vor kurzem hatten die Leute sich im Schmerz die Haare gerauft, vor Verzweiflung gekreischt, weinend über den Leichen ihrer Angehörigen gelegen oder einfach mit leeren Augen ins Nichts gestarrt – was schlimmer war als alles andere.

Jetzt hatte sich vor dem Dienstzimmer des Stationsvorstehers eine lebhaft diskutierende Schlange gebildet. Jeder, der herauskam, wurde neugierig ausgefragt, die Wartenden erkundigten sich nach der Summe und den Einzelheiten des Gesprächs. Einige antworteten, andere nicht, je nachdem, wie ihre seelische Verfassung und ihre Angst vor den Magiern es zuließen.

Ritor bezahlte.

»Den Ernährer, unseren Ernährer habe ich verloren …« Eine ältere Frau knetete ein Tuch und wischte sich die Tränen damit ab. »Wovon soll ich jetzt leben? Wie soll ich die Kinder großziehen?«

»Ihr Ehemann?«, fragte Ritor leise.

Die Frau stockte. »Mein Vater …«

»Wie alt war er?«

Auf diese Frage wollte die Leidtragende nicht antworten. Aber es gab keinen Ausweg, und den Magier anzulügen wagte sie nicht. »Etwas über … achtzig.«

Ritor seufzte. »Und er hat eure Familie unterhalten?«

»Er war ein guter Handwerker! Stiefelmacher!« Die Frau ging sofort zum Angriff über. »Er hat nicht einen Tag ohne Arbeit gesessen!«

»Und Ihr Mann?«

»Ach, ein unglückseliger Trunkenbold …«

Was konnte man da machen? Ritor zählte schweigend das Gold ab und reichte der Frau eine Quittung über eine nicht allzu hohe Summe. Diese schien noch zu überlegen, ob sie nicht mehr fordern sollte, aber unter Sandras eisigem Blick geriet sie in Verwirrung und verschwand eilig.

»So eine Kröte!«, fauchte Sandra, sobald die Tür ins Schloss gefallen war. »Barrakuda … soll sie sich doch von Aas ernähren …«

»Sandra, lass das«, bat Ritor sie. »Ja, sie lügen. Sie schachern mit dem Blut ihrer Angehörigen. Aber was können wir dagegen tun? Sie abweisen? Damit es in unseren Ländern heißt, der Clan der Luft opfert seine Diener?«

»Es ist abscheulich.« Wie immer, wenn sie sehr erregt war, vergaß Sandra jeglichen Jargon. »Auf der Straße sitzen zwei Frauen, sie weinen über ihre Toten und denken nicht einmal an Geld. Und diese hier … Leichenfledderer …«

»Geh zu ihnen und zahl ihnen eine Entschädigung aus. Eine ordentliche Summe. Sag ihnen, dass der Clan seine treuen Diener um Verzeihung bittet.«

»Wir werden bald ganz ohne Geld dastehen …«

»Sandra!«

Die Magierin erhob sich.

»Ich werde einen Kredit bei den Gnomen aufnehmen. Das ist nicht zu ändern. Zahl du diejenigen aus, die nichts fordern. Und ich werde mich hier mit denen vor der Tür auseinandersetzen.«

»Da sind noch Kinder«, sagte Sandra unwillig. »Ein Säugling und zwei kleine Mädchen. Alle Angehörigen sind umgekommen.«

»Wir nehmen sie unter die Obhut des Clans. Schick sie zum Spitzzahn. Wenn sie die Fähigkeiten dazu haben, erziehen wir sie zu Magiern. Andernfalls finden wir schon ein Plätzchen für sie.«

»Sollten wir sie nicht lieber ins Heim geben?«

»Nein, dort wachsen sie mit Hass im Herzen heran. Und bei uns voll Dankbarkeit. Ruf jetzt den Nächsten rein.«

Der Nächste aus der Schlange war ein kräftiger, solide gekleideter Bärtiger. Kein Bauer, wahrscheinlich ein Müller oder Schmied. Er verbeugte sich vor Ritor, setzte sich ohne Aufforderung hin und sagte: »Als Erstes meine Frau. Sie war nicht mehr jung, aber noch ganz hübsch und ein Wirbelwind bei der Arbeit. Sie kannte die Wirtschaft; wusste, welches Vieh welches Futter bekommt, was wo liegt … Hundert Münzen, auf keinen Fall weniger. Die Tochter hatte ich schon als Braut versprochen … fünfzig. Und für das verloren gegangene Vermögen dreißig, wenn's recht ist.«

Ritor schloss verzweifelt die Augen. Mit dem größten Vergnügen hätte er den Verwandten dieses Mannes eine Entschädigung für ihn bezahlt.

Nein, nein, nein.

Es blieb ihm nichts übrig, als zu handeln, um den unangemessenen Preis zu drücken, und am Ende würde er bezahlen.

Es verstand sich von selbst, dass sie nicht nach Chorsk zurückkehrten. Tel vermutete, dass ihre Verfolger – die Magier der Luft – dort entweder Verstärkung anheuern oder abwarten würden, bis ihre Kräfte sich erholt hatten. Chorsk befand sich auf ihrem Territorium, und die Tatsache, dass es Viktor gelungen war, zu flüchten, konnte man nur als außergewöhnliches Glück bewerten.

»Lehnsbesitz«, erklärte Tel mit wiedererlangter Sorglosigkeit. »Viele haben sich darum gestritten, aber in den letzten Jahren war die Luft dort an der Macht. Es ist kein besonderes Städtchen, aber sehr günstig gelegen. Und sie machen gute Schwerter dort. Es gibt ein Theater ...«

Sie gingen durch die Grassteppe entlang des Waldrandes und entfernten sich immer weiter vom Fluss. Tel hielt es auch nicht für zweckmäßig, zur Eisernen Route zurückzukehren, zumindest nicht im Augenblick. Denn dort würden sie Viktor als Erstes suchen. Stattdessen hatte Tel die Idee, sich zum Kanal durchzuschlagen, um von dort auf einem Lastkahn nach Süden zu fahren, und Viktor stimmte ihr ohne weiteres Nachfragen zu.

»Sehr gut, dass sie mich nicht gesehen haben«, sagte Tel. »Wunderbar. Ich werde mir was ausdenken, was dir nicht mal im Traum einfallen würde. Wir werden sie austricksen ...«

Viktors Zuversicht wuchs nicht unbedingt durch dieses Versprechen. Er wäre lieber nach seinem eigenen Willen verfahren. Aber andererseits wollte er nicht mit Tel streiten.

»Schau doch mal, wie schön!« Vor Freude jauchzend, lief das Mädchen los. »Viktor!«

Das Meer blassblauer Blumen versetzte Viktor nicht gerade in Euphorie; und es rief erst recht nicht das Verlangen in ihm wach, sich darauf plumpsen zu lassen, die Arme von sich zu strecken, mit den Fersen darauf einzuschlagen und dabei wie ein Welpe zu fiepen.

»Das ist Schollenkraut«, erklärte Tel, die sich inzwischen beruhigt hatte und Viktor lächelnd beobachtete. »Das Symbol vom Clan der Erde. Es heißt, wenn man sich auf ihm wälzt, nehmen die Kräfte zu, und das Gehen fällt leichter.«

»Wirklich?« Viktor legte sich bereitwillig neben sie.

»Natürlich nicht«, lachte Tel. »Es ist nur ein Märchen. Aber es ist trotzdem herrlich, sich so zu wälzen und auszuruhen … Außerdem ist es ein Zeichen.«

»Was denn wieder für ein Zeichen?«

»Du hast den Angriffen zweier Elementarer Clans standgehalten. Dem des Wassers und dem der Luft. Du hast ihre Kräfte erfasst.«

»Davon merke ich nicht viel. Mir tun die Beine weh, und ich bin müde wie ein Hund.«

»Die Kräfte zu erfassen bedeutet nicht, sie zu beherrschen. Aber du hast die Weihen zweier Clans hinter dich gebracht.«

»Und ich muss noch alle anderen bestehen?«

»Ganz, wie du willst«, antwortete Tel. »Du kannst natürlich auch nach Hause zurückkehren. Du wirst sehen, der Pfad wird sich dir offenbaren. Aber zufällig liegt hier gerade das Land des Erdclans vor uns.«

»Wie wunderbar! Schon lange hat keiner mehr versucht, mich umzubringen.«

»Ja, du hast Recht«, stimmte Tel verdächtig schnell zu. »Das ist das Schwierigste für dich. Aber schau nur, das Feuer … beherrschst du sogar ohne Initiation.«

»Na klar.« Viktor wühlte in seiner Tasche nach dem Feuerzeug und drückte mit dem Daumen auf den Anzünder. »Ich bin der Herrscher des Feuers.«

»Das heißt, nach Oros … Oros. Ach, ich liebe diese Stadt.«

Tel setzte sich auf, brachte ihre Haare in Ordnung und blickte Viktor an, und dabei spielte ein feines trauriges Lächeln um ihre Lippen. »Ich bin sehr froh, dass ich dich getroffen habe. Die Andere Seite hat dich nicht gebrochen. Dafür müssen wir uns bei deiner Großmutter bedanken, aber du selbst bist auch ein feiner Kerl.«

»Sag mal, Tel … als Großmutter Vera mich zwang zu springen … und später ins eisige Wasser zu hüpfen … was war das?«

»Eine Prüfung.«

»Wenn sie geahnt hat, wohin es mich verschlagen könnte, warum hat sie es mir dann nicht gesagt?«

»Weil dein Schicksal nur dein Schicksal ist. Aber deine Wahl triffst du selbst. Du hättest auch anders erzogen werden, was anderes lernen können. Aber wozu, da doch keiner wusste, wie dein Leben verlaufen würde? Du musstest nicht zwangsläufig hier landen. Etwa, wenn ich nicht durchgekommen wäre. Oder wenn du ein ganz anderer Mensch geworden wärst; denk doch, nur ein kleiner Schritt, und die Andere Seite hätte dich verschluckt. Es hätte schon ausgereicht, dass etwas dich bei euch hält … ein Fädchen, eine Wurzel, ein Anker, dann hättest du nicht weggehen können.«

»Vielleicht wenn ich glücklich gewesen wäre«, flüsterte Viktor.

»Ja, sicher.«

»Aber es gefällt mir hier. Wirklich. Trotz allem.«

Der Weg zum Kanal war weit. Die Sonne stand schon tief, als Tel und Viktor ihn endlich erreichten.

Der Kanal war breit und schön anzusehen. Die Uferböschung war an manchen Stellen mit Holzbalken verstärkt; auf dem Wasser glitten breite Flöße und dicke Lastkähne dahin, ganz ohne Ruder und Segel, nur getrieben von der Strömung.

»Tel …« Viktor konnte seine Frage nicht zurückhalten. »Wie ist das möglich … dass sie in beide Richtungen von selbst schwimmen?«

Das Mädchen blickte nicht mal zu den Kähnen hin. »Diesen Kanal haben Wasser und Erde gemeinsam ausgehoben, Viktor. Die Magier des Wassers haben Strömungen in beide Richtungen hineingewirkt. Vorwärts und rückwärts. Und zwar so raffiniert, dass ein schwer beladener Lastkahn mit der gleichen Geschwindigkeit dahingleitet wie ein leerer. Ihre Kraft ist groß, da kann man sagen, was man will.«

»Und was machen wir jetzt?«

»Was meinst du? Wir gehen zum Ufer und halten ein Schiff an. Passagiere werden gerne aufgenommen.«

Das Mädchen ging energischen Schrittes zum Rand der Uferböschung, die hier mit einer niedrigen Mauer aus Holz verstärkt war. Sie postierte sich und streckte die Hand zu einer Geste aus, wie sie auch auf der Anderen Seite bekannt war, nämlich zu einer geschlossenen Faust, aus welcher der Daumen in die Höhe ragte.

»Irgendwer wird uns schon mitnehmen«, sagte Tel.

Sie mussten nicht lange warten. Zunächst schwamm ein langes Floß vorbei, das offenbar Bauholz nach Süden transportierte; der nächste Kahn, der darauf folgte, glitt aufs Ufer zu. Er war etwas kleiner als die meisten anderen, wirkte gut in Schuss, war frisch mit brauner Farbe gestrichen und trug am Bug in dunkelroten Buchstaben den Namen *Elberet.*

Elberet, Elberet … irgendwie kam ihm das bekannt vor …

»He!«, rief jemand auf der Barke. »Springt rüber! Hier können wir nirgends festmachen, seht ihr das nicht?«

Tel hüpfte grazil an Bord. Viktor sprang als Zweiter und stellte überrascht fest, dass die Luft ihn fürsorglich unter den Armen fasste, als fürchtete sie, er könne abstürzen, obgleich zwischen der Kahnwand und dem Ufer nicht mehr als eineinhalb Meter Wasser lagen.

Aus dem niedrigen hölzernen Deckhaus achtern trat ein Mann auf sie zu. Er war groß, mit schmalen Schultern, ging etwas gebeugt, und seine langen Haare wurden über der Stirn mit einer Perlenspange zusammengehalten. Sein Gesicht war braungebrannt und wettergegerbt, und über die Schultern hatte er seltsamerweise einen langen schwarzen Mantel geworfen.

»Hallo!« Er streckte ihnen seine Hand entgegen. »Wohin wollt ihr?«

»Bis zum Ende, Kapitän«, sagte Tel mit einem bezaubernden Lächeln. »Nehmen Sie uns mit?«

»Was soll die Frage? Natürlich. Habt ihr Futter dabei? Eine Matte zum Schlafen finde ich schon für euch ...«

»Essen haben wir keines ...«, seufzte Tel.

»Drei Münzen pro Nase am Tag«, beschied ihr der Kapitän. »Wie heißt ihr? Ich bin Eleneldil.«

»Welcher Rasse gehörst du an, verehrter Eleneldil?«, fragte Tel überrascht. »Das ist doch kein menschlicher Name?«

Viktor brachte den Namen mit einem bekannten tschucktschischen Rentierzüchter in Verbindung und musste lächeln.

»Na ja ... ehe ich hierherkam, war ich Nikolaj«, lachte der Kapitän.

»Warte mal«, mischte Viktor sich ein. »Was meinst du damit?«

»Ja, ja. Ich bin von der Anderen Seite. Schon mal gehört? Übrigens siehst du ...« Nikolaj-Eleneldil kniff die Augen zusammen. »Du siehst selbst so aus, als ob ... Stimmt's?«

»Stimmt«, sagte Viktor, schüttelte dem Kapitän die Hand und nannte seinen Namen.

»Woher bist du?«

»Aus Moskau.«

»Aus Moskau?« Der Kapitän war aufgeregt. »Ich auch! Wo hast du gewohnt?«

»An der Elektrozawodskaja-Station.«

»Und ich an der WDNCh. Hör mal, Vitja, dein Gesicht kommt mir irgendwie bekannt vor. Warst du nicht öfter mal mit von der Partie?«

»Wo?«, fragte Viktor verständnislos.

»Wie wo, na im *Neskutschnik*. Da haben wir doch jeden Donnerstag abgehangen.«

Viktor schüttelte wieder verständnislos den Kopf.

»Ach was soll's, was vorbei ist, ist vorbei ... darüber ist längst Gras gewachsen.« Der Kapitän wirkte für einen Augenblick verlegen. »Jedenfalls bist du ein Landsmann, also ... seid ihr heute meine Gäste. Kommt schon!«

Es sah ganz so aus, als wäre außer Eleneldil kein Mensch auf dem Kahn. Allerdings bewegte sich das Boot auf dem Kanal so gleichmäßig und gemächlich, dass dazu auch keine Veranlassung bestand. Der Kahn glitt von selbst vom Ufer weg und zurück ins Zentrum der Strömung.

»Es ist halt langweilig hier«, bekannte Eleneldil. »Dafür ist es keine anstrengende Arbeit, man lebt im Wohlstand ... erst recht, wenn man was Verbotenes transportiert ...« Er zwinkerte Viktor zu und flüsterte: »Ich hab im Laderaum einen ganzen Ballen Gras! Wie steht's, rauchst du nicht gern mal was?«

Viktor fühlte sich wie ein zufälliger Zuschauer in einem absurden Theaterstück und schüttelte nur den Kopf.

»Verdammt, was bist du für ein rechtschaffener Kerl! Und deine Freundin? Wie heißt du?«

»Tel.«

»Bist du von hier?«

»Voll und ganz.«

»Das ist gut. Lass deinen Kerl nicht hängen, hilf ihm, sich hier einzugewöhnen …«

Sie gingen hinter dem Kapitän ins Deckhaus. Man sah auf einen Blick, dass nur eine Person darin lebte, und zwar ein Faulpelz und dazu noch ein Mann.

Auf dem Tisch lagen angebissene Äpfel, schmierige, fleckige Karten, leere Teller, Instrumente, Zigarettenkippen, Wattebäusche – wozu nur? –, Holzstücke in seltsamen Formen, Reste getrockneten Fisches, klebrige Gläser mit trüben Bierresten.

Vor dem Fenster, das zum Bug ging, ragte ein kleines Handrad aus dem Boden. Jetzt begann es sich langsam und quietschend zu drehen und verursachte ein Schaukeln des Schiffbugs. Die Handgriffe des Steuerrads, die einmal lackiert gewesen waren, sahen so aus, als drückte jemand ständig seine Zigaretten auf ihnen aus.

In der Ecke türmte sich ein Berg Kleidung, dem Aussehen nach teils sauber, teils dreckig und zerknüllt. Oben auf den Hemden und Socken lag einsam ein Büstenhalter.

»Gestern hatte ich Gesellschaft«, sagte Eleneldil kein bisschen verlegen. »Hab ein Mädchen kennengelernt …« Er zwinkerte Viktor zu. »Hab sogar bedauert, dass ich verheiratet bin!«

Tels Gegenwart hinderte ihn nicht daran, über seine Liebesabenteuer zu erzählen.

»Aber es lief nicht so … hab also dieses Mädchen aufgegabelt, dachte, ich verkürz mir den Abend. Das war vielleicht eine, Rada hieß sie … Mein Bier hat ihr nicht geschmeckt, war so eine Kennerin im Rock … die Sage von den alten Schlachten wollte sie nicht hören … fühlte sich selbst als Kämpferin!« Eleneldil rieb sich düster das Genick und runzelte die Brauen.

»Rada?«, rief Viktor aus.

»Ja, Rada war ihr Name … Warum bleiben die hübschen Mädchen nicht zu Hause? Irgendwoher kriegen sie ein Schwert … na toll! … und schon spazieren sie los auf der Suche nach Abenteuern.«

Also saß Konams Tochter mitnichten in ihrem gemütlichen Restaurant! Am Ende war Viktor selbst schuld daran – vielleicht hatte er ihre Seele in Unruhe versetzt.

»Wenn du willst, kann ich hier für Ordnung sorgen«, bot Tel an. Das Gespräch über Rada schien ihr ganz und gar nicht zu behagen.

»So was lob ich mir!« Das Gesicht des Kapitäns erhellte sich, und er lächelte. »Nein wirklich, das ist gut! Tel, du bist ein Herzchen. Wenn Viktor dich nicht gut behandelt, dann kommst du zu mir! Wir Männer bleiben derweil an Deck, um dich nicht zu stören …«

Er ergriff ein kleines Holzfässchen, das am Boden stand, und wollte die Kajüte verlassen.

»Erst bringt ihr mir zwei Eimer Wasser, einen Besen und Lappen«, kommandierte Tel.

»Wasser bring ich gleich … aber Lappen …«

Tel beugte sich schweigend über den Kleiderhaufen. »Willst du das noch tragen?«

Der Kapitän strich sich über das Kinn, während er das an vielen Stellen durchgescheuerte Hemd voller Ölfarbe und Risse studierte. »Nun ja, vermutlich nicht … na ja, nimm es! Was man für Sauberkeit nicht alles opfert!«

Erst zehn Minuten später, nachdem sie Wasser geholt und den Tisch sowie das schmale Bett in die Mitte des Zimmers gerückt hatten, durften sie zurück an Deck gehen.

Sich vorsichtig umsehend, schüttelte der Kapitän den Kopf. »Nein, ich bin natürlich für Hygiene und so … aber das ist schon übertrieben … Und, wollen wir was trinken?«

Sie machten es sich am Bug des Schiffes bequem. Aus der Kajüte drang ungeheurer Lärm, Rumpeln und unzufriedenes Knurren; es waren ganz sicher nicht die Geräusche, die man von einem zierlichen Mädchen erwartet hätte, vielmehr klang es nach einem Zug betrunkener Soldaten, die ein Nonnenkloster gestürmt hatten und dort ein Gelage veranstalteten.

Viktor nickte. Er hatte das Bedürfnis, das Glas abzuspülen, aber nicht unbedingt mit Kanalwasser, denn dort hinein hatte sich soeben ein älterer Gnom mit verschlagenem Gesicht von einem entgegenkommenden Kahn aus erleichtert.

Zum Glück erwies sich das Bier als stark, sättigend und schmackhaft, obwohl es reichlich warm war. Sie stießen an und tranken aus.

»Darf ich dich Nikolaj nennen?«, fragte Viktor.

»Na klar.« Leichten Herzens stimmte Eleneldil zu. »Nur nicht Nik … das hasse ich …«

Er schenkte die Gläser wieder voll. »Es ist schön hier, nicht wahr?«

»Ja, nicht schlecht«, antwortete Viktor vorsichtig.

»Bist du schon lange da?«

»Drei Tage.«

»Oh! Darauf müssen wir trinken.«

Aus irgendeinem Grund hatte Viktor das Gefühl, dass auch eine Frist von einer Woche oder einem Monat diese

Reaktion hervorgerufen hätte. Wieder leerten sie ihre Gläser.

»Und du, Kolja?«

»Fast drei Jahre …« Nikolaj knöpfte den Mantel auf, und erst jetzt begriff Viktor, warum der Kapitän ihn übergezogen hatte; darunter trug er nichts als weite Boxershorts. »Ach … ich schaffe es einfach nicht, braun zu werden. Immer hocke ich nur in der Kajüte. Willst du?«

Er zog einige selbstgedrehte Zigaretten aus der Manteltasche und hielt Viktor eine davon hin.

»Nein, danke.«

»Selbst schuld …« Nikolaj zündete eine Zigarette an und sog gierig an ihr. Süßlicher Rauch von Marihuana machte sich breit.

»Und wie geht's dir … hier?«, fragte Viktor.

»Was meinst du?«

»Wie lebst du so? Hast du kein Heimweh?«

»Das fehlt gerade noch.« Nikolaj schnaubte. »Wenn du es genau wissen willst, ich habe immer von einem solchen Leben geträumt! Diese Andere Seite … hing mir dermaßen zum Hals raus! Glaub mir, um in diese Welt zu kommen, hätte ich mein Leben aufs Spiel gesetzt.«

»Ernsthaft?«

»Jep! Was hatte ich da verloren? Ich hab als Programmierer gearbeitet und mir die Augen am Bildschirm ruiniert. Nur mit der Seele konnte ich entkommen – ich habe Fantasy-Romane gelesen oder mit den Jungs Rollenspiele im Wald veranstaltet … Und weißt du, was? Ich habe nie auch nur im Geringsten daran gezweifelt, dass es eine solche Welt tatsächlich gibt! Eine echte Welt! Mit Elfen, Gnomen, Magiern!«

»Dann hast du ja richtig Glück gehabt …«

Nikolaj schenkte wieder Bier ein. »Und wie! Und du, sag schon, hast du nie davon geträumt, hier zu landen?«

»Nein. Fantasy habe ich höchstens gelesen, wenn ich nichts anderes hatte. Und an Elfen habe ich auch nicht geglaubt. Tut mir leid.«

»Seltsam.« Nikolaj schüttelte den Kopf. »Normalerweise tauchen vor allem Leute hier auf, die auf der Anderen Seite nicht so richtig klarkommen! Irgendwas in dir hat dich hergezogen. Du hast dein Glück nur noch nicht begriffen!«

Viktor zuckte mit den Schultern. Tel tauchte aus der Kajüte auf und blickte missbilligend zu ihnen herüber, ehe sie einen Eimer Schmutzwasser über Bord kippte.

»Nein, ich bin froh. Sehr froh sogar«, fuhr Nikolaj fort. »Ich hab damals zusammen mit Stepka, einem Kumpel, richtig gutes Gras gekauft ...« Wieder zwinkerte er Viktor zu, als wollte er ihn dazu auffordern, endlich vernünftig zu werden und sich ihm anzuschließen. »Wir haben uns jeder eine Tüte gedreht ... Stepka konnte Tüten drehen, du glaubst es nicht, bei ihm steckte eine ganze Philosophie dahinter. Und dann ging es ab ... ich weiß noch, dass Stepka Lieder sang, solche ... eso... exot... exoterischen Lieder ... seit ich die ganzen schlauen Wörter nicht mehr benutze, vergesse ich sie allmählich ... Dann haben wir uns noch einen Joint reingezogen und noch einen. Irgendwas drängte mich dazu, ihm meine geheimsten Wünsche zu offenbaren. Ich weiß noch, ich hab ihm die ganze Zeit davon erzählt, wie gerne ich in einer *echten* Welt leben würde! Dann hab ich mich auf den Heimweg gemacht, musste mich vor den Bullen verstecken ... bin in einen Graben gefallen ... na, du weißt ja, wie das wirkt, wenn man zu viel von dem Zeug raucht ... du siehst einen Mast da stehen und lächelst ihn an, denn er ist dein bester Freund! Jedenfalls hab ich mich verirrt und bin in einem ... Dorf rausgekommen ... erst dachte ich, dass es beschissen gelaufen ist. Na ja, sag selbst, wie kann im Zentrum von Moskau plötzlich ein Dorf stehen! Und dann kam mir auch noch ein Gnom entgegen ...«

Er schwieg eine Weile und sog gierig an seinem Zigarettenstummel. Schließlich beendete er seine Geschichte.

»Nein, ich habe wirklich Glück gehabt! Pures Glück! Die ersten Tage dachte ich, dass ich auf einem Trip wäre, einfach Hallus hätte. Ich habe drauf gewartet, dass einer der Gnome sich in einen Arzt mit Spritze verwandelt und mir erzählt, wie sie mir den Magen ausgepumpt haben. Aber ich hab trotzdem versucht, mich einzuleben. Und irgendwann hab ich kapiert, dass das hier alles echt ist. Was meinst du, wie ich mich gefreut habe!«

»Und was hast du dann getan?«

»Na ja, zuerst habe ich ein Elfenlager aufgesucht. Sie nehmen nicht gerne Menschen auf, aber ich habe sie regelrecht angebettelt ... ich habe ihnen erklärt, dass ich immer davon geträumt habe ... Zwei Monate habe ich bei ihnen verbracht ...« Nikolajs Stimme klang plötzlich wütend. »Aber diese Schweine, diese erstgeborenen, die ganze Drecksarbeit haben sie auf mich abgewälzt! Ich musste Holz hacken, die Zelte saubermachen, ihre Kräuter sortieren, waschen ... Ich hab es wirklich lange ausgehalten. Und abends, wenn die Elfen zur Laute greifen, wenn sie ihre Lieder singen – über Berge und Meere und darüber, wie der Wind singt und die Sterne flüstern ... dann legst du dich in ihre Nähe – ans Feuer darfst du nicht, denn sie sagen, dass wir Menschen riechen – du liegst so da und träumst ... Aber dann ... als ich anfing, einer Elfe den Hof zu machen ... da haben sie mich davongejagt, einfach so. Die Schweine!«

Viktor nickte mitfühlend.

»Also habe ich mir überlegt, was ich noch machen könnte. Ich wollte Soldat werden oder Magier oder was anderes, aber dann tauchte dieser Kahn auf … ich hatte ein ganz ordentliches Kapital … Willst du immer noch kein Zigarettchen?«

»Nein, danke.«

»Na, dann genehmige ich mir noch eins … Wie gesagt, Kapital hatte ich … denn diese Schweine ist ihre Dreistigkeit teuer zu stehen gekommen. Erst wurde ich Teilhaber, später hab ich den Kahn dann ganz übernommen. Man kennt das ja, ich diente in der Flotte, und da musste ich überhaupt nichts tun. Vor einem Jahr habe ich mich endgültig niedergelassen. Ich hab ein Haus hingestellt! Ein anständiges Holzhaus, mit einem Wellblechdach und einem Ölofen nach Gnombauart. Ich habe eine Kuh – das ist der Hit! Fünf Schweine, eine Ziege. Und geheiratet habe ich auch. Ein ordentliches Frauchen; sie ist zwar Witwe und hat einen Jungen, aber das macht nichts, ich liebe Kinder. Und Haus und Hof sind immer in Ordnung. Das Bier hier … hat sie selbst gebraut. Und, schmeckt es dir?«

»Sehr gut«, antwortete Viktor. Er begann das hausgemachte Gebräu, das er auf den Wein getrunken hatte, allmählich zu spüren. In seinem Kopf dröhnte es, aber nicht nur das. Er ging zur Bordwand und folgte dem Beispiel des Gnoms.

»So leben wir, ohne uns zu plagen«, fasste Nikolaj zusammen. »Ich hab schon überlegt, einen zweiten Kahn zu kaufen. Wenn du willst, stell ich dich als Kapitän an. Gewissermaßen über Beziehungen … Hast du dir schon überlegt, was du machen willst?«

»Bei mir ist offenbar schon alles festgelegt«, sagte Viktor, ohne auf Einzelheiten einzugehen.

»Nun ja, wenn sich das Mädelchen da um dich kümmert …« Nikolaj kniff zufrieden die Augen zusammen. »Das ist gut so, ganz ausgezeichnet. Aber denk dran, ich bin immer bereit, einem Landsmann zu helfen.«

Der Kahn trieb langsam auf eine Brücke zu. Entweder kreuzte an dieser Stelle die Route der Gnome oder eine andere Trasse, das war vom Wasser aus nicht zu erkennen. Am Ufer standen, wie es Brauch war, ein Wachhäuschen, und neben einem melancholisch aussehenden, gesattelten Pferd ragte ein Wächtergnom mit einer Armbrust über der Schulter empor. Viktor winkte ihm freudig zu. Aber Nikolaj schien diese Sympathie nicht zu teilen. Er beobachtete den Gnom mit finsterem Blick, hieb ärgerlich mit der Faust aufs Holzdeck und heulte auf, weil er sich offenbar wehgetan hatte. »Zum Teufel mit ihnen …«

Viktor hatte keine Ahnung, womit die Gnome der Brückenwache den Kapitän des Kahns so erzürnt hatten. Und er fragte auch nicht. Vielleicht hatten sie Abgaben verlangt. Ein ganzer Zug kleiner Boote kam ihnen entgegen. Sie waren mit weißen Marmorbrocken und Holz beladen. Das Leben in der Mittelwelt brodelte und kochte, es wurden Schlösser und Serails gebaut, dem Leben waren die Unstimmigkeiten zwischen Nikolaj und den berittenen Armbrustschützen völlig gleichgültig.

»Nein, es gibt keine Vollkommenheit auf der Welt, nein …« Der zweite Joint hatte den Kapitän philosophisch gestimmt. »›Ach … wenn wundersame Feen unter der Knute der eisernen Blumen stöhnen …‹«

Viktor wurde unruhig. Wenn der betrunkene Nikolaj jetzt anfing, Gedichte zu rezitieren, würde er das Weite suchen müssen … Zum Glück trat in diesem Augenblick Tel aus der Kajüte.

»He, ihr Trunkenbolde! Kommt! Der Stall ist sauber!«

»Da hast du einen tollen Fang gemacht«, sagte Nikolaj wohlwollend. »Dünn ist sie, und jung, aber sie arbeitet gut. Nein wirklich, da kann ich dir nur gratulieren!«

Im Deckhaus herrschten wahrhaftig Ordnung und Sauberkeit. Tel hatte sogar die Fenster geputzt, und die Sonne, die allmählich am Horizont unterging, spiegelte sich im frisch geschrubbten Boden. Auf dem gescheuerten Tisch stand in einem ausgespülten Glas ein Blumenstängel Schollenkraut. Wann hatte Tel das gepflückt?

»Mann …« Nikolaj öffnete die Arme. Wahrscheinlich hegte er wie alle echten Faulpelze eine zarte, platonische Liebe für Sauberkeit. »Lass dich umarmen, Mädchen!«

Zu Viktors Überraschung ließ sich Tel vom Kapitän bereitwillig einen nicht allzu väterlichen Kuss auf die Backe drücken. Aus den Augenwinkeln blickte sie zu Viktor hinüber, der sich verärgert abwandte.

»Gut, jetzt bin ich an der Reihe!«, erklärte Nikolaj. Er öffnete den Schrank, stieß einen Pfiff aus – auch da drin war offenbar Ordnung gemacht worden – und holte verschiedene Tüten hervor. »Speck … vom eigenen Keiler übrigens! Gürkchen, Tomätchen … ein Hühnchen … das ich gestern in Chorsk gekauft habe, also noch frisch, aber das muss gegessen werden … Liköre habe ich keine, tut mir leid, aber Bier und Wodka gibt es genug.«

Gemeinsam deckten die drei den Tisch, und wenig später saßen sie beim Abendbrot. Viktor genehmigte sich noch ein weiteres Glas Bier – das, wie ihm schwante, vermutlich eines zu viel war, denn er fühlte sich ohnehin schon ganz schwer vom Essen und Trinken.

»Du möchtest bestimmt gern wissen, was sich zu Hause so tut?«, fragte er Nikolaj.

»Zu Hause? Na was schon, da ist alles in Ordnung. Meine Frau besorgt den Haushalt, und der Kleine füttert wahrscheinlich gerade die Schweine …«

»Ich meine auf der Anderen Seite.«

»Ach … auf der Anderen Seite …« Nikolaj stürzte noch ein Glas Bier hinunter. »Na, ich weiß nicht. Wozu denn? Zurückkehren würde ich ohnehin nicht, selbst wenn ich könnte. Über meine Verwandten weißt du nichts … Es wird ja wohl kein Krieg herrschen, oder?«

»Nein.«

»Und sonst?« Der Kapitän dachte nach. »Ist sonst … irgendwas Interessantes passiert? Haben sie fliegende Untertassen gefangen oder ein Medikament gegen Aids gefunden oder …«

Er versank wieder in Nachdenken, ehe er mit der Hand abwinkte. »Eigentlich möchte ich nichts wissen, Vitja. Ich will mich nicht mal dran erinnern! Und das rate ich dir auch: Vergiss die Andere Seite einfach! Das hier ist unser Leben! Zum Warmen Ufer bringen wir Weizen und Fleisch, von dort holen wir Fisch und Wein. Die Natur ist voller Wohlgerüche! Die Mädchen …«, er zwinkerte Tel zu, die ihn zur Antwort anlächelte, »sind verspielt und wunderbar! Bier kostet nur ein paar Groschen! Wenn du krank wirst, gehst du zu einem Magier, der hilft dir besser als jeder Arzt! Wenn es dich zur Zivilisation zieht, dann musst du dich in der Nähe der Eisernen Route niederlassen; von den Gnomen bekommst du heißes Wasser und sogar Elektrizität. Ich zum Beispiel habe vor, ein geheiztes Klo einzubauen. Wenn das kein Paradies ist? Na?«

»Soweit ich weiß, gibt es hier Kriege«, bemerkte Viktor.

»Ha! Kriege! Jedenfalls weniger als bei uns! Und die Steuern sind, wenn man sich auskennt, völlig human. Und dass ein Bulle ... mit einem Gummiknüppel ...« Nikolaj seufzte auf. »Niemals! Nicht mal die Elfen ... auch wenn sie Mistkerle sind. Ganz egal. Und seit ich vermögend bin, heuere ich sie einfach ab und zu mal an. Dann kommen sie mit ihren Lauten und Schalmeien, setzen sich in den Garten und singen. Und ich mach es mir auf der Veranda gemütlich und lass mir Bier und Speck schmecken!«

Sie saßen noch eine halbe Stunde so da. Nikolaj schenkte sich fleißig Bier ein und malte Viktor die Vorzüge der Mittelwelt in allen Farben aus. Tel lächelte nur spöttisch. Viktor selbst schwieg die meiste Zeit.

Dieser Kerl, sein Landsmann, hatte irgendwie etwas Trauriges an sich.

Nein, wenn er wirklich den Elfenfrauen nachgestellt hätte, oder mit den Gnomen auf der »Eisernen« arbeiten würde oder versuchte, ein Magier zu werden ... Wahrscheinlich könnte sich Viktor dann für ihn freuen. Aber diese Art, seine Träume zu verwirklichen, indem man eine Elfentruppe anheuerte und beim Bier ihrer Musik lauschte ... Bedeutete das am Ende, dass alle, die von der Anderen Seite in die Mittelwelt gelangten, bei Tageslicht besehen längst nicht so begeistert von Zauberei und Wunderwerken waren, wie sie selbst es immer geglaubt hatten? Es war eine Sache, sich eine Welt voller Magier vorzustellen, aber eine ganz andere, wenn man versuchen wollte, in ihr zu leben.

»Na schön, ich glaube, wir müssen jetzt schlafen gehen«, sagte Viktor. »Benötigen wir hier an Bord Nachtwachen?«

»Nichts da!« Nikolaj klopfte auf das Bierfässchen. »Ich stelle nur das Steuerrad fest, die Strömung trägt uns sowieso von selbst … die ganze Arbeit besteht darin, aufzupassen, dass wir nirgends leckschlagen. Komm, trinken wir noch eins?«

Viktor schüttelte den Kopf.

»Na, dann haut euch aufs Ohr. Ich geb euch noch 'ne Matte …« Leicht schwankend stand der Kapitän auf und holte eine eng zusammengerollte Bastmatte aus dem Schrank; nach kurzem Zögern legte er noch eine schmutzige Wolldecke obendrauf. »Was ich hab, das geb ich gern … na, macht es euch auf Deck bequem …«

»Danke dir.« Insgeheim hegte Viktor die Befürchtung, dass Nikolaj Tel vorschlagen würde, mit ihm die Kajüte zu teilen. »Wir sind da vorne am Bug, ja?«

»Fallt nur nicht ins Wasser. Ich werd noch ein wenig hier sitzen.«

Als sie schon in der Tür waren, rief Nikolaj ihnen noch hinterher: »Wenn ihr nicht schlafen könnt, kommt einfach zurück …«

Viktor war nicht ganz klar, an wen dieses indirekte Angebot in erster Linie gerichtet war. In der immer dichter werdenden Dunkelheit rollte er die Bastmatte an Deck aus. Sie versprach keinen besonderen Komfort, aber immerhin … Er zog Jacke und Pullover aus, rollte sie zusammen und legte sie auf das eine Ende der Matte.

»Statt Kissen.«

»Mhm.« Tel setzte sich auf den Rand der Matte und streckte die Beine aus. »Ich bin wirklich müde. Danke. Ich hatte schon Angst, dass du bis zum Morgen mit diesem … Nikolaj sitzen würdest …«

Viktor lachte. »Warum, hat er dir nicht gefallen?«

»Ein Schmutzfink«, sagte Tel verächtlich. »Und ein Saufbold.«

»Warum hast du dich dann von ihm küssen lassen?« Viktor konnte sich die Frage nicht verkneifen.

Tel lachte. Dann fragte sie lauernd: »Bist du eifersüchtig?«

Viktor schnappte nach Luft vor Empörung. »Was? Tel ... also ... du bist ... nicht so ganz mein Geschmack, und außerdem ... bist du noch zu jung.«

»Was heißt, nicht dein Geschmack?«

»Ich bevorzuge blonde Frauen.«

»Puh ...« Tel schüttelte den Kopf. »Wie gewöhnlich. Ich dachte, du hättest mehr Stil.«

»Das geht dich nichts an ...« Viktor schwieg eine Weile und blickte verlegen zu Tel hinüber. Dann lächelte er. »Schon gut. Ich gebe mich geschlagen! Tel, mir war es wirklich unangenehm, dass dieser Kapitän dich immer so wohlgefällig angesehen hat.«

»Du bist eifersüchtig«, seufzte das Mädchen. »Heißt das, dass ich Chancen bei dir habe? Wenn ich älter bin und mir die Haare färben lasse?«

»Das hängt von deinem Benehmen ab.«

»Ich werde mich sehr anstrengen«, sagte Tel in einem Ton, der wenig Anlass zur Hoffnung gab. Sie streckte sich auf der Matte aus und schob sich Viktors Pullover und die eigenen Handflächen unter den Kopf.

Ein Kahn kam ihnen entgegen – bauchig und mit einem niedrigen Aufbau am Bug. Daneben standen ein Junge und ein Mädchen ... vermutlich nur wenig älter als Tel. Der Junge winkte zu ihnen hinüber.

Viktor machte leise »Hm« und winkte unsicher zurück. Er folgte dem Kahn mit seinen Augen und wunderte sich erneut darüber, wie genau voneinander abgegrenzt die ge-

genläufigen Strömungen in dem engen Kanal verliefen. Die beiden Schiffe glitten nur einen knappen Meter aneinander vorbei. Aber der Junge zeigte nicht das kleinste Anzeichen von Beunruhigung. Er legte den Arm um die Schultern des Mädchens und deutete mit der anderen Hand auf etwas hoch oben in der Luft. Auch Viktor blickte zum Himmel. Die ersten Sterne waren zu sehen, ganz wie im Süden üblich, waren sie groß und strahlend. Er sah Sternschnuppen fallen …

»Ich würde wohl nicht darauf bestehen, dass du dir die Haare färbst«, sagte Viktor. »Hörst du mich, Tel?«

Tel hatte den Kopf in das improvisierte Kissen gedrückt und schlummerte friedlich. Viktor seufzte, deckte sie mit der Decke zu und stand noch eine Weile neben ihr. Das Mädchen musste wirklich erschöpft sein, dass es so schnell eingeschlummert war. Und er hatte sich wie ein egoistischer Klotz benommen und sie nicht einmal gefragt, wie es ihr ergangen war, wie sie ihn am Fluss gefunden hatte …

Er streckte sich auf dem freien Rand der Matte aus und starrte lange mit geöffneten Augen in den Himmel, der inzwischen in einem Sternengewirr explodierte, und auf die Kronen der Bäume, die entlang des Flussufers in die Höhe ragten. Er lauschte dem Plätschern der Wellen. Was trieb ihn vorwärts? Was suchte er in Oros? Und wozu brauchte er die Clans und ihre Magier? Könnte er nicht doch hier irgendwo ein Plätzchen finden und sich niederlassen? Was war denn eigentlich so schlimm an Nikolajs Weg? Morgen würde er Tel sagen, dass er nirgendwohin mehr reisen wollte. Er würde beim nächsten Städtchen von Bord gehen. Er verfügte über gewisse Kräfte und würde sich schon zu wehren wissen, falls ihm noch mal eine Gruppe verrückter Magier an die Kehle wollte …

Nachdem er diesen beruhigenden Entschluss gefasst hatte, schlief Viktor ein.

Das Merkwürdigste war, dass er schon gänzlich aufgehört hatte, sich über irgendwas zu wundern. Ein weiteres Mal befand er sich inmitten der durchsichtigen Berge, des violetten Walds und der verkohlten Überreste des Laboratoriums.

»Wieder erwischt«, sagte Viktor. »He, Scheusal, du hast mich wieder erwischt ...«

Den dreisten Dickwanst für die Wiederholung seiner Träume verantwortlich zu machen war natürlich dumm. Beim ersten Mal hatte der jedenfalls ganz sicher nichts damit zu tun gehabt und sich selbst über Viktors Besuch gewundert. Aber jetzt wurde Viktor den Gedanken nicht mehr los, dass jede beliebige Handlung seinerseits dem Fresssack zur Belustigung diente.

»He«, schrie er. »Scheusal! Diesmal will ich nichts mit dir zu tun haben!«

Der Wald schwieg und ebenso die grau gewordenen Ruinen des Gebäudes (hatte es hier geregnet oder was?); nur die Wellen antworteten mit zustimmendem Rollen, und der Wind erfasste seine Worte und trug sie in die Ferne.

»Gute Nacht!«, wünschte Viktor den unsichtbaren Beobachtern. Er ging ein Stück weg vom Ufer, zu einer trockenen Stelle, legte sich hin und schlief ein.

Zum zweiten Mal. Und er wunderte sich nicht einmal darüber, dass man im Traum einschlafen konnte.

Diesmal wirkte Ritor die Zauberformel allein. Sie erforderte nicht viel Kraft, denn der Drachentöter konnte nicht weit gekommen sein. Der Magier war auf das flache Dach des Bahnhofs geklettert, wo er jetzt mit halb geschlossenen Augen saß und spürte, wie sich eine unsichtbare Windspirale entspann. Sie war ganz fein und leicht und für die anderen Magier fast nicht zu bemerken. Am meisten interessierte Ritor der Fluss mit dem Uferstreifen, erst in zweiter Linie die Grassteppe und die Route.

Nur zwanzig Kilometer entfernt von der Stadt stieß er auf die Spur. Ritor knirschte vor Zorn mit den Zähnen, als er feststellte, wie nahe der Drachentöter war. Was für eine Dreistigkeit! Er hatte sich nicht einmal bemüht fortzukommen … sondern war ans Ufer geschwommen und hatte sich schlafen gelegt.

Während das unsichtbare Windgeflecht gehorsam die Erde, das Wasser und den Himmel abtastete, wartete Ritor. Der Drachentöter sollte es spüren … Leider hatte dieser durch sein Bestehen im Kampf gegen Ritor und die übrigen Magier nun auch die Weihe der Luft erhalten. Der halbe Weg lag bereits hinter dem Drachentöter. Es blieben noch die Erde und das Feuer. Die Erde würde ihm, wie es aussah, keine besonderen Schwierigkeiten bereiten, aber um das Feuer würde er sich kümmern müssen. Das Feuer würde ihn nicht einfach so ziehen lassen. Sobald sie Wassermagie spürten … würden sie um jeden Preis versuchen ihn umzubringen. Obgleich, auch dort in Oros war das Meer zur Hand. Wer weiß, vielleicht würde er entwischen.

Ach, ihr Großen Kräfte, wie dringend bräuchten wir jetzt den Clan des Feuers, dachte Ritor. Wenn zwei Elemente zusammen … wenn noch ein Feuermagier an meiner Seite wäre, dann könnte der den Angriff des Wassers auf sich ziehen … und ich würde diesen nichtswürdigen Halunken endlich vernichten.

Ritor hatte keinen Zweifel mehr daran, dass der Drachentöter genau das war, ein nichtswürdiger Halunke; ganz sicher war er kein unglückseliger Mensch, der sich in sein unausweichliches Schicksal gefügt hatte. Wie die Leute im Zug durchgedreht waren … diese jämmerlichen Siedler, wie sie sich mit bloßen Armen auf die besten Kämpfer vom Clan der Luft gestürzt hatten; so etwas vermochte nur ein echter Drachentöter; jemand, dem das Töten in die Wiege gelegt worden war, der vielleicht sogar ein ähnliches Verbrechen bei sich auf der Anderen Seite begangen hatte …

Aber nachträgliches Lamentieren brachte ihn nicht weiter. Der Plan des Drachentöters war einfach und wirksam. Er musste noch die Weihen zweier Clans durchlaufen, die des Feuers und die der Erde, und zwar weit im Süden, am Warmen Ufer. Wenn er der Route folgte, wäre er ein bis zwei Tage unterwegs. Jetzt reiste er vermutlich auf dem Kanal, dort gab es genug Schiffsverkehr, und die Flößer und Kapitäne der Frachtkähne nahmen gerne Passagiere auf. Drei Tage würde der Drachentöter brauchen, um sein Ziel zu erreichen.

Sollte Ritor einen Boten zum Clan der Erde schicken? Das würde wohl kaum etwas nützen, denn die Geflügelten Herrscher, die Drachen, waren dort zutiefst verhasst. Der Clan des Feuers war noch geschwächt von dem verheerenden Anschlag, den er vor kurzem erlitten hatte. Ritor hatte also keine andere Wahl, er würde den Drachentöter verfolgen müssen in der Hoffnung, ihn einzuholen, ehe dieser die Besitzungen des Erdclans erreichte.

Aufsteigen und hinfliegen, ohne Rücksicht auf die eigenen Kräfte? Das wäre möglich … sie könnten die Stunde ihrer Größten Kraft abwarten und zu dritt, mit Sandra und Asmund, mit aller Macht zuschlagen. Aber dann würde der Drachentöter einfach in den Kanal springen, und Ritors Macht endete an der Grenze zwischen Luft und Wasser. Nein, das war keine Lösung. Es blieb nur ein Ausweg, sie mussten den Feind überholen. Gleichzeitig konnten sie Verstärkung im eigenen Clan anfordern und, wer weiß, vielleicht sogar jemanden vom Clan des Feuers zur Unterstützung anheuern.

Sie hatten etwas Zeit gewonnen. Der Donnerpfeil würde das Warme Ufer innerhalb eines Tages erreichen, so dass sie wenigstens noch zwei Tage für die Vorbereitungen übrig hatten. Mehr als genug.

Schüttle deine Zweifel ab, Ritor. Dein Weg ist der einzig richtige. Du verfügst über das, was jetzt am wichtigsten ist – Erfahrung. Du bist dem Drachentöter mehrere Schritte voraus; ein zweites Unglück wird, ja, kann nicht geschehen. So wenig, wie ein Apfel, der sich vom Baum löst, ohne Hilfe von Magie in die Höhe fliegen kann.

Es war an der Zeit zurückzukehren; sollte Sandra die armen Kinder mitnehmen, die durch die Schuld des Drachentöters zu Waisen geworden waren. Die Erschütterung durch das Grauen und den Hass hatte die Kinder möglicherweise verändert ... vor allem den Säugling, denn Kleinkinder waren besonders sensibel. Vielleicht würde er zu einem mächtigen Magier heranwachsen, immerhin war er auf dem Territorium der Luft gezeugt und geboren worden.

Ritor kletterte vom Dach.

Der Bahnhof war mit schneller Hand schon wieder halbwegs in Ordnung gebracht worden. Den zertrümmerten Waggon hatte man auf ein Abstellgleis geschoben, die Toten waren fortgebracht, die Verletzten in ein Krankenhaus transportiert worden; die Blutflecken auf dem Bahnsteig hatte man mit frischem Sand bestreut. Ritors Truppe saß finster wie eine Trauergesellschaft im Wartesaal »Nur für Magier«.

Sandra hielt den im Schlaf schmatzenden Säugling in den Armen. Asmund war es schon gelungen, die Mädchen ein bisschen aufzuheitern, indem er Zaubertricks vorführte. Kan war leichenblass, er saß zurückgelehnt auf einer Bank und rieb sich pausenlos die Hände. Er hatte an diesem Tag mehr als genug zu tun gehabt.

Sogar Erik und Kevin hatten ihre übliche Maske des kalten Gleichmuts und der Verachtung abgelegt. Ihre Jungen hielten sich besser. Im Alter von zwölf empfindet man den Tod noch nicht so stark. Vor allem den von Fremden. Und besonders, wenn er im Kampf eintritt.

»Wir kehren um«, sagte Ritor ohne Vorrede. »Der Drachentöter wird auf dem Kanal reisen. Dort können wir uns seiner nicht bemächtigen. Er hat jetzt nur ein Ziel, er will nach Süden, zum Clan der Erde und von dort zum Feuer. Wir müssen ihn überholen. Es gibt keine andere Möglichkeit. Wir müssen ihm eine Falle stellen. Und zwar an einer Stelle … wo keine Menschen sind.«

Alle schwiegen. Warteten darauf, dass er weitersprach.

»Ich werde Hilfe anfordern. Von unserem Clan und vom Clan des Feuers. Das ist unsere letzte Chance, eine weitere bekommen wir nicht. Wenn er erst drei Weihen hinter sich hat … verbleibt dem Drachentöter nur noch ganz wenig. Das heißt, es darf nichts schiefgehen, haben das alle verstanden? Kevin, Erik? Beim nächsten Mal soll euch nichts ablenken. Wir werden uns um seinen Schutzwall kümmern. Und töten müsst ihr ihn.«

Kevins Wange zuckte. Sein Auge war schon wieder in Ordnung.

»Es wird schwer sein, dieses Schwein zu erwischen. Erik und ich schaffen das nicht allein.«

»Wie viele Paare benötigt ihr?«, fragte Ritor ruhig, obwohl er innerlich erstarrte. Wenn Kevin schon zugab, dass er etwas nicht allein vermochte …

»Mindestens vier, besser fünf«, sprang ihm Erik unerwartet bei.

»Also fordern wir sieben an«, fasste Ritor ungerührt zusammen.

»Jonathan, Randor, Ben, Jerome, Bert, Avel, Blade«, zählte Erik mit gemessener Stimme auf.

Ja, das waren die Allerbesten.

»Und wer bleibt dann beim Clan?«

»Die beiden Jungen, die vor kurzem dazugestoßen sind, Danka und sein jüngerer Bruder. Sie zählen für vier, nur in die Magie wurden sie noch nicht eingeführt, dafür ist es noch zu früh«, erklärte Kevin.

»In Ordnung«, nickte Ritor.

Es würde eine blutige Angelegenheit werden. Nur wenige würden nach Hause zurückkehren. Aber das war nicht von Bedeutung. Die Älteren kannten ihre Pflicht. Und sie würden sie ihren Partnern erklären.

Loj Iwer dachte nach. Sie saß bequem da und stützte ihr Kinn auf die verschränkten Finger ihrer Hände; auf dem Tisch vor ihr lagen runde, hölzerne Spielmarken in verschiedenen Farben.

Folgendes hatte sich ergeben: Ritor wartete auf den Drachen. Torn wollte ihn vernichten … und nicht nur ihn, sondern beide, den Drachen samt Ritor. Zu alledem kam noch die drohende Invasion der Angeborenen hinzu. So weit, so gut. Und wenn man dann noch die Berichte der Kundschafter berücksichtigte …

Bereits zwölf Stunden nach dem Kampf am Bahnhof von Chorsk war Loj von den dortigen Vorfällen in Kenntnis gesetzt worden. Und jetzt saß sie da, konnte nicht schlafen und wendete die Neuigkeiten hin und her.

Noch davor waren die Nachrichten vom Zusammenstoß am Bahnhof in Luga und über die Ereignisse an der Brücke eingetroffen. Ihre Spionage funktionierte wieder gut …

Noch mal eins nach dem anderen. Also, Chorsk. Nehmen wir ein paar Marken, und stellen wir die Situation mal nach. Ritor, Sandra und der neue Magierjunge – wo war eigentlich die alte Garde abgeblieben, Solli, Eduljus und die Brüder Gaj und Roj? –, diese drei jedenfalls versuchten einen gewissen Mann, der vor kurzem von der Anderen Seite gekommen war, zu töten. Der Magier Gotor und ein weiterer Magier vom Strafkommando des Wassers mischten sich in den Kampf ein und mussten dabei ihr Leben lassen.

Die Nachrichten waren dürftig. Aber Loj presste aus ihnen heraus, was sie vermochte.

Der Mann von der Anderen Seite, um dessentwillen Ritor seinerseits selbst mit einem regelrechten Todeskommando im Schlepptau ausgezogen war und seinen Clan sich selbst überlassen hatte, dieser Mann konnte niemand anderes sein als der potenzielle Drachentöter, der noch nicht alle seine Weihen erhalten hatte. Es war klar, warum Gotor sich in den Kampf eingemischt hatte, er hatte den Mord abwenden wollen.

Aber warum war dann derselbe Magier des Wassers mit seinem Gefolge zu einem früheren Zeitpunkt über den Mann hergefallen? Warum versuchten sie ihn in Luga zu töten? Wenn er doch der Drachentöter war, jener Mensch, den Gotor schützen sollte … was er ja zu guter Letzt auch getan hatte … aber erst als dieser durch Ritor bedroht wurde. Bis dahin aber, so schien es, hatte Gotor selbst ganz ernsthaft versucht, den Mann zu töten.

Loj hielt es nicht mehr aus und sprang auf. Hier verbarg sich etwas … etwas unvorstellbar Wichtiges …

Die einfachste Erklärung war, dass Gotor den Drachentöter angegriffen hatte, um Ritor abzulenken. Dafür sprach auch, dass es zu dem Zeitpunkt noch sehr viel einfacher hätte sein müssen, den Kerl zu töten als jetzt, da dieser immerhin zwei Weihen durchlaufen hatte. Ja, das war möglich. Ritor hatte von den Angriffen erfahren, er hatte sich vergewissert und war zu dem Schluss gekommen, dass Torn ihn nur täuschen wollte; er hatte über die unbeholfene Schläue gelacht und war selbst in den Kampf gezogen.

So ergab es Sinn. Und dennoch … irgendetwas ließ Loj keine Ruhe; es wirkte alles schon zu logisch.

Sicher, sogar sie selbst, als Oberhaupt der Katzen, war nicht vertraut mit den Geheimnissen der Weihen. Das ärgerte sie, ja, es machte sie wütend, denn Loj war es nicht gewöhnt, im Dunkeln zu tappen. Aber etwas anderes blieb ihr im Moment nicht übrig. Sie würde es riskieren müssen. Und zwar allein, ihr Clan sollte nicht mit hineingezogen werden.

Die graue Spielmarke des Katzenclans lag etwas abseits, in der Nähe der Gruppe der Luft. So war die Aufstellung …

Es war ein Leichtes gewesen, Torn zu erobern. Ritor war ein anderes Kaliber. Bei ihm würde sie nicht mit primitiven Tricks zum Ziel kommen. Genaugenommen hatte Loj noch nicht entschieden, wen sie in diesem Krieg unterstützen würde. Sich neutral zu verhalten und im Abseits zu bleiben würde ihr diesmal kaum glücken; man konnte von Torn halten, was man wollte, aber er war ein außergewöhnlich starker Magier. Und wenn er eine bevorstehende Invasion der Angeborenen prophezeite, dann konnte man sicher sein, dass dem auch so war.

Aber wenn die Angeborenen vom Erschaffenen Drachen angeführt würden …

Loj zog fröstelnd die Schultern hoch. Über ein derart grauenvolles Szenario wollte sie nicht einmal nachdenken. Und was, wenn es Ritor auch noch gelänge, den Drachentöter umzubringen? Dann wären die Clans am Warmen Ufer praktisch chancenlos. Sie hatten nur die Wahl zwischen einem heroischen Tod oder einer Flucht nach Norden in der schwachen Hoffnung, ihr Leben um ein paar Jahre zu verlängern …

Nein, dazu würde es mit den Angeborenen nicht kommen. Die würden weder am Warmen Ufer noch am Singenden Wald, nicht in den Steppen und den nördlichen Wäldern und auch nicht an der Grauen Grenze haltmachen: Sie würden erst haltmachen, wenn sie sich der ganzen Welt bis zum letzten Sandkörnchen bemächtigt hatten. Es war sinnlos, sich mit falschen Hoffnungen zu trösten.

War es am Ende ein Fehler gewesen, dass sie Torn an dem Mord an Ritor gehindert hatte? Hatte sie selbst dem grauenvollen unbesiegbaren Ungeheuer von der Bruchstelle der Welten den Weg zum Warmen Ufer gebahnt?

Nein, sagte sie sich. Ihre Intuition hatte sie noch nie im Stich gelassen. Und auf was hätte sie sich sonst verlassen sollen, da sie doch über keine Informationen verfügte? Diese Intuition hatte Loj früher nie getäuscht, und das war gewiss auch dieses Mal nicht der Fall. Ritor war kein Hasardeur. Er würde sich nicht selbst der einzigen Hoffnung auf einen Sieg berauben.

Das heißt, genaugenommen hatte er ja noch eine andere …

Die Rückkehr des alten Drachen.

In einer Ecke des Tisches hatte Loj eine hellblaue Marke platziert – hellblau für die Magier des Wassers; nun warf sie eine weitere zwischen die Marke des Wassers und die der Luft, eine große goldene Marke; die hölzerne Scheibe hüpfte über den Tisch und blieb auf ihrer schmalen Kante stehen.

Loj biss sich auf Lippen. Bloß nicht abergläubisch werden! Was war nur mit ihr los? Wollte sie ihr Schicksal etwa orakeln? Ausgerechnet mit den bunten Spielmarken, die Chor und seine Katzen als Spielgeld beim Kartenspiel benutzten?

Ganz sicher nicht! Ob die goldene Marke jetzt hochkant stand oder von einer Seite zur anderen kippelte, das war ihr egal.

Ritor hegte jedenfalls keinen Zweifel daran, dass sie die Invasion der Angeborenen nur mit Hilfe des Drachen überstehen würden. Und Ritor hatte viel Erfahrung – vermutlich war er der erfahrenste Magier am Warmen Ufer. Er war bereit, die Existenz seines Clans aufs Spiel zu setzen, Hunderte, sogar Tausende von Menschenleben, damit der Drache zurückkehrte.

Und damit jener nicht von einem vollendeten Drachentöter, der alle Weihen bestanden hatte, empfangen würde.

Aber was würden sie mit dem Drachen anfangen, wenn sie den Angriff der Angeborenen mit seiner Hilfe abgewehrt hatten? Wie sahen Ritors Pläne für diesen Zeitpunkt aus? Würden die Geflügelten Herrscher wieder herrschen? Würde es wieder Beschränkungen der Magie, grimmige Gesetze und schwere Tribute und Abgaben geben?

Nein, danke. Davon hatten sie genug. Für immer genug. Nicht umsonst hatten damals alle Clans Ritor geholfen … dem Einzigen, dem zuzutrauen war, dass er die schwierige Aufgabe des Drachentöters erfüllen konnte.

Loj konnte ein wütendes Fauchen nicht unterdrücken. Es gab keinen Ausweg, so oder so sah es schlecht aus. Grimmig dachte sie an all die alten Sprüche, und jeder einzelne traf zu: Je länger, je ärger, und jeder ist sich selbst der Nächste; spuck nicht in den Brunnen, denn fliegt die Kugel erst, holst du sie nicht mehr zurück.

Vermutlich zum ersten Mal überhaupt befand Loj sich in einer Situation, in der sie selbst keine eindeutige Entscheidung zu treffen vermochte. Bisher hatte sie sich nur um die Interessen ihres Clans kümmern müssen, um seinen Schutz. Sie hatte zusehen müssen, dass sie nicht in irgendwelche Streitereien verwickelt wurden. Dieses Mal fiel ihr offensichtlich die Aufgabe zu, zu entscheiden, wer die besseren Chancen hatte, Ritor oder Torn. Die Waagschalen schwankten noch in einem fragilen Gleichgewicht, aber die kleinste Zugabe auf der einen oder anderen Seite würde den endgültigen Ausschlag geben. Würde Loj Iwer sich in den Kampf einschalten, oder würde sie es, wie sonst auch, den Gegnern überlassen, ihre Verhältnisse unter sich zu klären?

Ganz sicher hätte sie noch bis vor kurzem nach dem Grundsatz gehandelt: »Wenn zwei sich streiten, freut sich die Dritte.« Nicht so diesmal. Ritors Befürchtungen durfte sie nicht ignorieren.

Ebenso wenig wie Torns Überzeugung, dass die Clans allein, ohne Drachen, gegen die Invasoren bestehen konnten. Sie würden nur erst den feindlichen Drachen töten müssen … und zusätzlich auch noch den anderen, wenn es diesem dann tatsächlich einfallen sollte, in der Mittelwelt zu erscheinen …

Loj spürte, dass sie immer verwirrter wurde. Früher half ihr in solchen Situationen immer harmloser, unangestrengter Sex. Jetzt verursachte ihr schon der Gedanke daran Übelkeit.

Der Drachentöter … Wie schade, dass sie so wenig über seine Entstehung wusste. Eifersüchtig hüteten die Elementaren dieses Geheimnis.

Und daraus ließ sich ein simpler Schluss ziehen. Sie musste den zukünftigen Drachentöter aufsuchen und mit ihm reden. Sie musste ihn aushorchen, vorsichtig – immerhin war sie eine Magierin ersten Ranges, wenn auch nur eines totemistischen Clans. Vielleicht konnte sie dann eine Entscheidung treffen.

Schließlich war es ja nicht zwangsläufig so, dass der Drachentöter alle Drachen tötete. Oder dass er sie sofort tötete. Vielleicht würde er das erst später tun.

Chor würde sehr unzufrieden sein, aber da war nichts zu machen.

Sie traf keine langen Vorbereitungen.

Den Drachentöter aufzuspüren würde ihr keine Schwierigkeiten bereiten. Vermutlich führte man ihn auf dem Kanal in Richtung Süden. Das hieß, dass sie ihn dort abfangen konnte. Auf dem Kanal würde Ritor sich nicht zum Angriff entschließen, denn das war Territorium des Wassers. Aber das Wasser war dem Clan der Katzen jetzt nicht feindlich gesinnt.

Als sie den Raum verließ, knallte Loj die Tür so wütend hinter sich zu, dass die goldene Marke auf dem Tisch in Bewegung geriet. Sie rollte über die Platte, kippte und lag da … aber es war niemand da, um nachzusehen, auf welcher Seite sie gelandet war.

»Ihr bleibt hier«, befahl Ritor. »Ich mache mich auf zum Clan des Feuers. Ich werde hinfliegen. Für den Zug reicht die Zeit nicht. Sandra, Asmund, das Wichtigste ist, dass euch der Drachentöter nicht entwischt. Ihr unternehmt nichts, ihr lasst ihn in Ruhe, bis ich zurück bin. Aber ihr dürft auf keinen Fall seine Spur verlieren, ist das klar? Ihr wartet hier auf Jonathan und die restliche Mannschaft, ich hole Verstärkung vom Feuer.« Er blickte seine schweigende Truppe an. »Sandra! Du übernimmst das Kommando. Du bist verantwortlich und bürgst mit deinem Kopf ... auch wenn ich solche Ausdrücke nicht mag.«

»Mach dir keine Sorgen, Ritor, uns wird nicht das kleinste Fischchen durchs Netz gehen«, versprach die Zauberin finster.

Die Stunde der größten Kraft war nah, gehorsam füllte der Wind die unsichtbaren Flügel und hob Ritor in die Lüfte.

Die Besitzungen des Feuerclans lagen am südlichen Rand des Warmen Ufers. Oros war eine nicht allzu große Stadt, die eingezwängt zwischen Bergen und Meer lag; nicht einmal den arbeitsamen Gnomen war es gelungen, ihre Route bis dorthin zu verlegen, sie brach unmittelbar an der Grenze zum Territorium der Luft ab. Zur Sicherheit flog Ritor einen weiten Bogen um die Gegend von Stopolje.

Das zärtliche Meer spülte träge über das sanft ansteigende felsige Ufer. Dunkles Grün immergrüner Zypressen und das Geflecht schon entlaubter Äste bestimmten die Landschaft – der Clan des Feuers liebte das Grün; ihre Stadt ertrank in Blumen, und sogar im Winter blühten in ihren Orangerien wundersame Pflanzen, die sie aus der fernen Heimat mitgebracht hatten und bis zum heutigen Tag sorgsam hegten und pflegten.

Der Clan des Feuers verfügte über die mächtigste aller Kriegsmagien und verzichtete daher stolz auf jede Form der Befestigung. Es gab keine Stadtmauern, keine Gräben, keine Bastionen. Aber seit vielen Jahren und durch viele Kriege hindurch war es niemandem je gelungen, sich ihres Hortes zu bemächtigen. Es kam wohl vor, dass sie einen Kampf verloren, aber der magische Schutzwall um ihre Besitzungen versagte nie. Gelegentlich hatte Ritor sogar so etwas wie Neid empfunden – der Clan der Luft hätte sich niemals eine derartige Offenheit leisten können.

Von oben erblickte der Magier die sauberen weißen Häuschen mit ihren Ziegeldächern und die geraden Gassen; alles magische Wirken und Werk des Clans verbargen sich tief unter der Erde. An der Oberfläche sah man nur, was der Clan nicht zu verlieren fürchtete.

Der Clan des Feuers unterhielt nicht einmal einen Markt. Das Umland, das man den felsigen Bergen mühevoll abgerungen hatte, war hübschen Dörfern sowie Gärten und undurchdringlichen Pflanzendickichten vorbehalten; was man fürs Leben benötigte, wurde übers Meer oder einen schmalen Gebirgspass herangeschafft. Das Feuer war ungeheuer reich, denn seine Lehensbesitzungen zogen sich weit bis ins Landesinnere. Es gab alles im Überfluss. Allerdings, jetzt nach den jüngsten Verlusten …

Das einzige hohe Bauwerk in Oros war ein Wachturm; alle anderen Gebäude, sogar die Magierschule, waren niedrig und hinter Bäumen verborgen; die üppige Vegetation wurde aus Aquädukten versorgt, die man eigens aus den Bergen hinunter verlegt hatte.

Ritor verbarg sich nicht, und die Wächter des Feuers bemerkten ihn schon von weitem. Auf der hohen Spitze des Leuchtturms, auf dem für immer die Unauslöschbare Flamme brannte, erschien ein Signalgeber. Eine lange Zunge grünlichen Feuers schoss hoch in die Luft, fast bis zu den Wolken, und zeigte an, dass der Weg offen war.

Ritor schalt sich selbst, dass er dem Clan des Feuers in der Hetze der letzten Tage keinen Besuch abgestattet hatte.

Die Beziehungen zwischen Feuer und Luft waren alles andere als idyllisch, denn die treusten Anhänger der Geflügelten Herrscher hatten es Ritor nicht verziehen, dass er das große Geschlecht ausgerottet hatte; und genau daher waren auch die langwierigen Gespräche und Verhandlungen im Niemandsland bei der alten Burg nötig gewesen, die Torn schließlich so meisterhaft für sich ausgenutzt hatte …

Verdammtes Misstrauen. Wie viele Leben waren um seinetwillen schon vergeudet worden, und wie viele würden noch vergeudet werden!

Das grüne Feuer bedeutete auch den unmissverständlichen Befehl zu landen und auf jegliche Magie zu verzichten, sobald seine Füße den Boden berührten. Andernfalls würde er als Feind betrachtet werden, mit allen Konsequenzen.

Ritor gehorchte selbstverständlich.

Die ordentlichen Häuschen, eines wie das andere, trugen schwarze Trauerflaggen. Der Clan trauerte um seine ermordeten Angehörigen.

Der Magier der Luft spürte mehrere Dutzend Formeln, die auf ihn gerichtet waren. Der Clan des Feuers war bereit, alles in den Kampf zu werfen, was er besaß.

Der kleine, von Zypressen gesäumte Platz am Stadtrand war leer. Ritor stand ruhig da und tat keinen Schritt. Der Clan des Feuers hatte allen Grund, ihm zu misstrauen. Üblicherweise hätte ein solcher Besuch lange Vorgespräche, möglicherweise über einen Vermittler, etwa die Katzen, erfordert; aber die Zeit war knapp und ließ solche Umstände nicht zu.

»Bleib stehen, Ritor, rühr dich nicht«, befahl eine Stimme hinter den Zypressen.

»Habt ihr wirklich noch nicht herausgefunden, was passiert ist, Siward?«, fragte Ritor den unsichtbaren Magier.

»Das meiste haben wir herausgefunden, Ritor«, antwortete der Zauberer des Feuers. »Torn zählt schon seine Verluste, und ich schwöre dir bei der Unauslöschbaren Flamme, dass er das noch lange Zeit tun wird. Wir haben die Leichname gefunden. Unsere und eure. Aber es ist trotzdem noch allerhand im Unklaren. Vielleicht hattest du dich mit Torn abgesprochen … und er ist dir dann in den Rücken gefallen. Ich weiß es nicht.«

»Vielleicht sollten wir das nicht auf der Straße besprechen, Siward.«

»Auch Nawacho hatte es nicht eilig, mit dir das Brot zu brechen, Drachentöter.«

»Das ist lange her, Siward. Die Zeiten haben sich geändert. Nawacho und ich wollten etwas anderes besprechen. Aber solche Gespräche führt man besser unter einem Dach.«

Eine Zeit lang herrschte Schweigen unter den Zypressen. Ritor hätte die hinter den Bäumen verborgenen Männer leicht sichtbar machen können, aber er untersagte sich jede Form der Magie, zu seinem eigenen Besten.

»In Ordnung. Nawacho und die Alten sind tot. Ich werde für sie entscheiden müssen, und natürlich kennen wir längst noch nicht alle Einzelheiten«, sagte der junge Zauberer schließlich.

»Wohin gehen wir, ehrwürdiger Siward?«, fragte Ritor höflich.

Ja, es war nicht leicht für den Clan des Feuers, jetzt, da nur Siward übrig war und die Rolle der Alten übernehmen musste. Er war ein guter Zauberer, aber er war erst im zweiten Rang. Das bedeutete, für ihren Kampf blieben nur Magier des dritten und vierten Ranges … nicht besonders ermutigend. Nawacho, Ogastes, Ripli – alle waren sie ermordet worden … alle Zauberer des ersten Ranges, auf die der Clan im Kriegsfall mit Torn hätte zählen können. Ohne diese Magier würde das Wasser den Feuerclan zu Staub zertreten.

»Hast du den Weg vergessen, Ritor?« Siward konnte sich die Frage nicht verkneifen.

»Nein, Siward. Ich wollte dir nur keinen Anlass geben, dich zu ärgern.«

»Spar dir deine Mätzchen«, gab der junge Magier wütend zurück. »Lass uns gehen. Sag, was du von uns willst – denn ich bin ziemlich sicher, dass du nicht gekommen bist, um über Vergangenes zu reden.«

»Da hast du Recht, Siward.«

Ritor lehnte es ab, zunächst eine Mahlzeit zu sich zu nehmen und sich von der Reise auszuruhen. Es mussten unverzüglich Entscheidungen getroffen werden.

Der Rat des Feuerclans war merklich ausgedünnt. Die alten Magier waren ermordet worden und mit ihnen auch eine ganze Reihe jüngerer, die in ihrem Gefolge mitgereist waren. Ebenso der Hauptmann des Strafkommandos und der beste Giftmischer des Clans; alle waren sie dort im Hinterhalt des Wassers umgekommen.

Man konnte sehen, dass sich Siward, der hoch gewachsene, schwarzäugige, schwarzlockige Kerl, der die Mädchenherzen höher schlagen ließ, im Grunde ziemlich verloren fühlte, obwohl er sich bemühte, das hinter wilder Kühnheit zu verbergen. Ohne es zu wollen, war er gezwungen gewesen, die Verantwortung zu übernehmen.

Der Ratssaal des Feuers hatte nicht die geringste Ähnlichkeit mit dem bescheidenen Raum von Ritors Clan. Der Clan des Feuers hatte keine Kräfte gescheut und flammende Feuerklingen tief in die Erde hineingestoßen, um so zu den feuertragenden Adern zu gelangen; nicht einmal Ritor vermochte sich vorzustellen, wie sie sich diese Sphäre mit dem Clan der Erde teilten. Aber irgendwie hatten sie sich offenbar geeinigt.

Die Höhle wurde nur von einer einzigen unterirdischen Flamme erhellt. Die dunkelroten Steinwände waren mit nichts als mit Feuermeißeln behauen. Es gab grobe steinerne Sitze. Hier herrschte die reine Kraft der Flamme; natürlich gab es keinen Tropfen Wasser, und die Erde war nur in Form von in unterirdischen Feuertiegeln umgeschmolzenem Stein vorhanden. Und sogar die Luft war verbraucht, leblos und gehorchte Ritor nicht. Es bedurfte ungeheurer Kraft, um aus dem dritten Element alles herauszubrennen bis auf jene leblosen Atome, aus denen das menschliche Blut bestand und die es dem Menschen erlaubten zu atmen. Ritor sog die Luft unwillkürlich tiefer ein; es war befremdlich, sein Element zu spüren und doch keine Macht darüber zu besitzen.

»Setz dich, ehrwürdiger Ritor, Magier ersten Ranges, Oberhaupt des Clans der Luft und Töter des Drachen«, sagte Siward feierlich. Der Magier des Feuers, der einen blutroten Umhang und ein flammendrotes Stirnband trug, hätte sich auf dem leeren Platz des Clanoberhaupts niederlassen können, aber er setzte sich nach kurzem Zögern auf den Sitz daneben. Der schwarzrote Thron Nawachos, des alten Magiers, eines Zauberers ersten Ranges und nach Ritor und Torn der drittstärkste Magier der Mittelwelt, blieb leer. In Gedanken hieß Ritor dieses Vorgehen gut; es war klug und diplomatisch von dem Jüngling, er hatte verstanden, dass er den Unmut der zwar weniger starken, aber älteren Magier auf sich gezogen hätte, wenn er den frei gewordenen Platz eingenommen hätte.

Ritor betrachtete den Rat. Viele Gesichter sah er zum ersten Mal, was nichts Gutes verhieß. Die Entscheidung, die hier getroffen werden musste, war einfach zu wichtig.

»Was hat den ehrwürdigen Gast zu uns geführt?«, fragte Siward höflich.

Ritor legte die Handflächen vor dem Gesicht zu einer Geste der Bitte zusammen.

»Ehrwürdiger Siward, ehrwürdige Ratsmitglieder! Ich wage es zu behaupten, dass eure Gedanken mir bekannt sind. Ihr habt soeben Nawacho verloren ... und viele andere ebenso verdiente Gefährten. Ich und mit mir der ganze Clan der Luft beweinen euren Verlust ebenso wie ihr. Wir haben es gleichzeitig mit der Bedrohung durch einen inneren Krieg wie mit einer drohenden Invasion zu tun.«

Der Rat blieb stumm, denn das war inzwischen keine Neuigkeit mehr.

»Und außerdem ... nun, vielleicht wird das eure Herzen erfreuen. Ihr Ehrwürdigen vom Clan des Feuers ... ich wollte diese Angelegenheit mit Nawacho besprechen, aber ich kam zu spät. Das, was uns in der Vergangenheit zu Feinden machte, wird zurückkehren – und das ist so wahr wie die Tatsache, dass mein Name Ritor ist.«

Es fiel kein Wort im Ratssaal, aber der Magier der Luft konnte Schweißtropfen an Siwards Schläfen sehen.

»Willst du damit sagen, verehrter Ritor, dass ...« Der junge Zauberer hatte nicht die Kraft, seinen Satz zu beenden.

»Die Zeit des Drachen bricht an.« Ritor nickte. Was für eine böse Ironie. Dieselben Worte hatte er schon zu Torn gesagt, als dieser sich unter der Maske des Feuers verbarg! Worte, die für das Feuer bestimmt gewesen waren! »Der Geflügelte Herrscher soll zurückkehren. Genau deshalb rief ich Nawacho zu dem Treffen. Wir haben uns allzu lange gegenseitig misstraut – seht euch an, wohin das geführt hat. Nawacho ist tot, und uns steht der wahrscheinlich härteste Krieg seit den Tagen des Auszugs bevor. Zu alledem bereiten die Angeborenen ihren eigenen Drachen vor, einen Erschaffenen Drachen …«

Ritor musste gegen seinen Willen alles wiederholen, was er schon gesagt hatte.

Der Rat des Feuers hörte ihn aufmerksam an, respektvoll und ohne ihn zu unterbrechen, ganz wie es angemessen war bei einem so hohen Gast. Aber in den Köpfen der Ratsmitglieder setzte sich nur eine Nachricht fest, nämlich die, dass der Drache zurückkehren würde!

Und das war kein Wunder. Der Clan des Feuers hatte den Geflügelten Herrschern länger als alle anderen die Treue gehalten. Die Feuerweihe hatte Ritor seinerzeit im Geheimen bestehen müssen, nur mit der Unterstützung einer kleinen Gruppe Andersdenkender aus dem Feuerclan. Siward hatte leider nicht dazu gehört.

Natürlich würde hier keiner fragen, ob er sich seiner Sache sicher war. Wenn ein Magier ersten Ranges, und erst recht einer wie Ritor, verkündete, dass der Drache zurückkehren würde, dann wusste jeder, dass dem so war.

»Das heißt, du hast deine Meinung geändert, Ritor?« Siward konnte die Frage nicht zurückhalten. Bis jetzt hatte nur er mit dem Magier der Luft gesprochen. Alle anderen hatten geschwiegen, nur das Feuer brannte immer heißer und heißer in der gewaltigen schwarzen Feuerstelle. »Jetzt unterstützt du den Herrscher? Hast du begriffen, dass du gemeinen Verrat an ihm begangen hast, Ritor?«

So durfte man nicht mit einem Magier reden, und erst recht nicht mit einem, der Ritor hieß. Der Magier der Luft zeigte seinen Zorn mit keiner Bewegung; seine Mission war zu wichtig, als dass er sich den Luxus offenkundiger Verärgerung geleistet hätte.

»Ich verstehe nicht, was das mit unserem Anliegen zu tun hat, ehrwürdiger Siward«, erklärte Ritor mit kalter Stimme. »Haben wir uns hier versammelt, um über die Vergangenheit oder über die Zukunft zu sprechen? Was vergangen ist, ist tot, und keiner wird es mehr ändern. Aber die Zukunft könnte uns alle dem Erdboden gleichmachen, begreifst du das, ehrwürdiger Siward? Ferner ...«

»Wenn du nicht so eifrig gewesen wärst, ehrwürdiger Ritor, dann würden wir jetzt nicht vor dieser Wahl stehen«, widersprach Siward im gleichen Ton. »Der Geflügelte Herrscher wäre ein zuverlässiger Schutz vor den Angeborenen; niemals würden sie es wagen, wieder gegen uns vorzurücken. Es wäre niemals zu dieser Fehde mit Torn gekommen, und Nawacho wäre noch am Leben. Verstehst du, ehrwürdiger Ritor? Gib endlich zu, dass eben du der Schuldige für all unser Unglück bist.«

Es gehörte sich nicht, einen Magier zu unterbrechen, und dazu noch ein Clanoberhaupt, das vor dem Rat sprach. Ritor beherrschte sich.

»Du erwartest also eine Rechtfertigung von mir, ehrwürdiger Siward?«, fragte er. »Deine Fragen sind nicht an mich gerichtet. Was willst du von mir? Reue? Dass ich euch auf Knien um Verzeihung bitte, Asche auf mein Haupt streue? Entschuldige bitte, aber ich verstehe dich nicht.«

Eine solche Antwort hatte Siward nicht erwartet. »Du bist also der Meinung, dass du das Recht hast, uns um Hilfe zu bitten, ohne dabei Reue zu zeigen?«

»Wenn der Rat des Feuerclans meine Bitte um Hilfe ablehnt, werde ich gehen.« Jetzt war Ritors Stimme noch kälter. »Wenn der Rat des Feuerclans beschließt, sich an mir zu rächen … für den Geflügelten Herrscher, so bin ich bereit. Aber ich fordere euch auf, die Regeln des Duellkodex zu beachten. Entweder müsst ihr mich hinterhältig erschlagen, oder ihr stellt mir einen Duellanten gegenüber. Aber ich warne euch …« Ritor lachte böse. »Dem wird es übel ergehen. Mit dir, Siward, werde ich jedenfalls ganz bestimmt fertig. Sofern du ehrlich kämpfst.«

»Und du, hast du ehrlich gekämpft, als du den letzten Drachen tötetest?«, schrie Siward.

»Forderst du mich heraus, Siward, Magier zweiten Ranges?«, donnerte Ritor und erhob sich von seinem Platz.

Siward geriet in Verwirrung. Er hatte die Beherrschung verloren, sich seinem Zorn überlassen und sich damit in eine vertrackte Situation gebracht.

Ein Duell mit Ritor würde praktisch einem Selbstmord gleichkommen. Und das zu einem Zeitpunkt, an dem sie sich im Kriegszustand mit dem Wasser befanden.

Ritor begriff, dass der Magier nicht zurücktreten konnte, ohne sein Gesicht zu verlieren.

»Wenn der Rat des Feuerclans darauf besteht, bin ich bereit, eine Entschuldigung vorzubringen«, sagte Ritor. »Ich bedaure, dass unsere Clans verfeindet sind. Ich werde jetzt keine Ode an die Freiheit anstimmen …«

»… die sich in Blut und Kriege verwandelt hat!«, rief eine sehr junge Stimme. Ritor blickte in die Richtung, aus welcher der Zwischenruf gekommen war, und sah ein junges Mädchen von höchstens achtzehn Jahren. Sie stand im dritten Rang, was für ihr Alter sehr beachtlich war.

»Ich gebe euch mein Wort, das Wort Ritors, dass ich, wenn … wenn das alles vorbei ist, dass ich dann zu euch kommen werde und jedem, den es danach verlangt, Satisfaktion gebe. In Worten und in Beschwörungsformeln. Jeder, wie er mag. Jetzt bedarf ich eurer Hilfe, um dem Drachentöter Einhalt zu gebieten. Ist der Clan des Feuers denn nicht auch daran interessiert?«

Siward schwieg. Ein älterer Magier vom Strafkommando, ein kräftiger Mann um die vierzig mit kahl rasiertem Schädel, ergriff überraschend das Wort.

»Wir waren dem Geflügelten Herrscher treu. Das ist wahr, denn wir sind der Meinung, wer einmal sein Wort gegeben hat, der muss es halten. Andernfalls darf man es gar nicht erst geben. Aber darüber hinaus, Ritor, sind wir nicht überzeugt, dass der Mann, den du im Visier hast, wirklich der Drachentöter ist.«

»Ich bin bereit, alle Beweise vorzulegen ...«, begann Ritor.

»Halt ein, Verehrtester. Ich will deine Worte nicht in Zweifel ziehen. Es ist klar, dass du selbst glaubst, dass dieser Mann der Drachentöter ist ... Andererseits ist es nicht ausgeschlossen, dass du uns nur trickreich hinters Licht führst. Wer weiß das schon? Vielleicht ist es ja tatsächlich so, dass der Geflügelte Herrscher zurückkehrt, und du weißt, dass deine Kräfte nicht mehr reichen, und versuchst uns auf deine Seite zu ziehen. Wer einmal lügt, dem glaubt man nicht. Erinnere dich daran, Ritor, einmal hast du uns schon belogen. Damals, als deine Anhänger in unserem Clan dir halfen, die Feuerweihe zu erhalten ...«

Ritor zuckte nicht, senkte nicht den Kopf und wandte auch den Blick nicht ab, obwohl die Worte des Kämpfers ins Schwarze trafen.

»Ich bin bereit, euch mein Bewusstsein zu öffnen«, sagte er. Er wusste, den Verlauf dieses Streits konnte er nur noch mit starken, überraschenden Mitteln ändern. »Dann könnt ihr selbst sehen, was uns die großen Windflügel offenbarten. Und wenn ihr dann noch behauptet, dass auch die Flügel lügen … dann fordere ich selbst dich zum Duell heraus, ehrwürdiger Siward.«

Der junge Zauberer erhob sich.

»Es sieht so aus, als wärst du tatsächlich zu allem bereit, Ritor«, sagte er mit Verwunderung in der Stimme. »Bereit, obwohl du weißt, was das für dich bedeutet. Verehrter Rat, ich glaube, unser ehrwürdiger Gast lügt nicht.«

»Und außerdem war Ritor seinerzeit bereit, sein Leben für seine Prinzipien aufs Spiel zu setzen; Prinzipien, die er für so wertvoll hielt, dass er den hohen Preis nicht scheute«, sagte unerwartet ein anderes junges Mädchen mit bodenlangen offenen Haaren von der Farbe tanzender Flammen. »Er wurde zum Drachentöter, weil sein Gewissen das von ihm verlangte. Genau wie unser Gewissen verlangte, dass wir unseren Herrschern treu bleiben. Es ist sinnlos, darüber zu streiten, wessen Prinzipien besser waren; und erst recht, deswegen Blut zu vergießen oder unseren ehrwürdigen Gast zum Duell herauszufordern und damit das Gesetz der Gastfreundschaft zu verletzen. Ich glaube Ritor und erkläre mich freiwillig bereit, mit ihm zu gehen. In unserer Welt ist kein Platz für den Drachentöter … erst recht, falls unser Herrscher zurückkehren sollte.«

»Gut gesagt, Liz.« Siwards Wange zuckte nervös. »Bist du wirklich bereit zu gehen? Was ist, wenn der ehrwürdige Klearch Recht hat und der Drachentöter gar nicht der Drachentöter ist?«

Ritor musste innerlich lächeln. Einige vom Feuerclan sehnten die Rückkehr des Drachen so gierig herbei, dass sie sogar in einem dahergelaufenen Neuankömmling von der Anderen Seite den wiedergeborenen Drachen vermuteten.

So etwas kam gelegentlich vor.

Ritor schüttelte den Kopf und erzählte von den Vorfällen im Zug.

Grabesstille war die Antwort. Gegen dieses Argument ließ sich nichts einwenden. Drachen waren nicht zu solchen Tricks fähig. Sie hatten sich niemals dazu herabgelassen, das Bewusstsein ihrer Untertanen zu manipulieren. Sie zogen es vor, gehasst zu werden. Sie wollten die Leute nicht mit Magie dazu bringen, sie zu lieben.

Er sah, wie die Gesichter in der Ratsrunde einen angespannten Ausdruck annahmen. Nun, was würden sie tun?

»Ich denke, wir sollten Liz gestatten, mit ihm zu gehen«, sagte Siward nicht sehr überzeugt.

Das Mädchen mit dem flammenden Haar hieß Liz … Liz? Elisaweta? Elisabeth? War sie von der Anderen Seite?

»Aber warum mobilisieren wir nicht den ganzen Clan, wenn er tatsächlich der Drachentöter ist?«, rief das Mädchen.

»Weil wir im Krieg mit Torn sind«, bellte Siward. Er revanchierte sich für die eigene Schlappe bei dem lächerlichen Streit mit Ritor. »Wir haben drei von Torns Burgen angezündet, jetzt müssen wir mit einem Gegenschlag rechnen! Ich kann den Clan nicht verlassen. Selbst wenn du allein gehst, kann ich die Lücke nur schließen, indem ich alle Jungen und Mädchen aus den älteren Klassen mit aufstelle.«

Ritors Lippen zuckten einen Moment lang. Sogar zehn Zauberer des fünften oder sechsten Ranges konnten keinen Magier des zweiten Ranges ersetzen. Es stand schlecht, wenn Siward das nicht begriff …

»Ich werde Liz so schnell wie möglich zu euch zurückschicken«, versprach Ritor. »Und ich bürge für ihre Sicherheit.«

»Fliegen wir?«, fragte das Mädchen unvermittelt, scheinbar aus rein sachlichem Interesse. Aber Ritor spürte ihre versteckte kindliche Aufregung und die Neugier auf eine fremde, ihr unzugängliche Magie.

Er lächelte. »Natürlich. Wir warten nur auf die Stunde der Kraft.«

13

»He, was ist los … was denkst du dir eigentlich?«

Viktor merkte, wie ihn jemand an der Schulter zupfte. Er wollte so gern weiterschlafen …

»Steh auf! Jetzt steh schon auf, los!«

Endlich öffnete er die Augen. Der Fresssack hing über ihm und fuchtelte geschäftig mit seinen feisten Händen herum. In seinem Gesicht lag ein ehrlicher Ausdruck des Leidens.

»Was richtest du da an, was richtest du an!«, schnatterte er, als er sah, dass Viktor wach war.

»Worum geht es denn?«

»Du schläfst doch sowieso schon!«

Viktor seufzte, richtete sich auf und rieb sich die Augen. »Na und? Ich hab es satt. Deine Scherze sind dumm, hier gibt es keinerlei Vergnügungen. Da lieg ich doch lieber am Ufer und ruh mich aus.«

Der Fresssack hielt die Luft an. Verwirrt breitete er die Arme aus. »Was soll das heißen, keinerlei Vergnügungen? Überleg mal, was du da sagst!«

»Für diesen Plausch bin ich verantwortlich«, sagte Viktor finster. Es war seltsam. Der Fresssack war offenbar froh über diese Wendung im Gespräch.

»Sicher?«

Irgendwas in Viktor schnappte zu. Mit größter Freude machte er eine Bemerkung, die ihm bei normaler Geistesverfassung die Röte ins Gesicht getrieben hätte.

Und der Fresssack strahlte. »Siehst du, so mag ich dich!«

Ehe Viktor zu sich kam, klopfte der kleinwüchsige Dickwanst ihm herablassend auf die Schulter.

»Das lob ich mir!«

Viktor erhob sich und fragte mit drohender Stimme: »Was willst du von mir?«

»Ich? Nichts ...« Augenblicklich wirkte der Fresssack betrübt. »Ich mag dich ... ja, ich verstehe ... dass man sich nicht aufdrängt ... aber ich mag dich eben, das ist alles! Was soll man da machen? Ich will dir noch mehr zeigen vom Leben, dir was beibringen.«

»Danke, mein Lieber, aber ich habe keinen Bedarf.«

»Bist du sicher?« Der Fresssack zwinkerte schlau. »Zu viel ... kann man doch nie wissen. Warum willst du hier rumliegen ... wenn du im Wald spazieren gehen würdest ...«

»Am Ende bekomme ich doch ohnehin wieder nichts zu sehen. Ich kenne deine Tricks inzwischen.«

»Warum schlägst du dich auch immer zu Fuß durch?«, sagte der Fresssack verwundert. »Ganz klar, auf Schusters Rappen braucht man ja wochenlang.«

»Bietest du mir ein Fahrzeug an?«

»Dir?« In gekünsteltem Schrecken wedelte der Fresssack mit den Händen. »Wie könnte ich! Ausgerechnet dir! Wo du doch jetzt selbst ...«

Er breitete die Arme aus, ließ ein surrendes Geräusch erklingen und hüpfte dabei von einem Fuß auf den anderen, so dass er an ein überladenes Transportflugzeug beim Start erinnerte. Er zwinkerte Viktor zu. »Auf, auf ... nun flieg schon. Über den Wald, bis du weißen Rauch siehst. Da lässt du dich nieder ... und wartest ab ...«

»Ich bin kein Kind mehr, das im Traum fliegen kann.«

»Versuch es nur!«, ermutigte ihn der Fresssack. »Du konntest gegen die Luft bestehen, aber du fürchtest dich davor, abzuheben?«

Jetzt benahm er sich wie ein Sergeant in einem amerikanischen Kriegsfilm. Scheinbar böse, aber im Grunde natürlich sehr gutmütig. So einer, der weiß, dass es für die Soldaten nur zum Besten ist, die ganze Nacht die Kaserne zu putzen oder sich auf dem von der Sonne ausgemergelten Exerzierplatz abzustrampeln.

Während er den Fresssack noch fragend ansah, spürte Viktor plötzlich eine Art Versuchung. Könnte er fliegen? Warum eigentlich nicht? Im Traum ... Er kannte das Gefühl zu fliegen ja bereits, aus jenen wahnsinnigen Erinnerungen eines anderen, aus den Schwären eines fremden Gedächtnisses. Wenn auch vermischt mit Angst, denn hinter ihm flog ein feuerspeiendes Ungetüm ...

Langsam breitete Viktor die Arme aus und sah aus den Augenwinkeln, wie der Fresssack grinste.

So nicht! Benimm dich nicht wie ein LSD-Junkie! Und stell dir kein Flugzeug vor!

Flieg einfach los!

Er streckte sich dem niedrigen, schwach glitzernden Himmel entgegen. Dem trüben Dunst, der sich wie eine Kuppel über die Welt wölbte.

Er erlaubte der Luft, ihn in die Höhe zu heben.

Der Fresssack fluchte – tief unter ihm. Auf seinem Gesicht zeichnete sich eine Grimasse des Zorns ab.

Viktor flog.

Sein Körper lag auf einer unsichtbaren Stütze. Auf einer unendlichen, unsichtbaren Stütze, die sich über das Ufer und den Wald erstreckte, die Berge umwob und das Meer überspannte. Er lag auf einer Brücke aus Luft, die von den Grauen Bergen bis zum Warmen Ufer reichte, auf der unvorstellbaren Macht des Elements.

Er spürte jede Bewegung der Luft. Den Hurrikan, der über dem Meer tobte und das Segel einer glücklosen Corvette in Fetzen riss … Den Tornado, der mit seinem gierigen Rüssel fragile Häuschen zerfetzte … Den Sandsturm, der sich wie ein glühendes Leichenhemd über eine Karawane legte …

Die Luft schaukelte ihn sanft, trug ihn über den Wald. Gehorsam, beherrscht, zu allem bereit.

Viktor lachte auf, so leicht und märchenhaft war dieser Flug. Er war eins geworden mit dem Ozean der Luft. Wenn auch nur im Traum. Wenn auch nur für einen Augenblick.

Der Fresssack war am Ufer zurückgeblieben und wütete weiter vor sich hin. Jetzt stampfte er mit den Füßen auf wie ein verwöhntes Kind, und dann packte er in einem neuerlichen Wutanfall einen halb von Sand verschütteten Findling und schleuderte ihn aufs Meer hinaus. Oho, was für eine Kraft …

Viktor dachte gar nicht darüber nach, was er tat. Er streckte sich übers Meer nach dem Findling aus, der schon fast ins Wasser getaucht war, spürte die aufs Ufer zurollende Welle – die gespannte, an dieser Stelle zerbrechliche Kraft. Und dann gab er dem Stein einen Stoß. Dieser erzitterte und flog zurück. Er plumpste dem Fresssack direkt vor die Füße, so dass dieser mit einem lächerlichen Sprung zur Seite hüpfte. Na also …

Die Luft trug Viktor immer weiter. Die verwahrloste Lichtung mit dem verlassenen Haus zog vorbei. Einen Moment lang war er versucht, dort zu landen und nachzusehen, ob die Bewohner nicht vielleicht zurückgekommen waren; augenblicklich verlor er an Höhe.

Aber nein. Vorwärts. Was hatte der Fresssack gesagt?

Weißer Rauch?

Weiter vorne, am Fuße eines Berges rauchte es wirklich. Allerdings nicht weiß, sondern schwarz, grau und graublau, als ob Müll auf einer Müllkippe verbrannt würde.

Viktor beschleunigte sein Tempo, was sich als unerwartet einfach erwies; er spürte keinen Gegenwind. Die Luft wich vor ihm zurück, sie trug ihn zu den Rauchsäulen …

… der fröhlichen, glühend heißen Zugluft entgegen, welche die Flamme anheizte …

Er spürte einen Schmerz. Einen scharfen Schmerz, der seinen Körper wie eine Nadel durchdrang. So setzte das Herz aus, wenn es von einer Welle des Grauens und des Ekels erfasst wurde, beim Anblick von etwas … für das Auge Unerträglichem …

Der rauchige Dunst hing jetzt ganz nah vor ihm. Und er konnte schon erkennen, was brannte.

Eine Stadt.

Er sah rußige, etwas schiefe Häuser. Nicht solche, wie sie in der Mittelwelt üblich waren, sondern »andersseitige«. Stacheln aus Beton, die auch in das Straßenbild einer amerikanischen Megapolis gepasst hätten. Daneben Viertel mit Einfamilienhäusern, die vom Feuer bis auf die Fundamente ausgeleckt waren. Einen geometrisch angeordneten Wohnkomplex, haargenau nach russischem Vorbild: eintönige Wohnblöcke, die sich mehr in die Länge denn in die Höhe ausdehnten. Unebener, löchriger Asphalt. Einen lichterloh brennenden See ausgelaufenen Bitumens neben etwas, das wie die Überreste einer Tankzapfsäule aussah. Die Stadt rief keine konkreten Assoziationen wach und kam ihm gleichzeitig bekannt vor. Eine gewisse, durchschnittliche Stadt …

Viktor landete auf einer der Straßen. Der Asphalt fühlte sich weich und klebrig an und wies zwei Streifen gerippter Abdrücke auf, die verdächtig an die Spuren von Panzerraupen erinnerten. Die Abdrücke endeten an einem Gebäude, das sich gefährlich zur Seite neigte, inmitten von Glasscherben, die von den Fenstern herrührten.

Herr im Himmel, was war hier passiert?

Er tat einen Schritt und spürte, wie sich um ihn herum der Kokon aus Luft anspannte. Wie ein unsichtbarer Panzer, der ihn vor Hitze und Ruß schützte … In den Häusern knackten die letzten Brandherde; offenbar war bereits fast alles verbrannt, was brennen konnte. Aus der Wand eines schon fast ganz eingestürzten fünfstöckigen Hauses ragte ein zusammengedrücktes, angeschmolzenes Rohr heraus. Die schwächliche Krone der blauen Flamme lag in den letzten Zuckungen – die Gasreste, die herausströmten, waren nicht mehr in der Lage, das Feuer am Brennen zu halten.

Viktor bewegte sich wie verzaubert vorwärts.

In den Ruinen eines anderen fünfstöckigen Gebäudes knackte etwas; es war ein schwaches, nicht sehr beängstigendes Geräusch, wie wenn ein Erwachsener aus Versehen auf ein Spielzeug aus Plastik tritt oder wenn trockene Äste im Wald brechen. Die Wand, die Viktor zugewandt war, erzitterte, fiel in sich zusammen und offenbarte das leere, entweder von einer Explosion ausgehöhlte oder ausgebrannte Innere des Gebäudes. Auf den Überresten der Trägerdecken, etwa auf Höhe des dritten Stocks, wurde ein schäbiges Zimmer sichtbar, in dem sich Berge von Müll und rauchende Trümmer türmten. Aus der Zimmerdecke, die sich nach unten bog, ragten Betonzapfen heraus. Wie zum Hohn stand in einer Ecke ein altes Bettgestell aus Eisen, dessen Sprungfedern vom Feuer schwarz geworden waren.

Unwillkürlich hob Viktor seinen Arm; irgendetwas an diesen Überbleibseln forderte ihn heraus, machte sich lustig über ihn. Die gespannte Faust des Windes ging auf die Ruine nieder und entfachte das Feuer im Zimmer neu, das glühend heiße Metall des Bettes loderte auf wie in einem Schmiedeofen, durchlief nacheinander alle Glühfarben, ehe es in einer Flammenpfütze zerschmolz.

Hinter sich vernahm Viktor ein leises Geräusch. Er drehte sich um.

Mitten auf der Straße stand ein Hund. Ein großer Hund, ein Dobermann oder ein Rottweiler, mit gefletschten Zähnen und einem blutenden Rückgrat. Die einst vermutlich gut genährte und mächtige Hündin war in einem schrecklichen Zustand. Sogar ihr weit geöffneter Rachen hatte nichts Furchteinflößendes mehr, sondern wirkte jämmerlich und bettelnd: Dieser Hund drohte nicht, er versuchte nur auf sich aufmerksam zu machen.

Viktor ließ sich in die Hocke nieder. Er streckte die Hand aus und blickte der Hündin in die Augen.

Diese machte einen unsicheren Schritt nach vorne und versuchte mit ihrem Schwanzstumpf zu wedeln.

»Ist es schlimm?«, sagte Viktor mit gedämpfter Stimme. »Komm her. Guter Hund. Guter Hund …«

Die Hündin winselte leise. Dann drehte sie sich um und lief eilig davon.

»Du traust mir nicht?«, rief Viktor ihr hinterher. »An deiner Stelle würde ich auch niemandem mehr trauen …«

Wieder fiel ein Gebäude in sich zusammen, diesmal sehr viel lauter. Eine Wolke aus Staub, Abfall und Ruß machte sich breit, aber Viktor blieb davon unberührt, denn sie prallte an den Rändern seines Luftkokons ab.

»Und, hast du genug gesehen?«

Der Fresssack stand hinter ihm. Er atmete schwer und wischte sich den Schweiß von der glänzenden Visage. Es war ihm offenbar nicht leichtgefallen, Viktor einzuholen.

»Wovon?«, fragte Viktor und erhob sich.

»Natürlich …« Der Fresssack gähnte gekünstelt. »Was soll man hier auch anschauen, hä? Es wird ja wohl kaum einer übrig geblieben sein … autsch!« Er schüttelte den Kopf. »Ich hab gelogen … gelogen …«

Viktor folgte seinem Blick. Er fürchtete jetzt keinen Schlag aus dem Hinterhalt mehr, der Fresssack verfolgte andere Absichten; und außerdem glaubte Viktor an seine neue Kraft, die so unerwartet aufgetaucht war.

Ein Junge schleppte sich die Straße entlang. Er war vielleicht neunzehn oder zwanzig Jahre alt, dünn und kniff kurzsichtig die Augen zusammen. Er trug eine Tarnuniform, die so verschmiert war, dass nicht zu erkennen war, ob der Soldat zu einer echten, nationalen Armee gehörte oder ebenso standardisiert war wie die Stadt selbst. Über der Brust hing eine gewöhnliche Kalaschnikow – aber auch die war ja schon ein auf der ganzen Welt geläufiger Gegenstand. Über die Schultern des Jungen wölbte sich ein selbst gemachter Rucksack, besser gesagt ein Sack mit Aussparungen für zwei Beine, denn in diesem Sack hing schlaff ein menschlicher Körper. Ebenfalls ein junger Mann … nur war er tot. Sein Kopf baumelte willenlos, seine Uniform war mit dunklen Flecken übersät.

»Wir schaffen das …«, murmelte der Soldat vor sich hin. Er war noch weit entfernt, aber der diensteifrige Wind trug Viktor jedes Wort zu. »Scheiße, wenn wir es nicht schaffen …«

Offenbar sah er Viktor und den Fresssack nicht.

»Mit denen rechnen wir noch ab … keine Sorge …«

Seine Stimme war heiser, als hätte der Junge lange nichts getrunken, als hätte er mit überschlagender Stimme geschrien und alles gesagt, was zu sagen gewesen war.

»Für die Jungs und für uns … rechnen wir noch ab … wenn wir nur erst da sind … gleich haben wir es geschafft …«

Er ging ganz nah an ihnen vorbei, Viktor trat sogar zur Seite; aber wie es aussah, war das ganz überflüssig, denn der Soldat ging geradewegs durch den grinsenden Fresssack hindurch, ohne ihn zu bemerken. Andererseits war der Junge sicher kein Gespenst, denn Viktor hörte nicht nur seine Stimme, sondern auch das schleppende Geräusch seiner Schritte und das Klacken der Kalaschnikow, deren Patronenmagazin sich immer wieder an der Gürtelschnalle festhakte, und er nahm Brandgeruch und Schweiß wahr.

»Mit wem will er abrechnen?«, fragte Viktor mit gepresster Stimme.

»Woher soll ich das wissen?«, ereiferte sich der Fresssack. Während er sich nachlässig gegen die Mauer eines Gebäudes lehnte, pulte er mit gekrümmtem Finger eine zerdrückte Kugel aus einem pockennarbigen Einschussloch. »Ist es wirklich wichtig, wen er fürchtet und hasst?«

Ein Teil der Mauer stürzte unmittelbar neben dem Fresssack herunter. Aber der ließ sich nicht stören.

»Es ist nur eine primitive Fantasie«, sagte er, während er hinter dem Soldaten hersah. »Städte brennen, Häuser stürzen ein; Kinder weinen; Frauen werden vergewaltigt, Männer ermordet …«

»Eine Fantasie?«

Der Fresssack dachte nach, während er die Kugel zwischen den Fingern knetete. Der Bleiklumpen erhielt wieder eine glatte Wölbung und nahm seine ursprüngliche Gestalt an. »Na ja … vielleicht nicht gerade eine Fantasie …«, bekannte er widerwillig. »Wahrscheinlich hast du Recht …«

Seine Augen leuchteten auf.

»Na und«, fragte er glühend vor Neugier, »hast du so was schon mal erlebt?« Er beschrieb mit den Armen einen Kreis, gerade so, als wollte er Viktor die ganze Umgebung vorführen.

»Nein«, antwortete Viktor. »Nein.«

Der Fresssack nickte verständnisvoll.

»Wird er es schaffen?«, fragte Viktor und blickte dem Soldaten hinterher. Der Junge war soeben hingefallen, erschöpft und im Schneckentempo rappelte er sich wieder auf. Die tote Last störte ihn.

»Was macht das schon für einen Unterschied?« Der Fresssack kam wieder in Fahrt. »Was berühren dich die Abenteuer dieses Körpers? Hä? Denkst du etwa, er ist im Recht?«

»Weiß ich nicht.«

»So, so, natürlich! Hast hier angehalten … gaffst rum … ach! Aber was hab ich dir gesagt? Flieg bis zum weißen Rauch, hab ich gesagt. Das ist noch weiter!«

»Ich finde es hier auch interessant.« Während Viktor die Worte aussprach, wurde ihm bewusst, wie unpassend sie waren. Interessant? Was redete er für einen Unsinn …

Dafür wurde der Fresssack wieder freundlicher. »Na dann … schau dich um … lern was. Ich werd dich nicht zwingen …«

Er drehte sich um und humpelte ungeschickt auf das rauchende Innere des Gebäudes zu.

»Verbrennst du nicht?«, rief Viktor ihm hinterher.

Der Fresssack kicherte nur leise, während er immer tiefer in den Dunst hineinging. »Keine Angst ... kümmere dich lieber um dich selbst ...«

Viktor spuckte auf den Boden und verfluchte sich für seine unangebrachten Sorgen. Diesem Bewohner seiner Alpträume brauchte er gewiss keine Ratschläge zu geben.

Sollte er tatsächlich den weißen Rauch suchen?

Aus irgendeinem Grund hatte er keine Lust, seine Reise durch diese herrenlose Welt fortzusetzen. Als ob die letzten Worte des Fresssacks einen ernsten Hintergrund gehabt hätten ...

Seine Unruhe wuchs. Sie schien durch nichts gerechtfertigt, was sie noch drängender machte.

Er drehte sich um und fing einen fremden Blick auf. Auf dem scherbenübersäten Asphalt, unter einem zerschlagenen Schaufenster, saß eine Katze. Eine rothaarige Katze mit durchdringend blauen Augen. Sie blickte so nachdenklich prüfend, wie es nur Menschen ... und Katzen vermögen.

»Kusch!«, sagte Viktor, leicht verwirrt von seiner eigenen abwehrenden Reaktion. Dabei war anzunehmen, dass ein streunender Hund sehr viel unberechenbarer war als dieses Tier hier, trotzdem, die Hündin hatte ihm keine Angst eingeflößt ...

Die Katze hob die Pfote – entweder um einen Schritt zu tun oder um ihn zu begrüßen. So kam es ihm jedenfalls vor!

Und Viktor begriff, augenblicklich und absolut, dass es an der Zeit war, aufzuwachen.

Wahrscheinlich half ihm die Angst. Wahrscheinlich half das ekelerregende Gefühl, das die tote Stadt in ihm heraufbeschworen hatte.

Er tauchte aus dem Schlaf auf, wie ein dünner Schwimmer aus eiskaltem Wasser auftaucht. Er spürte, dass er auf dem harten Deck lag, fühlte die grobe Matte unter sich, die zerfetzte Decke und wie Tel sich warm an ihn drückte. Er warf sich nach vorn, um sich aufzusetzen. Vom Schlaf blieb keine Spur zurück.

Fünf Meter von ihm entfernt stand eine Frau. Eine sehr attraktive Frau, die selbst in ihrer Reglosigkeit eine unvorstellbare Grazie ausstrahlte. Sie hatte goldfarbenes Haar, sehr zarte, matte Haut und riesige Augen, die aufmerksam und fragend blickten. Genau wie die Katze im Traum, aber selbst dieser überraschende Vergleich konnte Viktor nicht aufheitern.

An ihr war auch etwas von jenen mörderischen Magiern … vielleicht nicht ganz so blutrünstig, aber nicht weniger mächtig. Kraft! Genau – es war Kraft, die von ihr ausging. Viel größere Kraft als die, die dem Menschen gegeben ist.

Loj saß am Rand des Kanals. Sie war müde, hatte alle ihre Kräfte aufgebraucht, aber dafür konnte sie sicher sein, dass sie allen Elementaren voraus war. Auf dem Kanal würde Ritor dem Drachentöter kaum eine Falle stellen. Nein, der erfahrenste aller Magier würde sein Opfer vermutlich auf dem Weg zur Festung des Erdclans abfangen wollen. Eine vernünftige Entscheidung, denn der Drachentöter würde nicht einfach verschwinden. Er hatte nur einen Weg.

Aber Ritor wusste nichts von Loj, und das kitzelte angenehm ihre Eigenliebe. Wie eine geschmeidige Eidechse glitt sie zwischen allen Plänen und Absichten hindurch, ohne von irgendjemandem bemerkt zu werden, ohne dass irgendwer auch nur mit ihr rechnete, um zum richtigen Zeitpunkt ihr eigenes Spiel zu spielen.

Loj hatte keine Angst, dass der Mensch, den sie suchte, ihr entwischen könnte. Denn sie würde seine Kraft, selbst wenn diese schlummerte, unfehlbar spüren. Die entsprechende Beschwörungsformel hatte sie den letzten Rest ihrer Kraft gekostet, ja, aus ihr herausgesaugt, aber die starrköpfige Katze hielt durch. Ausruhen konnte sie später. Jetzt war die Zeit gekommen, vorbehaltlos alles zu geben.

In einem dichten Strom glitten Kähne und Flöße an ihr vorbei. Loj wurde immer wieder angesprochen, gefragt, ob sie nicht zusteigen wollte. Was nicht weiter verwunderlich war, denn was eine junge Frau allein am Kanalufer tat, das war auch dem größten Einfaltspinsel klar. Sie wollte sich was dazuverdienen. Und wenn nicht – nun, so dumm würde sie schon nicht sein, dass sie nicht wusste, was die Seeleute am meisten als Dankeschön fürs Mitnehmen schätzten …

Früher hätte Loj vermutlich über eine Reihe von Angeboten nachgedacht; und einige hätte sie womöglich angenommen. Nicht so dieses Mal.

Der Kahn war leer … der auch … leer, leer. Auf dem wurde getrunken, dort … hatten sie Sex, ja, wie süß … hier schliefen alle … auf diesem wurde gewürfelt … das Floß nicht, das auch nicht!

Aber plötzlich hatte sie das Gefühl, Feuer zu fangen. Es war ein ganz gewöhnlicher Kahn mit dem stolzen Namen *Elberet*, der gemächlich vorbeizog; und auf ihm, ja, auf ihm …

Loj schrieb alle Vorsicht in den Wind und überwand mit einem gewaltigen Sprung wie ein Panther das Wasser zwischen sich und dem Boot. Es war ein außerordentlicher Satz über zehn Meter und dazu noch aus dem Stand.

Der groß gewachsene, dünne Kerl hinter dem Steuerrad riss vor Verwunderung die Augen auf. Er brauchte ein, zwei Sekunden ... ehe er begriff, dass ein normaler Mensch kaum zu so einem Sprung in der Lage wäre. Eilig verbeugte er sich und stand unruhig da ... Nein, es war sinnlos, sich jetzt noch vor ihm zu verbergen.

»Verschwinde«, befahl Loj leise. »Und lass dich nicht blicken, bis ich es gestatte.«

»Gleich, gleich, meine Dame ...«

Loj versiegelte die Luke zum Deckhaus mit einer simplen Formel, damit der Kapitän des Kahns nicht auf die Idee käme zu lauschen. Beiläufig tasteten ihre Sinne das Boot ab, sie nahm einen feinen Strudel Grasgeruch wahr und runzelte voller Abscheu die Stirn, beschloss aber, sich nicht weiter darum zu kümmern. Am Bug des Schiffes erblickte sie zwei Gestalten auf einer Bastmatte unter einer dünnen Decke. Ein ganz junges Mädchen von vielleicht vierzehn und ein äußerlich nicht weiter auffälliger, schwarzhaariger Mann, der etwas über dreißig sein mochte. Sie schliefen nebeneinander, aber sonst lief nichts zwischen ihnen; das hätte Loj sonst als Erstes gemerkt.

Das Mädchen war irgendwie merkwürdig ...

Und ihr Begleiter noch merkwürdiger. Loj spürte erneut die Hitze, sobald sie auch nur mit einer zarten, unschuldigen Formel nach ihm tastete. Die Schranke der Kraft war so gewaltig, dass ihr nichts anderes übriggeblieben wäre, als schweres Geschütz aufzufahren, sofern sie es auf einen Kampf abgesehen hätte.

Aber genau das kam überhaupt nicht in Betracht. Der Mann und das Mädchen schliefen weiter ... und das war gut so. Sobald Loj jedoch einen Schritt auf die beiden zugemacht hatte, saß der Mann mit einem Ruck aufrecht da. Wie er sie so anblickte, war in seinen Augen auch nicht der kleinste Rest von Schlaftrunkenheit zu erkennen, ganz so, als ob er die ganze Zeit auf Loj gewartet hätte.

Die Zauberin blieb augenblicklich stehen. Innerlich war ihr Gegenüber vollkommen konzentriert und bereit zum Kampf.

Schlecht, ganz schlecht, Loj. Wirst du alt? Oder bist du endlich auf jemanden getroffen, dem du nicht das Wasser reichen kannst?

Sie bemühte sich, so natürlich wie möglich zu lächeln. »Hallo. Gut geschlafen?«

»Wer bist du?«, fragte er scharf. »Und wie kommst du hierher?«

»Eine Frage mit einer Gegenfrage beantworten ...« Loj lächelte ihn an. Aber das Gesicht des Mannes blieb undurchdringlich. Es sah ganz so aus, als ob ihn sogar Lojs Hüfte, die wie zufällig durch den Schlitz ihres schmalen Rocks lugte, völlig gleichgültig ließe.

Nun, dafür würde er büßen!

»Ich bin einfach so gekommen und hab mich dazu gesellt.« Loj zuckte mit den Schultern. »Vom Ufer rübergesprungen. Ihr seid ganz nah vorbeigeschwommen. Mach dir keine Sorgen, der Kapitän weiß Bescheid und hat nichts dagegen. Wie heißt du? Ich heiße Loj Iwer.«

Und im gleichen Augenblick spürte sie den vor Eifersucht glühenden Blick des Mädchens auf sich. Sie war also aufgewacht. Na, macht nichts. Gleich würde die Kleine sich wieder auf die andere Seite drehen ... und süß weiterschlafen ... dafür würde Loj schon sorgen.

»Lass das, Loj«, sagte das Mädchen fest und ebenfalls kein bisschen verschlafen.

»Ach!«, brach es aus Loj heraus.

Ein kalter Granit. Eine eisige Wand. Stahl und Kristall, die von keinem Hammer der Welt zerschlagen werden konnten. Ein weißlich-goldener Schatten glitt auf sie zu, in wahnsinnigem Galopp. Die großen Augen des Mädchens hefteten sich auf Loj und überwanden den eilig errichteten Schutzwall.

»Lassen wir das«, bat das Mädchen plötzlich. »Wir sollten uns nicht streiten, Loj. Wir haben nichts zu teilen.«

»Geheim ...« Lojs Kehle weigerte sich beinahe, das Wort auszusprechen. »Der Geheime Clan ...«

»Was?« Der Mann blickte verwirrt auf seine Begleiterin. »Was ist das für ein Clan, Tel?«

Aha, Tel heißt du also; hoch erfreut, verehrte Rivalin, dachte Loj.

»Hast du ihn hergebracht?«

Tel nickte.

»Und du führst ihn auch weiter?«

Wieder nickte die andere.

»Vielleicht sagst du mir jetzt auch mal, wie du heißt?«, wandte sich Loj an den Mann.

»Viktor«, brummte dieser widerwillig.

»Was willst du, Viktor?«

Beim Anblick ihrer fassungslosen Gesichter beglückwünschte Loj sich in Gedanken selbst.

»Nun ja, was willst du selbst? Und nicht deine Gefährtin ... Tel.«

Der Mann mit Namen Viktor versank in Nachdenken. Es sah schön aus. Er dachte konzentriert nach, innerlich gesammelt. Ohne äußerliche Anspannung. Die Gedanken rollten dahin, gleich einer weichen Lawine. Seine Kraft schlummerte und war doch bereit, jeden Augenblick zu erwachen. Loj spürte, wie sie sich in Erwartung einer Antwort, einer Offenbarung anspannte.

»Ich weiß es nicht«, verkündete er seine überraschende Schlussfolgerung. »Es gefällt mir hier … Wenn diese psychopathischen Magier nicht wären …«

Tel blickte die Zauberin der Katzen streng an.

»Solltest du Viktor nicht lieber reinen Wein einschenken?«, flötete Loj mit unschuldigem Stimmchen und setzte sich so hin, dass Viktor noch mehr von ihren Reizen zu sehen bekam.

Ach, wie sie solche Sätze liebte! Welcher Mann träumte nicht davon, alles zu erfahren, ganz gleich, wie trist das Ergebnis ausfallen würde!

Viktor jedoch schien sie nicht gehört zu haben. Und ihre bloßen, makellosen Beine sah er offensichtlich ebenfalls nicht. Er saß völlig reglos da, genau wie ein zum Sprung bereites Tier.

Und seine Kraft machte sich ebenfalls zum Sprung bereit. Er hatte vor irgendetwas Angst … oder nein, er wartete auf etwas. Auf etwas sehr Unangenehmes. Und er glaubte ihr kein Wort. Was für eine traurige Entdeckung.

»Loj!« Das Mädchen hatte die Stirn gerunzelt. Das Oberhaupt der Katzen nahm ihr den familiären Umgangston nicht übel. Diese Tel vermochte viel … sehr viel sogar. Mit ihr würde vermutlich nur Ritor fertig werden. Und auch der nicht, ohne ins Schwitzen zu geraten.

Sie war vom Geheimen Clan. Damit war alles gesagt.

»Was heißt da ›Loj‹? Findest du nicht, dass es unehrlich ist, Viktor so zu benutzen?«

Los jetzt, Junge, was schweigst du noch? Schüttle dich, reg dich auf, dann ist die Sache schon halb geritzt. Die Katze blickte den dunkelhaarigen Mann erwartungsvoll an.

Aber Viktor ließ seine Augen lediglich von Loj zu seiner Gefährtin hinüberwandern. Das war alles. Und Lojs Beine schienen ihn nach wie vor nicht zu interessieren.

Tel antwortete auf Lojs offenkundige Provokation nur mit einem Achselzucken. »So ist sein Schicksal. Da lässt sich nichts ändern. Wir sind zusammen von der Anderen Seite gekommen …«

»Und natürlich hast du sein Schicksal schon bis zum Ende durchdacht, oder?« Wieder startete Loj einen kühnen Angriff. »Hast für ihn gedacht und ihn dabei gewiss nicht nach seinen Wünschen gefragt? Ihr vom Geheimen Clan seid so was von überheblich. Nehmen, ohne etwas dafür zu geben …«

»Längst nicht alle teilen deine Ansicht«, parierte Tel unerschütterlich. Ein rein weiblicher Einwand. »Selbst in der Sphäre, wo sich keiner mit euch Katzen messen kann … ich meine, im Bett, selbst da waren wir doch in gewisser Hinsicht noch ein wenig besser.«

Der Schlag saß. Tel hatte auf etwas angespielt, bei dem die Katzen den Geheimen Clan nie hatten übertrumpfen können. Trotz aller Anstrengungen. Ach, du kleines Miststück! Was spielst du dich denn auf? Du hast doch nicht mal versucht, Viktor die Nacht zu versüßen!

Loj unterdrückte nur mit Mühe eine angemessene Antwort im Stile von: Ich geb dir gleich besser, du minderjährige Schlampe!

Selbst die Geduld der Ersten der Katzen war nicht grenzenlos!

»Na wunderbar, ganz toll, wohl bekomm's«, flötete Loj stattdessen wieder mit engelsgleichem Stimmchen. »Aber was ist mit Viktor?«

»Bist du neuerdings für meine Tugendhaftigkeit zuständig, Loj? Willst du mein wandelndes Gewissen sein? Oder suchst du wieder mal den Vorteil für deine Kater?« Loj merkte befriedigt, dass Tel nicht mehr so selbstsicher war. Offenbar rechnete sie damit, dass Loj sich an diesen Köder billiger Provokation klammern würde; aber schließlich war sie nicht sexbesessen und litt nicht an Nymphomanie.

»Heute ist wohl der Morgen der unbeantworteten Fragen«, schnurrte die Katze. »Jeder stellt Fragen, und keiner antwortet. Und einer schweigt ganz.« Bei diesen Worten warf sie einen schnellen Blick auf Viktor. »Als hätte er seine Zunge verschluckt.«

»Reden ist nutzlos«, sagte Tel mit gerunzelter Stirn. »Loj Iwer, Oberhaupt des Clans der Katzen, beabsichtigst du, dich uns in den Weg zu stellen?«

Dies war der erste Satz einer offiziellen Herausforderung. Loj sah, wie die Augen des Mädchens böse und voller Ungeduld blitzten.

Na was denn? Sollte sie sich mit einer vom Geheimen Clan prügeln?

»Ja störe ich euch denn?« Loj tat verwundert. »Euer Kahn schwimmt friedlich vor sich hin … niemand hat ihn aufgehalten. Ich bin allein. Obwohl, ich könnte natürlich noch einige von meinen Jungs herbringen …«

»Ja, und vielleicht würdest du dann mit mir fertig werden«, stimmte Tel ihr zu. »Aber mit ihm nicht.« Und sie nickte mit dem Kopf in Viktors Richtung.

Der schwieg noch immer. Und das war das Beste, was er im Moment tun konnte. Allerdings nur bis zu einem bestimmten Zeitpunkt. Denn wenn sie und diese Tel sich tatsächlich an die Kehlen gehen würden … Es war nicht eindeutig, wer als Sieger daraus hervorginge. Das Mädchen schien sich selbst nicht mal so ganz sicher zu sein, was gut war, aber auch seltsam. Hatte der Geheime Clan wirklich eine Magierin in den Kampf geschickt, die fast noch ein Kind war? Hatten sie niemand Stärkeres unter ihren Leuten gefunden? Obwohl, die Geheimen konnte keiner wirklich einschätzen …

»Aber mit ihm muss ich ja auch nicht fertig werden«, wandte Loj leichthin ein. »Er ist nicht mein Feind oder der meines Clans.«

»Bist du sicher?« Tel hob ironisch eine Augenbraue in die Höhe, und mit einem Mal sah sie gar nicht mehr wie ein Mädchen aus, sondern wie eine weise Lehrerin, die viel erlebt und viel gesehen hatte und in deren Gegenwart sich die mit allen Wassern gewaschene Loj plötzlich wie eine Schülerin fühlte. Trotzdem gab die Katze ihr Spielchen nicht auf, ganz im Gegenteil.

»Natürlich. Der Drachentöter ist ein Segen für die Mittelwelt. Ich habe die Herrscher nie gemocht … ganz im Gegensatz zu deinem Clan, meine Liebe.«

»Wir mochten sie auch nicht«, schoss Tell trocken zurück. »Es steht dir nicht zu, darüber zu urteilen.«

Loj bemühte sich verzweifelt darum, wenigstens irgendeinen Widerhall bei Viktor hervorzurufen. Zur Not einen ganz plumpen, rein sinnlichen. Dann könnte sie etwas daraus lesen … Aber so, er war wie eine Wand! Eine dumpfe Wand! Gänzlich undurchdringlich! Nicht mal auf das Wort »Drachentöter« hatte er reagiert, dabei hatte sie große Hoffnungen darauf gesetzt.

»Na ja, ob ihr sie mochtet oder nicht … das ist Vergangenheit: Aber jetzt haben wir einen Helden. Einen Drachentöter, der den Drachen niederwirft, sollte es ihm einfallen, wieder bei uns aufzutauchen. Aber warum führst du den Drachentöter, Tel? Welchen Nutzen habt ihr davon?«

»Das verstehst du ohnehin nicht, Loj Iwer«, sagte Tel zänkisch.

»Bist du sicher? Aber vielleicht lohnt es sich doch, es mit einer Erklärung zu versuchen.«

»Ist das ein Verhör, Loj Iwer, Magierin ersten Ranges?«

»Ach, meine Kleine, vergessen Sie nicht Ihre Selbstbeherrschung. Wenn Sie jetzt noch rot werden, dann stehen Sie ganz dumm da.«

»Loj ist zum Sie übergegangen – o weh, dann steht es schlimm.« Tel lachte auf einmal sorglos. »Die Katze hat beschlossen, sich zu prügeln. Pass auf, dass du dir die Krallen nicht abbrichst.«

»Was willst du … Loj Iwer?« Unerwartet und ganz ruhig stellte der Mann seine Fragen. »Was willst du wissen? Ja, ich bin der Drachentöter … wahrscheinlich. Wolltest du das wissen? Oder die Grenzen meiner Kraft kennenlernen? Aber wozu brauchst du dieses Wissen, Loj Iwer?«

Er sprach gut. Nicht laut. Sicher. Für einen, der gerade erst von der Anderen Seite gekommen war, hielt er sich geradezu hervorragend.

»Ich möchte wissen, was mein Clan tun soll«, sagte Loj mit aller Aufrichtigkeit, zu der sie fähig war, und blickte ihm dabei in die Augen. Tel, die sie bei diesen Worten angespannt beobachtete, ignorierte die Katze völlig. »Meine Pflicht ist es, die Meinigen zu schützen. Dafür zu sorgen, dass sie kein Kanonenfutter werden, keine Waffe im Intrigenkampf der Elementaren Clans. Weißt du schon, wovon ich spreche? Du weißt, Viktor, dass der Clan der Luft dich jagt und seine Magier zum Äußersten bereit sind, um dich zu töten, nicht wahr? Der Clan des Wassers dagegen verteidigt dich …«

Aus dem Augenwinkel bemerkte sie, dass Tels Lippen ein feines spöttisches Lächeln umspielte. Was sollte das? Warum?

»Also, was willst du wissen?«, fragte Viktor wieder.

Loj hielt inne. Ja, dieser Mann war der Drachentöter. Sie konnte es spüren. Er hatte schon zwei Weihen durchlaufen und war doch nicht trunken von der eben gewonnenen Kraft. Das war mehr als ungewöhnlich.

Sie verspürte eine wohlige Wärme in ihrem Schoß. Wollte sie ihn, diesen Viktor? Ach, bitte, ja, ja …

»Ich möchte wissen«, sagte sie langsam, »gegen wen du kämpfen wirst.«

»Das kann er nicht wissen, Loj«, mischte sich Tel mit scharfem Ton ein, und ihre Augen waren dunkel vor Zorn. »Treib ihn nicht noch tiefer in seine Verwirrung, als es ohnehin schon der Fall ist!«

Loj drehte sich zu dem Mädchen. Sie sah die vor Zorn glühenden Augen, spürte die zum Schlag bereiten Zauberkräfte …

Schon seit Jahrhunderten war der Geheime Clan in der Lage, Menschen von der Anderen Seite in die Mittelwelt zu bringen. Jeden, auf den seine Wahl fiel. Konnte dieses Mädchen hier den Drachentöter herbringen? Konnte sie … was hatte Torn noch gesagt über diesen Erschaffenen Drachen?

Aber weshalb wollte Ritor ihn dann töten? Weshalb? Loj verstand es nicht.

Loj Iwer ließ sich in die Hocke nieder, entspannt, locker, um mit ihrer ganzen Körperhaltung zu zeigen, dass sie nicht die Absicht hatte, sich zu prügeln. Es war nicht der richtige Zeitpunkt, sich mit diesem ach so stolzen Mädchen zu streiten. Sollte sie sich ihre Gedanken machen, ob Loj sich vor ihr fürchtete oder sie einfach nur ignorierte.

»Verschwinde!«, sagte Tel und ballte die Fäuste. »Kusch!«

Aber das war zu viel … Loj fühlte, wie ihr Blut in Wallung geriet. Indem Tel sie wie eine gewöhnliche Straßenkatze behandelt hatte, beleidigte sie den ganzen Clan der Katzen! Es war gerade so, als ob man beim Wasserclan zu dessen Schmach Wasser ins Feuer spritzte oder beim Clan des Feuers eine Flamme löschte; als ob man im Wolfspelz beim Clan der Wölfe auftauchte. Gut, die Magier der Katzen konnten nicht übertreten, konnten sich nicht in ihr Totem, in eine echte Katze verwandeln – denn ihr totemistischer Verwandter war einfach zu klein. Die Verbindung war nicht so unmittelbar wie bei den anderen Tierclans.

Aber sich beleidigen zu lassen …

»Du vergisst dich, Mädchen«, zischte Loj.

»Verschwinde! Zurück mit dir ins Dickicht, du wilde Kreatur! Geh, fang deine Mäuse …«

Das brachte das Fass zum Überlaufen.

Loj sprang auf, in einem einzigen Augenblick wechselte ihre Körperhaltung von friedlicher Entspanntheit zu von unvorstellbarer Energie strotzender Kampfbereitschaft. Sie würde ihr die Augen auskratzen, den Hals aufreißen, das Deck in Blut tränken!

Noch in der Luft führte sie ihren Schlag aus – den berühmten Schlag ihres Clans: die unsichtbare Kralle. Nicht einmal Torn war es gelungen, ihm auszuweichen, dabei hatte sie ihn gegen ihn nur mit halber Kraft geführt, ihn nur angedeutet.

Das Mädchen versuchte, sich zu verteidigen – aber irgendetwas störte sie dabei; die Beschwörungsformel, die bereits in ihren Fingerspitzen hing, löste sich nicht; und während Loj auf den zarten Körper ihrer Gegnerin stürzte, begriff sie voller Freude, dass ihr Angriff gelungen war.

Aber … wo waren die Wunden? Wo waren die tödlichen Spuren vom Schlag der vier unsichtbaren magischen Krallen? Krallen, die sie tief in den Körper des Mädchens hineingestoßen hatte, die ihr das Herz herausreißen und ihre Wirbelsäule zerbrechen sollten.

Auf Tel liegend, schlug Loj noch einmal zu. Aus nächster Nähe, und dieses Mal ließ sie alle Energiereserven in den Hieb, die ebenfalls unsichtbare Katzenpfote, fließen. Um das Herz der Gegnerin zusammenzupressen, damit es für immer stehen blieb …

Aber Tel hatte offensichtlich nicht die Absicht zu sterben.

Stattdessen hob sie den Arm und drückte Loj ihre Handfläche ins Gesicht.

Der Raum um die flache Handfläche gellte vor Kraft. Das war … das war doch jener Schlag des Geheimen Clans … von dem ihre Großmutter erzählt hatte …

Loj machte sich ihrerseits bereit zu sterben.

Aber nein. Auch Tels magische Formel blieb auf halbem Weg stecken. Als ob eine Kugel den Lauf verlassen hätte und nun in der Luft hinge. Als ob eine ungeheure Kraft, die Tels Kunstfertigkeit und Lojs Meisterschaft geradezu jämmerlich aussehen ließ, mit einem einzigen leichten Lufthauch alle Magie zum Stillstand gebracht hätte …

Loj hatte früher schon einmal von so etwas gehört!

Aber sie hatte keine Zeit nachzudenken; das Gesicht dieser verhassten Kröte war ganz nah, und es war Loj egal, dass die Magie ihr nicht gehorchte, sie würde diese Schlampe jetzt … ganz ohne Magie … wie bei einer ganz gewöhnlichen Prügelei unter ihresgleichen …

»Ahhh!«, kreischte Loj und krallte sich in die kurzen Haare des Mädchens.

Die andere blieb ihr nichts schuldig; sie schlug auf Lojs Gesicht ein, kratzte nicht schlechter als eine echte Katze und versuchte dabei, die Augen zu erwischen. Die Frau und das Mädchen waren ineinander verkeilt und wälzten sich in einem schreienden, kreischenden, zischenden Knäuel übers Deck. Beide waren sie rothaarig, Loj war zu gut trainiert für ihr Alter, und das Mädchen war zu stark für seines, und so wirkten sie jetzt wie siamesische Zwillinge bei dem verzweifelten Versuch, voneinander loszukommen.

»Ich reiß dir deine Fransen raus!«, schrie Loj wie im Rausch.

»Verschlissene Katze!«, gellte Tel, während sie sich die Haare der anderen um die Hand wickelte. »Au, au, das tut weh …«

Jetzt prügelte Loj auf das Gesicht des Mädchens ein, versuchte ihm die Nase blutig zu hauen. Vielleicht bist du eine mächtige Magierin, Kleine, aber wenn es um eine ganz normale Schlägerei geht … Au!

Mit gellenden Schreien lösten sie sich voneinander und stürzten jede in eine andere Richtung, als ein Strahl kalten Flusswassers auf ihre Körper niederging.

»Es reicht!«

Der Länge nach auf dem Deck ausgestreckt und auf ihre zerschrammten Ellbogen gestützt, hielt Loj entsetzt den Blick auf Viktor gerichtet.

Der Mann stand jetzt zwischen ihnen. Er hatte die Arme nach oben geworfen, und die Kraft, eine unfassbare, zornige Kraft brodelte am Himmel. Er war jetzt die Spitze eines Speers, der Schacht einer Windhose – aus ihm schlug eine solche Energie, dass Loj, die niemals irgendetwas fürchtete, sich nichts mehr wünschte, als die Augen zusammenzukneifen. Nein, ihre eigene Magie war nicht erloschen, aber für so etwas würde niemals die Kraft eines Einzelnen ausreichen … ganz gleich, um wen es sich handelte. Ihre Katzenmagie suchte schmählich das Weite, zog den Schwanz ein, versteckte sich im tiefsten Inneren ihrer Herrin. Das

Wasser rund um den Kahn kochte, das Boot bebte, die unerwarteten, heftigen Windstöße hätten jeden umgeworfen … außer Viktor.

»Ich verbiete euch …«

Viktors Blick verbrannte Loj. Er warf einen kurzen Blick auf Tel, und das Mädchen, das schon drauf und dran gewesen war, sich wieder in den Kampf zu stürzen, fiel in sich zusammen.

»Die Erste, die wieder losfaucht, werfe ich über Bord«, sagte Viktor kalt. »Verstanden?«

Loj hatte nicht vor, über Bord zu gehen. Sie blickte Viktor mit weit geöffneten Augen an. In ihr brannte eine Mischung aus grenzenloser Begeisterung, Angst, Bewunderung und Lust. Sieh mal einer an! Nicht zu fassen!

Dummer Torn, dummer Ritor, dumme Tel … Oder wusste Tel Bescheid?

Sie blickte Tel in die Augen, aber darin lag im Moment noch zu viel Zorn. Loj konnte nichts erkennen.

»Ich entschuldige mich … Viktor.« Loj erhob sich langsam und beugte den Kopf. Sie machte eine kurze Pause und fügte hinzu: »Ich verzeihe Tel ihr Benehmen. Sie ist noch ein Kind …«

Tels Zorn flackerte auf, und Loj hoffte nichts mehr, als dass die andere die Beherrschung verlieren würde. Und dann ab ins kalte Nass!

»Ich verzeihe Loj Iwer ihr Benehmen«, sagte Tel mit höflicher Stimme. Sie schluchzte kurz auf und fuhr sich mit der Hand über die Kratzer im Gesicht.

»Tut es weh, Tel?« Viktor machte einen Schritt auf das Mädchen zu. In seiner Stimme war Sorge zu spüren. Der ungeheure Strudel der Kraft, der um sie herum tobte, begann sich zu beruhigen.

Sie war eine würdige Gegnerin. Was machten ihr schon die paar Kratzer aus? Aber sie verstand sie auszunutzen … schon flennte sie an seine Schulter gelehnt … und blickte Loj dabei wütend an.

»Armes Mädchen!« Loj musste bei dieser Begegnung wirklich alle Register ziehen. »Komm her, ich heile deine Wunden …«

Viktor blickte die Zauberin wohlwollend an und klopfte Tel auf die Schulter. »Gut. Ich bin froh, dass ihr euch beruhigt habt. Also, was willst du von mir?«

»Ich will dir helfen …« Loj seufzte, aber sie hatte keine Wahl. »Dir und Tel.«

»Wir brauchen keine Hilfe.«

Loj schüttelte den Kopf. »Lehn meine Hilfe nicht gleich ab, Viktor. Auf euch wartet eine Falle. Und dieses Mal wird Ritor dir keine Chance lassen.«

Sie sprach im Bewusstsein dessen, dass ihre Rettung, und nicht nur ihre, sondern das ganze Los ihres Clans, von ihrer Aufrichtigkeit abhing. Von ihrer absoluten, vorbehaltlosen Aufrichtigkeit. Wenn sie sich nicht täuschte … Nein, sie durfte sich nicht täuschen.

Und auch wenn Tel vor Wut aus der Haut fahren würde, Loj Iwer würde das Wohl ihres Clans im Auge behalten … und vielleicht auch ihr eigenes. Gut möglich, dass sich am Ende die Gelegenheit bieten würde, eine echte Heldin des Katzenclans zu werden …

Würde sie etwas vollbringen, was seit der Zeit des Auszugs noch keine ihrer Vorgängerinnen vermocht hatte?

14

»Freunde, ich möchte euch Liz vorstellen, sie ist vom Clan des Feuers und Magierin dritten Ranges.«

»Schon fast des zweiten«, verbesserte das Mädchen Ritor eilig. »Die Prüfung habe ich schon bestanden ... aber der Maître starb und ...«

Sandra nickte. »Sehr gut, Liz. Ich bin Sandra ... erster Rang. Und das ist Asmund. Er hat bisher erst den siebten erworben – vorab.«

»Wurdest du erst entdeckt?«, fragte das Mädchen erfrischend direkt und streckte dem errötenden Asmund ihre Hand zum Kuss hin. Sandra presste eifersüchtig die Lippen aufeinander, aber Ritor warf ihr einen warnenden Blick zu, so dass sie sich einen Kommentar verkniff.

»Mhm«, nickte der Junge. »Maître Ritor ...«

»Später, Asmund«, unterbrach ihn der Zauberer. »Liz, dies sind unsere Magier, Maître Solli ... Maître Boletus ... herausragende Kämpfer ... großartige Jungs. Und dies hier sind mein Bruder Kan und sein Schüler ...«

Nachdem Liz geschmeichelt von jeder Menge unverhüllter männlicher Aufmerksamkeit alle begrüßt hatte, hob Ritor die Hand und gebot Schweigen.

»Freunde, dies wird unsere letzte Gelegenheit sein, den Drachentöter zu fassen. Ich werde nicht müde zu wiederholen: Diesmal dürfen wir nicht versagen. Er kommt jetzt geradewegs auf uns zu. Er nimmt den Weg über den Kanal. Vermutlich hat er keinen Führer an seiner Seite, sondern folgt seinem Instinkt. Er wird jetzt vom Erdelement angezogen … oder vom Feuer. Aber nach Oros führt nur ein Weg, nämlich der über die Ländereien der Erde. Deshalb sind wir hier. Ich kann seinen Weg mit meiner Formel überwachen. Wir werden ihn erst im allerletzten Moment angreifen. Erst wenn er unmittelbar in unserem Sichtfeld ist; wir Zauberer machen seinen Schutzwall unschädlich – auf mein Kommando hin schlagen wir alle gemeinsam zu –, und dann tretet ihr auf den Plan, Jungs. Wir wollen seinen Kopf, ist das klar?«

Erik und Kevin nickten. Ebenso die älteren Partner der übrigen sieben Paare.

»Wir warten hier, bis er auftaucht, in diesem kleinen Tal. Wenn er an Land geht, werden wir ihn aufspüren. Vergesst nicht, Jungs, er vermag vieles. Das Beste wäre, ihn aus der Entfernung zu erschießen … aber auf so viel Glück wage ich nicht zu hoffen. Na gut, es ist nicht meine Aufgabe, euch zu sagen, wie ihr am besten gegen ihn kämpft. Wir decken euren Angriff … alles Übrige ist eure Angelegenheit.«

»Wir werden euch nicht enttäuschen«, sagte Erik leise. »Nicht wahr, Kevin?«

»Wir werden euch nicht enttäuschen«, stimmte der andere zu. »Oder wissen wir etwa nicht, mit wem wir es zu tun haben?«

Ritors Lager befand sich in einem abgelegenen kleinen Talkessel. Auf den Abhängen ringsum wuchs dichter Wald. Der Magier hatte sich keine große Mühe gegeben, einen guten Zugang zu ihrem Unterschlupf sicherzustellen. Wichtig war nur eines, den Drachentöter abzupassen, wenn er ans Ufer ginge, denn dann würde Ritors Kraft um ein Vielfaches zunehmen. Später würden sich die neun Paare, die Älteren mit ihren Jungen »zur Hand«, der Sache annehmen.

Das Warten begann. Nach Ritors Berechnungen waren sie dem Drachentöter mehrere Stunden voraus – bald würde die Stunde der größten Kraft schlagen. Der Kahn oder das Floß, je nachdem, was der Drachentöter gewählt hatte, würde festmachen, und jener würde an Land gehen. Er wusste ja nicht, dass er verfolgt wurde. Er würde den üblichen Weg zu den Grenzen des Erdclans wählen. Und da würden sie ihn zu fassen bekommen. Zusammen mit Liz ... jener war noch nicht in der Lage, gleichzeitig gegen zwei Elemente zu bestehen. Ganz gleich, wie gut sein Schutzwall war, er wäre noch nicht fähig, ihn mit äußerster Kraft zu nutzen. Fünf Magier der Luft und ein Magier des Feuers – gegen sie würde der Drachentöter nicht bestehen können.

Wenn es sein muss, opfere ich alle meine Kämpfer, dachte Ritor kalt, aber wir werden den Drachentöter vernichten. Koste es, was es wolle. Ich spüre schon die Vibrationen unsichtbarer Saiten ... nur für mich wahrnehmbare Vorzeichen, und sie kündigen die baldige Ankunft des Drachen an ... Und wenn der Drachentöter auf ihn trifft, dann ist die Katastrophe unvermeidlich. Denn dieser Drache ist tatsächlich der letzte. Vielleicht wäre Torn in der Lage, den ersten Ansturm der Angeborenen abzuwehren, obwohl ich das kaum glaube, aber den zweiten wird er ganz sicher nicht überstehen. Denn allein im Kampf gegen den anderen, den Erschaffenen Drachen, werden zwei Drittel seiner Soldaten sterben, und für das restliche Drittel reicht den Angeborenen ein adlerköpfiges Schiff.

Die aufgehende Sonne vertrieb unbarmherzig die letzten Fetzen der Nacht; eigensinnig kletterte sie am Himmelsgewölbe in die Höhe, und Ritor fühlte sich unwillkürlich an die größte Angst seiner Kindheit erinnert; damals hatte er gefürchtet, dass die goldene Kugel den steilen Aufstieg an der hellblaugläsernen Kuppel nicht aushalten, abrutschen und in einem verzehrenden Flammenmeer auf die Erde stürzen würde.

Erik und Kevin scheuchten ihre Leute unermüdlich durch die Gegend und arbeiteten irgendwelche Taktiken aus, die nur ihnen verständlich waren; die Jungen »zur Hand« schlichen durchs Gebüsch und verschmolzen buchstäblich mit den Pflanzen wie flinke Schlangen. Sandra und Asmund saßen abseits und flüsterten miteinander; Solli und Boletus unterhielten sich mit Liz. Das Mädchen hatte gerötete Wangen und erklärte den beiden Magiern der Luft in diesem Moment etwas; ihre zarten Finger huschten hin und her, und zwischen ihnen loderten die blassen Zünglein rauchloser Flammen auf – Liz führte offenbar irgendwelche Details ihrer Angriffskunst vor.

Alles war in Ordnung. Seine Truppe war bereit. Bald würden sie aufbrechen.

Ritor blieb eine Weile lang auf einem alten, vertrockneten Ast sitzen und genoss einen kurzen Augenblick grenzenlosen Friedens. Viel zu selten wurde ihm diese Wohltat zuteil. »Morgen zieh ich in den Kampf, bis dahin …« – wie von selbst fielen ihm die Worte ein. Vor nicht allzu langer Zeit war einer von der Anderen Seite zum Clan der Luft gestoßen; er hatte leider nicht das geringste Talent zur Zauberei, dafür konnte er Verse rezitieren und Lieder singen, dieses hier und noch unzählige andere …

Der Magier der Luft prüfte mit größter Sorgfalt seine Überwachungsformel; gespannt und aufs Äußerste konzentriert … das Ziel im Visier, verfolgte er die Spur. Aha! Die flimmernde Komponente des Wassers war verschwunden; der Drachentöter war an Land gegangen. Und zwar gerade eben erst.

Ritor hob schweigend die Hand. Im gleichen Moment erstarrte das ganze Lager.

Der Zauberer benötigte einige Sekunden, um herauszufinden, wo und wie der Drachentöter sich vorwärts bewegte. Ja … alles klar. Ganz wie er es vorhergesehen hatte, der nichtsahnende Mann hatte die viel bereiste Hauptstraße von den Anlegestellen zu den Ländereien der Erde gewählt. Und genau das hatte Ritor von ihm erwartet. Jetzt war es nur eine Kleinigkeit. Sie mussten ihn umzingeln und … das Begonnene zu Ende bringen.

»Gehen wir«, befahl das Oberhaupt der Luft mit leiser Stimme. Er sah Asmunds vor Aufregung zerbissene Lippen, Sandras hochgezogene Augenbrauen und Liz' weiße, ineinander verschränkte Finger; nur Solli und Boletus waren ganz gelassen. Wer sein Leben um ein Haar unter dem ungezügelten, rasenden Ansturm der großen Windflügel gelassen hatte, den konnte ein Drachentöter nicht aus der Ruhe bringen.

Bis zu besagter Hauptstraße waren es zwei Stunden Fußmarsch. Die Herbstsonne schien weich, und das Laufen war angenehm. Ritors Truppe bewegte sich in einer langen Reihe vorwärts. Kevin und Erik und dahinter Blade bildeten die Vorhut, Jerome und Ben deckten die Seiten. Für alle Fälle. Keiner rechnete mit einem Überfall, aber wer wusste schon, was Torn vorhatte?

»Halt, wir machen Rast«, befahl Ritor, als in Sichtweite vor ihnen das helle Band der befahrenen Straße auftauchte. Er wollte, dass seine Truppe ausgeruht war. Sie hatten einen guten Vorsprung vor dem Drachentöter, und jetzt würden sie ihren Hinterhalt sorgfältig einrichten.

Die Trasse vor ihnen leerte sich. Verschreckte Siedler auf dem Weg zum Markt, Handelsfuhren, die Ladungen von den Kähnen aufnahmen, gewöhnliche Reisende – mit einem Wort, alles, was normalerweise auf dieser Straße unterwegs war, hatte nichts Eiligeres zu tun, als der Kampftruppe zweier Elementarer Clans aus dem Weg zu gehen. Sogar die Totemistischen Clans, einschließlich der stolzen Panther, beschlossen nach kurzem Zögern, dass es besser war, dem großen Ritor nicht in die Quere zu kommen.

Der Magier der Luft hatte eine Stelle gewählt, wo der Weg eine Biegung um einen flach auslaufenden, ganz mit Wald bewachsenen Hügel machte. Es war der ideale Ort für einen Hinterhalt. Wieder eine Art Talkessel mit Böschungen; zwei Schritte vom Weg entfernt begann dichtes Buschwerk und undurchdringliches Gehölz. Der Drachentöter konnte nirgendwohin fliehen.

Kevin und Erik gaben ihre Befehle und stellten ihre Leute auf. Die übrigen Älteren und ihre Jungen versteckten sich im Unterholz; nach wenigen Augenblicken standen nur noch die Magier auf dem Weg.

»Hör zu, Liz. Solli und ich kümmern uns um die erste Schicht seines Walls. Ich bin mir fast sicher, dass sie mit Wassermagie zu tun hat. Dann kommen Sandra und Asmund und schalten die zweite Schicht aus – ich denke, die wird was mit unserem Arsenal zu tun haben. Danach bist du an der Reihe. Boletus gibt dir Deckung für den Fall eines Gegenschlags. Ich nehme an, deine Attacke wird er ebenfalls abwehren … aber mach dir nichts draus. Denk dran, unsere Aufgabe ist es, ihn bloßzustellen. Soll er alle seine Kräfte an uns abarbeiten, indem er unsere Angriffe abwehrt.

Erik und Kevin verstehen ihr Handwerk … wenn wir den Drachentöter zum Kämpfen zwingen, werden sie ihn erledigen. Aber wir müssen ihn zwingen, alle seine Kräfte aufzubieten, verstehst du? Deshalb bitte ich dich, halte dich nicht zurück. Ich gebe dir mein Wort, dass keiner die Geheimnisse deiner Magie auskundschaften wird.«

Liz errötete und nickte.

»Verteilt euch jetzt, Freunde«, sagte der Magier. »Er ist nicht mehr weit entfernt.«

Allmählich belebte sich der Weg wieder. Zweirädrige Karren und Fuhrwerke ratterten vorbei, zogen Fußgänger und Reiter dahin; sie vernahmen das Quietschen von Rädern und die müden Rufe der Treiber, das Blöken von Schafen, die in Herden vorbeigetrieben wurden – alles war wie immer.

Ritor lag da, ganz verdeckt von den dichten immergrünen Zweigen einer Magnolie. Die Zauberer vom Clan der Erde hatten viel Mühe darauf verwenden müssen, um den empfindlichen Gast vom Heißen Meer in diesem trockenen, kalkhaltigen Boden anzusiedeln …

Der Magier wartete. Na, na, was war da los? Aus Furcht, sein Opfer aufzuschrecken, ließ Ritor das Band seiner Überwachungsformel erschlaffen. Im Augenblick konnte er es nicht riskieren, den Drachentöter aufzuspüren, da dieser schon ganz nahe sein musste.

Halt! Und wer war das?

In einem einfachen, staubigen Kleid, barfüßig und mit zerzausten Haaren kam Loj Iwer höchstselbst den Weg entlang.

Ritor hätte sich nicht gewundert, Torn zu sehen. Aber Loj? Was tat die hier?

Die Frau blieb stehen und musterte mit eindringlichem Blick das Gebüsch.

»Gestatte mir, mich dir zu nähern, ehrwürdiger Ritor«, rief sie leise. »Ich habe wichtige Nachrichten für dich. Sie betreffen den Drachentöter. Ich habe das Gefühl, er entwischt dir.«

»Komm her, ehrwürdige Loj«, sagte der Magier, so ruhig er konnte. »Komm her und erkläre mir, was vor sich geht.«

Lojs Erzählung nahm nicht viel Zeit in Anspruch.

»Ich war bei Torn und habe dort alles erfahren.«

»Du warst bei Torn, und er hat dich nicht augenblicklich getötet?«, fragte Ritor aufrichtig verwundert.

Loj lächelte leicht verächtlich. »Mich? O nein. Wir sind zu einer Übereinkunft gekommen. Ich habe ihm Schmerzensgeld für seine Demütigung bezahlt.« Lojs verschmitztes Lächeln trieb Ritor die Röte in die Wangen. Natürlich, schon klar, was das für ein Schmerzensgeld war ... Ach, Loj, geile Katze ... Im Übrigen hatte sie ihm das Leben gerettet. Es stand ihm nicht zu, über sie zu richten.

»Und dann habe ich den Drachentöter ausgekundschaftet. Das war nicht leicht, Ritor. Er hat schon zwei Weihen durchlaufen, er ist sehr gefährlich. Er vertraut niemandem, nicht mal seinem eigenen Schatten. Jetzt ist er auf dem Weg zum Clan der Erde – aber wie es aussieht, ahnte er die Falle.«

»Wie das?« Ritor runzelte die Stirn.

»Man müsste schon ein Dummkopf sein, wenn man nach dem Scheitern des ersten Anschlags nicht mit einem zweiten rechnet«, sagte Loj mit der für sie so typischen Lässigkeit. »Ich glaube ... ich bin nicht sicher, aber ... er hat sich anscheinend von deiner Leine fortgerissen.«

»Wie?« Ritor war fassungslos.

»Ach, allerehrwürdigster Magier, sogar ich konnte deine Formel auf ihm spüren ... und da er die Luftweihe schon hinter sich hat, konnte er offensichtlich dein Band auf jemand anderen übertragen.«

»Das kann nicht sein«, schrie Ritor. »Iwer, mir … ich … das kann nicht sein …«

»Ich habe mich so beeilt, dir Bescheid zu geben.« Loj drehte sich beleidigt weg. »Hab mir die Hacken wundgelaufen … mich abgehetzt … und was muss ich als Antwort hören?«

»Schon gut …« Ritor spürte Reue. Warum sollte Loj denn lügen? Erst recht, nachdem sie ihm schon das Leben gerettet hatte …

»Oder glaubst du, Torn hat mich auf seine Seite gezogen?«, flüsterte die Katze verständnisvoll. »Denk selbst nach, welchen Grund hätte ich dazu? Ja, ich war bei ihm … und ich war mit ihm zusammen … Wir Katzen benötigen Frieden, wir können uns keinen Krieg mit den Elementaren Clans leisten. Außerdem weißt du ja, wie wir zu den Drachen standen …«

Das stimmt, dachte Ritor. Die Geflügelten Herrscher interessierten sich nicht für die Katzen, dafür hatten sie den Clan auch nie bei seinen Intrigen gestört. Unter der Herrschaft der Drachen nahmen die Katzen unter den Totemistischen Clans sogar eine höhere Stellung ein als jetzt.

»Außerdem kannst du meine Worte ja leicht überprüfen«, flüsterte Loj. »Mach dich noch mal auf die Suche nach ihm, dann kannst du dich selbst überzeugen. Und wenn ich lüge, kannst du mich töten. Oder …«, sie zwinkerte ihm spielerisch zu, »du kannst mich deinen Soldaten überlassen. Allen gleichzeitig. Ich schätze, es würde ihnen gefallen.«

»Du und deine Scherze, Loj«, sagte Ritor vorwurfsvoll. »Aber meine Jungs werde ich schonen. Ich weiß schon, dir sind auch hundert noch zu wenig … Also gut, ich werde deine Worte überprüfen.«

»Und wirst dich davon überzeugen, dass ich Recht habe«, verkündete Loj in gekränktem Tonfall.

Ohne große Anstrengung belebte Ritor seine Überwachungsformel. Das unsichtbare Band erzitterte, ein schwacher, kaum spürbarer kleiner Wind erhob sich auf sein Ziel zu … prallte gegen eine nackte menschliche Seele und flog zurück.

Ritor konnte nur mit Mühe einen Schrei unterdrücken. Das war ganz sicher *nicht* der Drachentöter! Nur ein junger Mann, der einen Schubkarren voller Wassermelonen vor sich her schob, und ein Mädchen in ärmlichem Kleid, das die grünschwarz gestreiften Kugeln an der linken Seite stützte, damit sie nicht über die Bretterwand kullerten.

An diesem Mann war absolut nichts Auffälliges. Und nicht das kleinste bisschen Kraft. Ja, äußerlich hatte er eine gewisse Ähnlichkeit … aber mehr auch nicht.

»Dieses hinterlistige Scheusal!«, stöhnte Ritor und ballte die Fäuste vor Wut. »Aber pass nur auf, du entkommst mir nicht! Sandra, Asmund, Solli! Boletus! Alle zu mir! Ihr müsst helfen!«

Allen war bewusst, dass es schlecht um ihren Plan stand, wenn Ritor um Hilfe bitten musste …

Asmund strengte sich besonders an. Und wie es so geht, Neulinge haben immer Glück, stieß ausgerechnet er auf den Drachentöter.

Ja, natürlich! Ritor fragte sich, wie er den Feind nur so hatte unterschätzen können! Selbstverständlich hatte jener seine Schlüsse aus den Vorfällen in Chorsk gezogen; er hatte die Haupttrasse gemieden und eine Route über abgelegene, kleine Feldwege gewählt, von einem Gehöft zum nächsten, über verlassene Felder, durch leere Gärten ... Natürlich!

Aber in einem hatte der Drachentöter sich doch getäuscht. Er war zu nah an der Hauptstraße geblieben.

»Mir nach!«, befahl Ritor.

»Nun, Ritor, glaubst du mir jetzt?«, hörte er Lojs Stimme.

»Wieder hast du mir geholfen, Loj Iwer.« Der Magier fasste die Frau an beiden Händen. »Das werde ich dir nicht vergessen. Wenn das hier überstanden ist, würde ich mich gerne erkenntlich zeigen. Ich stehe in deiner Schuld, aber sei versichert, dass ich nicht lange in dieser Rolle bleiben werde.«

»Ich werde warten«, sagte Loj mit leichtem Lächeln.

»Gut, wir haben es eilig. Kommst du mit uns?«

»Natürlich, ehrwürdiger Ritor.« Die Katze zuckte mit ihren makellosen Schultern. »Wie könnte ich mich von dieser Unternehmung fernhalten?«

Sie liefen querfeldein, durch dichten Wald und Unterholz. Es war ein langer, beschwerlicher Marsch, der sie all ihrer Kräfte beraubte. Es schien, als ob die Zweige besonders tief herunterhingen, um ihnen den Weg zu versperren, und die Wege absichtlich ins Abseits führten. Ritor hielt die Formel aufrecht und spürte die zunehmende Kraft, der sie sich mit jedem Schritt näherten. Der Drachentöter hielt es offenbar nicht für nötig, sich zu verstecken. Er schien voller Selbstbewusstsein ... in seiner Annahme, dass er sich von dem Zauberband losgerissen hatte.

Nein, mein Lieber, gleich wirst du dich davon überzeugen, dass man den Clan der Luft nicht zweimal besiegen kann.

Nur ganz selten blitzte vor Ritor die lange Reihe seiner Krieger auf. Die Jungen »zur Hand« waren vollkommen unsichtbar geworden, so dass nicht einmal Ritors scharfes Auge sie ausmachen konnte. Und irgendwo neben ihm flackerte gelegentlich Lojs rotgoldener Schopf auf.

Der Wald endete unvermittelt, als hätte ein riesiges Schwert ihn gefällt. Vor ihnen erstreckten sich Felder und Gärten, und das schmale Band eines Feldwegs wand sich hindurch. Ein junger Mann in einer schwarzen Jacke und mit einem kurzen Schwert am Gürtel ging den Weg mit schnellen, angespannten Schritten entlang.

Die Kraft des Drachentöters klatschte Ritor wie eine Welle giftiger Spritzer ins Gesicht.

»Attacke!«, schrie Ritor, ohne einen Gedanken an Deckung zu verschwenden. Und er sandte selbst die erste Formel aus. Das Heulen des Windes, ein Staubtornado auf dem Acker … ein Feuerkranz, der sich über Liz' Kopf drehte …

Der Mann vor ihnen warf sein Schwert zu Boden, setzte sich hin und fasste sich an die Hosenbeine; auf seinem Gesicht lag tierisches Grauen. Ah, du zitterst, du Scheusal? Denk an jene, die deinetwegen auf dem Bahnhof von Chorsk sterben mussten! Bitte sie um Verzeihung, solange du noch Zeit dazu hast!

Oder kämpfe und stirb, wie es sich für einen Drachentöter gehört! Ich kenne deine Gefühle, ich erinnere mich an diesen stolzen Kraftrausch, das Bewusstsein der Schicksalhaftigkeit, diesen hehren Flug des Geistes; du musst das Gleiche empfinden; warum spiegelt sich auf deinem Gesicht das Entsetzen?

Der Mann fiel auf die Knie. Ritors magischer Angriff hatte sich wie eine unsichtbare Sense auf den Schutzwall des Drachentöters gestürzt, ihn durchdrungen und unschädlich gemacht.

Was ist da los?, dachte Ritor bestürzt. Du kannst dich doch wehren, du hast doch all deine Kräfte zur Verfügung; warum kämpfst du nicht?

Der Drachentöter schien jedoch nicht einmal an Widerstand zu denken. Seine Hosenbeine hatten sich dunkel verfärbt. Er rutschte durch den Staub auf die ihn umzingelnden Krieger zu, rang die Hände und winselte vor Angst.

»Ach, große Not ... ach, bin nur eine Waise ... ach, verschont mich, gute Leute ... seht nur, seht, ein Kreuz ... nicht im Traum ... hab mir nichts zuschulden kommen lassen, ehrwürdiger Magier, ganz bestimmt, bin unschuldig ...!«

Der Mann weinte dicke Tränen, während er sich weiter im Staub wand und Unverständliches vor sich hinstammelte. Ein scharfer Geruch ging von ihm aus.

Die Krieger standen um ihn herum und behielten den Mann im Visier. Keiner von ihnen fiel auf so eine plumpe Falle herein. Sie warteten auf Ritors Kommando.

»Und das ist der Drachentöter, ehrwürdiger Ritor?« Liz zog die aristokratische Nase kraus. »Ich glaube, dass dieser Mann hier nur ein kleiner Dieb ist, der sich vor Angst in die Hose gemacht hat, weil er jemandem das Schwert klaute.«

Der Magier der Luft trat vorsichtig näher.

Wo bei allen Großen Winden war dessen Kraft? Wo verbarg sie dieses auf den ersten Blick so erbärmliche Wesen? Vielleicht war dies eine gemeine Falle, und der Drachentöter wartete nur darauf, dass seine Gegner ihre Entschlossenheit verloren und sich entspannten, ehe er den ersten Schlag gegen sie führte.

»Versuch nicht zu fliehen oder uns mit Zauberei zu täuschen!«, warnte Ritor den Mann.

»Nein, nein, Väterchen, im Leben nicht, niemals, ich liege ganz still, bitte, Väterchen, bin nur eine arme Waise, bitte, hab das Gesetz gewiss nicht übertreten … bei Gott nicht …«

»Woher hast du das Schwert?«, fragte Ritor streng.

»Schwert? Welches Schwert? Das ist doch nur ein Stock …«, stammelte der Unglückliche.

Ritor schüttelte den Kopf. Warum nur war es ihm so vorgekommen, als ob dieser Mann eine Waffe bei sich trüge? Wo es sich doch in Wirklichkeit nur um einen einfachen Stock handelte, mit einem Ästchen, das ein wenig an einen Griff erinnerte …

»Abtasten, schnell!«, befahl Ritor.

Eine kleine, billige Seele. Ein wenig Gier, Angst, Lüsternheit und Dummheit. Im Moment vor allem – ungeheure Angst. Weiter nichts. Absolut gar nichts!

Wie konnte das nur sein? Das Zauberband hatte doch ganz deutlich …

»Dies ist nicht der Drachentöter, Maître Ritor«, sagte Liz verächtlich. »Man hat uns hinters Licht geführt.«

Alles, was die junge Feuerfrau nicht geäußert hatte, war deutlich in ihren Augen zu lesen.

Loj! Loj Iwer. Die ihm das Leben gerettet hatte. Die so überzeugend gewesen war. Die ihnen so eilig zu Hilfe gekommen war.

Und die auf einmal verschwunden war.

Eben war sie noch gemeinsam mit ihnen durch den Wald gehetzt, hatte Hände geschüttelt und mit den Fingern ihre niederträchtigen Katzenformeln gewunden, sogar seinen Blick gesucht und ihn angelächelt. Und jetzt war sie auf und davon. Schnell und unbemerkt, wie es nur die Katzen konnten.

Dieses käufliche Luder! Ja, sie war zu Torn gestürzt, hatte ihn um Verzeihung angefleht … die er schließlich gewährt hatte. Natürlich hatte sie auf seinen Befehl hin gehandelt. Hatte ihn um den Finger gewickelt. Gerade weil sie ihm ja vorher das Leben gerettet hatte … tatsächlich, ein guter Schachzug von Torn, das musste man ihm lassen.

Der arme Mann vor ihnen war völlig erstarrt und winselte nur noch schwach vor sich hin.

»Freunde, man hat uns verraten. Loj Iwer hat uns verraten. Sie hat dem Drachentöter geholfen zu entwischen. Und wahrscheinlich hat sie ihm auch beigebracht, wie man das Zauberband abstreift. Das ist keine schwierige Aufgabe, wenn einem ein erfahrener Magier hilft. Und wie man es auch dreht und wendet, Loj Iwer ist eine Magierin ersten Ranges. Wenn auch eines Totemistischen Clans. Natürlich, so war es, genau so …«

Ritor sprach gemessen und ohne Hast; wie im Unterricht. Die Magier und Krieger um ihn herum blickten ihn mit wachsender Unruhe an; sie durften jetzt nicht aufgeben, sie mussten ihn erneut ausfindig machen, vielleicht gelänge es ihnen noch.

Ritor jedoch redete und redete. Und keiner wagte es, den Magier mit dem glasigen Blick zu unterbrechen.

»Es gibt so ein Verfahren. Der Drachentöter kapselt die Kraft in sich ein, so dass man sie nur aus nächster Nähe erkennen kann. Und einem Ersatzmann, hier diesem unseligen Dieb zum Beispiel … wird für eine kurze Zeit der Umhang der Kraft übergehängt … es ist eine Maskierung, eine Tarnung, wie man auf der Anderen Seite sagt. Und wir sind auf diesen Trick hereingefallen … weil, nun, weil der Drachentöter ja eigentlich erst ein paar Tage in unserer Welt ist, weil er keinen Führer hat, und keinen Lehrer, das heißt, er hatte keinen Lehrer bis vor kurzem … Aber dann tauchte Loj Iwer auf! Ach, Torn, das war clever, ganz ganz clever von dir …«

»Ritor!« Sandra unterbrach ihn entschieden. »Hör auf, Ritor, ich bitte dich. Wir müssen jetzt nachdenken, wie wir den Drachentöter noch einholen. Wir müssen hier alles durchkämmen.«

»Durch die Ländereien der Erde führen viele Wege. Und wenn er sich versteckt hat …« Ritor winkte resigniert ab. »Verstehst du nicht, was diese Katze angerichtet hat? Sie hat ihm beigebracht, wie er sich verstecken kann. Jetzt werden wir ihn nur noch erkennen, wenn wir ihm von Angesicht zu Angesicht gegenüberstehen.«

»Und wo ist Loj?«, kreischte Sandra. »Wo ist dieses intrigante Miststück? Ich werd sie …«

»Zu spät.« Wieder winkte Ritor ab. »Dafür sind die Katzen berühmt. Die ist auf und davon. Und da wird auch kein Durchkämmen mehr helfen.«

»Du darfst nicht aufgeben, Ritor!«, schrie Boletus. »Auf keinen Fall. Brich jetzt nicht ein, Ritor!« Er vergaß seine Position und packte das Oberhaupt des Clans am Kragen. »Ritor, Ritor, komm zu dir! Wir müssen sie erwischen! Den Drachentöter und diese Verräterin! Wir sind genügend Leute, wach auf, Ritor!«

Der Magier hob den Kopf. Langsam wurde sein Blick wieder klar. Der Schleier der Verzweiflung hob sich.

»Ritor. Wir müssen ihn finden.« Sandra sprach mit ihm wie mit einem kleinen Kind, dem man alles erklären musste. »Bündle unsere Kräfte, du hast ihn doch wahrscheinlich gesehen! Wir werden ihn suchen, dem Gesicht nach …« Sie begriff selbst, wie gering ihre Chancen waren. Wenn es nur so einfach wäre …

»Er kann die Kraft nicht lange wie ein Reisebündel zusammengeschnürt mit sich herumtragen«, mischte Liz sich ein. »Früher oder später wird er sie ausbreiten, sie benutzen müssen. Wir könnten zur nächsten Festung des Erdclans eilen und dort auf ihn warten.«

Mit Mühe blickte Ritor in die Runde der Gefährten.

»Gut«, sagte er kaum hörbar. »Gehen wir …«

Saft troff von der Wassermelone und fiel in feinen süßen Spritzern in den Straßenstaub. Viktor schüttelte die schwarzen Kerne aus dem Stück und verzehrte es mit einem Bissen. Vorzüglich! Und ganz ohne Chemie … höchstens mit ein bisschen Magie? Oder war Magie auch ein ökologisch schädlicher Faktor? »Kommt, ihr ehrlichen Leute, selbst gezogene Wassermelonen, ohne jede Magie!« Wirklich, ganz vorzüglich! Es tat ihm jetzt schon leid, die Schubkarre, die ihren Dienst erfüllt hatte, fortzuwerfen. Hatten sie die eigentlich gebraucht? Loj zufolge schon. War dem wirklich so? Womöglich hatten sie sich umsonst in dieser Hitze abgeplagt, als sie die schwere Last vor sich her schoben. Der Meinung war jedenfalls Tel.

Viktor wischte sich das vom Saft verschmierte Kinn ab, griff nach seinem Schwert und zerteilte die nächste Melone in zwei Hälften. Tel schnappte sich sogleich eine und grub die Zähne in das weiche Fruchtfleisch – »Lutscher«, hatten sie als Kinder gesagt.

Wäre er vor drei Tagen auf die Idee gekommen, dass er mit einem Elfenschwert eine Wassermelone aufschneiden würde – einem Schwert, mit dem er zuvor einen Menschen getötet hatte! –, um dann das süße, saftige rote Fruchtfleisch zu verzehren? Viktor versuchte Ekel zu empfinden, Abscheu oder wenigstens Verachtung für sich selbst. Wie konnte er nur so sein?

Wie sich herausstellte, war es ganz einfach.

»Nein, das reicht«, sagte er und warf die grünschwarze Schale fort. »Wenn ich noch ein einziges Stück esse, dann … hm … mach ich heute Nacht bestimmt in die Hose.«

Tel schnaubte und blickte ihn von der Seite an. »Du bist ganz verschmiert.«

Sie ließen den Schubkarren stehen, bogen vom Weg ab und machten an einem Bächlein halt. Die Erde war steinig und trocken, selbst am Ufer wuchsen keine Pflanzen, und der allgegenwärtige Staub legte sich augenblicklich auf ihre vom Saft klebrige Haut.

»Du siehst auch nicht besser aus«, bemerkte Viktor. Er wusch sich mit dem kalten Wasser. Sein Bauch war schwer und aufgedunsen wie eine Trommel; er fühlte sich wie eine Riesenschlange, die einen Elefanten, einen Hut und auch noch Saint-Exupéry selbst verschlungen hatte. »Wenn du willst, ich …« Die Idee war verlockend! »Wenn du willst, könnte ich versuchen, die Luft dazu zu bringen, dass sie den Staub von unserer Haut fortbläst …«

»Auf keinen Fall!«, schrie Tel. »Du bist verrückt! Zeig keine Kraft!«

Viktor schwieg eine Weile. »Tel, du hast doch selbst gesagt, dass Lojs Befürchtungen Unsinn sind!«

»Ja! Vermutlich sind sie das! Aber was, wenn nicht?«

Gegen dieses Argument konnte er nichts einwenden. Es war immer besser, auf Nummer sicher zu gehen. Komisch war nur, dass er bei Tel bislang keine besondere Neigung zur Vorsicht wahrgenommen hatte.

»Ich tu's nicht«, sagte Viktor ergeben. Die Zauberformeln, die Loj ihm beigebracht hatte, waren ihm verlockend deutlich in Erinnerung. Es war alles ganz einfach. Sollte es wirklich so leicht sein, sich die Kunst der Magie anzueignen? Nein, wahrscheinlich nicht für alle. Die Fähigkeiten des Drachentöters halfen ihm vermutlich, eben jene, derentwegen Tel ihn von der Anderen Seite hierhergeschleift hatte …

»Gut so«, lobte Tel ihn. »Ich werd mich jetzt auch waschen.«

Viktor begriff erst, was Tel meinte, als sie sich das Kleid über den Kopf zog und zum Wasser ging. Also, sie war wirklich ein außergewöhnlich schamloses Mädchen! Nein, er würde sich nicht dümmlich abwenden und auf das Thema Anstand zu sprechen kommen, ganz im Gegenteil, er folgte ihr mit den Blicken. Ungeniert war sie. Und schön, da wäre es wirklich ein Jammer, sich zu verstecken.

Sie lockte ihn doch nur! Der Gedanke war beunruhigend und kränkend. Die Verliebtheit kleiner Mädchen in erwachsene Männer nahm für gewöhnlich nicht derart offene, provokante Formen an.

Tel plätscherte hinter ihm und quietschte vor Kälte, aber Viktor wälzte in Gedanken immer noch seinen verspäteten Verdacht. War es tatsächlich möglich, dass ein halbwüchsiges Mädchen bei diesem wahnsinnigen Treiben der Zauberer und Zauberinnen mitmachte – ein Mädchen vom Geheimen Clan?

Ja, das war möglich.

Außerdem – hätte Tel ihn tatsächlich verführen wollen und an die haltbarste aller Leinen legen wollen, nämlich jene, die aus Verliebtheit, Begehren und Schuldgefühlen besteht, dann hätte sie das doch längst getan. Zum Beispiel in jener ersten Nacht im Hotel, als er verwirrt gewesen war und unsicher, ob alles um ihn herum überhaupt Wirklichkeit war. Oder des Nachts auf dem Kahn, unter dem nachsichtigen Schleier der Dunkelheit, leicht angetrunken und aufgerieben, wie er war, nicht nur physisch, sondern vor allem seelisch – da hätte er nirgendwohin flüchten können …

Viktor räusperte sich.

Nein, in der kommenden Nacht würde Tel schön schlafen, und er würde Loj einen Spaziergang im Mondschein vorschlagen. Unter dem jungfräulich-reinen Mond, der nicht von Astronautenschritten entweiht war, und durch zartes, junges Gras, das so sehr zum Niederlassen einlud. Und Loj war ohne Frage eine freizügige Frau. So freizügig, dass er sich nicht scheute, sie als Luder zu bezeichnen. Loj lebte davon; Sex war für sie eine ebenso selbstverständliche Beschäftigung wie ein beiläufiges Gespräch oder ein Glas Wasser zu trinken …

»Willst du dich nicht waschen?«, fragte Tel.

»Das Wasser ist kalt.«

»Dann lass uns gehen.« Tel erschien wieder in ihrem ursprünglichen Aufzug; mit dem hässlichen, kaputten Kleidchen, das ihr als Verkleidung gedient hatte, rieb sie sich, ohne zu zögern, die Beine trocken. »Wir gehen noch ein Stück den Hauptweg entlang, bald wird wieder mehr los sein. Vielleicht nimmt uns jemand mit. Du hast doch noch Geld, oder?«

»Und was ist mit Loj?«

»Wieso, willst du etwa auf sie warten?«

»Loj hat uns gebeten, nicht vor dem Abend weiterzuziehen.«

»Viktor!« Tel setzte sich vor ihn hin und schüttelte ihr feuchtes Haar. Viktor lächelte unwillkürlich über diese Geste. Verdammt, hatte sie tatsächlich schon bemerkt, welche Bewegungen er an ihr mochte? »Warum benimmst du dich wie ein kleiner Junge? Warum soll ich die Suppe für uns beide auslöffeln?«

»Was meinst du damit?«

»Ich traue Loj nicht«, sagte Tel mit fester Stimme. »Erstens tut sie immer so rätselhaft. Sie sagt uns nicht alles.«

»Das ist möglich.«

»Und zweitens wird sie nichts verheimlichen können, falls die Magier sie erwischen sollten. Ein erfahrener Zauberer holt sogar aus einem toten Zauberer die Wahrheit heraus.«

»Aus einem toten Zauberer?«

»Die Toten sind schutzlos«, sagte Tel in einem Ton, der ihn an den Wächter der Grauen Grenze erinnerte. »Die Toten verfügen über keine magische Kraft mehr, Viktor! Ach, ich Dummchen, ach ja …«

Mit ihrem ganzen Wesen brachte Tel auf einmal Reue und Verwirrtheit zum Ausdruck.

»Was ist los?«

»Na ja, Loj ist eine schöne Frau …« Tel blickte ihm nicht in die Augen. »Und schrecklich erfahren, wie hunderttausend Frauen auf einmal, wahrscheinlich … Du begehrst sie, oder? Nun ja, so ist das doch bei Erwachsenen …« Sie klimperte verwirrt mit den Augenlidern.

Viktor hatte nicht den geringsten Zweifel daran, dass Tel mit ihm spielte. Nur hatte er nichts gegen sie in der Hand. Der Blick des Mädchens war aufrichtig und ganz und gar unschuldig, und ihre Wangen waren sogar gerötet.

»Sie ist wahrscheinlich schon so um die hundert«, fügte Tel nachdenklich hinzu. »Vielleicht auch zweihundert. Magier ersten Ranges sterben nicht an Altersschwäche … Du könntest es so schön mit ihr haben, und ich, ich störe …«

»Hau mir bloß ab damit!« Viktor sprang auf. »Was redest du da für einen Mist …«

»Übers Alter?«

»Über mich! Ich will mit den Intrigen greiser Kokotten nichts zu tun haben! Los, gehen wir!«

Es war tatsächlich nicht weit bis zu einem stärker befahrenen Abschnitt des Wegs. Sie brauchten nur eine halbe

Stunde, aber in dieser Zeit verfluchte Viktor sich insgeheim dreimal für seine Dummheit. Sie hätten doch auf Loj Iwer warten sollen …

»Schmoll nicht«, sagte Tel plötzlich, als könnte sie seine Gedanken lesen. »Bitte. Wenn Loj nichts zugestoßen ist, findet sie uns sowieso.«

»Bewacht sie uns mit einer Zauberformel?«, fragte Viktor trocken.

»Jetzt sei doch nicht sauer.« Tel fasste seine Hand. »Na komm schon … Loj braucht keine Formeln, sie ist nicht umsonst eine Katze. Die wissen, wie man ausspioniert, wie man sich versteckt, flüchtet, lügt – das ist Teil ihrer Kraft.«

»Aha, alles klar. Sie nimmt also unsere Witterung auf, folgt ihren niedrigsten Instinkten …«

Als er sich die bezaubernde Loj vorstellte, wie sie auf allen vieren den Weg entlang irrte, musste Viktor lächeln. Und wenn es stimmte, dass sie tatsächlich schon über hundert Jahre alt war …

»Aber wenn ihr etwas zustößt, weil wir nicht auf sie gewartet haben«, sagte Viktor mit drohender Stimme.

»Ich weiß, ich weiß. Das würdest du mir nie verzeihen, du würdest es mir sehr übelnehmen, mich in ein Waisenhaus oder ein Kloster stecken … Mach dir keine Gedanken um Loj! Weißt du nicht, dass Katzen neun Leben haben?«

»Ah, da bin ich ja beruhigt …«

Einige Augenblicke später sagte Tel unerwartet: »Aber ich bin sehr froh, dass du dich um Loj sorgst; wenigstens um irgendwen …«

»Sich um dich Sorgen zu machen wäre so, als ob man einen Fisch im Wasser mit einem Schirm vorm Regen schützen wollte.«

So standen sie gegenseitig stichelnd eine halbe Stunde am Straßenrand und warteten. Dann saßen sie eine weitere halbe Stunde im Gras. Gut ein Dutzend Karren und andere Fahrzeuge kamen in dieser Zeit vorbei. Aber Tel rümpfte immer nur verächtlich die Nase; und auch Viktor reizte die Vorstellung nicht, in einem Wagen zusammen mit fünf dicken, freundlich grunzenden, fröhlichen Schweinen zu reisen oder in einem riesigen Gefährt, das wie ein Eisenbahnwaggon aussah und voller betrunkener, lustiger Gnome war. Im Gegensatz zu der Gegend um die Graue Grenze gab es hier praktisch keine Elfen; vielleicht mochten sie nicht so weit weg von den Wäldern siedeln, vielleicht hatten sie aber auch, einmal vertrieben von den Magiern, nicht mehr zurückkehren wollen.

»Weißt du, was mich wirklich wundert?«, fragte Viktor rein rhetorisch. »Wie ihr hier miteinander auskommt.«

»Wer? Alle? Oder die Clans?«

»Ach, lass mich mit den Clans in Ruhe! Wie viele Magier gibt es denn in jedem Clan? Hundert, tausend? Die haben doch keine andere Wahl, als miteinander auszukommen.«

»Sag das nicht.«

»Euch sticht doch nur der Hafer.« Viktor schmetterte Tels Einwände einfach ab. »Nein, ich meine, wie kommt es, dass die Elfen und Gnome nicht übereinander herfallen?«

»Gelegentlich fallen ja welche übereinander her«, warf Tel nachlässig ein. »Und es gibt ja auch nicht mehr viele. In den Bergen zum Beispiel trifft man ab und zu noch auf Trolle, aber sie sind selten geworden. Alle, die sich nicht eingewöhnen konnten, sind ausgestorben.«

Viktor dachte an den Kapitän ihres Kahns und fragte: »Gibt es hier noch Hobbits?«

»Was?«

Er erklärte es ihr, so gut er konnte.

Tel schüttelte den Kopf, und zum ersten Mal klang ihre Stimme unsicher: »Ich hab noch nie davon gehört. Und ganz bestimmt noch keine getroffen. Das muss eure Erfindung sein.«

Endlich erschien ein Fuhrwerk auf dem Weg, das Tel mit einem Nicken guthieß. Es war eine Art Planwagen, dessen Bögen im Augenblick nicht von Planen verhängt waren. Ein junger Mann saß auf dem Kutschbock vor dem eingespannten Pferd und lenkte den Wagen, indem er in der einen Hand die Zügel hielt, gleichzeitig Sonnenblumenkerne knackte und mit der anderen Hand in einem abgegriffenen Büchlein blätterte. Der Anblick des Buches rief bei Viktor fast die gleiche unerhörte Gier hervor wie die Zeitungen am Bahnhof. Wie man es auch drehte und wendete, die Tatsache, dass er keine Möglichkeit hatte, etwas zu lesen, blieb nicht ohne Folgen.

»He, he!« Der Junge winkte ihnen freundlich zu. »Wollt ihr mitfahren?«

»Ja, nimm uns mit!« Tel zog Viktor hinter sich her. »Komm schon, schnell!«

Der Junge hatte offensichtlich nicht vor, das Pferd zum Stehen zu bringen, aber der gemächliche Schritt der phlegmatischen Stute stellte kein Hindernis dar. Tel sprang so leicht auf den Wagen, dass der Kutscher beifällig schnalzte. Viktor dagegen lief eine Weile schmachvoll hinter dem Wagen her, ehe er durch die offene Hinterwand hineinkletterte. Entlang der Längsseiten des Wagens standen zwei hölzerne Bänke, dazwischen häuften sich Berge von Heu.

»Wie weit wollt ihr fahren?«, fragte der junge Mann und verzog den Mund zu einem breiten Grinsen. Auf der Anderen Seite würde er als ein ganz gewöhnlicher junger Mann aus der tiefsten Provinz durchgehen, zumindest, wenn man auf die eisenbeschlagenen Holzräder seines Wagens alte Autoreifen aufziehen würde. Ein ganz normales Fuhrwerk und er selbst ein ganz normaler junger Mann. Er hatte kurzgeschnittene schwarze Haare, ein braungebranntes, grob geschnittenes Gesicht, gekrümmte Schultern und trug einfache, aber saubere Kleidung – alles ganz gewöhnlich.

»Nach Feros«, sagte Tel und lächelte ebenfalls. »Mein Bruder und ich wollen uns als Magier versuchen.«

Was sollte denn das jetzt wieder, mein Bruder und ich?, überlegte Viktor.

»Den ganzen Weg kann ich euch nicht mitnehmen, aber bis zu den Fürstenhöfen gern.«

Viktor versuchte, Tels Aufmerksamkeit durch ein Hüsteln auf sich zu ziehen, aber die war vollauf mit ihrem kleinen Flirt beschäftigt.

»Die Leute sagen, ich hätte Talent. Am Ende wird aus mir wirklich eine Magierin, denk doch nur!«

»Das wäre ja toll! Na, versuch's nur!« Der Junge legte das Buch zur Seite, ließ die Zügel los, worauf das gehorsame Pferd nicht im Geringsten reagierte, und hielt Tel in der offenen Hand Sonnenblumenkerne hin. »Da, nimm dir welche! Mein Bruder Sascha hat sie geröstet.«

»Danke dir.« Tel setzte sich neben ihn. »Und du, wie heißt du?«

»Wasja.«

»Ich heiße Tel. Hübsch, nicht wahr?«

Mit einiger Fassungslosigkeit betrachtete Viktor dieses Kind der Mittelwelt. Was würde sich ändern, wenn man es auf die Andere Seite versetzte? Vermutlich nichts.

Jetzt wandte sich der Junge an ihn. »Magst du auch? Keine Sorge …« Eine Handvoll Kerne landete in Viktors Handfläche. Nur geröstete Heuschrecken mochte er vermutlich noch weniger als Sonnenblumenkerne. Aber da half nichts. »Wie nennt man dich, Schweiger?«

»Viktor.«

»Aha. Na, Vitek, knack dir ein paar Kernchen. Ich sag dir – süß wie Zucker!«

»Dürfte ich vielleicht …« Viktor zeigte auf das Buch.

»Kannst du lesen?« Der Tonfall des Jungen war auf einmal nicht mehr nur freundlich, sondern regelrecht vertraulich. »Ich liebe es auch! Nimm nur, aber mach dir vorher die Hände sauber.«

Viktors Ansicht nach hatte das arme Buch nicht mehr viel zu verlieren. Der Papiereinband war so abgewetzt, dass man die Farben nicht mehr erkennen konnte. Auch der Titel war unlesbar geworden. Dennoch rieb sich Viktor gehorsam die Handflächen an den Jeans ab und öffnete das dicke Bändchen an der Stelle, wo ein Strohhalm aus den Seiten herausragte.

Hierher kamen sie nach kurzer Instruktion direkt aus den Zellenversammlungen, sie schritten schweigend dahin, einzeln oder zu zweit, höchstens zu dritt, und jeder von ihnen trug in seiner Tasche ein Mitgliedsbuch mit dem Aufdruck »Kommunistische Partei (Bolschewiki)« oder »Kommunistischer Jugendverband der Ukraine«. Das eiserne Tor konnte nur passieren, wer ein solches Büchlein vorwies. Im Hörsaal hatten sich bereits viele Menschen eingefunden. Der Raum war hell erleuchtet, die Fenster waren mit Segeltuchplanen verhängt. Die versammelten Bolschewiki machten Witze über diese Vorsichtsmaßnahmen und rauchten seelenruhig ihre »Ziegenbeine«.

Viktor hatte das Gefühl, wahnsinnig zu werden, ratlos blickte er Wasja an.

Der Junge nickte. »Aha! Hat's dich gepackt? Flott erzählt, was?«

»Woher ... hast du das?«

»Es ist eben so ein Buch«, erklärte der Junge geduldig. »Fantasy. Schon mal davon gehört? Das heißt, sie lügen, aber spannend und zusammenhängend.«

»Das ist ein Buch von der Anderen Seite«, bemerkte Tel nach einem kurzen Blick. »Wie bist du daran gekommen?«

Wasja lächelte voller Stolz, gab aber keine Antwort.

»Und ... verstehst du das alles?« Viktor konnte sich sein leidenschaftliches Verhör nicht verkneifen.

»Na ja ... nicht ganz. Wie sie da Ziegenbeine rauchen können – ist mir echt ein Rätsel. Und dann all diese Bolschewiken und ... Komsomolzen. Die sind wohl so was wie die Gnome bei uns – bauen auch die ganze Zeit an der Eisenbahn. Oder sie sind eine Art Magier, die für Ordnung sorgen und die Abgaben eintreiben.«

Viktor war drauf und dran zu antworten, aber Wasja interessierte sich augenscheinlich mehr für Tel als für Fragen des Bolschewismus.

Er schlug Viktor wohlmeinend auf die Schulter und wandte sich wieder an das Mädchen: »Wo liegt denn deine Kraft?«

»Ich kann das Gras wachsen lassen, außerdem spüre ich Wasser ...«

»Das ist großartig!«

»Ich hab damit sogar den Gnomen bei der Route geholfen! Und zweimal bin ich schon auf eine Erzader gestoßen ...«

»Wirklich?« Der Junge stieß einen Pfiff aus. Er hatte ganz offensichtlich eine hohe Meinung von sich selbst. Das war schon an seinem Gesichtsausdruck zu erkennen, ganz so, als ob er nur zufällig auf diesem Kutschbock gelandet sei und eigentlich sehr viel höher hinauswollte! Aber was Tel gesagt hatte, flößte ihm Respekt ein. »He, Freund, du hast ja eine tolle Schwester.«

Viktor nickte finster. Warum Tel es für nötig befunden hatte, einen zufälligen Wegbegleiter zu täuschen, konnte er ganz und gar nicht verstehen. Aber für irgendwas würde es schon gut sein …

Andererseits war es auch nicht nötig, Tels Lüge aufzudecken, schließlich wollte er sich an ihrem Gespräch nicht beteiligen, sondern viel lieber über Pawel Kortschagin weiterlesen. Er streckte sich auf dem Boden des Wagens aus und blickte in den klaren Himmel. Kein Wölkchen, nirgendwo Rauch. Die Räder quietschten vor sich hin, der Wagen wurde ein bisschen durchgeschüttelt, aber nicht allzu sehr, denn die Trasse war stark befahren und die Erde zu einer Fahrrinne festgedrückt. Tel und Wasja hechelten die Magier durch. Aber natürlich respektvoll und voller Vorsicht.

Warum fuhr er nach Feros?

War es nicht an der Zeit, Tels Plänen nicht länger gehorsam zu folgen? Ja, ja natürlich, das Mädchen half ihm. Aber sie ließ doch auch ihre eigenen Ziele nicht aus den Augen. Schließlich hatte sie erst einen Nichtschwimmer ins Wasser gestoßen, ehe sie ihm jetzt stolz den Rettungsring zuwarf. Er musste endlich offen mit ihr reden …

Plötzlich begriff Viktor, dass Loj Iwer in all seinen wütenden Gedankengängen eine Rolle spielte. Die graziöse Loj, wie sie ihre langen, wohlgeformten Beine ausstreckte und ihn vollkommen unzweideutig anlächelte. Verdammt! Was strahlte diese Frau nur für eine Faszination aus? Selbst wenn sie schon Hunderte von Jahren alt war, wie Tel gesagt hatte …

Wie alt war wohl Tel?

Er hob den Kopf und blickte zu dem Mädchen hinüber. Genau im richtigen Moment, denn soeben legte Wasja ihr den Arm um die Schulter; er bekam postwendend eine leichte Ohrfeige und nahm ohne jedes Zeichen von Gekränktheit seinen Arm wieder weg.

Es gelang Tel, sich sehr unterschiedlich zu präsentieren. Mal war sie eine ernsthafte Lehrmeisterin, dann ein erschrockenes Kind, dann wieder eine erbarmungslose, kalte Frau. Wie sie über den Grenzer und seine Söhne einfach gesagt hatte: »Sie sind glücklich gestorben.« Beiläufig und nachlässig. Das war nicht der Zynismus einer Halbwüchsigen, wie er anfangs gedacht hatte. Und wenn er dann noch Lojs Worte über den Geheimen Clan in Betracht zog …

Tel drehte sich zu ihm um, streckte ihm die Zunge raus und zupfte den Kutscher spielerisch am Genick. Viktor wandte verwirrt den Blick ab.

Nein, ganz gleich, wie viele Rätsel sie ihm aufgab, vorerst war es noch zu früh, um Schlüsse zu ziehen. Ach, wenn Loj doch nur hier wäre! Die spielte zwar auch ihr Spielchen, aber zumindest ein sehr viel durchsichtigeres. Wo war sie jetzt, die Zauberin Loj Iwer?

15

Loj Iwer streckte ihren müden Körper wohlig auf den kühlen Steinen aus, während sie auf dem Bauch liegend Wasser aus dem Bach trank. Von der Seite sah es albern aus: Eine schöne Frau in zerrissenen Kleidern lag in einer merkwürdigen, für einen Menschen unbequemen Haltung da, ihr Kinn nickte über den schnellen Wasserstrudeln auf und ab, und ihre rosa Zunge blitzte auf; die Frau warf kurze Blicke nach rechts und links, ehe sie den Kopf wieder zum Bach beugte.

Aber niemand sah Loj Iwer von der Seite. Niemand interessierte sich für die mit Dickicht bewachsene Senke, wo sie sich versteckt hielt, um sich nach ihrer Flucht vor Ritor und seinen Gefährten zu erholen. Nur eine neugierige Meise sprang von Ast zu Ast und beobachtete den unerwarteten Gast. Loj kniff die Augen zusammen, blickte zu dem Vogel hinüber und sagte: »Mi-ia-au!«

Die Meise reagierte überhaupt nicht.

Loj lachte auf und schüttelte dabei die ganze Anspannung ab, die ihr noch in den Knochen steckte. Der kluge, edle Ritor! Ha, dem hatte sie es gegeben! Ach, wie wütend der jetzt wohl war! Na ja, reg dich nicht auf, reg dich nicht auf, mein Lieber, du wirst schon noch begreifen, dass ich

Recht habe. Er würde seinen Zorn ja wohl nicht an dem unglückseligen Bäuerchen auslassen … Aber nein. Ritor nicht. Der versicherte sich immer erst, ehe er jemanden umbrachte. Und einen Unschuldigen würde er nicht anrühren. Eher würde er ihn noch mit großzügiger Hand aus der Kasse des Clans entschädigen. Ach, was war das für ein hübsches Schauspiel gewesen! Wie der vom Magier gerufene Wind sich gehorsam aufheulend zu einer straffen Schlinge zusammengedreht hatte! Wie Kevin sein silbernes Schwert gezogen hatte … ach, ein Bild von einem Mann! Wie die Kraft dieses Mädchens vom Feuerclan aufflackerte! Die musste man sich merken, unbedingt. Gut möglich, dass sie den Clan eines Tages anführen würde …

»Ruhst du dich aus, Loj?«

Das Wasser im Bach geriet in Aufruhr, schwoll zu einem Hügel an. Weiße Schaumkronen deuteten Torns Haare sowie die dicken Augenbrauen an, und zwei winzige Wasserfälle seine Augen. Das verzerrte, gläserne, sich im ständigen Fluss befindliche Gesicht des Wassermagiers blickte Loj von der Oberfläche des Gewässers an.

»Esel!« Loj konnte nur mit Mühe einen Aufschrei unterdrücken. »Du … du hast mich erschreckt!«

Die durchsichtige Maske lachte glucksend. Die Lippen des Magiers, die aus zwei kleinen Wellen bestanden, teilten sich, und Torn spritzte Loj einen feinen Wasserstrahl mitten ins Gesicht.

»Du Kretin!« Sie hatte sich schon wieder gefasst, fuhr aber fort, sich zu empören. Sollte Torns Eitelkeit sich doch geschmeichelt fühlen. Tatsächlich hatte der Magier ja auch allen Grund, stolz zu sein, immerhin hatte er sie allein mit Hilfe des schwachen Fadens der Kraft, die sich von dem Bach speiste, aufgespürt.

»Gut, gut, nimm es mir nicht übel«, sagte Torn versöhnlich. »Es war wirklich sehr komisch, wie du dich erschreckt hast. Sonst bist du es doch immer, die sich über arme alte Magier lustig macht …«

»Wann hab ich mich über dich lustig gemacht?«, erregte sich Loj. Sie hatte sich aufgesetzt und brachte mit leichten Bewegungen das Wasser in Aufruhr, so dass über Torns Gesicht ein stetiges Kräuseln lief, das wie Falten aussah. »Es ist nicht sehr nett von dir, schwache Frauen zu beleidigen.«

»Mach dich nicht absichtlich klein.« Torns Gesicht drehte sich, schwamm auf der Oberfläche. Er streckte seine lange dünne Zunge heraus, leckte beiläufig Lojs Knöchel und löste sich in einer Garbe glitzernder Spritzer auf. »Denk lieber an Ritor! Unser nicht mehr allzu liebenswürdiger Freund ist außer sich vor Wut und droht damit, dir das Fell über die Ohren zu ziehen.«

Also verfolgte Torn ganz genau alles, was sich ereignete! Vor Schreck wäre Loj um ein Haar vom Bach weggesprungen.

»Was ist denn mit dir?«, fragte Torn. »Du hast die Magier der Luft so geschickt getäuscht … Ich bin begeistert! Nein, wirklich, vielen Dank! Ritor hätte um ein Haar alle meine Pläne durchkreuzt.«

Es sah ganz so aus, als meinte er es aufrichtig, und Loj nickte und nahm den Dank würdevoll entgegen. Nach kurzem Zögern fragte sie: »Torn, warum hat dein Strafkommando Viktor verfolgt? Warum haben sie in Luga versucht, ihn umzubringen?«

»Aha, du weißt also schon Bescheid«, gluckste Torn zufrieden. »Ich habe mich immer gewundert, wie der Clan der Katzen es schafft, über alles auf dem Laufenden zu sein.«

»War das ein Ablenkungsmanöver?« Loj ließ nicht locker. »Um Ritor zu verwirren?«

»Nicht nur das, Loj, nicht nur das ...« Torn versank in Nachdenken, die durchsichtige Maske sank auf den Grund des Baches, um kurz darauf wieder an der Oberfläche aufzutauchen. Das Wasser schwoll merklich an, offenbar zog die Magie alle Säfte der Quelle heran. »Schön. Du hast das Recht, gewisse Dinge zu erfahren. Der Drachentöter erlangt die Kraft im Kampf, im Duell. Der Hass im Kampf ist es, der ihn nährt und ihm die Gewalt über die Elemente verleiht. Der arme Gotor ... aber er wollte es selbst so. Er reizte den Drachentöter, trieb ihn an. Vernichtete jene, die an dessen Seite kämpften. So lange, bis der Drachentöter endlich die Kraft des Wassers annahm.«

»Das heißt, Ritor hat sich selbst geschadet?«, rief Loj aus. »Als er Viktor angriff, half er ihm, die Kraft der Luft zu erkennen?«

Torns Lippen verschwammen zu einem Lächeln.

»Du spielst klug, Torn.« Loj schüttelte den Kopf. »Du siehst weit voraus ...«

Es lag ihr auf der Zunge, zu sagen, dass jemand mit solchen Fähigkeiten ab und zu auch mal zurückblicken sollte, aber die Katze schwieg wohlweislich. Sie hatte viel erfahren von dem, was sie wissen wollte. Und selbst hatte sie nichts preisgegeben.

»Jetzt wirst du herumrätseln, wie die Einzelheiten der Drachentöter-Weihen vonstatten gehen ...« Torn runzelte die Brauen. »Plag dich nicht damit. Du gehörst nicht zu den Elementaren und musst dich nicht mit überflüssigem Wissen belasten.«

»Ach ja? Und was schlägst du mir vor, was ich stattdessen machen soll?«, fragte Loj boshaft.

»Liebe, zum Beispiel.« Torn lachte lauthals.

Wie kühn er aus dieser Distanz war! Loj zerschmolz zu einem Lächeln. »Geliebter! Wenn du wüsstest, wie sehr ich dich begehre! Allein schon bei der Erinnerung wird mir warm.«

»Nun ja, Wärme kann ich nicht versprechen, aber alles andere …«

Das Wasser begann sich aufzublähen, der Grund des Baches wurde sichtbar. Auf dem sandigen Boden sprangen ängstlich Jungfische herum. Ein Gebilde aus Wasser, das Torn aufs Haar glich, stand vor Loj. In dem durchsichtigen Körper wirbelten Strudel umher, mächtige Strahlen der Bachströmung flossen durch ihn hindurch. Ein Fisch, der sich zufällig in dem sich belebenden Wasser befunden hatte, flitzte erschrocken in der Brust umher, als wollte er den Herzschlag parodieren.

Torn, besser Torns Doppelgänger, war nackt. Eine ausgezeichnete Kopie! Nur in einer Hinsicht war der Magier nicht der herben Wahrheit des Lebens gefolgt …

»Oho …«, war alles, was Loj sagen konnte, als sie Torn betrachtete.

»Aha«, sagte Torn selbstzufrieden. Er streckte die Hand aus und begann Loj die Reste ihres Kleids vom Leib zu ziehen.

»Hör mal, ich schätze dich wirklich außerordentlich, aber was meine Wasserliebe angeht …«, versuchte die Katze zu protestieren. Aber der erregte Magier hörte ihre Einwände nicht, sondern fiel mit der Begeisterung eines Halbwüchsigen über sie her.

Vielleicht würde es ja ganz lustig werden!

Loj zwang sich, die Küsse der kalten, nassen Lippen zu erwidern, ließ sich folgsam ins Gras zurücksinken. Die durchsichtige Gestalt mit den männlichen Vorzügen von unerhörtem Ausmaß hing über ihr.

»Ich bin mächtig!«, schrie der Magier.

Ach …

Die fassungslose Loj versuchte verzweifelt herauszufinden, ob es ihr gefiel oder nicht. Vielleicht, wenn man das Wasser anwärmen würde … aber so, da konnte sie auch gleich einen Gartenschlauch nehmen …

»Luder …«, seufzte der Magier zärtlich und schmachtend. »Ach, Loj!«

Das Wasser in ihm wirbelte nur so, der Fisch warf sich hin und her, von der Strömung getrieben.

»Loj …« Der Magier stöhnte.

Das durchsichtige Gesicht lächelte dümmlich, die Wasserfallaugen verengten sich. Torn begriff zu spät, dass er die Kraft nicht länger kontrollieren konnte.

»Entsch…«, gluckste er, als das Wasser, befreit von den magischen Fesseln, in einem Schwall auf Loj einstürzte.

Völlig durchnässt und am ganzen Körper mit Gänsehaut überzogen, wälzte sich Loj Iwer in einem hysterischen Lachanfall durchs Gras.

Torn, Torn …

Wie oft würde sie noch erklären müssen, dass es nicht um die Größe ging! Nein, nein, sie würde ihm nicht sagen, dass es ihr überhaupt nicht gefallen hatte.

Im warmen Wasser, in der Badewanne, nach einem harten Arbeitstag … bitte, da ließ sich das Angenehme mit dem Nützlichen verbinden.

Aber genug gelacht, jetzt musste sie sich dringend um das arme Fischlein kümmern.

Mit dem größten Vergnügen hätte Viktor sich dem Schlaf überlassen. Der Wagen rollte vor sich hin, die Hufe des Pferdes klapperten gleichmäßig, die Holzräder ächzten, Tel flüsterte mit dem Kutscher; gelegentlich brachen die beiden in leises Lachen aus. Ab und zu kam ihnen ein Wagen entgegen, und Wasja tauschte mit den Kutschern zurückhaltend-höfliche Grüße aus. Einmal überholte sie eine vierspännige Kutsche in vollem Tempo. Die Kutsche wurde von vier Soldaten in Uniform eskortiert, die Viktor aus irgendeinem Grund an die eines Musketiers erinnerte. Ja, und die Soldaten waren nicht nur mit langen Degen, sondern auch mit schweren Musketen bewaffnet.

»Wow, schau nur, wie diese Kutsche vom Erdclan dahinjagt!«, sagte Wasja voller Begeisterung. »Wenn du erst Zauberin bist, wirst du auch so durch die Gegend reisen, mit Gardisten und allem Drum und Dran.«

Viktor setzte sich sogar auf und blickte der Kutsche hinterher. Er sah nichts Besonderes. Die Fenster waren dicht verhängt, und die Leibwächter erinnerten überhaupt nicht an Magier.

»Magst du Milch?«, fragte der Kutscher. »Die muss getrunken werden, sonst wird sie sauer.«

Nachdem Viktor die warme, fette Milch ohne Freude ausgetrunken hatte, legte er sich wieder hin. Es wäre so schön einzuschlafen …

Und am Ufer unter dem Himmel, an dem keine Sonne schien, aufzuwachen? Zur Freude des Fresssacks?

Er dachte an den regelmäßigen Begleiter seiner Träume schon wie an einen richtigen Menschen. Einen, der unangenehm war, böse und zynisch, der ihm aber doch eine gewisse Achtung abnötigte. Dieser verfluchte Geheimniskrämer, was bedeuteten all diese Andeutungen und halbfertigen Sätze? Sollte Viktor vielleicht einschlafen und eine Prügelei anzetteln? Nein, daraus würde ohnehin nichts, denn in der Welt des Fresssacks ging alles nach dessen Regeln …

Die Welt des Fresssacks, war das die Welt der Angeborenen?

An diesem Gedanken war nichts Überraschendes. Wenn seine Visionen schon nicht zufällig waren – und da war Viktor sich ziemlich sicher –, dann musste er vermutlich bei den Angeborenen nach ihrem Urheber suchen. Bei denen, vor denen sich sogar die mächtigen Magier fürchteten …

»Und überhaupt, das sind Scheusale!«, rief Wasja plötzlich. Offenbar stritten er und Tel sich schon eine Weile.

»Und du, hast du je einen Drachen gesehen?« Viktor hob den Kopf, als er Tels Antwort hörte. Aber das Mädchen achtete nicht auf ihn. Ihre Stimme gellte vor Zorn. »Du bist ein kleiner Junge!«

Wasja erzitterte sogar. »Und du? Was bist du? Etwa eine Fallsüchtige? Als ob du einen gesehen hättest!«

»Ich … ich weiß es!«

»Woher?« Der Kutscher lachte nervös. »Woher willst du das denn wissen? He, Vitek, was ist mit deiner Schwester los?«

»Ich weiß es!« Tels Stimme hob sich. »Die Erde erinnert sich noch an ihre Schritte, die Felsen zertrümmerten! Sie hatte Mühe, die Drachen zu tragen, denn Berge sind leichter als deren Herzen! Die Luft winselte vor Schmerz, wenn die Drachen ihre Flügel ausbreiteten! Die Wirbelstürme änderten ihre Bahn, um ihnen nicht zu begegnen! Die Meere kochten von ihrem Atem! Die Flüsse trockneten aus, wenn die Drachen ihren Durst aus ihnen stillten! In den Kratern der Vulkane wärmten sie sich! Ihre Schuppen brannten heller als die Sonne!«

Stille trat ein. Das Pferd begann zu wiehern und fiel in Trab. Benommen sah Wasja zu Tel hinüber, während er langsam auf der Kutschbank von ihr abrückte. Dann rief er aus: »Ja, genau, das hab ich doch gesagt – das waren gemeine Scheusale! Ruhm und Preis den Magiern, dass sie uns von den Herrschern befreit haben!«

Tel lachte verächtlich. »Was denkst du, Junge?« Ihre Stimme war süß und doch scharf wie eine Rasierklinge. »Glaubst du, ich schimpfe auf die Drachen? Oh, da liegst du falsch. Völlig falsch. Sie waren der Leib der Erde und der Atem des Himmels. Ihre Seele floss in jeder Quelle, und ihr Licht vertrieb die Nacht. Der Feind wagte es nicht, die Mittelwelt anzugreifen, solange die Drachen sie beschützten. Wenn du den Flug eines Drachen am Nachthimmel gesehen hättest, Junge … Du wärst auf die Knie gefallen, wärst zu Stein erstarrt und unfähig gewesen, den Blick abzuwenden! Und wenn der Drache mit dem Himmel verschmolzen wäre, dann wärst du nicht mehr derselbe gewesen wie zuvor. Und wenn deine Kräfte gereicht hätten … wenn nur die Kühnheit gereicht hätte …«

Tel lachte laut auf.

Wenn die Kräfte gereicht hätten?

Viktor nahm wahr, wie blutroter Nebel vor seinen Augen aufstieg. Tel und der Kutscher verschwammen darin, und auch der Weg und die entgegenkommende Kutsche waren nicht mehr zu sehen.

»Ja, ihr Zorn war furchtbar, Junge! Aber dafür war auch ihre Liebe heller als ein Blitz! Und die Liebe war es, die sie am Ende umbrachte! Denn die Drachen konnten nicht stärker werden als der Drachentöter, dessen Kraft allein im Hass lag!«

Blutroter, blutroter, blutroter Nebel …

Die Welt war in eurer Gewalt. Und die Städte, die ihre Angst vor den Geflügelten Herrschern vergessen hatten, brannten. In blutroten, blutroten, blutroten Flammen … Die Men-

schen waren in eurer Gewalt. Und jene, die ihm mit dem Schwert in der Hand entgegengingen, bluteten. Blutrotes, blutrotes, blutrotes Blut.

Der Augenblick der Abrechnung ist gekommen.

Es ist kein Blut, kein Feuer, sondern es wird schwarz vor Augen. Vom Leuchten der schwarzen Eisenhaut, vom Strahlen des Schwerts. Er ist stark, der letzte Drache. Der, der wahrhaftig der letzte sein wird. Er ist sehr stark, jeder seiner Schläge bringt den Tod. Aber der Drachentöter spürt keine Wunden, denn was sind Wunden für einen, dessen Fleisch aus Stein ist und dessen Seele ein eisiger Schneesturm, dessen Bewegungen schneller sind als fließendes Wasser und dessen Kraft eine versengende Flamme ist.

Wer kommt da von hinten angekrochen? Deine Freundin, letzter Drache? Lächerlich, dass sie es wagt, sich in unser Duell einzumischen! Ein Schlag mit der Flachseite, damit sie nicht stört, und das Mädchen fällt betäubt. Der Mann im schwarzen Harnisch schreit vor Wut auf – aber seine Kräfte reichen nicht mehr aus, allzu viel brodelt in seiner Seele, Liebe, Angst, Verzweiflung und erst an letzter Stelle Hass. Der Mann schreit und wendet für einen Moment den Blick ab, sieht zu der gestürzten Frau hinüber …

Deine Zeit auf dieser Erde ist vorbei, Drache!

Ein Schlag, und der Säbel aus weißem Metall trifft die Beine des Ritters in Schwarz.

Du kannst die Flügel nicht mehr aufspannen, Drache!

Ein Schlag, und an der Klinge kocht das Blut, und das dünne Schwert fällt in den klebrigen Schmutz.

Ich nehme dir dein Leben, Drache!

Ein Schlag, und der schwarze Harnisch erzittert und gleitet wie eine Hülle vom Körper.

Für dich verlöscht das Licht, Drache!

Ein Schlag, und die hellen Haare werden dunkel, und er sieht die Augen des Drachen.

Noch ganz junge Augen.

Der Drachentöter lässt die Klinge sinken. Der Letzte der Drachen kniet vor ihm, er hat keine Kraft mehr zu stehen. Sein Leben verlässt ihn, mit jedem Herzschlag, mit jedem Atemzug.

Und doch kann er noch sprechen.

»Bist du glücklich, Drachentöter? Wärmt mein Tod deine Seele?«

Der Drachentöter rührt sich nicht. Drachen sind heimtückisch.

»Glaubst du wirklich … man kann einen Drachen töten? Für immer töten?«

Wie langsam er stirbt. Wie viel Kraft in seinem Körper steckt – sogar jetzt, nachdem er ein Mensch geworden ist.

»Die Zeit wird kommen, Ritor. Die Zeit wird kommen, Töter der Drachen!«

Da ist eine Flamme in seinen Augen – goldene Funken, ein glitzernder Weg ins Nichts, ein Tunnel, durch den die Seele des Drachen fliegt. Sie jagt davon – weit, weit weg, und niemand kann sie einholen, niemand vermag ihren Flug zu unterbrechen. Da hilft kein Schwert, und auch nicht die Kraft der vier Elemente.

»Die Zeit wird kommen, da wirst du diesen Augenblick verfluchen. Du wirst den Drachen suchen, zur Verteidigung. Du wirst dich selbst umbringen, Ritor. Wirst töten, ohne zu begreifen, was du anrichtest. Du wirst wieder Böses tun im Namen des Guten, Ritor …«

Ein Schwingen, und der silberne Stahl durchschneidet die Luft; wie kann sie es wagen zu prophezeien, diese er-

bärmliche, sterbende Kreatur; lausch nicht den Worten eines getöteten Drachen!

Aber die Luft, die gehorsame Luft, ist ein Verräter. Und dem Drachen gelingt es, zu lächeln durch das Blut.

Durch das blutrote, blutrote, blutrote Blut …

Der letzte Drache hatte die Mittelwelt verlassen.

Ritor, der die Weihen durchlaufen, der alle vier Elemente in sich aufgenommen hatte, ließ die Klinge sinken. Und der weiße Stahl, der das Leben der Geflügelten Herrscher getrunken hatte, zerfiel zu Staub.

So war es entschieden worden.

Der Drachentöter verliert die Kraft, wenn das letzte Opfer gestorben ist.

Nur der Hass bleibt.

Die Frau, die mit dem Drachen gekommen war, erhob sich vom Erdboden. Machte einen Schritt, fiel, kroch zum letzten der besiegten Herrscher hin. Sie war noch am Leben – denn sie war kein Drache.

Es gibt keine weiblichen Drachen!

Ritor schrie auf, als er begriff, dass er sich doch getäuscht hatte. Er hätte sie zuerst töten müssen! Was konnte er jetzt gegen sie ausrichten, so ohne Waffe, ohne die Kraft, jetzt, da auch für ihn der Regen wieder kalt und die Flamme verbrennend war. Was konnte er mit der Frau, die neben dem Körper des getöteten Drachen saß, tun?

Er drückte seine Finger an ihrem schmalen Hals zusammen. Stürzte sich mit seinem ganzen Gewicht auf sie und drückte die Frau auf die Erde. Sie setzte sich nicht einmal zur Wehr. Sie bebte vor Schluchzen, keuchte und schnappte nach Luft, während sie in die Augen des ehemaligen Drachentöters blickte.

Ritor begriff selbst nicht, wie es geschah.

Der Hass, der in seinen Adern kochte, der Hass: Du bist schuld. Er musste die Frau besitzen, direkt neben dem Leichnam des Herrschers.

Der Regen peitschte auf ihre Körper nieder, Wolken weißen Rauches zogen von dem brennenden Wald zu ihnen herüber, als Ritor in sich die Kraft fand, ihr in die Augen zu blicken. In die gleichmäßige gelbe Flamme, die einem Drachenfeuer glich.

Töte mich, bat sie schweigend.

Geh fort … auch er sprach in Gedanken zu ihr.

Ich kann nirgendwohin mehr gehen. Und wozu soll ich noch leben, Ritor, Drachentöter?

Sie brauchten keine Worte, der Hass verband sie stärker miteinander als die Liebe.

Jetzt kann ich dich nicht töten. Geh fort. Ich lasse dich frei. Du bist keine Gefahr für die Mittelwelt. Keine Gefahr und kein Nutzen. Geh fort. Die Andere Seite wird dich aufnehmen und zu Ende bringen, was ich begann.

Das Feuer in ihren Augen flackerte heller.

Bist du sicher, Ritor? Ganz sicher, Drachentöter?

Unser Streit ruft ein Echo in jener Welt der Menschen ohne Kraft hervor. Feuer und Tod erwarten dich am Ende des Pfades. Du wirst sowieso nicht überleben. Geh fort.

Ich weiß nicht, ob du Gutes oder Böses tust. Aber auf jeden Fall begehst du einen Fehler, Drachentöter …

Die Frau stand auf, und zu ihren Füßen wurde der Pfad sichtbar. Ritor, der Drachentöter, erhob sich ebenfalls vom Erdboden, der von Vergewaltigung und Tod entweiht war, und die Mittelwelt lag vor ihm, befreit von den Geflügelten Herrschern.

Die Kraft hatte den Drachentöter zuerst verlassen. Jetzt verließ ihn der Hass.

Er drehte sich um und versuchte durch den Regen die Frau des letzten Drachen zu sehen. Aber nur das Gold ihrer rotblonden Haare leuchtete in der Dunkelheit auf.

In der blutroten, blutroten, blutroten Dunkelheit …

Sie wird sich für immer in deinen Augen festsetzen, Ritor …

»Schlag ihm auf den Kopf, na los!« Wasjas Stimme war erschrocken und aufgeregt. »Mit einem Stock, damit die Tollheit vergeht! Dann kommt er zu sich – er wird sich noch bei dir bedanken! Das tut ihm nur gut!«

»Wehe, du wagst es …« Viktor zwang sich, die Augen zu öffnen. Noch immer schwamm blutiger Rauch vor seinen Augen, aber der Hass, jener Hass, der das Herz des Drachentöters verbrannt hatte, war verschwunden. Über ihm hingen die erschrockenen Gesichter von Tel und dem Kutscher.

»Wieso?«, wunderte sich Wasja. »Mich haben sie auch schon zigmal mit einem Stock wieder zur Besinnung gebracht, damit die Tollheit sich nicht in einem festsetzt! Das weiß man doch … Bist du zu dir gekommen? Wirst du auch nicht rumschreien und mit Händen und Füßen um dich schlagen?«

Seine Hände zitterten noch, vom Gewicht des Säbels aus weißem Metall, von der Angst und dem Ekel, vom Duell am Rande der Welt. Viktor schob Tel beiseite, kroch zum Rand des Wagens, blickte sich kurz um und übergab sich dann in den Straßenstaub.

»Er hat sich den Magen an der Milch verdorben«, sagte Wasja mit Entschiedenheit. »Eindeutig. Außerdem hat ihm die Hitze zugesetzt, und dann musste er sich noch deine Geschichten anhören!«

Tel antwortete nicht. Sie wartete, bis Viktor sich die Lippen mit einer Handvoll Stroh abgewischt und sich entkräftet wieder hingelegt hatte.

»Ich hab schon mal gehört, dass man besser nicht über die Drachen sprechen soll!«, rief Wasja aus. »Aber ich hab es nicht geglaubt! Das nächste Mal jag ich dich vom Wagen – solche Weggefährten wie ihr zwei bringen noch Unglück!«

Ohne eine Reaktion abzuwarten und weiter vor sich hinbrummend, kletterte Wasja auf den Kutschbock. Er schnalzte mit den Zügeln und trieb das Pferd an.

»Was hast du gesehen?«, fragte Tel flüsternd. »Was?«

Viktor lag da, und noch immer strömte klebriger Schweiß aus seinen Poren. Sein Körper kam erst langsam zu sich, noch glaubte er nicht daran, dass um ihn herum ein sonniger, heiterer Tag herrschte und nicht der graue Nebel, in dem er als Drachentöter für immer mit den Geflügelten Herrschern der Mittelwelt abgerechnet hatte.

»Ich war der Drachentöter …«

»Wieder!«

»Ich … ich habe den letzten Drachen getötet. Es war ganz leicht. Es zerriss ihn in Stücke … die Gier, zu kämpfen, die Angst um seine Frau, der Wunsch, sich zu rächen, und die Hoffnung zu überleben. Zu viele Emotionen, zu viele Wünsche. Und ich, ich wollte nur eines – ihn vernichten.«

»Und du hast es getan.«

In Tels Stimme lag keinerlei Spott, sie stellte nur die bloße Tatsache fest.

»Ja«, sagte Viktor im gleichen nüchternen Tonfall. »Fast …«

»Wieso fast?«

»Ich ließ die Frau laufen, die mit ihm kam. Sie war kein Drache … ich konnte so handeln. Aber erst …« Viktor krümmte sich bei der Erinnerung.

»Sprich!«, forderte Tel.

»Ich habe sie vergewaltigt. Ohne jede … ohne jede Lust. Der Hass suchte einen Ausweg.«

Ihre Blicke trafen sich. Tel schüttelte den Kopf. »Mach dir keine Vorwürfe. Das warst nicht du.«

»Ja. Ritor war es. Der Magier der Luft, der auserwählt wurde und die Weihen empfing. Ritor tötete den Drachen. Aber …« Viktor hielt den Atem an. »Aber ich … ich bin genau so. Meine Seele ist die Seele eines Drachentöters.«

Tel schwieg.

»Du … du hast die Drachen gelobt …«

»Nein! Ich habe nur gesagt, wie sie wirklich waren.«

»Egal. Ein Mensch hat nicht das Recht, einen Drachen zu töten.«

»Er hat das Recht, wenn er ihm ebenbürtig ist. Ritor war das. Er hat ihn herausgefordert. Und besiegt. Es wäre eine Lüge, ihn der Niedertracht zu bezichtigen. Unrecht war, dass er die Frau laufen ließ.«

»Warum? Ich erinnere mich, was er dachte: Sie ist kein Drache.«

»Sie war die Frau eines Drachen. Und sie könnte … die Mutter eines Drachen werden.«

Viktor schloss die Augen. »Nein, Tel. Könnte sie nicht. Das wäre nicht geschehen, verstehst du? Sie war noch nie mit jemandem zusammen – vor Ritor.«

16

Dem jungen Kutscher war die Lust auf eine Unterhaltung mit seinen beiden Mitreisenden offenbar vergangen. Entweder hatten ihn Tels Vorwürfe gekränkt, oder der Vorfall mit Viktor hatte ihn allzu sehr mitgenommen. Als gegen Abend niedrige graue Mauern in der Ferne sichtbar wurden, begann Wasja sein Pferd energisch anzutreiben. Und die Stute schien ihrerseits die Aussicht auf eine baldige Rast zu spüren und beschleunigte bereitwillig ihren Schritt.

Die kleine Stadt vor ihnen teilte sich offenbar in zwei Bereiche. Der kleinere Teil lag hinter den Festungsmauern, der größere bestand aus ärmlichen Häusern und erstreckte sich entlang der Hügelkette. Der Weg, auf dem sie unterwegs waren, beschrieb einen Bogen und führte in einem beachtlichen Abstand an der Zitadelle vorbei.

»Hinter den Mauern liegt das Schloss des Fürsten«, rief Wasja ihnen über die Schulter zu. »Ich kann da nicht rein … solange ich nicht … Ich fahr zum Ausspannhof.«

»Na, dann gehen wir zu Fuß dorthin«, schlug Viktor vor.

»Ihr müsst euch beim Fürsten zeigen.« Wasja wandte sich wieder zu ihnen. »Ich bin der Erde treu ergeben und kenne die Regeln! Wenn ihr zu den Magiern nach Feros wollt, dann müsst ihr in allen Vasallenhöfen, die auf eurem Weg liegen, eure Aufwartung machen! Vielleicht fällt ja etwas für euch ab … vielleicht hilft man euch hinzukommen oder schenkt euch was …«

Viktor blickte Tel an, die nickte.

»Also, Wasja, lieber Freund, wir danken dir«, sagte Viktor. »Fürs Mitnehmen und für die Milch.«

»Die Erde hat uns getragen, ihr musst du danken«, brummte Wasja. »Und, soll ich anhalten?«

Sie kletterten von der Kutsche. Wasja trieb sein Pferd wieder an und nahm sein Buch zur Hand.

»Du hast ihn ganz schön erschreckt mit deinen Drachen, Tel.«

»Na und?« Das Mädchen verzog verächtlich das Gesicht. »Er soll nicht auf den Herrscher spucken, wenn er selbst keine Flügel hat. Lass uns gehen, damit wir die Stadt bis zum Einbruch der Dunkelheit erreichen.«

Sie bogen vom Weg ab und steuerten geradewegs auf die Mauern zu. Der Teil der Stadt, der von der Mauer eingeschlossen war, erwies sich keineswegs als klein, aber er wirkte irgendwie gedrungen und niedrig, als ob er mit der Erde verschmölze. Sogar die Türme, die aus den Mauern aufragten, schienen sich ihrer Höhe zu schämen und sahen wie in die Breite aufgebläht aus. Dafür erstreckte sich rundherum eine schlichte, idyllisch anmutende Landschaft: Wiesen, die aus fettem, sorgfältig gepflegtem Gras bestanden; ab und zu ein Bäumchen – allesamt wie handverlesen, einer kräftiger als der andere, keiner war vertrocknet oder vom Wind gekrümmt; sogar die Hügel lagen wie geglättet da.

»Warum hast du mich als deinen Bruder ausgegeben?«, fragte Viktor. »Wir sehen uns doch überhaupt nicht ähnlich.«

»Warum? Wenn ich mir die Haare färben würde, könnten wir gut als Geschwister durchgehen … So ergibt es eine vernünftige Geschichte, Viktor. Man hat festgestellt, dass ich über eine gewisse Kraft verfüge, so was kommt häufiger vor. Deshalb begleitest du mich zu den Magiern, das passt alles tadellos zusammen. Du musst mich vor den Gefahren auf der Reise beschützen, und du kannst dich selbst, wenn möglich, in der Nähe der Magier niederlassen … Das wird keinem komisch vorkommen.«

»Und wenn sie dich auffordern, deine Kraft vorzuführen?«

»Dann führ ich sie eben vor.« Tel lachte. »Was denn? Denkst du, ich kann kein Erz oder Wasser in der Erde finden? Das ist doch ganz einfach. Alles, was sich einer im Selbststudium aneignen kann, bekomme ich mühelos hin.«

»Und das, was man im Selbststudium nicht lernt?«

»Wenn man sich ein bisschen anstrengt …« Tel wich der Frage aus. »Hauptsache, du behältst deine Kraft für dich, zeigst sie keinem. Ritor ist außer sich vor Wut, er sucht alles nach dir ab.«

»Warum verfolgt er mich so hartnäckig?«

»Er verfolgt sich selbst, Viktor. Er hat den Tag verflucht, als er zum Drachentöter wurde. Er glaubt, dass nur der Drache unsere Welt retten kann.«

»Bist du anderer Meinung?«

»Alles kann passieren.«

»Aber hat er Recht? Kommt der Drache wirklich?«

»Ja. Auch du musst auf seine Ankunft vorbereitet sein.«

Endlich erreichten sie die Stadt. Sie folgten der steinernen Mauer, bis sie zu einem Tor kamen, durch das die letzten, verspäteten Fuhrwerke Einlass in die Festung fanden.

An die zehn Soldaten in staubigen dunklen Umhängen und mit Degen an der Seite – einige trugen auch Gewehre über der Schulter – schickten jedem Gefährt ihre boshaften Kommentare hinterher.

Als Ersten traf es einen graubärtigen Alten, der eine ganze Karre voller Melonen vor sich her schob; ob der Dummkopf denn nicht wisse, dass alle treuen Vasallen der Erde ausreichend eigene Früchte und Gemüse hatten? Einen Bauerntölpel, der mit offenem Mund die dicken Mauern und mächtigen Tore anstaunte, überhäuften sie mit Spott. Einer Schar Mädchen in einem offenen Fuhrwerk, das von einer unansehnlichen, vertrockneten Alten gelenkt wurde, warfen sie jede Menge gesalzene – und wie Viktor fand, vollkommen überflüssige – Bemerkungen zu. Die Mädchen jedoch reagierten mit gutmütigem Gelächter, und das alte Weib parierte in einer Art und Weise, dass selbst die heldenmütigen Wachen hätten rot werden müssen. Über einen einzelnen Reiter – einen ganz jungen Kerl auf einer klapprigen Mähre mit gelblichem Fell – machten sie sich von hinten bis vorne lustig, angefangen bei seinem lächerlichen Hut bis hin zum altertümlichen Degen. Es war nur gut, dass der Junge, der ganz versunken in den Anblick der Türme war, nichts von ihrer Boshaftigkeit mitbekam.

Endlich kam die Reihe an Viktor und Tel.

»Wohin so eilig, Kleine?« Die Aufmerksamkeit der wachhabenden Soldaten hatte eine eindeutige Richtung eingeschlagen. »Wir sind doch viel lustiger als dein Kavalier!«

Viktor fasste automatisch an den Griff seines Schwertes, was die Soldaten mit einem Anfall schallenden Gelächters quittierten. Sie hatten offensichtlich die Absicht, sich auf verbale Annäherungsversuche zu beschränken, aber natürlich waren sie auch bereit, sich zu schlagen.

»Wehe, ihr beleidigt meine Schwester!«, rief Viktor, wobei er Tels Geschichte aufnahm. »Sie ist auf dem Weg zu den Magiern in Feros, um die Kraft zu erfassen!«

Augenblicklich machte sich ein gewisser Respekt auf den Gesichtern der Soldaten breit. Der Hauptmann der Wache, der einen mit Goldborte gesäumten Umhang trug, nickte einem Kameraden zu und sagte: »He, Rames, begleite die beiden bis zum Schloss des Fürsten!«

»Zu Befehl, Sergeant.« Ein groß gewachsener Mann mit einer Hakennase, der an einen Griechen oder Bulgaren erinnerte, deutete eine Verbeugung vor Tel an und sagte: »Und Ihr habt also die Kraft gespürt, Mädchen?«

»Und wie ich sie gespürt habe!«, rief Tel mit hitziger Stimme aus. Die Soldaten brachen in lautes Gewieher aus. Rames lächelte leicht, bewahrte aber seine ernste Haltung.

»Dann schätze ich mich glücklich, Ihr Begleiter sein zu dürfen … zumindest in der ersten Zeit.«

Er blinzelte Viktor listig zu. Offenbar glaubte er, dass jeder Zivilist stolz darauf sein müsste, wenn seiner Schwester so viel Achtung entgegengebracht wurde.

Sie schritten durch enge, gepflasterte Gässchen auf das Zentrum der Stadt zu. Entgegen Viktors Erwartungen war es recht sauber auf den Straßen, und er bemerkte nichts von jenem Gestank, der nach Meinung der Historiker die mittelalterlichen Städte beherrscht haben sollte. Möglicherweise hatten die Untertanen des Clans der Erde ja eine richtige Kanalisation. Oder übernahm die Magie diese Aufgabe?

Als Viktor versuchte, sich eine magische Toilette vorzustellen, konnte er ein Kopfschütteln nicht unterdrücken. In der Mittelwelt war das möglich. Wenn die Magie in den Alltag eindrang, würde sie jede Menge weniger erhabene Anwendungsbereiche finden.

Im Übrigen war nirgendwo auch nur das kleinste bisschen Magie zu spüren. Es waren gewöhnliche Menschen unterwegs. Vielleicht waren sie etwas stämmiger und hatten breitere Gesichter als in anderen Städten. Es war unverkennbar, dass es den Vasallen der Erde gutging.

»Es ist nicht das Schlechteste, ein Magier zu sein«, sagte Rames mit hoher, melodischer Stimme. Er hatte einen leichten, aber deutlich hörbaren Akzent. »Übrigens ist es auch durchaus ehrenwert, nicht Magier zu sein. Vor allem für ein hübsches junges Mädchen …«

Tel wurde rot und lächelte geschmeichelt wie ein naives Landkind.

»Als Magier verbringt man die besten Jahre beim langweiligen Studium in unterirdischen Tempeln und finsteren Höhlen«, fuhr Rames fort. »Magier sind so in ihre Bemühungen versunken, die Geheimnisse der Natur zu begreifen, dass sie nicht einmal bemerken, wenn sich eine wunderschöne rosa Knospe öffnet, wenn sie ihren Duft in der verhassten unterirdischen Finsternis verströmt. Und wenn die Kraft, die durch so viele Entbehrungen erfasst wurde, erstarkt, findet sie schon keine Anwendung mehr.«

»Aber ich will eine Magierin werden!«, rief Tel kapriziös aus. »Ich will, dass alle mich lieben und fürchten! Ich will in einem weißen Kleid und mit Brillanten geschmückt in einem offenen roten Wagen dahinjagen, und hinter mir soll ein Elfenjunge sitzen und mir die Haare kämmen!«

Rames seufzte und blickte Viktor an. »Was sagst du?«

»Na ja, wenn sie es will, warum nicht?«

»Ja, warum nicht«, stimmte der Gardist zu. »Und für die Verwandten ist es auch von Vorteil …«

Viktor antwortete nicht auf diese Spitze. Schweigend erreichten sie das Schloss. Ein wenig düster und gedrungen wie die ganze Stadt, machte es einen verlassenen Eindruck. In wenigen Fenstern glomm Licht. Die dunklen, schmiedeeisernen Tore standen halb geöffnet, hinter ihnen waren bewegungslose Gestalten zu erkennen.

»Deine Schwester hat Glück«, erklärte Rames. »Vor ein paar Stunden ist Herr Andrzej in der Stadt eingetroffen. Er ist das Oberhaupt des Erdclans und Magier ersten Ranges! Er sieht die Kraft überall und kann geradewegs in die Menschen hineinschauen; er wird euch sagen, ob es sich für euch lohnt, nach Feros zu ziehen … Nun ja, hat mich gefreut, euch zu Diensten zu sein!«

Er knallte die Hacken zusammen, drehte sich um und ging davon.

Viktor fasste Tel an der Hand und hinderte sie am Weitergehen. »Wohin willst du, Dummerchen? Warum wollen wir uns in so eine Lage bringen?«

Die Plauderei zwischen Tel und dem Gardisten hatte so echt geklungen, dass Viktor begann, in Tel tatsächlich ein törichtes Mädchen zu sehen: eine rote Kutsche mit einem Elfenpagen also … haha …

»Es ist zu spät, um die Pläne zu ändern!« Tel riss ihre Hand los. »Na los, komm schon!«

Viktor folgte ihr auf die Tore zu, wobei er insgeheim die ganze Welt verfluchte, angefangen von den kaputten Sicherungen auf der Anderen Seite bis hin zu den elenden Drachen.

Wie sich herausstellte, wurde der Eingang ebenfalls von Gardisten bewacht. Nur saßen ihre Uniformen besser und waren sauberer, und sie selbst wirkten wie handverlesen, allesamt hoch gewachsen und mit feisten Gesichtern, wie Grenadiere Peters des Großen.

»Wir sind gekommen, um dem Fürsten unsere Aufwartung zu machen!«, sagte Tel laut. »Ich bin auf dem Weg nach

Feros, um dort das Studium an der Magierschule aufzunehmen, und ich möchte den zukünftigen Vasallen kennenlernen!«

Von dieser Dreistigkeit rutschte Viktor das Herz in die Hose. Vermutlich würde er jetzt ohne Rücksichtnahme auf seine Rolle als machtloser Bruder doch die Kraft zu Hilfe rufen müssen …

Aber entweder war ein derartiges Benehmen bei selbst ernannten Zauberschülern üblich, oder die Gardisten hatten keine Lust, sich in die Ränke der Zauberer einzumischen.

»Tretet ein«, sagte einer der Gardisten und rückte zur Seite, um sie durchzulassen.

Die Postkutsche wurde von zwei Brüdern gelenkt. Natürlich war es ihnen nicht gestattet, Mitreisende aufzunehmen. Aber wie hätten zwei ältere Männer darauf verzichten können, die am Straßenrand winkende Loj Iwer mitzunehmen?

Aber o weh, damit hatten sie sich nichts Gutes getan. Loj war ziemlich schlechter Laune.

Viktor und Tel hatten nicht am vereinbarten Ort auf sie gewartet! Gut, sie hatte sich verspätet, aber nur um eine Viertelstunde. Und die Spuren zeigten deutlich, dass das Mädchen vom Geheimen Clan seinen Schützling schon mindestens drei Stunden früher fortgeführt hatte.

Diese dreiste Ziege!

Viktor hätte sicher auf sie gewartet. Und sie hätte ihm erzählt, wie geschickt sie seine Feinde abgelenkt hatte. Und vielleicht hätte sie sogar erreicht, was sie wollte …

»Schönes Mädchen, trinkst du ein Weinchen mit uns?« Der ältere Bruder hatte offenbar beschlossen, ein probates Mittel anzuwenden. Er förderte eine riesige, an die vier Liter fassende Flasche mit einer trüben roten Flüssigkeit zutage. Loj lächelte innerlich.

»Ach, warum nicht?«

Eingezwängt auf dem Kutschbock zwischen zwei schwitzenden, erregten Männern, stürzte Loj tapfer ein halbes Glas hinunter. Der Wein war süß und mit Schnaps verschnitten. Die Brüder tauschten freudige Blicke aus und machten sich ebenfalls über das Gebräu her.

Der ältere Bruder packte die Flasche und verkündete mit vielsagender Stimme: »Ich bin zuerst dran.« Loj hätte ihm am liebsten eine Ohrfeige verpasst.

»Na gut«, stimmte der Jüngere ergeben zu.

»Trinken wir noch eins?«, schlug Loj vor.

Die Brüder strahlten. Sie malten sich die weiteren Ereignisse in den schönsten Farben aus. Denn ein so junges Mädchen würden sie sicher mühelos unter den Tisch trinken. Schon bald würde sie anfangen zu kichern und die scherzhaften Küsse und Umarmungen erwidern. Und dann würde der Ältere das benommene Mädchen mit beiden Armen unterfassen, ihr nach hinten in den Wagen helfen, dorthin, wo es ganz weich war von all den Postsäcken und den Stapeln von Menschen- und Gnomzeitungen, die sie in Feros an die verschiedenen Adressen verteilen mussten …

»Was ist los mit euch, Jungs!«, wunderte sich Loj.

Die Brüder beeilten sich. Dass Loj richtig trank, war deutlich zu sehen. Und es war ja absolut undenkbar, dass so eine junge Frau mehr Wein trinken konnte als sie!

Die Brüder hielten fast eine Stunde lang mit. Dann fingen sie an, albern zu lachen, umarmten einander über den Kopf der sich vorbeugenden Loj hinweg und grölten Lieder. Loj zerrte einen Kutscher nach dem anderen nach hinten in den Wagen, legte sie auf die Fracht und ergriff selbst die Zügel. Auch sie spürte, wie es sich in ihrem Kopf drehte.

»He-jo!«, schrie sie, und die Peitsche pfiff über die beiden eingespannten Rappen hinweg. Tut mir leid, ihr Pferdchen, aber nun müsst ihr einen Schritt zulegen …

Wenn die Pferde einen Sattel gewöhnt gewesen wären, hätte Loj sich lieber eines geschnappt und wäre Viktor hinterhergeritten. Aber mit eingespannten Tieren die Verfolgung aufzunehmen, wäre dumm gewesen.

»He-jo!«

Die Postkutsche jagte holpernd und schaukelnd den Weg entlang. Diese verflixte Tel, was die sich erlaubte! Wollte sie etwa alles selbst erfüllen, ohne freundschaftliche Hilfe? Reichten ihre Fertigkeiten dazu wirklich aus? Wäre sie zum Beispiel zu so einem Trick wie dem mit den beiden Kutschern in der Lage gewesen?

Der Tisch war an die zwanzig Meter lang, und es gab keinen einzigen freien Platz. Der Gardist, dessen Ärmel von hell glänzenden Offizierslitzen geschmückt waren, hatte Viktor und Tel in den Empfangssaal geführt und mit den Augen den Tisch abgesucht, ehe er den Soldaten an der Tür einen Befehl gab. Zwei betrunkene Gäste wurden von der Tafel fortgezogen, und ein kräftiges Mädchen räumte eilig das schmutzige Geschirr und die Gläser fort und wischte das Tischtuch mit ihrem Rockzipfel sauber.

»Setzt euch!«, forderte der Offizier sie auf und ging zum Kopfende des Tisches.

Die Beleuchtung war spärlich: rußende Fackeln an den Wänden und Kerzen auf den Tischen. Entweder pflegten die Vasallen der Erde keine freundschaftlichen Beziehungen zu den Gnomen, oder sie lagen zu weit abseits der »Eisernen«;

denkbar war auch, dass sie aus irgendwelchen ideologischen Gründen keine Elektrizität verwenden wollten.

Dafür fühlte sich Viktor endlich wie in einer echt mittelalterlichen Umgebung.

Die Gäste, Männer, Frauen und sogar einige Kinder, schmatzten laut und verzehrten die zahlreichen Gerichte mit der Gier von Dickwänsten, die eine Diät unterbrochen hatten. Man speiste gegrillten Eber, und drei riesige Schüsseln mit abgenagten Knochen standen auf der langen Tafel. Außerdem gab es Fleischvorspeisen im Überfluss, Würste, Pasteten, Salate, aber es gab weder Fisch noch Geflügel; über diese kulinarische Demonstration ihrer Zugehörigkeit zum Erdclan musste Viktor unwillkürlich lächeln. Begossen wurde das riesige Durcheinander von gewaltigen Mengen Weiß-, Rot- und Roséweins.

Die Gobelins an den Wänden bildeten ebenfalls hauptsächlich Bankettszenen ab. Es gab allerdings auch einige Behänge, auf denen goldene Getreidefelder Ähren trieben, fette Viehherden weideten und lachende Jungfern Früchte von unvorstellbarer Größe ernteten; Weintrauben so groß wie Kinderfäuste, Äpfel wie Fußbälle. Sogleich fühlte sich Viktor an das große Mosaik in der Moskauer Metrostation WDNCh erinnert.

Viktor musterten die Leute mit neugierigen Blicken, während Tel kaum beachtet wurde. Das dünne, noch nicht ausgewachsene Mädchen war nicht nach dem Geschmack dieser Gesellschaft.

Der Gardist hatte sich zu den Ehrenplätzen vorgearbeitet. Dort saßen der Gastgeber des Banketts, ein stämmiger, älterer Mann, vermutlich eben jener Fürst, dem auch die Stadt gehörte, und ein schmächtiger, kahlköpfiger Mann, der in einen Umhang gehüllt war.

War das etwa der Magier der Erde? Ein Magier ersten Ranges?

Nein, sicher nicht, Unsinn, vermutlich war er der Fürst …

Aber der Gardist beugte sich zum Ohr des Älteren und flüsterte ihm eilig etwas zu. Mit einem leisen Lächeln schüttelte der Fürst den Kopf. Er hob die Hand. Der Tisch verstummte augenblicklich, die vollgestopften Münder klappten zu, und die erhobenen Gläser verharrten bewegungslos in der Luft. In der Stille erklang ein hohles Geräusch; jemand schluckte mit heroischer Anstrengung einen riesigen Bissen hinunter.

»Wir haben Gäste«, sagte der Fürst wohlwollend. »Ein Mädchen mit Namen Tel hat die Kraft der Erdmagie in sich gespürt …«

Der schmächtige Magier nickte wie ein Vogel mit dem Kopf und blickte Tel über den Tisch hinweg an.

»Sie ist auf dem Weg nach Feros. Aber sie hat uns mit ihrem Besuch beehrt, denn sie möchte ihre zukünftigen Vasallen kennenlernen …«

Noch immer herrschte Stille.

Viktor spürte, wie ihm ein Faden kalten Schweißes über den Rücken lief.

Aber nein, es erhob sich kein dröhnendes Geschrei des Widerspruchs und auch kein spöttisches Gelächter, das ja um nichts weniger gefährlich wäre.

»Wie angenehm, eine zukünftige Kollegin zu treffen«, schnarrte der Magier. »Komm hierher, Mädchen.«

Tel nippte unerschütterlich von ihrem Weißwein, ehe sie sich erhob. Auch Viktor stand auf und ging hinter ihr her.

»Der junge Mann kann da bleiben …«, warf der Magier ein.

»Ich bin für sie verantwortlich!«

Es wurden keine weiteren Einwände laut. Unter den zudringlichen Blicken von Hunderten von Augen traten sie zum Fürsten und zum Magier.

Aus der Nähe sah der Erdmagier abstoßend aus. Er hatte kalte, tote Augen. Seine Haut war gelbgrau, als hielte er sich permanent im Dunkeln auf. Es war verblüffend, wie das Oberhaupt eines Clans, dessen Magie einen solch lebensfrohen, wenn auch etwas primitiv anmutenden Menschenschlag um sich scharte, derart ausgemergelt aussehen konnte.

»Du kannst mich Herr Andrzej nennen, Mädchen«, schnarrte der Magier. Er heftete seinen Blick auf Tel und schüttelte enttäuscht den Kopf. »Ich spüre keine Kraft in dir.«

Der Saal atmete hörbar auf. Und Viktor begriff schicksalsergeben, dass sie alles noch vor sich hatten, wütendes Geschrei, höhnisches Gelächter, vielleicht würde man sie auf dem Schlossplatz auspeitschen.

Und Zorn, feuriger Zorn begann sich in seiner Seele zu regen.

»Ich zeige meine Kraft nicht nach außen!«, antwortete Tel scharf.

»Das ist gut«, stimmte Andrzej ihr zu. »Aber mir kannst du sie zeigen. Du sollst sie mir sogar zeigen.«

In seiner Stimme klang Spott. Er machte sich lustig über Tel. Dieser gebeugte, kahlköpfige, die Augen kurzsichtig zusammenkneifende Magier versprach sich nichts von dem dummen, dreisten Mädchen. Er wahrte nur die Form.

Tel machte eine Geste mit der Hand. Viktor erhaschte einen Blick auf ihre Finger, die sich in einer komplizierten Bewegung verschränkten; dann sah es so aus, als ob Staub aus ihrer Faust aufstiege und augenblicklich die ganze Gestalt des Mädchens einhüllte.

Die Wand gegenüber von Tel begann zu erzittern und wurde von einer mächtigen Welle erfasst. Die Steine blähten sich auf, trockener Kalk rieselte herab, und die Gobelins rutschten zu Boden. Ein großer dreieckiger Schild löste sich von der Wand und fiel mit dumpfem Knall auf den Boden.

Herr Andrzej sprang auf.

Die Welle legte sich. Die Steine bebten noch, und für einen Augenblick kam es Viktor so vor, als würden in der Wand die undeutlichen Züge eines ungeheuerlichen, eckigen Körpers sichtbar ... Aber dann ließ Tel kraftlos die Hand sinken, und das Spektakel war vorbei.

Nur das glucksende Geräusch auslaufenden Weins aus einer umgestoßenen Flasche war zu vernehmen.

Der Magier der Erde, dessen glühende Augen den herumfliegenden Staub in Windeseile vertrieben hatten, starrte Tel durchdringend an.

»Mindestens zweiter Rang«, flüsterte er. »Mädchen ... wer ist dein Lehrer?«

»Niemand!«

»Du hast versucht, den Geist des Steins zu rufen! Weißt du das?«

Tel schlug die Augen nieder und blickte zu Boden. »Ich ... ich nenne ihn anders ... bei mir heißt er nur Steinchen ... Einmal, als ich noch klein war, da war mir langweilig, und ich war ganz allein zu Hause ... alle waren weg, alle, sogar Vite-e-k ...«

Sie sah aus, als würde sie jeden Moment anfangen zu weinen. Der Kontrast zu ihrer früheren Dreistigkeit war verblüffend; aber glücklicherweise standen alle noch unter dem Eindruck des Erdbebens, das sich hier eben beinahe ereignet hatte.

»Ich habe mir vorgestellt, dass ein Mensch in der Wand wohnt, aus Stein … und dann fing ich an, mit ihm zu sprechen …«

Andrzej strahlte, hob die Hand in die Höhe und sagte: »An diesen Moment werdet ihr noch denken, ihr alle! Vor euch steht eine große zukünftige Zauberin des Clans der Erde! Und sie ist meine Entdeckung!«

»Sie ist meine Beute«, äffte Viktor den Erdmagier nach und musste unwillkürlich an den Tiger Shir Khan denken. Aber der Magier war hoch zufrieden und nahm nichts und niemanden um sich herum wahr.

»Verbeugt euch!«

Die Menge der Gäste beugte sich einträchtig über den Tisch. Viktor bemerkte, dass es einem großen Bärtigen von imposanter Statur sogar in dieser Position noch gelang, mit dem Mund eine Scheibe Schinken zu erwischen und runterzuschlucken. Ganz von selbst stahl sich ein Lächeln auf sein Gesicht.

Und das bemerkte der Magier. »Wer bist du?«

»Ich bin Tels Bruder. Ich heiße Viktor.«

»Gut. Du kannst nach Hause zurückkehren.«

Viktor schüttelte den Kopf. »Nein. Ich muss erst sicher sein, dass meine Schwester in zuverlässigen Händen ist.«

Der Magier warf wütend den Kopf nach hinten. »Was? Glaubst du mir nicht? Ich selbst werde ihr Lehrer sein!«

»Unsere Eltern haben mir aufgetragen«, erwiderte Viktor mit erhobener Stimme, »sie frühestens nach einem halben Jahr zurückzulassen!«

Tel hatte seine Hand gefasst und brachte mit ihrer ganzen Haltung zum Ausdruck, dass sie bereit war, auf ihren Bruder zu hören.

Andrzejs Gesicht hatte sich verfinstert, aber seine Stimme war ruhig. »Sie haben keine Ahnung, deine Eltern, junger Mann. Kein Magier würde einem anderen Magier Übles wollen!«

»Woher soll ich das wissen?« Viktor zuckte mit den Schultern. »Ich habe keine Erfahrung mit euch, mit den Magiern …«

Der Fürst, der alles neugierig mit angesehen hatte, lächelte und sagte: »Hervorragend! Sieh nur, Andrzej, was für hohe moralische Grundsätze in meinem Land herrschen! Woher kommst du, Jüngling?«

Im Vergleich zum Fürsten konnte Viktor durchaus als Jüngling durchgehen.

»Aus Smirnowka«, platzte Viktor heraus. Wie er auf den Namen gekommen war, wusste er selbst nicht; entweder weil das russische Wort für »artig« darin steckte, oder von der allgemein bekannten Wodka-Sorte.

Der Fürst jedenfalls verstand es eindeutig. »Ihr seid aber nicht allzu artig … ich verwöhne das Volk wohl, was?«

»Ja, Herr, Ihr verwöhnt es …« Viktor neigte den Kopf.

»Setz dich her«, warf der Magier ein, der offenbar beschlossen hatte, ihn als unvermeidliches Übel zu betrachten. »Und du, du setzt dich neben mich, Tel …« Sein Gesicht verzog sich zu einer zufriedenen Grimasse. »Was kannst du noch alles?«

»Na ja, ich kann gut kochen«, teilte ihm Tel eifrig mit, nachdem sie sich auf dem Sessel neben dem Magier niedergelassen hatte. »Und es heißt, dass ich gut …«

»Nein!« Andrzej winkte ab. »Ich meine, was die Magie angeht!«

Das Volk im Bankettsaal interessierte sich nicht länger für Tels großes magisches Talent und auch nicht für Herrn

Andrzej. Offenbar hatte der Fürst seine Untertanen tatsächlich verwöhnt.

»Ach«, antwortete Tel ein wenig gelangweilt. »Ich kann Säfte der Erde aus ihrem Schoss ziehen, damit die nützlichen Pflanzen in die Höhe wachsen und all das Unkraut vergeht. Ich kann Wasseradern finden ... und auch Erze, ein bisschen ...«

Der Magier kniff die Augen zusammen und hörte Tel begeistert zu. Viktor nahm sich seufzend eine dicke Scheibe Fleisch aus der nächstbesten Schüssel und goss sich ein Glas Wein ein.

Wozu das alles, Tel? Wozu nur?

Da schlichen sie tagelang durch die Gegend, versteckten sich vor ihren Feinden. Ihr Leben war ständig in Gefahr. Und auf einmal ... dieser freche Auftritt hier, eine große Zaubervorführung ... Was wollte sie damit erreichen, diese Närrin?

Inzwischen hatte Tel alle ihre Fähigkeiten aufgezählt und lauschte mit gesenkten Augen Andrzejs wohlwollender Antwort.

»Werde nur nicht hochmütig deswegen«, unterbrach der Magier sich mit einem Mal selbst. »Ich bitte dich, kein Hochmut! Arbeit, Arbeit, Arbeit, heißt es jetzt! Und keine Kraft verschwenden!«

Der schweigsame Fürst mischte sich ebenfalls ins Gespräch: »Wenn du neue Beschwörungsformeln verfasst, so wende sie nicht gleich an. Überlege erst. Lass sie ein wenig reifen, zwei, am besten drei Jahre. Denn in letzter Zeit haben die Magier es so eilig, versuchen mit Tempo und Einsatz das zu erlangen, was anderen erst nach Jahren ernster geistiger Arbeit im Schweiße ihres Angesichts gegeben ward.«

Andrzej blickte den Fürsten beifällig an und nickte. Natürlich, das war doch seine eigene These, die er dem Fürsten zuvor zur Kenntnis gebracht hatte. »Ich werd dich lehren, Mädchen …«

Diese Lehre nahm aus irgendeinem Grund damit ihren Anfang, dass der Magier Tel ein Glas randvoll mit Weißwein einschenkte und es ihr reichte.

Sicher, Viktor erinnerte sich noch genau, dass Tel ohne besondere Folgen mit ihm zusammen eine Flasche Wein geleert hatte! Dort am Flussufer, als er ihr von der blutigen Schlacht im Zug erzählt hatte … Aber jetzt! Im Lager des Feindes?

Wozu?

Tel zog die Stirn in Falten und trank den Wein aus, ehe sie Andrzej mit glänzenden Augen ansah.

»Ach, wie schmeckt der gut! Kommt das von eurer Magie?«

So ein Unsinn …

Viktor beschloss, sie sich austoben zu lassen. Das Serviermädchen hatte wieder frische Gedecke herangeschleppt, diesmal nicht aus Porzellan, sondern aus Silber. Irgendwoher war ein Stück vom gebratenen Eber aufgetaucht, das nach Rauch und Kräutern roch.

Wenigstens konnte man hier anständig essen!

Eine halbe Stunde lang war er ganz damit beschäftigt, die Gerichte auf dem reich gedeckten Tisch durchzuprobieren. Der leichte Rotwein trank sich wie Wasser, und Viktor fühlte sich kein bisschen betrunken. Er gab sich dem kulinarischen Fest mit ganzer Seele hin.

Tel hielt, wie es aussah, ebenfalls gut mit …

Mehrere junge Diener liefen durch den Saal, um die abgebrannten Kerzen und Fackeln zu erneuern. Von irgendwoher hatte man eine Gruppe Musikanten mit Lauten, Harfen und Gitarren herbeigeholt. So merkwürdig es war, aber die ungewöhnlich zusammengesetzte Truppe war gut aufeinander eingespielt. Das Lied, das sie anstimmten, war etwas langweilig, denn es wurden immer nur die Verdienste der Erde nach der Vertreibung der »Geflügelten Blutsauger« aufgezählt. Aber die Worte waren so allgemein gehalten, dass es sich dabei ebenso gut um Drachen, Vampire oder gewöhnliche Mücken hätte handeln können.

Ohnehin hörte niemand zu. Unter dem Seufzen der Harfe und den Gitarrenklängen hatten auch die Bankettgäste unwillkürlich ihre Stimmen erhoben. Immer öfter ertönte Frauengelächter. Einige Paare begannen zu tanzen.

Auch Tel lachte, mit einer dünnen, zitternden Stimme. Sie sagte etwas, stockte, so als würde ihre Zunge ihr nicht mehr gehorchen. Viktor drehte sich um.

Der Magier Andrzej half Tel vom Tisch aufzustehen. Das Mädchen schwankte und lachte dabei unaufhörlich.

»Tel, es ist Zeit …«, begann Viktor und unterbrach sich, als seine Augen den zornigen Blick des Erdmagiers trafen.

»Iss und trink, so viel du magst, lieber Gast!«, forderte Andrzej ihn mühsam beherrscht auf. »Such dir eine Freundin unter den Dienerinnen. Vergnüg dich und lass es dir gutgehen, deine Schwester steht unter meinem persönlichen Schutz!«

Tel, die an dem Magier hing, warf Viktor einen glasigen Blick zu und murmelte gedehnt: »Es-s is-s so lus-stig …«

Viktor blieb der Bissen im Hals stecken, und der Wein hatte mit einem Mal jeden Geschmack verloren. Lustlos stocherte er im nächsten Gang herum, diesmal einem Teller mit zehn verschiedenen Sorten Fleisch in scharfer Sauce. Rings um ihn herum wurde geschmatzt und gerülpst; hicksend, nuschelnd und grölend erzählten sich die Gäste ihre Geschichten.

Der Fürst saß reglos auf seinem Thron und blickte wohlwollend auf seine Untertanen. Dann lächelte er Viktor freundlich zu.

Tel kreischte leise auf.

Viktor drehte sich um und sah gerade noch, wie der Magier seinen neckischen Arm zurückzog. Er und Tel tanzten, langsam durchquerten sie den Saal. Immer mehr Paare gesellten sich dazu und drängten sich auf der freien Fläche. Der Magier blickte über Tels Schulter zu Viktor hin und fletschte kurz die Zähne.

Setz dich, und rühr dich nicht …

Sie verschwanden irgendwo im Dunkeln.

Viktor wandte sich heftig zum Fürsten um. Er blickte in nachsichtige, verständnisvolle Augen.

»Eure Durchlaucht, gestattet mir etwas zu sagen …«

Der Fürst hob die Brauen und nickte.

»Eure Durchlaucht, für meine Schwester ist es Zeit, schlafen zu gehen.«

»Der Magier Andrzej wird sich um sie kümmern, Jüngling. Sei unbesorgt.«

Der Fürst war durch und durch gutmütig und wohlwollend.

»Fürst, die Magier sind sehr schwärmerisch veranlagt … ihre Macht lässt sich nicht mit den schwachen menschlichen Kräften vergleichen. Ich glaube, Tel begreift nicht ganz, was vor sich geht.«

Der Fürst schüttelte den Kopf. »Jüngling, alle haben ihre Schwächen. Die großen Magier haben das Recht auf ein wenig Nachsicht … von unserer Seite, von uns Sterblichen. Beunruhige dich nicht.«

Verzweifelt blickte Viktor über seine Schulter. Der Magier und Tel waren schon im hintersten unbeleuchteten Winkel des Raumes verborgen. Für einen Augenblick wurde ein Lichtstreifen sichtbar, eine Tür wurde geöffnet und fiel dann wieder ins Schloss.

»Fürst!«

»Feier weiter!«

Viktor sprang auf, so dass der schwere Eichenstuhl nach hinten kippte, einem tanzenden Paar direkt vor die Füße. Verständnislos blickten ihn die Leute an.

»Ist dir dein Leben nicht lieb?«, fragte der Fürst. »Ich habe nicht die Absicht, einen dummen Untertan zu beschützen.«

»Und wirst du ihn daran hindern, seine Ehre zu verteidigen?«

Der Fürst öffnete die Arme. »Wenn deine Ehre dich in den Tod schickt ... So beruhige dich doch. Das Mädchen wusste, was es tut. Das habe ich in ihren Augen gesehen.«

Viktor drängte sich schweigend durch die tanzende Menge.

»Lasst ihn durch«, befahl der Fürst hinter ihm. »Er hat es selbst so gewollt ...«

Ganz recht, warum sollte der Fürst sein Ansehen mit dem Mord am Bruder einer zukünftigen Zauberin beschmutzen? Sollte doch der Magier mit ihm fertig werden ...

Die Leute blieben stehen und traten zur Seite. So seltsam es war, aber Viktor sah in vielen Augenpaaren Verständnis und Mitgefühl. Das hieß, dass die Leute mitbekommen hatten, was vor sich ging.

War diese kauende, schnaufende Masse tatsächlich dazu in der Lage, ihn zu verstehen? Ein Mann mittleren Alters, der in dunkelroten Farben gekleidet war, einen Brustharnisch trug und eine Schwertscheide am Gürtel, blieb vor ihm stehen. Er legte die Hand an den Schwertgriff und zog die Klinge halb heraus.

Was?

Viktor spürte, wie sich die Kraft der blinden Wut in ihm regte und zunahm. Die wichtigste Waffe des Drachentöters …

»Dein Schwert ist ein armseliges Stück Stahl«, sagte der Ritter in Dunkelrot leise. »Nimm meines.«

Der Zorn legte sich, löste sich in Verständnislosigkeit auf, während Viktors Augen den festen Blick des Ritters trafen.

»Ich weiß, was das Wort Ehre bedeutet. Nimm mein Schwert.«

»Danke.« Viktor schüttelte den Kopf. »Meine Klinge reicht mir.«

Und jetzt vorwärts, in die dunkle Ecke des Saals, zu der fest verschlossenen Tür. Was war das überhaupt für eine Tür? Wohin führte sie? Was für Annehmlichkeiten konnte der Hausherr seinen Bankettgästen noch bieten? Was immer sich hinter dieser Tür befand, es war ausgeschlossen, sie mit der Schulter aufzudrücken, mit den Händen zu öffnen oder mit dem Schwert zu zerstören. Sie bestand aus dicken Holzdielen mit Eisenbeschlägen, die nur auf den ersten Blick zum Schmuck dienten; denn woher rührten die alten, dunkel gewordenen Kerben im Holz, und warum waren die Beschläge voller Kratzer, ganz so, als ob hier schon so mancher vor der Tür gestanden und in ohnmächtigem Zorn mit dem Schwert auf sie eingeschlagen hätte …?

Hinter sich hörte er die Schritte der Tanzenden, scheinbar bewegten sie sich im Takt der Musik, aber er wusste, alle Augen blickten in seine Richtung, und keiner wollte auch nur einen Augenblick des bevorstehenden Schauspiels verpassen.

Ein schwacher Schrei ertönte hinter der Tür, oder war ihm das nur so vorgekommen? Ein schwacher Schrei, erstickt von einer Hand über dem Mund …

Und der blutrote Hass, der auch in Viktors Seele wohnte, loderte wieder in einer blendenden Flamme auf; sprengte Lojs sorgsam gewirkte Fesseln und befreite die dienstbare Kraft aus seinem tiefsten Inneren.

Viktor schwang den Arm, und die Gobelins an den Wänden erzitterten; jämmerlich klirrend zersprangen die schmalen Glasfenster; Kerzen und Fackeln flackerten ein letztes Mal wild auf, ehe sie erloschen; Geschirr wurde von den Tischen gefegt – als die gehorsame Luft dem Ruf ihres Meisters folgte. Zusammengeballt zu einer fest geschlossenen, unsichtbaren Faust raste das Element durch den Saal, hielt – von Viktors Willen geleitet – eine Sekunde lang inne und stürzte dann auf die Tür nieder.

Holzsplitter und Metallstücke flogen durch den Raum. Der Rammsporn der Luft sprang zurück und umhüllte Viktor mit einem kochenden Schleier.

Ein Durchgang öffnete sich – in ein kleines Zimmer ohne Fenster. Drei Fackeln brannten an den Wänden, ihr Licht wurde von einer Spiegeldecke zurückgeworfen. Das Mobiliar bestand nur aus einem riesigen Bett, etwas anderes hätte auch kaum in dem schmalen steinernen Gelass Platz gefunden … Ein großer Holzkübel mit Wasser stand auf dem bunten Teppich, Kleidungsstücke lagen verstreut umher. Der nackte und deshalb unerträglich lächerliche, ausgezehrte Magier Andrzej stand über Tel, drückte sie aufs Bett und versuchte, ihr den Rock runterzureißen. Tels Oberkörper war bereits entblößt, und sie versuchte mit schwacher Gegenwehr das Letzte zu verteidigen.

»Was?« Der Magier schrie auf und drehte sich nach dem Geräusch um. Er war zu sehr damit beschäftigt, die junge Zauberin ins Studium einzuführen, um zu bemerken, auf welche Weise die Tür geöffnet worden war. »Knecht!«

Er ließ Tel los und bewegte die Hände. In einer knappen Geste, wie einer, der Fliegen verscheuchte.

Die Decke erbebte, Steinbrocken fielen auf Viktor nieder. Die Hülle aus Luft, die ihn umgab, heulte auf, als die beiden magischen Wellen aufeinanderstießen. Die Steine wurden zu Staub zermalmt, der auf den Boden rieselte und dort kleine Sandhaufen hinterließ.

Im Saal erklang Geschrei. Dort hatten die Leute als Erste begriffen, dass hier nicht einfach jemand totgeschlagen werden würde.

»Fasst ihn!« Die Stimme des Fürsten durchdrang unerwartet laut und stark das Heulen und Schreien.

Ein Schlag von hinten hätte ihm gerade noch gefehlt! Viktor verlor die Beherrschung, der Zorn gellte, sein Körper war erfüllt vom Zittern. Zu Staub zertreten! Das Schloss bis auf seine Fundamente zertrümmern, bis zu den modrigen Kellern!

Er sah es nicht, denn wie sollte er es durch die Mauern sehen, aber er wusste, dass sich am Himmel über dem Städtchen rasende, brüllende Wolken türmten, dass die Fenster in den Häusern zersprangen, die zerbrochene Saat sich krümmte, dass es von den flammenden Blitzen taghell geworden war. Und dass sich die satten Vasallen der Erde in ihren Kellern versteckten und zu ihren Magiern beteten.

Zu Staub!

Ganz und gar!

»Du bist ein Magier«, winselte Andrzej. »Du … du …«

Die Finger zu einem Fächer ausgestreckt, begann er eilig Formeln zu flüstern. Ein gedehntes unterirdisches Donnern wälzte sich durchs Schloss. Der Boden erbebte. Die Wände krümmten sich, als ob im Innern der Steine unförmige Wesen herumkröchen.

Irgendetwas von unerhörter Kraft und Gewalt schien geboren zu werden. Er war tatsächlich stark, dieser Magier ersten Ranges. Potenziell sogar stärker als Ritor und Torn …

Tel, die sich schnell ihre Bluse übergezogen hatte, drückte sich schluchzend aufs Bett.

»Ich befehle, ihn zu ergreifen!«, ertönte die Stimme des Fürsten erneut. Trappeln war zu hören, Soldaten mit gezückten Degen und angelegten Musketen rannten durch den Saal. Viktor begriff mit kalter Gleichgültigkeit, dass nun das Töten beginnen würde.

Und zwar richtig.

So, dass alle bisherigen Gefechte im Nachhinein wie eine armselige Parodie dieses Kampfes wirken würden. Als wollte man Sandkastenduelle mit der Schlacht von Stalingrad vergleichen.

»Nein, Fürst!«

Aus dem Augenwinkel sah Viktor, dass der Ritter in Dunkelrot das Schwert gezückt hatte, einen langen, blitzenden Streifen schwarzen Stahls.

»Er hat das Recht, ein Duell zu fordern, Fürst! Andrzej wusste, was er anrichtet!«

Und neben dem Ritter stellten sich immer mehr Bankettgäste auf und zückten ihre Schwerter. Wie war es nur möglich, dass diese völlende, Zoten reißende Menge sich für ihn starkmachte? Eine dichte Reihe Verteidiger trennte Viktor jetzt von den Gardisten, die verunsichert stehen geblieben waren.

Sein blindwütiger, blutiger Zorn legte sich. Verschwand mit einem jämmerlichen, lautlosen Aufjaulen.

Und in dieser Sekunde hätte man alles mit ihm machen können. Eine beliebige, schwächliche kleine Formel hätte ihn besiegt. Ein Schwerthieb, ein Fußtritt hätte ihn umgeworfen. Viktor stand einfach so da, schwankte und begriff verwundert, dass der blutrünstige Wahnsinn verflogen war.

Aber der Magier der Luft sprach noch immer seinen Zauber. Die Erde zitterte noch immer aus Angst vor dem, was geboren werden sollte. Aus den Steinwänden quollen Bluttropfen. Undeutliche Schatten blitzten in der Luft auf.

Andrzej wirkte und wirkte die endlose Kette seiner Formeln …

Viktor machte einen Schritt vorwärts, packte den Wasserkübel und stülpte ihn dem Magier mit einem plötzlich aufflackernden Gefühl der Langeweile über den Kopf.

Der Magier schwankte und setzte sich auf den Boden. Das unterirdische Donnern verklang, ohne sich in einem vernichtenden Erdbeben Bahn zu brechen, die Wände hörten auf zu zittern. Nur das Vorgefühl der Kraft, dieser mächtigen, von den Wurzeln der Erde ausgehenden Kraft, war noch zu spüren …

Viktor warf die Arme in die Luft und saugte die verlorengegangene Macht in sich auf. Von den eisigen Gletschern auf den bergigen Höhen bis zum heißen Inneren der Erde … Die Grenzenlosigkeit der friedlichen Pole und die tödliche Kraft des Steinschlags … Die Härte des Granits, das Strahlen der Diamanten, die Freigebigkeit der gebärenden Erde …

Der Magier saß in der Wasserlache, bewegte kraftlos die dünnen Arme und begriff nicht, was passiert war. Wohin hatte sich die gewaltige Macht verflüchtigt?

Tel stand vom Bett auf. Vollkommen ruhig zog sie ihre Kleider zurecht und schlüpfte in ihre zerrissene weiße Jacke. Ihr Gesicht war nicht länger verweint, im Gegenteil, zufriedener Triumph stand darin geschrieben. Auch von der

Trunkenheit war keine Spur mehr zu erkennen. War sie überhaupt echt gewesen, diese Trunkenheit?

»Wollen wir gehen, Viktor?«, fragte sie und ging um Andrzej herum. »Hier sind wir fertig.«

Na gut. Später. Sittenlehre und Erklärungen würden später folgen.

Sie traten auf die schweigende Reihe der Ritter zu. Viktors Augen trafen den Blick des Mannes in Dunkelrot. Der hob das Schwert und salutierte kurz.

»Ich werde nicht vergessen, was du getan hast«, sagte Viktor.

Der Ritter lächelte schwach. »Aber dein Schwert taugt doch nichts ...«

»Du kannst mit uns kommen.«

Der Ritter schüttelte den Kopf und schob das Schwert zurück in die Scheide. »Mein Platz ist hier, Herr.«

Der Fürst saß noch immer am Kopfende des Tisches. Offenbar beunruhigten ihn die Vorfälle kein bisschen. Wahrscheinlich fand er einen gewissen Gefallen an den Kämpfen der Magier.

»Danke für die Speisen«, sagte Viktor.

»Und für den Wein«, fügte Tel hinzu. »Er schmeckt ausgezeichnet.«

Die Leute wichen vor ihnen auseinander. Die Gardisten stellten sich nach einem Blick zum Fürsten an der Wand auf, und man konnte hören, wie irgendwo im Saal bereits wieder ein Glas gefüllt wurde. Das Serviermädchen machte sich im Schlafzimmer zu schaffen, wo der Magier noch immer in der Pfütze saß.

Mit einem Mal gingen die Flügeltüren des Saals auf, und ein dümmlich lächelnder, irgendwie benebelt wirkender Gardist führte eine junge Frau über die Schwelle.

»Lady Loj Iwer …«

Das Oberhaupt des Katzenclans schubste seinen Begleiter zur Seite und musterte mit schmalen Augen den Saal. Sie nickte Viktor zu. »Auf den Hof hinaus, schnell!«

»Es ist alles in Ordnung, Loj.« Viktor wunderte sich nicht über ihr Erscheinen. Die Zauberin gehörte nicht zu der Sorte Frauen, die man leicht abschütteln konnte, da hatte Tel Recht …

»Ritor hat dich aufgespürt, du Dummkopf! Du weißt doch selbst, was für Kräfte du zu Hilfe gerufen hast, oder?«

Loj fasste mit einer Hand Viktor und mit der anderen Tel und zog sie zur Treppe. Sie schimpfte im Laufen und blickte die entgegenkommenden Wachen so böse an, dass diese sich sogleich aus dem Staub machten.

»Ich habe eine Kutsche gemietet … mit guten Pferden. Die fürstlichen Stallknechte machen sie gerade reisefertig. Wir müssen uns beeilen, Viktor!«

»Warum bist du so verärgert, Loj?«, rief Tel, während sie versuchte, ihre zerrissene Jacke zuzuhalten.

»Ach, so ist das Leben!«, antwortete Loj hitzig. »Mach dir keine Sorgen, das hat nichts mit dir zu tun.«

Sie blieb eine Sekunde lang stehen, fasste Tel am Kinn und blickte ihr in die Augen.

»Ein schlaues Kind bist du«, sagte sie wohlwollend. »Trotz allem ein sehr schlaues Kind.«

17

»Siehst du, wie günstig sich alles ergeben hat?« In dem von Loj geborgten Spiegelchen betrachtete Tel besorgt eine Schramme auf ihrer Wange. Die Kratzer von den Krallen der Zauberin, die seit der ersten Begegnung der beiden Frauen dort prangten, wollten einfach nicht heilen. Und selbst Loj vermochte nichts daran zu ändern.

»Ja, das war nicht schlecht«, musste Viktor notgedrungen zugeben. Der ganze Kampf mit Andrzej kam ihm im Nachhinein wie eine harmlose Begebenheit vor, die sich ausgezeichnet zur Anekdote eignete. Er wollte Tel keine Vorwürfe machen wegen der Provokation. Schließlich hat der Sieger bekanntermaßen immer Recht. Sogar Loj betrachtete Tel jetzt mit deutlich mehr Respekt.

Loj Iwer – das Oberhaupt der Katzen – war, da gab es keinen Zweifel, eine clevere Frau. Sie verfolgte ein bestimmtes Ziel, aber es war nicht klar, worum es ihr ging. Und sie war schön, mhmhm, ja … Viktor wurde sogar schwindelig vor Augen, obgleich er jetzt wirklich andere Sorgen hatte. Er sollte nicht daran denken, aber er tat es immer wieder …

Die Kutsche des Fürsten war ihnen nicht lange von Nutzen. Die von Loj bezauberten Stallknechte hatten ihnen keine robuste Reisekutsche gegeben, sondern ein mit Quasten und Wappen verziertes Ungetüm auf Rädern. Nach einer Stunde rasender Fahrt brach die Achse. Sie ließen den Kutscher bei dem umgestürzten Gefährt zurück und zogen zu Fuß weiter. Als es ganz dunkel geworden war, führte Loj sie zu einem verlassenen Schuppen am Rande eines Feldes.

»Hier bleiben wir bis morgen ... Viktor.« Jedes Mal, ehe Loj seinen Namen aussprach, machte sie eine kleine, vielsagende Pause. »Die Magier der Luft haben wir im Augenblick abgehängt, und außerdem werden sie kaum an einer so offenen Stelle angreifen. In Oros sieht das dann natürlich wieder anders aus ... Beim Clan der Erde herrscht jetzt ein schrecklicher Aufruhr, aber vorerst sind sie noch damit beschäftigt, die Verfolgung zu organisieren! Und später könnte ich sie wahrscheinlich um den Finger wickeln. Wir werden so lange wie möglich durchhalten ... und dann denke ich mir schon was aus.«

Tel hörte sich alles an und sah dabei wieder wie ein schmollendes kleines Mädchen aus. Aber sie war klug genug, sich jede Stichelei zu verkneifen, denn immerhin hatte Iwer ihnen geholfen, Ritors Falle zu umgehen, und auch jetzt war sie genau rechtzeitig mit ihrer Kutsche aufgetaucht.

»Und was machen wir morgen?«, erkundigte sich Viktor.

»Wir gehen zum Clan des Feuers, nach Oros«, antwortete Tel widerwillig. »Loj Iwer, wie lange ...«

»Vielleicht kann ich euch ja noch mal nützlich sein, Tel? Wer weiß, was euch dort erwartet.«

»Warte, Tel«, mischte Viktor sich ein. »Warum muss ich unbedingt zum Clan des Feuers?«

»Weil ...« Es war offensichtlich, dass Tel ihm nur ungern antwortete, und erst recht in Lojs Gegenwart. »Weil du lernen musst, deine Kraft zu lenken. Und das kann nur, wer die Weihen aller Elementaren Clans durchläuft. Traditionell sind auch noch die Weihen der zehn Totemistischen Clans vorgesehen, aber nach heutigen Maßstäben wird das wohl nicht nötig sein.«

»Und was muss er dann tun, meine verehrte Tel?«, murmelte Iwer.

»Was er will«, antwortete das Mädchen scharf. »Mehr gibt es dazu nicht zu sagen. Und was hast du vor, Loj Iwer?«

»Euch im Rahmen meiner schwachen Möglichkeiten zu helfen«, erwiderte die Katze, ohne zu zögern. »Euer Ziel liegt sowieso auf meinem Weg. Jedenfalls wenn du, verehrte Tel, mir die Wahrheit gesagt hast.«

Das Mädchen schnaubte nur.

Es wurde still.

Was war so schlecht daran, die Kraft zu beherrschen?, fragte sich Viktor. Wenn er der Drachentöter sein sollte, nun gut, dann war das eben sein Schicksal ... Schließlich hatte er sich heute nicht seinem Hass überlassen, hatte ihn nicht in eine alles vernichtende Macht verwandelt und das Städtchen des Erdclans nicht zerstört. Dabei wäre er dazu in der Lage gewesen – ganz sicher!

Dennoch, tief in seinem Inneren ertönte eine weitere Stimme und verschaffte sich Gehör.

»Es gibt noch eine dritte Welt«, vernahm Viktor eine weiche Stimme. *»Du hast sie gesehen ... ein wenig von ihr ... in deinen Träumen. Auch dort lässt sich eine würdevolle Beschäftigung finden. Warum nicht dahin gehen? Sollen doch diese verrückten Magier untereinander ausmachen, wen sie brauchen und wen nicht. Dorthin führt für sie kein Weg. Das ist eine Tatsache.«*

Er erinnerte sich an den Fresssack. Irgendetwas sehr Bedeutsames hatte ihm dieser nicht sonderlich angenehme Typ erklären wollen. Was hatte Loj noch mal gesagt? Die

Angeborenen bereiten eine Invasion vor? Ja, doch. Die eine oder andere Aussage des Fresssacks ließ sich gut als Warnung deuten …

Daran wollte er gerne glauben.

Aber eines war klar, wenn er seine Verfolger abschütteln könnte, dann würde er eine Freiheit erlangen, von der er bei sich zu Hause, auf der Anderen Seite, nur träumen konnte. Ganz gleich, selbst wenn das alles nur ein kranker Wahnsinn war und er in Wirklichkeit schon lange in die Kaschtschenko-Klinik eingeliefert worden war, für diese Form des Wahnsinns wäre er bereit, für immer auf seine »Wirklichkeit« zu verzichten … genau wie der Rollenspieler Kolja vom Frachtkahn.

»Tel, werde ich zum Drachentöter?« Viktor wollte nicht länger drumherumreden. »Wenn ich die Weihen hinter mich gebracht habe?«

Dieses Wort hatte etwas Abscheuliches. Drachentöter … Mörder … Henker … Killer … Assassine.

Das Mädchen wich seinem Blick aus.

»Du sollst dieses Wort nicht laut aussprechen, Viktor. Gib dem, was noch nicht stattgefunden hat, keinen Namen.« Ihre Stimme war zu einem Flüstern geworden.

Loj lauschte eifersüchtig.

»Was kann ich tun?«

»Du selbst bleiben.« Tels Lippen formten die kaum hörbaren Worte. »Alles andere ist Schicksal.«

»Und was ist mit diesen Angeborenen? Was sind das überhaupt für Leute? Ich habe geträumt … aber undeutlich und wirr …«

Sowohl Loj als auch Tel senkten die Blicke.

»Das ist unser Fluch, Viktor«, sagte Loj schließlich. »Es ist so, dass wir alle – alle Clans, die hier in der Mittelwelt leben – irgendwann einmal vor langer Zeit aus der Welt der Angeborenen hierherkamen. Die Andere Seite vertreibt jene, die ihr artfremd sind, schrittweise, einen nach dem anderen, aber in jener Welt ging das anders vor sich. Wahrscheinlich musste sich erst eine Masse ansammeln, eine … hm … kritische Masse, wie eure Physiker sagen würden. Das waren unsere Vorfahren. Und dann wurden sie vertrieben. Sie kamen hierher ans Warme Ufer und ergriffen die Herrschaft über alle Bewohner der Mittelwelt. Aber damit war noch nichts zu Ende. Bis heute drängt die Welt der Angeborenen ihre Paria hinaus. Einzelne sind keine Gefahr für uns, manche von ihnen landen sogar bei den Clans. Aber jetzt reift eine neue Welle heran. Es nähern sich jene, die unsere Welt einschmelzen und neu gießen wollen.«

»Lange beschützten uns die Drachen. Die Geflügelten Herrscher der Mittelwelt«, ergänzte Tel überraschend.

»Das heißt, dass die Drachen gut sind?«, wunderte sich Viktor.

»Gut?«, empörte sich Loj. »Seit wann das! Sie herrschten mit eiserner Faust nach dem Motto: Wer nicht für uns ist, ist gegen uns. Es gab immer nur ein Urteil! Du weißt schon, welches … Sie wollten alles wissen und alles bestimmen. Sie mischten sich in alles ein … Und duldeten keinen Widerspruch. Andererseits waren sie schön und stark …«

»Sie waren weder gut noch schlecht, Viktor«, sagte Tel mit leiser Stimme. Sie presste ihre Knie an die Brust und legte ihr Kinn darauf. »Sie existierten einfach. Und jetzt sind sie nicht mehr. Weil …«

»Weil die Clans ihre Tyrannei am Ende satthatten«, mischte sich Loj nun wieder ein. »Ihre Tyrannei und Despotie, ganz gleich, was man dir erzählt, nur so kann man ihre

Herrschaft bezeichnen. Die Clans lehnten sich auf. Der Drachentöter wurde erschaffen, der in sich die Kräfte aller Elemente und vieler Totemistischer Clans vereinigte … Und die Geflügelten Herrscher stürzten. Ritor erwischte die letzten, als sie versuchten, zu euch auf die Andere Seite zu fliehen.«

»Warum tötete er sie dann nicht? Warum ließ er sie am Leben? Wenn er sie doch so sehr hasste?«

»Ich weiß es nicht.« Tel zuckte mit den Schultern.

»Grundsätzlich ist es das Privileg des Geheimen Clans, zwischen den Welten hin und her zu wechseln.« Loj lächelte schlau.

»Und was habt ihr sonst noch für Privilegien? Und was ist das Besondere an euch?« Viktor beschloss, es nicht länger hinzunehmen, dass das Mädchen sich in Schweigen hüllte.

»Erzähl es ihm schon, Tel«, schmunzelte Loj zufrieden. »Wenn du was vergisst, helfe ich dir auf die Sprünge.«

Das Mädchen warf ihr einen wütenden und misstrauischen Blick zu.

»Der Geheime Clan gehört zu den Elementaren … halt, nein, so nicht. Den Kräften nach sind wir den Elementaren ebenbürtig, aber wir sind nicht an einen der vier Urgründe, an Feuer, Wasser, Luft oder Erde, gebunden. Wir haben unsere Existenz nie zur Schau gestellt. Und wir waren niemals an den kleinen Streitereien beteiligt.«

»Ja, ja, ihr habt immer nur bei den großen Angelegenheiten mitgemischt«, schnaubte Loj. In ihrer Stimme schien eine uralte Gekränktheit mitzuschwingen.

»Neid ist kein guter Zug«, sagte Tel mit schulmeisterlicher Stimme. »Ich habe die Ordnung unserer Welt nicht erdacht, Iwer. Ich hoffe, du bist klug genug, das zu begreifen.«

»Seid friedlich!«, flehte Viktor. »Tel, wozu die ganze Geschichte? Wozu braucht der Geheime Clan den Drachentöter?«

»Genau«, unterstützte Loj ihn erbarmungslos. »Na los, Tel, warum schweigst du? Oho, wirst du etwa rot?«

»Wenn die Angeborenen ihren eigenen Drachen erschaffen …«, flüsterte Tel.

Loj Iwer blickte das Mädchen einige Sekunden durchdringend an, während sie lautlos die Lippen bewegte.

»Vielleicht würde es an meiner Stelle ebenso gut eine Flak tun«, sagte Viktor verbittert.

»Was würde es an deiner Stelle auch tun?« Tel war verwirrt, und auch Loj zog ihre reizvoll gebogenen Augenbrauen überrascht nach oben.

»Eine Fliegerabwehrkanone. So ein Ding, das Raketen und Flugzeuge vom Himmel holt. Ich schätze mal, dass ein Drache nicht viel anders ist, oder? Sie rechnen seine Position aus und feuern ihm ein paar Raketen in den Ranzen …«

»Hör auf, Viktor!« Es klang wie eine Ohrfeige. Tel war rot geworden und sprang auf die Beine. »Du bist nicht meine Waffe! Du bist überhaupt keine Waffe! Du bist von ganz allein – Kraft! Aber du musst den vorgezeichneten Weg beschreiten, sonst …«

»Aber warum jagt Ritor mich? Warum will er mich töten?«

»Weil er auf die Ankunft des Drachen wartet.« Tels Flüstern war kaum zu verstehen, wie ein entferntes Rascheln des Windes, wie das Rascheln des Windes in einer wallenden goldenen Mähne …

»Ja, und?«

»Du … er denkt, dass du …«

»Und bin ich das etwa nicht?«, stieß Viktor hervor und spürte, wie sich eine schreckliche Kälte in ihm breitmachte.

»Noch nicht!«, sagte Tel scharf und hartnäckig. »Dir steht noch eine letzte Weihe bevor. Beim Feuer. Und danach die Insel.«

»Die Insel?« Auf Lojs schönem Gesicht zeichnete sich Angst ab. »Die Dracheninsel im Heißen Meer, gleich neben der Bruchstelle der Welten?«

»Ja.« Tel hielt ihrem Blick stand. »Die Weihen werden vom Hüter der Insel vollendet.«

»Bei allen Großen Kräften«, murmelte Loj, ohne sich für ihre Furcht zu schämen. »Tel, und wenn du dich doch irrst, dann bedeutet das den sicheren Tod … für dich und für ihn.«

»Ja. Wenn er nicht standhält. Aber Viktor wird standhalten«, sagte Tel mit eiserner Überzeugung wie ein Frauchen, das seinen Hund lobte.

»Und was wartet dort auf mich – noch ein Kampf?«, fragte Viktor verzagt. Nach den Zusammenstößen auf dem Bahnhof, auf der Brücke, im Zug und im Schloss beim Vasallen der Erde widerte Viktor allein der Gedanke daran an.

»Ich weiß es nicht«, bekannte Tel. »Ich bin noch nie dort gewesen. Ich kenne nur den Weg. Ich kann die Tür öffnen. Alles Weitere musst du alleine herausfinden.«

»Und was?«

»Was dann? Du wirst … vollendet.«

»Nein«, sagte Viktor hartnäckig. »Wer werde ich sein?«

»Der Drachentöter«, antwortete Tel mit monotoner Stimme, als betete sie eine auswendig gelernte Lektion herunter, »ist die Quintessenz dessen, was man unter dem Wort Vernichtung versteht. Es bedeutet die Fähigkeit, alles, was einen umgibt, zum eigenen Nutzen zu verwandeln. Unabhängig davon, ob es sich um tote Steine oder lebendige Menschen handelt.«

Viktor schloss die Augen. Ja, genau so war es am Bahnhof von Chorsk gewesen.

Und um ein Haar auch im Schloss, nur mit viel größerer Wucht.

»Der Drachentöter ist fähig zu hassen. Er hasst stärker als jedes andere Wesen der Mittelwelt. Sein Hass ist seine Waffe. Er verschmilzt ganz und gar mit diesem Hass, und das, Viktor, bedeutet, dass er jeder Magie überlegen ist. Darum vermochte Ritor den Sieg davonzutragen. Niemals, nicht mal im schlimmsten unserer inneren Kriege, haben wir einander so stark gehasst, wie der Drachentöter hasst. Dem Wesen nach ist er die Verkörperung des Hasses.«

»Steht es so in den Büchern geschrieben, Tel?«, fragte Loj mit leiser Stimme. »Oder spürst du das von dir aus?«

Das Mädchen strich sich mit der Hand über die Stirn. Biss sich auf die Lippe.

»Es gibt keine Bücher, Loj Iwer. Kein Mensch weiß ganz genau, wie man zum Drachentöter wird. Ritor war der letzte. Nur er weiß es. Vermutlich hängt es vom Wunsch ab … dem innersten, tief verborgenen Wunsch des Menschen. Ritor selbst hat niemanden durch die Geflügelten Herrscher verloren, aber er träumte immer von der Freiheit der Clans, dieser Ritor.« Tel lachte hart. »Und jetzt … hat er sie endlich.«

»Und was willst du, Tel? Du hast mich doch hergeführt.«

»Nein! Viktor, nein!« Tel verschränkte die Arme. »Du bist von selbst gekommen. Die Andere Seite hat dich verstoßen. Du bist dort ein Fremder, sonst hättest du nicht einmal die erste Weihe überlebt. Sonst hätten dich schon die Räu… die Wächter der Grauen Grenze getötet. Oder Gotors Wassermonster. Aber du bist weitergegangen! Hast sie überwunden!«

»Und wer hat uns am Anfang überfallen? Am Übergang?«

»Torns Leute.«

»Warum hätten sie das tun sollen, wenn ich der Drachentöter bin?«

»Sie konnten doch nicht sicher sein. Torn hat den Drachentöter gerufen ... aber er hat keinen Augenblick damit gerechnet, dass ich an seiner Seite auftauchen würde. Und seine Wächter rissen sich von der Kette los. Erst jetzt ist Torn bereit, dir jedes Stäubchen von der Jacke zu pusten.«

Loj konnte nicht verhindern, dass ihre Brauen sich wieder skeptisch hoben, aber zum Glück bemerkte es keiner.

»Na gut.« Viktor gab auf. »Die Runde geht an dich, Tel.«

»Warum?«

Viktor lachte unbehaglich. Sie hatte Recht, worin bestand denn eigentlich ihr Sieg? Dieses Mädchen hatte wirklich immer das letzte Wort.

»Wir sollten uns jetzt ausruhen, der letzte Tagesmarsch führt über den Pass, ans Ufer, nach Oros. Und dann zur Insel.«

Loj spielte nervös mit den Fingern. Es schien, als ob das Gespräch sie nicht mehr länger beschäftigte. Sie dachte über etwas anderes nach. Die Frau wusste offenbar mehr als das, was soeben enthüllt worden war, aber sie hatte es nicht eilig, damit herauszurücken.

Auch gut, dachte Viktor. Sollte sie schweigen. So war es ohnehin besser. Dann eben die Dracheninsel. Es war nicht wichtig, ob er krank war oder nicht, ob er am Ende hier starb oder in einem Krankenhauszimmer aufwachte, wo ein Sanitäter mit einer Spritze vor ihm stand, so wie Kolja, der Kapitän, es immer befürchtet hatte. Solange er hier war, brauchte er sich keine Gedanken darüber zu machen. Um ihn herum lag eine gewaltig große Welt. Und je länger er in ihr umherwanderte, desto besser gefiel sie ihm. Und Tel … Der Geheime Clan … Tja, das schien alles ziemlich kompliziert zu sein. Das Mädchen verschwieg ihm offensichtlich etwas.

»Sag mal, Tel, gibt es viele von euch? Ich meine, seid ihr viele im Geheimen Clan?« Tel blickte ihn schräg von der Seite an und antwortete nicht.

»Das weiß keiner, Viktor«, sagte Iwer mit nervösem Kichern. »Der Geheime Clan galt als ausgestorben. Aber dann erwies es sich, dass dem nicht so ist. Mir gefällt es überhaupt nicht, dass dein Mädchen so eine Geheimnistuerei veranstaltet! Und dir?« Sie blickte ihn mit unverhüllter Aufforderung an.

»Wenn Tel schweigt, dann muss das so sein«, beendete Viktor die Unterhaltung mit scharfem Ton. Was erlaubte sich diese Katze? Warum mischte sie sich ein? Wut stieg schäumend in ihm auf und brachte das Fass beinahe zum Überlaufen, ihr Widerschein trat in seine Augen – und die Frau hielt augenblicklich inne, warf sogar zum Schutz gegen etwas Unsichtbares die Hände nach oben.

»Es tut mir leid … Viktor«, sagte Loj versöhnlich. »Ich würde nur gerne wissen, wohin ihr als Nächstes geht.«

»Eine seltsame Frage«, prustete Tel. »Ich habe es dir doch schon gesagt, zum Clan des Feuers!«

»Und wenn sie Viktor den einzigen Weg nach Oros abschneiden? Was werdet ihr dann tun?«, erkundigte sich Loj mit schmeichlerischer Stimme. »Ohne mich? Nun? Werdet ihr kämpfen? Ihr könnt sicher sein, meine Lieben, dass Ritor diesmal eine ganze Armee gegen euch aufbieten wird. Unter anderem auch ein ordentliches Aufgebot vom Clan des Feuers. Ritor hat sie offensichtlich davon überzeugt, dass du, Viktor, der Drachentöter bist. Der Clan des Feuers galt immer als treuester Anhänger der Geflügelten Herrscher … Und vergesst nicht, dass in unserem Rücken auch noch die Gardisten vom Erdclan auftauchen könnten. Die Erde hatte zwar nicht viel für die Drachen übrig, aber nach allem, was im Schloss geschehen ist …« Loj machte eine Pause. »Ich denke, es wäre besser, wenn ihr mich mitnehmt.«

»Wir brauchen dich nicht, Loj Iwer!«, stieß Tel eilig hervor. »Das heißt … wir sind dir natürlich sehr dankbar für deine Hilfe, aber …«

Was nun folgte, wäre einer Shakespeare'schen Tragödie würdig gewesen. Loj weinte. Loj klagte bitter über die Undankbarkeit der Menschen. Loj verfluchte sich selbst für ihre Naivität. Loj schwor, dass sie nie mehr, für kein Geld der Welt irgendjemandem helfen würde.

Tel beobachtete das alles mit kalter, teilnahmsloser Neugier. Viktor hielt sich raus. Nach seinen Erfahrungen beim Clan der Erde war er endgültig davon überzeugt, dass es möglich war, die Kraft zu lenken. Wahrscheinlich musste er nicht einmal einen direkten Zusammenstoß mit Ritor fürchten. Zumindest wäre ein solcher Kampf für ihn nicht aussichtslos. Und er … ja, insgeheim wünschte er sich sogar ein Duell. Die Versuchung war groß.

Aber woher kannte er diesen Ritor? Wieso erinnerte er sich sogar in allen Einzelheiten an sein Gesicht? Vielleicht war ein Duell von Angesicht zu Angesicht ja genau das, was nötig war; ein Kampf von Mann zu Mann, damit alles entschieden wäre – schnell und klar …

Endlich beruhigte sich Loj.

»Das heißt, ihr wollt mich hier zurücklassen? Hier? Vor uns warten Ritor und seine Gefährten vom Feuer, und hinter uns der Clan der Erde und Torn. Glaubt ihr wirklich, dass ich so sinnlos sterben will? Nein, danke! Mit euch ist es weniger gefährlich. Du bist die Kraft, Viktor. Vor dir haben sie Angst. Aber ich ... ich weiß nicht, was Ritor mir antut, wenn ich ihm in die Hände falle. Oder der Clan des Feuers, eine ihrer Zauberinnen war dabei, als ich ihre Falle für dich vereitelte. Vom Clan der Erde ganz zu schweigen.«

»Denk dir was aus«, sagte Tel gleichgültig. »Wenn es nötig ist, schläfst du eben mit dem einen oder anderen, und schon ist alles in bester Ordnung. Tu nicht so, als ob es das erste Mal wäre.«

»Tel«, sagte Viktor scharf. »Loj kommt mit uns. Sie hat Recht.«

Das Mädchen zog eine Grimasse, aber dann sah es Viktor an, schwieg und zuckte mit den Schultern.

Der Weg stieg immer steiler bergan. Der Clan des Feuers hütete eifersüchtig seine Geheimnisse ... oder seine Magier liebten schlicht und einfach die Abgeschiedenheit. Sie hatten sorgsam alle anderen Wege, die über die Alten Berge zu ihrer geschützten Bucht mit dem Leuchtturm führten, zerstört. Die einzige Trasse verlief durch einen überschatteten Pass, der an beiden Seiten von beinahe senkrecht aufragenden Felswänden begrenzt wurde. Krumme junge Kiefern drückten sich in die steilen Hänge und wurzelten an den steinernen Vorsprüngen – es war eine Gegend, die stark an die Krim erinnerte. Die Luft war ungeachtet der herbstlichen Jahreszeit trocken und warm. Bald begannen die Wanderer zu schwitzen.

»Hinauf in die Berge benötigen wir einen Tag«, sagte Tel und keuchte kaum merklich. »Und für den Abstieg noch einen. Wenn alles gutgeht, holen sie uns nicht ein. Ritor kann zwar fliegen und die Übrigen aus seinem Clan auch. Aber ich glaube kaum, dass er es riskieren wird. Er ist schon einmal geschlagen worden, und außerdem weiß er, dass du auch die Weihe der Erde bestanden hast. Nein. Er wird uns den Hinterhalt eher auf dem eigentlichen Territorium des Feuers bereiten. Und genau das wird das Schwierigste werden.«

Viktor zuckte nur mit den Schultern. Manchmal machte ihn Tels schulmeisterlicher Ton richtig wütend. Dann hatte er größte Lust, Loj zuzublinzeln und sie … in die Schulter zu beißen und …

Die Trasse nach Oros war im Grunde genommen eine Sackgasse, aber die fürsorglichen Oberhäupter des Clans hatten einen Anlegehafen in ihrer Bucht gebaut, und deshalb gab es ausreichend Fuhrwerke, manche leer, andere mit Waren beladen, die sie umsonst oder für kleines Geld ein Stück mitnahmen.

Abends lagerten die drei Wanderer direkt am Wegesrand, weit entfernt von anderen Reisenden. Es war ziemlich kalt, und keiner von ihnen konnte einschlafen, denn Tel hatte es kategorisch abgelehnt, dass Viktor seine Kraft einsetzte. Es blieb ihnen also nichts anderes übrig, als eng zusammenzurücken. Tel rollte sich zu einem Knäuel zusammen und atmete tief ein und aus. Loj schien nicht die Absicht zu haben, überhaupt zu schlafen, und nutzte die Notwendigkeit zusammenzurücken schamlos aus.

»Was für eine Nacht«, vernahm Viktor ihr schnurrendes, warmes Flüstern. »Was ist das heute für eine wundervolle Nacht …«

Scharfe Krallen kitzelten Viktor spielerisch unter dem Kinn. Loj wusste, oh, sie wusste ganz genau, wie sie vorgehen musste, dass dem neben ihr liegenden Mann die –

wenn auch in der Dunkelheit unsichtbare – Röte ins Gesicht stieg wie einem grünen Jungen.

»Loj, lass das …«

»Warum?« Er spürte ihren Atem an seinem Ohr. »Willst du mich denn nicht?«

»Gerade weil ich dich will, ist es nicht richtig, es am Wegesrand zu tun«, antwortete Viktor mit einem Gott weiß woher geliehenen Zitat.

»Genierst du dich vor Tel? Komm, dann nehmen wir sie dazu«, raunte Loj. »Das wird lustig …«

»Nein, wirklich!«, empörte sich Viktor. »Es reicht, Loj!«

Die Zauberin rückte beleidigt von ihm ab. »Pass nur auf, das wirst du noch bereuen.«

»Da bin ich ganz sicher«, brummte Viktor. Aber sein Körper war mit dieser vernunftgesteuerten Entscheidung ganz und gar nicht einverstanden. Eine geschlagene Stunde wälzte er sich ruhelos herum und lauschte dem Atemfluss der schlafenden Frauen. Dabei wusste er ganz genau, dass Loj bei der leisesten Berührung reagieren würde, sie würde freudig und geschickt reagieren, mit ausgelassenem Eifer und der ungeheueren Erfahrung … von Jahrhunderten, wenn man Tel glauben durfte.

Und genau dieser Gedanke half ihm endlich dabei, sich zu entspannen.

Und sogleich überkam ihn der Schlaf. Und der altbekannte Traum.

Viktor knirschte sogar mit den Zähnen, als er begriff, dass sich unter seinen Füßen wieder der vertraute, blendend weiße Sand befand, sich über ihm der Himmel wie ein matt flimmernder Schleier spannte und neben ihm die schwarzen Wellen plätscherten.

»Du Schwein!«

Er drehte sich um sich selbst und suchte nach dem Fresssack.

»Ich gehe nirgendwohin, hörst du? Ich brauche deine Geheimnisse nicht! Von mir aus kannst du hier verfaulen!«

Die abgebrannte Ruine des Laboratoriums war schon von Gras und Moos überwuchert. Der violette Wald zitterte unter den Windstößen. Und weit, weit entfernt, am Fuße der Berge, erhoben sich weiße Rauchwolken.

»Ich gehe da nicht hin!«, schrie Viktor wieder. Dabei begriff er schon, dass er keine andere Wahl hatte und genau das tun würde; und dass er dort wieder etwas beklemmend Unangenehmes zu sehen bekommen würde, etwas absolut Ekelerregendes …

»Miau …«

Er drehte sich um und sah, wie am Saum der Brandung, mit weichen Sprüngen den heranrollenden Wellen ausweichend, eine rote Katze auf ihn zustolzierte. Vermutlich eben jene, die ihn in der zerstörten Stadt beobachtet hatte.

Seine Mutmaßung schien völlig unsinnig.

Viktor hockte sich auf die Knie und streckte die Hand aus. »Bist du zufällig da, Mieze …«

Die Katze setzte sich und begann sich zu putzen. Ihre blauen Augen blickten spöttisch zu Viktor herüber.

»Sei friedlich!«, vernahm er eine Stimme aus dem Wald. Durch das Riedgras kam, stolpernd und jammernd, der Fresssack gelaufen. »Was ist das für eine Dreistigkeit … er muss doch wandern und wandern … kusch … verfluchte Katze! Kusch!«

Die Katze wandte ihren spöttischen Blick jetzt zum Fresssack, dann spannte sie die Muskeln und sprang Viktor auf die Brust. Sie miaute ihm ins Gesicht und berührte seine Wange mit ihrer warmen Pfote …

Viktor öffnete die Augen. Über ihm spannte sich der Sternenhimmel, und davor erblickte er einen Frauenkopf mit langen offenen Haaren. Loj verschloss ihm mit einem Kuss den Mund und antwortete auf die nicht gestellte Frage.

»Du hast im Schlaf geschrien, du hast schlecht geträumt ... Entspann dich, Viktor, entspann dich ...«

Die Innenfläche ihrer Hand glitt über seine Wange.

»Unrasiert ...«, sagte Loj zärtlich und leise. »Hab keine Angst, der Traum ist vorüber. Wir Katzen verstehen uns darauf, böse Träume zu verjagen.«

»Danke«, antwortete Viktor ebenfalls leise.

»Und deine Freundin«, sagte Loj mit plötzlichem Spott, »ist nicht einmal aufgewacht!«

»Sie ist ein kleines erschöpftes Mädchen ...«

»Ach so«, stimmte ihm die Zauberin ohne jede Überzeugung zu. »Ein kleines Mädchen ... eine Zauberin des Geheimen Clans ... Aber ich, ich bin eine erwachsene Frau ...«

Sie atmete direkt neben Viktors Ohr ein und aus.

»Diese Mistgöre hat bestimmt allerhand Gemeinheiten über mich erzählt, oder? Dass ich zweihundert Jahre alt bin und mit allen Männern, denen ich je begegnet bin, geschlafen habe?«

»Nicht ganz ...«

Viktor wusste nicht, wie ihm geschah. Loj presste sich bereits mit ihrem ganzen Körper an ihn.

»Immerzu lügt sie!«, schnaubte Loj wütend. »Ich bin nicht zweihundert Jahre alt ... sondern viel jünger. Und ich werfe mich ganz bestimmt nicht jedem Erstbesten an den Hals.«

Sie zögerte etwas, ehe sie hinzufügte: »Dir schon ... ja. Ich ... wenn du ...«

Viktor sah ein, dass es sinnlos war, dagegen anzukämpfen. Hauptsächlich deshalb, weil es nicht im Geringsten seinem eigenen Wunsch entsprach.

Er saugte sich an Lojs weichen, heißen Lippen fest.

Ganz egal, wie alt sie war!

Von ihm aus auch dreihundert!

Lojs Geschicklichkeit hatte tatsächlich etwas Katzenhaftes. Ihre Hände glitten hin und her, während sie sich küssten, so dass Viktor nicht einmal mitbekam, wie sie ihn und sich selbst auszog. Das Ganze erinnerte halb an eine Vergewaltigung und halb an eine Verführung – nur dass die Frau die Rolle des Vergewaltigers übernahm.

Die Tatsache, dass Tel nur wenige Meter von ihnen entfernt schlief, verlieh dem Ereignis noch einen zusätzlichen Reiz.

»Endlich bist du bei mir ... endlich ...«, flüsterte Loj. Und in ihrer Stimme lag weniger Verliebtheit als Triumph, aber Viktor fühlte sich trotzdem geschmeichelt. So in etwa musste sich ein aufstrebender Sänger fühlen, der von jungen Mädchen angehimmelt wurde, die verzweifelt versuchten, sich mit Lügen in sein Hotelzimmer zu schmuggeln und vor der Tür seiner Wohnung campierten ...

Viktor hatte nicht gemerkt, dass sie ihre Position verändert hatten und er sich plötzlich über Loj befand, die sich ihm nicht mit wahnsinniger, tierischer Lust hingab, sondern mit jener freudig-weiblichen Demut, die Grundlage allen Sexes ist.

Ihr Spiel nahm nicht viel Zeit in Anspruch, obgleich es Viktor erschien, als könnte es sich die ganze Nacht hinziehen und ihnen beiden größtes Vergnügen bereiten. Aber offenbar hatte Loj entschieden, es nicht zu weit zu treiben ... An einem bestimmten Punkt spürte er, wie sich ihre Muskeln verhärteten, wie ihr Körper wenig später weich und nachgiebig wurde und sich ihre Sehnen wieder entspannten. Loj atmete laut, presste sich an ihn und gab ein glückliches Stöhnen von sich. Nur ihre Arme umfassten ihn noch immer fest, fast als ob sie beten würde. »Geh nicht fort.«

Sie ging von selbst, etwa eine halbe Stunde später, nachdem sie ihr Spiel einige Male wiederholt hatten. Leise schlich sie davon, nachdem sie ihm zum Abschied noch einmal die Lippen auf den Mund gedrückt und geflüstert hatte: »Ich danke dir ... mehr werde ich nicht fordern ...«

Viktor war ihr dafür dankbar. Er hatte keine Kraft mehr, er fühlte sich vollkommen ausgelaugt. Andererseits hatte er sich lange nicht mehr in einem so angenehmen Erschöpfungszustand befunden ...

In dieser Nacht träumte er nicht mehr.

Bei Tagesanbruch wachte er auf. Es war ein herbstlich kalter Morgen. Die Sonne verbarg sich noch hinter den senkrechten Felswänden, und die Schlucht war von feuchtem Nebel erfüllt, der klebrig und widerwärtig wie der Nebel in Sankt Petersburg war.

»K-kalt ist es«, sagte Tel mit klappernden Zähnen, während sie zusammengekauert dahockte. Ihr Gesichtchen wirkte frisch, und sie blickte Viktor mit gespielter Ernsthaftigkeit an, ganz so, als sei die Kälte seine Schuld.

Loj sagte nichts. Sie neigte sich graziös nach vorne und wusch sich an einer Wasserrinne, die von einem aus den Felsen hervorspringenden Bergquell gespeist wurde. Das muntere Bächlein sprudelte in die hölzerne Rinne und floss dann weiter bergab in Richtung Norden zu den trockenen Feldern und in die Steppe.

18

In der Dämmerung, während all die Kutscher und Treiber noch auf ihren Fuhrwerken schliefen, machten sie sich auf den Weg. Tel war auffallend nervös, ständig blickte sie sich um, manchmal blieb sie abrupt stehen und starrte reglos in die Ferne, obwohl da nach Viktors Ansicht absolut nichts zu sehen war außer ein paar blassen und weit entfernten Lichtern, die schnell von der aufgehenden Sonne verschluckt wurden.

Mit der Sonne überkam ihn eine merkwürdige Mischung aus Leichtigkeit und Unbekümmertheit. Der Zustand, wenn man sich dem trügerischen Gefühl hingibt, dass man unverwundbar ist und jedes Hindernis leicht überwinden kann.

Viktor begann sogar zu pfeifen. *Weit ist der Weg, der hinter uns liegt, weit ist der Weg, er führt uns ins Dunkel, weit ist der Weg* … Puh, was für ein Quatsch! Und woher kam das jetzt bloß auf einmal?

Bergab fiel das Gehen leichter, aber die Gesichter von Loj Iwer und Tel verfinsterten sich aus irgendeinem Grund zusehends.

»Sie erwarten uns dort … Viktor«, sagte die Frau endlich. Es waren die ersten Worte, die sie an ihn richtete seit ihrem nächtlichen … hm … Gespräch.

Tel nickte nur schweigend. In den letzten paar Stunden war sie regelrecht hohlwangig geworden; von ihr war, wie es so schön hieß, nichts als die Augen übrig, oder vielleicht wäre es besser, zu sagen, nichts als eine hervorstechende Nase. Und auch ihre frühere Gelassenheit war fast vollständig verschwunden.

»Viktor … wie es aussieht, haben sie uns tatsächlich überholt.« Sie klang schuldbewusst, als wäre das allein ihr Versehen. »Sie haben die Trasse von Norden und von Süden her abgeriegelt. Hinter uns steht der ganze Clan der Erde. Sie warten darauf, dass wir umkehren und ihnen geradewegs in die Arme laufen. Vor uns warten Ritor und der Clan des Feuers.«

»Und Torn?«, fragte Loj scharf. »Spürst du ihn auch, Magierin vom Geheimen Clan?« In Lojs Worten und in ihrer Stimme war zum ersten Mal so etwas wie Respekt, wenn nicht sogar Ehrfurcht wahrzunehmen.

»Torn kann ich nirgendwo spüren«, bekannte Tel wiederum schuldbewusst.

»Warum wohl? Das wüsste ich nur zu gern«, murmelte Iwer vor sich hin. Tel gab keine Antwort.

»Gibt es noch einen anderen Weg?«, fragte Viktor geschäftig. Bei dieser Geschichte konnte er sich auf nichts als auf seine Erfahrungen aus amerikanischen Fernsehstreifen verlassen. Frei nach dem Motto: Wer kein Klopapier hat, der nimmt eben Schmirgelpapier.

»Es gibt keinen anderen Weg.« Die Katze schüttelte den Kopf. »Über Felsbrocken könnte man vielleicht irgendwie klettern, aber dort sind nur senkrechte Wände, Überhänge und Abbrüche.«

»Aber wenn es keinen anderen Weg gibt …«

»Viktor, denk bitte dran, wir brauchen das Feuer!«

Da war sie wieder, die Frau Oberlehrerin, die dem dummen Schüler ihre Lektion einpaukte.

»Dann gehen wir eben weiter, Schluss aus jetzt mit dem Gerede!«, sagte Viktor wütend. Er hatte das alles so satt. Was war das für ein alberner Retter der Welt, dem die Hälfte der Leute, die er retten sollte, mit Feuereifer auf den Fersen war, um ihn so schnell wie möglich auszuschalten ... Und wenn er auf seine Verfolger treffen sollte, dann würden wieder unzählige unschuldige Menschen sterben.

Er erinnerte sich an den Wahnsinn im Waggon und konnte nur mit Mühe einen heftigen Würgereiz unterdrücken.

Ob es Gott hier gab? Oder war auch hier alles beim Großen Knall entstanden? Die Gnome und Elfen und die Angeborenen ...?

Apropos Angeborene, was hatte Loj über sie gesagt? Der Fluch unserer Welt? Keine besonders freundliche Empfehlung ...

»Sag mal, Tel, warum könnt ihr nicht einfach mit den Angeborenen verhandeln? Was wollen sie denn genau von euch?«

Sowohl das Mädchen als auch Loj fassten sich mit der gleichen bildhaften Geste an den Kopf.

»Bei allen Großen Kräften, was hat das denn jetzt für eine Bedeutung!«, brach es aus Tel heraus.

»Es interessiert mich eben«, schnappte Viktor zurück. »Vielleicht habe ich ja nie mehr die Gelegenheit, es zu erfahren, wenn wir erst mal da unten angekommen sind; also sei so nett und erklär es mir jetzt! Wenigstens, wer sie eigentlich sind. Sind sie Menschen? Ungeheuer?«

»Hast du es immer noch nicht verstanden? Die Andere Seite ist eine Welt ohne Magie, die Mittelwelt verfügt über beides, über Zauberformeln sowie Dampf und Elektrizität.

Eure … na, wie heißen sie noch … Computer würden sich hier wahrscheinlich in einen Haufen Eisen verwandeln, aber in der Welt der Angeborenen würden sie einfach verbrennen. So sieht das aus, Viktor, die Welt der Angeborenen ist die Welt der reinen Magie. Die Kraft des Wortes, der Geste und des Zeichens. Die Angeborenen träumen schon lange davon, durch die Bruchstelle der Welten zu uns vorzudringen und die Mittelwelt in ihre Welt zu verwandeln.«

»Aha … also so eine Art universelle Bösewichte.« Viktor seufzte. »Ich habe es trotzdem noch nicht verstanden. Warum kämpft ihr? Was gibt es zu teilen? Könnt ihr euch nicht absprechen?«

»Es gibt Magier, die vertreten die Auffassung, dass für die Angeborenen Aggression die einzig mögliche Form des Seins ist«, erklärte Loj trocken. »Verstehst du, Viktor? Du musst dir klarmachen, dass sie keine andere Wahl haben, als ununterbrochen ihre kämpferischen, zerstörerischen Formeln zu wirken. Und die müssen ja auf irgendwen gerichtet sein!«

»Das passt nicht zusammen …«, begann Viktor. Eigentlich wollte er Loj erläutern, dass es in einem solchen Fall für die Angeborenen sinnlos wäre, überhaupt irgendetwas zu erobern, wenn sie ohnehin alles zerstören mussten. Allerdings hing hier alles vom Ausmaß ab …

»Viktor, Tod und Zerstörung sind das Wesen jener, die hinter dem Heißen Meer zurückgeblieben sind«, fuhr Loj hitzig fort. »Ich verstehe schon, man hat dir beigebracht, dass alles im Leben Ursachen und Folgen hat, dass es keine absoluten Bösewichte gibt und dass man immer einen Kompromiss finden kann … Das will ich nicht bestreiten. Meistens kann man das. Wir haben hier mit der Zeit gelernt, wie man einen Kompromiss mit den Leuten von der Anderen Seite findet. Und wir nutzen sogar ihre Kenntnisse für uns. Aber wie können negative und positive Ladung einen Kompromiss finden? Besonders wenn sie sich nebeneinander befinden. Wie sollte sich das Wasser mit dem Feuer einigen, wenn das Wasser die Flamme löscht? Wie sollen sich der Baum und das Beil des Holzfällers einigen? Es kommt vor, dass man keinen Kompromiss findet. Das ist traurig, aber wahr. Und dann muss man sich entscheiden. Ein für alle Mal. Endgültig und unumkehrbar. Ohne das Recht, die Würfel noch mal neu zu werfen. Und so stehen wir und die Angeborenen zueinander – wie zwei gegensätzliche Pole. Es kann keinen Frieden geben, nur Krieg. Einmal haben sie uns überfallen, aber damals schützte uns die Kraft des Drachen. Mit ihm wurden die Angeborenen einfach nicht fertig. Aber Ritor …« Sie winkte mit der Hand ab.

»Langsam, langsam.« Viktor schüttelte den Kopf. »Beruhige dich und bleib sachlich, keine blumigen Vergleiche, bitte. Ihr seid doch selbst aus der Welt der Angeborenen hierhergekommen! Also … vielleicht nicht ihr, aber eure Vorfahren … Soll das heißen, ihr konntet euch hier eingewöhnen und kommt jetzt miteinander aus, ihr konntet Tod und Zerstörung überwinden, und die, die dort geblieben sind, haben sich für immer der Rachgier verschrieben? Wie sieht es dort aus, stehen dort Schlösser aus menschlichen Knochen, fließen dort Flüsse von Blut, wurde dort ein Imperium des Bösen errichtet, ein Königreich des Lasters? Warten dort abstoßende Monster nur darauf, die Mittelwelt endlich zu zerstören?«

»Kein Imperium und kein Königreich.« Loj schüttelte den Kopf. »Und über ihr Aussehen kann ich dir nichts sagen. Hat der Wind ein Gesicht? Und das sprudelnde Wasser? Angeborene können aussehen, wie sie wollen. Wie ein Grashalm, ein Blümchen, der Geruch von Minze, wie ein Adler im Flug oder ein Frühlingsdonnern. Sie können auch wie Monster aussehen … natürlich. Obwohl sie meistens – aus Neid auf uns – ein menschliches Antlitz wählen.«

Tel hatte Lojs Monolog aufmerksam gelauscht und schüttelte den Kopf. Sie lächelte sogar ein wenig. Vielleicht weil sie der Ansicht war, dass das nichts mit Neid zu tun hatte?

»Wie sie leben? Stell eine einfachere Frage. Nicht einmal die Geflügelten Herrscher wussten etwas darüber … wahrscheinlich. Und unsere Vorfahren bewahrten keine Erinnerungen in ihrem Gedächtnis, nachdem sie jene fernen Ufer verlassen hatten. Nicht einmal die Kriegsgefangenen der Angeborenen konnten uns etwas erzählen, denn auch sie hatten ihr Gedächtnis verloren. Und die Angeborenen wollten sie später nicht mal mehr zurücknehmen.«

Tel nickte.

»Die Angeborenen sind alles. Und gleichzeitig sind sie nichts. Absolute Freiheit und totale Versklavung. In ein und demselben Wesen. Sie sind unfähig, sich zu verändern. Bei all ihrer unvorstellbaren Veränderlichkeit. Eine Magie, die dir selbstverständlicher ist als das Atmen oder Sehen, wird dir keinen guten Dienst erweisen. Du hörst auf, den eigenen Armen zu vertrauen. Du schließt dich in dir selbst ein. Du selbst bist die Welt, und die ganze Welt ist in dir, und du beherrschst sie. Das ist eine Versuchung …« Tel schüttelte den Kopf. »… sich als grenzenloser Herrscher zu fühlen. Wahrscheinlich ist den Angeborenen deshalb allein schon der Gedanke an unser Dasein verhasst. Weil wir für uns selbst existieren, wir sind nicht in ihnen und auch nicht unter ihnen. Sie hassen übrigens auch die Andere Seite. Aber in jene Welt gibt es für sie vorerst kein Hinkommen, unsere Welt dagegen liegt gerade auf ihrem Weg.«

Ach ja, ein allzu schönes, greifbares Bild hatten die beiden da für ihn gezeichnet! Viktor blickte Loj voller Zweifel an, aber die Zauberin schien aufrichtig gesprochen zu haben. Sie selbst war von ihren Worten überzeugt. Aber sollte Viktor sich diesem Glauben wirklich anschließen?

»Und deshalb …«, Loj atmete tief durch, »… kommen manchmal Schiffe über das Heiße Meer zu uns. Schöne Schiffe, die Buge mit Adlerköpfen verziert …«

»Warum gerade mit Adlern?«, fragte Viktor. »Ist das ihr Wappen?«

»Wappen?« Loj schien verwirrt. »Nein … sie haben keine Wappen. So sind einfach ihre Schiffe, das versteht sich doch von selbst! Na, sie werden doch nicht in normalen Handelsschiffen daherkommen!«

»Und Flaggen?«

»Flaggen haben sie. Schwarz mit Gold. Und in der Mitte einen Adlerkopf. Als wir das letzte Mal gegen sie kämpften, haben wir eine Menge Trophäen erbeutet. Aber wir konnten sie nicht bewahren. Sowohl ihre Waffen als auch ihre Harnische und Flaggen – alles löste sich auf. Wie Nebel. Die Magier waren darüber sehr verbittert.«

»Das ist ja interessant«, warf Viktor nachdenklich ein. »Vielleicht sind sie ja nur Gespenster?«

»Gespenster? Wenn du sie je getroffen hättest …«, empörte sich Loj. »Physischer kann man kaum sein! Sie können einfach sein, wie sie wollen; das habe ich dir doch schon erklärt.«

»Und die Leichname ihrer Toten? Bleiben die?«

»Sie sind verbrannt.« Die Frau schüttelte den Kopf. »Wenn sie tot sind, halten sie die Schwere unserer Welt nicht aus. Deshalb können sie sich hier nicht festsetzen. Und deshalb müssen sie unsere Welt entweder ganz erobern, oder sie werden wieder zurückgeworfen. Willst du sonst noch etwas wissen?«

Viktor blickte in ihr angespanntes Gesicht und beschloss, dass es jetzt wohl an der Zeit war, seine Fragen zurückzustellen.

»Da vorne wartet eine Hundertschaft Magier auf uns, die uns in Stücke zerfetzen will«, sagte Tel vorwurfsvoll, »und ihr plaudert hier, als wären wir auf einem Sonntagsausflug. Vielleicht haben sie uns ja schon bemerkt! Vielleicht kommen sie uns schon entgegen!«

»Beruhige dich, Tel«, sagte Loj. »Sie gehen nirgendwohin. Sie sitzen da unten, haben sich eingegraben und warten. Sie wissen genau, dass wir an ihnen vorbeimüssen. Sie brauchen sich doch gar nicht zu bewegen. Erzähl uns lieber, was du über Oros weißt.«

»Als ob du dort keine Spione hättest«, brummte Tel.

»Natürlich habe ich die«, parierte Loj gelassen. »Aber je mehr wir wissen, desto besser. Kennst du vielleicht ihre Abwehrformeln? Losungsworte? Durchgänge und Zugänge? Fallen?«

Tel schüttelte langsam den Kopf.

»Es hat keinen Sinn, direkt in die Stadt vorzudringen. Wir müssen nur ans Ufer kommen.«

»Und dann?«, hakte Loj nach. »Treiben sie uns zum Wasser hin in die Enge und töten uns?«

»Am Ufer kann ich die Tür öffnen«, sagte Tel in einem Ton, der keinen Widerspruch zuließ. »Und durch diese Tür können nur Magier des ersten Ranges gehen. Damit schütteln wir eine ganze Menge unserer Verfolger ab.«

»Der Clan des Feuers hat keinen einzigen Magier ersten Ranges mehr«, erinnerte sich Loj mit einem Mal. »Das heißt … Torn, Ritor und ich. Keine schlechte Verteilung.« Ihre Stimmung hellte sich spürbar auf.

Tel musterte sie von oben bis unten, presste unfreundlich die Lippen zusammen, sagte aber nichts. Wahrscheinlich ist sie eifersüchtig, dachte Viktor. Und überlegt, wie wir Iwer loswerden könnten. Aber jetzt ist es schon zu spät dafür. Man kann schließlich niemanden in den sicheren Tod schicken. Und wer weiß, wofür so eine Gefährtin wie Loj noch gut ist. Einmal hat sie uns ja schon geholfen.

Der Weg begann sich zu winden. Der Pass verlief mal nach links und mal nach rechts in Serpentinen zum Meer hinunter. Hier hatte der Feuerclan offenkundig Hand angelegt: Die Wände flossen in erstarrten steinernen Strömen abwärts. An manchen Stellen war der alte Pass begradigt und der Weg neu angelegt worden; aber im Laufe der Jahre hatte die Vegetation wieder die von den Flammen ausgezehrten Steine überwuchert.

»Sie haben wahrscheinlich einen Spähtrupp ausgeschickt«, sagte Tel finster, während sie den Hals reckte und versuchte, etwas auf den vernarbten Gipfeln zu erkennen. »Und natürlich haben sie uns längst bemerkt.«

»Warum sollten wir uns dann noch verstecken?«, fragte Loj mit erhobener Augenbraue. »Viktor könnte doch einfach dafür sorgen, dass ihnen die Lust, uns heimlich zu beobachten, vergeht.«

»Nein, nein!«, antwortete Tel erschrocken. »Bloß nicht … wir dürfen nur im äußersten Notfall töten. Nur wenn sie von sich aus versuchen, uns zu töten.«

»Wird es dann nicht reichlich spät sein?«, fragte Loj bissig.

Tel zuckte schweigend die Schultern.

Auch Viktor spürte einen fremden Blick. Als ob zwei klirrend kalte Eisstücke, die einfach nicht schmelzen wollten, auf seiner Stirn festgeheftet wären; und von diesen Eisstücken zogen sich zwei unsichtbare Leinen, so dass er sich wie eine ungeheure Küchenschabe mit unverhältnismäßig langen Fühlern vorkam.

Er gab sich seiner Wut hin, die langsam wuchs und sich tief in seinem Inneren zu einer angespannten Faust der Kraft ballte. Im Moment war sie noch formlos, aber bereit, jeden Augenblick das Antlitz eines zerstörerischen Wirbelsturms anzunehmen oder eines Wassertornados oder einer alles mit sich reißenden Steinlawine. Sie wagten es, ihm in den Weg zu treten? Sie erdreisteten sich, ihn heimlich zu beobachten? Wenn es ihm möglicherweise gerade in den Sinn kam, sich mit einer seiner Gefährtinnen zu vergnügen?

Puh, puh! Viktor erschrak: Was war das, was da plötzlich in seinem Kopf herumspukte? Der schwarz-rote Nebel löste sich langsam wieder auf. Die zusammengepressten Fäuste öffneten sich. Er blickte zu Tel und Loj hinüber, sie hatten offenbar nichts bemerkt.

»Hinter der nächsten Biegung liegt Oros«, formte Tel lautlos mit den Lippen. »Ihre Späher verstecken sich nicht mal.«

Und richtig: Vor dem hellblauen Hintergrund des Himmels sah man auf dem höchsten Felsen vor ihnen deutlich den hochroten Fetzen eines Umhangs zucken.

»Sieh mal einer an, diese dreisten Schurken«, stieß Loj zwischen den Zähnen hervor. Sie fuhr die Krallen nach Katzenart aus und hob die Hand. »Mal sehen, ob er es wagt …«

»Loj!« Mit einem Sprung hing das Mädchen an der Schulter der Katze. »Lass das! Es ist zu früh! Du führst diesen Schlag, ja, aber dann können sie deine Formel entziffern und schicken ihn zurück!«

»Na gut, wenn du meinst.« Unzufrieden ließ Iwer die Hand sinken. Aber es war offensichtlich, dass Tels Worte Eindruck auf die stolze Katze gemacht hatten.

»Wir dürfen nichts unternehmen, ehe sie uns von sich aus angreifen.« Tel sah Viktor bittend an. »Versprichst du das? Bitte!«

»Und werden sie uns nicht mit ihrem ersten Schlag schon fertigmachen?«, erkundigte sich Viktor scheinbar unerschütterlich.

»Alles hängt von dir ab«, seufzte Tel. »Uns brauchen sie nicht ... nun ja, vielleicht will Ritor sich an Loj rächen. Aber ansonsten mach dir um uns keine Sorgen. Jetzt wollen sie vor allem dich und nur dich.«

»Dann lasst uns gehen«, formten Viktors Lippen.

Es sieht ganz so aus, als wüsste ich jetzt endlich, was es heißt, das Herz in der Hose zu haben, dachte Viktor. Nein, ich eigne mich einfach nicht zum Helden. Weder als Conan noch als Terminator. Ich sehe mich schon ganz deutlich daliegen, tot und präpariert, in einer Anatomiestunde für angehende Magier. Es wäre schön, sich auf den Beinen zu halten, sich nicht vor Angst in die Hose zu machen. Warum hatte Tel ihm nie gezeigt, wie man zaubern konnte?

Der Späher auf dem Felsen blieb hinter ihnen zurück. Loj winkte ihm sogar zu.

Die letzte Kurve.

»Da liegt Oros«, sagte Tel leise. Eine Bucht. Steinstrand, ganz ähnlich wie auf der Krim, etwa in Sudak oder Planerskoe. Am äußersten Ende der Mole, die weit hinter die

Linie der Brandung ins offene Meer hinausführte, erhob sich ein Leuchtturm. Auf seiner schwarzen Spitze brannte eine rauchlose, dunkelrote Flamme, die sogar bei Tag scharf und deutlich zu sehen war. Zwischen den Bergen und dem Meer lag ein kleines Städtchen mit gleichmäßig einstöckigen Gebäuden. Und das fröhliche Rot der Ziegel blitzte durch das dichte Geflecht immergrüner Zweige.

Dem Anschein nach gab es hier weit und breit kein lebendiges Wesen. Aber Viktor spürte deutlich die hundertfachen Blicke, die seine Brust durchbohrten. Wie rücksichtslose Hände, die ihn abtasteten, mit unsauberen Fingern an ihm herumzupften, versuchten, in ihn einzudringen, sein Gehirn in Stücke zu zerpflücken, sein Gedächtnis im Wind auszuschütteln und alles Schädliche, wie sie glaubten, auszutreiben.

So hört schon auf.

»Viktor, ich habe Angst«, vernahm er Lojs Flüstern, die sich von der Seite an ihn drückte. »Sie werden uns umbringen. Ritor … er ist wahnsinnig geworden. Ich glaube, diesmal entkommen wir ihm nicht.«

»Na, hast du einen Schreck bekommen, Katze?«, schoss Tel augenblicklich los. »Keiner hat dich gezwungen mitzukommen. Du wolltest es selbst so.«

»Hier stehen fast hundert Magier. Und an die fünfhundert Krieger. Sowohl des Feuers als auch der Luft. Ritor hat alle versammelt, die er bekommen konnte. Und von seinem Clan hierher verlegt.« Loj schüttelte den Kopf. »Er hat keine unnötige Zeit mit der Jagd nach uns verloren, sondern ist gleich hierhergekommen. Wirklich clever. Alle Achtung.«

»Sei bitte still«, zischte Viktor, ohne sich nach ihr umzudrehen.

»Verzeih …«, hörte er ihr Flüstern. Gott, wenn er auf der Anderen Seite so ein Flüstern hören würde, wäre er sicher, dass die Frau wahnsinnig verliebt ist.

Die drei standen an der Biegung des Bergwegs, so dass alle an den Abhängen vor ihnen versteckten Krieger sie gut sehen konnten. Sowohl Tel als auch Loj drückten sich an Viktor. Aber er stand da, versteinert wie ein Dummkopf, blickte nach unten und hatte nicht die leiseste Ahnung, was er tun sollte.

Nach strategischen Gesichtspunkten hätte ihre Position kaum schlechter sein können, sie stachen für jedermann sichtbar hervor. Andererseits konnte Viktor selbst, wie auf seiner Handfläche ausgebreitet, die ganze Stadt sehen, bis zu ihren äußersten Grenzen. Und es kam ihm in den Sinn, sie »zuzudecken«; das hätte er mit einem einzigen Handgriff vermocht.

Weder Loj noch Tel wagten es, ihm irgendwelche Ratschläge zu geben.

Was jetzt? Sie warteten also, bis die anderen angriffen. Viktor fühlte sich unerträglich dumm. Aber er wollte nicht gegen Tels Bitte handeln.

Leicht, ganz leicht fing der Wind an seinen Schläfen an zu heulen. Wie eine Vorwarnung. Wie ein Horn, das zum Duell aufruft. Schön …

»Viktor!«, vernahm er Tels verzweifeltes Flüstern. Sie zitterte am ganzen Körper, hatte es sie, die Furchtlose, diesmal etwa auch erwischt? »Das ist eine Schlinge. Sie werfen eine Schlinge auf uns … Viktor, versuch um Himmels willen nicht, eine von uns zu retten! Wenn du das Feuer bestehst, dann wird es dir auch gelingen, die Tür zu öffnen. Aber wenn du erst anfängst, mich oder Loj hier herauszuholen …«

»Mich muss keiner rausholen«, unterbrach Loj das Mädchen wütend. »Und dich, Geheime, dich werde ich höchstpersönlich rauszerren. Selbst wenn ich dafür mit allen vier Elementen gleichzeitig vögeln muss!«

»Still, ihr beiden!«, fuhr Viktor ihnen über den Mund. Mit zusammengekniffenen Augen blickte er in die Höhe, dort, wo sich, für das gewöhnliche Auge unsichtbar, langsam die graue Schlaufe des ungeheuren Lassos entfaltete. Das war nur der erste Schritt, das war noch nicht mal ein Angriff, sondern diente nur dazu, seine Verteidigung zu prüfen; sie wollten sehen, wie er sich verteidigen würde.

Unten im dichten Grün blinkten kleine Feuer. Dutzende kleiner Feuer. Winzige Flammenkronen, die über den Köpfen der kampfbereiten Krieger des Feuerclans hingen.

Und im nächsten Augenblick zog Ritor die Leine der Schlaufe fest an.

Tel kreischte auf. Loj hockte sich geschmeidig hin und warf den rechten Arm mit ausgefahrenen Krallen nach vorne in die Luft, nahm eine kriegerische Haltung an. Viktor stand tatenlos da und sah zu, wie die Welt um ihn herum immer grauer wurde, während sich die durchsichtigen Umrisse der Schlinge näherten, und er begriff, das dies das Ende war und … unternahm nichts.

»Vi-ik-tor!« Loj kreischte auf. Die Schlaufe erfasste sie an Schulter und Hals, warf sie um und schleifte sie erbarmungslos über den Weg, so dass Kleid und Haut aufgerissen wurden.

Wie zauberte man im Kampf? Wie schuf man tödliche Magie? Wie lenkte man die dem eigenen Willen unterworfenen Elemente? Durch einen Wunsch? Mit einem direkten Befehl? Musste man ihnen gebieten?

»Vi-i-ik-tor!«

Tel warf sich auf Loj, packte sie im Fallen an der Schulter und drückte sie auf die Erde. Aber auch ihre Kräfte reichten nicht aus. Ein Mädchen allein, selbst eines vom Geheimen Clan, vermochte nicht mit fünfzig Zauberern fertig zu werden.

In der Luft über dem Städtchen ballte sich eine gewaltige graue Wolke zusammen. Viktor wusste, dass nur er sie sah. Er sah Ritors magische Formel, bereit zum Schlag, die ihn niederreißen würde, in den Staub des Weges drücken, die Felsen mit seinem Blut bespritzen, seinen zerschmetterten Körper über den Rand des Abgrunds reißen würde, auf die Steine und Dornen.

»Nein, Ritor!«, schrie er auf. Er gestikulierte mit den Händen, zielte mit der Faust auf das straff gespannte Seil, an dem die verzweifelt strampelnden Frauen über den Weg geschleift wurden.

Eine scharfe Wasserpeitsche raste mit der Geschwindigkeit eines Blitzes vorwärts. Dort, wo Wasser auf Luft prallte, flogen weiße Spritzer in alle Richtungen, wie magisches Blut. An den Stellen, wo die Spritzer auf der Erde aufkamen, wirbelten Staubfontänen in die Höhe, als hätte jemand eine Maschinengewehrsalve in den Sand gefeuert.

Das Luftseil wurde durchtrennt. Unten in der Stadt stürzte ein Baum um, als wäre er von einem mächtigen Orkan umgerissen worden.

»Gib es ihnen, Viktor«, kreischte Loj.

Die Antwort von unten ließ nicht auf sich warten. Viktor spürte, wie die Luft aus seinen Lungen gesaugt wurde und sich ihnen eine magische Peitsche näherte, die alle Hindernisse überwand; ohne nachzudenken, reagierte er mit dem Erstbesten, was ihm in den Sinn kam: Er streckte die Hand aus, zeigte nach unten, dorthin, wo sich das Herz des Widerstands gegen ihn verbarg, und flüsterte das hier so unsinnige: »Feuer!«

Das Heulen war so durchdringend, dass Loj und Tel sich mit schmerzverzerrten Gesichtern die Ohren zuhielten. Unten sauste die mächtige Luftfaust nieder, und es klang, als würden Hunderte von Ballons gleichzeitig platzen. Von den Felsen fielen die ersten Steine. Sie flogen hoch in die Luft, beschrieben einen Bogen und stürzten wie Flugzeugbomben auf das Städtchen nieder. Die ersten hundert explodierten noch in der Luft, denn die Feuerpfeile der Verteidiger rasten ihnen entgegen. Ein Teil wurde von einer eilig erschaffenen Welle aus Luft abgelenkt, aber die meisten Steine durchbrachen alle Barrieren.

Unterdrückte Schreie waren zu hören. Viktor sah, wie seine Luftfaust einen Baum nach dem anderen umstürzte, die Ziegel von den Dächern riss, wie die Säulen der Windhosen Staub aufwirbelten, Hausrat, Trümmer und menschliche Körper durch die Luft fegten.

Ein Feuer brach aus, aber natürlich konnte es seinen Gebietern nichts anhaben. Die Zungen der Flammen sprangen hoch und fielen dann wieder zusammen.

Dennoch, auch Ritor galt nicht umsonst als stärkster aller Magier. Er begriff schnell, was zu tun war. Viktor war allzu sehr mit seiner Attacke beschäftigt. Daher schickte Ritor seine eigene Verteidigung zum Teufel und stürzte sich seinerseits in den Angriff.

Sein Schlag warf Viktor hinterrücks zu Boden. Vor seinen Augen zogen bunte Kreise vorbei. Irgendwo aus fernster Ferne erklang Tels jämmerlicher Schrei; und sogleich rückte das Feuer vor. Der Schmerz bohrte sich in sein Hirn, aber Viktor gelang es, sich wieder auf die Knie zu setzen. Eine Welle trockener Hitze näherte sich, das Feuer vollführte einen verwickelten Tanz, überall auf den Felsen, auf dem nackten Stein loderten Flammen auf.

Und von oben kam der Tod. Viktor sah ihn, einen in perlmuttfarbenem Licht erstrahlenden Speer von aufs äußerste verdichteter Luft. Der Speer zerschmetterte den Gesteinsbrocken, den Viktor ihm im verzweifelten Versuch, sich zu verteidigen, instinktiv entgegengeschleudert hatte, zerschmetterte ihn in kleinste Teile; im letzten Moment duckte Viktor sich weg.

Sein Gesicht brannte vor Schmerz, am Hals quoll Blut hervor. Sowohl Tel als auch Loj waren verschwunden, eingehüllt von der um sie aufsteigenden Feuerwolke. Die Felsen brannten, die Kiefern auf den Felsvorsprüngen glühten, und immer neue Pfeile stießen mit Geheul auf sie herab, auf seine Schultern legte sich eine ungeheure Schwere. Viktor begann zu keuchen, jeden Atemzug musste er mit riesiger Kraftanstrengung in seine Lungen hineindrücken; in einem Anfall heftigen Hustens fiel er nach vorne.

Zwei Hände fassten ihn unter den Achseln, rissen ihn kraftvoll nach oben und zwangen ihn aufzustehen. Er drehte sich um und sah Loj. Ihr Gesicht war verzerrt, blutig und dreckverschmiert; ihre Augen blickten wahnsinnig.

»Steh schon auf, Viktor! Bitte, steh auf!«

Ein neuer Schlag. Loj wurde auf den steinernen Boden geschleudert, sie stöhnte kurz auf und umfasste ihren Kopf mit beiden Händen; zwischen ihren Fingern quoll Blut hervor.

»Ich werd's euch zeigen!«, schrie Viktor. Und eine süße Raserei breitete sich in ihm aus. Wasser und Luft vereinigten sich. Ein donnernder Strom brach aus dem berstenden Felsen hervor, Granitbrocken ließen ihre seit Jahrhunderten angestammten Plätze im Stich; eine bräunlich-graue

Schlammlawine stürzte abwärts und schleifte Tausende und Abertausende von Steinen mit sich. Als Vorhut der Armee preschte die unsichtbare Reiterei der Luft, als Nächstes folgte die schwere Phalanx des Wassers; unter gewaltigem Stöhnen schickte die Erde ihre Kriegselefanten in den Kampf – unverrückbare Findlinge.

Das Feuer heulte in Agonie, denn der Wind fachte es nicht an, sondern zerriss die Flammen und ließ sie ohne Nahrung zurück; und auf den Wind folgte das Wasser und vollendete die Niederlage. Aus dem Rauch tauchte Tel auf, völlig zerrissen und voller Schrammen, wieder warf sie sich auf Loj, umfasste sie, als wäre sie ihre Mutter.

»Hinab! Zum Ufer!«, schrie das Mädchen.

Loj erhob sich schwankend.

»Los, los!«

Unten traf die Lawine auf ein eilig errichtetes Schild vom Clan der Luft. Der Wind heulte blindwütig, wieder fielen Bäume, die zusammenprallenden Ströme fegten alle Häuser in ihrer Nähe weg, ein brüllender Wasserstrom schoss hoch in den Himmel und versuchte, sich über die plötzlich aufgetauchte Ebene hinwegzusetzen. Die Welle bog sich wie ein unbekanntes Tier vorm Sprung und begegnete dem ihr entgegensprudelnden Feuerstrom mit der Brust.

Wahrscheinlich hatte der Clan des Feuers alle von ihm in dieser Welt freigelassene Kraft dafür aufgewandt. Dampfschwaden quollen hinauf in den Himmel und höher; sie vertrieben die bedrohlichen Wolkentürme. Ein senkrecht niedergehender Blitz schlug vergeblich ein und spaltete eine unschuldige Platane.

Viktor spürte, wie beißender, heißer Schweiß in seine Augen lief, als würden seine Poren eine kochende Flüssigkeit von sich geben. Um ihn herum breitete sich eine tote

Wüste aus: vom Schlag des Feuerclans versengter Stein, schwarzer, feuchter Ruß, Spalten, die mit dreckigem Wasser angefüllt waren und den Weg und die umliegenden Felsen verunstalteten.

»Bleib stehen! Ergib dich, elender Feind!«, ertönte hinter ihm ein Heulen. Und augenblicklich hallten Musketenschüsse wider.

»Die Erde«, flüsterte Loj. Ihre Augen brannten mit unauslöschbarem Feuer, und sie erinnerte fast unerträglich deutlich an eine vor Wut rasende Katze. »Haben sie uns doch eingeholt ...«

»Herr Andrzej.« Tel ballte die Hände zu Fäusten. »Halte aus, der Magier ...«

»Legt euch endlich hin, ihr Närrinnen!«, brüllte Viktor, denn die Kugeln pfiffen nun schon ganz in ihrer Nähe durch die Luft.

Aus dem Nebel hinter ihnen tauchten einer nach dem anderen die Gestalten der Gardisten auf. Man konnte sagen, was man wollte, aber sie waren erstklassig geschult. Sie schossen aus dem Stand, ohne Auflage für die Muskete und dabei noch gut gezielt. Eine Kugel prallte dicht neben Viktors Kopf in einen Felsblock und wurde zusammengedrückt.

Das ist endgültig der Untergang. Jetzt haben sie uns in der Zange, dachte Viktor. Er musste auf der einen Seite gegen die Formeln der Luft und des Feuers bestehen und gleichzeitig auch noch den ehrwürdigen Herrn Andrzej ausfindig machen.

Ach, es war schwer ...

Aha, da bist du, Freundchen – hinter den Musketieren, die hoch zu Ross näher kamen, blitzte die bekannte ausgemergelte Gestalt auf.

Und unter Viktors Füßen bebte die Erde.

»Ji-i-ij!« Lojs Hand durchschnitt scharf die Luft, als sie das Zeichen eines Kreuzes andeutete. Der kräftige Bursche, der bereits mit dem aufgesteckten Bajonett auf sie zustürmte, fasste sich an die aufgeschlitzte Kehle und stürzte wie ein Mehlsack zu Boden.

Viktor spürte mit der Haut, wie sich Andrzejs Formel um sie zusammenzog; wieder war sie unerhört kompliziert, verworren, Anfang und Ende waren ineinander verwoben, die Schatten irgendwelcher Monster tauchten auf; in Wellen erschienen Tiere, Katzen, Bären, riesige Insekten, gigantische Eidechsen; Schwindel überfiel Viktor. Er fühlte, dass die Macht dieser Formel ungeheuer groß war; und sobald sie ungehindert auf sie losbrach, würden die Felsen Loj, Tel und Viktor zu Staub zermalmen, und selbst seine Erdweihe würde ihm dann nichts mehr nützen.

Er hatte nicht die Zeit für einen ordentlichen Gegenschlag, gleich würde seine dünne Schutzhülle platzen; Viktor schickte einen pfeifenden Luftspeer los. Und wie es aussah, warf der Speer den Erdmagier um. Seine Gardisten hatten ihrerseits die Lust verloren, auf sie loszustürmen, nachdem Loj noch zwei ihrer Kameraden aufgeschlitzt hatte.

»Lauft los!«, rief Tel. Schwankend setzte sich Viktor in Bewegung. Der Schlammstrom hatte einen neuen Weg geschaffen, als hätte ein riesiges Tier ihn mit der Zunge ausgeleckt.

Bergab zu laufen war leicht. Weiter rechts von ihnen kämpften die Krieger vom Clan der Luft und vom Feuer noch mit den Ungeheuern der Luft, des Wassers und der Erde, die Viktor erschaffen hatte. Hier brüllte eine Flamme, dort heulte ein Wirbelsturm. Tel hatte wohl beschlossen, die Gunst des Augenblicks zu nutzen. Hinter ihnen prasselten wieder Schüsse; nur gut, dass Viktors Wirbelsturm den Musketieren den Sand in die Augen fegte und sie von ihrem Ziel ablenkte.

Wahrscheinlich war es der letzte Vorstoß, ein verzweifeltes Unterfangen. Sie hatten schon begriffen, dass sie den Drachentöter nicht überwältigen würden, aber sie wollten es sich einfach nicht eingestehen. Und dieser Schlag der Luft, der besser gezielt war als alle vorherigen, hätte um ein Haar sein Ziel erreicht.

Viktor wurde umgerissen und über den Erdboden geschleift. Er hatte das Gefühl, zu hören, wie seine Rippen knackten, und das stumpfe Ende eines todbringenden Speers begann sich geradewegs in sein Herz zu bohren.

Nein!

Tel hatte geschrien, oder war das seine eigene, vom Schmerz heisere Stimme gewesen, während er sich im Todeskampf herumrollte?

Ausrotten würde er sie!

In diesem Moment hörte er auf, an sich selbst zu denken. Fast blind vor Schmerz streckte er sich mit allen verbliebenen Kräften seinen Feinden entgegen. Luft, Erde und Wasser vereinigten sich. Vor den schreckstarren Augen seiner Widersacher entstand ein richtiges kleines Haus, das wie in Zeitlupe in Stücke gesprengt wurde. Zum Dach hinaus in die Luft spritzten Erdfontänen, als würde ein schweres Geschütz nach dem anderen in seinem Inneren explodieren.

Für einen Moment waren die Silhouetten eines Jungen, einer fülligen Frau und dreier Männer zu sehen, ehe sie in einem unvorstellbaren Wirbel verschwanden.

Augenblicklich wich der Schmerz von Viktor.

Viktor, Loj und Tel erreichten bereits das Ufer am Rand der Stadt, als aus einem Winkel eine schmale Gestalt auf sie zutrat, von Kopf bis Fuß in den dunkelroten Umhang vom Clan des Feuers gehüllt.

»Eine Formel«, krächzte Loj.

Das Mädchen stand einfach so da, ohne sie anzugreifen. Ihre Augen waren voll und ganz auf Viktor gerichtet. Er hatte keine Kräfte mehr übrig. Und vor allem keine Wut.

»Gleich …« Loj trat mit schwerem Schritt auf die Magierin des Feuers zu. »Diese verdammte Göre war auch bei Ritors Hinterhalt dabei … gleich werde ich sie …«

Der dünne Arm der Magierin war geradewegs auf Viktors Brust gerichtet. Und der stand da, zwinkerte unbeholfen mit den Augenlidern, war nicht fähig sich zu rühren, sich wenigstens auf den Boden zu werfen, zu ducken …

Aus den Fingern des Mädchens floss eine Flamme.

Eine grimmige, surrende, versengende Flamme; eine rötliche Welle traf Viktor an der Brust, aber sie warf ihn nicht um und verbrannte ihn auch nicht. Durch das wahnsinnige Tanzen der rötlichen Zungen tauchte das Gesicht der Magierin auf. Ihre Augen blickten ihn an … Mit Hass? Voller Furcht? Oder … mit Begeisterung? Mit Ehrfurcht vor der Kraft? Ihre Lippen bewegten sich lautlos, Viktor konnte die Worte nicht verstehen. Das Feuer drängte sich in ihn, kroch in sein Innerstes und richtete sich dort ein, wie ein Tier in einer Höhle, das bereit ist, jeden Augenblick ins Freie zu springen.

Die Kraft seufzte weich. Jetzt war sie ganz. Vier Elemente verschmolzen im Gleichgewicht miteinander, und Viktor fühlte, dass sein Körper unvorstellbar leicht wurde, alle Erschöpfung und Schmerz vergingen und seine Sicht sich klärte; ihm schien, dass sich an seinem Rücken Flügel entfalteten, die bereit waren, ihn in den Himmel zu tragen, in einen anschwellenden, vor Blitzen klirrenden Himmel; jeden Augenblick würde unter Donnern und zuckenden Flammen ein blindmachender Regen niedergehen …

Aber plötzlich wurde der Flammenstrom unterbrochen. Loj Iwer warf die junge Magierin zu Boden. Mit einem einzigen Hieb ihrer Krallen verpasste sie dem Mädchen vier tiefe Wunden auf der Brust, aus denen Blut quoll. Mit unweiblicher Stärke schleuderte Loj den zusammensackenden Körper beiseite.

Viktors verzweifeltes »Nein!« kam viel zu spät.

Und Tel glitt schon am Meeresufer entlang; mit gebieterischer Stimme forderte sie ihn auf: »Komm! Mir nach!«, und zwang Viktor, das unglückliche Opfer zurückzulassen. Er wandte sich der Brandung zu, die heftig, aber gleichmäßig dahinrollte, unbehelligt von dem am Ufer tobenden Sturm. Und mitten in den kochenden Wellen öffnete Tel die Tür.

Ritor hätte niemals gedacht, dass der Drachentöter über solche Kräfte verfügte. Es war zum Verzweifeln. Keine Formel hatte es vermocht, den unerwartet starken Schutzwall des Mannes zu durchdringen. Oder wenigstens jene beiden zu erreichen, die sich an seiner Seite befanden.

Im Städtchen herrschte völliges Chaos. Der Drachentöter schlug mit tödlicher Gewalt zu, mitleidlos, schonungslos. Ritor spürte den versengenden Hass dort vor ihm, den Hass, der zur Kraft geworden war. Grimmige Wirbelstürme entwurzelten jahrhundertealte Platanen und Zypressen. Eine Serie von Schlägen zerstörte Ritors Wall, und die Kraft von beinahe fünfzig Magiern wurde vollständig davon absorbiert, diesen blindwütigen Einfall aufzuhalten.

Der wild gewordene Wind fegte Dächer von den Häusern, Ziegel formten wundersame rote Fächer in der Luft. Dachstühle und Mauern stürzten ein, Fundamente barsten, unter den Trümmern wanden und krümmten sich die plötzlich außer Kontrolle geratenen Schutzformeln der Erde. Ritor fühlte Andrzej, der eben noch sein Feind gewesen war. Aber jetzt wäre der Magier der Luft sogar bereit, die Hilfe der Angeborenen anzunehmen.

Der Drachentöter kannte die Grenzen seiner Kraft selbst nicht.

Ritor hörte die schrecklichen Schreie derer, die lebendig begraben waren, das Weinen der Kinder, ihr Flehen um Hilfe – und er konnte nichts tun. Was ist los, Andrzej, was zögerst du noch, beißt du dir wieder einmal selbst die Zähne an deinen verworrenen Zauberformeln aus? Pfeif auf deine Weisheit, und gebiete deinem außer Kontrolle geratenen Element Einhalt!

»Meister!«

Asmund war bereits verletzt, über seine Wange lief Blut.

»Ich halte ihn noch, Lehrer!«

»Wo sind Solli, Sandra und Boletus?«

»Sie kommen schon!«

Den Magiern gelang es, eine Barrikade gegen die auf sie zustürmenden Formeln des Drachentöters zu errichten.

»Zum letzten Mal, Freunde …«

Sie mussten nichts wiederholen. Ihre Kräfte vereinigten sich.

Und dieses Mal erwischten sie ihn beinahe. Ritor fühlte den Schrecken des Feindes, spürte dessen Schmerz und Verzweiflung … und genau darum gelang es ihm noch, »In Deckung!« zu rufen, als Schmerz und Angst des Drachentöters sich in Hass und damit in die tödlichste aller Waffen verwandelten und sich gegen die Urheber des Angriffs richteten.

Der Gegenschlag war verheerend. Die unsichtbare Streitaxt des Drachentöters zerstörte beiläufig ein Haus in der Nähe, ehe sie auf die fünf Magier niederstürzte, ihnen die Luft aus der Brust presste und diese in eine Mischung aus Wasser und Sand verwandelte. Pflastersteinhagel prasselte auf Ritor und seine Gefährten herunter; der Zauberer sah, wie Solli blutüberströmt zu Boden fiel; wie Sandra mit verzweifelter Anstrengung einen Steinblock von Asmunds Rücken wälzte; wie sie selbst stürzte, unfähig, die schneidende Wasserpeitsche zu parieren; und wie Asmund röchelnd und Blut spuckend zusammenbrach und sich dabei an die Brust fasste.

Ritor benötigte nur wenige Sekunden, um zu begreifen, dass der Kampf verloren war. Der Drachentöter hatte sie abgeschüttelt. Er war schon am Ufer und empfing die Kraft des Feuers.

Solli war tot, tot war auch der hakennasige Eduljus; und Sandra befand sich im Schmerzschock, die ganze linke Seite war eine riesige Wunde, ihr Blut vermischte sich mit klebrigem Dreck; Asmund krümmte sich zu Ritors Füßen, fast alle seine Rippen waren gebrochen, aber vermutlich würde er am Leben bleiben. Er stöhnte nur, unfähig zu sprechen, aber Sandra flüsterte etwas vor sich hin. Ritor neigte sich zu ihr, ließ mit einer leichten Bewegung etwas Kraft in sie fließen. Ganz wenig nur, denn es war nicht der Moment, sich selbst zu schwächen, indem man Freunde rettete …

»Me siento mal … duele el corazón …«

Offenbar fand die Zauberin im Schock zu ihrer Muttersprache zurück. Ritor legte ihr beruhigend die Hand auf die Schulter und sagte: »Halt durch! Kan wird dir helfen. Halt durch, alte Meereshexe … Piratin …«

Sandras Augen blickten für einen Augenblick klar. »Was für eine Piratin … mir wird doch schon bei schwachem

Seegang übel … eine Hure in einem Hafenbordell war ich, am Cap Finisterre … bevor ich hierherkam …« Sie schloss die Augen.

Und da begann Ritor zu lachen. Mit schrecklicher Grabesstimme. Der Stimme eines Mannes, der keine Ruhe findet. Er würde die Jagd nicht aufgeben. Auch wenn ihm klar war, dass die Sache so gut wie verloren war. Der Drachentöter war schon auf der Insel … Er selbst würde bedeutend länger brauchen, um dorthin zu kommen.

»Kümmert euch um sie!«, bellte er Kan an, der an seiner Seite auftauchte. Endlich war sein Bruder mal zur richtigen Zeit am richtigen Ort. »Schnell!«

Er musste Kan nicht zweimal bitten.

»Ich benötige Magier, Ritor! Sie sind sehr schwer verletzt!«

»Hol dir, wen du brauchst. Ich muss weiter!«

»Das ist Wahnsinn, Bruder!«

Ritor versetzte Kan mit aller Kraft eine Ohrfeige. Eine ganz normale, nicht magische Ohrfeige. »Sandra und Asmund müssen am Leben bleiben! Wenn sie sterben, vernichte ich dich!«

Kan schwankte und blickte seinen Bruder entsetzt an. Aus seiner gebrochenen Nase schoss Blut.

»Schnell, hierher! Kommt gefälligst hierher! Kümmert euch um die Verletzten!«, schrie Ritor mit durchdringender Stimme. Mehrere Magier, sowohl der Luft als auch des Feuers, rührten sich.

Ritor gestattete sich eine weitere Sekunde der Verzögerung. »Verzeih, Kan. Ich muss weiter.«

»Ich bin dir nicht böse, Bruder«, erwiderte der Giftmischer leise. »Den Jungen kann ich retten … aber Sandra … das weiß ich nicht, ich werde tun, was in meiner Macht steht …«

»Leb wohl, Kan.«

»Leb wohl, Ritor …«

Natürlich war am Ufer weit und breit keine Spur von einer Tür zu sehen. Es gab eine Bruchstelle, das Flimmern dunkelroten Feuers in einem von goldenem Leuchten erfüllten Schlund. Ein Brunnen verdrängte Erde und Wasser und führte in die Tiefe; Tel stand bereits auf dem Brunnenrand wie auf einer Schwelle und duckte sich zum Sprung.

Die blutrünstig lächelnde Loj rannte zu ihr, mit dem weichen Schritt einer jagenden Raubkatze. Im Lauf leckte sie sich die blutigen Finger der rechten Hand, und Viktor konnte nur mit Mühe begreifen, dass sie mit diesen fünf Fingern, die so zärtlich sein konnten, soeben einen menschlichen Körper aufgeschlitzt hatte, so dass ihre blutigen Krallen am Rücken des Opfers wieder heraustraten. Sein Schrei war viel zu spät gekommen. Loj hatte ihn eben verteidigt, so gut sie es vermochte.

»Schneller! Ritor wird gleich hier sein!«, rief Tel. Ihre Stimme brach.

Trotzdem neigte sich Viktor doch zu dem leblosen Mädchen vom Feuerclan, berührte mit unsichtbaren Fingern ihr stilles Herz … und von seiner Berührung erzitterte es, pumpte das Blut, einmal, zweimal – und das Mädchen stöhnte auf.

Sie wird leben, dachte er ganz banal.

Viktor wandte sich zu Tel. Hinter ihm schoss ein mächtiger Schlammstrom heran, bis zum Kochen aufgeheizt von den Anstrengungen der Feuermagier; der Strom wälzte sich aufs Meer zu und begrub unterwegs Häuser, als wären sie Spielzeugschachteln; die Verteidigung der beiden Clans war zusammengebrochen, und sie waren nur noch dazu imstande, die gewaltige Lawine dort entlang zu leiten, wo sie am wenigsten Zerstörung anrichten konnte. Durch Rauch und Dampf, durch den vom Wind aufgewirbelten Sand konnte man nichts erkennen; daher sah Viktor nicht, als er hinter Tel und Loj in den Brunnen tauchte, wie sich ein alter Magier im Gewand des Luftclans mit einem vor Entsetzen und Wut entstellten Gesicht aus dem grollenden Chaos löste. Er wurde von einem wilden, wahnsinnigen Gelächter geschüttelt und stürzte sich Hals über Kopf hinter ihnen in den Brunnen.

Aus dem Rauch, aus Dampf- und Staubwolken trat noch eine weitere menschliche Gestalt hervor. Der Magier der Erde, Herr Andrzej, er sprang mit Anlauf aufs Ufer.

»Aha«, rief er böse aus. Voller Abscheu packte er die Schöße seines verdreckten Umhangs und watete ins Wasser. Bis zur Brust schritt er hinein und erreichte die Tür; sein Gesicht war von Schmerz verzerrt, aber dennoch folgte der Magier seinem Vorgänger.

Ganz zum Schluss erschien der nicht sehr groß gewachsene Magier des Wassers mit Namen Torn. Er tauchte aus den Wellen auf und lächelte zufrieden über das Chaos, das der Drachentöter angerichtet hatte; dann trat auch er auf die Bruchstelle zu.

Das Wasser schloss sich über dem Brunnen und verschluckte die Tür, die bereits wieder hermetisch verschlossen war.

19

Vermutlich war es kein Traum im eigentlichen Sinne des Wortes. Eher eine Art Ohnmacht. Viktor fiel lange ins Dunkel und kam schließlich von jenem Dämmerlicht umgeben wieder zu sich, das er schon aus seinen Alpträumen kannte.

Viktor wunderte sich kein bisschen, als der Fresssack auftauchte. Verwunderlich war nur, dass er sich nicht wie bisher an der Küste wiederfand. Zum ersten Mal war Viktor geradewegs an den Fuß der Berge versetzt worden. Als wäre er von einer geheimen Kraft dorthin geschleppt worden. Die matten, durchsichtigen Hänge leuchteten von innen heraus, die Luft roch nach Schwefel und Benzin.

Nein, bestimmt nicht. Sein Körper fühlte sich auf bekannte Weise leicht und fast trunken an. Weder Tel noch Loj waren zu sehen …

Der Herr seiner Träume gab mit einem Blick auf Viktor ein zustimmendes Nicken von sich. Und dann sah er zu einem riesenhaften Krater hinüber, über dessen Öffnung eine dichte milchig-weiße Rauchwolke hing. Er flüsterte: »Die Zeit wird knapp. Ich wundere mich selbst, wie knapp …«

Viktor antwortete nicht. Auch er blickte dorthin, wo sich die weiße Wolke über die Ränder aus durchsichtigem, grauem Felsen schob. Der Rauch stieg in dicklichen weißen Schichten aus dem Trichter auf, breitete sich aus und streckte schmale Fühler nach allen Seiten aus, als wollte er die Umgebung sondieren. Einer dieser biegsamen weißen Fühler berührte auch Viktor … zuckte zaghaft und sprang zurück.

»Der Brei ist fertig.« Der Fresssack hüstelte. Seine Stimme hatte einen träumerischen Klang angenommen, er sprach ein bisschen schleppend und langsam, wie ein verweichlichter Adeliger, der in Erinnerungen an seine Heldentaten auf dem gesellschaftlichen Parkett schwelgt. »Wie viel Kraft es gekostet hat! Nein, du würdest es nicht glauben … Der Auszug, ja, der ist schon lange her. In jenen Zeiten … du verstehst schon.«

»Nein.«

Der Fresssack warf ihm einen schnellen Blick zu und schüttelte den Kopf. »Lüg nicht, du verstehst alles. Als sich der Blick der Menschen veränderte … als die Welten sich voneinander trennten. Glaubst du, dass das allen leichtfiel? Glaubst du, dass das Alte in Vergessenheit geriet? Mag es auch am Anfang so ausgesehen haben, als sei es für immer. Ach nein! Alles ist eng miteinander verbunden, Viktor.«

Er wunderte sich nicht, dass der Fresssack seinen Namen kannte.

»Wie viele Jahre, wie viele Jahrhunderte …« Wieder änderte sich der Ton des Fresssacks, diesmal nahm er einen melodischen, gemessen melancholischen Klang an. »Und immer ist es ein und dasselbe! Als damals die Magier fortgingen, das Ufer einnahmen und das Völkchen der Elfen zur Ordnung riefen – da hat sich nichts geändert! Ja, schön, es war ihre Zeit. Das verstehe ich! Aber man muss wissen, wann sie abgelaufen ist! Neue Zeiten – neue Lieder! Oder nicht?«

Viktor schwieg. Der weiße Rauch wallte immer dichter und dichter. Die Erde unter seinen Füßen zitterte leicht.

»Herrscher und Sklaven, Helden und Hasenfüße, großartige Ritter und gemeine Verräter. Liebe und Hass, Gut und Böse …« Der Fresssack spuckte zu Boden. »Es reicht. Wie lange noch? Du, als du noch auf der Anderen Seite lebtest … ich weiß es, ich weiß alles, na, schau mich nicht so an! Weißt du noch, wie es da war? Sag selbst! Hast du an Märchen geglaubt?«

»Nein.«

»Tatsächlich?«

»Ich habe an nichts geglaubt.«

»Genau darum geht es!« Der Fresssack verschränkte die Arme. »So kann es nicht mehr weitergehen, so nicht! Neue Zeiten brechen an, Viktor!«

»Bist du sicher?«

»Und wie!« Der Fresssack legte die Arme auf seinem Wanst zusammen. Zufrieden starrte er in den brodelnden Rauch. »Wenn du wüsstest, wie viel in die Sache investiert wurde, wie viel zusammengeklaubt, auf den Futterböden zusammengescharrt, bis zum Boden ausgekratzt wurde, noch das kleinste Krümelchen.«

»Ist da ein Drache drin?«, fragte Viktor.

Der Fresssack schwieg, dann nickte er unwillig. »Er … ist aus der Heimat …«

»Und alles für einen Krieg mit der Mittelwelt? Für eine Handvoll Magier, die sich sowieso gegenseitig ausrotten?«

»Ein Drache ist kein Panzer, der gegen das Fußvolk vorrückt, Viktor. Ein Drache ist auch ein Symbol. Ein Zeichen. Der Inbegriff der Kraft. Es gab einmal eine Zeit, da glaubte der Mensch an sich und war bereit, die ganze Welt herauszufordern … alle Welten. Diese Zeit ist vergangen. Ihr habt die Drachen selbst getötet. Aber ein heiliger Ort … bleibt nicht leer. Ihr seid jetzt natürlich ganz andere Menschen. Ihr könnt nachts sorglos über einen Friedhof gehen, eure Toten schlafen für immer. Und die Elektrizität ist für euch keine Erfindung der Gnome, sondern eine selbstverständliche Angelegenheit. Und eure Herrscher fürchtet ihr nicht, ihr verachtet sie nur. Ihr habt den Drachen in eurem Herzen verbrannt, Viktor. Für immer verbrannt.«

»Wir alle?«

»Das weiß ich nicht.« Die Stimme des Fresssacks wurde plötzlich weicher. »Manchmal denke ich, alle haben es getan! Niemand braucht sie mehr, jene Fähigkeit, ein Schwert zu erheben und gegen den Machthaber zu kämpfen. Na gut, dann ist sie eben beim Teufel! Wozu auch? Alle haben es doch schon verstanden: Auf dem Schlachtfeld ist der Krieger nicht allein, und dem Schicksal die Wahl zu überlassen ist eine scheußliche Sache; dann schon besser, sich im sicheren Grüppchen zusammenrotten, die Zähne fletschen, als Truppe durch die Gegend ziehen … Und sie stampfen und stampfen, jene … und wenn sie wieder fort sind, stehen die Häuser leer, die Herzen sind tot und die Städte brennen; und des Nachts schreien sie, wissen aber selbst nicht, warum … Sie haben keinen Drachen im Herzen, keinen Feind, gegen den sie ihr Schwert erheben könnten …«

Der Fresssack hustete und fügte etwas verwirrt hinzu: »Schwert, das meine ich im übertragenen Sinn … du weißt schon.«

»Aber wie ist euer Drache? Der Erschaffene Drache?«

»Oho!« Der Fresssack drohte Viktor mit erhobenem Zeigefinger. »Da hast du was aufgeschnappt, hä? Hast also die

Weihen empfangen und ein paar Informationen eingeholt … Er wird anders sein, Viktor, vor allem anders. So einen fordert man nicht heraus, selbst wenn er einem widerwärtig ist. So einem dienen sie nicht aus Liebe und auch nicht aus Angst, sondern nur, um einen Moment lang im Einklang mit ihm zu sein!«

Viktor lächelte nur.

Der Fresssack atmete tief ein. »Du willst sagen, dass sich trotzdem welche finden werden, die gegen ihn sind, welche mit einem Drachen im Herzen?«

»Ja.«

»Aber sag mal …« Der Fresssack blickte Viktor neugierig ins Gesicht. »Sag, ist es einfach, einen Drachen zu töten?«

»Es ist schwer. Man … man muss dafür beinahe selbst ein Drache sein.«

»Richtig.« Der Fresssack nickte zustimmend. »Es ist keine einfache Aufgabe, die Verkörperung der Kraft zu sein. Man muss dem Drachen wenigstens ebenbürtig sein. Und was noch … hast du verstanden, was man noch braucht?«

»Hass.« Das Wort kam Viktor schwer und gezwungen über die Lippen.

»Genau!« Der Fresssack hob den Finger. »Man kann sagen, was man will, aber darin waren die Drachen unterlegen. Ihr Zorn war ungeheuerlich und ungestüm … aber vor der reinen Zerstörung fürchteten sie sich doch. Und sie liebten das Leben. Liebten es sehr …«

»Und dieser hier?«

Der Fresssack dachte nach. »Wie soll ich es am besten erklären … dass du es verstehst. Nimm eine Pferdeherde. Und dazu Wölfe. Das eine oder andere Tier werden sie reißen, und von dem einen oder anderen Tier bekommen sie einen Huf an die Stirn. Und jetzt nimm eine Schafherde und …«

»Einen Hund.«

»Natürlich. Er wird sie wohl hüten … aber Fleisch liebt auch er.« Der Fresssack lachte auf. »Nur ist der Hund den Schafen viel vertrauter als der Wolf. Es gibt weniger Blut, und sie fühlen sich in Sicherheit. Sollen die Schäflein nur immer an ihren Gräsern knabbern, damit sie Fett ansetzen. Und womit der Schäfer den Hund füttert, das geht das Schaf nichts an.«

»Menschen sind keine Schafe.«

»Denkst du?« Der Fresssack zuckte mit den Schultern. »Vielleicht siehst du mehr … aber ich bezweifle es. Wenn ein durchdringender Schrei ertönt …« Er holte tief Luft und plapperte mit dünner Stimme weiter: »Wie lange kann man so weitermachen? Immer das Gleiche, mit dem Schicksal kämpfen, sich selbst bis zum Letzten verteidigen? Es ist an der Zeit, friedlich zu leben, die Welt bewohnbar zu machen, nett zu sein, gut und sich innerlich zu vervollkommnen …«

»Mach dich nicht lustig!«

»Wer, ich? Nein, Viktor. Ich wiederhole es doch nur. Alle sind müde, verstehst du? Von den Kämpfen, von den Gefechten, davon, dass sie sich entweder versklaven lassen oder zum Kampf herausfordern müssen. Sie wollen das nicht mehr! Das heißt … heißt eindeutig, dass es Zeit für einen neuen Drachen ist. Einen guten, freundlichen, unauffälligen Drachen. Einen Schäfer. Wenn sie sich selbst das Schaffell überziehen, wird auch der Wolf bereit sein zu bellen. Aus Gutmütigkeit, von Herzen …«

Seine Stimme ging im Donnergrollen unter. Die grauen Berge begannen zu beben. Rauch schoss wie eine Fontäne empor und ergoss sich über den Himmel.

»Genug gewartet«, sagte der Fresssack fröhlich. »Jetzt kommt er! Der Drache kommt! Der Erschaffene Drache!«

»Das ist noch nicht alles!« Viktor hielt den Dicken an der Schulter fest und schüttelte ihn. »He! Wenn es einen Drachen gibt, wird es auch einen Drachentöter geben!«

»Wer?«, wunderte sich der Fresssack. »Doch nicht etwa du?«

»Vielleicht sogar ich!«

»Dann kämpfe mit ihm, Viktor! Tritt ihm entgegen! Und ich werde zusehen! Der Drachentöter hat nur die Fähigkeit zu zerstören, nicht, sich zu verteidigen! Erschlag den Drachen, versuch es! Aber was wirst du mit jenen tun, die sich schon daran gewöhnt haben, unter seinem wachsamen Auge zu leben? Sie sind alle hier, Viktor! Sie sind ein Teil des Drachen! Ihre Welt hat sich geleert, und sie fürchten nur die eigenen Träume. Ihnen geht es gut unter den stählernen Flügeln!«

Weiße Ranken aus Rauch tanzten und verwoben sich zu undeutlichen Figuren. Es schien, als müsste man nur die Augen anstrengen, um sie zu begreifen, zu erkennen.

Ein verschwommener, schwankender Schatten schlich heran, kam näher, bis er bei Viktor war; aber als Viktor ihn direkt ansah, löste er sich auf und schmolz, und es blieb nur die Empfindung eines fremden, ätzenden, wahnsinnigen Blickes …

Etwas Wirbelndes, Jagendes, Erdrückendes, Loderndes – vollständiger Schmerz und das Geheul des Grauens … durchsichtige Schlösser, wolkige Städte im Rauch und aus Rauch, über deren Straßen körperlose Geister wandeln … Mauern, Mauern, endlose Mauern – ein Käfig aus Nebel, ein saugender Trichter, eine Einzelzelle im Gefängnis …

»Ihr erschafft uns selbst, Viktor! Ihr ruft uns von der Anderen Seite, ihr lockt uns an! Und wir kommen! Die Zeit der Drachen ist vorbei.« Der Fresssack blickte ihm ins Gesicht. »Vorbei! So wie ihr ihn euch wünscht, so wird er auch sein. Mittelwelt! Dorthin … dorthin werdet ihr gehen …«

Aus dem Trichter quoll dunkles, rötliches Licht. Die Rauchschwaden färbten sich zinnoberrot. Etwas Orange-Rötliches blitzte auf, wie Lava. Seine Hand glitt wie von selbst zum Griff seines Schwertes.

»Es ist noch nicht zu spät, Viktor.« Der Fresssack schubste ihn zum Trichter hin. »Sie sind alle hier! Diejenigen, die sich in ihrer Einsamkeit verirrt haben, diejenigen, die ihrer Ängste müde sind, die, die ihre Seele verbrannt haben – alle sind hier! Gesell dich zu ihnen!«

Viktor zerrte das widerstrebende Schwert aus der Scheide. Die Lava floss immer noch …

Lava?

Ein formloser Körper, ganz aus Feuer, von der Farbe geronnenen Blutes. Pfoten aus schuppigem Stahl, sein Schlund ein rauchender Krater. Gläsernes Blitzen der bewegungslosen runden Augen. Der Drache war gewaltig, plump, er drehte sich und zog die dunklen Flächen seiner riesigen Flügel an die Oberfläche.

»Und?«, rief der Fresssack herausfordernd. »Bist du auf unserer Seite?«

Der Drache öffnete seinen Schlund. Seine Zähnen blitzten auf, blinkende Hauer, die in die Schaufel eines Grubenbaggers passen würden. Heiße Dunstschwaden wälzten sich über den Erdboden. Die Pfote streckte sich nach Viktor aus – langsam, ohne jede Bedrohlichkeit. Als ob sie dazu einlüde, auf sie hinaufzuklettern und sich in einem langen, endlos langen Schlaf zu verlieren, in der zärtlichen Wärme des Drachenschoßes, unter der Aufsicht wachsamer Augen …

Mit dem Schwert gegen so einen?

Die Welt erzitterte, wandelte sich. Schwamm nach allen Seiten fort, als hätte sich das Blickfeld verändert, und Viktor sah jetzt in einen bauchigen Spiegel. Die Erde flüchtete nach unten. Der Fresssack war eine winzig kleine Gestalt zu Viktors Füßen geworden.

Zu seinen Pfoten, die den Pfoten des Erschaffenen Drachen um nichts nachstanden.

Um mit dem Drachen zu kämpfen, muss man einer werden.

Das ist der Weg des Drachentöters.

Viktor schrie auf in einer Welle blinden Zorns, in bereits vertrauter Kampfesgier. Ein Feuerwall schlug zu, verspritzte Rauch, floss über den Erschaffenen Drachen.

Und jener brüllte auf.

»Na gut!«, piepste der Fresssack weit unter ihm. »Komm schon!«

Der Erschaffene Drache flog in den Himmel hinauf, in einer Aureole von Flammen und unter heißen Windstößen; von seinen schweren, schwarzen, bleiernen Flügeln fielen Steine, und in seinen reglosen Augen brannte Spott.

Viktor riss sich von der Erde. Hinterher.

Er wunderte sich nicht darüber, dass er fliegen konnte, und auch nicht darüber, dass er diesmal nicht mit Luftflügeln, sondern mit seinen eigenen flog, sich mit seinem biegsamen, regenbogenfarbenen Leib in die Lüfte erhob. Sein Körper war riesig, erfüllt von unermesslicher Kraft. Der heftige Luftstrom fegte den Fresssack von den Füßen, er stürzte und rief noch: »Kämpfe! Kämpfe mit ihm, Drachentöter!«

Ein dickflüssiger Strudel – keine reine Flamme – kochendes Pech, verdichtetes Benzin. Der Erschaffene Drache schien zu spucken und schoss im Vorbeifliegen ein Feuergeschoss auf Viktor ab.

Nicht schlimm ...

Die Flamme verlöschte im Wind. Sie flogen immer höher und höher. In Kreisen stiegen sie auf, ohne die Augen voneinander abzuwenden.

Der Drache und der Drachentöter.

Was hatte der Fresssack gesagt? Werde einer von uns?

»Nicht nur das«, vernahm er eine Stimme an seinen Ohren. »Wenn du das nicht willst, dann werde selbst einer?«

»Einer, wer ist das?«, rief Viktor lautlos aus.

Weit unten wurde die winzige Gestalt des Fresssacks in einem Staubwirbelsturm herumgeschleudert.

»Ein Erschaffener Drache«, folgte die lakonische Antwort. »Der, der alles annimmt und umfasst. Und alle beruhigt. Der Hund bei der Schafherde.«

Der Fresssack sprach jetzt sogar anders. Wo waren seine Witzeleien und sein ganzer Hokuspokus hingekommen?

Viktor antwortete nicht. Sein Blick hielt fasziniert den eisernen Körper des Erschaffenen Drachen fest, die gleichmäßig schlagenden schweren Flügel aus nacktem schwarzem Blei, die toten gläsernen Augen. Erstickender Hass brach in einem Strom zornigen Feuers aus Viktor heraus. Auf seinem Weg explodierte die Luft selbst; über seinem gekrümmten Rückgrat sammelte sich das angespannte Knäuel einer Wasserpeitsche; und unter ihm begannen sich unter Donnergrollen die Erdschollen aus ihren jahrhundertealten Höhlen zu heben.

Der Zorn der Elemente ist in dir und mit dir, Viktor von der Anderen Seite: Sieg dem Drachentöter!

Eine frohlockende Flamme traf den Erschaffenen Drachen an der Unterseite eines Flügels. Einer der Flügel aus Lamellen hob sich sinnlos in die Höhe, und das eiserne Ungetüm stürzte in die Tiefe. Aus seiner Kehle, diesem rotglühenden höllischen Schlund, entrang sich ein dumpfes Gebrüll; die gläsernen Augen loderten von innen. Sein langer Schwanz, der aus Stahlblechgelenken bestand, prasselte, als er sich zusammenkrümmte und dann wieder streckte; das Untier riss den Schlund weit auf, so weit, dass der hoch über ihm dahingleitende Viktor den schwarzen Abgrund in dessen Kehle erkennen konnte, der geradewegs ins Nichts führte.

Ehe du wieder zu dir kommst, du Ungetüm …

Viktor hatte nicht gewusst, dass Hass so süß war. In keiner Welt konnte es etwas vergleichbar Süßes geben. Weder Wein noch Gold noch Frauen, nichts konnte sich mit Hass messen. Den fallenden, sich in seiner Agonie krümmenden Feind zu sehen, zu wissen, dass er in deiner Hand ist …

Du scheinst ja nicht allzu stark zu sein, Erschaffener Drache.

Das Ungetüm verlor an Höhe. Der angeschlagene linke Flügel schlug seltener und nur mit Mühe. Viktor musste ihn töten und überließ dem Wasser das Feld.

Die aufs Äußerste gespannte Wasserpeitsche schnellte vor, ging machtvoll auf die glühende Panzerung der Schnauze nieder. Und zerstob, verflog wirkungslos, löste sich in eine Wolke harmlosen Dampfes auf. Aber der Erschaffene Drache kreischte dumpf auf und schlug plötzlich und kraftvoll mit beiden Flügeln; augenblicklich befand er sich wieder auf Viktors Höhe.

Luft! Blitze!

Der schwarze Himmel platzte. Die vom Ruf des Drachentöters zusammengeballten Wolken entließen eine Flut blendend weißer, vielfach verästelter Blitze. Ein dichtes Strahlengeflecht umgab den unförmigen Körper des eisernen Ungetüms, saugte sich an seinen blutroten Längsseiten fest, und der Erschaffene Drache wurde von heftigen Krämpfen geschüttelt. Seine Flügel schlossen sich mit einem Mal um den Körper, und er stürzte wie ein Stein abwärts, überschlug sich im Fall; und von seinem Gebrüll begannen die grauen Körper der Berge auf der Erde zu zittern.

Du fällst, du bist am Ende!, wollte Viktor rufen.

Jedoch, das Ungetüm aus der Welt der Angeborenen weigerte sich hartnäckig zu sterben. Wieder gewann sein Flug die alte Gleichmäßigkeit zurück. Wieder stützten sich seine riesigen Flügel auf die Luft. Und obgleich der Drachentöter die Weihe der Luft erlangt hatte, konnte er das Element nicht zwingen, vor den bleiernen Flügeln des Feindes zurückzuweichen, damit dieser wie ein Stein auf die spitzen Felsen tief unter ihnen stürzte …

Der Drachentöter konnte nur hassen. Und vernichten. Im Angriff. Er war ebenso wenig fähig, etwas zu schöpfen, wie ein Wurm in der Lage war zu fliegen.

Der Erschaffene Drache erhob sich wieder in die Lüfte. Seine Augen brannten vor bösartigem Hohn. Ich habe drei Schläge von dir eingesteckt, schien er zu sagen. Nun bin ich an der Reihe. Pass auf dich auf, Drachentöter!

Was konnte ihm jetzt den Rücken stärken?, fragte Viktor sich. Der wahnsinnige »Lauf zum Meer«, die Weihen, die er ohne jedes echte Verständnis erlangt hatte? Was genau sollte er jetzt mit ihnen anfangen? Hier in dieser fremden, absurden Welt, wo er wie ein Spielzeug war, eine Marionette in den Händen kunstfertiger Puppenspieler? Und der geliehene Hass, konnte der ihm helfen? Ritor, ja, der hatte wahrhaftig gehasst …

Der Erschaffene Drache näherte sich. Das triumphierende Geheul des Ungetüms schlug sogar die bedrohlichen Wolkenberge in die Flucht. Ein graues Himmelsgewölbe wurde sichtbar; die eisernen Kieferknochen wichen auseinander, und eine Welle kochenden Pechs ergoss sich von oben auf Viktor.

Er schrie auf.

Sein Schrei entrang sich seinem Kehlkopf, brach hervor, als ob er sich selbst in die Kraft verwandelt hätte, die danach strebte, den Feind zu vernichten. Die Welt wurde dunkel; es schien, als fiele er, eingehüllt in eine rauchende Flamme, zur Erde; klebriges Feuer leckte über seine Schuppen und suchte nach einem Spalt.

Wind, Wasser, Feuer! Zu Hilfe! Erde!

Ein Sturzregen. Schrecklich, wenn der ganze Himmel sich in eine einzige Flut verwandelt. Aber auch die war nicht imstande, das klebrige Feuer aus brennbarem Pech zu löschen; endlich, zusammen mit dem Wind riss das Wasser die lodernde Hölle von Viktors Panzer.

Mit einem Mal breitete sich unter ihm ein kleiner Wald gigantischer Gräser aus. Myriaden riesiger grüner Halme. Viktors glühender, gepanzerter Körper prallte mit ungebremster Kraft auf sie herab.

Die Grasriesen federten seinen Sturz. Ihr grüner Saft wusch die Reste des giftigen Pechs ab, das ihn stark an Napalm erinnerte.

Viktor hatte wieder seine alte Gestalt angenommen, er stand da, die Hand am Schwertgriff. Und am Himmel segelte stolz der Erschaffene Drache.

Dein Hass ist zu schwach, Drachentöter. Das ist nicht deine Welt.

»Was ist?« Viktor wunderte sich nicht, als er die Stimme des Fresssacks an seinem Ohr vernahm. »Ist was schiefgelaufen? Na ja, es musste schieflaufen.«

Das grüne Dickicht starb vor seinen Augen dahin, die gigantischen Halme lösten sich in graue Asche auf.

»Mit den Elementen richtest du hier nichts aus«, sagte der Fresssack zufrieden. »Unser Drache, sieh nur, da kreist er ... Und du, Viktor, bist schon am Ende deiner Kräfte. Was glotzt du so? Glaubst du mir nicht? Dann versuch es doch noch mal, flieg auf. Oder spuck Feuer. Das bringt alles nichts. Denn du bist nur dem Namen nach der Drachentöter. Du hast viele Zweifel.«

»Weil ich noch nicht alle Weihen durchlaufen habe. Und die Dracheninsel«, krächzte Viktor. Merkwürdigerweise war er unversehrt, das klebrige Feuer hatte nicht die kleinste Verbrennung hinterlassen. Nur eine heftige Schwäche war zurückgeblieben; er hatte das Gefühl, wenn der Fresssack ihn jetzt anpusten würde, flöge er davon wie das schwerelose Knäuelchen eines Pappelflaums.

»Nein.« Der Fresssack schüttelte den Kopf. Er winkte dem Erschaffenen Drachen. »Das nützt auch nichts ... obwohl du natürlich dorthin gelangen kannst. Dein Mädelchen wird dich schon hinführen. Mit ihr hast du Glück gehabt ... sie ist geschickt. Aber dann auf der Insel ...« Er seufzte mitfühlend. »Da nützt das alles nichts. Mit dem Hüter dort musst du selbst fertig werden. Aber ist das wirklich nötig? Was meinst du?«

»Hüter?«

»Mach dir keine Hoffnungen, Viktor. Ich werde dir nichts über ihn verraten. Das musst du schon selbst herausfinden.« Der Fresssack schnaufte beleidigt. »Es macht keinen Spaß mit dir. Den Drachen konntest du nicht besiegen ... Langweilig ist das.« Er drehte Viktor herausfordernd den Rücken zu.

»Bleib stehen!« Viktor streckte seinen Arm aus, um den dreisten Kerl an der Schulter zu packen – und wachte von einem heftigen Ruck auf.

Er lag auf Steinen am äußersten Saum der Meeresbrandung. Vor seinen Augen nahm er einen weichen, goldfarbenen Widerschein wahr. Die Steine waren warm und glatt und schienen von innen heraus zu leuchten.

Viktor hob den Kopf. So sah sie also aus, die Dracheninsel!

In diesem Augenblick vergaß er Loj vollständig und sogar Tel.

Über ihm erstreckte sich ein niedriger stürmischer Himmel, an dem sich schwarze Wolken türmten. Die bleiernen Wellen warfen sich mit hungrigem Zorn ans Ufer, leckten gierig über die goldfarbenen Steine, und der zurückweichende Schaum nahm einen matt limonenfarbenen Glanz an. Ein schmaler Weg, der mit jenen goldfarbenen Gesteinsbrocken ausgelegt war, begann direkt am Wasser. Er führte um einen abgerundeten Vorsprung herum, stieg allmählich an und verlor sich dann aus dem Blick.

Rechter Hand lag das Meer, und links erhob sich ein steiler Felsen, kohlschwarz und glänzend wie frisch mit Wasser übergossen. Er war vollkommen glatt, ohne die kleinste Spalte oder Unebenheit, wie es in der Natur nie vorkommt; er schien wie die Schöpfung geheimer magischer Kräfte. Der Weg brach vor Viktors Füßen ab und mündete geradewegs in den Schaum der Brandung.

Trotz des dichten Wolkenschleiers war es ziemlich hell, entweder von den goldenen Steinen oder von den Sonnenstrahlen, die auf irgendeine Weise doch durch die schwarze Decke über dieser Welt drangen.

Viktor hob den Kopf. Der Weg kletterte wie eine Spirale in vielen Windungen den gigantischen schwarzen Schieferkegel hinauf, der unmittelbar aus den Meereswellen aufragte. Zum Gipfel hin wurde die Schwärze der Hänge durch heraustretende scharfe Bergkämme durchbrochen, die von derselben Goldfarbe waren wie der Weg.

Und der Weg selbst war nur am Anfang glatt. An den Hängen des gewaltigen Berges erblickte Viktor Höhlen voller Feuer, über die hier und da schmale Brücken hinüberführten. Teilweise waren die Windungen des Weges fast vollständig hinter schwarzen Staketen spitzer Felsbrocken verborgen, die wie unheimliche Wächter entlang des Wegrands errichtet waren und den goldenen Widerschein fast ganz verschluckten.

Viktor sah Trichter von Wirbelstürmen, die reglos in der heißen Luft hingen; seine Haut spürte, wie die Winde zu unvorstellbar schrecklichen Attacken bereit waren. Und die friedvoll heranrollende Brandung konnte sich jeden Augenblick in einen wütenden Angriff wahnsinniger Wellen verwandeln.

Und noch höher, auf dem flachen Gipfel des Kegelberges, sah Viktor ein Schloss. Es sah aus, als wüchse es aus den Knochen der Erde heraus. Es schien die Verlängerung der schwarz-goldenen Berghänge zu sein; und gleichzeitig konnte Viktor sich einfach nicht von der Illusion befreien, dass das Schloss nicht auf dem Felsen stand, sondern in der Luft schwebte, dass eine dünne Schicht aus Nichts seine Fundamente von der flachen Schnittstelle des Gipfels trennte.

Die Mauern des Schlosses waren von undurchdringlichem Schwarz. Sie waren nicht glänzend tiefschwarz wie das umliegende Felsgestein und auch nicht wie kostbarer Achat, sondern schwarz wie jene immerwährende Finsternis, aus der einst alles Wahrhaftige geschaffen wurde, ehe noch »Es werde Licht!« erklang. In diesen Mauern ertrank jeder Lichtstrahl. Selbst das Eigenlicht, das von den goldenen Steinen der Insel ausging.

Und über dem Kranz zinnenbewehrter Mauern und spitzer Wehrtürme hingen matte, perlmuttfarbene Kuppeln. Ihre weichen Rundungen schufen einen wundersamen Kontrast zu der Schärfe und Zackigkeit der Außenmauern. Für einen Moment kam es Viktor sogar so vor, als ob er riesenhafte, frisch gelegte Eier sähe, Eier, aus welchen ans Licht der Welt zu gelangen es nur den großen Echsen, den Doppelgängern der Geflügelten Herrscher gebührt.

Viktor sah das Schloss von einem günstigen Punkt aus; es führte noch ein zweiter Weg dort hinauf, und er konnte nicht feststellen, auf welchem er sich befand. Einer endete neben einer blinden Schlossmauer und der zweite vor den Toren, die in der Riesenhaftigkeit des Schlossbergs winzig klein aussahen. Noch ein weiterer dritter Weg führte zu den Toren, und zwar von einem weitläufigen Platz her, der durch eine Schlucht vom Schloss abgetrennt war. Diese Schlucht führte so steil in die Tiefe, dass sie aussah wie ein Spalt, der vom Hieb einer ungeheuerlichen Axt herrührte. Über diesen Abgrund spannte sich eine Brücke … eine sehr merkwürdige Brücke, die an einen Regenbogen erinnerte. Nebel in allen Farben ballten sich über der Schlucht, dunkelrote, blaue und dunkelviolette Schwaden verliefen über dem weit geöffneten Rachen des Abgrunds ineinander.

Der ungeheuerliche Spalt zog sich etwa bis zur Mitte des Kegels; dann ragten auf der Viktor zugewandten Seite schwarze Felsen in die Höhe empor, jedoch war Viktor selbst aus irgendeinem Grunde fest davon überzeugt, dass der Abgrund weit tiefer als bis zum Meeresboden reichte, weit hinab in die mächtige Erdkruste – und war da nicht am unteren Rand der Regenbogenwolken der Widerschein glühender Magma zu erkennen?

»Viktor!« Tel kam hinter einem Stein zum Vorschein. Sie war völlig verdreckt und ihre Kleider zerrissen. »Wo ist Loj? Hast du sie gesehen?«

»Nein.«

»Wir müssen sie suchen! Und wir müssen den Weg nach oben nehmen, zum Schloss! Sie jagen uns …«

»Wer jagt uns?«, fragte Viktor verwundert.

»Ein Magier ersten Ranges kann durch die Tür gehen. So wie Loj es konnte. Und jetzt sind Ritor, Torn und Andrzej hinter uns her.«

»Ach, der auch?«, wunderte sich Viktor noch mehr.

»Der ganz besonders.« Tel konnte sich ein Kichern nicht verkneifen. »Wie du ihm den Kübel über den Kopf gestülpt hast! Welcher Magier würde das hinnehmen! Vielleicht, wenn du ihn im magischen Duell besiegt hättest, nach allen Regeln der Kunst – aber so war es ja eine schreckliche Blamage und das auch noch vor seinen Vasallen! Er wird lieber Erde fressen, als uns in Ruhe zu lassen. Na gut! Scherz beiseite. Wo ist Loj?«

»Ich bin hier«, vernahmen sie eine finstere Stimme.

Ziemlich zerzaust und mit neuen Rissen im Kleid tauchte Loj bei ihnen auf.

»Nicht jeder reist auf diesem Weg so bequem wie auf der Route der Gnome«, erklärte sie. Sie schüttelte sich – wobei sie wirklich haargenau wie eine durchnässte Katze aussah! – und blickte nach oben. Augenblicklich beschattete sie mit der Handfläche die Augen.

»Bei den Großen Kräften … ich hätte nie geglaubt, dass ich es irgendwann einmal mit eigenen Augen sehe … das Schloss über der Welt, Viktor! Sieh nur, das Schloss über der Welt!«

»Ja«, bestätigte Tel mit einem gewissen Triumph in der Stimme. »Das Schloss über der Welt. Der Anfang aller Wege. Und auch ihr Ende. Das Schloss des Hüters.«

»Du hast mir nie von ihm erzählt, Tel.«

»Das konnte ich nicht, Viktor. Du musst mit ihm reden. Und sonst keiner.«

»Und was ist mit dir, Geheime?«, bohrte Loj.

»Ja, schon.« Tel nickte unwillig. »Unter besonderen Umständen ... kann auch ich. Nur möchte ich das nicht. Weil diese Umstände sehr ungünstig wären.«

»Das heißt, ich muss nur zum Schloss hinauf und mit dem Hüter sprechen?« Viktor konnte es kaum glauben.

»Ja, du musst nur hingelangen.«

»Und warum gibt es mehrere Wege?« Viktor ließ nicht locker.

In den Augen des Mädchens blitzte es bedrohlich.

»Lass uns gehen! Die Magier werden sich bald hierher durchgeschlagen haben!«

»Wieso sollten wir sie fürchten?«, sagte Loj plötzlich. »In Oros waren sie viel mehr und konnten doch nichts gegen uns ausrichten.«

»Loj, auf der Dracheninsel verstärken sich die Kräfte eines jeden Magiers.«

»Und Viktors Kräfte ...«

»... sind genauso groß wie vorher«, schnitt Tel ihr das Wort ab. »So kommt doch endlich, wir stehen schon lange genug hier herum!«

Endlich brachen die drei auf, den spiralförmigen Weg hinauf. Die Insel der Drachen erwies sich als riesiger Felsen, der inmitten des öden Meeres einsam in den Himmel aufragte. Auf ihr wuchs nichts, kein Grashalm. Es gab nur das Gold der Steinplatten unter den Füßen und das schwarze Gestein rundherum.

Etwa eine Viertelstunde lang gingen sie schweigend dahin.

»Und das ist die ganze Prüfung?« In Viktors Stimme schwang sogar so etwas wie Enttäuschung mit. »Den Weg bis zum Ende zu gehen?«

»Angeblich ja.« Tel runzelte die Stirn. Irgendetwas gefiel ihr ganz und gar nicht.

»Feuergräben«, bemerkte Loj. »Tornados. Und andere elementare Feinheiten.«

Tel krauste ihre kleine Nase.

»Das gehört einfach zur letzten Prüfung … die Macht über die vier Urgründe … Viktor muss sie bestehen. Ich habe gehört, dass diese Prüfung in früheren Zeiten erschaffen wurde, als noch viele die Tür zu öffnen vermochten … und einen Angriff auf die Kraft und die Macht des Hüters versuchten. Aber ohne die vier Weihen würde niemand auch nur die ersten Windungen der Spirale überstehen.«

»Gut.« Loj fühlte sich offenbar nicht wohl. »Lasst uns weitergehen, aber wir müssen uns regelmäßig umsehen; ich spüre, dass die drei nicht mehr weit entfernt sind.«

Schritt, Schritt, Schritt. Es war seltsam, wie ihre Reise zu Ende ging. Abgerissen, schmutzig, erschöpft, schritten sie beharrlich immer weiter, vorbei an wundersamen Zeichen, die in die aufrecht stehenden Steine gemeißelt waren: heilige Symbole aller bekannten und unbekannten Religionen sowie ineinander verschlungene Runen, Hieroglyphen, arabische Kalligraphie und die längst vergessene babylonische Keilschrift.

Was bedeutete das alles? Diese Schriftzeichen lockten mit uralten Geheimnissen, älter als das Meer, älter sogar als die großen schwarzen Berge und die unterirdischen Tiefen. Welche Formeln waren hier eingraviert? Und war jetzt die Zeit gekommen, sie zu entziffern, sie zum Leben zu erwecken?

Das erste Hindernis erwartete sie, als sie den Berg einmal fast umrundet hatten. Ein Graben voller Feuer, im Grunde nicht allzu schwierig. Er war nicht breiter als zwei Meter, und vermutlich konnte man ihn mit Anlauf einfach überspringen. Tel und Loj blieben stehen und gingen nicht näher als bis auf zehn Schritte zum Rand des Grabens hin.

Viktor näherte sich vorsichtig. Und sogleich heulte die Flamme auf, Feuerzungen schlossen sich zu einer dichten Wand zusammen, Hunderte Hitze versengende Hände streckten sich ihm entgegen … Hier würden sie kaum rüberspringen. Natürlich könnte er auch fliegen, ja, vielleicht sollte er das tun? Loj und Tel konnten hier warten, und er würde schnell zum Schloss fliegen und zurück …

Puh, was für eine gemeine, dumme Idee, dachte Viktor. Derjenige, der sich diese Prüfungen ausgedacht hatte, hatte offenbar nicht mit einem Menschen von der Anderen Seite gerechnet.

Warum willst du mir schaden, Feuer? Warum willst du mich erzürnen? Soll ich dich mit Wasser stürmen, damit du erlischst? Oder soll ich die Wände dieser Höhle zwingen zusammenzurücken? Ganz gleich. Du wirst mich nicht aufhalten.

Er hörte nur das Heulen der wahnsinnigen Flammen.

Erde war die Antwort.

Der Weg unter ihren Füßen stöhnte schwer. Ein kurzer Krampf lief durch die Steine hindurch, wie wenn sich ein ungeheures Tier von einer Seite auf die andere dreht, ohne die im schweren Winterschlaf fest geschlossenen Augen zu öffnen. Loj Iwer stieß unwillkürlich einen Ruf der Verwunderung aus.

Die Zunge aus Steinen streckte sich langsam über den Graben. Um zu siegen und nicht unbedingt zu zerstören.

Die Erde unterwarf sich nur mit Mühe. Viktor hatte das Gefühl, als stemmte er mit letzten Kräften eine Stange, die eigentlich zu schwer zum Anheben war. Das Feuer winselte beleidigt und wich zur Seite.

»Lasst uns gehen«, sagte Viktor unter Keuchen. »Es wäre schön, wenn es auch weiter so funktionieren würde …«

Unmittelbar darauf dachte er, dass es nicht schlecht wäre, die Brücke zu zerstören, für den Fall, dass ihre Verfolger doch bis hierher kamen, damit sie kein allzu süßes Leben hätten.

»Tu das nicht«, vernahm er plötzlich. Tel blickte ihn so durchdringend an, dass die Worte, die auszusprechen er schon im Begriff war, von selbst abstarben und nicht einmal sein Bewusstsein erreichten.

»Gut.« Viktor nickte, und die Brücke blieb, wie sie war: ein leichter Weg für Ritor. Obwohl jener es wahrscheinlich vorziehen würde, zu fliegen.

Und wieder gingen sie schweigend. Tel schleppte sich mühsam vorwärts, gebeugt und wie erloschen, und blickte stumpf vor sich hin. Loj führte sie an der Hand und warf dem Mädchen immer wieder beunruhigte Blicke zu.

Was würde als Nächstes kommen?

Als Nächstes hing das reglose graue Gespenst eines Wirbelsturms vor ihnen über dem Weg. Er war lautlos und völlig starr, wie zur Reglosigkeit verurteilt. Auf dem goldenen Absatz herrschte nicht das kleinste bisschen Wind, und kein Geräusch war zu vernehmen. Viktor konnte sich lebhaft vorstellen, wie ein anderer Magier diesen Weg entlangkam … einer, der einen hohen Preis dafür bezahlt hatte, dass er durch die Tür getreten war, einer, der das Feuer überwunden hatte und nun mit voller Kraft auf die wartenden, straff aufgewickelten Windungen des Wirbelsturms eindrang. Denn kaum jemand anderer als ein Magier ersten Ranges war in der Lage, diesen Strudel zu erkennen, der nichts mit einem gewöhnlichen Tornado gemein hatte und für das normale Auge unsichtbar war.

»Tel, was ist mit dir?«

»Lass uns gehen, Viktor, lass uns gehen«, sagte Loj voller Unruhe. »Sie wird schwächer … ihre Kräfte begannen zu schwinden, sobald du den Feuergraben überschritten hattest.«

»Mit mir ist alles in Ordnung«, ertönte Tels kraftlose Stimme. »Lasst uns gehen, schnell … Sobald wir das Schloss erreichen, wird alles in Ordnung sein … in Ordnung …« Sie wiederholte diese Worte wie eine Beschwörung.

Vor ihnen hingen die gespannt wartenden Ringe des Wirbelsturms. Und er spürte eine gewaltige Versuchung, sie mit einem einzigen Hieb zu zerschlagen … sie mit der Klinge einer Wasserpeitsche zu zerschneiden … sie mit einem stürmischen Wall zorniger Flammen wegzufegen … den Weg noch einmal zu zwingen, sich zu krümmen, zu einem Tunnel, um durch ihn die gefährliche Stelle zu passieren. In gewisser Weise erinnerte ihn das an ein Computerspiel.

»Ich hasse diese Spielchen«, brummte Viktor vor sich hin. Nein, er wollte keine verschlossene Tür aufbrechen. Tel stützte sich schwer auf Loj Iwers Arm, hing fast auf ihr.

»Schnell, Viktor! Ich kann ihr keine Kräfte von mir abgeben. Die Formel wirkt nicht!«, rief die Zauberin.

Was ist mit dir, Luft? Ich bin bereit, ohne jedes Zauberwerk zu dir zu kommen. Du hast es doch wahrscheinlich selbst satt, den Launen irgendwelcher dummer Magier nachzugeben. Du willst doch wahrscheinlich auch deine Ruhe. Und wer wird zählen, wie viele allerkleinste Teilchen der Kraft sich jetzt im endlosen Tanz drehen, verzaubert und von mächtigen Formeln unterworfen? Warum könnt ihr mich nicht durchlassen? Einfach so? Ohne Krieg?

»Viktor! Was tust du?« Loj stieß einen Schrei aus.

Er wandte den Kopf nicht nach ihr um. Wahrscheinlich hätte der Drachentöter den Wirbelsturm tatsächlich weggefegt, ihn zu Staub zermalmt … Nein. Der Wind würde vor ihm zurückweichen, weil er sein Herz aufgespürt hatte, dort in der Tiefe des Wirbels.

»Kommt mir nach!«, bellte Viktor. »Schnell!«

Iwer erhob keine Einwände und fragte nicht länger, sondern zerrte das Mädchen hinter sich her, wobei sie schmerzlich das Gesicht verzog.

Der Wirbel fiel in sich zusammen. Er zerstreute sich, entspannte seine tödlichen Ringe. Die ungeheuerliche, unsichtbare Schlange existierte nicht mehr.

Das zweite Hindernis lag hinter ihnen. Jetzt mussten sie noch Wasser und Erde abwarten.

»Du kommst gut voran«, vernahm Viktor Tels leise Stimme. »Hier war keine Kraft nötig … wir sind einfach durchgegangen … aber die Magier werden durchbrechen müssen. Obwohl Ritor schlau ist. Und für ihn gelten die Gesetze hier nicht, denn er ist den Weg ja schon einmal gegangen. Und das …«

»Schweig still, du kannst doch ohnehin kaum mehr laufen«, unterbrach Loj sie. In den Worten der Katze schwang eine überraschende Zärtlichkeit mit. Als hätte sie Mitgefühl für ihre kleine Rivalin, nachdem sie von Viktor genommen hatte, was sie begehrte. »Du wirst mit jedem Wort schwächer! Schneller, Viktor, schneller. Schließlich ist sie es, die dich hält. Spürst du das denn wirklich nicht?«

»Loj!« Tel machte einen kläglichen Versuch, sich loszureißen.

»Denk lieber gar nicht erst daran! Vorwärts, Viktor, vorwärts!«

Wieder eine volle Umrundung auf der Spirale.

Jetzt stand eine Regenwand vor ihnen. Dem Aussehen nach nicht besonders schrecklich, es war nicht mal ein besonders starker Regen. Aber warum wehte dann so ein deutlicher Geruch nach Tod von ihm herüber?

Der Regen rauschte. Wasserstrahlen hämmerten auf die verloschenen Steine, die jetzt nicht mehr golden, sondern einfach gelb waren. Schäumend rauschte das Wasser dahin, schoss über die Schieferfelsen in die Tiefe.

Schneller, schneller, Viktor. Du musst den Schlüssel finden!

Nein. Leere, die erfüllt war von diesem Regen, mehr nicht. Die Regentropfen rammten sich in die Steine auf dem Weg, vergingen zu Tausenden, aber irgendwann in der Zukunft würde ihr sinnloser Ansturm von Erfolg gekrönt sein. Das Wasser tropfte unablässig in die Spalten zwischen den Platten, höhlte ihr Fundament aus, und eines schönen Tages würde der ganze Weg den Felsen hinabrauschen, in einem goldenen Fluss den Abhang hinabfließen …

Aber was, wenn das hier nur eine Falle war? Magier sind allzu sehr daran gewöhnt, zu zerschmettern und zu vernichten.

Viktor streckte seine Hand vor sich aus und schritt gedankenlos auf den Regen zu. Hinter seinem Rücken klammerten sich Loj und Tel in einer synchronen Bewegung aneinander. Viktor ging durch Pfützen. Er spürte Regentropfen auf seinem Kopf, seine Kleider waren sekundenschnell durchnässt. Aber ohne Folgen.

Er wandte sich um und winkte Loj und Tel. Das Wasser blieb hinter ihnen zurück.

Deine Aufgaben sind verdächtig leicht, Schloss über der Welt, dachte Viktor. Ja, sie waren so leicht, dass er unwillkürlich begann, zum Ende hin mit einer besonders abartigen Widerwärtigkeit zu rechnen.

Jetzt war nur die Erde übrig.

Aber sie hatten bereits eine ganze Umrundung hinter sich, dann eine zweite … Tel schleppte sich mehr schlecht als recht dahin, aber von weiteren Fallen gab es keine Spur.

Viktor kam nicht dazu, sich darüber zu wundern. Der Weg machte eine letzte Biegung. Die schwarzen Wände des Felsens verschwanden wie von Zauberhand im Nichts. Vor sich erblickten sie in all seiner Pracht das Schloss über der Welt.

Aber der Weg, über den sie so schnell und ohne besondere Schwierigkeiten aufgestiegen waren, führte nirgendwohin. Sie hatten also trotz allem den falschen Weg genommen. Er endete am Rand eines finsteren Abgrunds; rechts und links ragten schwarze Steilwände in die Tiefe und vor ihnen …

Viktor trat vorsichtig an den Rand des Abgrunds. Die unfassbare, bodenlose Tiefe umgab das ganze Schloss. Auf ihrem Grund lag Finsternis; aus ihr heraus erwuchsen wie aus einer Ursubstanz die Wände der Drachenfeste. Und irgendwo weit, weit unten in der Tiefe schillerte etwas Flammenrotes.

Hier führte kein Weg mehr weiter. Allerdings schien es Tel deutlich besser zu gehen. Sie richtete sich auf … Loj blickte sie besorgt an und achtete einen Augenblick nicht auf Viktor …

Wenn dies die Prüfung der Erde war, dann war sie wiederum nicht schwer.

Viktor hob langsam die Hand.

Und ließ sie ebenso langsam wieder sinken.

Ein unsichtbarer Wind trug aus der Ferne eine Welle fremder Kraft herbei. Wirklich großer Kraft.

20

»Was zögerst du noch?« Loj blickte ihn fordernd an. »Viktor! Sieh hin! Dort, nach Süden!«

Am Horizont bewegte sich etwas. Schwoll an, überzog sich schwarz, leuchtete in einem feurigen Netz von Blitzen auf.

»Ein Sturm?«

Loj schüttelte den Kopf. Der Wind zerrte an ihren Haaren, hüllte ihr Gesicht in eine goldene Wolke ein.

»Nicht einfach ein Sturm, Viktor! Das ist die Invasion! Die Angeborenen rücken gegen die Mittelwelt vor!«

Viktor blickte unwillkürlich zu Tel hinüber. Er suchte Unterstützung oder wenigstens ein verärgertes Kopfschütteln, mit dem sie zum Ausdruck brachte, dass Loj wieder fantasierte …

Das Mädchen schaute in die Ferne, während es sich auf die Lippen biss. In ihren Augen leuchtete ein zorniges, gelbes Feuer. Ihre kleinen Fäuste ballten sich zusammen.

»Ja«, flüsterte sie, als sie Viktors Blick auf sich spürte. »Ja …«

Loj war wie ausgewechselt. Nein, es lag keine Angst in ihrem Gesicht, sondern erstauntes Abwarten. Verwirrung.

»Viktor, worauf wartest du? Warum tust du nichts gegen diesen Abgrund? Gegen die Wände? Du musst das Schloss betreten! Das Begonnene vollenden! Sag du es ihm, Tel, so sag es ihm doch!«

Das Mädchen schwieg. Glaubte sie vielleicht nicht mehr daran, dass Viktor etwas ausrichten konnte?

Er schüttelte sich. Blickte noch einmal auf den Abgrund.

Um ehrlich zu sein, einmal in die Hände gespuckt und schon ... Er müsste sich nur hinunterbeugen zu dem tief unten liegenden steinernen Plateau, zu der Felsplattform, zu den Wurzeln der Erde, und von dort aus dem Abgrund eine neue Scholle heraufholen. Er könnte die ganze Insel einebnen, sie zu einem flachen Pfannkuchen ausrollen. Oder – noch leichter – eine Luftbrücke über den Abgrund schlagen.

Zu den schwarzen Mauern hintreten und mit einer Welle des Feuers auf sie einhämmern, mit einer messerscharfen Luftklinge, einem Rammsporn aus Wasser.

Mit allem dienstbaren Zorn, mit aller Kraft, die dem Drachentöter gegeben war.

Den Kreis schließen. Die Kraft endlich ganz annehmen. Und der sich nähernden Horde entgegentreten, denn er hatte nicht vor, ihnen die Mittelwelt zu überlassen. Er würde jenem entgegentreten, dessen biegsamer stählerner Körper über den adlerköpfigen Schiffen klirrte. Warte noch, Hund, ehe du die Herde zur Schlachtbank führst! Der Wolf ist noch nicht im Wald verschwunden.

»Der Drache kommt«, sagte Tel. Spöttisch und bitter. »Der Drache kommt, Viktor. Wer tritt ihm entgegen? Die besiegten Magier der kampfunfähigen Clans?«

Loj fasste das Mädchen um die Schulter und nickte. »Und? Hörst du, was sie sagt? Sogar sie hat es verstanden! Die weißen Kuppeln des Schlosses über der Welt beginnen zu leuchten. Das silberne Licht hat an Kraft zugenommen, wie um dem sich nähernden Sturm zu trotzen.«

»Nein«, sagte Viktor. »Ich verstehe ... aber so geht das nicht.«

Loj wandte sich zornig um und deutete nach Süden. Dann erstarrten ihre Bewegungen.

»Drachentöter!«

Ein Schrei drang vom Ufer zu ihnen. Weit unten, am Anfang des Weges, warf der Magier der Luft, der ehemalige Drachentöter, die Arme nach oben. Seine Stimme, die der Wind erfasst hatte, traf direkt auf ihre Ohren.

»Drachentöter! Ich werde dich meinen Weg nicht gehen lassen! Nein!«

»Beruhige dich, Unglücklicher!« Loj stand am äußersten Rand der Steilwand. »Du hast nichts ...«

Die Luft heulte auf, als Ritor seinen Schlag führte. So unerwartet und so stark, dass sich Viktor im Fallen – so unpassend es auch war – für die Meisterschaft seines Gegners begeisterte. Dieser vom Misserfolg wahnsinnig gewordene Magier war ein Meister, ein großer Kämpfer; und sogar Viktors Kraft, die eigentlich viel größer war als die des Luftmagiers, konnte an der Situation nichts ändern.

Während er über den bernsteingelben Weg schlitterte, sah Viktor, wie sich die Mauern des Schlosses mit blutigem Gleißen überzogen. Wie dessen Luftschild zerfiel, unfähig, dem Ansturm von Ritors Beschwörungsformel zu trotzen.

Was tun?

Loj schrie auf, als der reißende Wind sie über die Kante in die Tiefe zerrte. Hinab zu den Windungen des Weges ... Tel hatte sich in einem unvorstellbaren Sprung ausgestreckt und es noch geschafft, sich an Viktors Schulter zu klammern; jetzt hing sie schluchzend an ihm und krallte ihre Nägel in seine Haut.

Noch ein Windstoß, noch ein Angriff, und Viktor und Tel würden ebenfalls von dem Band aus gelb-goldenen Steinen abrutschen.

An der vorletzten Biegung des Weges, etwa zwanzig Meter unter ihnen, lag Loj. Zu Viktors Überraschung war sie am Leben. Die Zauberin hatte sich bereits erhoben, schüttelte den Kopf, krümmte sich unter dem Ansturm des Windes. Aus solcher Höhe ohne einen Knochenbruch? Katze …

Aber ihnen stand ein viel weiterer Weg bevor.

Der Wind, der Ritor gehorsam ergeben war, ließ sie nicht senkrecht in die Tiefe stürzen. Er trug und zog sie, zerrte sie über die Felsvorsprünge hinab zum Ufer, geradewegs in Richtung des triumphierenden Magiers. Viktor versuchte, sich der Magie zu bedienen, die Luftflügel aufzuspannen …

Nein.

Ritor lachte laut auf, als er Viktors vergebliche Bemühungen bemerkte. Wahrscheinlich lag für den alten Magier alles klar auf der Hand. Denn einst war er denselben Weg gegangen. Er war über die Spiralen aufgestiegen, hatte zugeschlagen und sich Einlass verschafft in das Schloss über der Welt.

Und er hatte schließlich die Weihe zum Drachentöter empfangen.

»Du kannst es!«, schrie Tel. »Du kannst es.«

Der Wind versuchte, sie auseinanderzureißen, wirbelte ihre ineinander verkeilten Körper herum, fuhr dann mit einem strammen Keil zwischen sie, wie ein elastisches Kissen …

Kissen?

Viktor gab den Versuch zu fliegen auf. Er wartete, bis sie schon ganz nahe an den Ufersteinen waren, unmittelbar davor, dann zog er mit einer einzigen Kraftanstrengung eine prall gefüllte Luftlinse unter sich. Federnd und weich und rettend …

Ritor schrie auf, schwankte und bedeckte sein Gesicht mit den Händen, als hätte Viktors Tat ihn in einen Schock versetzt. Die Luftlinse zerplatzte, warf Viktor mit dem Gesicht nach unten, Tel landete auf ihm, und er kam erst nachträglich dazu, sich über diesen Erfolg zu freuen.

»Nein, nein, nein!«, schrie Ritor, während er zurückwich. Der Sturm war verstummt, entweder der Alte hatte sich endgültig verausgabt, oder … »Warum nur? Wie kann das sein!«

Viktor erhob sich und stützte Tel. Das Mädchen hatte offensichtlich einen Schwächeanfall.

»Was willst du, Ritor?«

Der Magier der Luft wand sich, als ob er Schmerzen hätte. »Dich, Drachentöter! Dein Leben!«

»Steht es dir zu, es mir zu nehmen, Ritor? Ritor, der du die Drachen tötetest!«

»Ich habe jenen Augenblick verflucht!« Ritor warf sein graues Haupt stolz nach hinten, als wäre allein seine Reue schon eine Heldentat. »Und ich kaufe mich von meiner Schuld frei, indem ich dich aufhalte!«

»Warum? Wo ist der Drache, den du verteidigen willst? Doch nicht dort draußen?« Viktor wies in die Richtung der sich ballenden Wolken über dem Meer.

»Der Drache kommt. Der echte Drache! Jener, der die Angeborenen aufhält, der die Mittelwelt verteidigt!«

»Bisher kommt nur der Erschaffene Drache!«

»Was weißt du über ihn, Drachentöter?«

»Genug, um zu begreifen, dass du ihn nicht besiegen wirst!« Viktor schüttelte Tel leicht und blickte ihr in die Augen, aber das Mädchen reagierte in keiner Weise. »Warte … sie hat in unserem Streit nichts zu suchen.«

Ritor nickte unwillig. Viktor legte Tel auf einem Stein ab, ohne dabei seine Augen von Ritor abzuwenden.

Der Magier wartete. Geduldig, ohne einen Angriff zu versuchen. Entweder sammelte er seine Kräfte, oder es bestand tatsächlich noch die Möglichkeit, sich mit ihm zu einigen.

»Ich will niemandem etwas Übles tun, Ritor!« Viktor bemühte sich um grenzenlose Aufrichtigkeit. »Nicht einmal dir! Obwohl deine Meute mich zu töten versucht hat … obwohl an euren Händen das Blut unschuldiger Menschen klebt …«

»Das Gemetzel am Bahnhof war dein Verbrechen!«

»Ich konnte nichts ausrichten, Ritor! Ich hatte keine Gewalt über mich!«

»Und das wirst du auch niemals haben …« Ritors Stimme senkte sich zu einem Flüstern. »Es wird immer stärker sein als du selbst … immer, glaub mir … Und selbst wenn du den Erschaffenen Drachen tötest, wirst du nicht mehr aufhören können. Ich weiß es …«

Für einen Augenblick blitzte der Schatten des Mitgefühls in seinen Augen auf. Und dann schlug er zu. Mit dem Viktor schon bekannten Luftspeer, einer aus unzähligen Winden geflochtenen spitzen Nadel. Und diesmal gelang es Viktor nicht mehr, den Schlag abzuwehren.

Schmerz. Ein herzzerreißender, alles durchdringender Schmerz. Er wurde auf die Steine geschleudert, gegen sie gepresst, und ein heulender Windstrom peitschte ihm ins Gesicht. Schoss in seine Lungen, spreizte sich dort auf. Er konnte nicht einmal schreien; schluckte die zusammengepresste Luft, blutete aus dem berstenden Körper, starb …

»Idiot!«

Loj Iwer sprang auf die Steine. Sie vollführte eine Handbewegung, und der Umhang des Magiers färbte sich rot. Der Wind winselte und legte sich.

»Was richtest du nur an, Ritor!«

»Ha! Verräterin!«

Entweder glaubte Ritor, dass der hustende, spuckende Viktor, der sich die Brust hielt, aus dem Spiel ausgestiegen war, oder er konnte sich einfach nicht gleichzeitig auf zwei Gegner konzentrieren. Das erdrückende Gewicht verschwand. Viktor versuchte aufzustehen, stürzte wieder und prallte auf die Steine. In seinem Inneren brannte es wie Feuer. Seine Lungen schienen buchstäblich geplatzt zu sein.

Loj und Ritor umkreisten sich unmittelbar am Saum des Ufers. Die Zauberin hatte die Hände ausgestreckt, ihre Finger waren gekrümmt, genau wie die Krallen eines Raubtiers.

Ritor presste die linke Hand an seine Brust und gab ein schmerzvolles Zischen von sich. Auf seiner Kleidung breiteten sich immer mehr dunkelrote Flecken aus. Lojs Schlag hatte sein Ziel erreicht.

»Ich werde dich töten, Katze«, krächzte der Magier. Und seine Stimme war so voller Hass, dass es schien, als sei die Kraft des Drachentöters in ihm auferstanden.

»Du Schwachkopf!«, kreischte Loj. »Wage es nicht, sonst …«

»Schweig!«, bellte Ritor.

»Lauf, Viktor! Ich werde ihn aufhalten, diesen Verrückten! Ahhhh!« Loj machte einen Sprung nach vorne und vollführte wieder eine Handbewegung, aber anstatt Ritor einen Hieb zu versetzen, stürzte sie geradewegs vor seine Füße.

»Lauf, Viktor!«

Wieso und wohin sollte er laufen? Wieder die goldenen Schlingen um den Felsen herum, zurück in die schwarze Sackgasse vor dem Schloss über der Welt? Die Frage, ob er Loj und Tel so einfach zurücklassen und seinem Weg folgen konnte, stellte er sich gar nicht erst. Er musste es tun.

Viktor rappelte sich hoch und lief geduckt und sich an der Seite haltend los. Der Weg führte geradewegs in die Brandung hinein. Er warf sich mit Anlauf in die Wellen. Eine Wasserfontäne erhob sich in die Luft, aber an der Seite des schwarzen Felsens blieb der Grund eben und senkte sich nicht ab.

Aha! Genau! Das hatte er sich gedacht ... Bernsteinfarbene Platten hoben sich aus dem Wasser und verwandelten sich in den zweiten Weg hinauf zum Schloss.

Er lief. Über diesen Weg, der zur Regenbogenbrücke führte. Die Spirale wand sich in Richtung Süden, der sich nähernden Wolkenkette entgegen. Die Sturmfront war schon deutlich zu sehen; unnatürlich ebenmäßig und sehr viel schneller als ein gewöhnliches Unwetter.

Hinter Viktor wälzten sich Loj und Ritor auf den Steinen. Sie verwendeten keine Magie, denn dafür war in diesem Handgemenge keine Zeit. Loj war viel beweglicher und geschickter, aber Ritor war einfach zu stark für sie. Ein ums andere Mal, immer wenn er obenauf war, schlug er den Kopf der Katze auf den Stein.

»Er kommt ... sowieso nicht an ...« Ritor presste Loj wieder gegen den Boden, als er plötzlich erstarrte.

Neben ihm stand Torn.

Es sah so aus, als ob der Magier des Wassers sich überhaupt nicht für den Kampf interessierte. Er blickte Viktor hinterher, der im Laufschritt bereits die zweite Umrundung des Weges hinter sich gebracht hatte. Er atmete schwer, musste zwischendrin anhalten und blickte ab und zu nach unten.

Auf Torns Gesicht zeichnete sich eine solche Qual ab, als bewegte er sich zusammen mit Viktor.

Ritor hielt inne, ließ die betäubte Loj los. Er hob die Hand und schloss sie zum Zeichen der Kraft der Luft.

»Lass es, Ritor«, sagte Torn, ohne sich umzuwenden. »Es ist zu spät, um sich gegenseitig umzubringen. Sieh hin, die Angeborenen nähern sich …«

Der Magier der Luft zögerte, hielt an den Fingerspitzen den entstehenden Hurrikan zurück.

»Lass die Rache, Ritor. Du siehst doch, dass ich nicht versuche, ihn zu erreichen …« Torn nickte in Viktors Richtung. »Es ist zu spät für eigene Pläne, wir müssen uns mit dem abfinden, was das Schicksal uns zugedacht hat.«

»Ihn erreichen? Du?« Ritor lachte auf. »Du hättest ihm nie etwas angetan!«

»Warum?«, wunderte sich der Magier. »Jetzt hätte ich es versucht. Aber die Angeborenen …«

Endlich blickte er Ritor an.

»Komm, lass uns …«

Was immer er seinem Erzfeind vorschlagen wollte, seine Stimme verhallte ungehört. Das Wasser am Ufer begann zu schäumen, bäumte sich in einer runden Welle auf. Aus der Tiefe erhob sich eine schmale Felssäule, glänzend wie mit Fett eingerieben. Auf dem Gipfel der in den Himmel kriechenden Säule duckte sich Andrzej.

»Nein!«, schrie Torn. »Nicht doch!«

Der Magier der Erde hörte seinen Verbündeten nicht. Er richtete sich zu seiner ganzen, nicht sehr stattlichen Größe auf und flüsterte eine Beschwörungsformel.

Die Insel begann zu beben. Ein schweres Zittern überlief die Felsen. Und Ritor und Torn wurden zu Boden geschleudert. Viktor hatte es noch schlimmer erwischt: Der gelbe Weg begann abzustürzen, ganze Steinplatten rutschten in die Tiefe. Eine Steinlawine donnerte in einer goldenen Welle die Felswände hinab. Gegen einen Steinbrocken gedrückt wartete der zukünftige Drachentöter ab.

Es war klar, dass Andrzej diesmal seine ganze vernichtende Gewalt aufbrachte, indem er eine möglichst einfache Formel gewählt hatte. Allerdings hatte er mit einem nicht gerechnet, denn die Magie der Erde hatte sich noch nie durch besondere Präzision ausgezeichnet.

Die Säule, auf der er sich aus dem Meer erhoben hatte, begann ebenfalls zu zittern. Dann barst sie in der Mitte auseinander. Andrzej wand sich einen Augenblick ungeschickt hin und her, ehe er ins Wasser sprang. Die hinter ihm her stürzenden Steine wichen dem zappelnden Magier fürsorglich aus. Mit hämmernden Armschlägen schwamm er ans Ufer.

Torn schüttelte verzweifelt den Kopf.

Andrzej schien gar nicht zu begreifen, was vorgefallen war. Den Zusammenbruch seiner Angriffsbasis hielt er für eine Folge von Viktors Gegenschlag. Fröstelnd sprang der Erdmagier an Land und sah zu Torn hinüber, aber in dessen Blick war kein Wohlwollen zu erkennen.

Der Magier der Erde stürzte zu Ritor.

Der seinerseits wich zurück, aber Andrzej hatte nicht die Absicht, ihn anzugreifen. Er packte ihn am Aufschlag seines Umhangs und schrie: »Ritor, ich bitte dich um Hilfe! Um Hilfe und um Schutz, dich, meinen Feind!«

Torn verzog das Gesicht und wandte sich ab. Er blickte wieder zu Viktor hinüber, der vor dem abgestürzten Weg stand. Mal machte er einen Schritt zurück, dann versuchte er vorwärts zu gelangen, konnte sich jedoch einfach nicht zum Sprung entschließen. Torn hob langsam den Arm, ein blaues Knäuel wurde auf seiner Faust sichtbar. Es schien, dass der Magier schwankte, sich nicht zu einem Schlag durchringen konnte. Seine Augen glitten zwischen den näher rückenden Sturmwolken und dem in Unentschlossenheit verharrenden Viktor hin und her.

Der Mensch auf dem Fels ließ sich in die Hocke hinunter, dann stieß er sich ab und flog in den Himmel hinauf.

Torn zögerte immer noch, folgte ihm mit den Augen. Dann holte er zum Schlag aus, das konzentrierte Geschütz schlug ohne großen Schaden anzurichten in die Felsen ein und zermalmte sie zu feinem Staub.

Die Magier hoben die Köpfe.

Viktor flog und näherte sich bereits dem Felsenplatz. Ab und zu schien sich sein Körper zu biegen, so als versuche er, auf das Schloss zuzusteuern. Aber jedes Mal schob ihn eine unsichtbare Kraft wieder zurück.

»Das war's«, sagte Torn. »He! Wäre es nicht an der Zeit, dass wir uns ins Unvermeidliche schicken und Viktor im Kampf gegen die Invasion der Angeborenen beistehen?«

Ritor riss sich von dem Magier der Erde los und schüttelte den Kopf. Er öffnete die Arme, die Kraft heulte in einer verzweifelten Anstrengung auf.

Loj war inzwischen aufgestanden und spuckte Blut aus, sie fixierte den Luftmagier und warf sich mit einem Sprung auf seinen Rücken.

Aber aufzuhalten vermochte ihn keiner mehr. Offenkundig waren die Überreste seiner ehemaligen Kräfte als Drachentöter tatsächlich zu ihm zurückgekehrt, und er erhob sich in die Lüfte. Mit den Ellbogen nach Loj stoßend, die noch auf seinem Rücken hing, flog Ritor hinter Viktor her.

Torn ging gebeugt und erschöpften Schrittes zu Tel, die noch immer rücklings auf dem Boden lag. Er hockte sich neben sie und blickte ihr ins Gesicht. Er schnalzte mit der Zunge.

»Was … was für eine Invasion?«, kreischte Andrzej.

»Hilf ihr«, sagte Torn, ohne sich umzudrehen. »Die Geheime hier hat alle ihre Kräfte verausgabt, indem sie Viktor nährte. Sie war eben doch jünger als er … ich hätte es nicht gedacht.«

»Was für eine Geheime? Was für eine Invasion?« Andrzejs Stimme war gedehnt und klang boshaft. »Was schwafelst du, Torn?«

Der Magier schaute in das Gesicht des Mädchens und machte eine finstere Miene. »Was für eine Geheime? Nun, sieh sie dir nur an.« Aus Torns Handfläche strömte ein gleichmäßiges hellblaues Licht zu Tels Gesicht. »Hast du wirklich geglaubt, dass sie alle zusammen mit dem Herrscher umkamen?«

»Eine hat Ritor entkommen lassen …«

»Und eine zweite wartete in der Mittelwelt auf ihre Stunde …« Torn zog die Hand weg. Tel öffnete die Augen und blickte ihn verständnislos an. »Was die Invasion angeht … schau da nach Süden, Andrzej …«

Der Magier kniff kurzsichtig die Augen zusammen und fixierte den Horizont. »Ein Sturm …«

»Ja, und in seinem Herzen rücken die Schiffe der Angeborenen gegen uns vor.« Torn stand auf. »Es ist zu spät, um zu streiten. Hilf mir, der Flotte entgegenzutreten.«

In Andrzejs Augen flackerte Angst auf. »Dort … dort … ist … ich spüre es …«

»Der Erschaffene Drache …« Tels Stimme war noch kraftlos. »Er kommt. Auch er ist im Zentrum ihrer Kraft. Nur der Geflügelte Herrscher kann ihn aufhalten.«

»Andrzej, hilfst du mir?«

Der Erdmagier knetete sein Kinn mit seinen gelblichen Fingern. »Man braucht eine besondere Formel …«

»Wirk du nur deine Formeln, bis der Drache dich frisst!«, bellte Torn. »So sieh doch wenigstens zu, dass die Riffe sich vom Meeresboden heben! Wenigstens das!«

»Ich muss … ich muss … zurückkehren … in den großen Tempel … nur da kann ich …«, murmelte Andrzej zusammenhangslos vor sich hin. Torn rüttelte ihn schonungslos an der Schulter.

»Komm zu dir, Magier! Hier sind deine Kräfte doch viel größer!«

»Ich … ich muss erst etwas in meinem Gedächtnis auffrischen … dann komme ich wieder her … Ich benötige Ruhe, Konzentration, Versenkung ins Detail …«

Torn holte im Zorn zum Schlag aus.

»Das wirst du nicht wagen!«, kreischte der Magier der Erde mit dünner Stimme.

»Du Kröte …« Torn trat auf ihn zu. »Und ob ich es wage! Ich werde alles sagen und tun, damit …«

Das war sein Fehler. Andrzej hüpfte geschickt zur Seite, hob beide Arme in die Luft und schrie laut eine Formel. In seiner Angst hatte er sie offenbar kurz und wirkungsvoll gewoben, denn die Ufersteine fügten sich zu einer schmalen Treppe zusammen, die geradewegs ins Wasser führte. Der Magier eilte die Stufen hinab, die Wellen traten gehorsam auseinander, und einen Augenblick später war er verschwunden.

»Elender …« Torn spuckte aus. »Kannst du aufstehen, Geheime? Wie es aussieht, müssen wir uns der Flotte zu zweit entgegenstellen.« Er beugte sich vor und streckte Tel in einer unfreiwillig galanten Geste die Hand hin. Und sie schob sie nicht beiseite.

»Du bist sehr tapfer, Geheime«, sagte der Magier des Wassers, während er in den sich verdunkelnden Horizont starrte, von wo sich ein dichter Vorhang aus wirbelnden Tornados näherte. »Du hast alle ohne Ausnahme getäuscht. Mich eingeschlossen. Und wahrscheinlich sogar Viktor. Jetzt ist es vorbei, oder? Er vermag nichts mehr zu tun, nicht wahr?«

Tel zuckte schweigend mit den Schultern.

»Und kannst du etwas tun, Geheime?«

»Ja.«

»Aber der Hüter …«

»Sorge dich nicht, Magier des Wassers. Wir treten ihrer Flotte entgegen. Und auch dem Erschaffenen Drachen. Wir werden standhalten, solange wir können. Ich bitte dich nur … töte mich, wenn ich es nicht schaffe. Ich will nicht bei lebendigem Leibe in die Hände dieses Ungetüms geraten.«

Einige Sekunden blickte Torn nach Süden, wo sich der Sturm ausbreitete. »Ich schwöre es dir, Geheime, sofern ich selbst am Leben bin. Aber ich werde alles daransetzen, damit es nicht dazu kommt.«

»Ich bin es, die alles daransetzen muss …«, sagte Tel mit leiser Stimme.

Der steinerne Platz hatte die Form eines gleichschenkligen Fünfecks. Ein Pentagramm, das sich seit undenkbaren Vorzeiten auf gleicher Höhe mit dem Schloss über der Welt befand. Viktor hing für einen Augenblick über ihm, wie ein Sportler in einem Sprung von beispielloser Höhe.

Dann kamen die schwarzen Steine auf ihn zu.

Die Magie verschwand nicht vollständig. Noch immer spürte er die vier Elemente. Aber hier gab es weniger davon. Hier verbarg sich die Quelle.

Der halbe Himmel hatte sich bereits in eine brüllende Hölle verwandelt, vielleicht gab es auch auf der Anderen Seite solche Stürme, aber Viktor hatte nie welche erlebt, und sein Bewusstsein weigerte sich, dieses Ereignis als Realität anzuerkennen. Der Sturm zog unmittelbar vor der Insel auf, vollführte einen leichten Bogen und umarmte sie in einem Halbkreis. Irgendwelche Urkräfte zügelten noch träge seinen Ansturm, aber sie wurden nicht vom lebendigen Willen gestützt.

Die Steine des Platzes waren vom Wind blank poliert, fast so wie die Mauern des Schlosses. Aber an einigen Stellen waren tiefe Furchen zu sehen, als ob etwas … jemand … aus großer Höhe auf sie niedergestürzt sei, seine Krallen hineingestoßen hätte, Krallen, die stärker waren als der Fels.

Etwas oder jemand stieß herab, bremste seinen zügigen Flug, schüttelte den mächtigen Körper, schloss die Flügel.

Und ging auf das Schloss zu, über die schmale Regenbogenbrücke, die doch kaum einen Menschen auszuhalten vermochte?

Nachtschwarz zeigen sich die Wände
und die Kuppeln perlmuttweiß.
Hat die Trauer hier ein Ende,
unsrer Träume Festung sei's.

Glatt-blau plätschert eine Welle,
Sonnenhonig strömt herab,
aus dem Wolkenland zur Stelle
Kinder, die zum Flug begabt.

Was ist wirklich, was ein Traum,
denk nicht nach, stell keine Fragen.
Ein Gedanke in dir wohnt,
deine Antwort gibt dir Recht.

Der beherrscht die Welt des Tages,
jener ganz allein die Nacht,
aber vom geheimen Feuer
einer nur den Schlüssel hat.

Leib vom Leib, des Wesens Kern,
gabst du auf die luftige Höh',
Traumwelt ist dein Reich allein,
auf zur Regenbogenbrücke.

Du trugst die Last.
Du gingst den Weg,
was du erfuhrst,
vergiss jetzt nicht.

Hier hatten die Drachen gehaust.

Ihre Flügel umfassten die Luft, ihrer Kehle entstiegen Flammen, das Wasser am Ufer schäumte, und der Fels unter ihnen stöhnte.

Und in Menschengestalt gingen sie über die Regenbogenbrücke in ihren Horst, in ihr Schloss, in ihr Haus …

Als ob er vergessen hätte, wer er war, schritt Viktor auf das vielfarbige Band zu. Und vernahm einen Schrei hinter sich.

Ritor und die sich an ihn klammernde Loj stürzten auf den Platz. Die Katze hämmerte dem Magier ins Gesicht, drückte ihm mit festem Griff den Hals zu, als ob sie bereit wäre, daran zugrunde zu gehen, aber nur, wenn sie den Magier mit sich reißen konnte.

Ritor ergab sich nicht.

Sie wälzten sich über die Steine, ineinander verschlungen wie Liebende. Loj sprang vom Magier weg, brachte sich erneut in Angriffsposition. Viktor sah, wie an ihren Fingerspitzen scharfe Schatten aufblitzten.

Und dann schwang Ritor, der noch nicht dazu gekommen war, die Luftflügel zu schließen, seine Arme. Die gewaltigen Flügelflächen fuhren auf die Frau nieder, drückten sie in den Stein hinein. Loj hatte keine Chance, zu groß war die Gewalt der sich schließenden Flügel. Ihr Schrei verstummte, wurde vom Wind fortgetragen.

Das Oberhaupt vom Clan der Katzen lag in einer Pose, die für einen lebendigen Menschen unnachahmlich war. Sogar für eine Magierin. Der Hals war verdreht, das Rückgrat gebrochen.

Loj Iwer war tot.

»Du …« Der Magier der Luft trat auf Viktor zu, als sei es an ihm, vor Hass zu ersticken, als wäre es seine Freundin und Geliebte, die dort tot auf den kalten Steinen lag. »Du bist schuld! An allem!«

»Ich bin einfach nur hierhergekommen, Ritor! Ich bin nur an dem Ort, an den ich kommen musste.«

Die Kraft des Drachentöters heulte auf und bahnte sich einen Weg ins Freie, die Kraft des Drachentöters suchte einen Ausweg. Aber aus irgendeinem Grund durfte er es nicht zulassen.

»Du hast also gewonnen? Ja?« Ritor sah zum schwarzen Himmel hinauf. »Der Drache ist nicht gekommen! Ich habe dich gejagt … ich habe alle meine Kräfte aufgewandt … ich habe Menschen geopfert … Aber den Drachen habe ich nicht gefunden! Unsere Welt ist schutzlos! Sie kommen … sie werden sich in die neuen Herrscher der Mittelwelt verwandeln, in die neuen Träume und Ängste. Und wir werden verschwinden. Für immer!«

Wahrscheinlich hätte man einwenden können: »Und warum seid ihr besser?« Man hätte ihn fragen und sich damit ein Späßchen erlauben können.

»Willst du sie aufhalten?«, rief Viktor aus, während er auf die sich nähernde schwarze Front zeigte. In der heranrückenden Kraft konnte er schon ihr Herz spüren. Nicht mehr lange, und diese Kraft würde in Stücke zerspringen. Würde Gestalt annehmen, hier an der Bruchstelle der Welten; für die einen würde sie sich in adlerköpfige Schiffe, für die anderen in nächtliche Ängste, immerwährende Schwermut oder in drückende, Tag und Nacht irremachende Alpträume verwandeln … Und wer wusste schon, wie viele sich mit Rasierklingen die Pulsadern aufschneiden würden, nur um diesem Schrecken zu entgehen?

»Es ist zu spät«, schrie Ritor.

Der Wind zerrte am Umhang des Magiers, der Wind, über den er schon keine Gewalt mehr hatte. Nur die eingesunkenen Augen in diesem gequälten Gesicht lebten noch weiter. Der auf Viktor geheftete Blick war nicht mehr hasserfüllt. Nur herzzerreißende Schwermut und hoffnungslose Trauer lagen noch darin.

»Du hast gesiegt, Drachentöter! Das hast du doch gewollt, nicht wahr? Du wolltest mir meine Kräfte nehmen? Wolltest verhindern, dass ich den Drachen finde? Du bist der Sieger! Aber was wirst du mit deinem Sieg anstellen?«

Ritor lachte laut auf und streckte dem niedrigen schwarzen Himmel die Arme entgegen. Der Sturm nahm an Kraft zu, riss an der Wolkendecke und stopfte die Löcher in ihr mit Blitzes Nadel. Alles Tageslicht war verschwunden, es gab nichts als eine Kette auflodernder Blitzlichter, die jede Bewegung gebrochen aussehen ließen wie die Strahlen eines Stroboskops.

»Was wirst du mit deiner Kraft tun, Drachentöter?«

Eine Girlande aus Kugelblitzen hing über dem Himmelsgewölbe. Flammengerinnsel flackerten auf, mal verloschen sie, mal verströmten sie ein blendendes Licht. Hinter ihrem durchsichtigen Leuchten wirbelten verschlungen Windhosen und rissen am Leib des Ozeans. Und irgendwo noch weiter, unsichtbar, aber spürbar, kam die Kraft.

»Wirst du in ihrer Welt einen Platz finden?«

Die Felsen erzitterten. Der Schüttelkrampf stieg geradewegs von den Wurzeln auf, stülpte Berge um und zerquetschte die Ebenen. Tief unten am Ufer, wo der Schaum brodelte, bewegten sich Torn und Tel. Viktor blickte zu ihnen hinüber, als versuchte er, einen verspäteten Ratschlag zu vernehmen oder um etwas zu bitten. Aber der Wind brüllte, gab keine Antwort, und die stürmende See gehorchte dem Magier des Wassers nicht länger. Die Wellen schlugen zu, und Tel kam auf den Steinen ins Rutschen; Torn blieb stehen, fasste sie an der Hand, versuchte sie zu halten.

»Ihre Welt wird es nicht geben«, sagte Viktor.

Die Felsen unter ihren Füßen bröckelten. Nur das Schloss über der Welt stand reglos, als ob die Kraft der früheren Herrscher es bis zu diesem Tag schützen würde. Über die schwarzen Steine der Mauern tanzte der Widerschein der Blitze, die Kuppeln leuchteten in matt-weißem Licht. Die offenen Tore lockten mit einer durchsichtigen Illusion der Gefahrlosigkeit.

»Du kannst sie nicht aufhalten, Drachentöter!« Ritor schüttelte den Kopf. »Selbst wenn du ihren Drachen besiegst!«

Der Himmel stand in Flammen.

Ein Feuerball explodierte in der Ferne. Ein blutiger Stern erhob sich über dem Meer. Strömender Regen stürzte vom Himmel, ein kalter, scharfer Regen, der die Haut augenblicklich gefrieren ließ.

»Im Namen der vier Elemente …« Viktor verstummte. So nicht! Irgendwie anders! Dies war nicht das Totenreich, und es war nicht seine Aufgabe, die Graue Grenze zu errichten, die Welten zu verschließen …

Seine Aufgabe?

Hatte er etwa die Graue Grenze errichtet?

Und in diesem Augenblick begann Loj, die tote Loj, sich zu rühren! Entweder Ritor sah es nicht, oder es war ihm schon alles gleichgültig. Der zerschmetterte Körper der Katze regte sich, streckte sich und nahm unter kurzem, krampfartigem Zittern wieder seine alte graziöse Gestalt an. Ein Moment, und die rothaarige Frau hob den Kopf und warf dem Magier der Luft einen schnellen, zornigen Blick zu.

»Für mein siebtes Leben wirst du mir noch büßen, Ritor!«

Der Wind riss ihr die letzten Stofffetzen vom Leib, und Viktor empfand plötzlich, so unpassend der Augenblick auch sein mochte, eine Welle der Leidenschaft. Und Loj schien das zu spüren, drehte sich um und antwortete ihm mit einem dankbaren Lächeln.

»Was stehst du noch herum, Viktor? Lauf!«

Er verstand noch nicht.

»Zum Schloss, du Dummkopf!« Loj rannte zu ihm hin, noch waren ihre Bewegungen eckig und unbeholfen. »Zum Schloss, Herrscher! Was stehst du noch herum, Drache?«

Ritor hob den Kopf und warf Loj einen irren Blick zu, dann starrte er Viktor an. Er hob die Hand, als wollte er seine Augen verdecken.

Loj wandte sich zu ihm: »Du hast dein Blut in ihm gespürt, Ritor! Wie konntest du den Rest nur übersehen? Wie? Hast du versucht, jenen Augenblick aus deinem Gedächtnis zu tilgen?«

»Nein!«, kreischte Ritor. »Nein! Das kann nicht sein!«

Loj schubste Viktor, sie deutete auf den glühenden, blutigen Stern am Himmel ... Schon kein Stern mehr – ein Komet ...

»Entscheide dich, Viktor! Entscheide dich, Drache oder Drachentöter! Was willst du? Wer wirst du sein?«

Die Felsen schwankten. Die goldenen Steinplatten fielen in die Tiefe, ins brodelnde Wasser, auf den Weg, über den Torn und Tel liefen. Zum Schloss über der Welt gab es schon kein Durchkommen mehr ... fast kein Durchkommen.

»Willst du, dass sie es tun muss?« Loj sah Viktor direkt in die Augen. »Der Geheime Clan verfügt nicht über die ganze Kraft! Schick deine Frau nicht in den Kampf, Drache! Für sie ist es der Tod!«

Viktor rannte los. Über die zerberstenden Steine, über den sich auflösenden Weg. Die Regenbogenbrücke schmolz unter den Windstößen, die eisigen Regenstrudel woben eine dichte Wand vor ihm. Er tauchte in den Strom ein – woher kam so viel Wasser, der Himmel konnte doch unmöglich so viel Feuchtigkeit gesammelt haben! Er stürzte, wurde weiter getragen, lief schon nicht mehr – schwamm in dem dichten Gemisch aus Wasser und Luft. Viktor wurde immer weiter zum Abgrund hin gezerrt, und plötzlich erkannte er, dass es zu spät war, dass Loj zu spät gekommen war, dass Ritors wahnsinniger Zorn ihn um die kostbaren Minuten gebracht hatte, in denen er es vielleicht noch geschafft hätte, vielleicht noch das Schloss erreicht und die schwarzen Wände berührt hätte ...

Das Wasser flaute mit einem Mal ab, als ob ein gewaltiger Schutzschirm über dem Weg geöffnet worden wäre. Unten war Torn stehen geblieben, schwankend streckte er die Hände über dem Kopf aus, versuchte, dem aufgerissenen Himmel Einhalt zu gebieten. Tel blieb für einen Moment lang stehen und sah zum Magier hinüber, dann rannte sie weiter. Zum Schloss über der Welt, zum schwarzen Stein der Mauern, zu den geöffneten Toren …

Schick deine Frau nicht in den Kampf, Drache …

Viktor rannte auf die Regenbogenbrücke. Die Zierschrift des Lichts unter den Füßen, die Minuten zuvor noch fest wie eine Erdscholle gewirkt hatte, brach nun auf und wand sich, ganz wie eine Erdscholle in Aufruhr. Leuchtender Nebelstaub erhob sich unter ihm und durchbohrte mit farbigen Funken die Luft. Jetzt waren sie gleich weit entfernt vom Schloss – Tel auf dem Pfad, der nach oben führte; Viktor auf dem sich zum Schloss hin senkenden Brückenabschnitt.

»Bleib stehen«, schrie Viktor. »Stehen bleiben!«

Sie hörte ihn nicht. Oder sie glaubte ihm nicht mehr …

Viktor glitt aus. Die Brücke löste sich auf. Die Bögen aus Licht drehten sich zusammen, wanden sich unter ihm. Die bebende Erde tief unter ihm fasste nach ihm, lockte, wartete.

Er stürzte. Er schritt durch einen Regenbogenbrei, der ihm bis zur Brust reichte. Unter den Füßen spürte er keinen Widerstand mehr. Der dunkelrote Komet am Himmel brüllte auf, öffnete seinen Schlund …

Ein Schlag. Ein Stoß in den Rücken. Der gespannte Flügel des Windes erfasste ihn, schleuderte ihn vorwärts, durch die sich auflösende Brücke, über die Bodenlosigkeit hinweg. Hinter ihm fiel Ritor zu Boden, krallte sich mit gekrümmten Fingern in den Felsen. Der Magier gab alles, was auf dem Grund seiner Seele noch übrig war, gab rückhaltlos alles, versuchte seinen Fehler wiedergutzumachen, seine Schuld zu begleichen, seine Schuld für das, was zwischen ihm und der Frau des Geheimen Clans geschehen war, die auf die Andere Seite fliehen musste; für die sinnlose Jagd auf seinen eigenen Enkel, für die alles entscheidenden verlorenen Minuten.

Viktor kam unmittelbar vor Tels Füßen auf. Der Schlag hatte ihm die Luft genommen, der Schmerz bohrte sich in seinen Körper. Aber auch Tel hatte nicht damit gerechnet, stolperte über ihn und schlitterte über die Steine. Viktor bekam ihre Hand zu fassen, riss sie zurück und schrie.

»Nein!«

»Lass los! Ich muss …«

»Nein! Letzte aus dem Geheimen Clan, ich verbiete es dir!«

Das Mädchen keuchte und riss sich von ihm los. Viktor blickte ihr in die Augen und formte mit den Lippen die Worte: »Dies ist meine Welt, Tel.«

Blut ergoss sich über den Himmel. Blitze schlugen am Ufer ein. Der Wind heulte und schickte eine Tornadogeißel über die Dracheninsel.

»Erneuerung …«, flüsterte der Regen. »Wiedergeburt …«, stimmte der Wind ein. »Neu, neu, neu …«, schrien die Blitze.

»Ich entscheide«, sagte Viktor und ließ Tels kraftlose Hand los. Dann wandte er sich zu den Toren des Schlosses über der Welt.

Der Hüter stand auf der Schwelle.

In Viktors Träumen hatte er anders ausgesehen. Ganz anders, nicht wie ein zerbrechlicher Jüngling mit vom Wind zerzausten, schwarzen Locken. Und doch erkannte Viktor ihn wieder …

»Gib mir meine Kraft«, sagte er und trat einen Schritt auf das Schloss über der Welt zu.

»Hast du das Recht?«, fragte der Hüter mit der Stimme eines plötzlich wieder jungen Fresssacks.

»Ja!«

»Versuch es! Beweise es!«

»Ich habe das Recht.«

Viktor spürte, wie sich eine dichte Wand vor ihm aufbaute, einförmig, unsichtbar, wartend. Arme Wand …

»Ich habe das Recht – in mir fließt das Blut der Herrscher …«

Ein Schritt …

»Ich habe das Recht, in mir fließt das Blut des Drachentöters …«

Ein Schritt …

»Ich habe das Recht, der Geheime Clan, der Hüter der Urgründe, hat mich gerufen …«

Ein Schritt …

»Ich habe das Recht, ich habe geglaubt und bin gekommen …«

Ein Schritt …

»Ich habe das Recht, die Wächter der Grenze ließen ihr Leben für mich …«

Ein Schritt …

»Ich habe das Recht, ich habe die Kraft der Elemente angenommen …«

Ein Schritt …

»Ich habe das Recht, ich habe den Weg der Angeborenen abgelehnt …«

Zum Hüter und ihm die Hand reichen.

»Ich habe das Recht, bei mir sind meine Feinde und meine Freunde, bei mir ist meine Liebe und mein Hass. Dies ist meine Welt.«

Er berührte den schwarzen Stein der Mauern.

»Wirst du alles nehmen?« Der Fresssack schüttelte den Kopf. »Leben und Tod? Verehrung und Verachtung? Wirst du dich verantworten?«

»Ja.«

»Du entscheidest, wozu die Ängste und die Träume der Anderen Seite werden? Wozu sie sich bei den Angeborenen verwandeln? Wie sie zur Mittelwelt hinübergelangen?«

»Ja. Gib mir meine Kraft zurück, Hüter!«

Der Himmel explodierte in weißen Strahlen. Die Blitze flochten ein flammendes Netz, um die Welt zu umfassen. Die Insel erzitterte und erhob sich aus dem kochenden Wasser.

Der Erschaffene Drache, der am Himmel segelte, brüllte auf. Die stählernen Flügel durchtrennten die Luft, ein Feuerschlund öffnete sich und stieß einen Strom Napalm aus. Die blitzenden Krallen streckten sich aus und zielten auf den Rivalen.

Viktor richtete sich auf. Mit seinem ganzen gepanzerten Körper.

Gepanzert von der peitschenscharfen Schwanzspitze bis zu den Flügelenden.

Der Herrscher der Mittelwelt erhob sich über die Dracheninsel.

Unten auf dem Weg saß Torn mit verächtlich verzerrter Miene im Regen und fing kalte Tropfen mit den Lippen auf.

Loj Iwer saß ebenfalls da, nackt, verführerisch und lebendig, und hielt den Kopf des Luftmagiers auf den Knien, der kraftlos vor sich hinstammelte. Sie blickte zum Himmel empor, wandte den Blick nicht ab und schüttelte verwundert den Kopf.

An den Toren zum Schloss über der Welt schüttelte ein weißes Einhorn seine goldene Mähne.

Und die adlerköpfigen Schiffe der Angeborenen, die sich hinter der Wand von Wirbelstürmen hervorstahlen, erstarrten, als hoch über ihnen der Drachenherrscher dem Erschaffenen Drachen begegnete.

Anmerkungen

Seite 40 BABAJAGA UND KOSCHTSCHEJ

Babajaga ist die böse Hexe im russischen Märchen; sie hat knochige Beine, wohnt in einem runden Haus, das auf zwei Hühnerbeinen steht, und verfügt über ein immenses Wissen. Koschtschej ist eine slawische Mythengestalt, die ebenfalls im russischen Märchen verbreitet ist. Koschtschej ist ein hässlicher, böser alter Mann, der unsterblich ist. Er kann nur getötet werden, wenn er an seiner einzigen verwundbaren Stelle getroffen wird, die sich außerhalb seines Körpers befindet und gut bewacht ist.

Seite 69 SEREBRJANY BOR

(dt. Silberwald): Ein großes Wald- und Naherholungsgebiet am nordwestlichen Stadtrand von Moskau. Das Territorium besteht größtenteils aus Kiefernwäldern und liegt in einer Flussbiegung der Moskwa. In der Sowjetzeit befanden sich hier die Datschen hoher Parteifunktionäre, einflussreicher Persönlichkeiten und Diplomaten, später siedelten sich hier vor allem wohlhabende Russen an.

Seite 70 NEUE RUSSEN

Bezeichnung für Russen, die nach dem Zerfall der Sowjetunion durch privates Unternehmertum in kurzer Zeit großen Reichtum erwarben. Der Begriff wird überwiegend negativ verwendet und mit der Nähe zu organisiertem Verbrechen, mit Prinzipienlosigkeit, Gier, schlechten Manieren und schlechtem Geschmack sowie wenig Bildung assoziiert. Der Begriff stammt aus den neunziger Jahren des 20. Jahrhunderts und fand nicht zuletzt durch massenhafte Witze über diese neue Generation von Russen Einzug in die Sprache.

Seite 83 GEMÄLDE SCHISCHKINS

Iwan Schischkin, bedeutender russischer Maler des 19. Jahrhunderts, dessen Bilder dem Naturalismus zugerechnet werden. Herausragend sind insbesondere seine Naturlandschaften.

Seite 101 PELMENI

Russisches Nationalgericht, das aus gefüllten Teigtaschen besteht, die in Brühe oder Wasser gekocht werden.

Seite 117 LAWASCH

Armenisches Brot, sehr dünn gebackene Teigfladen.

Seite 148 EIN GANZ NORMALES WUNDER

Russischer Märchen-Film-Klassiker mit musikalischen Einlagen von 1978 (Regisseur: Mark Sacharow) nach einem Theaterstück des bekannten Märchenstückautors Jewgeni Schwarc. Darin erfindet ein Zauberer aus Langeweile Märchen und haucht seinen Figuren Leben ein; diese beginnen dann ein Eigenleben zu führen. Eine dieser Märchenfiguren nimmt eine tragische Entwicklung: Eine Prinzessin verliebt sich in einen Prinzen, der in Wirklichkeit ein verzauberter Bär ist; die Verwandlung wird in dem Augenblick rückgängig gemacht, in dem sie den Prinzen küsst.

Seite 277 SENSEI
»Lehrer« bzw. »Meister«, wird in den japanischen Kampfsportarten häufig als Anrede für den Lehrenden oder Trainer verwendet.

Seite 279 ROTER PFEIL
Schnellzug auf der Strecke Moskau–Sankt Petersburg. Verkehrt seit 1931. Täglich um 23.55 Uhr verlässt gleichzeitig ein Zug Moskau und ein weiterer Sankt Petersburg und erreicht genau acht Stunden später die jeweils andere Stadt. Erster russischer Zug mit Schlafwagen.

Seite 280 OLMER AUS DEJLO
Starker, mutiger und finsterer Held in Nick Perumows literarischem Debüt »Ring der Finsternis« von 1993.

Seite 280 LORD VOM PLANETEN ERDE
Russische Fantasy-Trilogie von Sergej Lukianenko, noch nicht auf Deutsch erschienen.

Seite 281 KRIEGSKREUZER WARJAG
Gehörte von 1901 bis 1904 zur Russischen Flotte im Stillen Ozean und ging im Russisch-Japanischen Krieg unter. Bekannt für sein Aussehen mit den vier riesenhaften Schornsteinen.

Seite 283 SAPOROSCHER KOSAK
bezieht sich auf die volkstümliche, komische Oper *Ein Saporoger hinter der Donau* von 1863 von dem ukrainischen Komponisten Semjon Gulag-Artemowski.

Seite 315 »KOMMT DER TOD, WÜNSCH ICH IHN SCHNELL, GIBT ES WUNDEN, NUR GANZ LEICHTE ...«
Berühmte Zeile aus dem Lied »Verabschiedung einer Komsomolzin«, das ursprünglich 1937 entstand und sich auf den russischen Bürgerkrieg bezog. Es gilt bis heute als Klassiker der Militärmusik und wird immer wieder neu arrangiert und eingespielt.

Seite 317 MSTA
Fluss, der durch die Kreise Nowgorod und Twersk fließt und früher eine bedeutende Verbindung zwischen der Wolga, dem Ilmensee und Nowgorod darstellte.

Seite 388 TSCHUCKTSCHISCHER RENTIERZÜCHTER
Die Tschucktschen sind ein indigenes Volk im russischen Fernen Osten, die traditionell von der Rentierzucht, der Jagd und dem Fischfang leben. In den siebziger und achtziger Jahren des

20. Jahrhunderts entstanden sehr viele Witze über sie.

Seite 389 NESKUTSCHNIK
Abkürzung für den Moskauer Park Neskutschny Sad – ein Park am rechten Flussufer der Moskwa; regelmäßiger fester Treffpunkt der Tolkienisten, wo die »Herr der Ringe«-Fans Rollenspiele veranstalten.

Seite 409 DANKA UND SEIN JÜNGERER BRUDER
Hier ist eine Anspielung auf die beiden Hauptfiguren Danka und Len aus Lukianenkos Roman »Der Herr der Finsternis« versteckt.

Seite 414 »SPUCK NICHT IN DEN BRUNNEN, DENN FLIEGT DIE KUGEL ERST …«
Hier werden Versatzstücke beliebter Sprichwörter aneinandergereiht: »Spuck nicht in den Brunnen, aus dem du selbst trinkst« und »Das Wort ist wie eine Kugel, ist es erst heraus, holst du es nicht mehr zurück«.

Seite 462 »MORGEN ZIEH ICH IN DEN KAMPF, BIS DAHIN …«
Liedzeile aus dem »Kriegslied« von Vladimir Wysozki von 1966, das auch in dem Film *Vertikal* erklingt, in dem eine Gruppe Bergsteiger in einen Zyklon gerät. Wysozki war Sänger, Dichter und Schauspieler und gilt als einer der größten russischen Liedermacher des 20. Jahrhunderts, der auch zu Sowjetzeiten unbequeme, nicht opportune Themen wie Prostitution, Kriminali-

tät, Krieg und soziale Missstände zur Sprache brachte.

Seite 484 »HIERHER KAMEN SIE NACH KURZER INSTRUKTION …«
Zitat aus dem Roman »Wie Stahl gehärtet wurde« von dem russischen Schriftsteller und Revolutionär Nikolai Ostrowski. Sein bekanntestes Buch entstand 1934 und wird dem Sozialistischen Realismus zugeordnet. Es wurde in riesigen Auflagen vertrieben und war zeitweise Pflichtlektüre in der Schule in verschiedenen sozialistischen Staaten. Der Held Pawel Kortschagin schließt sich nach einer düsteren Kindheit unter dem letzten Zaren den Bolschewisten an und kämpft unter Aufbietung aller seiner Kräfte für den Sieg der Revolution.

Seite 484 ZIEGENBEIN
Selbstgedrehte Zigaretten.

Seite 511 HERR ANDRZEJ
Der Magier der Erde wird durch seinen Vornamen als polnischstämmig charakterisiert. Andrzej ist die polnische Form des russischen Andrej oder dt. Andreas.

Seite 536 KASCHTSCHENKO-KLINIK
Gemeint ist das Psychiatrische Krankenhaus Nr. 1 in Moskau, das 1894 gegründet wurde und von 1922 bis 1994 nach dem russischen Arzt und Psychiater Pjotr Kaschtschenko hieß.